O CORAÇÃO DO INVERNO

ROBERT
JORDAN

O CORAÇÃO DO INVERNO

LIVRO 9 DE A RODA DO TEMPO

TRADUÇÃO DE
BEATRIZ D'OLIVEIRA
RAFAEL MIRANDA RODRIGUES

intrínseca

TÍTULO ORIGINAL
Winter's Heart

EDIÇÃO
Flora Pinheiro

PREPARAÇÃO
Marcela Ramos
Rowena Esteves

REVISÃO
Gabriela Peres

DIAGRAMAÇÃO
Ilustrarte Design e Produção Editorial

CAPA
Julio Moreira | Equatorium Design

IMAGEM PÁGS. 2 E 3
© ShutterStock/andreiuc88

MAPAS
Ellisa Mitchell

ADAPTAÇÃO DOS MAPAS
Antonio Rhoden

ILUSTRAÇÕES INTERNAS
Matthew C. Nielsen
Elisa Mitchell

CIP-BRASIL. CATALOGAÇÃO NA PUBLICAÇÃO
SINDICATO NACIONAL DOS EDITORES DE LIVROS, RJ

J69c

Jordan, Robert
O coração do inverno / Robert Jordan ; tradução Beatriz D'Oliveira, Rafael Miranda Rodrigues. - 1. ed. - Rio de Janeiro : Intrínseca, 2025.
608 p. ; 23 cm. (A roda do tempo ; 9)

Tradução de: Winter's heart
Sequência de: O caminho das adagas
ISBN 978-85-510-1671-8

1. Ficção americana. I. D'Oliveira, Beatriz. II. Rodrigues, Rafael Miranda. III. Título. IV. Série.

25-99531.0 CDD: 813
CDU: 82-3(73)

Gabriela Faray Ferreira Lopes - Bibliotecária - CRB-7/6643

[2025]

EDITORA INTRÍNSECA LTDA.
Av. das Américas, 500, bloco 12, sala 303
Barra da Tijuca, Rio de Janeiro, RJ
22640-904 – Barra da Tijuca
Rio de Janeiro – RJ
Tel./Fax: (21) 3206-7400
www.intrinseca.com.br

Para Harriet, sempre.
Sempre.

SUMÁRIO

Os selos que detêm a noite enfraquecerão, e no coração do inverno nascerá o coração do inverno, em meio a lamentos e ranger de dentes, pois o coração do inverno cavalgará um cavalo negro, e seu nome será Morte.

(De *O Ciclo de Karaethon, As Profecias do Dragão*)

O Mar Morto
A Roda do Tempo
Aile Dashar
Oceano de Aryth
Fim do Mundo
Norte
Bandar Eban
Arad Doman
Rio Dhagon
Rio Akum
Katar
Névoa
Ponta de Toman
Planície de Almoth
Paerish Swar
Floresta Negra
Baerlon
Os Dois Rios
Rio Arinelle
Falme
Montanhas da
Jehannah
Tanchico
Rio Andahar
Tarabon
Elmora
Ghealdan
Oceano de Aryth
Amador
Amadícia
Costa da Sombra
Dedo do Morde-vento
Tremalking
Qaim

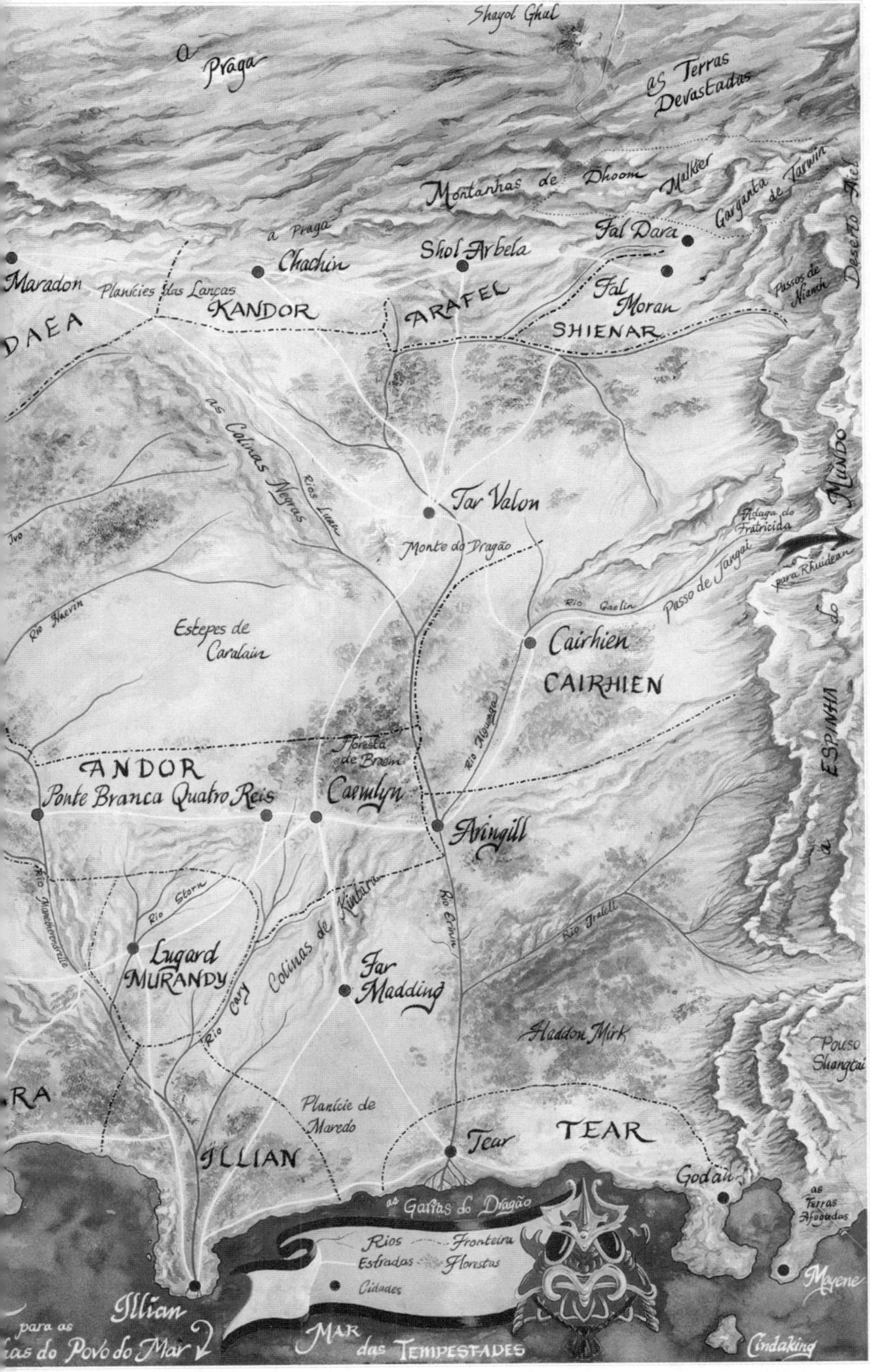
Shayol Ghul
a Praga
as Terras Devastadas
Montanhas de Dhoom
Malkier
Garganta de Tarwin
Deserto Aiel
a Praga
Fal Dara
Chachin
Shol Arbela
Maradon
Planícies das Lanças
Fal Moran
Passos de Niamh
DAEA
KANDOR
ARAFEL
SHIENAR
as Colinas Negras
Rios Luan
Tar Valon
MUNDO
Adaga do Fratricida
Monte do Dragão
para Rhuidean
Rio Haevin
Passo de Jangai
Rio Gaelin
Estepes de Caralain
Cairhien
CAIRHIEN
ESPINHA
Rio Alguenya
Floresta de Braem
ANDOR
Ponte Branca
Quatro Reis
Caemlyn
Aringill
a
Rio Storn
Colinas de Kintara
Rio Erinin
Rio Iralell
Lugard
MURANDY
Rio Cary
Far Madding
Haddon Mirk
Pouso Shangtai
RA
Planície de Maredo
TEAR
Tear
ILLIAN
Godan
as Garras do Dragão
as Terras Afogadas
Rios
Fronteira
Estradas
Florestas
Cidades
Mayene
Illian
para as
Povo do Mar
MAR das TEMPESTADES
Cindaking

Prólogo

Neve

Três lamparinas projetavam uma luz bruxuleante suficiente para iluminar o pequeno cômodo de teto e paredes brancas sem vida, mas Seaine não tirava os olhos da porta de madeira pesada. Não tinha lógica, ela sabia. Uma tolice para uma Votante das Brancas. A tessitura de *saidar* com a qual ela envolvera o batente lhe permitia ouvir um ou outro sussurro de pegadas longínquas vindas do labirinto de corredores lá fora, sussurros que se dissipavam quase no mesmo instante em que ela os ouvia. Um truque simples ensinado por uma amiga dos velhos tempos de noviça, mas que a alertaria muito antes que qualquer pessoa se aproximasse. De todo modo, poucas pessoas desciam até o segundo nível do porão.

A tessitura captava o chiado distante de ratos. Luz! Há quanto tempo havia ratos em Tar Valon, na própria Torre? Seria algum deles um espião do Tenebroso? Nervosa, ela umedeceu os lábios. A lógica não valia nada nesse caso. Verdade. Ainda que ilógico, sua vontade era de gargalhar. Foi preciso se esforçar para recuar pouco a pouco do limiar do descontrole. Para pensar em algo diferente de ratos. Em algo diferente de... Um guinchado abafado se fez ouvir no cômodo de trás até diminuir e não passar de uma lamúria emudecida. Ela tentou tampar os ouvidos. Tentou se concentrar!

De certa forma, ela e suas companheiras haviam sido levadas até aquele cômodo porque as líderes das Ajahs pareciam estar se reunindo em segredo. Ela mesma avistara Ferane Neheran cochichando em um cantinho escondido da biblioteca com Jesse Bilal, dona de uma posição altíssima entre as Marrons, se não a mais alta. Ela se acreditava estar em uma posição mais segura no que dizia respeito a Suana Dragand, das Amarelas. Era o que ela acreditava. Mas por que

Ferane tinha saído para caminhar com Suana em uma área reservada do terreno pertencente à Torre, ambas envoltas em mantos bem simples? Votantes de diferentes Ajahs continuavam se falando abertamente, ainda que com frieza. As outras tinham visto coisas parecidas. Ninguém entregaria nomes de suas Ajahs, claro, mas duas haviam mencionado Ferane. Um quebra-cabeça intrigante. Nos últimos tempos, a Torre mais parecia um pântano cheio de crocodilos, com uma Ajah na garganta da outra, enquanto as líderes confabulavam pelos cantos. Ninguém de fora de uma Ajah sabia ao certo quem liderava, mas a impressão era de que as líderes se reconheciam. O que *poderiam* estar tramando? O quê? Era uma pena que ela não pudesse simplesmente perguntar para Ferane, mas, ainda que a mulher tivesse se mostrado tolerante com perguntas alheias, ela não ousaria. Não por enquanto.

Mesmo concentrada, Seaine não conseguia manter a mente nessa questão. Ela sabia que estava encarando a porta e se preocupando com enigmas que não tinha como resolver só para evitar ficar olhando por cima dos ombros. Na direção de onde vinham aquelas lamúrias abafadas e gemidos fungados.

Como se pensar naqueles ruídos fosse um chamado, ela se virou devagarinho e olhou para as companheiras, a respiração ficando cada vez mais irregular à medida que a cabeça avançava cada centímetro. A neve caía implacavelmente sobre Tar Valon, lá no alto, mas a sensação no cômodo era de um calor inexplicável. Ela se obrigou *a ver*!

Em pé, com o xale de franjas marrons enlaçado nos cotovelos, Saerin mantinha uma perna afastada da outra e dedilhava o cabo da adaga altarana curva enfiada por trás da cinta. Uma raiva gélida deixava a compleição oliva corada o suficiente para fazer a cicatriz que lhe atravessava a mandíbula parecer um traço pálido. Em uma primeira impressão, Pevara parecia mais calma, apesar de uma das mãos apertar com força as saias com bordados vermelhos e a outra segurar o cilindro branco liso do Bastão dos Juramentos como se fosse um cajado de trinta centímetros que ela se mostrava pronta para usar. E bem que poderia estar. Pevara era bem mais durona do que sua aparência rechonchuda sugeria, e determinada o bastante para fazer Saerin parecer uma preguiçosa.

No outro lado da Cadeira do Remorso, a diminuta Yukiri tinha os braços cruzados junto ao corpo, a comprida franja cinza-prateada do xale estremecendo com seus calafrios. Umedecendo os lábios, ela deu uma olhadela preocupada em direção à mulher de pé ao seu lado. Doesine, parecendo mais um belo rapaz que uma irmã Amarela de considerável reputação, não demonstrava nenhuma reação ao que elas estavam fazendo. Era justo ela quem manipulava as tessituras que se prolongavam até a Cadeira e que olhava fixamente para o *ter'angreal*, tão concentrada em seu trabalho que a transpiração formava gotículas na pele clara da sua testa. Todas ali eram Votantes, inclusive a mulher esguia que se retorcia na Cadeira.

O suor ensopava Talene, emaranhando seus cabelos dourados e empapando o vestido de linho até deixá-lo grudado no corpo. O restante das roupas se encontrava amontoado em uma pilha em um canto. Suas pálpebras cerradas tremulavam, ela deixava escapar um fluxo constante de choramingos, muxoxos contidos e apelos interrompidos. Seaine se sentia mal, mas não podia desviar o olhar. Talene era sua amiga. Tinha sido sua amiga.

Apesar do nome, o *ter'angreal* não tinha nada a ver com uma cadeira, sendo apenas um grande bloco retangular de um cinza marmóreo. Ninguém sabia do que era feito, mas o material era duro como aço em todos os pontos, exceto em sua parte superior inclinada. A Verde escultural afundava um pouco no objeto, que, de alguma forma, se moldava a ela, não importava o quanto a mulher se contorcesse. As tessituras de Doesine fluíam para dentro da única fenda em qualquer ponto da Cadeira, um buraco retangular do tamanho de uma mão em uma das laterais, com ranhuras minúsculas espaçadas ao redor de forma irregular. Criminosos capturados em Tar Valon eram trazidos até ali embaixo para serem submetidos à Cadeira do Remorso, onde experimentavam consequências cuidadosamente selecionadas para seus crimes. Ao serem soltos, sempre fugiam da ilha. Quase não havia criminalidade em Tar Valon. Com o estômago embrulhado, Seaine se perguntava se aquilo tinha alguma semelhança com o uso que se fizera da Cadeira durante a Era das Lendas.

— O que ela está... vendo? — Mesmo contra a sua vontade, a pergunta escapuliu em forma de sussurro.

Talene estaria mais do que vendo. Para ela, tudo ali pareceria real. Graças à Luz, ela não tinha um Guardião, algo quase inédito para uma Verde. Segundo afirmara, uma Votante não tinha necessidade de um. Àquela altura, diferentes motivos lhe vinham à mente.

— Ela está recebendo chicotadas dos malditos Trollocs — disse Doesine com a voz rouca. Traços do seu sotaque cairhieno nativo se fizeram notar, algo raro de acontecer, a menos que estivesse sob estresse. — Quando tiverem terminado... ela será capaz de ver o caldeirão dos Trollocs fervendo no fogo e um Myrddraal vigiando-a. Deve saber que, em seguida, será um ou outro. Que me queime, se ela não ceder desta vez... — Irritada, Doesine limpou o suor da testa e respirou de maneira entrecortada. — Pare de sacudir meu cotovelo. Faz muito tempo que eu não faço isso.

— É a terceira vez — resmungou Yukiri. — Até os mais brutos desabam com a própria culpa depois de duas! E se ela for inocente? Luz, isto é como roubar ovelhas bem à vista do pastor! — Mesmo tremendo, ela dava um jeito de manter um ar majestoso, mas sempre soava como o que fora: uma mulher de vilarejo. Com uma expressão de náusea, ela olhou feio para as demais. — A lei proíbe que se use a Cadeira em iniciadas. Todas nós perderemos nossos assentos! E, se ser expulsas do Salão não bastar, é provável que nos mandem para o exílio. E que levemos chibatadas antes disso, só para piorar ainda mais! Que me queime, se estivermos erradas, todas nós seremos estancadas!

Seaine sentiu um calafrio. Dessa última parte, elas escapariam, caso suas suspeitas se provassem corretas. Não, suspeitas, não. Certezas. Elas tinham de estar certas! Mas, mesmo que estivessem, Yukiri tinha razão quanto ao resto. As leis da Torre raramente faziam concessões à necessidade ou a qualquer outro suposto bem maior. Se elas estivessem certas, porém, era um preço que valia a pena pagar. Por favor, que a Luz concedesse a dádiva de estarem certas!

— Você está cega e surda? — irrompeu Pevara, sacudindo o Bastão dos Juramentos para Yukiri. — Ela se recusou a refazer o Juramento de não falar nenhuma palavra que não seja verdade, e não poderia ser só por conta do orgulho estúpido da Ajah Verde, depois de tudo o que todas nós já fizemos. Quando a blindei, ela tentou me *apunhalar*! Será que *isso* sugere inocência? Será? Até onde ela sabia, só queríamos falar até a língua cansar! Que motivos ela teria para esperar mais que isso?

— Obrigada — interveio Saerin, seca — por dizerem o óbvio. É tarde demais para recuar, Yukiri, então é melhor seguirmos em frente. E, se eu fosse você, Pevara, não ficaria gritando com uma das quatro mulheres de toda a Torre em quem eu sei que posso confiar.

Yukiri enrubesceu e arrumou o xale, e Pevara se mostrou um tantinho envergonhada. Um tantinho. Todas ali podiam até ser Votantes, mas Saerin, com toda a certeza, assumira o comando. Seaine não estava certa do que achava daquilo. Poucas horas antes, ela e Pevara haviam sido velhas amigas, sozinhas em uma empreitada perigosa, duas iguais tomando decisões juntas. Àquela altura, tinham aliadas. Ela deveria estar agradecida por ter mais companheiras. O problema era que não estavam no Salão e não podiam se valer dos direitos de Votantes em uma situação como aquela. As hierarquias da Torre passaram a prevalecer, todas as distinções sutis e não tão sutis quanto a quem ocupava qual posição em relação a quem. Na verdade, Saerin havia sido tanto noviça quanto Aceita pelo dobro do tempo que a maioria delas, mas quarenta anos como Votante — mais que qualquer outra integrante do Salão — pesavam demais. Seaine poderia se considerar com sorte se Saerin perguntasse sua opinião, mais ainda se lhe pedisse um conselho, antes de decidir qualquer coisa. Uma tolice, mas ter ciência daquilo a espicaçava feito um espinho no pé.

— Os Trollocs estão arrastando-a para o caldeirão — alertou Doesine de repente com uma voz irritante. Um lamento tênue escapou pelos dentes cerrados de Talene, que se sacudiu tão forte que deu a impressão de vibrar. — Eu... Eu não sei se consigo... esse troço flamante... se consigo me fazer...

— Desperte-a — ordenou Saerin sem sequer olhar para qualquer outra e ver o que achavam. — Pare de bico, Yukiri, e prepare-se.

A Cinza lançou um olhar de orgulho ferido, mas, quando Doesine deixou as tessituras se dissiparem, e as pálpebras tremendo foram revelando os olhos azuis de Talene, o brilho de *saidar* circundou Yukiri, que, sem dar um pio, tratou de blindar a mulher largada na Cadeira. Saerin estava no comando, e ponto-final, todas elas sabiam. Um espinho bastante afiado.

A blindagem mal parecia necessária. Com o rosto tal qual uma máscara de terror, Talene tremia e ofegava como se tivesse corrido dez milhas sem parar. Continuava afundada na superfície macia, mas, sem Doesine canalizando, o objeto não adquiria mais a forma dela. Talene fitou o teto com os olhos esbugalhados e então tratou de cerrá-los, mas eles logo voltaram a se abrir. Quaisquer memórias que se escondessem por detrás daquelas pálpebras eram algo que ela não gostaria de encarar.

Dando as duas passadas largas que a separavam da Cadeira, Pevara empurrou o Bastão dos Juramentos na direção da mulher angustiada.

— Renegue todos os juramentos que a prendem e reassuma os Três Juramentos, Talene — ordenou com rispidez. Talene recuou como se o Bastão fosse uma serpente venenosa, e então se lançou para o outro lado enquanto Saerin se debruçava sobre ela.

— Na próxima vez, Talene, seu destino será o caldeirão. Ou os delicados cuidados dos Myrddraal. — O semblante de Saerin era implacável, mas, em comparação com seu tom de voz, parecia até brando. — Nada de despertar antes. E, se não adiantar, haverá uma outra vez, depois mais outra, e quantas forem necessárias, mesmo que tenhamos de ficar aqui embaixo até o verão. — Doesine abriu a boca para protestar, mas acabou se contentando com uma careta. Era a única entre todas que sabia operar a Cadeira, mas, no grupo, sua posição era tão baixa quanto a de Seaine.

Talene continuou encarando Saerin. Seus grandes olhos foram tomados por lágrimas, e ela começou a chorar, altos soluços ofegantes e desesperançados.

Sem nem olhar, ela se esticou e tateou o ar até Pevara enfiar-lhe nas mãos o Bastão dos Juramentos. Abraçando a Fonte, Pevara canalizou um fio de Espírito para o Bastão. Talene segurou o objeto da grossura de um pulso com tanta força, que suas juntas embranqueceram, mas ela se limitou a ficar soluçando.

Saerin se endireitou.

— Receio que esteja na hora de voltar a colocá-la para dormir, Doesine.

As lágrimas de Talene redobraram, mas ela conseguiu balbuciar em meio a elas.

— Eu... renego... todos os juramentos... que me prendem. — Com a última palavra, começou a berrar.

Seaine deu um pulo, e então engoliu em seco. Sabia, por experiência própria, a dor de remover um único juramento e especulara sobre a agonia de se remover mais de um ao mesmo tempo, mas ali a realidade estava diante dos seus olhos. Talene gritou até não lhe restar mais ar, para então recuperar o fôlego só para tornar a gritar, a ponto de Seaine acreditar que outras pessoas desceriam correndo da própria Torre. A Verde alta convulsionava, sacudindo os braços e as pernas, e então, de repente, arqueou-se até que só seus calcanhares e sua cabeça encostassem na superfície cinzenta, todos os músculos contraídos, o corpo inteiro se debatendo em espasmos.

Tão de uma hora para a outra quanto a convulsão se iniciara, Talene desabou como se não tivesse ossos e ficou ali caída aos prantos feito uma criança perdida. O Bastão dos Juramentos caiu de sua mão flácida e foi rolando pelo piso cinza íngreme. Yukiri murmurou algo que soou como uma oração fervente. Doesine continuava sussurrando.

— Luz! — Com a voz trêmula, ela não parava. — Luz! Luz!

Pevara apanhou o Bastão e voltou a cerrar os dedos de Talene em torno do objeto. A amiga de Seaine não tinha misericórdia, não quando o assunto era aquele.

— Agora faça os Três Juramentos! — ordenou.

Por um instante, a impressão que deu foi de que Talene poderia se recusar, mas, pouco a pouco, repetiu os juramentos que tornavam todas elas Aes Sedai e que as mantinham unidas: não dizer nenhuma palavra que não fosse verdade, nunca fabricar uma arma para uma pessoa matar outra, e nunca usar o Poder Único como arma, exceto contra Amigos das Trevas, Crias da Sombra ou em defesa da própria vida, da vida de seu Guardião ou de uma outra irmã. No fim, ela começou a chorar em silêncio, tremendo sem emitir nenhum som. Talvez fossem os juramentos tomando-a. Logo após serem proferidos, eram desconfortáveis. Talvez.

Em seguida, Pevara revelou o outro juramento que elas lhe exigiam. Talene se encolheu, mas murmurou as palavras em um tom desesperançado.

— Juro obedecer incondicionalmente a vocês cinco. — Fora isso, a mulher só fazia olhar impassivelmente para a frente, as lágrimas lhe escorrendo pelas bochechas.

— Responda com sinceridade — interpelou-a Saerin. — Você é da Ajah Negra?

— Sou. — A palavra saiu chiando, como se a garganta de Talene estivesse enferrujada.

Só de ouvir a resposta, Seaine ficou petrificada como jamais teria julgado possível. Havia se encarregado, afinal, de caçar a Ajah Negra e acreditava em sua missão, ao contrário de muitas irmãs. Ela machucara outra irmã, uma Votante, ajudara a trazer Talene na marra pelos corredores desertos do porão enrolada em fluxos de Ar, descumprira uma dezena de leis da Torre, cometera crimes sérios, tudo para ouvir uma resposta da qual tivera quase certeza antes mesmo de perguntarem. E agora havia escutado. A Ajah Negra de fato existia. Ela estava diante de uma irmã Negra, uma Amiga das Trevas que usava o xale. E acreditar nisso passou a ser uma mera sombra do que era confrontar a realidade. Apenas sua mandíbula cerrada quase a ponto de lhe causar dor evitava que seus dentes rangessem. Ela lutou para manter a compostura, para pensar com racionalidade. Mas pesadelos reais caminhavam pela Torre.

Uma delas expirou pesadamente, e Seaine se deu conta de que não era a única que via seu mundo virado de cabeça para baixo. Yukiri se sacudiu e então cravou o olhar em Talene como quem estava determinada a manter a blindagem da mulher mesmo que por pura força de vontade, se assim fosse necessário. Doesine corria a língua pelos lábios e, cheia de incerteza, alisava as saias douradas escuras. Só Saerin e Pevara demonstravam tranquilidade.

— Então — manifestou-se Saerin bem baixinho. Talvez "fraquinho" fosse uma definição melhor. — Então... Ajah Negra. — Ela respirou fundo, e sua voz ganhou contornos enérgicos. — Não há mais necessidade disso, Yukiri. Talene, você não tentará escapar nem resistir. Você nem sequer tocará na Fonte sem a permissão de uma de nós. Embora eu suponha que outra pessoa assumirá essa responsabilidade assim que nós a entregarmos. Yukiri?

A blindagem em torno de Talene se dissipou, mas o brilho em torno de Yukiri não se desfez, como se ela não confiasse no efeito do Bastão em uma irmã Negra.

Pevara franziu a testa.

— Antes de a entregarmos a Elaida, Saerin, quero arrancar dela o máximo possível. Nomes, lugares, o que for. Tudo que ela souber! — Amigos das Trevas haviam ceifado a vida da família inteira de Pevara, e Seaine tinha certeza de que a amiga partiria para o exílio pronta para caçar até a última irmã Negra como uma missão pessoal.

Ainda encolhida na Cadeira, Talene emitiu um som que parecia em parte uma risada amarga, em parte um choramingo.

— Quando vocês fizerem isso, estaremos todas mortas. Mortas! Elaida é da Ajah Negra!

— Não é possível! — irrompeu Seaine. — Foi a própria Elaida quem me deu a ordem.

— Ela deve ser — sussurrou levemente Doesine. — Talene acabou de refazer os juramentos e citou o nome dela!

Yukiri aquiesceu com veemência.

— Usem a cabeça — rosnou Pevara, balançando a cabeça em desgosto. — Vocês sabem tanto quanto eu que, se acreditarem em uma mentira, podem externá-la como se fosse verdade.

— E *isso* é verdade — concordou Saerin com firmeza. — De que provas você dispõe, Talene? Você já viu Elaida nas suas... reuniões? — Ela apertou o cabo da faca com tanta força que as juntas dos dedos embranqueceram. Saerin tivera de lutar mais que a maioria delas pelo xale, pelo direito de sequer permanecer na Torre. Para ela, a Torre era mais que seu lar, era mais importante que a própria vida. Se Talene desse a resposta errada, Elaida talvez não sobrevivesse para enfrentar um julgamento.

— Elas não fazem reuniões — disse ela, baixinho, em um tom soturno. — Exceto o Conselho Supremo, suponho. Mas ela deve ser. As Ajahs sabem de todos os relatórios que ela recebe, até dos secretos, de cada palavra que dizem a ela. Sabem de todas as decisões que ela toma antes que sejam anunciadas. Dias antes, às vezes semanas. Como poderia ser possível, a menos que Elaida conte para elas? — Fazendo força para se sentar, ela tentou encarar uma a uma com um olhar contundente, o que só fez seus olhos parecerem disparar, ansiosos. — Temos que ir, que encontrar um lugar para nos esconder. Vou ajudar vocês, contar tudo o que sei! Mas, se não partirmos, elas vão nos matar.

Seaine estranhou a rapidez com que Talene passara a se referir às suas antigas comparsas como "elas" e tentara se identificar com o grupo delas. Não, ela estava se esquivando do verdadeiro problema, e agir assim era uma tolice. Elaida *tinha mesmo* designado que ela descobrisse a Ajah Negra? Ela nem sequer mencionara o nome uma única vez. Será que se referia a alguma outra coisa? Elaida sempre quisera esganar qualquer uma que fizesse uma mera alusão à Negra. Praticamente todas as irmãs fariam o mesmo, mas...

— Elaida já se provou uma tola — observou Saerin —, e, mais de uma vez, me arrependi de tê-la defendido, mas não posso acreditar que ela seja da Ajah Negra, não sem mais provas que isso. — Sem dar um pio, Pevara fez um meneio em concordância. Sendo uma Vermelha, iria exigir muito mais.

— Pode até ser, Saerin — ponderou Yukiri —, mas não temos como segurar Talene aqui por muito tempo antes que as Verdes comecem a perguntar onde ela está. Sem falar na... Negra. Melhor decidirmos logo o que fazer, senão ainda estaremos escavando o fundo do poço quando começar a chover.

Talene abriu um sorrisinho tímido para Saerin que, provavelmente, tinha a intenção de parecer servil, mas que, sob a testa franzido da Votante Marrom, logo se desfez.

— Não nos atrevamos a falar nada para Elaida até termos como desmantelar a Negra com um único golpe — concluiu Saerin, por fim. — Não discuta, Pevara. É bom senso. — Pevara jogou as mãos para cima e estampou um semblante teimoso no rosto, mas se calou. Saerin prosseguiu: — Se Talene estiver certa, a Negra já sabe a respeito de Seaine ou saberá em breve, de modo que precisamos garantir a segurança dela o máximo que pudermos. Com apenas nós cinco, não vai ser fácil. Não podemos confiar em *ninguém* até termos certeza de cada uma delas! Ao menos temos Talene, e sabe lá o que ainda vamos descobrir até arrancarmos tudo dela.

Talene tentou se mostrar disposta a que lhe arrancassem tudo, mas nenhuma delas estava lhe dando a menor atenção. Seaine ficara de garganta seca.

— Pode ser que não estejamos totalmente sozinhas — conjecturou Pevara com relutância. — Seaine, conte para elas da sua pequena trama com Zerah e as amigas dela.

— Trama? — estranhou Saerin. — Quem é Zerah? Seaine? Seaine!

Seaine se sobressaltou.

— O quê? Ah... Pevara e eu descobrimos um ninho de rebeldes aqui dentro da Torre — iniciou ela, ofegante. — Dez irmãs enviadas para semear a discórdia. — Saerin garantiria a segurança dela, é? E sem nem bem perguntar. Ela era uma Votante, vinha sendo Aes Sedai havia quase cento e cinquenta anos. Que direito Saerin ou qualquer outra tinha de...? — Pevara e eu já começamos a dar um fim nisso. Já obrigamos uma delas, Zerah Dacan, a fazer o mesmo juramento adicional que Talene fez, além de a mandarmos levar Bernaile Gelbarn até os meus aposentos nesta tarde sem levantar nenhuma suspeita dela. — Luz, qualquer irmã fora daquele cômodo poderia ser Negra. Qualquer uma. — Então, vamos usar essas duas para trazer outra, até que todas tenham sido obrigadas a jurar obediência. Claro que faremos a mesma pergunta que fizemos a Zerah, a mesma que fizemos a Talene. — Podia ser que a Ajah Negra já tivesse o nome dela, já soubesse que ela se dispusera a caçá-las. Como Saerin poderia mantê-la segura? — As que derem a resposta errada podem ser questionadas e as que responderem certo podem compensar parte da traição caçando as Negras sob o nosso comando.

Como, Luz?

Quando ela terminou, as outras discutiram a questão por um certo tempo, o que só poderia significar que Saerin não estava certa quanto à decisão que tomaria. Yukiri insistia em entregar Zerah e suas cúmplices de imediato, caso isso pudesse ser feito sem expor a própria situação delas no que dizia respeito a Talene. Pevara, ainda que sem entusiasmo, era a favor de usar as rebeldes. A dissidência que elas vinham espalhando girava em torno de histórias repugnantes sobre a Ajah Vermelha e Dragões falsos. Doesine parecia sugerir que elas sequestrassem todas as irmãs da Torre e as obrigassem a fazer o juramento adicional, mas as outras três não lhe davam muita atenção.

Seaine não participou da discussão. Sua reação àquele dilema, em sua visão, foi a única possível. Cambaleando até o canto mais próximo, ela vomitou copiosamente.

Elayne tentou não ranger os dentes. Lá fora, outra nevasca açoitava Caemlyn, escurecendo o céu do meio-dia o suficiente para obrigar todas as lamparinas ao longo das paredes ornamentadas da sala do trono a estarem acesas. Lufadas furiosas chacoalhavam os batentes instalados nas altas janelas arqueadas. Lampejos de relâmpagos iluminavam as vidraças transparentes, e trovões ecoavam lá no alto. Neve com trovoada, o pior tipo de tempestade de inverno, a mais violenta. O aposento não estava exatamente frio, mas... abrindo os dedos diante das toras que crepitavam na ampla lareira de mármore, ela conseguia sentir um friozinho subindo por entre as camadas de tapetes dispostos sobre as lajotas, e atravessando suas pantufas de veludo mais felpudas. O colarinho e as mangas grossas de pele de raposa negra do vestido vermelho e branco eram bonitos, mas ela não tinha certeza se nem um nem outro esquentavam-na mais do que as pérolas que enfeitavam as mangas. Não se permitir ser afetada pelo frio não era o mesmo que ignorar sua presença.

Onde *estava* Nynaeve? E Vandene? Seus pensamentos rosnavam feito o tempo feio. *Elas já deveriam estar aqui! Luz! Eu querendo aprender a ficar sem dormir, e elas levando o tempo que bem entendem!* Não, isso era injusto. Poucos dias tinham se passado desde sua reivindicação formal ao Trono do Leão e, para ela, todo o resto devia estar em segundo plano por enquanto. Nynaeve e Vandene tinham outras prioridades, outras responsabilidades, como elas diziam. Nynaeve estava enrolada até o pescoço com seus planos com Reanne e o restante do Círculo do Tricô para tirar as Comadres das terras controladas pelos Seanchan antes que elas fossem descobertas e encoleiradas. A Confraria era muito eficiente em se manter discreta, mas os Seanchan não as confundiriam com bravias como as Aes Sedai o fizeram. Claramente, Vandene ainda estava abalada com a morte de sua irmã, mal se alimentando e pouquíssimo apta a dar qualquer tipo de conselho. A parte de estar comendo mal era verdade, mas encontrar o algoz a consumia. Perambulava supostamente enlutada pelos corredores em horários inusitados, caçando em segredo o Amigo das Trevas que se encontrava entre elas. Três dias antes, só de pensar no assunto, Elayne sentia calafrios. Àquela altura, era só mais um perigo entre vários. Mais íntimo que a maioria deles, verdade, mas só que a maioria.

Elas vinham realizando tarefas importantes, aprovadas e incentivadas por Egwene, mas ela ainda gostaria que se apressassem, por mais egoísta que isso pudesse ser. Vandene dava uma infinidade de bons conselhos, a vantagem de sua longa experiência e seus estudos, e os anos de Nynaeve lidando com o Conselho da Aldeia e o Círculo das Mulheres ainda em Campo de Emond lhe davam um olhar arguto para o lado prático da política, por mais que ela negasse. *Que me queime, eu tenho centenas de problemas, alguns deles aqui no Palácio, e* preciso *delas!* Se coubesse a *ela* decidir, Nynaeve al'Meara seria a assessora Aes Sedai da próxima Rainha de Andor. Ela precisava de toda a ajuda que pudesse encontrar, ajuda em que pudesse confiar.

Passando a mão pelo rosto, deu as costas para o braseiro em chamas. Treze poltronas altas, com entalhes simples, mas feitos com esmero, desenhavam um arco em formato de ferradura à frente da lareira. Paradoxalmente, o lugar de honra, onde a Rainha se sentaria caso recebesse pessoas ali, era o mais distante do calor do fogo. Do jeito que estava. Suas costas começaram a esquentar de imediato, a frente, a esfriar. Lá fora, a neve caía, os trovões ribombavam e os relâmpagos cintilavam. Na mente dela também. Calma. Uma governante necessitava tanto de calma quanto qualquer Aes Sedai.

— Tem que ser os mercenários — ponderou, sem conseguir esconder o arrependimento na voz. Os homens de armas das propriedades dela sem dúvida começariam a chegar dentro de um mês, tão logo soubessem que ela estava viva, mas era possível que só na primavera um número significativo viesse, e os homens que Birgitte vinha recrutando demandariam metade de um ano ou mais até estarem aptos para cavalgar e manejar uma espada ao mesmo tempo. — E Caçadores da Trombeta, caso algum se aliste e jure lealdade. — Havia uma porção de ambos presos em Caemlyn por conta do clima. Segundo a maioria do povo, até demais, farreando, brigando e aporrinhando mulheres que não queriam saber de suas atenções. Pelo menos Elayne arranjaria alguma serventia para eles, para que pusessem um fim a problemas, em vez de causá-los. Ela queria acreditar que não estava apenas tentando se convencer disso, por enquanto. — Caros, mas os cofres vão cobrir os gastos. — Por um breve período, cobririam. Era melhor ela começar a receber logo os rendimentos de suas propriedades.

Maravilha das maravilhas, as duas mulheres que se encontravam de pé diante dela reagiram praticamente da mesma maneira.

Dyelin deixou escapar um grunhido irritado. Um broche de prata grande e redondo trabalhado com o Carvalho e a Coruja de Taravin estava preso na gola alta do seu vestido verde-escuro, a única joia que usava. Uma demonstração de orgulho de sua Casa, talvez orgulho demais, já que o Grão-trono da Casa Taravin era uma mulher orgulhosa em todos os sentidos. Viam-se mechas grisalhas em seus cabelos dourados, e linhas finas nos cantos dos olhos, mas seu rosto era forte, o olhar firme e impassível. A mente era uma lâmina. Ou uma espada, quem sabe. Uma mulher franca, ou ao menos aparentava ser, que não escondia sua opiniões.

— Os mercenários sabem trabalhar — pontuou, arrogante —, mas são difíceis de controlar, Elayne. Quando você precisa do toque de uma pluma, eles têm a tendência de ser um martelo, e quando precisa de um martelo, eles tendem a estar em outro lugar, e roubando, ainda por cima. São leais ao ouro, e só enquanto o ouro durar. Isso se não traírem antes, por mais ouro. Tenho certeza de que, desta vez, Lady Birgitte concordará comigo.

Com os braços cruzados e as pernas com botas de salto afastadas uma da outra, Birgitte fez uma careta, como sempre era o caso quando alguém a chamava por seu novo título. Elayne lhe garantira uma propriedade assim que elas chegaram a Caemlyn, onde poderia ser registrada. Em particular, Birgitte não parava de resmungar por conta disso *e* da outra mudança em sua vida. Suas calças azul-celeste tinham um corte igual ao que ela costumava usar, folgadas, mas agarradas junto aos tornozelos, porém o casaquinho vermelho possuía uma gola alta branca e punhos largos da mesma cor com listras douradas. Era Lady

Birgitte Trahelion *e* a Capitã-General da Guarda da Rainha, pelo que podia resmungar e se queixar como bem entendesse, desde que não em público.

— Concordo — rosnou com relutância, dedicando a Dyelin uma cara feia nem tão de soslaio assim. O elo de Guardiã transmitia o que Elayne estivera sentindo a manhã inteira: frustração, irritação, determinação. Parte disso, no entanto, podia ser reflexo dela própria. As duas se espelhavam de maneira surpreendente desde que estabeleceram o elo emocional e em outros sentidos. Ora, até as regras de Elayne haviam mudado em uma semana para coincidir com as da outra mulher!

Estava claro que a relutância de Birgitte em aceitar a segunda melhor opção era quase igual a sua relutância em concordar.

— Os Caçadores não são tão diferentes assim, Elayne — resmungou. — Eles fizeram o Juramento do Caçador em busca de aventura e de um lugar nas histórias, se possível, não para sossegarem obedecendo à lei. Metade é um bando de pedantes presunçosos que empina o nariz para todo mundo, e o resto desses flamantes não só corre os riscos necessários, como vai atrás de riscos para correr. E, ao menor sinal de um boato sobre a Trombeta de Valere, você pode se considerar com sorte se só dois em cada três desaparecerem da noite para o dia.

Dyelin abriu um sorrisinho como se tivesse levado a melhor em uma discussão. Água e óleo eram piores do que aquelas duas. Ambas conseguiam se dar relativamente bem com quase todo mundo, mas, por algum motivo, elas poderiam bater boca sobre a cor do carvão. Poderiam e bateriam.

— Além do quê, tanto Caçadores quanto mercenários são, quase todos, estrangeiros. Isso vai desagradar nobreza e plebeus. Muito. A última coisa que você quer é incitar uma rebelião.

Um relâmpago estalou, iluminando rapidamente os batentes, e um ribombar de trovão mais estrondoso que o habitual pontuou suas palavras. Em mil anos, sete Rainhas de Andor haviam sido depostas por rebeliões declaradas, e era provável que as duas sobreviventes desejassem não ter sobrevivido.

Elayne sufocou um suspiro. Em uma das mesinhas embutidas junto das paredes, havia uma pesada bandeja de prata com cordames contendo copos e um cântaro alto com vinho quente. Vinho morno, àquela altura. Ela canalizou brevemente, Fogo, e uma fina nuvenzinha de vapor se ergueu do objeto. O reaquecimento dava aos temperos um leve amargor, mas sentir a quentura do copo de prata trabalhada em suas mãos valia a pena. Ela se esforçou para resistir ao desejo de usar o Poder para aquecer o ar do cômodo e soltou a Fonte, até porque o calor só duraria enquanto ela mantivesse as tessituras. Já dominara sua relutância em soltar *saidar* toda vez que o abraçava — em certa medida, enfim —, mas, nos últimos tempos, o desejo de abraçar mais ficava cada vez maior. Toda irmã precisava enfrentar esse perigoso desejo. Um gesto seu convidou as outras a servirem o próprio vinho.

— Vocês sabem qual é a situação — advertiu-as. — Só uma tola não a entenderia como algo extremo, e nenhuma de vocês é tola. — A Guarda não era nem sombra do que já havia sido, um punhado de homens aceitáveis e o dobro disso de brutos e valentões que serviriam melhor para expulsar bêbados de tavernas, ou serem expulsos eles próprios. E, com os saldaeanos já longe e os Aiel indo embora, a criminalidade vinha brotando feito erva daninha na primavera. Ela poderia até ter imaginado que a neve arrefeceria os ânimos, mas cada dia trazia novos roubos, incêndios criminosos e coisa pior. A situação *vinha* piorando dia a dia. — Desse jeito teremos levantes dentro de poucas semanas. Talvez antes. Se eu não for capaz de manter a ordem nem mesmo em Caemlyn, o povo *vai* se voltar contra mim. — Se ela não conseguisse manter a ordem nem na capital, melhor anunciar ao mundo que era inapta para reinar. — Não gosto que seja assim, mas, já que precisa ser feito, será. — As duas abriram a boca, prontas para prolongar a discussão, mas Elayne não lhes deu chance e concluiu com firmeza. — Será feito.

A trança dourada de Birgitte, que ia até a cintura, balançou quando a arqueira assentiu, mas sua aceitação ressentida podia ser percebida por meio do elo. Seu entendimento da relação delas de Aes Sedai e Guardiã era sem dúvida peculiar, mas ela aprendera a reconhecer quando Elayne não aceitaria pressões. Depois de um tempo, aprendera. Havia a propriedade e o título. E o comando da Guarda. E algumas outras questõezinhas.

Dyelin curvou de leve o pescoço, e talvez os joelhos, no que poderia ser uma mesura, mas seu semblante era pétreo. Era bom lembrar que muitos dos que não queriam Elayne Trakand no Trono do Leão queriam, em vez dela, Dyelin Taravin. A mulher vinha sendo prestativa, mas ainda eram os primeiros dias, e, às vezes, uma vozinha irritante cochichava algo lá no fundo da mente de Elayne. Estaria Dyelin só esperando que ela se atrapalhasse toda para tomar a frente e "salvar" Andor? Alguém prudente o bastante, desonesta o bastante, poderia optar por esse caminho, e até ter êxito.

Elayne levantou a mão para esfregar a têmpora, mas disfarçou e só arrumou o cabelo. Suspeitas de mais, confiança de menos. O Jogo das Casas infectara Andor desde que ela partira para Tar Valon. Sua gratidão por seus meses entre as Aes Sedai devia-se a mais do que ter assimilado o Poder. Para a maioria das irmãs, o *Daes Dae'mar* era ar e alimento. E também sentia gratidão pelos ensinamentos de Thom. Sem ambos, talvez não tivesse sobrevivido por tanto tempo após seu retorno. Que a Luz concedesse a dádiva de que Thom estivesse em segurança. De que ele, Mat e os outros tivessem escapado dos Seanchan e estivessem a caminho de Caemlyn. Todos os dias, desde a partida de Ebou Dar, ela rezava pela segurança deles, e uma breve oração era a única coisa para a qual Elayne tinha tempo no momento.

Tomando para si a cadeira no centro do arco, a cadeira da Rainha, ela tentou parecer uma, as costas eretas, a mão livre repousando tranquila no braço entalhado da mobília. *Não basta parecer uma rainha,* dizia-lhe sua mãe com frequência, *mas ter uma boa cabeça, um domínio zeloso das questões e bravura no coração não valerão de nada se o povo não a enxergar como rainha.* Birgitte a observava de perto, de forma quase suspeitosa. Às vezes, o elo era, sem dúvida nenhuma, uma inconveniência! Dyelin levou seu copo de vinho até os lábios.

Elayne respirou fundo. Abordara essa questão a partir de todas as perspectivas que enxergava, e não conseguia ver outra opção.

— Birgitte, na primavera, quero que a Guarda seja um exército igual ao que *dez* Casas possam levar a campo. — Impossível chegar a tanto, provavelmente, mas o simples fato de tentar significava manter os mercenários que se alistassem agora e encontrar outros mais, alistar qualquer homem que demonstrasse a menor aptidão. Luz, que baita enrascada!

Dyelin se engasgou, os olhos se arregalando, e sua boca borrifou o vinho escuro. Ainda gaguejando, ela sacou da manga um lenço de bordas rendadas e deu batidinhas no queixo.

Uma onda de pânico de Birgitte atravessou o elo.

— Ah, que me queime, Elayne, você não pode estar dizendo que...! Eu sou arqueira, não general! É a única coisa que sempre fui, você ainda não entendeu? Só fiz o que precisei fazer, o que as circunstâncias me obrigaram! Enfim, eu não sou mais ela, sou só eu e...! — Ela interrompeu a frase, se dando conta de que talvez tivesse se excedido. Não era a primeira vez. Seu rosto enrubesceu quando Dyelin a olhou cheia de curiosidade.

Elas haviam espalhado a notícia de que Birgitte era de Kandor, onde as mulheres do interior usavam algo parecido com aquelas roupas, mas era visível que Dyelin suspeitava da mentira. E toda vez que Birgitte soltava a língua, ficava mais perto de também deixar o segredo escapar. Elayne lhe lançou um olhar que dava a entender que teriam uma conversinha mais tarde.

Ela jamais teria imaginado que as bochechas de Birgitte pudessem ficar ainda mais vermelhas que aquilo. A mortificação afogava qualquer outro sentimento no elo, inundando-o até Elayne sentir o próprio rosto corando. Ela foi logo adotando uma expressão inflexível, esperando que suas bochechas rubras passassem por algo diferente de um desejo intenso de ficar envergonhada em seu assento por conta da humilhação de *Birgitte*. Esse efeito espelhado poderia ser *mais* que uma mera inconveniência!

O olhar de Dyelin pousou só alguns instantes em Birgitte. Enfiando o xale de volta no lugar, ela pousou o copo na bandeja com todo o cuidado e, em seguida, plantou as mãos na cintura. A esta altura, seu rosto estava mais para uma noite de tempestade.

— A Guarda sempre foi o *coração* do exército de Andor, Elayne, mas isso... Pela misericórdia da Luz, isso é uma loucura! Você poderia fazer todos se voltarem contra você, do Rio Erinin às Montanhas da Névoa!

Elayne tratou de manter a calma. Se estivesse errada, Andor se transformaria em outra Cairhien, em mais uma terra encharcada de sangue e tomada pelo caos. E ela morreria, claro, um preço não tão alto em comparação aos prejuízos. Não tentar era impensável e, em todo caso, teria o mesmo resultado para Andor que um fracasso. Tranquila, serena, absolutamente calma. Uma rainha não podia transparecer medo nem quando era esse o caso. Menos ainda quando era esse o caso. Sua mãe sempre dissera que decisões devem ser explicadas o mínimo possível. Quanto mais explicadas, mais explicações se faziam necessárias, até que todo o seu tempo passava a ser só para isso. Gareth Bryne recomendava explicar, se possível, já que as pessoas agiriam melhor se soubessem o que e por quê. Neste momento, ela seguiria Gareth Bryne. Muitas vitórias haviam sido obtidas ouvindo os conselhos dele.

— Tenho três oponentes declaradas. — E talvez uma não declarada. Ela se obrigou a encarar Dyelin. Não com raiva, apenas fazendo contato visual. Ou talvez Dyelin tivesse entendido aquilo como raiva, com sua mandíbula constrita e o rosto enrubescido. Se fosse isso, tudo bem. — Sozinha, Arymilla é insignificante, mas Nasin uniu a Casa Caeren a ela, e, esteja ele são ou não, esse apoio significa que ela deve ser considerada. Naean e Elenia estão encarceradas, mas seus homens de armas, não. O pessoal de Naean pode hesitar e se desentender até encontrar uma líder, mas Jarid é o Grão-trono de Sarand e vai assumir riscos para alimentar a ambição da esposa. A Casa Baryn e a Casa Anshar flertam com ambas. O *melhor* dos cenários para mim é que uma apoie Sarand e a outra, Arawn. Dezenove Casas em Andor têm força suficiente para que as Casas menores sigam seu comando. Seis estão em conluio contra mim, e eu tenho duas. — Seis até o momento, e era uma dádiva da Luz que ela tivesse duas! Ela nem citaria as três grandes Casas que já tinham praticamente declarado apoio a Dyelin. Pelo menos Egwene as tinha ocupadas em Murandy por ora.

Elayne apontou para uma cadeira perto dela, e Dyelin se sentou, arrumando as saias com todo o cuidado. Já não se viam nuvens tempestuosas no semblante da mulher mais velha. Ela analisou Elayne sem dar a menor pista sobre suas perguntas ou conclusões.

— Estou tão ciente de tudo isso quanto você, Elayne, mas Luan e Ellorien lhe trarão suas Casas, assim como Abelle, tenho certeza. — Sua voz também denotava cuidado, mas foi ganhando força à medida que ela prosseguiu. — A partir daí, outras Casas terão bom juízo. Desde que você não as apavore ou lhes *tire* o juízo. Luz, Elayne, isso não é uma Sucessão. Trakand sucedendo Trakand, não uma outra Casa. Até as Sucessões raramente descambam para a briga! Se transformar a Guarda em um exército, você colocará tudo em risco.

Elayne deixou a cabeça pender para trás, mas sua gargalhada não teve nada de engraçada, combinando à perfeição com os trovões.

— Já arrisquei tudo no dia em que voltei para casa, Dyelin. Você está dizendo que Norwelyn e Traemane virão para o meu lado, Pendar também? Ótimo, então eu tenho cinco para enfrentar seis. Não creio que as outras Casas "terão bom juízo", como você colocou. Se alguma delas agir, antes de estar claro como a luz do sol que a Coroa de Rosas é minha, será para ficar contra mim, não a favor.

Com sorte, esses lordes e ladies evitariam se associar a comparsas de Gaebril, mas Elayne não gostava de contar com a sorte. Ela não era Mat Cauthon. Luz, a maioria das pessoas tinha certeza de que Rand havia matado a mãe dela, e poucos acreditavam que "Lorde Gaebril" tinha sido um dos Abandonados. Reparar os estragos que Rahvin fizera em Andor poderia levar a vida de Elayne inteira mesmo que ela conseguisse ter a longevidade das Comadres! Algumas Casas se recusariam a lhe dar apoio por conta dos absurdos que Gaebril perpetrara em nome de Morgase, e outras porque Rand anunciara que pretendia "dar" o trono a ela. Elayne o amava até o último fio de cabelo, mas que a Luz o *queimasse* por ter aberto a boca para falar *isso*! Mesmo que tenha sido o que segurou as rédeas de Dyelin. Até o pequeno agricultor mais modesto de Andor faria uso de sua foice para arrancar uma marionete do Trono do Leão!

— Se possível, quero evitar que andorianos matem andorianos, Dyelin, mas, Sucessão ou não, Jarid está pronto para a briga, mesmo com Elenia aprisionada. Naean está pronta para a briga. — Melhor trazer as duas a Caemlyn o quanto antes, já que era muitíssimo possível que ambas mandassem mensagens, e ordens, de Aringill. — *Arymilla* está pronta, tendo os homens de Nasin a apoiando. Para elas, isso *é* uma Sucessão, e a única forma de *impedi-las* de lutar é estar tão forte que não ousem fazer isso. Se Birgitte tiver como transformar a Guarda em um exército até a primavera, então que bom, porque, se eu não tiver um exército até lá, *vou* precisar de um. E, como se isso não bastasse, não se esqueça dos Seanchan. Eles não vão ficar satisfeitos só com Tanchico e Ebou Dar. Eles querem tudo. Não vou permitir que Andor seja deles, Dyelin, como não vou permitir que seja de Arymilla. — Lá no alto, uma trovoada rugiu.

Virando-se de leve para trás para olhar para Birgitte, Dyelin umedeceu os lábios. Sem que percebesse, seus dedos beliscavam as saias. Quase nada a amedrontava, mas as histórias dos Seanchan, sim. O que ela resmungou, contudo, como se falasse consigo mesma, foi:

— Eu tinha esperanças de evitar uma guerra civil. — E *aquilo* poderia não significar nada, ou muita coisa! Talvez algumas sondagens esclarecessem qual das duas opções.

— Gawyn — disse Birgitte de repente. Seu semblante ganhara leveza, assim como as emoções que fluíam pelo elo. O que mais se podia perceber era alívio. — Quando ele chegar, vai assumir o comando. Ele será o nosso Primeiro Príncipe da Espada.

— Pelo leite no seio de uma mãe! — irrompeu Elayne, no que um relâmpago estourou atrás das janelas para lhe dar ainda mais ênfase. Por que a mulher tinha de mudar de assunto justo *agora*? Dyelin tomou um susto, e o calor voltou a inundar o rosto de Elayne. Pela boca escancarada da mulher mais velha, ela tinha perfeita noção de quão grosseiro havia sido seu xingamento. Acabou sendo algo estranhamente embaraçoso, e o fato de Dyelin ter sido amiga de sua mãe não deveria ter tido a menor importância. Sem pensar, Elayne tomou um longo gole de vinho e quase se engasgou com o amargor. Ela tratou de suprimir as imagens de Lini ameaçando lavar sua boca e se lembrou de que era uma mulher adulta com um trono a conquistar, duvidando de que sua mãe tivesse se sentido tola com tanta frequência.

— Ele será, sim, Birgitte — continuou, mais calma. — Quando chegar. — Três mensageiros estavam a caminho de Tar Valon. Mesmo que nenhum deles conseguisse passar por Elaida, Gawyn acabaria por ficar sabendo que ela fizera sua reivindicação e viria. Elayne precisava desesperadamente dele. Ela não se via como general, e Birgitte tinha tanto receio de não estar à altura do que as lendas contavam a seu respeito que às vezes dava a impressão de ter medo de tentar. Enfrentar um exército, sim. Liderar, nunca, sob nenhuma circunstância!

Birgitte estava plenamente ciente do nó na própria mente. Naquele momento, sua expressão era gélida, mas suas emoções estavam tomadas por vergonha e raiva de si mesma, essa última aumentando a cada instante. Com uma pontada de irritação, Elayne abriu a boca para responder ao comentário de Dyelin sobre uma possível guerra civil antes de começar a refletir sobre a raiva de Birgitte.

Antes que pudesse dizer uma única palavra, porém, as altas portas vermelhas se abriram. Sua esperança de ver Nynaeve ou Vandene foi desfeita pela entrada de duas mulheres do Povo do Mar, ambas descalças, apesar do frio.

Uma nuvem de perfume almiscarado chegou flutuando antes delas, e as duas, por si sós, constituíam um desfile de blusas e calças de seda brocadas brilhantes, adagas com joias incrustadas e colares de ouro e marfim. E outras joias. Os cabelos negros lisos com mechas brancas nas têmporas por pouco não escondiam as dez argolinhas grossas de ouro nas orelhas de Renaile din Calon, mas a arrogância em seus olhos escuros era tão nítida quanto a corrente dourada cheia de argolas que ligava um dos brincos da orelha à argola do nariz. Sua expressão era impassível, e, apesar de um balanço gracioso em seu jeito de andar, a impressão era de que ela estava pronta para atravessar uma parede. Quase um palmo mais baixa que sua acompanhante e mais negra que ônix, Zaida din Parede ostentava cinquenta por cento a mais de argolas douradas penduradas em sua bochecha esquerda e exalava um ar mais de comando que de arrogância, uma certeza absoluta de que seria obedecida. O grisalho pontilhava seu penteado de cachos pretos bem enrolados, mas a mulher era deslumbrante, uma daquelas que a idade ia tornando ainda mais bonitas.

Dyelin se encolheu toda ao vê-las e, em um gesto instintivo, meio que levou uma das mãos ao nariz, reação até bem comum de pessoas que não estavam acostumadas com os Atha'an Miere. Elayne fez uma careta, e não por conta das argolas que elas ostentavam no nariz. Chegou a considerar até um outro xingamento, algo ainda mais... contundente. Tirando os Abandonados, ela não conseguiria citar duas pessoas que tivesse menos vontade de ver naquele momento. Reene devia tomar conta para que aquilo não acontecesse!

— Perdão — desculpou-se, levantando-se devagar —, mas agora estou ocupadíssima. Questões de Estado, se me entendem, senão eu as receberia como suas posições merecem. — O Povo do Mar era exigente quanto a cerimônias e decoro, ao menos em seus próprios termos. Era bem provável que as duas tivessem passado pela Criada-chefe ao simplesmente não lhe dizer que queriam falar com Elayne, e era bem possível que se ofendessem caso ela as recebesse sentada antes de a coroa lhe pertencer. E que a Luz queimasse ambas, mas ela não podia se dar ao luxo de ofender ninguém. Birgitte apareceu ao seu lado e fez uma reverência formal para tomar-lhe o copo. O elo de Guardiã exigia prudência. Ela sempre ficava mais animada na presença do Povo do Mar, e também já deixara a língua escapulir perto delas. — Vejo vocês ainda hoje, mais tarde — completou Elayne, acrescentando: — Queira a Luz. — Elas também eram entusiastas de modos cerimoniais de se expressar, e aquela frase demonstrava cortesia *e* encerrava a conversa.

Renaile não parou até se colocar bem à frente de Elayne, próxima demais. Uma mão tatuada fez um gesto rude dando-lhe permissão para se sentar. Permissão!

— Você tem me evitado. — Sua voz era grave para uma mulher, e tão fria quanto a neve que caía no telhado. — Lembre-se de que eu sou a Chamadora de Ventos de Nesta din Reas Duas Luas, Senhora dos Navios dos Atha'an Miere. Você ainda precisa cumprir o restante do acordo que fez pela sua Torre Branca. — O Povo do Mar estava ciente da cisão na Torre. Àquela altura, todo mundo e mais alguns já sabiam, mas Elayne não julgara conveniente aumentar ainda mais suas dificuldades tornando público de que lado estava. Ainda não. Renaile arrematou em um tom imperioso de comando. — Você *vai* tratar comigo, e *agora*!

A cerimônia e o decoro tinham ido por água abaixo.

— Ela tem evitado a mim, acredito, e não a você, Chamadora de Ventos. — Em contraste com Renaile, Zaida soava como se estivesse apenas conversando. Em vez de andar depressa pelos tapetes, movia-se lentamente pelo aposento, fazendo pausas para tocar em um vaso verde comprido de porcelana fina, depois ficando na pontinha dos pés para espiar por um caleidoscópio de quatro tubos posicionado sobre um tripé alto. Quando olhava de relance na direção de Elayne e Renaile, um brilho divertido fazia seus olhos negros reluzirem. — Afinal de contas, o acordo foi feito com Nesta din Reas, e tratava dos navios. — Além de Mestra das Ondas do Clã Catelar, Zaida era embaixadora da Senhora dos Navios. Junto a Rand, não Andor, mas sua credencial lhe dava autoridade para falar e pressionar em nome da própria Nesta. Trocando um tubo com gravações em ouro por outro, ela voltou a ficar na ponta dos pés para espiar pela lente. — Vocês prometeram aos Atha'an Miere vinte professoras, Elayne. Até agora, só entregaram uma.

A chegada daquelas mulheres havia sido tão repentina, tão dramática, que Elayne se surpreendeu ao ver Merilille se virar após fechar as portas. Ainda mais baixa que Zaida, a irmã Cinza estava elegante em um vestido de lã azul-escura arrematado por uma pele prateada e costurado com pequenas pedras-da-lua ao longo do corpete. Pouco mais de duas semanas ensinando as Chamadoras de Ventos já haviam produzido mudanças. Em sua maioria, eram mulheres poderosas, com sede de conhecimento, mais do que prontas para espremer Merilille feito uva no lagar, exigindo até a última gota de suco. Antes, Elayne a enxergara como uma mulher segura de si e incapaz de se surpreender, mas, àquela altura, Merilille vivia de olhos arregalados e boca semiaberta, como se tivesse acabado de levar um susto que lhe roubara metade do juízo e esperasse outro a qualquer momento. Com as mãos apoiadas sobre a cintura, ela esperava junto à porta, e parecia aliviada por não estar no centro das atenções.

Bufando alto, Dyelin se pôs de pé e fez uma cara feia para Zaida e Renaile.

— Tomem cuidado com o modo como falam — rugiu. — Vocês agora estão em Andor, não em um de seus navios, e Elayne Trakand será Rainha de Andor! O *acordo* de vocês será cumprido a seu tempo. Por ora, temos questões mais importantes com que nos preocupar.

— Pela Luz, não há nada mais importante — rosnou Renaile de volta, atacando-a. — Você afirma que o acordo será cumprido? Então está dando uma garantia. Saiba que também haverá espaço para pendurar você pelos tornozelos nos cordames caso...

Zaida estalou os dedos. Apenas isso. Mas um tremor perpassou Renaile. Apanhando a caixinha de aromas dourada que pendia de um de seus colares, Renaile pressionou-a junto ao nariz e aspirou com gosto. Ela podia até ser a Chamadora de Ventos da Senhora dos Navios, uma mulher de grande autoridade e poder entre os Atha'an Miere, mas, para Zaida, ela era... uma Chamadora de Ventos. O que lhe feria demais o orgulho. Elayne tinha certeza de que deveria haver um jeito de usar isso para mantê-las bem longe, mas não encontrara, ainda. Ah, sim... Para o bem e para o mal, o *Daes Dae'mar* agora a impregnava até os ossos.

Ela passou deslizando pelo aposento, em torno de uma silenciosamente furiosa Renaile, como se contornasse uma coluna, mas não em direção a Zaida. Se alguém ali tinha o direito de ser casual, era Elayne. Ela não podia se dar ao luxo de conceder a Zaida um fio de cabelo de vantagem, senão a Mestra das Ondas lhe rasparia o couro cabeludo para os fabricantes de perucas. Junto à lareira, ela tornou a abrir as mãos diante das chamas.

— Nesta din Reas confiou que cumpriríamos o acordo, senão jamais teria concordado em fazê-lo — argumentou com toda a calma. — Vocês já recuperaram a Tigela dos Ventos, mas reunir outras dezenove irmãs para se juntarem a vocês requer tempo. Sei que estão preocupadas com os navios que estavam em

Ebou Dar quando os Seanchan chegaram. Que Renaile abra um portão para Tear. Há centenas de embarcações Atha'an Miere lá. — Todos os relatos diziam que sim. — Vocês podem descobrir o que eles já sabem e se reunir com seu povo. Vão precisar de vocês para enfrentar os Seanchan. — E ela se livraria delas. — As outras irmãs serão mandadas assim que forem providenciadas. — Merilille não arredou pé de junto da porta, mas seu semblante adquiriu uma coloração esverdeada de pânico diante da possibilidade de se ver sozinha entre o Povo do Mar.

Zaida desistiu de apreciar o caleidoscópio e olhou de esguelha para Elayne. Um sorriso esquisito brotou em seus lábios carnudos.

— Eu preciso ficar aqui, pelo menos até falar com Rand al'Thor. Isso se, algum dia, ele vier. — O sorriso se estreitou por um instante, antes de desabrochar mais uma vez. Rand passaria maus bocados com ela. — E, por enquanto, vou manter Renaile e suas acompanhantes comigo. Um punhado de Chamadoras de Ventos a mais ou a menos não fará grande diferença contra esses Seanchan, e aqui, queira a Luz, elas podem aprender o que será útil. — Renaile bufou só o suficiente para ser ouvida. Zaida franziu a testa por alguns segundos e, distraída, começou a correr os dedos pela lente que se encontrava na altura do seu cocuruto. — Há cinco Aes Sedai no seu palácio, contando com você — murmurou, pensativa. — Talvez algumas de vocês possam nos ensinar. — Como se a ideia tivesse acabado de lhe ocorrer. E, mesmo que fosse o caso, Elayne era capaz de erguer as duas Atha'an Miere só com uma das mãos!

— Ah, sim, seria maravilhoso — irrompeu Merilille, dando um passo à frente. Em seguida, deu uma espiadela em Renaile e perdeu o ímpeto, o rubor tomando conta de sua palidez cairhiena. Voltando a apoiar as mãos na cintura, vestiu-se de docilidade como se fosse uma segunda pele. Birgitte balançou a cabeça, pasma. Dyelin ficou olhando como se nunca tivesse visto a Aes Sedai.

— Algo pode ser arranjado, se aprouver à Luz — ponderou Elayne com cautela. Foi preciso se esforçar para não esfregar as têmporas. Ela gostaria de poder culpar os trovões incessantes pelas dores de cabeça que sentia. Nynaeve explodiria só de ouvir aquela sugestão, e era provável que Vandene ignorasse qualquer ordem do tipo, mas talvez Careane e Sareitha fossem uma possibilidade. — Por não mais que algumas horas por dia, que fique claro. E quando elas tiverem tempo. — Elayne evitou olhar para Merilille. Podia ser que até Careane e Sareitha se rebelassem por serem jogadas nesse lagar.

Zaida tocou nos lábios com os dedos da mão direita.

— Está acordado, sob a Luz.

Elayne piscou em choque. Aquilo não era um bom sinal. Ao que parecia, aos olhos da Mestra das Ondas elas tinham acabado de fazer um novo acordo. Pela sua pouca experiência em lidar com os Atha'an Miere, era sorte encerrar a negociação sem perder as roupas de baixo. Bem, daquela vez as coisas seriam diferentes. O que as irmãs ganhariam em troca, por exemplo? Qualquer acordo tinha de favorecer os dois lados. Zaida sorriu como se soubesse o que Elayne estava pensando e parecia se divertir. Uma das portas voltando a se abrir foi quase um alívio, dando a ela uma desculpa para desviar a atenção das mulheres do Povo do Mar.

Reene Harfor adentrou o aposento com deferência, mas sem servilismo, e sua mesura foi comedida, adequada ao Grão-trono de uma Casa poderosa à sua Rainha. Só que qualquer Grão-trono que se prezasse sabia que devia demonstrar respeito à Criada-chefe. Seus cabelos grisalhos estavam presos em um coque que nem uma coroa a lhe cobrir a cabeça, e ela trajava um tabardo escarlate por sobre o vestido vermelho e branco, a cabeça do Leão Branco de Andor repousando em seus seios formidáveis. Reene não tinha poder para decidir quem se sentaria no trono, mas optara por uma vestimenta formal completa no dia da chegada de Elayne, como se a Rainha já estivesse presente. Seu rosto redondo se enrijeceu por alguns momentos ao avistar as Atha'an Miere que haviam passado despercebidas por ela, mas essa foi a única atenção que lhes dedicou. Por ora. Elas descobririam o preço de se conquistar a animosidade da Criada-chefe.

— Mazrim Taim finalmente chegou, milady. — Reene deu um jeito de fazer aquilo soar quase como um "minha Rainha". — Digo a ele para esperar?

Já não era sem tempo!, resmungou Elayne mentalmente. Fazia dois dias que ela havia mandado chamá-lo!

— Sim, Senhora Harfor. Sirva-lhe vinho. O terceiro melhor, acho. Informe-o de que me encontrarei com ele assim que...

Taim entrou a passos largos no aposento como se fosse o dono do Palácio. Ela não precisava que ele fosse anunciado. Dragões azuis e dourados se entrelaçavam pelas mangas do casaco preto dos cotovelos até os punhos, uma imitação dos Dragões dos braços de Rand. Embora Elayne suspeitasse de que ele não fosse gostar dessa observação. Era alto, quase da altura de Rand, com nariz aquilino e olhos escuros feito trados, um homem de porte físico poderoso que se movia com uma espécie de graciosidade mortal de Guardião, mas com sombras dando a impressão de segui-lo, como se metade das lamparinas do cômodo tivessem se apagado. Não sombras reais, mas um ar de violência iminente que parecia palpável o bastante para absorver a luz.

Outros dois homens de casacos pretos vieram logo atrás, um sujeito calvo com uma barba grisalha comprida e olhos azuis lascivos, e um segundo mais jovem, de cabelos escuros e esguio feito uma cobra, com a arrogância desdenhosa que rapazes costumavam demonstrar antes de aprender como as coisas funcionavam. Ambos ostentavam a Espada prateada e o Dragão esmaltado vermelho em seus colarinhos altos. Nenhum dos três, entretanto, portava uma espada na cintura. Não precisavam delas. De uma hora para a outra, a sala do trono parecia menor, e abarrotada.

Por instinto, Elayne abraçou *saidar* e buscou as outras para formar uma união. Merilille entrou no círculo com facilidade. Renaile também, por mais incrível que fosse. Uma olhadela rápida para a Chamadora de Ventos lhe diminuiu a surpresa. Com uma expressão carrancuda, a mulher segurava com tanta força a adaga que trazia presa na roupa que, pelo fato de estar unida a ela, Elayne era capaz de sentir a dor em suas juntas. Ela já estivera em Caemlyn por tempo suficiente para saber o que era um Asha'man.

Os homens sabiam que alguém havia abraçado *saidar*, claro, mesmo que não pudessem ver o brilho circundando as três mulheres. O sujeito calvo se enrijeceu, o rapazote magro cerrou os punhos, ambos encarando-as com olhos raivosos. Óbvio que tinham abraçado *saidin*. Elayne começou a se arrepender de ter cedido ao reflexo, mas não iria soltar a Fonte, não àquela altura. Taim irradiava perigo tal qual o fogo irradiava calor. Ela foi segurando mais e mais por meio da união, até que a sensação esmagadora de vida se transformou em contundentes pontadas de alerta. Mas até essas pareciam... prazerosas. Com tanto Poder em seu corpo, Elayne poderia devastar o Palácio, mas ficou se perguntando se aquilo seria o bastante para fazer frente a Taim e aos outros dois. Adoraria ter em mãos um dos três *angreal* que haviam sido encontrados em Ebou Dar, já trancados em segurança junto aos demais objetos no depósito até que houvesse tempo para voltar a estudá-los.

Taim balançou a cabeça com desdém, um sorrisinho se insinuando nos lábios.

— Usem os olhos. — Sua voz estava calma, mas firme e irônica. — Há duas Aes Sedai aqui. Estão com medo de duas Aes Sedai? Sem falar que vocês não querem assustar a futura Rainha de Andor. — Foi visível o relaxamento dos seus companheiros, que começaram a tentar imitar sua postura espontânea de dominância.

Reene não entendia nada de *saidar* nem de *saidin* e, de cara feia, virou-se para os homens assim que eles entraram. Asha'man ou não, esperava que as pessoas se comportassem como deveriam e resmungou algo quase que só para si mesma. Mas não foi baixo o suficiente: deu para ouvir as palavras "ratos sorrateiros".

A Criada-chefe enrubesceu ao se dar conta de que todos os presentes no aposento a haviam escutado, e Elayne teve a chance de ver Reene Harfor aturdida. O que significava dizer que a mulher endireitou a postura e, com graça e dignidade de dar inveja a qualquer governante, disse:

— Perdão, milady Elayne, mas fui informada de que há ratos infestando os armazéns. Na época mais inusitada do ano, e em grande quantidade. Com a sua licença, preciso verificar se meus pedidos de ratoeiras e iscas com veneno estão sendo providenciados.

— Fique — ordenou Elayne, fria. Com toda a calma. — As pragas serão resolvidas no momento certo. — Duas Aes Sedai. Ele não percebeu que Renaile era capaz de canalizar, e havia *enfatizado* que eram duas. Será que apenas três mulheres representariam alguma vantagem? Ou seria preciso ter mais? Estava claro que os Asha'man sabiam que tinham *certa* vantagem sobre mulheres que estivessem em número menor que um círculo de treze. Quer dizer então que eles apareceriam assim diante dela, sem nem sequer pedirem permissão? — Poderá acompanhar estes bons homens quando eu tiver terminado de tratar com eles.

Os acompanhantes de Taim fizeram cara feia ao serem chamados de "bons homens", mas ele próprio se limitou a um outro breve esboço de sorriso. Ele foi suficientemente sagaz para perceber que ela pensara nele quando se referiu a pragas. Luz! Podia até ser que Rand já tivesse precisado desse sujeito uma vez, mas por que ficar com ele àquela altura, e em uma posição de tamanha autoridade? Bem, a autoridade de Taim não valia nada ali.

Sem pressa, ela tornou a se sentar e tomou alguns instantes para arrumar as saias. Os homens teriam de dar a volta e se colocar diante dela feito requerentes, ou ficarem falando com a lateral da cabeça de Elayne enquanto ela se recusava a olhar para eles. Por um momento, ela cogitou abrir mão do controle do pequeno círculo. Sem dúvida, os Asha'man estariam prestando atenção nela. Renaile, no entanto, continuava carrancuda, a raiva e o medo se sobrepondo um ao outro dentro dela, que poderia atacar assim que o comando lhe fosse passado. Merilille sentia algum medo, no limiar do controle, misturado com uma grande dose de um certo... nervosismo... que combinava com seus olhos arregalados e lábios entreabertos. Só a Luz sabia o que *ela* poderia fazer com o pequeno círculo.

Dyelin veio para o lado da cadeira de Elayne como que para protegê-la dos Asha'man. O que quer que se passasse na mente do Grão-trono de Taravin, seu semblante era austero, destemido. As outras mulheres não haviam perdido tempo em se preparar da melhor forma possível. Zaida permanecia imóvel junto do caleidoscópio, esforçando-se ao máximo para parecer pequenina e inofensiva, mas suas mãos se escondiam às costas e já não se via a adaga presa na roupa. Birgitte estava recostada ao lado da lareira, a mão esquerda apoiada na cornija, transparecendo tranquilidade, mas com a bainha da faca da cinta vazia e, pela forma como a outra mão repousava na lateral do corpo, pronta para um arremesso dissimulado. O elo transmitia... foco. Flecha encaixada, corda tensionada junto à bochecha, preparada para disparar.

Desviando o olhar de Dyelin, Elayne não fez o menor esforço para encarar os três homens.

— Primeiro, vocês são lentos demais para atender às minhas convocações, Mestre Taim, e depois, repentinos demais. — Luz, ele *estava* abraçando *saidin*? Havia meios de interferir em um homem canalizando que não fossem blindá-lo, mas era uma habilidade difícil, arriscada, e ela não sabia muito mais que a teoria.

Ele se colocou à frente dela, a várias passadas de distância, mas em nada se parecendo com um requerente. Mazrim Taim sabia quem era e o valor que tinha, embora achasse claramente que estava acima do céu. Os relâmpagos estalando pelas janelas iluminavam seu rosto com luzes estranhas. Muitos se sentiriam intimidados por ele, mesmo sem seu casaco enfeitado e seu nome infame. Ela não se sentia. Não se *sentiria*!

Pensativo, Taim esfregou o queixo.

— Soube que você tirou todos os estandartes do Dragão de Caemlyn, Senhora Elayne. — Notava-se um quê de *diversão* em sua voz grave, ainda que ela não chegasse a seus olhos! Dyelin sibilou furiosa com a afronta a Elayne, mas ele a ignorou. — Os saldaeanos se retiraram do acampamento da Legião do Dragão, pelo que ouvi, e não demorará para que o último Aiel também esteja em acampamentos fora da cidade. O que ele dirá quando ficar sabendo? — Não havia a menor dúvida quanto a quem ele se referia. — E isso após ele ter lhe mandado um presente, inclusive. Do sul. Vou mandar entregá-lo mais tarde.

— Andor se aliará ao Dragão Renascido no devido momento — retrucou ela com frieza —, mas Andor *não* é uma província conquistada, nem por *ele* nem por ninguém. — Ela continuou mantendo as mãos relaxadas nos braços da cadeira. Luz, convencer os Aiel e os saldaeanos a irem embora havia sido seu maior feito até o momento, e, mesmo com o aumento na criminalidade, foi necessário! — Em todo caso, Mestre Taim, não cabe a você chamar minha atenção. Se Rand tiver objeções, é com *ele* que vou tratar! — Taim arqueou um sobrancelha, e aquele seu esboço de sorriso esquisito continuou.

Que me queime, pensou ela, indignada, *eu não devia ter citado o nome de Rand!* Estava bem claro que o homem achava que sabia *exatamente* como ela resolveria a raiva do maldito Dragão Renascido! E o pior era que, se ela tivesse como jogar Rand em cima de uma cama, jogaria. Não para isso, não para *tratar* com ele, mas porque ela queria. Que tipo de presente ele teria mandado?

A raiva lhe endureceu a voz. Raiva do tom de Taim, de Rand passar tanto tempo longe. Raiva dela mesma, por enrubescer e pensar em presentes. Presentes!

— Você cercou quatro milhas de Andor. — Luz, dava mais da metade da Cidade Interna! Quantos desses sujeitos caberiam nesse espaço? Só de pensar, sua pele ficou arrepiada. — Quem lhe deu permissão, Mestre Taim? Não venha me dizer que foi o Dragão Renascido. Ele não tem o direito de dar permissão para *nada* em Andor. — Dyelin se agitou ao lado dela. Não tinha o direito, mas força suficiente podia criar direitos. Elayne se manteve concentrada em Taim. — Você negou a entrada da Guarda da Rainha no seu... *complexo*. — Não que tivessem tentado antes de ela voltar para casa. — A lei de Andor vale para Andor *inteira*, Mestre Taim. A justiça será a mesma para lordes, fazendeiros ou Asha'man. Não vou dizer que posso forçar minha entrada. — Ele voltou a sorrir, ou quase isso. — Eu não me rebaixaria. Mas, a menos que a Guarda da Rainha possa entrar, prometo que nem sequer uma batata passará pelos seus portões. Sei que vocês são capazes de Viajar. Deixe seus Asha'man passarem os dias Viajando para comprar comida. — O esboço de sorriso se apagou até se transformar em uma careta discreta. As botas se moveram de leve.

O aborrecimento, contudo, só durou alguns instantes.

— Comida é um problema menor — respondeu ele com um tom de voz brando, abrindo os braços. — Como você observou, meus homens podem Viajar. Para onde quer que eu mande. Duvido que tenha como impedir que eu compre o que bem entender mesmo a apenas dez milhas de Caemlyn, mas, ainda que tivesse, isso não me atrapalharia. Mesmo assim, estou disposto a permitir visitas sempre que você solicitar. Visitas controladas, com escoltas a todo tempo. O treinamento da Torre Negra é duro. Homens morrem quase todos os dias. Eu não gostaria que um acidente acontecesse.

O sujeito era irritantemente consciente do alcance das ordens dela fora de Caemlyn. Mas não mais que irritante. Será que seus comentários sobre Viajar para onde quer que ele mandasse e sobre "acidentes" significavam ameaças veladas? Claro que não. Uma onda de fúria lhe perpassou quando teve a certeza de que ele não a ameaçaria por causa de Rand. Ela *não* iria se esconder atrás de

Rand al'Thor. Visitas *controladas*? Quando ela *solicitasse*? Ela devia incinerar aquele sujeito e transformá-lo em cinzas ali mesmo!

De repente, Elayne se atinou para o que estava sendo percebido por meio do elo com Birgitte: raiva. Um reflexo da dela se juntando com a de Birgitte, sendo transmitida de Birgitte até ela, reverberando dela para Birgitte, alimentando-se uma da outra, cada vez maior. A mão de Birgitte com a faca tremia de desejo de arremessá-la. E ela? A fúria a preenchia! Uma nesga a mais, e ela perderia *saidar*. Ou a usaria para atacar.

Com esforço, obrigou-se a conter a fúria e adquirir uma aparência calma. Uma aparência ríspida e fervilhante. Ela engoliu em seco e lutou para manter a voz serena.

— A Guarda fará visitas todos os dias, Mestre Taim. — Como daria conta disso no clima atual, ela não sabia. — Talvez eu mesma vá até lá com algumas outras irmãs. — Se a ideia de ter Aes Sedai dentro de sua Torre Negra incomodou Taim, ele não deixou transparecer. *Luz*, ela estava tentando estabelecer a autoridade de Andor, não provocar o homem. Apressada, e procurando se acalmar, fez um exercício de noviça: o rio contido pelas margens. Funcionou, em parte. Naquele momento, só queria jogar todos os copos de vinho nele. — Vou anuir ao seu pedido de escoltas, mas nada deve ser escondido. Não vou aceitar crimes ocultados pelos seus segredos. Estamos entendidos?

A reverência de Taim foi debochada — debochada! —, mas havia uma certa tensão em sua voz.

— Compreendo perfeitamente, mas entenda: meus homens não são fazendeiros que lhe fazem continências quando você passa. Pressione um Asha'man além da conta, e pode ser que descubra a força de suas leis.

Elayne abriu a boca para rebater exatamente qual era a força das leis em Andor.

— Está na hora, Elayne Trakand — disse uma voz feminina junto à porta.

— Sangue e cinzas! — resmungou Dyelin. — Será que o *mundo* inteiro vai ficar entrando aqui desse jeito?

Elayne reconheceu a nova voz. Vinha esperando essa convocação sem saber quando viria, embora tivesse plena ciência de que ela deveria ser obedecida, e de imediato. Ela se levantou desejando ter um pouco mais de tempo para esclarecer as coisas com Taim, que franziu a testa para a mulher que acabara de entrar e também para Elayne, visivelmente sem saber o que pensar daquilo tudo. Ótimo. Que ele sentisse essa aflição até ela ter tempo de deixar bem claro quais direitos especiais os Asha'man tinham em Andor.

Nadere era da mesma altura que qualquer um dos dois homens junto à porta, uma mulher larga, o mais perto de robusta que Elayne já tinha visto em se tratando de uma Aiel. Seus olhos verdes examinaram a dupla por um momento, antes de julgá-los sem importância. Asha'man não impressionavam Sábias. Pouquíssimos tinham essa capacidade. Ajustando o xale escuro nos ombros em um retinir de braceletes, ela se aproximou e se pôs diante de Elayne, de costas para Taim. Apesar do frio, usava apenas o xale por cima da blusa branca fina, embora, estranhamente, trouxesse um pesado manto de lã pendurado em um dos braços.

— Você precisa vir agora — avisou a Elayne —, sem delongas.

As sobrancelhas de Taim davam a impressão de estar escalando a testa. Não havia nenhuma dúvida de que ele não estava acostumado a ser ignorado de forma tão explícita.

— Luz do céu! — exalou Dyelin, massageando a fronte. — Não sei do que se trata, Nadere, mas vai ser preciso esperar até...

Elayne pôs a mão no braço de Dyelin.

— Você *não* sabe, Dyelin, e *não há* como esperar. Vou mandar todos embora e ir com você, Nadere.

A Sábia balançou a cabeça em desaprovação.

— Uma criança esperando para nascer não pode perder tempo mandando as pessoas embora. — Ela desenrolou o manto espesso. — Trouxe isto aqui para proteger sua pele do frio. Talvez eu deva deixar aqui e ir dizer a Aviendha que sua modéstia é maior que seu desejo de ter uma irmã.

Dyelin arquejou ao se dar conta. A indignação de Birgitte fez o elo com a Guardiã estremecer.

Só havia uma única opção possível. Não havia escolha, na verdade. Deixando a união com as outras duas mulheres se dissolver, ela mesma largou *saidar*. O brilho, entretanto, continuou envolvendo Renaile e Merilille.

— Poderia me ajudar com os botões, Dyelin? — Elayne estava orgulhosa do equilíbrio em sua voz. Já esperara isso. *Só não com tantas testemunhas!*, pensou, a mente distante. Dando as costas para Taim a fim de não ter que vê-lo observando-a, ela começou pelos botõezinhos das mangas. — Dyelin, quer fazer o favor? Dyelin?

Após alguns instantes, Dyelin se moveu como se fosse uma sonâmbula e começou a desabotoar, toda atrapalhada, as costas de Elayne, resmungando sozinha em tom perplexo. Um dos Asha'man perto da porta disfarçou o riso.

— Meia-volta! — irrompeu Taim, e ouviu as botas baterem junto às portas.

Elayne não estava certa se o sujeito também tinha se virado — ela tinha certeza de estar sentindo os olhos dele nela —, mas, de repente, Birgitte já estava ali, além de Merilille, Reene, Zaida e até Renaile, amontoando-se ombro com ombro e fazendo cara feia enquanto formavam uma barreira entre ela e os homens. Uma barreira não muito adequada. Nenhuma delas tinha a altura dela, e nem Zaida nem Merilille chegavam a bater acima de seus ombros.

Concentre-se, falou para si mesma. *Eu estou serena. Estou tranquila. Estou... Estou tirando a roupa em um lugar cheio de gente, isso, sim!* Ela se despiu o mais rápido que pôde, deixando o vestido e anágua caírem no chão e jogando as pantufas e as meias-calças por cima. Sua pele se arrepiou toda com o ar frio. Ignorar a friagem significava apenas que ela não estava tremendo, e ela achava que o calor em suas bochechas poderia ter alguma coisa a ver com aquilo.

— É uma loucura! — murmurou Dyelin baixinho, arrancando-lhe as roupas. — É uma completa loucura!

— Do que se trata? — cochichou Birgitte. — Melhor eu ir com você?

— Tenho que ir sozinha — sussurrou Elayne em resposta. — E não discuta!

Não que Birgitte tivesse dado o menor sinal disso, mas o elo transmitia muito. Ela tirou as argolas douradas das orelhas, entregou para a Guardiã, e hesitou antes de passar também o anel da Grande Serpente. As Sábias tinham dito que ela deveria ir como uma criança vem ao mundo. Haviam dado muitíssimas instruções, e a primeira delas era para não contar a ninguém o que aconteceria. Aliás, *ela mesma* gostaria de saber. Uma criança vinha ao mundo sem conhecimento prévio do que estava para acontecer. Os resmungos de Birgitte começaram a ficar parecidos com os de Dyelin.

Nadere se aproximou com o manto, mas só fez estender as mãos. Elayne precisou pegá-lo e se enrolar apressadamente sozinha. Ainda tinha certeza de que podia sentir o olhar de Taim. Apertando a lã pesada junto ao corpo, seu instinto era sair logo do aposento, mas, em vez disso, endireitou a postura, virando-se devagar. Não *sairia correndo* envolta em vergonha.

De cara para as portas, os homens que acompanhavam Taim mantinham a rigidez, e o próprio Taim espiava na direção da lareira, os braços cruzados no peito. Àquela altura, a sensação dos olhos dele havia sido imaginação. Exceto por Nadere, as outras mulheres olhavam para ela com mistos de curiosidade, consternação e choque. Nadere só parecia impaciente.

Elayne tentou falar com a voz mais régia possível.

— Senhora Harfor, ofereça vinho ao Mestre Taim e seus homens antes de irem. — Bem, ao menos ela não estremeceu. — Dyelin, por favor, faça as honras da casa com a Mestra das Ondas e a Chamadora de Ventos e veja se consegue aliviar suas angústias. Birgitte, espero ouvir seu plano de recrutamento hoje à noite. — Todas as mulheres cujos nomes ela citou pestanejaram perplexas e assentiram sem dizer nada.

Logo depois, ela deixou o aposento seguida por Nadere, desejando que pudesse ter agido melhor. A última coisa que ouviu antes de a porta se fechar atrás dela foi a voz de Zaida.

— Costumes estranhos, esses de vocês, costeiros.

No corredor, ela tentou andar um pouco mais rápido, embora não fosse nada fácil fazer isso enquanto tentava impedir o manto de se abrir. Os ladrilhos vermelhos e brancos do piso estavam *bem* mais frios que os tapetes da sala de estar. Alguns serviçais, devidamente agasalhados com grossos uniformes de lã, a encararam, mas logo trataram de continuar a desempenhar suas funções. As chamas dos abajures de pé tremeluziam. Sempre havia correntes de ar nos corredores. Vez ou outra, uma brisa se agitava o suficiente para fazer um dos tapetes de parede ondular de leve.

— Foi de propósito, não foi? — disse ela a Nadere, em um tom que não era de pergunta. — Quando decidisse me chamar, você queria ter certeza de que havia bastante gente vendo. Para garantir que adotar Aviendha é mesmo importante para mim. — Tinha de ser mais importante que *qualquer* outra coisa, elas haviam sido informadas. — O que você fez com *ela*?

Às vezes, Aviendha dava a impressão de ter pouquíssima modéstia, com o hábito de andar por seus aposentos sem roupa e sem preocupação, nem sequer se dando conta quando serviçais entravam. Fazer com que *ela* se despisse diante de muitas pessoas não provaria nada.

— Isso é ela que tem que lhe dizer, se quiser — respondeu Nadere, complacente. — Você é sagaz por perceber isso, muitas não veem. — Seu busto avantajado subiu e desceu com um grunhido que podia ter sido uma risada. — Aqueles homens, virando de costas, e aquelas mulheres, protegendo você. Eu teria acabado com aquilo se o homem de casaco bordado não tivesse ficado olhando por cima do ombro para admirar seu quadril. E se suas bochechas coradas não tivessem me indicado que você sabia.

Elayne pisou em falso e tropeçou. O manto se escancarou, dispersando o pouco do calor do seu corpo que retivera ali dentro antes que ela conseguisse tornar a fechá-lo.

— Aquele porco nojento! — rosnou. — Eu vou...! Eu vou...! — Que a queime, o que ela *podia* fazer? Contar para Rand? Deixar que *ele* acertasse as contas com Taim? Nunquinha!

Nadere encarou-a com um ar interrogativo.

— A maioria dos homens gosta de olhar para o traseiro das mulheres. Pare de pensar nele e comece a pensar na mulher que você quer que seja sua irmã.

Elayne voltou a enrubescer e se concentrou em Aviendha, o que não ajudou em nada a acalmá-la. Havia aspectos específicos em que lhe disseram para pensar antes da cerimônia, e alguns deles a deixavam desconfortável.

Nadere acompanhou o ritmo de Elayne, que tomava todo o cuidado para não deixar as pernas aparecerem pela abertura do manto — havia serviçais por toda parte —, de modo que levaram certo tempo para chegar ao aposento onde as Sábias estavam reunidas; mais de uma dezena delas com suas saias volumosas, blusas brancas e xales escuros, enfeitadas com colares e braceletes de ouro e prata, gemas e marfins, os cabelos compridos presos com xales dobrados. Todos os móveis e tapetes haviam sido retirados, deixando expostos os ladrilhos brancos do piso, e não se via fogo na lareira. Ali, nos confins do Palácio, sem janela nenhuma, mal se podia ouvir os estrondos dos trovões.

Os olhos de Elayne foram direto para Aviendha, de pé na extremidade oposta do aposento. Nua. Ela abriu um sorriso nervoso para Elayne. Nervosa! Aviendha! Tratando de tirar depressa o manto, ela retribuiu o sorriso. Igualmente nervosa, ela se deu conta. Aviendha deu uma risadinha e, depois de alguns instantes, Elayne também riu. Luz, como o ar estava *frio*! E o chão, mais ainda!

Ela não conhecia a maior parte das Sábias presentes, mas um rosto lhe chamou a atenção: os fios de cabelos prematuramente brancos de Amys, combinados com feições que aparentavam menos que sua meia-idade, davam a ela uma certa aparência de Aes Sedai. Devia ter Viajado de Cairhien até ali. Egwene andara ensinando as Andarilhas dos Sonhos como forma de compensar os ensinamentos delas sobre *Tel'aran'rhiod*. E para pagar uma dívida, ela dizia, embora nunca tenha deixado claro que dívida era.

— Eu esperava que Melaine fosse estar aqui — revelou Elayne. Ela gostava da esposa de Bael, uma mulher afetuosa e generosa. Diferente das outras duas que se encontravam ali e que ela reconheceu: a ossuda Tamela, com seu rosto anguloso, e Viendre, uma bela águia de olhos azuis. Ambas eram mais fortes que Elayne com o Poder, mais fortes que qualquer irmã que ela já conhecera, menos Nynaeve. Isso não devia valer de nada entre as Aiel, mas ela não conseguia ver outro motivo para elas sempre sorrirem com desdém e ficarem de nariz empinado quando a viam.

Ela acreditava que Amys assumiria o comando — sempre assumia, ao que parecia —, mas foi uma baixinha chamada Monaelle, de cabelos louros com um quê de ruivos, quem tomou a iniciativa. Não de todo baixa, mas a única no aposento que era menor que Elayne. E também a mais fraca com o Poder — tivesse ido a Tar Valon, mal seria capaz de conquistar o xale. Talvez nada disso valesse de fato entre as Aiel.

— Se Melaine estivesse aqui — afirmou Monaelle em um tom brusco, mas não hostil —, os bebês que carrega na barriga fariam parte do elo entre você e Aviendha caso as tessituras roçassem neles. Isso se sobrevivessem. Os nascituros não são fortes o bastante. A pergunta é: vocês são? — Ela gesticulou com ambas as mãos, indicando pontos mais adiante no chão. — Venham aqui para o meio da sala, as duas.

Pela primeira vez, Elayne se deu conta de que *saidar* faria parte daquilo. Ela imaginou que se trataria apenas de uma cerimônia, de uma troca de compromissos, quem sabe de juramentos. O que será que *iria* acontecer? Não importava, exceto que... Seus passos em direção a Monaelle foram arrastados.

— Minha Guardiã... Nosso elo... Ela será... afetada... por isso?

Aviendha, vindo colocar-se diante dela, franzira a testa quando Elayne hesitou, mas, ao ouvir a pergunta, virou os olhos assustados e fitou Monaelle. Claro que era algo em que ela não havia pensado.

A Sábia baixinha balançou a cabeça.

— Ninguém fora desta sala pode ser tocado pelas tessituras. Ela pode até sentir parte do que vocês compartilharem uma com a outra, por conta do elo com você, mas só um pouco. — Aviendha deixou escapar um suspiro aliviado, que Elayne ecoou. — Contudo — prosseguiu Monaelle —, há formalidades a serem cumpridas. Venham. Não somos chefes de clã discutindo promessas de água tomando *oosquai*.

Às gargalhadas, fazendo o que pareciam piadas sobre chefes de clã e o forte licor Aiel, as outras mulheres formaram um círculo ao redor de Aviendha e Elayne. Monaelle se acomodou no chão com toda a graciosidade, sentando-se de pernas cruzadas duas passadas ao lado das mulheres desnudas. As gargalhadas cessaram assim que sua voz adquiriu um ar formal.

— Estamos aqui reunidas porque duas mulheres desejam ser irmãs-primeiras. Vamos ver se são fortes o bastante e, se forem, vamos ajudar. As mães de ambas estão presentes?

Elayne tomou um susto, mas, no instante seguinte, Viendre se pôs atrás dela.

— Represento a mãe de Elayne Trakand, que não pode estar aqui. — Com as mãos nos ombros de Elayne, Viendre empurrou-a para a frente, pressionou-a para baixo até ela se ajoelhar nos ladrilhos frios diante de Aviendha, e então se ajoelhou atrás dela. — Ofereço minha filha à sua prova.

Tamela apareceu por trás de Aviendha, empurrou-a para baixo até os joelhos dela quase encostarem nos de Elayne, e depois ficou de joelhos às costas da Aiel.

— Represento a mãe de Aviendha, que não pode estar aqui. Ofereço minha filha à sua prova.

Em outras circunstâncias, Elayne poderia ter dado uma risadinha. Nenhuma das duas tinha cara de ser meia dúzia de anos mais velha que Aviendha ou ela. Em outras circunstâncias. Não nessa. As Sábias de pé ostentavam semblantes solenes, examinando a ela e a Aviendha como se as avaliassem sem ter certeza se as duas estariam à altura.

— Quem sentirá as dores do parto por elas? — indagou Monaelle, e Amys deu um passo à frente.

Duas outras a acompanharam, uma ruiva enérgica chamada Shyanda, que Elayne tinha visto com Melaine, e uma desconhecida com os cabelos começando a ficar grisalhos. Elas ajudaram Amys a se despir. Orgulhosa em sua nudez, Amys encarou Monaelle e deu um tapa em seu ventre retesado.

— Eu dei à luz, eu amamentei — declarou, pondo as mãos em forma de concha em torno de seios que não davam indícios de que ela fizera qualquer uma das duas coisas. — Eu me ofereço.

Com um respeitoso meneio de aceitação de Monaelle, Amys se ajoelhou a duas passadas de Elayne e Aviendha pelo outro lado e se acomodou sobre os calcanhares. Shyanda e a Sábia agrisalhada se ajoelharam, flanqueando-a, e, de repente, o brilho do Poder circundou todas as mulheres do aposento, menos Elayne, Aviendha e Amys.

Elayne respirou fundo e viu Aviendha fazer o mesmo. De vez em quando, entre as Sábias, um bracelete estalava no outro, o único ruído que se ouvia no cômodo, além da respiração e de trovões vagos e distantes. Foi quase um choque quando Monaelle se pronunciou.

— Vocês duas vão seguir as instruções. Se hesitarem ou questionarem, sua dedicação não é forte o bastante. Mandarei as duas embora, e será o fim, para sempre. Farei perguntas que vocês deverão responder com honestidade. Caso se recusem, serão mandadas embora. Se qualquer uma de nós achar que mentiram, serão mandadas embora. Claro que vocês podem se retirar por conta própria a qualquer momento, o que também encerrará este assunto de vez. Não há segundas chances aqui. Pois bem... Qual a maior qualidade que vocês enxergam na mulher que desejam ter como irmã-primeira?

De certa forma, Elayne já esperava por essa pergunta. Era uma das coisas em que tinham lhe dito para pensar. Escolher uma virtude entre tantas não havia sido nada fácil, mas ela já estava com a resposta na ponta da língua. Quando falou, fluxos de *saidar* se entremearam subitamente entre ela e Aviendha, e não se ouviu nem um pio nem dela nem da Aiel. Sem pensar, uma parte de sua mente tratou de registrar as tessituras. Mesmo àquela altura, tentar aprender era tão parte dela quanto a cor dos seus olhos. As tessituras se dissiparam à medida que ela cerrou os lábios.

— Aviendha é tão confiante, tão orgulhosa… Ela não dá a menor importância para o que acham que ela deva fazer ou como deva ser. Aviendha é quem *ela* quer ser — Elayne ouviu sua própria voz dizer, enquanto as palavras de Aviendha de repente se tornaram audíveis ao mesmo tempo.

— Mesmo quando Elayne está com tanto medo que sua boca fica seca, seu espírito nunca verga. Ela é mais corajosa do que qualquer outra pessoa que eu já conheci.

Elayne ficou encarando a amiga. Aviendha achava que ela era *corajosa*? Luz, covarde ela não era, mas *corajosa*? Estranhamente, Aviendha estava olhando incrédula para *ela*.

— A coragem é como um poço — ponderou Viendre, falando baixinho no ouvido de Elayne. — Profunda em alguns, rasa em outros. Profundos ou rasos, os poços acabam secando, mesmo que depois voltem a se encher. Você vai se defrontar com o que não é capaz de se defrontar. Suas pernas vão ficar bambas e sua celebrada coragem vai lhe deixar chorando no chão. Esse dia chegará. — Ela soava como quem quisesse estar lá para ver. Elayne se resumiu a um meneio seco. Sabia muito bem como era ficar com as pernas bambas. Lutava contra isso todos os dias, ou assim parecia.

Tamela falava com Aviendha com uma voz quase tão satisfeita quanto a de Viendre.

— O *ji'e'toh* une vocês como cintas de aço. A partir do *ji*, você faz exatamente o que se espera de você, até o último fio de cabelo. Já pela *toh*, se for necessário, você se rebaixa e rasteja no chão. Porque se importa *até a alma* com o que *todos* pensam a seu respeito.

Elayne quase arquejou. Aquilo era severo e injusto. Ela conhecia alguma coisa sobre *ji'e'toh*, mas Aviendha não era assim. A Aiel, no entanto, só aquiescia, da mesma maneira como ela fizera. Uma aceitação impaciente do que já sabia.

— Belas características para se amar em uma primeira-irmã — pontuou Monaelle, deixando o xale escorregar até os cotovelos —, mas o que vocês veem de pior na outra?

Elayne moveu seus joelhos gelados e passou a língua nos lábios antes de responder. Receara por esse momento. Não se tratava apenas da advertência de

Monaelle. Aviendha tinha dito que elas deveriam falar a verdade. Um *dever*, pois, do contrário, do que valia a irmandade? Uma vez mais, as tessituras aprisionaram as palavras de ambas até elas terminarem.

— Aviendha... — disse de repente a voz de Elayne, hesitante. — Ela... Ela acha que a violência é sempre a resposta. Às vezes, só consegue pensar na faca em sua cinta. Às vezes, parece um garoto que nunca vai crescer!

— Elayne sabe que... — iniciou a voz de Aviendha, que então engoliu em seco e prosseguiu às pressas. — Ela sabe que é bonita e sabe o poder que isso lhe dá sobre os homens. Ela às vezes expõe metade do busto, mesmo ao ar livre, e sorri para seduzi-los a fazer suas vontades.

Elayne ficou boquiaberta. Aviendha pensava *isso* a respeito dela? Falava como se ela gostasse de levantar a saia por aí! A Aiel lhe franziu a testa em resposta e fez menção de abrir a boca, mas Tamela tornou a lhe apertar os ombros e começou a falar.

— Você acha que os homens não olham para o seu rosto com ar de aprovação? — A voz da Sábia tinha um tom incisivo, e o mais singelo que alguém poderia dizer sobre seu semblante era "forte". — Eles não olham para os seus seios na tenda de vapor? Não admiram seu quadril? Você é bonita e sabe disso. Se negar, estará negando a si mesma! Você sentiu prazer com o olhar dos homens e sorriu para eles. Você nunca sorri para um homem para dar mais peso aos seus argumentos nem toca em seu braço para distraí-lo de qualquer fragilidade do que você diz? Você faz isso, sim, o que não a diminui em nada.

O rubor tomou conta das bochechas de Aviendha, mas Elayne estava sendo obrigada a escutar Viendre. E lutar para ela própria não enrubescer.

— Existe violência dentro de você. Se negar, estará negando a si mesma. Você nunca se enfureceu e perdeu o controle? Nunca derramou o sangue alheio? Nunca *desejou* derramar? Sem nem cogitar outra opção? Sem nem refletir? Enquanto você respirar, isso fará parte de você. — Elayne pensou em Taim e em outras ocasiões, e a sensação era que seu rosto era uma fornalha.

Daquela vez, houve mais de uma resposta.

— Seus braços ficarão mais fracos — advertia Tamela a Aviendha. — Suas pernas perderão a agilidade. Um jovem será capaz de tomar a faca de você. Do que lhe valerão sua destreza e seu ímpeto feroz? O coração e a mente é que são as verdadeiras armas. Por acaso você aprendeu a usar a lança em um único dia quando era Donzela? Se não aprimorar sua mente e seu corpo agora, você vai envelhecer, e crianças vão conseguir tirar seu juízo. Chefes de clã sentarão você em um canto para brincar de cama de gato e, quando você falar, o vento será a única coisa que eles ouvirão. Tome cuidado enquanto ainda pode.

— A beleza esvanece — prosseguiu Viendre, para Elayne. — Os anos farão seus seios caírem, sua carne ficará flácida, e sua pele ganhará rugas. Homens que sorriam ao ver seu rosto vão lhe dirigir a palavra como se você fosse apenas mais um deles. Pode ser que seu marido sempre a enxergue como na primeira vez em que os olhos dele pousaram em você, mas nenhum outro homem sonhará com você. Por acaso deixará de ser quem é? Seu corpo é só uma roupagem. Sua carne murchará, mas você é seu coração e sua mente, e nenhum dos dois muda, só se fortalece.

Elayne balançou a cabeça. Não em negação. Não mesmo. Só que ela nunca pensara em envelhecer. Menos ainda desde que foi para a Torre. Os anos afetavam pouco até Aes Sedai bastante idosas. Mas e se ela vivesse tanto quanto uma Comadre? Isso significaria abrir mão de ser Aes Sedai, claro, mas se ela fizesse essa escolha? Na Confraria, as rugas demoravam muito tempo para aparecer, mas apareciam. No que Aviendha estaria pensando? A Aiel estava ali ajoelhada parecendo... amuada.

— Qual o aspecto mais infantil que vocês conhecem da mulher que desejam ter como irmã-primeira? — indagou Monaelle.

Essa era mais fácil, não tão delicada. Elayne chegou até a sorrir enquanto respondia. Aviendha retribuiu o sorrisinho, o amuo já bem longe. Uma vez mais, as tessituras lhes tomaram as palavras e as liberaram juntas, vozes carregadas de risadas.

— Aviendha não me deixa ensiná-la a nadar. Eu já tentei. Ela não tem medo de nada, só de entrar em qualquer água que não esteja em uma banheira.

— Elayne devora doces com as duas mãos que nem uma criança fora das vistas da mãe. Se continuar assim, vai engordar feito uma porca antes de ficar velha.

Elayne se agitou. Devora? *Devora?* Uma provinha de vez em quando era tudo a que ela se permitia. E só de vez em quando. *Engordar?* Por que Aviendha estava olhando feio para *ela*? Recusar-se a entrar na água mais do que na altura dos joelhos, isso sim *era* infantil.

Monaelle abafou uma leve tosse com uma das mãos, mas Elayne achou que ela estava escondendo um sorriso. Algumas das Sábias de pé gargalharam sem pudor nenhum. Da tolice de Aviendha? Ou dela... *devorar* as coisas?

Monaelle restaurou sua dignidade e ajustou as saias que se espalhavam pelo chão, mas ainda havia um quê de diversão em sua voz.

— Qual o maior ciúme que vocês sentem da mulher que desejam ter como irmã-primeira?

Talvez Elayne tivesse sido evasiva em sua resposta, apesar da exigência da verdade. Verdade essa que pululara tão logo lhe foi dito para pensar no assunto, mas ela acabara encontrando algo menor, e menos embaraçoso para ambas, que passaria no teste. Talvez. Mas lá estava aquela história de que ela sorria para os homens e expunha os seios. Podia ser que sorrisse mesmo, mas Aviendha passava andando sem um *farrapo* sequer na frente de serviçais masculinos de bochechas coradas e dava a impressão de que nem os *via*! Quer dizer então que ela *devorava* doces, era isso? E que iria engordar? Ela falou a dura verdade enquanto as tessituras levavam suas palavras e a boca de Aviendha se movia em um silêncio terrível, até que, por fim, o que elas disseram foi liberado.

— Aviendha já se deitou nos braços do homem que eu amo. Eu nunca deitei, talvez nunca deite, e às vezes tenho vontade de chorar!

— Elayne tem o amor de Rand al'Th... de *Rand*. Meu coração se parte querendo que ele me ame, mas eu não sei se esse dia chegará.

Elayne olhou curiosa para o rosto indecifrável de Aviendha. Ela tinha ciúme dela em relação a *Rand*? Isso porque o homem evitava Elayne Trakand como se ela tivesse sarna. Ela não teve tempo para pensar mais nada.

— Bata nela o mais forte que puder com a mão espalmada — ordenou Tamela a Aviendha, tirando as mãos dos ombros da Aiel.

Viendre deu um apertinho leve em Elayne.

— Não se defenda. — Não haviam dito nada daquilo para elas! Claro que Aviendha não iria...

Pestanejando, Elayne se viu se levantando dos ladrilhos gelados do piso. Tocou na bochecha com toda a cautela e se encolheu. Passaria o resto do dia com uma marca de mão estampada em seu rosto. A Aiel não precisava ter batido com *tanta* força.

Todas ficaram esperando até que ela voltasse a se colocar de joelhos, e então Viendre se aproximou.

— Bata nela o mais forte que puder com a mão espalmada.

Bem, *ela* não iria dar um tapa no pé do ouvido de Aviendha. Ela não iria... Uma bofetada com toda a sua força deixou Aviendha esparramada, deslizando de bruços pelos ladrilhos quase até onde estava Monaelle. A palma da mão de Elayne doía quase tanto quanto sua bochecha.

Aviendha meio que se levantou, sacudiu a cabeça, e então retomou sua posição com dificuldade. Até que Tamela disse:

— Bata nela com a outra mão.

Dessa vez, Elayne foi escorregando pelos ladrilhos congelados até os joelhos de Amys, a cabeça latejando, as *duas* bochechas ardendo. E, quando se recompôs de joelhos à frente de Aviendha, quando Viendre mandou-a bater, ela desferiu um tapa com todo o ímpeto do corpo, tanto que quase caiu por cima de Aviendha quando a Aiel foi para o chão.

— Podem ir — anunciou Monaelle.

Os olhos de Elayne saltaram para a Sábia. Aviendha, ainda não totalmente de joelhos, estava imóvel feito uma pedra.

— Se quiserem — prosseguiu Monaelle. — Os homens costumam ir, neste ponto ou até antes. Muitas mulheres também. Mas, se vocês ainda se amam o suficiente para continuar, então se abracem.

Elayne se atirou em Aviendha e foi recebida com um furor que quase a arremessou para trás. As duas se abraçaram com força. Elayne sentia as lágrimas escorrendo e notou que Aviendha também estava chorando.

— Sinto muito — sussurrou com fervor. — Sinto muito, Aviendha.

— Me perdoe — cochichou de volta a Aiel. — Me perdoe.

Àquela altura, Monaelle estava de pé junto delas.

— Vocês voltarão a sentir raiva uma da outra, dirão palavras duras, mas sempre se lembrarão de já terem batido na outra. E pelo simples motivo de terem sido ordenadas a fazer isso. Deixem essas pancadas valerem por todas que vocês possam vir a querer dar. Vocês têm *toh* uma pela outra, *toh* que vocês não têm como e nem tentarão pagar, já que toda mulher está sempre em dívida com sua irmã-primeira. Vocês nascerão de novo.

A sensação de *saidar* no aposento vinha mudando, mas Elayne não teve a chance de perceber nem se tivesse pensado nisso. A luz baixou como se as lamparinas estivessem sendo apagadas. A sensação do abraço de Aviendha diminuiu. O som também. A última coisa que ela ouviu foi a voz de Monaelle. "Vocês nascerão de novo". Tudo se apagou. Ela apagou. Elayne deixou de existir.

Uma espécie de consciência. Ela não se via como ela mesma, sequer pensava, mas estava consciente. Dos sons. Um líquido correndo por toda parte. Gorgolejos e roncos emudecidos. E um baque surdo ritmado. Isso, acima de tudo. *Tu-tum. Tu-tum.* Ela não sabia o que era contentamento, mas estava contente. *Tu-tum.*

Tempo. Ela não sabia o que era tempo, mas Eras se passaram. Havia um som dentro dela, um som que *era* ela. *Tu-tum.* O mesmo som, o mesmo ritmo que o outro. *Tu-tum.* E de um outro lugar, mais próximo. *Tu-tum.* Outra vez. *Tu-tum.* O mesmo som, a mesma batida, igual à dela. Não outra. Elas eram a mesma, eram uma só. *Tu-tum.*

Uma eternidade se passou ao ritmo daquela pulsação, todo o tempo que já transcorrera. Ela tocou a outra que era ela mesma. Era capaz de sentir. *Tu-tum.*

Ela se moveu, ela e a outra que era ela mesma, contorcendo-se uma na outra, os membros se enroscando, desemaranhando-se, mas sempre voltando uma para a outra. *Tu-tum.* Via-se uma luz às vezes, na escuridão. Mais tênue do que se podia perceber, porém reluzente para alguém que nunca conhecera nada que não fosse a escuridão. *Tu-tum.* Ela abriu os olhos, fitou os olhos da outra que era ela mesma, e tornou a cerrá-los, contente. *Tu-tum.*

Mudança, súbita, chocante para quem nunca tinha experimentado nenhuma mudança. Pressão. *Tu-tum-tu-tum.* Aquela batida reconfortante se acelerou. Pressão convulsiva. De novo. De novo. Ficando mais forte. *Tu-tum-tu-tum! Tu-tum-tu-tum!*

De repente, a outra que era ela mesma... não estava mais ali. Ela estava sozinha. Desconhecia o medo, mas estava assustada, e sozinha. *Tu-tum-tu-tum!* Pressão! Mais forte que todas as anteriores! Espremendo-a, esmagando-a. Se ela soubesse gritar, se soubesse o que era um grito, teria soltado um ganido.

E então a luz, ofuscante, cheia de padrões espirais. Ela tinha peso. Nunca sentira peso antes. Uma dor cortante no abdômen. Algo lhe fazendo cócegas nos pés. Algo lhe fazendo cócegas nas costas. No início, não se deu conta de que aquele ruído lamentoso vinha dela. Chutou sem força, balançou membros que não sabiam como se mexer. Estava fora do chão, deitada em algo macio, e ainda assim mais firme que qualquer coisa que ela já sentira, exceção feita às recordações da outra que era ela mesma, da outra que não estava mais ali. *Tu-tum. Tu-tum.* O som. O mesmo som, a mesma batida. A solidão reinava, sem ser reconhecida, mas também havia contentamento.

Devagar, a memória começou a voltar. Ela levantou a cabeça, apoiada em um busto, ergueu o olhar e deu de cara com o rosto de Amys. Sim, de Amys. Molhada de suor e com um olhar exaurido, mas sorrindo. E ela era Elayne. Sim, Elayne Trakand. Mas agora havia um algo mais nela. Não como o elo com a Guardiã, mas, de certa forma, parecido. Mais fraco, porém mais magnífico. Lentamente, com um pescoço que cambaleava instável, ela virou a cabeça para olhar para a outra que era ela mesma, repousada no outro seio de Amys. Olhar para Aviendha, com o cabelo desgrenhado, o rosto e o corpo reluzindo com o suor. Sorrindo de alegria. Gargalhando, chorando, as duas se abraçaram e ficaram grudadas como se nunca mais tivessem a intenção de se soltar.

— Esta é minha filha Aviendha — disse Amys —, e esta é minha filha Elayne, nascidas no mesmo dia, na mesma hora. Que elas sempre protejam uma à outra, apoiem uma à outra, amem uma à outra. — E deu uma risada mansa, cansada, afetuosa. — E agora será que alguém poderia nos trazer roupas, antes que minhas novas filhas e eu morramos congeladas?

Elayne não estava nem aí se, naquele momento, morresse congelada. Ela se agarrava a Aviendha entre risos e lágrimas. Havia encontrado sua irmã. Luz, ela havia encontrado sua irmã!

Toveine Gazal despertou com os ruídos de um burburinho, outras mulheres andando para lá e para cá, algumas falando em voz baixa. Deitada em seu catre duro e estreito, suspirou, arrependida. Suas mãos em volta do pescoço de Elaida tinham sido apenas um sonho agradável. A realidade era aquele cômodo com paredes de lona. Ela havia dormido mal e se sentia fraca, exausta. Dormira demais, e não daria tempo de tomar café da manhã. Relutando, jogou os cobertores de lado. A construção tinha sido alguma espécie de pequeno armazém, com suas paredes grossas e vigas pesadas bem baixas, mas não havia aquecimento. Sua respiração se condensava, e o ar frio da manhã lhe deu arrepios através da camisola antes que seus pés encostassem nas tábuas ásperas do assoalho. Mesmo que pudesse ter cogitado permanecer na cama, tinha ordens a cumprir. O elo imundo com Logain tornava a desobediência impossível, a despeito de quanto ela desejasse.

Vivia tentando pensar nele apenas como Ablar ou, na pior das hipóteses, Mestre Ablar, mas era sempre apenas Logain que lhe vinha à mente. O nome que ele tornara infame. Logain, o falso Dragão que destroçara os exércitos de Ghealdan, sua terra natal. Logain, que abrira caminho por entre os poucos altaranos e murandianos com coragem o bastante para tentar detê-lo até que ele ameaçasse Lugard. Logain, que fora amansado e, sabia-se lá como, era capaz de canalizar de novo, que ousara impor sua maldita tessitura de *saidin* a Toveine Gazal. Pena para Logain que ele não ordenara que ela parasse de pensar! Lá no fundo de sua mente, ela podia *sentir* o homem. Ele sempre estava lá.

Por um momento, cerrou bem os olhos. Luz! A fazenda da Senhora Doweel parecera o Poço da Perdição, anos de exílio e penitência sem saída, exceto o impensável: tornar-se uma renegada procurada. Com pouco mais de meia semana desde sua captura, ela já sabia: o Poço da Perdição era *ali*. E não havia como escapar. Irritada, balançou a cabeça e passou os dedos nas bochechas reluzentes para secar a umidade. Não! Ela iria escapar, de alguma forma, nem que fosse só por tempo suficiente para esganar Elaida. De alguma forma.

Além do catre, havia apenas outras três peças de mobília, mas que lhe deixavam pouco espaço para andar. Ela partiu o gelo do cântaro com listras amarelas em cima do lavatório usando a faca de cinta, encheu a bacia branca lascada e canalizou para aquecer a água até ver a fumacinha do vapor subindo. Para aquilo, tinha *permissão* de canalizar. Só para aquilo, e nada mais. Como de hábito, lavou e esfregou os dentes com sal e bicarbonato e, em seguida, apanhou uma anágua e meias-calças limpas no bauzinho de madeira ao pé do catre. Deixava seu anel ali dentro, debaixo de todo o resto, dentro de uma bolsinha de veludo. Outra ordem. Todos os seus pertences encontravam-se ali, exceto a mesinha de colo. Por sorte, ela havia se perdido quando a capturaram. Os vestidos estavam pendurados em um cabideiro, a última das mobílias do cômodo. Ela escolheu um deles sem nem olhar direito, vestiu-o em um ato mecânico e passou o pente e a escova nos cabelos.

A escova com dorso de marfim foi desacelerando quando ela olhou com atenção no espelho convexo barato do lavatório. Com a respiração irregular, pousou a escova ao lado do pente que lhe fazia par. O vestido que escolhera era de uma lã grossa e bem tecida de um vermelho simples tão escuro que parecia quase preto. Preto como o casaco de um Asha'man. Sua imagem distorcida a encarava de volta, os lábios se retorcendo. Mudar seria uma espécie de rendição. Determinada, ela apanhou no cabideiro seu manto cinza forrado com pele de marta.

Quando afastou para o lado a aba de lona, mais ou menos vinte irmãs já ocupavam o longo corredor central repleto de alojamentos. Aqui e ali, uma ou outra conversava aos murmúrios, mas as demais evitavam os olhos alheios mesmo quando pertenciam à mesma Ajah. Sentia-se a presença do medo, mas era a vergonha que cobria a maior parte dos rostos. Akoure, uma Cinza corpulenta, estava olhando para a mão em que, normalmente, usava seu anel. Desandre, uma Amarela esbelta, escondia a mão direita sob a axila.

As conversas sussurradas se dissiparam quando Toveine apareceu. Várias mulheres encararam-na descaradamente, inclusive Jenare e Lemai, de sua Ajah! Demare se recompôs o suficiente para lhe dar as costas com severidade. No intervalo de dois dias, cinquenta e uma Aes Sedai haviam sido feitas reféns pelos monstros de casaco preto, e cinquenta delas culpavam Toveine Gazal, como se Elaida a'Roihan não tivesse nenhuma participação naquele desastre. Não fosse a intervenção de Logain, elas teriam se vingado na primeira noite ali. Toveine não se sentia agradecida por ele ter impedido a ação delas e por ter feito Carniele Curar as marcas deixadas por cinturões e os machucados impingidos por socos e pontapés. Preferia que a tivessem espancado até a morte do que estar em dívida com ele.

Cobrindo os ombros com o manto, ela percorreu o corredor com altivez, até sair para um sol matinal pálido que combinava com seu desânimo. Por trás dela, alguém gritou palavras ácidas antes que a porta que se fechava as bloqueasse.

Suas mãos tremiam quando puxou o capuz e aninhou o forro escuro em torno da face. Ninguém era agressivo com Toveine Gazal impunemente. Nem a Senhora Doweel, que a castigara ao longo dos anos até ela adotar algo parecido com submissão, aprendendo essa lição quando seu exílio terminou. Ela iria mostrar para elas. Ela iria mostrar para todas elas!

O dormitório que compartilhava com as demais ficava no mais absoluto extremo de um vilarejo até grande, ainda que bem esquisito. Um vilarejo dos Asha'man. Em outras partes, ao menos pelo que lhe haviam dito, o solo estava demarcado para a construção de estruturas que, segundo eles, ofuscariam a Torre Branca, mas era ali que a maioria deles vinha morando. Cinco grandes casernas de blocos de pedra espaçadas por ruas tão largas quanto qualquer uma que houvesse em Tar Valon podiam abrigar, cada uma, cem Soldados Asha'man. Ainda não estavam totalmente cheias, graças à Luz, mas os andaimes cobertos de neve aguardavam a chegada de trabalhadores em torno das paredes grossas de outras duas casernas que estavam quase prontas para receber o telhado de sapê. Cerca de uma dezena de estruturas menores tinham sido erguidas para abrigar dez Dedicados cada, e mais outra igual também estava em construção. Espalhadas ao redor delas, havia umas duzentas casas que poderiam ser vistas em qualquer vilarejo, onde viviam alguns dos homens casados, bem como as famílias de outros que treinavam não muito longe dali.

Homens que sabiam canalizar não a amedrontavam. Uma vez, ela chegara a sucumbir ao pânico, era verdade, mas isso, àquela altura, era irrelevante. Quinhentos homens capazes de canalizar, no entanto, eram como um pedaço de osso preso entre dois dentes em um ponto em que ela não tinha como alcançar. *Quinhentos*! E alguns deles podiam Viajar. Um pedaço de osso pontiagudo. E mais, ela percorrera o caminho de uma milha ou mais pela floresta até a muralha. *Isso* a amedrontava, o que aquilo significava.

A muralha não estava concluída em nenhum ponto, e não se contavam mais de doze a quinze pés de altura em nenhum deles. As torres e os bastiões tinham sido apenas iniciados. Em alguns trechos, ela poderia ter escalado as pilhas de pedra negra, não fossem as ordens que recebeu para não tentar fugir. Só que aquele troço se estendia por *oito* milhas, e Toveine acreditou em Logain quando ele lhe disse que fazia menos de três meses que as obras haviam começado. O sujeito a tinha presa demais para se dar o trabalho de mentir. Ele dizia que a muralha era um desperdício de tempo e esforço, e talvez fosse, mas aquilo a deixava nervosa. Só três meses. Construída usando o Poder. A metade masculina do Poder. Quando ela pensava naquela muralha negra, visualizava uma força implacável impossível de ser detida, uma avalanche de pedras pretas deslizando para soterrar a Torre Branca. Impossível, claro. Impossível, mas, quando ela não sonhava em estrangular Elaida, sonhava com isso.

Houvera uma nevasca durante a noite, e um pesado cobertor branco se derramava sobre cada telhado, mas ela não precisava caminhar com cuidado pelas ruas largas. A terra batida tinha sido limpa, uma tarefa para homens em treinamento antes mesmo de o sol nascer. Eles usavam o Poder para tudo, desde encher caixas até limpar as próprias roupas! Homens com uniformes negros andavam apressados para lá e para cá pelas ruas, e outros mais já iam se enfileirando à frente de suas casernas, com outros fazendo a chamada em voz alta. Mulheres agasalhadas contra o frio passavam por eles com toda a placidez carregando cestos a caminho do armazém do intendente ou baldes d'água até a fonte mais próxima — embora como uma mulher conseguisse permanecer ali, sabendo o que seu marido era, estava além da compreensão de Toveine. Mais bizarro ainda, crianças corriam pelas ruas para um lado e para o outro ao redor das formações de homens capazes de canalizar, gritando e gargalhando, rolando bambolês, arremessando bolas pintadas e brincando com bonecas ou cachorros. Um quê de normalidade que só acentuava o fedor de maldade do resto.

Mais adiante, um destacamento montado se aproximava caminhando rua acima. No curto período em que ela estivera ali — um tempo interminável —, não vira ninguém a cavalo pelo vilarejo, exceto trabalhadores em carroças ou carroções. Nem quaisquer visitantes, o que alguns daqueles claramente deviam ser. Cinco homens trajando preto escoltavam uma dúzia vestindo mantos e casacos vermelhos da Guarda da Rainha, com duas mulheres louras à frente, uma com um manto vermelho e branco forrado com pele negra e a outra... As sobrancelhas de Toveine se arquearam. A outra trajava calças verdes kandorianas e um casaco confeccionado como se pertencesse ao Capitão-General da Guarda. O manto vermelho tinha até nós dourados de patente no ombro! Talvez ela estivesse equivocada a respeito daqueles homens. Aquela ali não teria vida fácil quando se deparasse com Guardas de verdade. Em todo caso, era estranhamente cedo para se receber visitas.

Cada vez que o inusitado destacamento alcançava uma das formações, o homem mais adiante gritava "Asha'man, aqui na frente!", e os saltos das botas pisoteavam a terra endurecida enquanto os demais ficavam rígidos feito pilares de pedra.

Puxando o capuz ainda mais para esconder melhor o rosto, Toveine se afastou para a lateral da rua larga, ao lado de uma das casernas de pedra menores.

Um homem de barba repartida saindo de dentro dela, um broche com uma espada prateada no colarinho alto, lançou-lhe uma olhadela curiosa sem diminuir o passo.

O que ela tinha acabado de fazer lhe caiu como um balde de água fria, e ela quase chorou. Tudo bem que nenhum daqueles estranhos avistaria o rosto das Aes Sedai ali, mesmo se tivesse como reconhecê-las. Se alguma daquelas mulheres soubesse canalizar, por mais improvável que fosse, não chegaria perto o bastante para perceber que Toveine também sabia. Ela ficava aflita e irritada pensando em como desobedecer Logain, para depois fazer tudo o que era necessário para cumprir as instruções dele sem nem pensar direito!

Em um ato de rebeldia, parou ali onde estava e se virou para observar os visitantes. Automaticamente, suas mãos ajeitaram o capuz antes que ela conseguisse firmá-las nas laterais do corpo. Era patético e ridículo. Ao menos de vista, ela conhecia o Asha'man que conduzia o destacamento, um grandalhão de meia-idade de cabelos pretos oleosos, sorriso lisonjeiro e olhos de adivinho. Mas nenhum dos outros. O que ela poderia esperar ganhar com aquilo? Como conseguiria passar um recado para algum deles? Mesmo que a escolta desaparecesse, que jeito ela daria para se aproximar o suficiente para transmitir uma mensagem sendo proibida de deixar qualquer forasteiro descobrir a presença de uma Aes Sedai?

O camarada com olhar de adivinho parecia entediado com sua missão naquela manhã, mal se dando ao trabalho de disfarçar os bocejos por trás da mão enluvada.

— ...quando terminarmos — dizia ele ao passar por Toveine —, vou mostrar para vocês a Cidade dos Ofícios. É bem maior que isto aqui. Temos todo tipo de artesão por lá, de pedreiros e carpinteiros a ourives e alfaiates. Podemos fazer tudo que quisermos, Lady Elayne.

— Menos nabos — retrucou uma das mulheres em voz alta, no que a outra riu.

Toveine moveu a cabeça e ficou observando os cavaleiros seguirem rua abaixo enquanto ordens eram dadas aos berros e botas pisoteavam o chão. Lady Elayne? Elayne Trakand? A mais jovem das duas talvez batesse com a descrição que lhe tinham repassado. Elaida não revelou por que estava tão desesperada para pôr as mãos em uma Aceita foragida, mesmo que ela pudesse vir a se tornar rainha, mas nunca permitia que uma irmã saísse da Torre sem ordens quanto ao que fazer caso a garota fosse encontrada. *Tome muito cuidado, Elayne Trakand,* pensou Toveine. *Eu não gostaria que Elaida tivesse a satisfação de pôr as mãos em você.*

Ela queria ponderar sobre aquilo, sobre se havia algum jeito de usar a presença da garota ali, mas, de repente, tomou consciência das sensações lá no fundo da sua mente. Um leve contentamento e um senso crescente de propósito. Logain terminara de tomar o café da manhã. Logo estaria saindo. Ele dissera a ela para estar lá quando saísse.

Antes que ela sequer pensasse, seus pés já estavam correndo. Como resultado, as saias se enroscaram nas pernas, e ela levou uma senhora queda, chegando a perder o fôlego. A raiva só fez aumentar, um ódio, mas ela se pôs de pé aos trancos e barrancos e, sem parar para espanar a poeira, ergueu as saias acima dos joelhos e começou a correr de novo, o manto balançando atrás dela. Gritos divertidos de homens seguiram-na rua abaixo, e crianças gargalhavam e apontavam quando ela passava correndo.

De repente, Toveine se viu cercada por uma matilha que rosnava e tentava lhe morder os calcanhares. Ela saltava, girava e chutava, mas os animais não davam trégua. Sua vontade era de soltar um grito agudo de frustração e fúria. Cachorros eram sempre um incômodo, e ela não podia canalizar nem uma pena para afugentá-los. Um cão de caça cinza aproveitou para abocanhar um pedaço da saia esvoaçante, puxando-a de lado. Se tornasse a cair, eles fariam picadinho dela.

Aos gritos, uma mulher vestindo lã marrom balançou sua cesta pesada para cima do cachorro que puxava a saia de Toveine, dando conta de afugentá-lo. O balde de uma mulher roliça acertou as costelas de um vira-lata malhado, que correu para longe, ganindo. A perplexidade de Toveine a deixou boquiaberta, e o instante de desatenção a obrigou a puxar a perna da boca de um outro cão, pagando com um pedaço da meia-calça e um pouquinho de pele. Havia mulheres cercando-a por todos os lados, enxotando os animais com fosse lá o que trouxessem nas mãos.

— Pode ir, Aes Sedai — disse-lhe uma mulher magrinha grisalha, batendo com um pedaço de pau em um cachorro todo manchado. — Eles não vão mais incomodar você. Eu mesma gostaria de ter um belo de um gato, mas agora é meu esposo que não tolera os felinos. Pode ir.

Toveine não perdeu tempo em agradecer suas salvadoras e saiu correndo, refletindo. As mulheres sabiam. Se uma sabia, todas sabiam. Mas não dariam nenhum recado nem ajudariam em uma fuga, não se estivessem dispostas a permanecer ali. Não se entendessem o que estavam ajudando. Era isso.

Quase chegando à casa de Logain, uma das várias de uma rua secundária mais estreita, ela diminuiu o passo e foi logo tratando de soltar as saias. Oito ou nove homens de casaco preto aguardavam do lado de fora, rapazes, idosos e alguns nem um nem outro, mas ainda não se via nenhum sinal de Logain. Toveine conseguia senti-lo, cheio de propósito, mas concentrado. Lendo, talvez. Ela caminhou o resto do percurso com passos altivos. Cheia de compostura e Aes Sedai até o último fio de cabelo, a despeito das circunstâncias. Quase conseguiu se esquecer da luta frenética com os cachorros.

A casa a surpreendia toda vez que batia os olhos nela. Outras na mesma rua eram tão grandes quanto, sendo duas delas ainda maiores. Uma casa comum de madeira de dois andares, apesar de a porta vermelha, as venezianas e os caixilhos das janelas serem esquisitos. Cortinas simples escondiam seu interior, mas o vidro das janelas estava em um estado tão lastimável que ela duvidava que pudesse ter enxergado qualquer coisa com nitidez mesmo com as cortinas recolhidas. Uma casa apropriada para um comerciante não tão bem-sucedido, mas dificilmente a moradia de um dos homens de pior reputação ainda vivo.

Por alguns instantes, Toveine ficou se perguntando o que teria atrasado Gabrelle. A outra irmã com quem Logain estabelecera um elo recebera a mesma instrução que ela e, até então, sempre fora a primeira a chegar. Gabrelle era impaciente e analisava os Asha'man como se pretendesse escrever um livro a respeito deles. Talvez escrevesse. Marrons escreviam sobre tudo. Ela tratou de não ficar pensando na outra irmã. O problema era que se Gabrelle realmente chegasse atrasada, Toveine teria de descobrir como a mulher havia conseguido essa proeza. Por ora, tinha os próprios estudos para fazer.

Os homens junto à porta vermelha encararam-na, mas não disseram nada, nem mesmo entre si. Não havia nenhuma animosidade. Estavam apenas esperando. Nenhum deles estava de manto, apesar da respiração formar plumas bem clarinhas à frente dos seus rostos. Todos eram Dedicados, trazendo no colarinho o broche com a espada prateada.

Vinha sendo assim em todas as manhãs em que ela se *apresentara* dessa maneira, ainda que nem sempre com os mesmos homens. Toveine conhecia alguns deles, sabia ao menos seus nomes e, às vezes, alguma outra fofoca que conseguia captar. Evin Vinchova, o moço bonito que estivera presente quando Logain a capturou, apoiava-se na esquina da casa e brincava com um pedaço de barbante. Donalo Sandomere, se é que esse era seu nome verdadeiro, com rosto enrugado de fazendeiro e uma barba oleosa bem aparada, tentava manter a postura lânguida que acreditava que um nobre assumiria. O taraboniano Androl Genhald, um sujeito quadrado com as sobrancelhas grossas franzidas como se estivesse absorto em pensamentos, as mãos cruzadas às costas, usava um anel de sinete de ouro, mas ela o enxergava como um aprendiz que raspara o bigode e abrira mão do véu. Mezar Kurin, um domanês de têmporas grisalhas, corria os dedos pelo brinco de pedra granada que trazia na orelha esquerda e poderia muito bem ser um nobre menor. Toveine vinha registrando em sua mente um belo arquivo de nomes e rostos. Mais cedo ou mais tarde, eles seriam caçados, e cada informaçãozinha que pudesse ajudar a identificá-los seria útil.

A porta vermelha se abriu, no que os homens se endireitaram, mas não foi Logain quem saiu.

Toveine pestanejou, surpresa, e então encarou os olhos verde-escuros de Gabrelle com um olhar indiferente, sem fazer o menor esforço para esconder seu desgosto. Aquele maldito elo com Logain deixara claro o que ele estivera fazendo na noite anterior — ela ficara com medo de *jamais* conseguir dormir! —, mas nem em seus devaneios mais sombrios ela suspeitara de Gabrelle! Alguns dos homens pareciam tão espantados quanto ela. Uns não conseguiram continuar sérios. Kurin abriu um sorrisão e alisou o bigodinho fino com o polegar.

A mulher de pele escura não se deu ao trabalho de enrubescer, apenas empinou de leve o nariz arrebitado e, em seguida, ajustou o vestido azul-escuro na cintura de forma efusiva, como que para anunciar que acabara de trajar a indumentária. Jogando o manto por cima dos ombros, ela amarrou o laço enquanto seguia na direção de Toveine com a serenidade de quem estava na Torre.

Toveine agarrou a mulher mais alta pelo braço e tratou de puxá-la para um pouco mais longe dos homens.

— Podemos até ser reféns, Gabrelle — cochichou com rispidez —, mas isso não é motivo para se render. Menos ainda às luxúrias vis de Ablar! — A outra mulher não parecia nem desconcertada! Um pensamento lhe ocorreu. Claro. — Ele...? Ele *ordenou* que você...?

Com algo parecido com um sorriso desdenhoso, Gabrelle se desvencilhou.

— Toveine, levei dois dias para decidir se deveria "me render" às luxúrias dele, como você disse. Me sinto até com sorte por só ter levado quatro para convencê-lo a me aceitar. Vocês, Vermelhas, talvez não saibam, mas os homens adoram conversar e fofocar. Você só precisa ouvir, ou até mesmo fingir que ouve, e um homem vai acabar lhe contando a vida inteira dele. — Um ar pensativo a fez franzir a testa, e seus lábios retorcidos voltaram ao normal. — Fico me perguntando se é assim com as mulheres comuns.

— Se é assim como? — interpelou Toveine. Gabrelle estava *espionando* o sujeito? Ou só tentando juntar mais material para seu livro? *Aquilo* era inacreditável, até para uma Marrom! — Do que você está falando?

A expressão contemplativa não desapareceu do rosto da outra mulher.

— Me senti... indefesa. Ah, ele foi gentil, mas eu nunca tinha parado para pensar em como os braços de um homem são fortes, e eu ali sem poder canalizar nem um fiapo. Ele estava... no comando, por assim dizer, apesar de não ser bem assim. Apenas... mais forte, e eu sabia bem disso. Foi uma sensação... estranhamente estimulante.

Toveine sentiu um calafrio. Gabrelle devia estar ensandecida! Ela estava prestes a dizer aquilo para a mulher quando o próprio Logain apareceu, fechando a porta atrás de si. Era alto, mais que qualquer outro ali, com cabelos escuros que roçavam em seus ombros largos e emolduravam um rosto arrogante. O colarinho alto trazia tanto a espada prateada quanto aquela serpente com pernas ridícula. Ele deu um sorrisinho para Gabrelle enquanto os outros foram se reunindo em torno dele. A assanhada também sorriu de volta. Toveine sentiu outro calafrio. Estimulante. A mulher *estava* ensandecida!

Como nas manhãs anteriores, os homens começaram a fazer seus relatos. Na maioria das vezes, Toveine não conseguira entender *nada* do que eles diziam, mas escutava.

— Encontrei mais dois homens que parecem interessados nesse novo tipo de Cura que a tal Nynaeve usou em você, Logain — reportou Genhald, franzindo a testa —, mas um deles mal sabe fazer a Cura que já conhecemos e o outro quer saber mais do que eu conseguia explicar.

— O que você consegue explicar a ele é tudo o que eu sei — rebateu Logain. — A Senhora al'Meara não me revelou muito sobre o que estava fazendo, e eu só consegui aprender um detalhe ou outro ouvindo as demais irmãs falando. Trate de continuar plantando a semente e espere que algo cresça. É a única coisa que você pode fazer. — Vários outros homens assentiram junto de Genhald.

Toveine registrou a informação. Nynaeve al'Meara. Ela escutara esse nome com alguma frequência depois que voltara para a Torre. Outra Aceita foragida, outra que Elaida queria mais do que seu desejo normal de apanhar foragidas parecia fazer jus. Também do mesmo vilarejo de al'Thor. E, de alguma forma, associada a Logain. Isso poderia acabar levando a alguma coisa. Só que... um *novo* tipo de Cura? Usado por uma *Aceita*? Era algo improvável, beirava quase o impossível, mas ela já tinha visto o impossível acontecer outras vezes, de forma que tratou de registrar. Gabrelle também ouvia com toda a atenção, ela percebeu. Tão atenta quanto ela, de canto de olho.

— Há um problema com alguns desses homens de Dois Rios, Logain — apontou Vinchova. Um rubor raivoso se fez notar em seu rosto tranquilo.

— Falei em homens, mas esses dois são garotos de no máximo catorze anos! Eles não dizem. — O sujeito devia ser um ou dois anos mais velho, as bochechas imberbes. — Foi um crime trazê-los para cá.

Logain balançou a cabeça. Se de raiva ou arrependimento, era difícil saber.

— Ouvi falar que a Torre Branca aceita garotas de não mais que doze anos. Tomem conta dos homens de Dois Rios da forma que puderem. Sem mimos, senão os outros vão se voltar contra eles, mas tentem cuidar para que eles não façam nenhuma estupidez. O Lorde Dragão pode não gostar se matarmos gente demais da terra dele.

— Pelo que vejo, ele não parece estar se importando nem um pouco — resmungou um sujeito elegante. O sotaque de Murandy era acentuado em suas palavras, embora o bigode vigorosamente curvado já deixasse bem clara a sua procedência. Revirava uma moeda de prata no dorso dos dedos e aparentava dar a mesma atenção a ela que a Logain. — Estão falando que foi o próprio Lorde Dragão que disse para o M'Hael passar o pente-fino nesse tal de Dois Rios e trazer qualquer figura masculina que soubesse canalizar, até os carrapatos. Com a quantidade que trouxe de volta, o que me surpreende é ele não ter vindo também com as pulguinhas. — A tirada do sujeito rendeu risadas, mas a indiferença no tom de voz de Logain os cortou tal qual uma lâmina.

— O que quer que o Lorde Dragão tenha ordenado, acredito que fui claro em minhas ordens. — Desta vez, todas as cabeças menearam em aquiescência, com alguns homens murmurando "Sim, Logain" e "Como quiser, Logain".

Toveine tratou logo de suavizar o sorriso de desdém que trazia nos lábios. Bando de broncos ignorantes. A Torre só aceitava meninas com menos de quinze anos se elas já tivessem começado a canalizar. A outra parte, no entanto, era interessante. Dois Rios de novo. Todo mundo dizia que al'Thor virara as costas para sua terra natal, mas ela não tinha tanta certeza disso. Por que Gabrelle estava de olho nela?

— Ontem à noite — informou Sandomere após alguns instantes —, soube que Mishraile está tendo aulas particulares com o M'Hael. — Ele alisou a barba pontuda com satisfação, como se estivesse entregando uma joia de grande valor.

Talvez estivesse, mas Toveine não sabia dizer de que tipo. Logain assentiu devagar. Os outros trocaram olhares significativos com rostos que poderiam ter sido esculpidos em pedra. Já ela se remoía em frustração, só observando. Costumava ser assim com muita frequência, questões que eles não viam por que comentar — ou tinham medo? —, e que ela não entendia. Toveine sempre tinha a sensação de que *havia* joias escondidas ali, fora do seu alcance.

Um cairhieno largo, que batia mais ou menos na altura do peito de Logain, abriu a boca, mas se a intenção do sujeito era falar sobre Mishraile, quem quer que fosse esse homem, ela nunca chegou a saber.

— Logain! — Welyn Kajima vinha descendo a rua em uma carreira desabalada, os sininhos nas pontas das tranças negras tilintando. Outro Dedicado de meia-idade que sorria demais, ele também estivera presente quando Logain a capturara. Kajima estabelecera um elo com Jenare. Estava quase sem fôlego quando passou aos empurrões pelos demais, e dessa vez não estava sorrindo. — Logain — disse, ofegante —, o M'Hael voltou de Cairhien e afixou os nomes de novos desertores no painel do palácio. Você não vai acreditar em quem está lá! — Afobado, ele vomitou a tal lista quase sem respirar em meio a exclamações dos outros homens, o que impediu que Toveine escutasse mais que alguns fragmentos.

— Dedicados já haviam desertado antes — resmungou o cairhieno quando Kajima terminou —, mas *nunca* um Asha'man. E agora sete de uma vez?

— Se não acreditam em mim... — insistiu Kajima, plantando os pés no chão. Havia sido escrevente em Arafel.

— Nós acreditamos em você — tranquilizou-o Genhald —, mas Gedwyn e Torval são os homens do M'Hael. Rochaid e Kisman também. Por que desertariam? O M'Hael dava a eles tudo que um rei poderia querer.

Kajima sacudiu a cabeça, irritado, fazendo os sininhos retinirem.

— Vocês sabem que a lista nunca diz os motivos, só os nomes.

— Já vão tarde — rosnou Kurin. — Ou já iriam, pelo menos, se agora não tivéssemos que caçá-los.

— São os outros que não consigo entender — ponderou Sandomere. — Eu estava nos Poços de Dumai. Depois, vi o Lorde Dragão escolher. Dashiva estava com a cabeça nas nuvens, como sempre, mas Flinn, Hopwil, Narishma? Nunca vi homens tão contentes. Pareciam cordeiros deixados soltos em um barracão de cevada.

Um camarada robusto com mechas grisalhas nos cabelos desembuchou.

— Bem, eu não estava nos Poços, mas fui para o sul enfrentar os Seanchan. — O sotaque era andoriano. — Pode ser que os cordeiros não tenham gostado tanto do pátio do açougueiro quanto do barracão de cevada.

Logain vinha escutando tudo sem interferir, os braços cruzados. Seu rosto era indecifrável, uma máscara. Só então indagou:

— Você está preocupado com o pátio do açougueiro, Canler?

O andoriano fez uma careta e depois deu de ombros.

— Imagino que todos nós vamos acabar lá mais cedo ou mais tarde, Logain. Não vejo muita escolha, mas não preciso ir com um sorriso no rosto.

— Contanto que você esteja lá no dia — rebateu Logain com toda a tranquilidade. Ele se dirigiu ao homem que se chamava Canler, mas vários outros assentiram com meneios de cabeça.

Olhando para além de onde se encontravam os homens, Logain avistou Toveine e Gabrelle. Toveine tentou dar a impressão de que não estivera escutando e gravando nomes freneticamente.

— Vão lá para dentro, saiam desse frio — disse a elas. — Tomem um pouco de chá para esquentar o corpo. Volto assim que puder. Não mexam nos meus papéis. — Reunindo os homens com um gesto, ele os conduziu na direção de onde Kajima tinha vindo.

Frustrada, Toveine rangeu os dentes. Ao menos não teria de segui-lo até os campos de treinamento, passando a chamada Árvore dos Traidores, onde cabeças ficavam dependuradas feito frutas podres nos galhos desfolhados, nem assistir a homens em seus estudos sobre como destruir fazendo uso do Poder, mas ela esperara ter mais um dia só para si, livre para perambular por aí e ver o que conseguia descobrir. Já tinha escutado homens falarem a respeito do "palácio" de Taim antes e, àquela altura, esperava encontrá-lo para, quem sabe, dar uma espiadela no homem cujo nome era tão perverso quanto o de Logain. Em vez disso, só acompanhou a outra mulher pela porta vermelha. Resistir não fazia sentido.

Lá dentro, correu os olhos pelo cômodo da frente enquanto Gabrelle pendurava seu manto em um gancho. A despeito da parte externa, esperara encontrar algo mais suntuoso para Logain. Um fogo baixo crepitava em uma lareira rústica de pedra. Uma mesa estreita comprida e cadeiras com encosto vazados repousavam nas tábuas vazias do assoalho. Uma escrivaninha, só um pouquinho mais elaborada que as outras mobílias, chamou sua atenção. Pilhas de caixas de correio tampadas atulhavam o tampo do móvel, além de pastas de couro cheias de folhas de papel compridas. Seus dedos coçavam, mas Toveine sabia que, mesmo que se sentasse na escrivaninha, não teria como encostar nem um dedo em nada além da caneta ou do vidrinho de tinta.

Com um suspiro, acompanhou Gabrelle até a cozinha, onde um fogão de ferro soltava calor demais e os pratos sujos do café da manhã repousavam em um armário baixo sob a janela. Gabrelle encheu uma chaleira e pôs no fogo, e então apanhou um bule vitrificado verde e um pote de madeira em um outro armário. Toveine pendurou seu manto em uma cadeira e se sentou à mesa quadrada. Não queria chá, a menos que viesse acompanhado do café da manhã que ela perdera, mas sabia que iria tomá-lo.

A Marrom bobalhona continuou jogando conversa fora enquanto dava conta das tarefas domésticas tal qual uma feliz esposa de fazendeiro.

— Já aprendi bastante. Logain é o único Asha'man que mora aqui no vilarejo. Todos os outros moram no "palácio" de Taim. Eles têm serviçais, mas Logain contratou a esposa de um homem em treinamento para cozinhar e fazer a limpeza para ele. Daqui a pouco ela chega, e o trata como se fosse ele que pôs o sol no céu, então é melhor já termos conversado sobre qualquer assunto importante até lá. Ele encontrou sua mesinha de colo.

Toveine sentiu como se uma mão gélida a tivesse agarrado pela garganta. Tentou disfarçar, mas Gabrelle não tirava os olhos dela.

— Ele queimou, Toveine. Depois de ler o conteúdo. Parecia achar que estava fazendo um favor para nós.

A mão afrouxou, e Toveine podia respirar de novo.

— A ordem de Elaida estava no meio dos meus papéis. — Ela pigarreou para se livrar de uma rouquidão. A ordem de amansar todos os homens encontrados ali e depois enforcá-los lá mesmo, sem o julgamento em Tar Valon que a lei da Torre exigia. — Ela impôs condições severas, e, se soubessem, esses homens teriam reagido de maneira dura. — Mesmo com o calor do fogão, ela estremeceu. Um único papel poderia ter feito com que elas fossem estancadas e enforcadas. — Por que ele nos faria um favor?

— Não sei o motivo, Toveine. Ele não é um vilão, não mais que a maioria dos homens. Talvez seja simples assim. — Gabrelle pôs na mesa um prato com pãezinhos crocantes e outro com queijo branco. — Ou talvez esse elo seja como o elo com um Guardião de mais formas do que sabemos. Pode ser que ele só não quisesse viver a experiência de nós duas sendo executadas.

A barriga de Toveine roncava, mas ela pegou um pãozinho como se não quisesse mais que um tira-gosto.

— Acho que "dura" é pouco — prosseguiu Gabrelle, pondo colheradas da erva do chá no bule. — Vi você se encolher toda. Claro que eles tiveram um trabalho enorme para nos trazer até aqui. Cinquenta e uma irmãs no meio deles, e, mesmo com o elo, devem ter medo de que encontremos algum jeito de contornar as ordens que nos deram, alguma brecha que eles não perceberam. A resposta óbvia é: se estivéssemos mortas, a Torre ficaria absolutamente enfurecida. Com nós duas vivas e feitas reféns, até Elaida vai se movimentar com cautela. — Ela gargalhou, discretamente entretida. — Que cara é essa, Toveine?

Você acha que passo todo o meu tempo aqui pensando em enroscar os dedos nos cabelos de Logain?

Toveine fechou a boca e devolveu o pãozinho intocado. Estava frio e parecia duro. Era sempre um equívoco presumir que as Marrons eram ingênuas, absortas em seus livros e estudos às custas de todo o resto.

— O que mais você viu?

Ainda segurando a colher, Gabrelle se sentou à mesa no lugar oposto ao dela e se debruçou para a frente, cheia de propósito.

— A muralha deles pode até ser forte quando ficar pronta, mas este lugar é cheio de rachaduras. Existe a facção de Mazrim Taim e a de Logain, apesar de eu não ter certeza se uma enxerga a outra dessa forma. Pode ser que também haja outras, e com certeza há homens que não sabem que existem facções. Cinquenta e uma irmãs deveriam ser capazes de tirar proveito disso, mesmo com o elo. A segunda pergunta é: que proveito nós *vamos* tirar?

— Segunda pergunta? — quis saber Toveine, mas Gabrelle ficou esperando que continuasse. — Se conseguirmos abrir essas rachaduras — conjecturou por fim —, espalharemos dez, cinquenta ou cem bandos pelo mundo, cada um mais perigoso do que qualquer exército já visto. Capturar todos eles pode levar uma vida e devastar o mundo como em uma nova Ruptura, e com Tarmon Gai'don no horizonte. Isso se esse tal de al'Thor for mesmo o Dragão Renascido. — Gabrelle abriu a boca, mas Toveine gesticulou para rejeitar o que quer que a mulher estivesse prestes a dizer. Que ele era, muito provavelmente. Pouco importava, ali e naquele momento. — Mas, se não conseguirmos... Mesmo abafando a rebelião, reunindo as irmãs de novo na Torre e convocando de volta todas as irmãs aposentadas, ainda assim, eu não sei se todas nós juntas conseguiríamos destruir este lugar. De um jeito ou de outro, suspeito que metade da Torre morreria na empreitada. Qual é a primeira pergunta?

Gabrelle se inclinou para trás na cadeira, a expressão exausta, de uma hora para a outra.

— É, não é uma decisão fácil. E eles trazem mais homens todos os dias. Quinze ou vinte desde que estamos aqui, acredito.

— Não me enrole, Gabrelle! Qual é a primeira pergunta? — O olhar da Marrom ganhou um ar penetrante e ficou encarando-a por um longo momento.

— Logo o choque vai passar — explicou ela, por fim. — E depois? A autoridade que Elaida lhe deu acabou; a expedição acabou. A primeira pergunta é: somos cinquenta e uma irmãs unidas ou voltamos a ser Marrons e Vermelhas, Amarelas, Verdes e Cinzas? E pobre Ayako, que deve estar arrependida de as

Brancas terem insistido em ter uma irmã incluída. Lemai e Desandre são as que têm a posição mais alta entre nós. — Gabrelle acenou com a colher em um gesto de admoestação. — A única chance que temos de nos manter juntas é você e eu nos submetermos publicamente à autoridade de Desandre. Nós temos que fazer isso! Será só o começo, de qualquer forma. Assim espero. Se só conseguirmos trazer de início uma ou outra para o nosso lado, já será um começo.

Toveine respirou fundo e fingiu olhar para o nada, como se estivesse pensando. Submeter-se a uma irmã de posição mais alta que a dela não era, por si só, nenhuma dificuldade. As Ajahs sempre guardaram segredos e, às vezes, tramaram um pouco umas contra as outras, mas o dissenso declarado dentro da Torre a deixava assustada. Além do quê, ela já aprendera como ser humilde com a Senhora Doweel. Toveine se perguntou se a mulher estava gostando da pobreza e de trabalhar em uma fazenda para uma supervisora ainda mais severa do que ela.

— Eu consigo me sujeitar a isso — concordou, por fim. — Precisamos de um plano de ação para apresentar para Desandre e Lemai, se quisermos convencê-las. — Ela já tinha um parcialmente esboçado, ainda que não para apresentar para ninguém. — Ei, a água está fervendo, Gabrelle.

Passando de repente a sorrir, a bobalhona se levantou e foi apressada até o fogão. Pensando bem, Marrons sempre foram melhores lendo livros do que pessoas. Antes de Logain, Taim e os demais serem destruídos, eles ajudariam Toveine Gazal a derrubar Elaida.

A grande cidade de Cairhien era uma massa colossal no interior de muralhas gigantescas, abarrotando o rio Alguenya. O céu estava claro e sem nuvens, mas um vento frio soprava e o sol brilhava nos telhados cobertos de neve, rutilando nos sincelos que não davam o menor sinal de derreter. O Alguenya não estava congelado, mas pequenas banquisas pontiagudas que vinham descendo dos trechos mais altos do rio giravam nas correntezas, batendo aqui e ali nos cascos dos navios que aguardavam sua vez nas docas. O comércio diminuía por conta do inverno, das guerras e do Dragão Renascido, mas nunca parava, a menos que as nações morressem. Apesar do frio, carroções, carroças e pessoas circulavam por ruas que cortavam feito lâminas as colinas escalonadas da cidade. A Cidade, como chamavam ali.

À frente do Palácio do Sol, com suas torres quadradas, uma multidão que circundava a comprida rampa de entrada se acotovelava olhando para cima, mercadores enrolados em belas lãs e nobres de veludo roçando ombros com trabalhadores de rosto encardido e refugiados mais sujos ainda. Ninguém se importava com quem estava ao lado de quem, e até os batedores de carteira se esqueciam de pôr seu ofício em prática. Homens e mulheres iam embora, em geral balançando a cabeça, e outros tomavam seus lugares, às vezes erguendo uma criança para lhe proporcionar uma visão melhor da ala arruinada do Palácio, onde operários retiravam os escombros do terceiro andar. Por todas as demais áreas de Cairhien, o rangido de eixos e os martelos dos artesãos tomava conta do ar, acompanhados dos gritos dos comerciantes, das reclamações dos compradores e dos resmungos dos mercadores. A multidão diante do Palácio do Sol estava em silêncio.

A uma milha dali, Rand encontrava-se junto a uma janela na pomposamente denominada Academia de Cairhien, espiando por entre as vidraças congeladas o calçamento de pedra do pátio do estábulo lá embaixo. Houvera escolas denominadas Academias nos tempos de Artur Asa-de-gavião e até antes, centros de ensino repletos de estudiosos vindos de todos os cantos do mundo conhecido. O conceito não fazia diferença. Podiam tê-la chamado até de Barracão, desde que ali se fizesse o que ele queria. Preocupações mais importantes ocupavam seus pensamentos. Teria cometido um erro ao voltar para Cairhien tão cedo? Mas ele havia sido forçado a fugir rápido demais, de forma que os lugares certos ficariam sabendo da sua fuga. Rápido demais para preparar tudo. Havia perguntas que ele precisava fazer e tarefas que não podiam ser adiadas. E Min queria mais livros de Mestre Fel. Rand era capaz de ouvi-la resmungando sozinha enquanto vasculhava as estantes onde os exemplares tinham ficado guardados depois da morte de Fel. Com o recebimento de livros e manuscritos que ainda não possuía, a biblioteca da Academia vinha crescendo mais depressa do que os cômodos que lhe poderiam ser cedidos no antigo palácio de Lorde Barthanes. Alanna estava lá no fundo de sua mente, emburrada, ao que parecia. Ela ficaria sabendo que ele se encontrava na Cidade. Tão próxima, teria como ir direto ao seu encontro, mas, caso tentasse, Rand saberia. Ainda bem que Lews Therin estava calado no momento. Nos últimos tempos, o homem parecia mais louco do que nunca.

Ele limpou um ponto da vidraça da janela com a manga do casaco. Uma lã pesada cinza-escura, boa o bastante para um homem com pouco dinheiro e certa arrogância, não era uma vestimenta com que alguém esperaria ver o Dragão Renascido. A cabeça de Dragão com crina dourada no dorso da sua mão reluzia um brilho metálico. Ali, não representava perigo. Sua bota encostou na bolsa de couro que repousava sob a janela quando ele se debruçou para olhar lá para fora.

No pátio do estábulo, a neve tinha sido varrida dos paralelepípedos, e via-se um grande carroção rodeado de baldes que nem cogumelos em uma clareira.

Meia dúzia de homens com casacos pesados, cachecóis e gorros parecia estar mexendo na inusitada carga do veículo, com dispositivos mecânicos se amontoando em torno de um grosso cilindro de metal que ocupava mais da metade da carroceria. Um dos homens tirava lenha cortada de um carrinho de mão grande e a depositava na lateral de uma caixa de metal presa debaixo de uma das pontas do cilindro. A abertura da caixa irradiava o vermelho do fogo que ardia lá dentro, e a fumaça era expelida por uma chaminé comprida e estreita. Um outro sujeito barbudo, calvo e sem gorro se movimentava ao redor do carroção, gesticulando e parecendo dar ordens, que aparentavam não surtir efeito, para que os outros trabalhassem mais rápido. A respiração dos homens produzia discretas nuvens brancas. Estava quase morno ali dentro, já que a Academia possuía grandes fornalhas nos porões, além de um extenso sistema de ventilação. As feridas que Rand ostentava na lateral do corpo, parcialmente cicatrizadas sem jamais sarar por completo, estavam quentes.

Ele não conseguia entender os xingamentos de Min — tinha certeza de que ela estava praguejando —, mas seu tom de voz deixava claro que eles só iriam embora se ele a arrastasse. Ainda havia um ou dois pontos sobre os quais ele talvez pudesse perguntar.

— O que as pessoas estão dizendo sobre o Palácio?

— O que se poderia esperar — respondeu Lorde Dobraine por trás dele com sua paciência inabalável, como fizera com todas as outras perguntas. Mesmo quando admitiu falta de conhecimento, seu tom de voz não mudara. — Há quem diga que os Abandonados atacaram você, ou que foram as Aes Sedai. Os que acham que você jurou lealdade ao Trono de Amyrlin acusam os Abandonados. Seja como for, andam discutindo muito se você está morto, se foi sequestrado ou se fugiu. A maioria acredita que você está vivo, onde quer que esteja, ou afirma acreditar. Alguns, e temo que seja bastante gente, acha que... — A voz do homem foi se calando.

— Que eu enlouqueci — concluiu Rand com o mesmo tom de voz indiferente. Não era motivo para preocupação nem raiva. — Que eu mesmo destruí uma parte do Palácio?

Ele não falaria dos mortos. Menos que em outras ocasiões e em outros lugares, mas o suficiente, e alguns dos nomes lhe vinham toda vez que ele fechava os olhos. Um dos homens lá embaixo desceu do carroção, mas o sujeito careca o pegou pelo braço e tratou de arrastá-lo para cima, obrigando-o a mostrar o que ele havia feito. No outro lado, um camarada pulou para o calçamento sem o menor cuidado e acabou derrapando, no que o calvo sem gorro largou de mão o primeiro para dar a volta no carroção e fazer o segundo subir de novo junto dele. O que, pela Luz, eles poderiam estar fazendo? Rand deu uma olhadinha por cima do ombro.

— Não estão tão errados.

Dobraine Taborwin, um homem baixo com a frente da cabeça raspada e empoada ao estilo formal, o resto do cabelo quase todo grisalho, olhou para trás com olhos escuros impassíveis. Não era um homem bonito, mas firme. Listras azuis e brancas se alternavam na parte da frente do casaco escuro de veludo que ia do pescoço quase até os joelhos. O anel de sinete era um rubi entalhado, e ele usava um outro no colarinho, não muito maior, mas extravagante para um cairhieno. Era o Grão-trono da sua Casa, com mais batalhas em seu passado do que a maioria, e pouca coisa o amedrontava, o que ele provara nos Poços de Dumai.

Por sua vez, a mulher grisalha e corpulenta que esperava pacientemente sua vez de falar bem ao lado dele demonstrava o mesmo destemor. Em um contraste acentuado com a elegância nobre de Dobraine, as roupas de lã marrom de Idrien Tarsin eram simples o bastante para uma comerciante, mas ela tinha a própria fonte de autoridade e dignidade. Idrien era Diretora da Academia, título que havia concedido a si mesma, já que estudiosos e mecânicos em geral se intitulavam mestres disso ou senhoras daquilo. Administrava a escola com pulso firme e acreditava em coisas práticas, novos métodos de pavimentar estradas, fazer tinturas ou aperfeiçoar fundições ou moinhos. Também acreditava no Dragão Renascido. Fosse isso prático ou não, era pragmático, e já bastava.

Rand tornou a se voltar para a janela e limpou novamente a vidraça. Talvez fosse para aquecer água — alguns daqueles baldes ainda pareciam estar cheios, e, em Shienar, usavam grandes caldeiras para esquentar a água para os banhos —, mas por que em um carroção?

— Alguém foi embora de repente desde que eu parti? Ou chegou de forma inesperada?

Não esperava que fosse o caso, não alguém importante para ele. Entre pombos de mercadores e olhos-e-ouvidos da Torre Branca — além de Mazrim Taim, de quem ele não devia se esquecer, até porque Lews Therin rosnava só de ouvir seu nome —, com todos pássaros, espiões e línguas tagarelas, bastariam mais alguns dias e o mundo inteiro estaria sabendo que ele desaparecera de Cairhien. O mundo inteiro que importava ali, naquele momento. Cairhien não era mais o solo onde a batalha seria travada. A resposta de Dobraine o surpreendeu.

— Ninguém, só que... Ailil Riatin e uma alta oficial do Povo do Mar estão sumidas desde o... ataque. — Uma mera pausa, mas uma pausa. Podia ser que tampouco ele tivesse tanta certeza do que tinha acontecido. Mas manteria sua palavra. Também provara isso nos Poços de Dumai. — Nenhum corpo foi encontrado, mas elas podem ter morrido. Contudo, a Mestra das Ondas do Povo do Mar se recusa a admitir essa possibilidade. Está armando um escarcéu, exigindo que encontrem sua oficial. Na verdade, Ailil pode ter fugido para o interior. Ou ido se juntar ao irmão, apesar dos compromissos assumidos com você. Seus três Asha'man ainda estão no Palácio do Sol, Flinn, Narishma e Hopwil. Eles deixam as pessoas nervosas. Agora mais ainda do que já deixavam antes. — A Diretora fez um barulho com a garganta, e deu para ouvir seus sapatos se agitarem nas tábuas do assoalho. Eles sem dúvida a deixavam nervosa.

Rand ignorou o comentário sobre os Asha'man. A menos que estivessem muito mais perto que o Palácio, nenhum deles era forte o bastante para tê-lo sentido abrir um portão ali. Aqueles três não tinham participado do ataque, mas um planejador sábio poderia ter considerado a chance de fracasso. Planejado como manter alguém por perto caso ele sobrevivesse. *Você não vai sobreviver,* sussurrou Lews Therin. *Nenhum de nós vai sobreviver.*

Volte a dormir, pensou Rand, irritado. Sabia que não iria sobreviver, mas queria. A resposta em sua mente foi uma risada zombeteira, mas que logo foi se esvaindo e se silenciou. Àquela altura, o sujeito calvo já deixava os outros homens descerem e esfregava as mãos como quem estava satisfeito. O mais incrível era que o camarada parecia estar fazendo um discurso!

— Ailil e Shalon estão vivas e não fugiram — anunciou Rand em voz alta. Deixara as duas amarradas e amordaçadas, enfiadas debaixo de uma cama, onde seriam encontradas por serviçais em poucas horas, embora a blindagem que ele tecera em torno da Chamadora de Ventos do Povo do Mar fosse se dissipar antes disso. Sendo assim, as duas já deviam ter sido capazes de se soltar. — Falem com Cadsuane. Ela estará com elas no palácio de Lady Arilyn.

— Cadsuane Sedai entra e sai do Palácio do Sol como se fosse seu — afirmou Dobraine com ponderação —, mas como poderia ter levado as duas embora sem que ninguém visse? E por quê? Ailil é irmã de Toram, mas a reivindicação dele ao Trono do Sol já virou poeira, se é que chegou a ser mais que isso. Ela agora não tem a menor importância nem como oposição. Quanto a fazer de refém uma Atha'an Miere de alta patente... Com que intuito?

Rand deu um ar de leveza e indiferença à sua voz.

— Por que ela está mantendo Lady Caraline e o Grão-lorde Darlin como "hóspedes", Dobraine? Por que as Aes Sedai se metem a fazer as coisas? Você as encontrará onde eu falei. Isso se ela deixar você entrar para procurar.

Não era uma pergunta sem nexo. Ele só não tinha a resposta. Claro que Caraline Damodred e Ailil Riatin de fato representavam as duas últimas Casas a ocupar o Trono do Sol. E Darlin Sisnera liderou os nobres tairenos que o queriam bem longe de sua preciosa Pedra, longe de Tear.

Rand franziu a testa. Estivera seguro de que o foco de Cadsuane era ele, apesar de a mulher fingir que não, mas e se não fosse fingimento? Um alívio, se tanto. Claro que era. A última coisa de que ele precisava era uma Aes Sedai achando que podia se intrometer nos assuntos dele. E ponha última nisso. Podia ser que Cadsuane estivesse direcionando sua intromissão para outro lugar. Min tinha visto Sisnera usando uma coroa estranha, visão que fizera Rand refletir bastante. Não queria pensar em outras visões que ela tivera a respeito dele e da irmã Verde. Será que podia ser algo tão simples quanto Cadsuane achando que poderia decidir quem governaria tanto Tear quanto Cairhien?

Simples? Ele quase deu uma gargalhada. Mas era assim que as Aes Sedai se comportavam. E Shalon, a Chamadora de Ventos? Estar com a mulher talvez desse a Cadsuane poder de barganha com Harine, a Mestra das Ondas, mas Rand suspeitava de que ela tivesse sido capturada junto de Ailil para tentar esconder quem levou a nobre. O erro de Cadsuane teria de ser corrigido. Já estava decidido quem governaria Tear e Cairhien. Ele ressaltaria isso a ela. Depois. Estava lá embaixo em sua lista de prioridades.

— Antes de eu ir, Dobraine, preciso lhe dar... — As palavras ficaram presas na língua.

No pátio do estábulo, o camarada sem gorro havia puxado um fundo falso no carroção, e a extremidade de uma haste horizontal comprida apareceu de repente e voltou a descer, impelindo uma haste menor para baixo por meio de um buraco aberto na base do veículo. E, vibrando até parecer pronto para se desfazer e soltando fumaça pela chaminé, o carroção saiu cambaleando, a haste subindo e descendo, primeiro devagar, depois mais rápido. O veículo se movia sem cavalos!

Rand só se deu conta de que falara em voz alta quando a Diretora lhe respondeu.

— Ah, aquilo! É de Mervin Poel, um carroção a vapor, como ele mesmo chama, Milorde Dragão. — A desaprovação tomava conta de sua voz aguda e assustadoramente juvenil. — Ele diz que pode puxar cem carroções com essa geringonça. Só se conseguir fazê-lo percorrer mais de cinquenta passadas sem que as peças quebrem ou congelem. Que eu saiba, só chegou a andar essa distância uma vez.

De fato, o... carroção a vapor?... começou a tremer e acabou parando a menos de vinte passadas do ponto de partida. E como tremia, dando a impressão de que o tremor ficava mais forte a cada segundo. A maioria dos homens voltou a se amontoar por cima do veículo, um deles usando um pano enrolado na mão para girar alguma coisa que nem um louco. De repente, um tubo cuspiu vapor no ar, e então os tremores foram diminuindo até cessar.

Rand balançou a cabeça. Lembrava-se de ver esse tal de Mervin com um dispositivo que tremia em cima de uma mesa, mas não fazia nada. E essa maravilha era resultado daquilo? Ele pensara que o troço servia para fazer música. Devia ser Mervin quem pulava para lá e para cá e gesticulava com os punhos para os outros. Que outros objetos pitorescos, que maravilhas as pessoas vinham construindo ali na Academia?

Quando ele fez a pergunta, ainda observando os homens no pátio trabalhando no carroção, Idrien fungou alto. Ao começar a falar, o respeito pelo Dragão Renascido quase não foi capaz de conter suas palavras, mas logo a repulsa foi ganhando força.

— Já não basta termos que dar espaço a filósofos, historiadores, aritméticos e afins, e você ainda me mandou admitir qualquer um que quisesse criar algo novo e, se houvesse progresso, deixar ficar. Suponho que esperava armas, mas agora estou com dezenas de sonhadores e perdulários nas mãos, todos com algum manuscrito ou livro velho, às vezes seis, e *todos* remontando ao Tratado das Dez Nações, veja você, se não até mesmo à Era das Lendas, ao menos pelo que dizem, e tentando entender desenhos, rascunhos e descrições de coisas que eles nunca viram e que talvez ninguém tenha visto. *Eu* mesma já vi manuscritos antigos falando de pessoas com olhos na barriga, animais com dez pés de altura com presas maiores que um homem, e cidades onde...

— Mas o que eles estão fazendo, Diretora Tarsin? — interpelou Rand. Os sujeitos que trabalhavam no veículo lá embaixo se movimentavam com um ar de determinação, não como se esperassem o fracasso. E o troço se movera.

Dessa vez, ela fungou ainda mais alto.

— Tolices, Milorde Dragão. É só o que fazem. Kin Tovere construiu uma lente imensa. Com ela, dá para ver a lua como quem está olhando a palma da mão, além do que ele afirma serem outros mundos, mas do que isso adianta? Agora quer fabricar uma maior ainda. Maryl Harke faz pipas enormes que chama de planadores, e, quando a primavera chegar, ela vai se jogar dos morros de novo. Você fica com o coração na boca quando ela voa morro abaixo naqueles trecos, e ela não vai quebrar só o braço na próxima vez que um deles se dobrar, garanto. Jander Parentakis acredita que é capaz de mover barcos nos rios usando rodas de moinhos, ou quase isso, mas, quando embarcou a quantidade suficiente de homens para girar as manivelas, não teve espaço para a carga, e qualquer embarcação a vela navega mais rápido que ele. Ryn Anhara aprisiona relâmpagos em uns jarros grandes, e aposto que nem ele sabe por quê. E Niko Tokama é outra tola com sua...

Rand virou-se tão depressa que a mulher deu um passo para trás, e até Dobraine jogou o peso de um pé para o outro, um movimento de espadachim. Não, não tinham nenhuma certeza em relação a ele.

— Ele aprisiona relâmpagos? — perguntou baixinho.

A compreensão a invadiu, e ela gesticulou com as mãos à frente do rosto sincero.

— Não, não! Não é... assim! — Não que nem você, ela quase dissera. — É um troço cheio de cabos, rodas, uns jarros grandes de barro e sabe a Luz o que mais. Ele chama de relâmpago, e uma vez eu vi um rato pular em um dos jarros, nos pinos de metal que saem da parte de cima. E com certeza parecia que um raio tinha atingido o bicho. — Um quê de esperança brotou em sua voz. — Posso mandá-lo parar, se quiser.

Rand tentou imaginar alguém voando com uma pipa, mas era uma imagem absurda. Prender relâmpagos em jarros estava além do alcance da sua imaginação. Só que...

— Deixe-os seguir trabalhando, Diretora. Quem sabe? Pode ser que uma dessas invenções acabe sendo importante. Se alguma delas funcionar como disserem, dê uma recompensa ao inventor.

O rosto coriáceo bronzeado de Dobraine aparentava muitas dúvidas, embora ele quase tenha conseguido disfarçar. Idrien curvou a cabeça em um assentimento emburrado, chegando até a fazer uma mesura, mas estava bem claro que ela achava que Rand estava lhe pedindo para deixar porcos voarem, caso pudessem.

Rand não tinha certeza se discordava. Pensando bem, podia ser que um dos porcos *criasse* asas. O carroção *tinha* se movido. Ele estava ávido por deixar alguma coisa, algo que ajudasse o mundo a sobreviver à nova Ruptura que as Profecias diziam que ele causaria. O problema era que ele não fazia a menor ideia do que podia ser, tirando as próprias escolas. Quem poderia afirmar do que uma maravilha seria capaz? Luz, ele queria construir *algo* que pudesse durar.

Eu achava que podia construir, murmurou Lews Therin em sua mente. *Estava enganado. Nós não somos construtores, nem você, nem eu, nem o outro. Somos destruidores. Destruidores.*

Rand sentiu um calafrio e passou as mãos nos cabelos. O outro? Por vezes, as horas em que a voz soava mais sã eram quando ela estava mais fora de si. Os dois o observavam, Dobraine quase disfarçando sua incerteza, Idrien não fazendo o menor esforço. Reassumindo a compostura como se não houvesse nada errado, ele sacou dois pacotes fininhos de dentro do casaco. Ambos ostentavam o Dragão em um calombo comprido de cera vermelha na parte externa. A fivela do cinturão que ele não estava usando àquela altura serviu como um sinete que chegava a impressionar.

— O de cima designa você como meu intendente em Cairhien — explicou, entregando os pacotes para Dobraine. Um terceiro ainda se encontrava junto ao seu peito, para Gregorin den Lushenos, nomeando-o intendente em Illian. — Assim, não teremos o problema de alguém questionar sua autoridade quando eu não estiver. — Dobraine poderia dar conta desse tipo de contratempo com seus homens de armas, mas era melhor garantir que ninguém tivesse como alegar ignorância ou dúvida. Talvez nem houvesse problema algum para resolver se todos acreditassem que o Dragão Renascido repreenderia os transgressores. — Há ordens para providências que quero que sejam tomadas, mas, tirando isso, use seu discernimento. Quando Lady Elayne fizer sua reivindicação ao Trono do Sol, dê total apoio a ela.

Elayne. Ai, Luz, Elayne e Aviendha. Pelo menos estavam em segurança. A voz de Min já parecia mais alegre. Devia ter encontrado os livros de Mestre Fel. Ele permitiria que Min o acompanhasse até ela morrer só por não ser forte o bastante para impedi-la. *Ilyena,* lamuriou-se Lews Therin. *Me perdoe, Ilyena!* A voz de Rand ficou tão gelada quanto o coração do inverno.

— Você saberá quando entregar o outro. Se deve entregar ou não. Tente descobrir com ele, se necessário, e decida a partir do que ele disser. Se decidir que não ou se ele recusar, eu que vou escolher outra pessoa, não você.

Talvez a frase tenha soado rude, mas a expressão de Dobraine mal se alterou. As sobrancelhas se ergueram sutilmente quando ele leu o nome escrito no segundo pacote, mas só isso. Ele fez uma reverência tranquila. Cairhienos costumavam ser tranquilos.

— Será feita a sua vontade. Me perdoe, mas você parece ter a intenção de passar muito tempo fora.

Rand deu de ombros. Confiava no Grão-lorde tanto quanto em qualquer outro. Quase isso.

— Quem sabe? É um tempo de incertezas. Não deixe de dar à Diretora Tarsin todo o dinheiro de que precisa, bem como aos homens que estão começando na escola em Caemlyn. Na escola em Tear também, até a situação mudar por lá.

— Será feita a sua vontade — repetiu Dobraine, enfiando os pacotes no casaco. Seu semblante já não transparecia nenhuma emoção. O sujeito era um jogador experiente do Jogo das Casas.

De sua parte, a Diretora conseguia parecer contente e desgostosa ao mesmo tempo, ocupando-se em arrumar o vestido sem necessidade, da maneira que mulheres faziam quando se viam pressionadas a não externar o que lhes passava pela mente. Podia reclamar o que fosse de sonhadores e filósofos, mas era zelosa com o bem-estar da Academia. Não lamentaria nem um pouco se as outras escolas desaparecessem e seus estudiosos se vissem obrigados a vir até ela. Inclusive os filósofos. O que será que ela pensaria a respeito de uma ordem específica do pacote de Dobraine?

— Já encontrei tudo o que preciso — anunciou Min, saindo do meio das estantes um pouco trôpego por conta do peso das três bolsas de pano cheias que pendiam do seu corpo. O casaco e as calças simples marrons eram parecidíssimos com o que ela usara na primeira vez em que ele a viu em Baerlon. Por algum motivo, Min se queixara deles a ponto de alguém que a conhecesse poder achar que Rand estava pedindo para ela pôr um vestido. Naquele momento, no entanto, era só sorrisos, um misto de deleite com um quê de malícia. — Espero que os animais de carga estejam onde os deixamos, senão Milorde Dragão terá que fazer as vezes de albarda.

Idrien arquejou, escandalizada por ouvir alguém se dirigir a ele daquela maneira, mas Dobraine só fez abrir um sorrisinho. Já tinha visto Min com Rand outras vezes.

Em seguida, Rand se livrou dos dois o mais rápido que pôde, ambos já tendo visto e ouvido tudo o que ele queria, e os despachou com uma última advertência de que ele sequer havia estado ali. Dobraine assentiu com a cabeça como se não esperasse menos que aquilo. Idrien parecia pensativa ao sair. Se deixasse alguma coisa escapulir onde um serviçal pudesse escutar, ou um estudioso, bastariam dois dias para a Cidade inteira ficar sabendo. De um jeito ou de outro, não havia muito tempo. Talvez ninguém que pudesse perceber estava perto o bastante para sentir quando ele abriu um portão ali, mas qualquer um que estivesse em busca dos sinais passaria a ter certeza de que havia um *ta'veren* na cidade. Ser descoberto ainda não estava em seus planos.

Quando a porta se fechou atrás de Rand, ele examinou Min por um momento e então pegou uma das bolsas e jogou-a por cima do ombro.

— Só uma? — disse ela. Pousando as outras duas no chão, fincou os punhos cerrados na cintura e fez uma cara feia. — Às vezes você não passa mesmo de um pastor de ovelhas. Essas bolsas devem pesar uns cinquenta quilos cada uma. — Porém, parecia mais brincalhona do que irritada.

— Você devia ter escolhido livros menores — argumentou Rand, calçando luvas de cavalgada para esconder os Dragões. — Ou mais leves. — Ele se virou em direção à janela para apanhar a bolsa de couro, quando uma onda de tontura o atingiu. Com os joelhos se liquefazendo, tropeçou. Um rosto bruxuleante que ele não conseguiu identificar lhe perpassou em lampejos pela mente. Com esforço, ele se recompôs e forçou as pernas a se endireitarem. E a sensação de redemoinho se esvaneceu. Lews Therin ofegava rouco em meio às sombras. Será que o rosto era dele?

— Se você pensa que vai me fazer carregar tudo isso até lá, melhor pensar duas vezes — resmungou Min. — Já vi até cavalariços fingirem melhor. Que tal tentar cair no chão?

— Não desta vez. — Rand já estava preparado para o que acontecia quando ele canalizava. Até certo ponto, era capaz de controlar. Geralmente. Na maioria das vezes. Aquela tontura sem *saidin* era uma novidade. Podia ser que ele tivesse se virado rápido demais. E podia ser que porcos voassem *mesmo*. Ele acomodou a tira da bolsa de couro no ombro que estava livre. Os homens no pátio do estábulo continuavam ocupados. Construindo. — Min...

As sobrancelhas dela baixaram de imediato. Ela parou por alguns instantes de calçar as luvas vermelhas e começou a tamborilar o pé. Um sinal perigoso em se tratando de qualquer mulher, mais ainda no caso de uma que andava com facas.

— Já conversamos sobre isso, maldito Rand Dragão Renascido al'Thor! Você *não* vai me deixar para trás!

— Isso nunca me passou pela cabeça — mentiu ele. Era fraco demais. Não conseguia se forçar a dizer as palavras, a mandá-la ficar. *Fraco demais,* pensou com amargura, *e ela pode muito bem morrer por causa disso, que a Luz me queime para sempre!*

Vai morrer, prometeu Lews Therin, falando baixinho.

— Só pensei que você deveria saber o que temos feito e o que vamos fazer — prosseguiu Rand. — Acho que não tenho sido muito aberto com meus planos. — Recompondo-se, agarrou *saidin*. O cômodo pareceu girar, e ele lutou contra a avalanche de fogo, gelo e imundície com a náusea borbulhando em seu estômago. Porém, conseguiu ficar ereto sem cambalear. Por pouco. E mal conseguiu tecer os fluxos de um portão que se abriu para uma clareira nevada onde dois cavalos encilhados estavam amarrados no galho baixo de um carvalho.

Ficou feliz em ver que os animais ainda se encontravam ali. A clareira era bem distante da estrada mais próxima, mas ainda existiam andarilhos que haviam dado as costas para suas famílias, fazendas, comércios e ofícios só porque o Dragão Renascido desfizera todos os laços. Era o que diziam as Profecias. Por outro lado, boa parte desses homens e mulheres, com os pés doloridos e, para completar, já quase congelados, estavam cansados de procurar sem ter a menor noção do que estavam procurando. Até aquelas montarias desinteressantes sem dúvida teriam evaporado quando o primeiro homem as encontrasse ali abandonadas. Rand tinha ouro suficiente para comprar outras, mas achava que Min não apreciaria a caminhada de uma hora até o vilarejo onde eles haviam deixado os animais de carga.

Avançando apressado clareira adentro, fingindo que a mudança do piso duro para a neve até os joelhos o fizera tropeçar, ele só fez esperar que ela já tivesse apanhado as bolsas de livros e vindo cambaleando atrás dele para soltar o Poder. Estavam a quinhentas milhas de Cairhien e mais perto de Tar Valon do que de qualquer outro lugar digno de nota. Alanna sumira da sua mente tão logo o portão se fechou.

— Aberto? — indagou Min com um quê de suspeita. Dos motivos dele, Rand esperava, ou de qualquer coisa, menos da verdade. A tontura e a náusea foram passando devagar. — Você tem andado tão aberto quanto um mexilhão, Rand, mas eu não sou cega. Primeiro, Viajamos até Rhuidean, onde você fez tantas perguntas sobre aquele tal lugar chamado Shara que qualquer um pensaria que você pretendia ir para lá. — Com a testa levemente franzida, Min balançou a cabeça ao prender uma de suas cargas à sela do capão marrom. O esforço a fez soltar um grunhido, mas ela não iria apoiar a outra bolsa de livros na neve. — Nunca pensei que o Deserto Aiel fosse daquele jeito. Aquela cidade é maior que Tar Valon, ainda que metade dela esteja em ruínas. E todos aqueles chafarizes, e o lago... Não dava nem para ver a outra ponta. Eu achava que nem existia água no Deserto. E era tão frio quanto aqui. Pensei que o deserto fosse quente!

— No verão, você frita durante o dia, mas continua congelando à noite. — Ele se sentia suficientemente recuperado para começar a arrumar as próprias cargas na sela do cavalo acinzentado. Ou quase. De todo modo, arrumou. — Se você já sabe tudo, o que eu estava fazendo lá além de perguntas?

— O mesmo que em Tear ontem à noite: se certificando de que todos os gatos e melros-pretos sabiam da sua presença. Em Tear, foi sobre Chachin que você perguntou. É óbvio. Você está tentando confundir qualquer um que tente descobrir onde você está e para onde está indo. — Com a segunda bolsa de livros deixando a primeira em equilíbrio atrás da sela, ela desamarrou as rédeas e subiu no animal. — E aí, eu sou cega?

— Você tem olhos de águia. — Ele torcia para que seus perseguidores enxergassem com a mesma clareza. Ou para que quem quer que os orientasse o fizesse. Não seria adequado que saíssem em disparada sabia a Luz para onde. — Acho que preciso deixar mais algumas pistas falsas.

— Por que perder tempo com isso? Sei que você tem um plano e sei que tem alguma coisa a ver com aquela bolsa de couro, um *sa'angreal*, talvez, e sei que é importante. Não faça essa cara de surpresa. Você quase não perde essa bolsa de vista. Por que não ir logo botando em prática qualquer que seja seu plano, e *só então* deixar suas pistas falsas? E a pista real, claro. Você disse que iria aparecer quando eles menos esperassem. Vai ser difícil conseguir isso se eles não forem para onde você quer.

— Queria que você nunca tivesse começado a ler os livros de Herid Fel — resmungou ele com um quê de amargura, impulsionando-se para sentar na sela do cinzento. Ficou só um pouco tonto. — Você decifra demais as coisas. Será que consigo esconder algum segredo de você?

— Você nunca conseguiu, cabeça-de-lã — debochou Min, que, em seguida, se contradisse. — O *que* você está planejando? Além de matar Dashiva e os demais. Se estou viajando com você, tenho o direito de saber. — Como se ela não tivesse insistido em ir com ele.

— Vou purificar a metade masculina da Fonte — respondeu Rand com uma voz indiferente. Um anúncio importantíssimo. Um senhor plano, ou mais que isso. Grandioso, a maioria diria. Pela forma como Min reagiu, ele bem que poderia ter dito que pretendia fazer um passeio à tarde. Ela apenas olhou para Rand, as mãos cruzadas no cepilho da sela, até ele continuar. — Não sei quanto tempo vai levar, mas, quando eu começar, acho que todos em um raio de mil milhas de mim que sejam capazes de canalizar vão saber que algo está acontecendo. Duvido que eu vá conseguir simplesmente parar se Dashiva e os demais, ou os Abandonados, aparecerem de repente para ver o que é. Quanto aos Abandonados, não posso fazer nada, mas, com sorte, consigo acabar com os outros. — Ser *ta'veren* talvez desse a Rand a vantagem de que ele tanto precisava.

— Vá contando com a sorte, e Corlan Dashiva ou os Abandonados, qualquer um dos dois, vão comer você vivo — opinou ela, virando o cavalo para sair da clareira. — Talvez eu consiga pensar em algo melhor. Vamos. Tem uma fogueira quentinha naquela estalagem. Tomara que você nos deixe comer um prato quente antes de irmos.

Rand ficou encarando-a incrédulo. Alguém poderia até pensar que cinco Asha'man renegados, sem falar nos Abandonados, eram um problema menor que uma dor de dente. Esporando para fazer o cavalo acinzentado andar, ele a alcançou e seguiu cavalgando em silêncio. Ainda tinha alguns segredos que escondia dela, como a doença que começara a acometê-lo quando ele canalizava, por exemplo. Esse era o verdadeiro motivo que o obrigava a lidar primeiro com Dashiva e os demais. Assim, teria tempo para superar a enfermidade. Se fosse possível. Se não fosse, ele não tinha certeza se os dois *ter'angreal* que trazia consigo atrás da sela teriam alguma serventia.

Capítulo 1

Deixando o Profeta

A Roda do Tempo gira, e Eras vêm e vão, deixando memórias que se transformam em lendas. As lendas desvanecem em mitos, e até o mito já está há muito esquecido quando a Era que o viu nascer retorna. Em uma Era, chamada por alguns de a Terceira Era, uma Era ainda por vir, uma Era há muito passada, um vento se ergueu sobre o Oceano de Aryth. O vento não era o início. O girar da Roda do Tempo não tem inícios nem fins. Mas era *um* início.

O vento leste soprava sobre as gélidas ondas cinza-esverdeadas rumo a Tarabon, onde navios já descarregados, ou esperando sua vez de adentrar o porto de Tanchico, soltavam as âncoras ao longo de milhas da costa rasa. Mais navios de todos os tamanhos enchiam o enorme porto, e barcas levavam mercadorias e pessoas à terra firme, pois não havia ancoradouros disponíveis em nenhum cais da cidade. Os habitantes de Tanchico ficaram apreensivos quando a cidade caiu nas mãos de seus novos senhores, com seus costumes peculiares, criaturas estranhas e mulheres encoleiradas que podiam canalizar, e mais apreensivos quando aquela frota chegou, em seu tamanho atordoante, e começou a desembarcar não apenas soldados, mas também mercadores de olhos astutos, artesãos com suas ferramentas de trabalho, e até famílias com carroções cheios de produtos agropecuários e plantas desconhecidas. No entanto, havia um novo Rei e uma nova Panarca para cuidar das leis, e o fato de esse Rei e de essa Panarca deverem lealdade a alguma Imperatriz distante, e de nobres Seanchan ocuparem muitos dos palácios e exigirem mais reverência do que qualquer lorde ou lady taraboniano, mudava pouco na vida da maioria das pessoas, e mudava para melhor. O contato do Sangue Seanchan com a plebe era raro, e costumes estranhos eram suportáveis. A anarquia que arrasara o território se tornara uma mera lembrança, e a fome também. Os rebeldes, bandidos e Devotos do Dragão que tinham atormentado a região haviam sido mortos, capturados ou expulsos para a Planície de Almoth a norte, a não ser pelos que haviam se rendido, e o comércio voltara a circular. As multidões de refugiados famintos que entupiam as ruas da cidade haviam voltado a suas vilas e fazendas. E só ficara em Tanchico um número de recém-chegados que a cidade podia abrigar sem grandes dificuldades. Apesar da neve, soldados, mercadores, artesãos e fazendeiros se debandavam para o campo aos milhares e dezenas de milhares, e o vento gelado açoitava uma Tanchico pacificada e majoritariamente contente, após os terríveis tumultos.

O vento leste soprava por léguas, em rajadas e brisas, se espalhando, mas nunca morrendo, para leste e rumando para sul, passando por florestas e planícies envoltas pelo inverno, por árvores nuas, grama amarronzada, e, por fim, atravessando o que um dia fora a fronteira entre Tarabon e Amadícia. Àquela altura era uma fronteira apenas no nome, os postos de alfândega desmontados, sem guardas à vista. A leste e a sul, contornando os limites meridionais das Montanhas da Névoa, redemoinhando pelas altas muralhas de Amador. Amador, que fora conquistada. O estandarte no alto da enorme Fortaleza da Luz tremulava — o falcão dourado parecendo voar carregando um raio de luz nas garras. Poucos cidadãos saíam de casa, a não ser por necessidade, e esses poucos andavam rápido pelas ruas congeladas, apertando os mantos ao redor do corpo, os olhos baixos — não apenas para vigiar os passos nas pedras escorregadias, mas para evitar o olhar de qualquer Seanchan passando em suas criaturas felinas do tamanho de cavalos e cheias de escamas brônzeas, ou de tarabonianos usando véus de aço e vigiando grupos de antigos Filhos da Luz, agora acorrentados e trabalhando feito animais conduzindo carroças de lixo para fora da cidade. Há um mês e meio sob severo domínio Seanchan, o povo de Amadícia via o vento intenso como um flagelo, e os que não amaldiçoavam seu destino ponderavam sobre que pecados haviam lhe trazido aquele castigo.

O vento leste uivava sobre uma terra desolada em que as vilas incendiadas e fazendas arruinadas se igualavam em número às pessoas. A neve cobria igualmente madeira queimada e celeiros abandonados, suavizando a paisagem ao mesmo tempo que acrescentava o congelamento à fome como possíveis formas de morrer. Espadas, machados e lanças já tinham feito seu papel ali, e estavam a postos para matar de novo. Leste, até o vento soprar um lamento sobre a desprotegida Abila. Nenhum estandarte soprava sobre as torres de vigia da cidade, pois ali estava o Profeta do Lorde Dragão, e o Profeta não precisava de qualquer estandarte além do seu nome. Em Abila, as pessoas tremiam mais pelo nome do Profeta do que pelo vento. Pessoas em outros lugares também tremiam pelo nome dele.

Saindo a passos largos da casa da mercadora onde Masema estava hospedado, Perrin deixou o vento açoitar seu casaco de pele enquanto calçava as luvas. O sol do meio-dia não trazia calor, e o ar gélido estava penetrante. Mantinha uma expressão neutra, mas estava irritado demais para sentir o frio. Masema — recusava-se a chamar o homem de Profeta, ao menos em pensamento! — provavelmente era um tolo, e com certeza louco. Mas era um tolo poderoso, mais do que muitos reis, e estava enlouquecido pelo poder.

Seus guardas enchiam a rua de um lado a outro, se espalhando pelas esquinas das ruas seguintes, sujeitos magricelas em sedas roubadas, aprendizes imberbes em casacos rasgados, mercadores, antes robustos, usando retalhos de boa lã. Suas respirações eram névoas brancas, e alguns tremiam sem um manto, mas todos seguravam uma lança ou uma besta com a flecha já encaixada. Ainda assim, ninguém parecia abertamente hostil. Sabiam que ele declarara conhecer o Profeta, e o encaravam boquiabertos, como se esperassem que Perrin levantasse voo. Ou pelo menos desse umas cambalhotas. Ele captou o aroma de lenha queimando das chaminés ao redor. Aquele grupo fedia a suor velho e corpos sujos, a anseio e medo. E a uma estranha febre que não reconhecera antes, um reflexo da loucura de Masema. Hostis ou não, matariam Perrin ou qualquer um, se Masema mandasse. Ao farejá-los, Perrin sentiu um frio mais profundo que o do vento. Sentiu-se mais satisfeito do que nunca por ter se recusado a deixar Faile acompanhá-lo.

Os homens que ele havia deixado com os cavalos estavam jogando dados junto das montarias, em uma área de calçamento quase livre de neve, mas sem muito entusiasmo. Perrin não via motivos para confiar em Masema, e seus homens também não. Estavam prestando mais atenção à casa, e aos guardas, do que ao jogo. Os três Guardiões se puseram de pé assim que Perrin surgiu, seus olhos indo para as mulheres atrás dele; sabiam o que as Aes Sedai haviam sentido lá dentro. Neald foi mais lento, parando para pegar os dados e as moedas. O Asha'man era um homem vaidoso, sempre alisando o bigode enrolado, pavoneando-se e sorrindo para as mulheres, mas no momento estava tenso, alerta feito um gato.

— Por um momento, achei que precisaríamos lutar para sair de lá — disse Elyas, ao lado de Perrin. No entanto, seus olhos dourados estavam calmos; era um homem maduro e esguio, usando um chapéu de abas largas sobre os cabelos grisalhos que iam até a cintura, e tinha uma barba que lhe chegava ao peito. Levava uma longa faca no cinto, não uma espada. Mas já fora um Guardião. Ainda era, de certa forma.

— Essa foi a única coisa que deu certo — respondeu Perrin, pegando as rédeas de Tenaz com Neald.

O Asha'man arqueou a sobrancelha de modo questionador, mas Perrin balançou a cabeça, ignorando qualquer pergunta, e Neald torceu a boca e entregou a Elyas as rédeas de seu capão acinzentado antes de subir na própria sela.

Não tinha tempo para o mau humor do murandiano. Rand o enviara para buscar Masema, e Masema iria com ele. Como acontecia sempre que pensava em Rand, nos últimos tempos, cores rodopiaram em sua mente, e Perrin as ignorou. Masema já era um problema grande demais para que se preocupasse com cores. O maldito considerava blasfêmia que qualquer pessoa além de Rand tocasse o Poder Único. Ao que parecia, Rand não era um mortal; ele era a encarnação da Luz! Então nada de Viajar, nada de sair rapidamente de Cairhien por um portão criado por algum dos Asha'man, por mais que Perrin tivesse tentado convencê-lo. Teriam que cavalgar por mais de quatrocentas léguas, passando por só a Luz sabia o quê. E mantendo em segredo suas identidades, inclusive a de Masema. Essas tinham sido as ordens de Rand.

— Só vejo uma maneira de fazer isso, garoto — disse Elyas, como se Perrin tivesse falado em voz alta. — É uma chance pequena. Talvez a gente tenha mais sorte acertando o camarada na cabeça e partindo para a luta direta.

— Eu sei — rosnou Perrin.

Considerara a ideia mais de uma vez durante as horas de discussão. Com os Asha'man, as Aes Sedai e as Sábias canalizando, talvez tivessem chance. Mas já vira uma batalha travada com o Poder Único, homens feitos em retalhos sangrentos em um piscar de olhos, a própria terra jorrando fogo. Abila se tornaria um açougue, ao final. Se dependesse dele, nunca mais passaria por aquilo.

— O que você acha que o Profeta vai fazer? — questionou Elyas.

Perrin precisou afastar os pensamentos dos Poços de Dumai, e de Abila parecendo o campo de batalha dos Poços de Dumai, para poder entender sobre o que o homem estava falando. Ah. Sobre como ele ia realizar o impossível.

— Não ligo para o que ele vai fazer.

O homem arrumaria problema, isso era certo.

Perrin esfregou a barba, irritado. Precisava apará-la. Mandar apará-la, na verdade. Se pegasse nas tesouras, Faile as arrancaria de suas mãos e as entregaria para Lamgwin. Ainda achava impossível que um brutamontes cheio de cicatrizes no rosto e punhos marcados soubesse o ofício de criado pessoal. Pela Luz! Um criado pessoal. Ainda estava se habituando a Faile e a seus estranhos costumes saldaeanos, mas quanto mais ele aprendia, mais ela dava um jeito de deixar as coisas ao gosto dela. Mulheres sempre faziam isso, naturalmente, mas às vezes Perrin pensava que trocara um furacão por outro. Talvez pudesse tentar usar aqueles gritos imperiosos de que ela parecia gostar tanto. Um homem tinha que poder aparar a própria barba, se assim quisesse. No entanto, duvidava que fosse tentar. Gritar com ela já era difícil quando Faile começava primeiro. Era besteira pensar nisso agora, de qualquer forma.

Observou os outros homens abrindo caminho até os cavalos como quem analisava que ferramentas usar para um trabalho complicado. Temia que Masema fosse tornar aquela viagem mais difícil do que qualquer trabalho que já tivesse feito, e suas ferramentas estavam cheias de rachaduras.

Seonid e Masuri pararam ao lado dele, o capuz de seus mantos puxados sobre a cabeça, deixando seus rostos na sombra. Uma hesitação pungente permeava o aroma delas, um medo controlado. Masema quisera matá-las imediatamente. Os guardas talvez as matassem, caso as reconhecessem como Aes Sedai. Em meio a tantos, deveria haver alguns capazes de conseguir o feito. Masuri era quase um palmo mais alta que Seonid, mas Perrin ainda assomava sobre as duas. Ignorando Elyas, as irmãs se entreolharam sob os capuzes, então Seonid falou baixinho:

— Agora entende por que ele deve ser morto? O homem está... descontrolado.

Bom, a irmã Verde não era de meias palavras. Por sorte, nenhum dos guardas estava perto o bastante para entreouvir.

— Há lugares melhores para falar sobre isso.

Não queria ouvir outra vez aqueles argumentos, ainda mais àquela altura. E parecia que não seria necessário. Edarra e Carelle surgiram atrás das Aes Sedai, seus xales escuros ao redor da cabeça. O pouco de tecido que lhes cobria o peito e as costas não parecia o bastante para proteger do frio, mas também, o que mais incomodava as Sábias era a neve, a sua mera existência. No entanto, seus rostos bronzeados revelavam tanta emoção quanto um rocha, o cheiro delas era como um espeto de metal, e os olhos azuis de Edarra, normalmente tão serenos que não combinavam com seus traços jovens, também estavam tão duros quanto metal. Claro, sua compostura mascarava o aço. Aço afiado.

— Aqui não é lugar para conversar — disse Carelle suavemente à Aes Sedai, enfiando uma mecha de cabelo ruivo sob o xale. Tão alta quanto muitos homens, ela era sempre calma. Para uma Sábia. O que significava que não explodia para cima de ninguém sem antes dar avisos. — Peguem seus cavalos.

A mulher mais baixa fez uma reverência breve e correu para sua sela, nem parecendo uma Aes Sedai. Para as Sábias, elas não eram mesmo. Perrin achava que nunca se acostumaria àquilo. Mesmo que Masuri e Seonid parecessem ter se acostumado.

Suspirando, ele montou em Tenaz e as Sábias seguiram suas aprendizes Aes Sedai. O garanhão descansado saltitou pelos primeiros passos, mas logo Perrin o controlou com um aperto dos joelhos e mãos firmes nas rédeas. As Aiel montaram desajeitadamente, mesmo depois de toda a prática das últimas semanas, suas saias pesadas erguidas até os joelhos deixavam à mostra as meias de lã. Elas concordavam com as irmãs sobre Masema, assim como as outras Sábias no acampamento. Um caldeirão de guisado fervendo que seria difícil de levar até Cairhien sem acabar se escaldando.

Grady e Aram já estavam montados, e Perrin não conseguiu distinguir seus cheiros em meio a todos os outros. Nem havia muita necessidade. Apesar do casaco preto e da espada de prata no colarinho, sempre achara que Grady tinha uma cara de fazendeiro, porém não mais. Imóvel sobre a sela, o Asha'man atarracado observava os guardas com os olhos sombrios de um homem decidindo onde fazer o primeiro corte. E o segundo, e o terceiro, e quantos cortes fossem necessários. Aram, com seu manto de latoeiro verde-vivo se agitando ao vento enquanto pegava as rédeas, o cabo da espada despontando sobre o ombro... Seu rosto demonstrava uma empolgação que fez o coração de Perrin se apertar. Aram vira em Masema um homem que se entregara de corpo e alma ao Dragão Renascido. Na visão do rapaz, o Dragão Renascido quase se comparava a Perrin e Faile.

Você não fez favor algum ao garoto, dissera Elyas a Perrin. *Você o ajudou a se livrar de suas crenças, e agora ele só tem fé em você e naquela espada. Isso não é o bastante para homem nenhum.* Elyas conhecera Aram quando ele ainda era um latoeiro, antes que pegasse na espada.

O tal caldeirão de guisado talvez estivesse envenenado.

Os guardas podiam até olhar maravilhados para Perrin, mas não abriram passagem até que alguém gritou para eles da janela da casa. Só então se afastaram o bastante para que os cavaleiros passassem em fila única. Chegar ao Profeta sem permissão não era fácil. Deixá-lo sem permissão era impossível.

Uma vez longe de Masema e de seus guardas, Perrin seguiu tão rápido quanto possível pelas ruas abarrotadas. Até pouco tempo, Abila era uma cidade grande e próspera, com mercados de pedra e prédios de até quatro andares com telhados de ardósia. Ainda era grande, mas montes de pedra marcavam os pontos onde casas e estalagens tinham sido demolidas. Não restara uma estalagem de pé em Abila ou uma casa em que os moradores tivessem demorado em declarar a glória do Dragão Renascido. A reprovação de Masema nunca era sutil.

Poucas pessoas na multidão pareciam morar na cidade; era um povo triste em roupas tristes, em maioria se esgueirando pelos cantos das ruas, e nenhuma criança. Nenhum cachorro também; provavelmente, agora, a fome era uma questão por ali. Por todo lado, grupos armados chapinhavam pela lama que fora neve na noite anterior, vinte aqui, cinquenta acolá, derrubando pessoas lentas demais pelo caminho, fazendo até carros de boi contorná-los. Havia sempre centenas deles à vista. Devia haver milhares na cidade. O exército de Masema era uma turba, mas numeroso o bastante para encobrir suas falhas. Graças à Luz o sujeito concordara em levar consigo apenas cem homens. Fora preciso quase uma hora de argumentação, mas ele concordara. No fim, o desejo de chegar rapidamente a Rand, mesmo com a recusa em Viajar, levara a melhor. Poucos de seus seguidores possuíam cavalos, e quanto mais homens a pé, mais devagar avançariam. Ao menos ele estaria no acampamento de Perrin ao cair da noite.

Perrin não via ninguém a cavalo além do próprio grupo, e eles atraíam olhares dos homens armados, olhares duros, olhares febris. Era frequente que pessoas abastadas procurassem o Profeta, nobres e mercadores esperançosos de que uma conversa cara a cara rendesse mais bênçãos e menos punições, mas eles em geral partiam a pé. No entanto, o caminho do grupo permaneceu desimpedido, exceto por precisarem contornar os grupos de seguidores de Masema. Se eles continuavam montados, devia ser por vontade do Profeta. Mesmo assim, Perrin não precisou dizer a ninguém para se manter perto do grupo. Havia um certo ar de que todos em Abila esperavam por algo, e ninguém com alguma coisa na cabeça ia querer estar por perto quando essa espera chegasse ao fim.

Foi um alívio quando Balwer incitou seu capão de focinho quadrado de uma viela lateral e saiu junto à ponte baixa de madeira que levava para fora da cidade, um alívio quase tão grande quanto o que sentiu depois que cruzaram tal ponte e passarem pelos últimos guardas. O homem de rosto contraído, membros angulosos e casaco marrom largo demais sabia se cuidar, apesar de sua aparência, mas Faile estava tentando montar uma equipe de serviçais digna de uma casa nobre, e ficaria chateada se Perrin deixasse algo acontecer ao secretário dela. Dela e de Perrin. Ele não sabia se gostava de ter um secretário, mas o homem possuía talentos que iam além de uma boa caligrafia. Coisa que demonstrou assim que se afastaram da cidade e foram cercados por colinas baixas e arborizadas. A maioria das árvores estava nua e seca, e as que ainda retinham folhas ou agulhas eram um contraste de verde-vivo no branco. Tinham a estrada só para si, mas os montes congelados de neve tornavam o avanço lento.

— Com licença, Lorde Perrin — murmurou Balwer, inclinando-se na sela para espiar além de Elyas —, mas entreouvi algo lá na cidade que pode ser do seu interesse.

Ele tossiu discretamente na luva, então voltou a agarrar seu manto e o puxou contra si. Elyas e Aram nem esperaram o gesto de Perrin para recuar suas montarias e se juntar aos outros. Estavam todos acostumados ao gosto do homenzinho por privacidade. Perrin não fazia ideia de por que Balwer gostava de fingir que ninguém sabia que ele captava informações em todas as vilas e cidades pelas quais passavam. O homem devia saber que Perrin discutia tudo com Faile e com Elyas. De qualquer modo, ele era um bom informante.

Balwer inclinou a cabeça para observar Perrin enquanto cavalgavam lado a lado.

— Tenho duas notícias, milorde. Uma que acredito ser importante, e outra urgente.

Urgente ou não, a voz do sujeito soava seca, como um farfalhar de folhas mortas.

— Muito urgente?

Perrin apostou consigo mesmo sobre o tema da primeira notícia.

— Talvez, milorde. O Rei Ailron lutou com os Seanchan perto da cidade de Jeramel, a mais ou menos cem milhas a oeste daqui. Isso foi cerca de dez dias atrás. — Balwer apertou os lábios em irritação por um momento. Não gostava de ser impreciso; não gostava de não saber. — É difícil obter informações confiáveis, mas sem dúvidas o exército amadiciano está morto, capturado ou debandado. Ficarei bem surpreso caso haja um grupo de mais de cem por aí, e esses grupos partirão para a bandidagem em breve. O próprio Ailron foi capturado, junto com toda sua corte. Amadícia não tem mais qualquer nobre, pelo menos não de importância.

Perrin pensou que perdera a aposta. Em geral Balwer começava com notícias dos Mantos-brancos.

— Uma pena para Amadícia, imagino. Ao menos para as pessoas capturadas.

Segundo Balwer, os Seanchan eram duros com as pessoas capturadas em uma luta armada contra eles. Então Amadícia não tinha mais exército, nem nobres para convocar ou liderar outro. Nada que impedisse os Seanchan de se espalharem à vontade, embora eles parecessem se espalhar bem rápido mesmo quando encontravam oposição. Era melhor partirem para leste assim que Masema chegasse ao acampamento, e depois avançarem o mais rápido possível pelo tanto que os homens e os cavalos aguentassem.

Ele expressou sua ideia e Balwer assentiu, com um pequeno sorriso de aprovação. O homem gostava quando Perrin dava valor a seus relatórios.

— Mais uma coisa, milorde. Os Mantos-brancos participaram da batalha, mas parece que Valda conseguiu tirar a maioria deles de campo, no final. Ele tem a sorte do Tenebroso. Ao que parece, ninguém sabe para onde foram. Ou melhor, cada pessoa fala uma coisa. Eu imagino que para o leste. Para longe dos Seanchan.

E rumo a Abila, claro.

A aposta não fora perdida, então. Embora não tivesse sido a primeira notícia. Um empate, talvez. Adiante, um falcão voava alto no céu sem nuvens, rumo ao norte. Alcançaria o acampamento muito antes de Perrin. Lembrava-se de uma época em que tinha tão poucas preocupações quanto aquele falcão. Pelo menos comparado com agora. Tinha sido muito tempo atrás.

— Suspeito que os Mantos-brancos estejam mais interessados em evitar os Seanchan do que em nos incomodar, Balwer. De qualquer modo, nem eles nem os Seanchan podem me fazer andar mais rápido. Era essa a segunda notícia?

— Não, milorde. Só um ponto de interesse.

Balwer parecia odiar os Filhos da Luz, especialmente Valda — Perrin suspeitava que tivessem se desentendido no passado —, mas era um ódio frio e seco, como tudo o mais naquele homem. Desapaixonado.

— A segunda notícia é que os Seanchan travaram outra batalha, ao sul de Altara. Talvez contra Aes Sedai, embora algumas pessoas mencionem homens canalizando.

Virando-se na sela, Balwer olhou para Grady e Neald atrás deles, em seus casacos negros. Grady conversava com Elyas, e Neald com Aram, mas os dois Asha'man pareciam estar prestando tanta atenção na floresta ao redor quanto os Guardiões seguindo mais atrás. As Aes Sedai e as Sábias também conversavam baixinho.

— Os Seanchan claramente perderam a batalha, milorde, não importa contra quem lutaram, e foram mandados de volta a Ebou Dar com o rabo entre as pernas.

— Boas notícias — respondeu Perrin sem emoção.

Pensou nos Poços de Dumai mais uma vez, a imagem mais nítida que antes. Por um momento, estava de novo com as suas costas contra as de Loial, lutando desesperadamente, certo de que cada respiração seria a última. Pela primeira vez no dia, estremeceu. Pelo menos Rand sabia dos Seanchan. Pelo menos não precisava se preocupar com isso.

Notou que Balwer o encarava; o analisava, como um pássaro avaliando um inseto estranho. O homem nunca vira Perrin tremer; ele gostava de saber de tudo, mas certos segredos ninguém nunca descobriria.

Os olhos de Perrin voltaram ao falcão, agora quase invisível, até mesmo para ele. Pensou em Faile, sua esposa feroz como um falcão. Seu belo falcão, sua bela esposa. Afastou os Seanchan, os Mantos-brancos, a batalha, e até Masema dos pensamentos. Por enquanto, ao menos.

— Vamos acelerar um pouco o ritmo — gritou para os outros.

O falcão podia até avistar Faile antes dele, mas, ao contrário do pássaro, Perrin estaria avistando o amor de sua vida. E naquele dia não gritaria com ela, não importava o que Faile fizesse.

Capítulo 2

Capturada

O falcão logo sumiu de vista e a estrada permaneceu deserta, mas, não importava o quanto Perrin pressionasse, valas congeladas prontas a quebrar a pata de um cavalo e o pescoço de um cavaleiro não permitiam grande velocidade. O vento soprava gelo e a promessa de neve outra vez no dia seguinte. Era o meio da tarde quando virou em meio às árvores e saiu para a branquidão que em alguns pontos chegava aos joelhos das montarias, percorrendo a última milha até a área arborizada onde deixara os homens de Dois Rios, os Aiel, os mayenenses e os ghealdanianos. E Faile. Nada lá estava dentro do esperado.

Como sempre, havia quatro acampamentos espalhados entre as árvores, verdade, mas as fogueiras dos Guardas Alados estavam abandonadas ao redor das tendas listradas de Berelain, em meio a chaleiras viradas e peças de equipamentos largadas na neve, e os mesmos sinais de pressa pontilhavam o terreno pisoteado que os soldados de Alliandre ocupavam quando ele partiu de manhã. O único sinal de vida nos dois locais eram os cavalariços, ferradores e carroceiros enrolados em lã e aglomerados em torno dos postes de amarração e das altas carroças. Todos olhavam na direção do que atraiu e prendeu a atenção de Perrin.

A quinhentas passadas da colina rochosa e achatada onde as Sábias haviam montado suas tendas baixas, todos os novecentos e poucos mayenenses estavam a postos em seus casacos cinzentos, os cavalos pisoteando inquietos, os mantos vermelhos e as longas flâmulas de mesma cor em suas lanças ondulando à brisa. Mais perto da colina, a um lado, junto a um córrego congelado, os ghealdanianos formavam uma coluna de mesmo tamanho de lanças com flâmulas verdes. Os soldados montados, usando seus casacos verdes e armaduras, pareciam discretos comparados aos mayenenses em seus elmos e placas peitorais vermelhos, mas os oficiais cintilavam em armaduras prateadas e casacos e mantos escarlates, com rédeas e xairéis de franjas carmesim. Uma bela exibição para homens desfilando, mas aquilo não era um desfile. Os Guardas Alados encaravam os ghealdanianos, que encaravam a colina. E o topo da colina estava circundado pelos homens de Dois Rios, com seus arcos longos a postos. Ninguém puxara uma flecha ainda, mas todos tinham uma encaixada no arco e estavam prontos. Era uma loucura.

Incitando Tenaz para chegar o mais perto possível de um galope, Perrin chapinhou pela neve, seguido pelos outros, até alcançar a formação dos ghealdanianos. Ali estava Berelain, usando um manto com bainha de pele, Gallene, o capitão caolho de sua Guarda Alada, e Annoura, sua conselheira Aes Sedai, todos aparentemente discutindo com o Primeiro Capitão de Alliandre, um sujeito baixinho e severo chamado Gerard Arganda, que balançava a cabeça com tanta intensidade que as plumas brancas de seu elmo cintilante balançavam. A Primeira de Mayene parecia enfurecida, sinais de irritação transpareciam sob a serenidade de Aes Sedai de Annoura, e Gallene tocava o elmo de plumas vermelhas pendurado em sua sela como se estivesse decidindo se devia colocá-lo ou não. Ao avistar Perrin, todos se afastaram e viraram as montarias na direção dele. Berelain estava empertigada na sela, mas seus cabelos negros estavam desgrenhados pelo vento, e sua bela égua branca tremia, o suor de uma dura cavalgada congelando em seus flancos.

Com tantas pessoas ao redor, era quase impossível distinguir cheiros individuais, mas Perrin não precisava farejar para reconhecer problemas iminentes. Antes que pudesse exigir saber o que, em nome da Luz, eles pensavam estar fazendo, Berelain se dirigiu a ele com uma expressão tão formal e pétrea que Perrin chegou a ficar atônito.

— Lorde Perrin, a senhora sua esposa e eu estávamos caçando com a Rainha Alliandre quando fomos atacados por Aiel. Eu consegui escapar. Ninguém mais do nosso grupo retornou ainda, embora seja possível que os Aiel os tenham feito prisioneiros. Enviei um grupo de lanceiros para averiguar. Estávamos a cerca de dez milhas a sudoeste, então eles devem retornar com notícias ao cair da noite.

— Faile foi capturada? — perguntou Perrin, a voz grave.

Mesmo antes de atravessarem a fronteira de Ghealdan para Amadícia, tinham ouvido falar de Aiel incendiando e saqueando, mas sempre em outro lugar, na vila seguinte, ou em outra mais adiante, quando não em uma mais distante ainda. Nunca perto o bastante para ser uma preocupação, ou para confirmar que fossem mais do que rumores. Não quando tinha as ordens do maldito Rand al'Thor para cumprir! E olha o que lhe custara.

— Por que ainda estão aqui? — questionou ele em voz alta. — Por que não foram todos procurar por ela? — Percebeu que estava gritando. Queria uivar, atacar todos eles. — Que a Luz os queime, o que estão esperando?

A calma da resposta, como se ela estivesse reportando quanta forragem ainda tinham para os cavalos, lhe causou pontadas de ódio. Ainda mais porque Berelain tinha razão.

— Fomos emboscados por duzentos ou trezentos Aiel, Lorde Perrin, mas o senhor sabe tão bem quanto eu, pelo que andamos ouvindo, que pode haver uma dúzia ou mais desses bandos rondando os campos. Se formos atrás deles com toda nossa força, podemos nos ver em uma batalha de alto custo, contra os Aiel, sem nem saber se é o mesmo bando que capturou a senhora sua esposa. Ou mesmo se ela ainda está viva. Primeiro precisamos descobrir essa informação, Lorde Perrin, ou todo o resto será mais que inútil.

Se ela ainda estava viva. Ele estremeceu; de repente, fora tomado pelo frio. Até os ossos. Até o coração. Ela tinha que estar viva. Tinha que estar. Ah, Luz, devia ter deixado que Faile fosse a Abila com ele. O rosto de Annoura, com sua boca grande, era uma máscara de compaixão emoldurada por finas tranças ao estilo taraboniano. De súbito, Perrin notou a dor nas mãos que agarravam as rédeas. Obrigou-se a afrouxar o aperto e flexionou os dedos sob as manoplas.

— Ela tem razão — falou Elyas baixinho, aproximando seu capão. — Aguente firme. Brincar com os Aiel é pedir para morrer. E talvez conduzir muitos homens para um fim desagradável. Morrer não adianta de nada, se sua esposa continuar prisioneira. — Ele tentou manter o tom de voz leve, mas Perrin farejou a tensão. — Vamos encontrá-la de qualquer forma, garoto. Ela pode muito bem ter escapado, uma mulher daquelas. Pode estar tentando voltar para cá a pé. Isso levaria tempo, de vestido. Os batedores da Primeira vão achar os rastros. — Alisando a barba comprida, Elyas soltou uma risadinha irônica. — Se eu não conseguir encontrar mais que os mayenenses, como grama. Vamos trazê-la de volta para você.

Perrin não se deixou enganar. Ninguém escapava dos Aiel a pé.

— Sim — respondeu rispidamente. — Agora vá. Depressa.

Não se deixou enganar nem um pouco. O homem esperava achar o cadáver de Faile. Ela tinha que estar viva, e isso significava capturada, mas era melhor que fosse uma prisioneira do que...

Eles não conseguiam se comunicar um com o outro como se comunicavam com os lobos, mas Elyas hesitou como se compreendesse os pensamentos de Perrin. Não tentou negá-los, no entanto. O capão do homem rumou para sudoeste a meio galope, tão rápido quanto a neve permitia, e depois de lançar um breve olhar a Perrin, Aram o seguiu, o rosto sombrio. O antigo latoeiro não gostava de Elyas, mas praticamente idolatrava Faile, ainda que apenas por ela ser a esposa de Perrin.

Não adiantaria de nada atolar os cavalos, Perrin disse a si mesmo, observando de cenho franzido os dois se afastarem. Queria que corressem. Queria correr com eles. Pequenas rachaduras pareciam se espalhar por seu corpo. Se os dois retornassem com as notícias erradas, ele se despedaçaria. Para sua surpresa, os três Guardiões também trotaram seus cavalos pelas árvores atrás de Elyas e Aram, espirrando neve, seus mantos de lã simples ondulando, então igualaram sua velocidade ao alcançá-los.

Perrin conseguiu assentir, agradecido, para Masuri e Seonid, e incluiu no aceno Edarra e Carelle. Não sabia quem fizera a sugestão, mas não havia dúvidas sobre quem dera a permissão. O fato de que nenhuma das irmãs estava tentando assumir o controle da situação era uma prova do domínio que as Sábias haviam estabelecido. Elas provavelmente queriam, mas suas mãos enluvadas permaneceram no pomo das selas, e nenhuma expressava impaciência, nem sequer com o tremular de uma pálpebra.

Nem todos estavam observando os homens de partida. Annoura se alternava entre sorrir com compaixão para Perrin e analisar as Sábias pelo canto do olho. Ao contrário das outras duas irmãs, ela não fizera qualquer promessa, mas também agia com cautela perto das Aiel. O único olho de Gallene estava em Berelain, aguardando um sinal de que deveria erguer a espada que segurava, enquanto a mulher vigiava Perrin, sua expressão ainda neutra e inescrutável. Grady e Neald estavam cochichando, lançando olhares rápidos e sombrios na direção dele. Balwer permanecia sentado bem quieto, como um pardal empoleirado na sela, tentando se fazer invisível, ouvindo tudo com atenção.

Arganda passou seu cavalo ruão pela robusta montaria negra de Gallene, ignorando o olhar de ultraje do mayenense. O Primeiro Capitão abriu e fechou a boca sob a tela cintilantes de seu elmo, mas Perrin não ouviu nada. Faile preenchia seus pensamentos. Ah, Luz, Faile! Seu peito parecia preso por grilhões de aço. Estava quase em pânico, se agarrando pelas unhas à beira do precipício.

Sua mente buscava em desespero o contato com os lobos. Elyas já devia ter tentado fazer isso — a notícia não o teria deixado tão abalado —, mas Perrin também precisava tentar.

Procurando, ele os encontrou, a alcateia de Três Dedos, Água Fria, Crepúsculo, Primaveril e outros. A dor fluiu em seu pedido por ajuda, mas a agonia dentro dele, em vez de aliviar, só aumentou. Os lobos tinham ouvido falar do Jovem Touro, e se compadeciam pela perda de sua fêmea, mas mantinham distância dos de duas pernas, que assustavam suas caças e representavam a morte de qualquer lobo solitário. Havia muitos bandos dos de duas pernas por aí, a pé e montados naqueles de quatro cascos, e eles não sabiam dizer se algum era o que Perrin procurava. Os de duas pernas eram todos iguais, indistinguíveis exceto por aqueles que sabiam canalizar, e pelos poucos que conseguiam se comunicar com eles. Lamente, disseram os lobos, supere, e a reencontre no sonho de lobo.

Uma a uma, as imagens que a mente de Perrin traduzia em palavras foram se desvanecendo, até que restou apenas uma mensagem. Lamente e a reencontre no sonho de lobo. Por fim, isso também sumiu.

— Está me ouvindo? — questionou Arganda bruscamente.

Ele não era um nobre de rosto delicado, e, apesar das sedas e das douraduras em sua placa peitoral, aparentava ser o que era; um velho soldado que pegara em uma lança ainda garoto e que carregava dezenas de cicatrizes. Seus olhos escuros eram quase tão febris quanto os dos homens de Masema. Ele cheirava a raiva e a medo.

— Aqueles selvagens também levaram a Rainha Alliandre!

— Encontraremos sua rainha quando encontrarmos minha esposa — respondeu Perrin, a voz fria e dura como o fio de seu machado. Ela tinha que estar viva. — Que tal me explicar o que é tudo isso aqui? Vocês todos a postos, parecendo prontos a atacar. E encarando o meu pessoal, ainda por cima.

Ainda tinha outras responsabilidades. Assumir isso tinha gosto de fel. Nada mais importava, comparado a Faile. Nada! Mas os homens de Dois Rios *eram* seu povo. Arganda aproximou sua montaria e agarrou a manga de Perrin com uma mão revestida pela manopla.

— Escute aqui! A senhora Primeira Berelain diz que foram os Aiel que levaram a Rainha Alliandre, e tem Aiel se escondendo atrás daqueles seus arqueiros. Tenho homens que adorariam interrogá-los.

O olhar fervoroso do homem percorreu Edarra e Carelle por um momento. Talvez estivesse pensando que aquelas Aiel não estavam protegidas por arqueiros.

— O Primeiro Capitão está... muito agitado — murmurou Berelain, tocando o outro braço de Perrin. — Já expliquei a ele que nenhum dos Aiel aqui estavam envolvidos. Tenho certeza de que posso convencê-lo...

Perrin se desvencilhou da mão dela e libertou o outro braço do aperto do ghealdaniano.

— Alliandre jurou lealdade a mim, Arganda. Você jurou lealdade a ela, e isso faz de mim seu senhor. Eu disse que vou encontrar Alliandre quando encontrar Faile. — O fio de um machado. Ela *estava* viva. — Você não vai interrogar ninguém, nem *encostar* em ninguém, a menos que eu mande. O que vai fazer é levar seus homens de volta ao seu acampamento, *agora*, e se preparar para partir assim que eu ordenar. Se você não estiver pronto quanto eu chamar, será deixado para trás.

Arganda o encarou, ofegante. Seu olhar voltou a se desviar, dessa vez na direção de Grady e Neald, então retornou ao rosto de Perrin.

— Às suas ordens, milorde — disse ele, tenso.

Dando a volta com seu ruão, Arganda gritou para seus oficiais, e já estava galopando antes mesmo que os homens tivessem repassado os comandos. Os ghealdanianos começaram a se afastar, coluna a coluna, cavalgando atrás do Primeiro Capitão. Na direção do acampamento, embora não fosse certo que Arganda pretendesse ficar por lá. E que não seria pior se ele ficasse.

— Você lidou muito bem com a questão, Perrin — disse Berelain. — Uma situação complicada, e um momento doloroso para você.

Dessa vez ela não soou nada formal. Apenas uma mulher cheia de compaixão, seu sorriso empático. Ah, Berelain tinha mesmo muitos disfarces. Ela estendeu a mão enluvada em vermelho e Perrin recuou com Tenaz a tempo de escapar do toque.

— Deixe disso, que a Luz a queime! — rosnou ele. — Minha esposa foi capturada! Não tenho tempo para seus joguinhos infantis!

A mulher se retraiu como se tivesse levado um tapa. Suas bochechas ficaram coradas e ela mudou de postura outra vez, tornando-se suave e graciosa em sua sela.

— Não é um joguinho, Perrin — murmurou ela, sua voz rouca e divertida. — Duas mulheres disputando, e você sendo o prêmio? Deveria ficar lisonjeado. Venha, Senhor Capitão Gallene. Creio que nós também devemos nos preparar para partir ao primeiro comando.

Tão velozes quanto a neve permitia, o homem caolho cavalgou ao lado dela até os Guardas Alados. Estava inclinado para Berelain, como se recebesse instruções. Annoura continuou onde estava, segurando as rédeas de sua égua marrom. Sua boca formava uma linha fina sob o nariz aquilino.

— Às vezes você é um grande tolo, Perrin Aybara. Muitas vezes, para falar a verdade.

Ele não sabia do que ela estava falando, e não se importava. Por vezes a mulher parecia conformada com a ideia de Berelain estar atrás de um homem casado, em outros momentos parecia se divertir com isso, chegando a ajudar Berelain a ficar sozinha com ele. Naquele momento, tanto a Primeira quanto a Aes Sedai o enojavam. Esporeando o flanco de Tenaz, ele se afastou dela sem responder.

Os homens no topo da colina lhe abriram passagem, murmurando e observando os lanceiros abaixo cavalgarem de volta a seus respectivos acampamentos, depois abriram passagem também para as Sábias, as Aes Sedai e os Asha'man. Eles não desfizeram sua formação e rodearam Perrin, como esperava, e ele ficou grato por isso. Todo aquele cume cheirava a cautela. Em grande parte.

A neve tinha sido pisoteada até a terra ficar à mostra, pontilhada por montículos congelados em alguns pontos e coberta por lâminas de gelo em outros. As quatro Sábias que haviam permanecido no acampamento enquanto eles iam a Abila estavam paradas em frente às tendas baixas dos Aiel, mulheres altas e serenas, com xales de lã escura nos ombros, observando as duas irmãs desmontarem com Carelle e Edarra, e parecendo nem reparar no que acontecia ao redor. Os *gai'shain* que as serviam no lugar de criados seguiam com suas tarefas habituais, silenciosos, dóceis, os rostos escondidos sob os profundos capuzes brancos. Um sujeito até mesmo batia a poeira de um tapete pendurado por uma corda entre duas árvores! O único indício de que os Aiel podiam estar à beira de uma luta era Gaul e as Donzelas, que estavam agachadas com a *shoufa* ao redor da cabeça, os véus negros deixando apenas os olhos à mostra, as lanças curtas e broquéis de couro na mão. Quando Perrin desmontou, elas se ergueram.

Dannil Lewin se aproximou trotando, mordiscando preocupado o espesso bigode que fazia seu nariz parecer maior do que já era. Tinha o arco em uma das mãos e a outra guardava uma flecha de volta na aljava em sua cintura.

— Eu não sabia o que mais fazer, Perrin — disse ele com uma voz tensa. Dannil estivera nos Poços de Dumai, e encara os Trollocs em Dois Rios, mas aquilo estava além da sua visão do mundo. — Quando descobrimos o que tinha acontecido, aqueles ghealdanianos já estavam rumando para cá, então mandei Jondyn Barran e mais dois rapazes, Hu Marwin e Get Ayliah, e falei para os cairhienos e os seus criados formarem um círculo com as carroças e ficarem dentro dele... quase tive que amarrar aquele pessoal que vive nos calcanhares de Lady Faile, porque queriam ir atrás dela, e nenhum deles sabe diferenciar uma pegada de um carvalho... depois trouxe todo mundo para cá. Pensei que os ghealdanianos fossem nos atacar, até que a Primeira chegou com seus homens. Eles devem ser malucos para pensar que um de nossos Aiel machucaria Lady Faile.

Mesmo que os homens de Dois Rios às vezes o chamassem apenas de "Perrin", com Faile sempre usavam o honorífico.

— Você fez bem, Dannil — respondeu Perrin, largando as rédeas de Tenaz.

Hu e Get eram bons lenhadores, e Jondyn Barran conseguia seguir o rastro até do vento do dia anterior. Gaul e as Donzelas estavam de partida, em fila única. Ainda usavam o véu.

— Deixe um terço dos homens aqui — disse ele a Dannil às pressas; só porque dera ordens a Arganda não significava que convencera o homem. — E mande os outros juntarem suas coisas. Quero partir assim que tiver notícias.

Sem esperar resposta, Perrin correu para se colocar na frente de Gaul e interrompeu o caminho do homem mais alto botando a mão em seu peito. Por algum motivo, os olhos verdes de Gaul se estreitaram acima do véu. Sulin e as outras Donzelas seguindo atrás dele se ergueram na ponta dos pés.

— Encontre-a para mim, Gaul — pediu Perrin. — Todos vocês, por favor, descubram quem a levou. Se alguém aqui pode rastrear um Aiel, são vocês.

Os olhos de Gaul relaxaram com a mesma rapidez que tinham se estreitado, e as Donzelas também se tranquilizaram. Ao menos tanto quanto se podia esperar dos Aiel. Foi muito estranho. Não era possível que pensassem que Perrin de algum modo os culpava.

— Todos acordamos do sonho algum dia, mas se ela ainda estiver sonhando, nós a encontraremos — disse Gaul em tom gentil. — Mas se Aiel a levaram, nós precisamos partir. Eles vão avançar rápido. Mesmo nesse... clima. — Ele botou um desprezo considerável na palavra, chutando um torrão de neve.

Perrin assentiu e saiu do caminho, deixando os Aiel ganharem velocidade. Duvidava que eles fossem conseguir correr por muito tempo, mas sem dúvida manteriam o ritmo por um período mais longo do que qualquer outra pessoa conseguiria. Conforme passavam por ele, todas as Donzelas levaram os dedos aos lábios, por cima do véu, e depois ao ombro de Perrin. Sulin, logo atrás de Gaul, assentiu para ele, mas não disse nada. Faile teria sabido o que aquele gesto de beijar os dedos significava.

Assim que a última Donzela passou, ele notou que havia mais um detalhe estranho naquela partida. Elas estavam deixando Gaul liderar. Normalmente, qualquer Donzela teria enfiado uma lança na barriga dele antes de permitir algo assim. Por que...? Talvez... Chiad e Bain estivessem com Faile. Gaul não ligava muito para Bain, mas com Chiad era outra história. As Donzelas decerto não encorajavam as esperanças de Gaul de que Chiad abandonaria a lança para se casar com ele — tudo, menos isso! —, porém podia ser esse o motivo.

Perrin soltou um grunhido de desgosto consigo mesmo. Chiad e Bain, e quem mais? Mesmo cego de medo por conta de Faile, ele devia ter perguntado. Para recuperar sua esposa, precisaria estrangular o medo e *enxergar*. Mas era como tentar estrangular uma árvore.

O topo achatado da colina agora estava movimentado. Alguém já levara Tenaz embora, e os homens de Dois Rios abandonavam o círculo ao redor do cume, partindo apressados para seu acampamento em um fluxo irregular, gritando uns para os outros sobre o que teriam feito caso os lanceiros tivessem atacado. Às vezes um homem erguia a voz para perguntar sobre Faile, se alguém sabia se Lady Faile estava a salvo, se iam procurar por ela, mas os outros sempre calavam esse homem às pressas, lançando olhares preocupados em direção a Perrin. Os *gai'shain* continuavam suas tarefas placidamente em meio à agitação. A menos que recebessem ordem de parar, eles fariam o mesmo ainda que estivessem em meio a uma batalha, sem erguer a mão para ajudar ou atrapalhar. Todas as Sábias tinham ido para uma das tendas, com Seonid e Masuri, e as abas não apenas estavam baixadas como amarradas. Elas não queriam ser incomodadas. Estavam discutindo sobre Masema, sem dúvidas. Talvez discutindo como matar o homem sem que ele ou Rand descobrissem que tinham sido elas.

Perrin bateu com um punho na palma da mão, irritado. Tinha até se esquecido de Masema. Ele chegaria antes do anoitecer, com sua guarda de honra de cem homens. Com sorte, até lá os batedores mayenenses já teriam voltado, e Elyas e os outros não demorariam muito mais.

— Milorde Perrin? — chamou Grady atrás dele.

Perrin se virou. Os dois Asha'man estavam em frente a seus cavalos, remexendo as rédeas de modo hesitante. Neald acenou em concordância quando Grady respirou fundo e continuou:

— Nós dois conseguimos cobrir uma boa área Viajando. E se a gente encontrar o bando que a capturou, bom, acredito que nem mesmo umas centenas de Aiel consigam impedir dois Asha'man de trazê-la de volta.

Perrin abriu a boca para mandá-los começar a busca imediatamente, então voltou a fechá-la. Grady antes fora fazendeiro, verdade, mas nunca um caçador ou lenhador. Neald considerava qualquer lugar sem uma muralha de pedra um vilarejo. Os dois podiam até saber diferenciar uma pegada de um carvalho, porém, caso encontrassem rastros, muito provavelmente não seriam capazes de identificar para que lado apontavam. Claro, Perrin podia ir com eles. Não era tão bom quanto Jondyn, mas... podia ir, deixar Dannil lidar com Arganda. E com Masema. Sem falar nas conspirações das Sábias.

— Vão arrumar suas coisas — respondeu ele em voz baixa. Onde estava Balwer? Fora de vista. Era improvável que *ele* tivesse saído correndo para procurar Faile. — Posso precisar de vocês aqui.

Grady hesitou, surpreso, e Neald ficou boquiaberto.

Perrin não deu a eles oportunidade para discutir. Saiu a passos largos para a tenda baixa com as abas amarradas. Não havia como abri-la por fora. Quando as Sábias não queriam ser incomodadas, não tinha jeito, nem para chefes de clã ou qualquer outra pessoa. Incluindo um aguacento com o título de Lorde de Dois Rios. Perrin pegou sua faca de cinto e se inclinou para cortar as amarras, mas antes que pudesse enfiar a lâmina pela fresta entre as abas, a abertura tremulou como se alguém a abrisse por dentro. Ele se endireitou e esperou.

As abas se abriram e Nevarin saiu. Seu xale estava amarrado na cintura e, exceto pela respiração formando vapor, ela não dava sinais de sentir o frio. Seus olhos verdes notaram a faca na mão de Perrin e ela plantou as mãos na cintura, fazendo chacoalhar as pulseiras. Era uma mulher magricela, com longos cabelos loiro-claros presos por um xale escuro, e um palmo mais alta que Nynaeve, mas sempre fazia Perrin se lembrar dela. Nevarin bloqueou a entrada da tenda.

— Você é bem incauto, Perrin Aybara. — Sua voz soou calma, mas ele teve a impressão de que a mulher estava considerando lhe dar um peteleco nas orelhas. Bem parecida com Nynaeve. — Embora seja compreensível, nessas circunstâncias. O que você quer?

— O que...? — Ele precisou parar e engolir em seco. — O que eles vão fazer com Faile?

— Não sei dizer, Perrin Aybara. — Não havia qualquer compaixão em seu rosto, qualquer expressão. Os Aiel eram especialistas nisso. — Capturar aguacentos é contra nossos costumes, exceto por Assassinos da Árvore, embora isso tenha mudado. O mesmo vale para matar sem necessidade. Mas muitos se recusaram a aceitar as verdades que o *Car'a'carn* revelou. Alguns foram tomados pela Desolação e largaram suas lanças, mas pode ser que tenham pegado nelas de novo. Outros apenas foram embora, para viver como acham que devem. Não sei dizer quais costumes essas pessoas que largaram seus clãs e septos mantiveram ou abandonaram. — A única emoção demonstrada foi um traço de desprezo por quem havia abandonado clã e septo.

— Pela Luz, mulher, você deve ter alguma ideia! Pode tentar imaginar...

— Não aja de modo irracional — interrompeu ela bruscamente. — Homens em geral fazem isso, em situações assim, mas nós precisamos de você. Acho que não será bom para sua reputação entre os aguacentos se precisarmos amarrá-lo até que se acalme. Vá para a sua tenda. Se não conseguir controlar seus pensamentos, beba até não conseguir mais pensar. E não nos perturbe quando estivermos em reunião.

Ela voltou para a tenda e as abas se fecharam, tremulando enquanto eram reamarradas. Perrin observou as abas fechadas, correndo o polegar pela lâmina de sua faca, então voltou a embainhá-la. Elas eram bem capazes de fazer o que Nevarin ameaçara, caso ele invadisse a tenda. E as Sábias não tinham as informações que queria. Não achava que a mulher manteria segredos em uma situação como aquela. Ao menos não se tratando de Faile.

O cume havia se aquietado, a maioria dos homens de Dois Rios já tendo partido. O restante, ainda vigiando o acampamento dos ghealdanianos abaixo, se remexia no frio, mas ninguém conversava. Os *gai'shain* passando para lá e para cá mal faziam barulho. Árvores obscureciam a vista de parte do acampamento dos ghealdanianos e dos mayenenses, mas Perrin via carroças sendo carregadas nos dois. Decidiu deixar homens de guardas de todo modo. Arganda podia estar tentando despistá-lo. Um homem com aquele cheiro... *Irracional*, pensou amargamente.

Não havia mais nada a fazer na colina, então caminhou a meia milha até sua tenda. Aquela que dividia com Faile. Estava mais cambaleando do que andando, fazendo esforço quando a neve envolvia suas pernas. Apertou mais o manto ao redor do corpo, tanto para se aquecer quanto para impedi-lo de ondular ao vento. Não conseguiu se aquecer.

O acampamento de Dois Rios estava fervilhando quando Perrin o alcançou. As carroças ainda estavam dispostas em um grande círculo, sendo carregadas pelos homens e mulheres das terras de Dobraine em Cairhien, enquanto outros selavam os cavalos. Com a neve naquela altura, as rodas das carroças atolariam como em poças de lama, por isso tinham sido amarradas nas laterais dos veículos e substituídas por grandes trenós de madeira. Os cairhienos, usando tantas camadas de roupa que pareciam dobrar de tamanho, mal olhavam para Perrin, mas todos os homens de Dois Rios que o viam paravam para observá-lo até que algum outro o cutucava para continuar sua tarefa, qualquer que fosse. Perrin ficou agradecido por ninguém expressar em voz alta a compaixão contida naqueles olhares. Talvez, se desmoronassem, ele poderia começar a chorar.

Também não parecia haver nada a fazer ali. Sua grande tenda, dele e de Faile, já estava desmontada e guardada, junto com seus pertences. Basel Gill vistoriava as carroças com uma grande lista na mão; o homem robusto tomara o posto de *shambayan*, chefiando os criados de Faile, de Perrin, como um esquilo tomava para si um armazém de grãos. No entanto, estava mais acostumado a morar em uma cidade do que a passar a vida viajando, e sofria com o frio, usando não apenas um manto, mas um grosso cachecol, um chapéu de feltro de abas moles e grossas luvas de lã. Por algum motivo, Gill se retraiu ao avistá-lo, e murmurou uma desculpa sobre precisar verificar as carroças antes de se afastar o mais rápido possível. Estranho.

Foi então que um pensamento lhe ocorreu e, indo atrás de Dannil, Perrin lhe deu ordens de substituir os homens na colina a cada hora e de se certificar de que todos recebessem uma refeição quente.

— Cuide dos homens e dos cavalos primeiro — disse uma voz aguda, mas firme. — Mas depois precisa cuidar de si mesmo. Tem sopa quente no caldeirão, tem pão, e arrumei um pedaço de presunto defumado. Uma barriga cheia vai tirar esse olhar mortífero da sua cara.

— Obrigado, Lini — respondeu ele. Olhar mortífero? Pela Luz, ele se sentia morto, não mortífero. — Vou comer daqui a pouco.

A criada-chefe de Faile tinha uma aparência frágil, com a pele enrugada e os cabelos brancos presos em um coque alto, mas tinha uma postura empertigada e olhos escuros límpidos e afiados. No entanto, sua testa estava franzida de preocupação e as mãos agarravam o manto com força, tensas. Com certeza estava preocupada com Faile, mas...

— Maighdin estava com ela — disse Perrin, sem precisar da confirmação de Lini.

Maighdin parecia estar sempre com Faile, que a considerava "um achado". E Lini a considerava uma filha, embora às vezes Maighdin aparentasse não gostar disso tanto quanto a idosa.

— Vou trazê-las de volta — prometeu ele. — Todas elas. — Sua voz quase falhou nessa parte. — Vou comer daqui a pouco. Preciso ir ver... ver... — Ele se afastou sem concluir a frase.

Não havia nada que precisasse ver. Nada em que pensar, exceto em Faile. Mal sabia aonde ia quando seus passos o afastaram do círculo de carroças. A cem passadas de onde os cavalos estavam amarrados, um escuro afloramento rochoso despontava da neve. Dali, ele poderia ver os rastros deixados por Elyas e os outros. Dali, poderia vê-los retornando.

Muito antes de alcançar o topo do afloramento, seu nariz lhe informou que não estava sozinho, e lhe informou quem estava lá em cima. O homem estava bastante distraído, pois apenas quando Perrin chegou ao topo com passos barulhentos foi que ele se levantou do ponto onde estivera agachado. Tallanvor levou ao cabo da espada a mão vestida na manopla e encarou Perrin com hesitação. Era um homem alto que já levara duros golpes na vida, e normalmente agia com confiança. Talvez esperasse algum comentário sobre não estar presente quando Faile foi levada, embora ela o tivesse recusado como guarda-costas, recusado qualquer um. Exceto por Bain e Chiad, pelo menos, que ao que parecia não contavam. Ou talvez Tallanvor pensasse que seria mandado embora, de volta às carroças, para que Perrin pudesse ficar sozinho ali. Perrin tentou deixar sua expressão menos... como foi que Lini chamara? Mortífera? Tallanvor estava apaixonado por Maighdin, e se casaria com ela em breve, se as suspeitas de Faile se confirmassem. O homem tinha o direito de manter sua vigia.

Os dois ficaram naquele cume enquanto o crepúsculo descia, e nada se moveu naquela floresta nevada. A escuridão chegou sem agito, e sem Masema, mas Perrin nem pensou nele. A lua gibosa brilhava branca na neve, parecendo iluminar quase tanto quanto uma lua cheia. Até que nuvens deslizantes a esconderam e sombras passaram a correr a neve, mais e mais profundas. A neve voltou a cair com um farfalhar seco. Neve que esconderia rastros e vestígios. Os dois homens permaneceram em silêncio no frio, observando a neve cair, esperando, torcendo.

Capítulo 3

Tradição

Depois da primeira hora de capturada, caminhando a duras penas pela floresta nevada, Faile começou a se preocupar com a possibilidade de congelar. Brisas sopravam e passavam, sopravam e passavam. Poucas das árvores esparsas ainda continham folhas, e eram folhas marrons e murchas. O vento rodopiava desimpedido pela floresta e, por mais leve que fosse, soprava gelo. Mal pensava em Perrin, a não ser para torcer que ele tivesse de alguma forma descoberto sobre os negócios secretos de Masema. E dos Shaido, claro. Mesmo que no momento aquela meretriz da Berelain fosse a única capaz de contar a ele. Esperava que Berelain tivesse escapado da emboscada e informado tudo a Perrin. E então caído em um buraco e quebrado o pescoço. Porém, tinha preocupações mais urgentes que o marido.

Havia considerado aquele clima outonal, mas as pessoas congelavam até a morte no outono saldaeano, e no momento ela usava apenas as meias de lã escura — uma delas usada para amarrar seus braços às costas, e a outra presa em seu pescoço como uma coleira. Palavras corajosas não serviam de proteção contra o frio. Estava gelada demais para suar, mas suas pernas doíam do esforço de manter o ritmo de seus captores. O grupo de Shaido, com seus homens e Donzelas velados, diminuía o passo quando a neve lhes chegava aos joelhos, mas retomava imediatamente o trote quando o gelo voltava aos tornozelos, e não parecia se cansar. Nem cavalos avançariam tão rápido. Tremendo, ela cambaleava no limite da coleira, fazendo o possível para respirar por entre os dentes, tentando impedi-los de bater.

O grupo de Shaido era menor do que estimara durante o ataque, não mais que cento e cinquenta pessoas, pensava, e quase todos carregando lanças ou arcos de prontidão. Havia pouca chance de que fossem pegos de surpresa. Sempre alertas, eles avançavam em silêncio, exceto pelo discreto amassar de neve sob suas botas macias que iam até os joelhos. No entanto, suas roupas em tons de verde, cinza e marrom se destacavam no cenário branco. Bain e Chiad haviam lhe contado que o verde fora acrescentado ao *cadin'sor* depois que cruzaram a Muralha do Dragão, para ajudá-los a se camuflar nas terras verdejantes. Por que não tinham acrescentado branco, para o inverno? Daquele jeito, seria fácil avistá-los ao longe. Ela tentava prestar atenção em tudo, lembrar-se de qualquer coisa que pudesse ser útil mais tarde, quando chegasse a hora de fugir. Esperava que as outras prisioneiras estivessem fazendo o mesmo. Perrin estaria atrás dela, com certeza, mas ser resgatada não fazia parte de seus planos. Se ficasse esperando um resgate, talvez esperasse para sempre. Além do mais, precisavam fugir o mais rápido possível, antes que seus captores se reunissem com o resto dos Shaido. Ainda não sabia como, mas devia haver um jeito. Sua única sorte era que o corpo principal dos Shaido ainda devia estar a dias de distância. Aquela parte de Amadícia estava caótica, mas era impossível ter milhares de Shaido ali por perto sem que ela ficasse sabendo.

Mais cedo, havia tentado olhar para trás, na direção das mulheres capturadas com ela, mas só conseguira tropeçar e cair em um banco de neve. Semienterrada em pó branco, ela arfou com o choque gelado, e arfou de novo quando o enorme Shaido que segurava sua coleira a colocou de volta em pé. Tão largo quanto Perrin e uma cabeça mais alto, Rolan apenas a agarrara pelos cabelos, a puxara para cima e dera um tapa em seu traseiro nu para fazê-la voltar a andar, então retomara seus passos largos, que obrigavam Faile a correr para acompanhá-lo. O tapa foi do tipo que se dava em pôneis, para botá-los em movimento. Apesar de sua nudez, os olhos azuis de Rolan não a encaravam como um homem apreciando uma mulher. Parte dela estava muito grata por isso. Outra parte estava um pouco... chocada. Claro que não queria que ele a olhasse com devassidão ou mesmo interesse, mas aqueles olhares neutros eram quase insultantes! Depois disso, ela tomou cuidado para não levar outro tombo, embora com o passar das horas de marcha contínua estivesse ficando difícil sequer permanecer de pé.

De início, se preocupou sobre quais partes de seu corpo congelariam primeiro, mas quando a manhã virou tarde e não houve qualquer descanso na marcha, seu foco se voltou para os pés. Rolan e os outros à frente criavam uma espécie de trilha pisoteada para ela, mas a crosta de neve ainda tinha trechos afiados, e Faile começou a deixar pegadas vermelhas pelo chão. Mas o pior mesmo era o frio. Já tinha visto lesões de congelamento. Quanto tempo levaria para seus dedos começarem a empretecer? Tropeçando, ela flexionava cada pé ao movê-lo à frente, e remexia as mãos constantemente. Os dedos dos pés e das mãos corriam mais perigo, mas toda pele exposta estava em risco. Não podia fazer nada além de ter esperanças pelo seu rosto e o resto do corpo. Flexionar os membros doía, fazendo arder os cortes nos pés, mas qualquer sensação era melhor que não sentir nada. Quando perdesse a sensibilidade, seria porque seu tempo estava se esgotando. Flexionar e andar, flexionar e andar, era o que preenchia seus pensamentos. Movendo-se sobre pernas trêmulas e evitando que suas mãos e pés congelassem. Seguindo em frente.

De repente, ela deu de cara com Rolan, batendo no peito largo dele e ofegando ao cambalear para trás. Meio atordoada, talvez mais que meio, ela não percebera que ele havia parado, assim como os outros mais à frente; alguns olhavam para trás, o resto olhava ao redor, alertas, as armas erguidas como se esperassem um ataque. Foi tudo que Faile teve tempo de ver antes que Rolan a agarrasse pelos cabelos e se inclinasse para erguer um de seus pés. Pela Luz, o homem de fato a tratava feito um pônei!

Depois de soltar seus cabelos e seu pé, ele passou um braço ao redor das pernas dela e, no instante seguinte, a visão de Faile rodopiou quando ela foi jogada sobre o ombro do Aiel, sua cabeça pendurada ao lado do arco de chifre que ele carregava às costas. Ficou indignada pela maneira como ele a ajeitou com toda a naturalidade, encontrando a melhor posição para carregá-la, mas engoliu a raiva rapidinho. Não era a hora nem o lugar. Seus pés estavam fora da neve; era isso que importava. E assim seria possível recuperar o fôlego. Mas ele podia ter dado um aviso.

Com dificuldade, ela arqueou o pescoço para ver suas companheiras, e ficou aliviada ao constatar que estavam todas presentes. Aprisionadas e nuas, verdade, mas tinha certeza de que apenas cadáveres teriam sido deixados para trás. As outras usavam coleiras feitas de meias ou de faixas de tecido rasgadas das próprias vestes, e a maioria também tinha os braços presos às costas. Alliandre já parara de tentar se encolher para esconder a nudez; a modéstia da Rainha de Ghealdan fora substituída por outras preocupações. Ofegando e tremendo, ela parecia a ponto de cair, não fosse pelo Shaido atarracado que conferia seus pés e a segurava pelo cotovelo; atarracado para um Aiel, mas na maioria dos lugares teria sido considerado de físico mediano, exceto pelos ombros, que eram quase tão largos quanto os de Rolan. Os compridos cabelos escuros de Alliandre estavam emaranhados pelo vento, seu rosto abatido. Atrás dela, Maighdin também parecia mal, arfando, os cabelos ruivos-dourados embolados e os olhos azuis vidrados, mas ainda conseguia se manter de pé sozinha, enquanto uma Donzela magricela examinava seus pés. De algum modo, a criada de Faile parecia mais majestosa que Alliandre, ainda que fosse uma majestade desgrenhada.

Em comparação, Bain e Chiad não pareciam em pior estado do que os Shaido, embora o rosto de Chiad estivesse amarelado e inchado do golpe que recebera quando foram capturadas, e o sangue escuro manchando os curtos cabelos ruivos e o rosto de Bain parecesse congelado. Era um corte feio, deixaria uma cicatriz. No entanto, as Donzelas não estavam nem ofegantes, e levantaram os pés por conta própria para serem examinados. Apenas elas, dentre todas as prisioneiras, não estavam amarradas — a não ser por uma tradição mais forte que grilhões. Tinham aceitado pacificamente seu destino de servir por um ano e um dia como *gai'shain*. Bain e Chiad talvez lhe ajudassem na fuga — Faile não tinha certeza do quanto a tradição as limitava —, mas não tentariam escapar.

As últimas prisioneiras, Lacile e Arrela, tentavam emular o comportamento das Donzelas, claro, com um sucesso casual. Um Aiel alto simplesmente botara a pequena Lacile debaixo do braço para conferir seus pés, e um constrangimento escarlate tingia as bochechas dela. Arrela era alta, mas as duas Donzelas encarregadas dela eram mais compridas que a própria Faile, e tratavam a tairena com uma calma impessoal. Ela franziu o rosto escuro ao ser examinada, e ao ver a rápida troca de gestos das Aiel. Faile esperava que ela não arrumasse confusão, não agora. Todos os membros da *Cha Faile* procuravam seguir os costumes Aiel, viver como eles viviam, mas Arrela queria *ser* uma Donzela, e se ressentia do fato de Sulin e as outras não lhe ensinarem a linguagem gestual. Ficaria ainda mais chateada se descobrisse que Bain e Chiad haviam ensinado um pouco a Faile. Apenas o bastante para que identificasse algumas das palavras que as Donzelas ali estavam dizendo. Que bom que Arrela não podia entender. As Aiel achavam que as aguacentas tinham pés moles, que eram todas mimadas e molengas, e isso sem dúvida teria irritado a mulher.

No fim das contas, Faile não precisava ter se preocupado com Arrela. A tairena ficou tensa quando uma das Donzelas a jogou sobre o ombro — fingindo cambalear, a Aiel gesticulou alguma coisa com a mão livre que fez sua colega soltar uma risada por baixo do véu —, mas depois de olhar para Bain e Chiad, que estavam tranquilamente penduradas de bruços no ombro de dois Aiel, Arrela apenas relaxou, desalentada. Lacile soltou um gritinho quando o brutamontes que a segurava a girou de repente para jogá-la no ombro, mas depois se aquietou, embora seu rosto ainda estivesse muito vermelho. Sem dúvida havia vantagens em imitar os Aiel.

Alliandre e Maighdin, no entanto, as últimas mulheres que Faile esperava que arrumassem problemas, foram outra história. Quando se deram conta do que estava acontecendo, as duas lutaram violentamente. Não tinham muitas chances, duas mulheres nuas e exaustas, com os braços amarrados, mas se contorceram, gritaram e chutaram todos que chegavam perto, com Maighdin chegando a morder a mão de um Aiel descuidado e agarrando-se a ele feito um cão de caça.

— Parem com isso, suas tolas! — gritou Faile. — Alliandre! Maighdin! Deixem que eles as carreguem! Obedeçam!

Nem sua criada nem sua vassala lhe deram atenção. Maighdin rosnava feito uma leoa, os dentes cravados no Aiel. Alliandre foi subjugada, ainda berrando e se debatendo. Faile abriu a boca para dar outro comando.

— A *gai'shain* vai ficar quieta — grunhiu Rolan, dando-lhe um tapa forte.

Faile travou o maxilar e xingou baixinho. O que lhe rendeu *outro* tapa! O homem estava com as facas dela no cinto. Se conseguisse alcançar apenas uma...! Não. O que precisasse ser suportado seria suportável. Pretendia escapar, não tomar ações inúteis.

Maighdin aguentou um pouco mais que Alliandre, até que dois homens robustos conseguiram desprender seus dentes da mão do Shaido. Mas foram necessários dois homens. Para a surpresa de Faile, em vez de esbofetear Maighdin, o sujeito mordido sacudiu a mão ensanguentada e gargalhou! No entanto, isso não poupou a mulher. Em um instante, ela estava sendo jogada de bruços na neve ao lado da rainha. As duas tiveram apenas um momento para ofegar e se contorcer no frio. Dois Shaido, um deles uma Donzela, surgiram das árvores ao redor, arrancando a folhagem de dois longos galhos com suas facas de cinto. Com um pé plantado nas costas de cada mulher e uma mão segurando os braços delas fora do caminho, vergões vermelhos começaram a surgir nos quadris brancos delas.

De início, as duas continuaram lutando, contorcendo-se, apesar de presas. Essa resistência foi ainda mais inútil do que antes. Mal conseguiam se mover acima da cintura, a não ser para balançar a cabeça e sacudir as mãos. Alliandre não parava de berrar que eles não podiam fazer aquilo com ela, o que era compreensível para uma rainha, embora fosse tolice naquelas circunstâncias. Era óbvio que eles podiam, e estavam fazendo. A surpresa foi que Maighdin ergueu a voz nos mesmos protestos. Parecia até que também era da realeza, em vez de uma criada. Faile sabia muito bem que ela já tinha levado umas chibatadas de Lini, e sem todo aquele escândalo. De qualquer modo, os protestos das duas não serviram para nada. As chibatadas metódicas continuaram até que as duas estivessem apenas se debatendo e uivando, e não pararam por aí. Quando enfim elas foram erguidas, como todas as outras prisioneiras, estavam chorando e totalmente rendidas.

Faile não sentiu a menor pena. Em sua opinião, as tolas mereceram cada chicotada. Além da chance de congelamento e dos cortes nos pés, quanto mais tempo passassem nuas a céu aberto, maiores as chances de que uma delas não sobrevivesse o bastante para fugir. Os Shaido só podiam as estar levando para algum abrigo, e Alliandre e Maighdin tinham atrasado sua chegada. O atraso talvez fosse de menos de quinze minutos, mas esses minutos podiam ser a diferença entre vida e morte. Além disso, mesmo os Aiel baixariam um pouco a guarda depois que estivessem abrigados e aquecidos. E, sendo carregadas, elas poderiam descansar. Quando surgisse uma chance, estariam prontas.

Carregando as prisioneiras, os Shaido voltaram àquela marcha rápida. Pareciam até se mover pela floresta mais depressa que antes. O estojo de couro do arco de Rolan batia em seu quadril enquanto ela balançava, e Faile começou a ficar tonta. Os passos longos de Rolan faziam seu estômago revirar. Tentou discretamente encontrar uma posição em que não fosse cutucada e esbarrada com tanta força.

— Fique quieta ou vai cair — murmurou Rolan, dando tapinhas em seu quadril como se acalmasse um cavalo.

Erguendo a cabeça, Faile espiou Alliandre, de cenho franzido. Não dava para ver muito da Rainha de Ghealdan, e o que via estava marcado por vergões vermelhos do alto dos quadris até atrás dos joelhos. Pensando bem, um curto atraso e algumas chibatadas talvez fossem um preço pequeno a pagar por arrancar, com os dentes, um pedaço daquele imbecil que a carregava feito um saco de grãos. Mas não seria da mão dele. Faile estava mais inclinada a atacar a garganta.

Pensamentos corajosos, e pior que inúteis. Idiotas. Mesmo sendo carregada, sabia que precisava resistir ao frio. Percebeu que, de certa forma, ser carregada era pior. Andando, ao menos tinha de fazer o esforço de ficar de pé e acordada, mas enquanto a noite caía e a escuridão aumentava, o movimento de Rolan começou a niná-la. Não. Era o frio anuviando sua mente. Deixando seu sangue lento. Precisava resistir, ou morreria.

Começou a movimentar ritmadamente as mãos e os braços amarrados, a tensionar e a relaxar as pernas sem descanso, forçando os músculos a botarem o sangue para circular. Pensou em Perrin, pensamentos calculistas sobre o que ele deveria fazer a respeito de Masema, e como poderia convencê-lo, caso ele hesitasse. Repassou a discussão que teriam quando ele descobrisse que ela andara usando a *Cha Faile* como espiões, planejou a forma de enfrentar a raiva dele e contorná-la. Guiar a raiva do marido para a direção desejada era uma arte, e ela aprendera com uma especialista, sua mãe. Seria uma discussão maravilhosa. E depois fariam as pazes de modo maravilhoso também.

Pensar em fazer as pazes a fez se esquecer de trabalhar os músculos, então procurou se concentrar na discussão, no planejamento. Mas o frio embotava seu raciocínio. Começou a perder o fio da meada, tendo que balançar a cabeça e recomeçar. Os grunhidos de Rolan para que ficasse quieta ajudavam, uma voz em que se concentrar, que a mantinha acordada. Por mais que ela odiasse admitir, até os tapas de aviso que ele dava em seu traseiro ajudavam, pois causavam choques que a deixavam totalmente desperta. Depois de um tempo, ela passou a se remexer mais, depois a se debater quase a ponto de cair, provocando tapas grosseiros. Qualquer coisa para permanecer acordada. Não sabia dizer quanto tempo se passara, mas seus contorcionismos começaram a enfraquecer, até que Rolan parou até de grunhir, quanto mais de estapeá-la. Luz, ela queria que o homem a tratasse feito um tambor!

Pela Luz, por que eu ia desejar uma coisa dessas?, pensou estupidamente, e um canto obscuro de sua mente compreendeu que a batalha estava perdida. A noite parecia mais escura do que deveria. Não conseguia nem distinguir o brilho do luar na neve. Porém, conseguia se sentir afundando, afundando cada vez mais rápido rumo a uma escuridão mais profunda. Chorando baixinho, ela caiu em um estupor.

Os sonhos vieram. Estava sentada no colo de Perrin diante de uma grande lareira de pedra, os braços dele tão apertados ao seu redor que mal conseguia se mexer. A barba ondulada arranhava seu rosto enquanto ele mordiscava suas orelhas de modo quase doloroso. De repente, um vento forte uivou pelo cômodo, apagando o fogo da lareira como se fosse uma vela. Perrin virou fumaça e desapareceu na ventania. Sozinha na amarga escuridão, ela lutou contra o vento, mas foi jogada de um lado para outro até estar tonta demais para se orientar. Sozinha e rolando sem parar pela escuridão gélida, sabendo que nunca mais o reencontraria.

Estava correndo por um terreno congelado, tropeçando de um monte de neve a outro, reerguendo-se para correr em pânico, respirando ofegante um ar tão glacial que cortava sua garganta feito lascas de gelo. Pingentes de gelo cintilavam nos galhos ao redor, e um vento frígido uivava pela floresta desfolhada. Perrin estava muito irritado, e ela precisava escapar. Não se lembrava dos detalhes da briga, só que de alguma maneira conseguira irritar de verdade seu belo lobo, a ponto de fazê-lo atirar coisas. Só que Perrin nunca atirava coisas. Ele lhe daria uns tapas no traseiro, como fizera uma vez, muito tempo atrás. Mas por que estava correndo disso? Ainda fariam as pazes depois. E ela o faria pagar pela humilhação, claro. De qualquer forma, ela já arrancara sangue dele uma ou duas vezes, arremessando uma tigela ou um jarro com mira certeira, sempre sem querer, e sabia que ele nunca a machucaria de verdade. Mas também sabia que precisava correr, continuar avançando, ou morreria.

Se ele me pegar, pensou ela secamente, *pelo menos parte de mim vai ficar quente.* Então começou a rir, até que o terreno branco e morto girou ao seu redor, e Faile soube que logo estaria morta também.

A gigantesca fogueira assomava sobre ela, uma enorme pilha de lenha rugindo em chamas. Estava nua. E com frio, com tanto frio. Não importava quão perto chegasse do fogo, seus ossos pareciam congelados, sua carne pronta a se despedaçar com um sopro. Ela chegou mais perto, mais perto. O calor das chamas aumentou a ponto de fazê-la se retrair, mas por dentro ainda sentia aquele frio amargo. Mais perto. Ah, Luz, estava quente, quente demais! E ainda assim, frio por dentro. Mais perto. Começou a gritar com a queimação, com a dor lancinante, mas ainda se sentia gelada por dentro. Mais perto. Mais perto. Ia morrer. Berrou, mas só havia o silêncio e o frio.

Estava de dia, mas nuvens de chumbo enchiam o céu. Nevava em um fluxo constante, flocos fofos rodopiando pelo vento entre as árvores. Não era um vento forte, mas seu sopro era gelado. Montinhos brancos se acumulavam nos galhos até que o peso e o vento os faziam desabar, cascateando pesadamente para o chão abaixo. A fome roía sua barriga com dentes gastos. Um homem muito alto e magro, com um capuz branco de lã escondendo o rosto, enfiou algo na boca de Faile — a borda de uma grande caneca de barro. Seus olhos eram muito verdes, como esmeraldas, e rodeados por um emaranhado de cicatrizes. Ele estava ajoelhado ao lado dela em um largo cobertor de lã marrom, e outro cobertor, com listras cinzentas, envolvia seu corpo nu. O gosto do chá quente com mel desabrochou em sua língua, e Faile agarrou o pulso esquelético do homem com as duas mãos, para o caso de ele tentar afastar a caneca. Os dentes dela batiam contra a borda, mas engoliu o doce líquido fumegante avidamente.

— Vá com calma; não derrame nenhuma gota — disse docilmente o homem de olhos verdes. Era estranho ouvir docilidade de um rosto tão duro, e em uma voz tão grave. — Eles ofenderam sua honra. Mas você é uma aguacenta, então talvez não conte.

Aos poucos, ela se deu conta de que aquilo não era um sonho. Seus pensamentos voltaram como sombras que se derretiam se tentasse agarrá-las com muita força. O homem em vestes brancas era *gai'shain*. A coleira e as amarras de

Faile tinham sumido. Ele livrou o pulso de seu fraco aperto, mas apenas para servir um líquido escuro de um odre de couro pendurado no ombro. Vapor subiu da caneca, junto com o aroma de chá.

Tremendo tanto que quase caiu, ela apertou o cobertor listrado ao redor de si. Seus pés estavam começando a queimar de dor. Não conseguiria ficar de pé nem se tentasse. Não que quisesse. Encolhida, o cobertor lhe protegia inteira, exceto pelos pés; caso se erguesse, suas pernas ou mais ficariam de fora. Estava preocupada com o calor, não com a decência, embora as duas coisas fossem escassas. A fome estava ficando mais aguda, e Faile não conseguia parar de tremer. Estava gelada por dentro, o calor do chá era apenas uma memória. Seus músculos pareciam um pudim velho congelado. Queria olhar para a caneca de chá se enchendo, cobiçar seu conteúdo, mas se obrigou a procurar pelas companheiras.

Estavam todas ali, enfileiradas com ela, Maighdin, Alliandre e as outras, caídas de joelhos sobre cobertores, tremendo enroladas em cobertas salpicadas de neve. Um *gai'shain* servia bebidas a cada uma, e até Bain e Chiad bebiam como se estivessem quase mortas de sede. Alguém limpara o sangue do rosto de Bain, mas, ao contrário da última vez que as vira, as duas Donzelas estavam tão abatidas e fracas quanto as outras. De Alliandre a Lacile, suas companheiras pareciam... como era mesmo que Perrin falava? Pareciam ter sido arrastadas pelo pé através do buraco de uma árvore. Mas estavam todas vivas; era isso que importava. Apenas os vivos podiam fugir.

Rolan e os outros *algai'd'siswai* que tomavam conta delas antes estavam aglomerados ao fim da fileira. Cinco homens e três mulheres, a neve no chão chegando quase aos joelhos das Donzelas. Os véus negros pendiam em seus peitos, e eles observavam as prisioneiras e os *gai'shain* com impassividade. Faile franziu o cenho por um momento, tentando capturar um pensamento fugidio. Sim, claro. Onde estavam os outros? Seria mais fácil fugir se os demais por algum motivo tivessem partido. Tinha algo mais, outra questão nebulosa que ela não conseguia captar direito.

De repente, se deu conta do que estava além dos Aiel, e a pergunta e a resposta lhe ocorreram ao mesmo tempo. De onde tinham vindo os *gai'shain*? A umas cem passadas de distância, escondidos pelas árvores esparsas e pela nevasca, havia um fluxo constante de pessoas e animais de carga, carroções e carroças. Não um fluxo. Uma inundação de Aiel em movimento. Em vez de cento e cinquenta Shaido, havia todo o clã a enfrentar. Parecia impossível que tantas pessoas estivessem a um ou dois dias de distância de Abila e não levantassem alarme, mesmo com o campo em anarquia, mas a prova estava diante dos seus olhos.

Sentiu um peso de chumbo nas entranhas. Talvez aquilo não complicasse sua fuga, mas duvidava.

— Como eles me ofenderam? — perguntou Faile de repente, então fechou a boca para evitar bater o queixo. Depois reabriu-a quando o *gai'shain* voltou a lhe oferecer a caneca.

Bebeu aquele calor precioso, engasgando-se, e se forçou a engolir mais devagar. O mel, tão espesso que teria sido enjoativo em outra ocasião, amenizou um pouco a fome.

— Vocês aguacentos não sabem de nada — disse com desdém o homem cheio de cicatrizes. — Os *gai'shain* não podem usar roupa nenhuma até receberem as vestes apropriadas, mas eles ficaram com medo de que morressem congeladas, e não tinham nada com que as vestir além de seus casacos. Vocês foram humilhadas e chamadas de fracas, se é que isso vale para aguacentas. Rolan e vários dos outros são *Mera'din*, mas Efalin e o resto deviam ter mais juízo. Efalin não devia ter deixado isso acontecer.

Humilhada? Estava mais para enfurecida. Incapaz de recusar aquela abençoada bebida, ela virou o olhar para o gigante que a carregara feito um saco de grãos *e* lhe estapeara sem compaixão. Lembrava-se vagamente de apreciar os tapas, mas isso era impossível. Claro que era impossível! Rolan não aparentava ter passado a maior parte de um dia e uma noite andando a passo rápido, carregando alguém. Seu hálito enevoado não estava ofegante. *Mera'din?* Achava que isso significava "Sem Irmão" na Língua Antiga, o que não lhe dizia nada, mas o tom do *gai'shain* fora de menosprezo. Teria que perguntar a Bain e Chiad, e torcer para que não fosse um dos assuntos de que os Aiel não podiam falar com aguacentos, nem mesmo se fossem amigos íntimos. Qualquer informação podia ajudar na fuga.

Então eles haviam vestido suas prisioneiras para protegê-las do frio? Bom, não fosse por Rolan e pelos outros, ninguém teria precisado correr o risco de congelar. Mesmo assim, talvez ela lhe devesse um pequeno favor. Bem pequeno, considerando toda a situação. Talvez cortasse apenas as orelhas dele fora. Se tivesse a chance, cercada por milhares de Shaido. Milhares? Eram centenas de milhares, e dezenas de milhares deles eram *algai'd'siswai*. Furiosa consigo mesma, Faile lutou contra o desespero. Fugiria; todas elas fugiriam, e levaria as orelhas daquele homem com ela!

— Rolan *vai* ter a recompensa que merece — murmurou ela quando o *gai'shain* afastou a caneca para voltar a enchê-la. Ele a encarou de modo desconfiado, e Faile acrescentou às pressas: — Como você disse, sou uma aguacenta.

Quase todas nós somos. Não seguimos o *ji'e'toh*. Pelas suas tradições, não deveríamos nem virar *gai'shain*, não é mesmo?

O rosto marcado do homem não se alterou, nem mesmo pelo tremular de uma pálpebra. Ela pensou vagamente que era cedo demais, que ainda não avaliara o terreno, mas pensamentos lentos de frio não conseguiam acompanhar sua língua.

— E se os Shaido decidirem quebrar outras tradições? Talvez não o liberem quando seu tempo de serviço acabar.

— Os Shaido quebram muitas tradições, mas eu, não — respondeu o homem em tom plácido. — Ainda vou usar o branco por mais de meio ano. Até lá, vou servir como manda a tradição. Se já está falando tanto, acho que já tomou chá suficiente, não?

Faile tomou a caneca dele de modo desajeitado. O homem arqueou as sobrancelhas e ela ajeitou o cobertor com a mão livre o mais rápido que pôde, o rosto esquentando. *Ele* com certeza sabia que estava olhando para uma mulher. Pela Luz, ela estava dando cabeçadas feito um touro cego! Precisava pensar, se concentrar. Seu cérebro era sua única arma. E no momento mais parecia um pedaço congelado de queijo. Dando um gole demorado no chá quente, começou a pensar em como usar a seu favor o fato de estar rodeada por milhares de Shaido. No entanto, nenhuma ideia lhe ocorreu. Nenhuma.

Capítulo 4

Ofertas

— O que temos aqui? — disse uma dura voz feminina.

Faile ergueu os olhos e o chá quente sumiu de sua cabeça por alguns segundos. Duas Aiel, com uma *gai'shain* bem mais baixinha entre elas, se aproximavam através da neve rodopiante, conseguindo dar passos vigorosos mesmo sobre o cobertor branco de neve que lhes chegava às panturrilhas. Pelo menos as mulheres mais altas conseguiam; a *gai'shain* tropeçava e cambaleava, tentando acompanhar o ritmo, e uma delas a segurava pelo ombro para garantir que conseguisse. As três chamaram sua atenção. A mulher de branco andava de cabeça baixa tanto quanto possível, e mantinha as mãos unidas sob as mangas largas, como era apropriado aos *gai'shain*, mas suas vestes tinham o brilho de seda espessa. Os *gai'shain* eram proibidos de usar joias, mas um largo e ornamentado cinto de ouro e gotas de fogo contornava a cintura dela, e era possível entrever um colar combinando sob seu capuz, cobrindo-lhe quase todo o pescoço. Poucas pessoas além da realeza podiam bancar joias do tipo. Porém, por mais estranha que fosse a *gai'shain*, eram as outras duas que Faile observava. Algo lhe dizia que eram Sábias. Aquela aura de autoridade era típica; elas estavam acostumadas a dar ordens e serem obedecidas. Porém, além disso, sua simples presença chamava atenção. A mulher empurrando a *gai'shain* tinha os olhos azuis austeros de uma águia, usava um xale cinza-escuro ao redor da cabeça e tinha quase uma braça de altura, quase o mesmo que a maioria dos homens Aiel, enquanto a outra era pelo menos um palmo mais alta que Perrin! Não tinha um corpo muito volumoso, porém, a não ser em um departamento. Os cabelos loiros-claros desciam até a cintura, presos por um lenço escuro, e o xale marrom lhe cobria os ombros, aberto o suficiente para revelar seios fartos empinados no decote da camisa clara. Como ela não congelava, deixando tanta pele à mostra naquele clima? Aqueles colares pesados de marfim e ouro deviam estar parecendo correntes de gelo!

Ao pararem diante das prisioneiras ajoelhadas, a mulher com rosto de águia franziu o cenho em reprovação para os Shaido que as haviam capturado e fez um pequeno gesto de dispensa com a mão livre. Por algum motivo, ela continuava segurando com firmeza o ombro da *gai'shain*. As três Donzelas partiram imediatamente em meio à multidão de Shaido. Um dos homens também se foi, mas Rolan e os outros trocaram olhares sérios antes de os seguirem. Talvez aquilo tivesse algum significado, talvez não. Faile de repente entendeu a sensação de estar em um redemoinho, tentando desesperadamente se agarrar a algo.

— O que temos aqui são mais *gai'shain* para Sevanna — respondeu a mulher gigantesca em um tom divertido. Ela tinha um rosto forte que poderia ser considerado bonito, mas que ao lado da outra Sábia parecia simples. — Sevanna não vai ficar satisfeita até ter transformado o mundo inteiro em *gai'shain*, Therava. Não que eu tenha algo contra a ideia — completou ela, rindo.

A Sábia de olhos de águia não riu. Seu rosto estava pétreo. Sua voz estava pétrea.

— Sevanna já tem *gai'shain* demais, Someryn. Nós temos *gai'shain* demais. Eles nos fazem rastejar quando devíamos estar correndo.

Seu olhar duro percorreu a fileira de mulheres ajoelhadas. Faile se retraiu quando aqueles olhos a alcançaram, e se apressou em enfiar o rosto na caneca. Nunca tinha visto aquela tal de Therava, mas por aquele olhar sabia que tipo de pessoa era, ansiosa em subjugar completamente qualquer desafio e inclinada a tomar como desafio uma simples olhadela. Encarar gente assim já era difícil quando se tratava de algum nobre tolo em alguma corte, ou pessoas com quem esbarrava na estrada, mas a fuga poderia se tornar bem mais difícil se atraísse o interesse daquela águia. Mesmo assim, observou a mulher de canto de olho. Era como observar uma víbora, as escamas cintilando ao sol, enroscada bem pertinho de seu rosto.

Dócil, pensou ela. *Estou de joelhos, dócil, sem nada na cabeça além do chá que estou bebendo. Não precisa me olhar mais que duas vezes, sua bruxa de olhos gelados*. Esperava que as outras também vissem o que ela via.

Alliandre não viu. Ela tentou se erguer sobre seus pés inchados, cambaleou e caiu de volta de joelhos com uma careta. Mesmo assim, sua coluna estava reta sob a neve que caía, a cabeça erguida, um cobertor de listras vermelhas enrolado ao seu redor como se fosse um xale de fina seda ou um belo vestido. As pernas nuas e os cabelos desgrenhados estragavam um pouco o efeito, mas ela ainda era a cara da arrogância em um pedestal.

— Sou Alliandre Maritha Kigarin, Rainha de Ghealdan — anunciou ela bem alto, com um tom de quem se dirigia a ladrões e vagabundos. — Seria inteligente tratar bem a mim e às minhas companheiras, e punir aqueles que nos trataram tão rudemente. É possível conseguir um bom dinheiro pelo nosso resgate, e perdão pelos seus crimes. Minha suserana e eu requisitamos acomodações adequadas até que os arranjos sejam feitos, e o mesmo para a criada dela. Algo mais simples bastará para as outras, contanto que não sejam machucadas. Não pagarei qualquer resgate se maltratarem as criadas de minha suserana.

Faile quis soltar um gemido — a idiota achava que aquelas pessoas eram bandidos comuns? —, mas não teve tempo.

— É verdade, Galina? Ela é uma rainha aguacenta?

Outra mulher surgiu de trás das prisioneiras, seu capão alto e negro pisando com cuidado na neve. Faile achou que ela devia ser Aiel, mas não teve certeza. Apesar de ser difícil estimar com a mulher em cima do cavalo, ela parecia ter no mínimo a sua altura, e poucas mulheres além das Aiel eram tão altas, ainda mais com aqueles olhos verdes e o rosto bronzeado pelo sol. Ainda assim... Aquela saia volumosa e escura se parecia com a das Aiel em uma primeira olhada, mas era dividida para cavalgada e aparentava ser de seda, assim como a blusa cor de creme, e a bainha revelava botas vermelhas nos estribos. O grande xale que usava nos cabelos dourados era de seda vermelha brocada, e um grosso arco de ouro e gotas de fogo descansava sobre ele. Em contraste com as joias de ouro trabalhado e marfim entalhado da Sábia, ela usava camadas de grandes pérolas e colares de esmeraldas, safiras e rubis, que escondiam um peito quase tão volumoso quanto o de Someryn. As pulseiras que lhe subiam quase até os cotovelos também eram diferentes das usadas pela Sábia, e havia gemas cintilando em todos os dedos da mulher, embora os Aiel não usassem anéis. Em vez de um xale escuro, ela usava um manto carmesim bordado com fios de ouro e delineado por uma pelagem branca, que drapeava ao seu redor com a brisa inflexível. No entanto, parecia desajeitada no alto da sela, como todo Aiel.

— E a suserana de uma rainha? — Ela tinha um sotaque desconhecido. — Isso significa que a rainha jurou lealdade a ela? Uma mulher realmente poderosa, então. Responda, Galina!

A *gai'shain* vestida em sedas deixou os ombros caírem e ofereceu um sorriso bajulador para a mulher a cavalo.

— Deve ser mesmo uma mulher poderosa, para que uma rainha lhe jure lealdade, Sevanna — disse ela, ansiosa. — Nunca ouvi falar de uma coisa dessas. Mas acredito que essa mulher seja quem diz ser. Vi Alliandre uma vez, anos atrás, e a garota de que me lembro pode muito bem ter se tornado esta mulher. E ela foi coroada Rainha de Ghealdan. O que está fazendo em Amadícia, eu não sei. Os Mantos-brancos ou Ailron a teriam capturado em um instante se…

— Basta, Lina — disse Therava com firmeza. A mão no ombro de Galina se contraiu visivelmente. — Sabe que odeio quando você começa a tagarelar.

A *gai'shain* se retraiu como se tivesse sido estapeada, a boca se fechando na hora. Quase se contorcendo, ela sorriu para Therava com ares ainda mais terrivelmente bajuladores do que oferecera a Sevanna. Um anel de ouro brilhou em seu dedo enquanto ela esfregava as mãos. E medo brilhou em seus olhos. Olhos escuros. Com certeza não era Aiel. Therava parecia indiferente à humilhação da mulher; um cachorro recebera uma ordem e a obedecera. Sua atenção estava focada em Sevanna. Someryn olhou de relance para a *gai'shain*, os lábios se curvando em desprezo, mas então cruzou o xale sobre o peito e se voltou para Sevanna também. Os Aiel não costumavam demonstrar muitas emoções, mas estava evidente que ela detestava e ao mesmo tempo temia Sevanna.

Por cima da borda da caneca, os olhos de Faile também seguiram a mulher a cavalo. De certa forma, era como olhar para Logain, ou Mazrim Taim. Sevanna também pintara seu nome pelos céus em sangue e fogo. Cairhien levaria anos para se recuperar do que ela fizera por lá, e as consequências se espalhavam por Andor, Tear e mais além. Perrin culpava um homem chamado Couladin, mas Faile já ouvira o bastante sobre aquela mulher para ter uma boa ideia de quem estava comandando tudo nos bastidores. E ninguém discutia que o massacre em Poços de Dumai fora culpa de Sevanna. Perrin quase morrera lá. Por isso, Faile queria cuidar dela pessoalmente. Estava disposta até a deixar Rolan ficar com suas orelhas, se tivesse a chance de se resolver com Sevanna.

A Aiel de roupas chamativas avançou sua montaria lentamente ao longo da fileira de mulheres ajoelhadas, seus firmes olhos verdes quase tão frios quanto os de Therava. O som de neve sendo esmagada sob os cascos negros de repente ecoava alto.

— Qual de vocês é a criada? — Uma pergunta estranha. Maighdin hesitou, o maxilar rígido, antes de erguer a mão de debaixo do cobertor. Sevanna assentiu, pensativa. — E quem é a suserana?

Faile considerou não se pronunciar, mas Sevanna descobriria de um jeito ou de outro. Relutante, ela enfim ergueu a mão. E estremeceu, não só pelo frio.

Therava a observava com aqueles olhos cruéis, prestando muita atenção. Em Sevanna e naquelas que a mulher destacava.

Faile não compreendia como alguém podia não notar aquele olhar fulminante, mas Sevanna pareceu mesmo não o ver ao virar seu capão para o fim da fileira.

— Elas não podem caminhar com os pés desse jeito — disse após um instante. — E não vejo por que deveriam ir nas carroças com as crianças. Cure-as, Galina.

Faile levou um susto e quase deixou cair a caneca de barro. Ela a estendeu para o *gai'shain*, tentando fingir que tinha sido mesmo essa sua intenção. Já estava vazia mesmo. O sujeito cheio de cicatrizes voltou a encher a caneca de seu odre de chá. Curar? Ela não podia estar falando de...

— Muito bem — disse Therava, empurrando a *gai'shain* de modo que a fez cambalear. — Seja rápida, pequena Linazinha. Sei que você não quer me desapontar.

Galina conseguiu se reequilibrar e avançou com dificuldade até as prisioneiras. Em alguns pontos, suas pernas afundavam até os joelhos, suas roupas se arrastando na neve, mas ela estava determinada a alcançá-las. Naquele rosto redondo, os olhos estavam arregalados com uma mistura de medo, repulsa e... seria avidez? De qualquer modo, era uma combinação nauseante.

Sevanna completou seu circuito, voltando ao ponto onde Faile podia vê-la melhor, e parou na frente das Sábias. Os lábios cheios da mulher estavam contraídos. Uma brisa gélida sacudia seu manto, mas ela parecia não se dar conta disso, ou da neve caindo em sua cabeça.

— Acabei de ficar sabendo, Therava. — Sua voz era calma, embora seus olhos parecessem soltar relâmpagos. — Esta noite vamos acampar com os Jonine.

— Um quinto septo — respondeu Therava, sem emoção. Ela também era indiferente ao vento e à neve. — Cinco, enquanto outros setenta e oito permanecem espalhados por aí. É bom que se lembre de sua promessa de reunir os Shaido, Sevanna. Não vamos esperar para sempre.

Os relâmpagos se foram. Os olhos verdes de Sevanna viraram vulcões em erupção.

— Eu sempre cumpro minha palavra, Therava. É bom que *você* se lembre disso. E lembre-se de que você me *aconselha*. *Eu* falo pelo chefe de clã.

Tomando as rédeas de seu capão, ela bateu com os calcanhares nos flancos do animal, tentando fazê-lo galopar de volta, rumo ao rio de pessoas e carroças, embora isso fosse impossível com a neve naquela altura. O cavalo negro conseguiu seguir mais rápido do que uma marcha, mas não muito. Com expressões tão neutras quanto máscaras, Therava e Someryn observaram cavalo e cavaleira se afastarem sob o véu branco que caía.

Uma conversa importante, ao menos para Faile. Sabia reconhecer uma situação tensa feito a corda de uma harpa, e um ódio mútuo. Uma fraqueza que poderia ser explorada, se descobrisse como. E pelo visto os Shaido não estavam todos ali. Embora parecesse que havia mais do que o suficiente deles, julgando pelo fluxo interminável de Aiel passando. Foi então que Galina a alcançou, e tudo o mais sumiu de sua mente.

Deixando que seu rosto tomasse uma tênue expressão de calma, Galina segurou a cabeça de Faile com as duas mãos sem dizer uma palavra. Faile talvez tenha ofegado; não tinha certeza. O mundo pareceu sumir quando seu corpo todo se sacudiu. Horas rastejaram, seu pulso desacelerou até quase parar. A mulher de branco recuou e Faile caiu de cara no cobertor marrom, arfando contra a lã áspera. Seus pés já não doíam, mas a Cura sempre causava fome, e ela não comia nada desde o café da manhã do dia anterior. Seria capaz de devorar *pratos inteiros* de qualquer coisa que aparentasse ser comida. Já não se sentia cansada, mas seus músculos pareciam feitos de água em vez de pudim. Erguendo-se com o apoio dos braços que pareciam prestes a ceder sob seu peso, ela voltou a segurar fracamente o cobertor de listras cinza. Parte de seu atordoamento se devia ao que vira na mão de Galina logo antes de a mulher segurá-la. Agradecida, deixou que o homem cheio de cicatrizes levasse a caneca aos seus lábios. Não sabia se seria capaz de segurá-la.

Galina não perdia tempo. Alliandre, atordoada, também estava de cara no chão, tentando se erguer, o cobertor listrado escorregando sem que notasse. As marcas das chicotadas haviam sumido, claro. Maighdin ainda estava caída em meio aos cobertores, membros flácidos despontando de todas as direções e tremendo enquanto ela tentava debilmente se recompor. Chiad, com as mãos de Galina em sua cabeça, convulsionou até ficar de pé, os braços abertos, a respiração ruidosa. O hematoma amarelado em seu rosto sumiu diante dos olhos de Faile. A Donzela desabou como se tivesse sido golpeada quando Galina passou para Bain, mas começou a se recuperar quase de imediato.

Faile tomou seu chá, pensativa. O anel no dedo de Galina era o da Grande Serpente. Se não fosse pela Cura, teria até considerado o anel apenas um presente estranho da mesma pessoa que lhe dera as outras joias. Galina era uma Aes Sedai. Só podia ser. Mas o que uma Aes Sedai estava fazendo ali, em trajes de *gai'shain*? Sem falar que parecia pronta a lamber a mão de Sevanna e a beijar os pés de Therava! Uma Aes Sedai!

Galina estava ofegante pelo esforço de Curar tanta gente tão rápido quando se afastou da desfalecida Arrela, a última da fila, e olhou para Therava como se esperasse algum elogio. Sem sequer olhar para Galina, as Sábias partiram rumo ao fluxo de Shaido, andando bem juntas, conversando. Após um momento, a Aes Sedai franziu o cenho, ergueu as saias e saiu apressada atrás delas, o mais rápido que podia. No entanto, olhou para trás mais de uma vez. Faile teve a impressão de que ela continuou olhando mesmo depois que a neve colocou um véu entre elas.

Mais *gai'shain* chegaram, uma dúzia de homens e mulheres, e apenas um deles era Aiel, uma ruiva alta e magra com uma fina cicatriz que ia do couro cabeludo ao maxilar. Faile reconheceu alguns cairhienos baixinhos e pálidos, e algumas outras pessoas que podiam ser amadicianas ou altaranas, mais altas e de pele mais escura, e até uma domanesa de pele acobreada. A domanesa e uma das mulheres usavam um largo cinto de ouro justo na cintura e colares de elos chatos ao redor do pescoço. E um dos homens também! De qualquer modo, o fato de os *gai'shain* usarem joias não parecia importante, apenas uma esquisitice, ainda mais comparado ao fato de que haviam levado comida e roupas.

Alguns dos recém-chegados carregavam cestas com pão, queijo amarelo e carne seca, e os *gai'shain* já presentes com seus odres de chá forneceram bebidas para ajudar a comida a descer. Faile não foi a única a encher a boca de maneira pouco elegante mesmo enquanto se vestia, desajeitada e com mais pressa do que modéstia. Os trajes brancos com capuz e as espessas roupas de baixo lhe pareceram maravilhosamente quentes, só de afastar o ar frio, assim como as pesadas meias de lã e as macias botas Aiel que lhe chegavam à altura dos joelhos — até as botas tinham sido alvejadas! —, mas não preenchiam o buraco em sua barriga. A carne era tão dura quanto o couro das botas, o queijo era quase uma pedra, e o pão não ficava muito atrás, mas estavam mais saborosos que um banquete! Sua boca se enchia d'água a cada mordida.

Terminou de amarrar as botas e se levantou, alisando seu traje enquanto mastigava um pedaço de queijo. Ao estender a mão para pegar mais pão, uma das mulheres usando ouro, roliça, de aparência comum e olhos cansados, tirou outro cinto dourado de um saco de pano que trazia no ombro. Faile engoliu às pressas e recuou.

— Prefiro não usar isso, obrigada.

Tinha a terrível impressão de que errara ao considerar os adornos desimportantes.

— Não importa o que você quer — respondeu a mulher roliça em um tom cansado. Tinha um sotaque amadiciano, culto. — Você serve a Lady Sevanna agora.

Vai usar o que lhe for dado e obedecer às ordens, ou será punida até admitir seu erro.

A algumas passadas de distância, Maighdin estava tentando se livrar da domanesa, que queria enfiar um colar em seu pescoço. Alliandre se afastava do homem usando as correntes de ouro, as mãos erguidas e uma expressão nauseada no rosto. Ele estendia um cinto para ela. Por sorte, no entanto, as duas se voltaram para Faile. Talvez aquela surra na floresta tivesse servido para alguma coisa, afinal.

Com um suspiro carregado, Faile assentiu para elas, então permitiu que a roliça *gai'shain* amarrasse o cinto largo em sua cintura. Ao seu exemplo, as outras duas pararam de resistir. Alliandre pareceu derrotada, e apenas encarou o nada enquanto recebia o cinto e o colar. Maighdin tentava fulminar com os olhos a esbelta domanesa. Faile tentou abrir um sorriso encorajador, mas foi difícil. O som da lingueta do colar se fechando lhe pareceu o do portão de uma prisão sendo trancado. Era possível retirar um cinto e um colar tão facilmente quanto colocá-los, mas os *gai'shain* que serviam "a Lady Sevanna" decerto seriam vigiados bem de perto. Os desastres estavam se acumulando. As coisas precisavam começar a melhorar. Precisavam.

Logo Faile se viu tropeçando pela neve sobre pernas trêmulas, junto de uma Alliandre cambaleante e entorpecida, e Maighdin, de cenho franzido. Estavam cercadas de *gai'shain* que conduziam animais de carga, carregavam grandes cestos nas costas e arrastavam carrinhos de mão com rodas amarradas a trenós de madeira. As carroças e carroções também tinham largos trenós ou esquis, e as rodas estavam presas em cima das mercadorias cobertas de neve. Os Shaido podiam até não estar familiarizados com a neve, mas tinham aprendido a viajar naquele clima. Nem Faile nem as outras carregavam nada, embora a amadiciana roliça tivesse deixado claro que elas seriam obrigadas a trabalhar a partir do dia seguinte. Não sabia quantos Shaido havia ali, mas parecia uma grande cidade ambulante, se não um grande país. Crianças de doze ou treze anos seguiam nas carroças e carroções, mas todos os outros caminhavam. Todos os homens usavam o *cadin'sor*, mas a maioria das mulheres vestia saias, blusas e xales, como as Sábias. A maioria dos homens carregava apenas uma lança, com alguns nem carregando arma alguma, com uma aparência mais delicada que os outros; o que era como dizer que havia rochas mais delicadas que granito.

Quando a amadiciana partiu, sem dizer seu nome ou muito mais do que "obedeça ou será punida", Faile se deu conta de que tinha perdido Bain e as outras de vista em algum ponto da nevasca. Ninguém mandou que ficasse em determinado local, então ela saiu cambaleando exausta pela multidão, acompanhada por Alliandre e Maighdin. Manter as mãos unidas sob a manga das vestes dificultava a caminhada, ainda mais chapinhando na neve, mas pelo menos assim elas ficavam aquecidas. Mais aquecidas do que desprotegidas, pelo menos. Com o vento, mantinham os capuzes bem puxados. Apesar dos notáveis cintos de ouro, nem os *gai'shain* nem os Shaido prestavam atenção nelas. E embora tenham rodado pela multidão uma dúzia de vezes, a procura não deu em nada. Havia pessoas em trajes brancos por todo lado, e qualquer um daqueles grandes capuzes podia estar escondendo uma de suas companheiras.

— Teremos que encontrá-las hoje à noite — disse Maighdin por fim. Ela até que conseguia marchar sobre a neve, ainda que de modo desajeitado. Seus olhos azuis estavam decididos sob a caverna formada pelo capuz, e a mulher segurava o colar de ouro ao redor do pescoço como se quisesse arrancá-lo. — No momento, estamos dando dez passos, vinte passos, enquanto eles dão um. Não vai adiantar de nada chegarmos ao acampamento hoje à noite exaustas demais para nos movermos.

Do outro lado de Faile, Alliandre despertou de seu torpor o bastante para arquear a sobrancelha em reação ao tom firme de Maighdin. Faile apenas encarou sua criada, mas isso bastou para que a mulher corasse e começasse a gaguejar. O que tinha dado nela? Bom, podia até não ser o comportamento esperado de uma criada, mas não reclamaria do temperamento de Maighdin em uma companheira de fuga. Uma pena que a mulher não fosse melhor canalizando. Faile já tivera grandes esperanças quanto a isso, até ficar sabendo que Maighdin tinha tão pouca habilidade que era inútil.

— Então nós as encontraremos hoje à noite, Maighdin — concordou ela.

Ou dali a quantas noites fossem necessárias. Mas não mencionou essa parte. Observou rapidamente as pessoas ao redor, para garantir que não houvesse ninguém próximo o bastante para entreouvir. Os Shaido, usando o *cadin'sor* ou não, andavam determinados pela neve, avançando rumo a um objetivo desconhecido. Os *gai'shain* — os outros *gai'shain* — se moviam com uma postura diferente. Obedecer ou ser punido.

— Com eles nos ignorando desse jeito, talvez seja possível escapulir, contanto que a gente não faça isso debaixo do nariz de um Shaido — continuou Faile. — Se alguma de vocês tiver uma oportunidade, aproveite. Essas roupas vão ajudá-las a se esconder na neve, e assim que encontrarem uma vila, esse ouro que eles nos deram tão generosamente vai bastar para que consigam voltar até meu marido. Ele estará em nosso encalço.

Não muito rápido, esperava. Não muito de perto, ao menos. Os Shaido tinham um exército. Podia ser um exército pequeno, comparado a outros, mas era maior que o de Perrin.

A expressão de Alliandre ficou rígida de determinação.

— Não vou partir sem você — disse ela baixinho. Baixinho, mas em um tom firme. — Não vou quebrar meu juramento de lealdade, milady. Ou fujo com você, ou não fujo!

— Digo o mesmo — acrescentou Maighdin. — Posso ser apenas uma criada — a palavra foi pronunciada com desdém —, mas não deixarei ninguém para trás com esses... esses bandidos!

A voz dela não era apenas firme; era irrefutável. Depois que saíssem daquela situação, Lini ia precisar ter uma boa conversa com a mulher antes que ela pudesse assumir seu cargo!

Faile abriu a boca para discutir... não, para ordenar; Alliandre era sua vassala, e Maighdin sua criada, por mais que a captura a tivesse agitado! Elas seguiriam suas ordens, *sim*! Mas então deixou as palavras morrerem na ponta da língua.

Silhuetas escuras se aproximavam por entre a multidão de Shaido e a neve caindo, e se revelaram um grupo de mulheres Aiel usando xales ao redor da cabeça. Therava estava no comando. Uma palavra murmurada e as outras diminuíram o passo para permanecerem atrás dela enquanto Therava alcançava Faile e suas companheiras. A mulher acertou o passo com o delas, seus olhos ferozes congelando até o entusiasmo de Maighdin, embora mal tivesse olhado de relance para a criada. Para Therava, não valiam um olhar.

— Estão pensando em fugir — começou ela. Ninguém respondeu, mas a Sábia continuou, em um tom desdenhoso: — Nem tentem negar!

— Tentaremos servir, como é nosso dever, Sábia — disse Faile com cautela. Manteve a cabeça baixa sob o capuz e fez questão de não encarar os olhos da mulher mais alta.

— Você conhece um pouco dos nossos costumes. — Therava pareceu surpresa, mas isso não durou muito. — Que bom. Mas deve me achar uma tola se pensa que acredito que obedecerão servilmente. Vejo que as três têm personalidade forte, para aguacentas. Alguns nunca tentam escapar, e apenas os mortos conseguem. Os vivos sempre são trazidos de volta. Sempre.

— Guardarei suas palavras, Sábia — respondeu Faile em tom humilde. Sempre? Bem, havia uma primeira vez para tudo. — Todas nós guardaremos.

— Ah, *muito* bom — murmurou Therava. — Talvez até engane alguém cego feito Sevanna. Mas saiba, *gai'shain*, que aguacentos não são como os outros que usam o branco. Em vez de serem libertados depois de um ano e um dia, você servirá até estar encurvada e acabada demais para trabalhar. Sou sua única esperança de evitar esse destino.

Faile tropeçou na neve, e se Alliandre e Maighdin não tivessem segurado seus braços, teria caído. Therava gesticulou impaciente para que continuassem avançando. Faile estava nauseada. *Therava* as ajudaria a escapar? Chiad e Bain diziam que os Aiel não sabiam nada do Jogo das Casas e desdenhavam dos aguacentos por jogá-lo, mas Faile reconhecia as correntezas fluindo ao redor dela no momento. Correntezas que afogariam todas elas, se não ficasse esperta.

— Não estou entendendo, Sábia.

Queria que sua voz não tivesse soado de repente tão rouca, mas talvez aquela rouquidão convencesse Therava. Pessoas daquele tipo acreditavam que o medo era a melhor das motivações. De toda forma, a mulher sorriu. Não foi um sorriso caloroso, apenas um curvar dos lábios finos, e a única emoção que transpareceu foi satisfação.

— Vocês três vão ficar de olhos e ouvidos bem abertos enquanto servem Sevanna. Todo dia uma Sábia vai interrogá-las, e vocês vão repetir cada palavra que Sevanna disse, e para quem ela disse. Se ela falar enquanto dorme, vocês vão nos repassar seus murmúrios. Se me agradarem, vou garantir que sejam deixadas para trás.

Faile não queria fazer parte daquele esquema, mas era impensável recusar a proposta. Caso recusasse, nenhuma delas sobreviveria àquela noite. Tinha certeza disso. Therava não arriscaria. Talvez nem sequer chegassem à noite; aquela neve esconderia rapidamente três cadáveres vestidos de branco, e Faile duvidava muito que qualquer pessoa ao redor protestaria caso Therava decidisse cortar algumas gargantas ali mesmo. Estavam todos concentrados em continuar avançando pela neve, de qualquer modo. Talvez nem vissem.

— Se ela descobrir... — Faile engoliu em seco. A Sábia estava pedindo que caminhassem pela beira instável de um precipício. Não, estava ordenando. Os Aiel matavam espiões? Nunca tinha pensado em perguntar isso para Bain ou Chiad. — A senhora vai nos proteger, Sábia?

A mulher de rosto duro segurou o queixo de Faile com dedos de aço, fazendo-a parar abruptamente e se erguer na ponta dos pés. Os olhos de Therava capturaram os dela com a mesma força. A boca de Faile ficou seca. Aquele olhar prometia dor.

— Se ela descobrir, *gai'shain*, eu mesma vou fazer picadinho de vocês. Então garantam que ela não descubra. Hoje à noite vocês vão servir na tenda dela. Você e centenas de outros, então não haverá muito trabalho para distraí-las do mais importante.

Therava as observou com atenção por um instante, então assentiu, satisfeita. Viu apenas três aguacentas molengas, fracas demais para fazer qualquer coisa além de obedecer. Sem outra palavra, ela soltou Faile e se virou para ir embora, e logo ela e as outras Sábias tinham sido engolidas pela neve.

Por um tempo, as três mulheres permaneceram em silêncio, nervosas. Faile não tocou mais no assunto de elas fugirem sozinhas, muito menos distribuiu ordens. Estava certa de que, caso fizesse isso, as outras se recusariam de novo, pois se concordassem agora iria parecer que Therava as fizera mudar de ideia, que as assustara. Conhecia as duas bem o bastante para saber que elas prefeririam morrer a admitir que aquela mulher as amedrontara. Mas Faile com certeza estava com medo. *E engoliria minha língua antes de admitir isso em voz alta*, pensou secamente.

— O que será que ela quis dizer com... picadinho? — disse Alliandre por fim. — Ouvi dizer que os Questionadores dos Mantos-brancos às vezes assam prisioneiros em fogueiras.

Maighdin abraçou o próprio corpo, estremecendo, e Alliandre tirou uma mão das mangas para dar tapinhas no ombro da mulher.

— Não se preocupe. Se Sevanna tem centenas de criados, talvez a gente nem consiga chegar perto o bastante para ouvir qualquer coisa. E podemos escolher o que vamos reportar, para que não consigam identificar quem andou delatando.

Maighdin deu uma risada amargurada debaixo do capuz branco.

— Você acha que ainda temos o luxo de fazer algumas pequenas escolhas. Não temos nenhuma. Você precisa aprender como é não ter escolha. Aquela mulher não nos procurou porque temos *personalidade forte*. — Ela quase cuspiu as palavras. — Posso apostar que todos os outros criados de Sevanna também receberam esse discurso de Therava. Se deixarmos passar qualquer coisa que deveríamos ter ouvido, pode apostar que ela vai saber.

— Talvez você tenha razão — admitiu Alliandre após um momento. — Mas não fale assim comigo outra vez, Maighdin. Estamos em uma situação difícil, porém *lembre-se* de quem eu sou.

— Até que a gente escape, você é uma criada de Sevanna — respondeu Maighdin. — Se não começar a pensar assim de uma vez, é melhor espetar logo sua cabeça naquelas lanças. E nos deixe fora disso, ou vai acabar nos levando junto.

O capuz de Alliandre escondia seu rosto, mas ela se empertigou mais a cada palavra. Era inteligente, e sabia como cumprir seus deveres, mas tinha o temperamento de uma rainha quando não o mantinha sob controle. Faile se pronunciou antes que a mulher explodisse:

— Até que a gente escape, somos todas criadas — disse com firmeza. Pela Luz, a última coisa de que precisava era aquelas duas discutindo. — Mas peça desculpas, Maighdin. Agora!

Com o rosto virado, a criada murmurou alguma coisa que talvez fosse um pedido de desculpas. Faile considerou válido, de qualquer modo.

— E espero que você, Alliandre, seja uma *boa* criada. — Alliandre resmungou um meio protesto, mas Faile a ignorou. — Para termos qualquer chance de escapar, precisamos obedecer, trabalhar duro, e atrair o mínimo de atenção possível. — Como se já não tivessem chamado toda a atenção que importava. — E contaremos a Therava sobre qualquer espirro de Sevanna. Não sei o que Sevanna fará se descobrir, mas acho que temos uma boa ideia do que Therava fará se ficar insatisfeita conosco.

Isso bastou para fazer com que as outras se calassem. Elas tinham mesmo uma boa ideia do que Therava faria, e matá-las talvez nem fosse a pior parte.

A neve diminuiu para uns poucos flocos ao meio-dia; nuvens escuras ainda escondiam o sol, mas Faile estimou que devia estar perto do meio-dia, porque foram alimentadas. Ninguém parou, mas centenas de *gai'shain* percorreram a coluna com cestas e sacas cheias de pão e carne seca, além de odres contendo água gelada o bastante para os dentes doerem. Era estranho, mas não sentia qualquer fome além da causada pelo esforço de andar na neve. Sabia que Perrin fora Curado uma vez e ficara com um apetite voraz por uns dois dias. Talvez fosse porque seus ferimentos tinham sido bem mais leves que os dele. Notou que Alliandre e Maighdin não comeram muito mais que ela.

A Cura a fez pensar em Galina e em todas as perguntas que se resumiam a um incrédulo *por quê?* Por que uma Aes Sedai — ela *só podia ser* Aes Sedai — estaria se sujeitando a Sevanna e Therava? A qualquer um? Uma Aes Sedai poderia ajudá-las a escapar. Ou não. Poderia traí-las, caso isso servisse aos seus propósitos. Aes Sedai sempre seguiam os próprios desígnios, e, a menos que você fosse Rand al'Thor, não havia alternativa além de aceitar esse fato. Mas ele era um *ta'veren*, e ainda por cima o Dragão Renascido; Faile era uma mulher com poucos recursos no momento, e correndo um perigo considerável. Sem falar no perigo pairando sobre outras pessoas de sua responsabilidade. Qualquer ajuda, de qualquer um, seria bem-vinda. A brisa fresca arrefeceu enquanto ela avaliava Galina de todos os ângulos possíveis, e a neve voltou a cair, mais pesada, até que fosse impossível enxergar dez passadas adiante. Não conseguiu decidir se deveria confiar na mulher.

De repente, se deu conta de que outra mulher trajando branco a observava, quase oculta pela neve. Mas não nevava o suficiente para esconder aquele cinto grosso e cintilante. Faile tocou o braço de suas companheiras e gesticulou na direção de Galina.

Quando Galina notou que fora avistada, aproximou-se, passando a caminhar desajeitada ao lado de Faile e Alliandre. Não conseguia manter o mínimo de elegância na neve, mas aparentava estar mais acostumada a andar pelo gelo do que as outras. Toda sua postura bajuladora havia desaparecido. Seu rosto redondo estava duro sob o capuz, os olhos atentos. Mas ela virava a cabeça o tempo todo, lançando olhares cautelosos para ver quem estava por perto. Parecia um gato de estimação fingindo ser um leopardo.

— Você sabe quem eu sou? — indagou ela, mas em um tom que seria inaudível a dez pés de distância. — O que eu sou?

— Você parece ser uma Aes Sedai — respondeu Faile em tom cuidadoso. — Por outro lado, está em uma posição muito peculiar para uma Aes Sedai.

Nem Alliandre nem Maighdin demonstraram qualquer surpresa. Estava óbvio que já tinham reparado no anel da Grande Serpente que Galina remexia nervosamente.

A Aes Sedai ruborizou e tentou fingir que foi de raiva.

— Meu papel aqui é muito importante para a Torre, criança — disse ela em tom frio. Sua expressão dizia que seriam incapazes de compreender suas motivações. Ela desviou os olhos, fulminando flocos de neve. — Não posso falhar. Isso é tudo que precisam saber.

— O que precisamos saber é se podemos confiar em você — disse Alliandre, calma. — Deve ter sido treinada na Torre, ou não saberia Curar, mas algumas mulheres conquistam o anel sem conquistar o xale, e não acredito que você seja Aes Sedai.

Parecia que Faile não tinha sido a única a se perguntar sobre a mulher. Os lábios carnudos de Galina se apertaram e ela sacudiu o punho fechado na direção de Alliandre, em uma ameaça ou uma exibição do anel, ou para os dois propósitos.

— Você acha que será tratada diferente porque usa uma coroa? Porque usava uma coroa? — Ela sem dúvida estava enraivecida agora, e se esqueceu de vigiar os arredores, assumindo um tom ácido enquanto cuspia saliva a cada palavra. — Você vai servir vinho e lavar as costas de Sevanna, como todos os outros. Todos os criados dela são nobres, ou mercadores ricos, ou homens e mulheres que sabem como servir à nobreza. Todo dia ela manda uns cinco serem punidos para servirem de encorajamento aos outros, de modo que todo mundo vai fofocar com ela em troca de sua boa vontade. Da primeira vez que você tentar fugir, vão açoitar a sola dos seus pés até que você não consiga andar e depois amarrá-la toda contorcida em cima de um carroção até que você melhore. Na segunda vez será pior, e na terceira, pior ainda. Tem um sujeito aqui que já foi um Manto-branco. Ele tentou fugir nove vezes. Um homem duro, mas na última vez em que foi recapturado, começou a chorar e a implorar antes mesmo que tirassem suas roupas para o castigo.

Alliandre não gostou da bronca; estufou o peito, indignada, e Maighdin rosnou:

— Foi isso que aconteceu com você? Aes Sedai ou Aceita, você é uma vergonha para a Torre!

— Fique quieta enquanto suas superioras estiverem falando, bravia! — rebateu Galina.

Pela Luz, se continuassem assim, logo estariam gritando umas com as outras.

— Se quer nos ajudar a fugir, diga logo — pediu Faile para a Aes Sedai vestida em sedas. Não duvidava que ela fosse mesmo Aes Sedai. Só duvidava de todo o resto. — Se não, o que quer de nós?

Mais adiante, um carroção assomou na neve, inclinado para o lado em que um dos trenós se soltara. Liderados por um Shaido que tinha os braços e os ombros de um ferreiro, vários *gai'shain* posicionavam uma alavanca para erguer o veículo e reencaixar o trenó. Faile e as outras passaram pelo carroção em silêncio.

— Ela é mesmo sua suserana, Alliandre? — questionou Galina depois que tinham saído do alcance dos ouvidos dos homens ao redor do carroção. Seu rosto ainda estava corado de raiva, seu tom era cortante. — Quem é ela, para merecer sua lealdade?

— Pode perguntar para mim — respondeu Faile com frieza. Que a Luz queimasse as Aes Sedai e seus segredos! Às vezes parecia que elas se recusavam a dizer até que o céu era azul, se não vissem uma vantagem nisso. — Sou Lady Faile t'Aybara, e isso é tudo que *você* precisa saber. Pretende nos ajudar?

Galina tropeçou e caiu de joelhos, lançando um olhar tão intenso a Faile que a fez se questionar se teria cometido um erro. No momento seguinte, percebeu que sim. Recuperando o equilíbrio, a Aes Sedai sorriu de modo desagradável. Já não parecia irritada. Na verdade, parecia tão satisfeita quanto Therava, e pior, parecia ser o mesmo tipo de satisfação.

— ... t'Aybara... — disse ela. — Você é saldaeana. Sei de um jovem chamado Perrin Aybara. Seria o seu marido? Sim, vejo que acertei. Isso decerto explica o juramento de Alliandre. Sevanna tem planos grandiosos para um homem cujo nome está ligado ao do seu marido. Rand al'Thor. Se ela soubesse que a tem nas mãos... Ah, não tema que eu conte a ela. — O olhar da mulher endureceu, e Galina passou a parecer um leopardo de verdade. — Não se seguir os meus comandos. Posso até mesmo ajudá-las a escapar.

— O que você quer de nós? — disse Faile, com mais determinação do que sentia.

Pela Luz, ficara irritada com Alliandre por chamar atenção ao se apresentar, e agora tinha feito o mesmo. Ou pior. *E pensei que estava me protegendo ao não mencionar o nome do meu pai*, pensou amargamente.

— Nada muito difícil — respondeu Galina. — Você sem dúvida reparou em Therava. Claro que sim. Todos reparam em Therava. Ela mantém algo em sua tenda, um bastão branco e liso, com cerca de trinta centímetros. Fica em um baú vermelho, com contornos em bronze, que nunca está trancado. Me traga esse bastão e eu as levarei comigo quando for embora.

— Parece um pedido simples — comentou Alliandre em tom desconfiado. — Mas se é assim, por que você mesma não o pega?

— Porque tenho vocês para fazerem isso por mim!

Ao perceber que estava gritando, Galina se retraiu, seu capuz balançando enquanto ela procurava por qualquer pessoa que pudesse ter entreouvido naquela multidão envolta pela neve. Ninguém parecia estar prestando atenção nelas, mas ainda assim ela baixou o tom para um sibilo feroz:

— Se não me obedecerem, vou deixá-las aqui até que estejam grisalhas e enrugadas. E Sevanna ficará sabendo de Perrin Aybara.

— Pode levar tempo — disse Faile, desesperada. — Não vamos poder entrar na tenda de Therava na hora que quisermos.

Luz, a última coisa que queria era chegar perto da tenda de Therava. Mas Galina dissera que ia ajudá-las. Por mais perversa que fosse, uma Aes Sedai não podia mentir.

— Vocês têm todo o tempo do mundo — respondeu Galina. — O resto de suas vidas, Lady Faile t'Aybara, se não tomarem cuidado. Não me decepcionem.

Ela lançou um último olhar duro a Faile, então se virou e se afastou a duras penas pela neve, posicionando os braços como se tentasse esconder o cinto dourado por trás das mangas largas.

Faile seguiu cambaleando em silêncio. Nenhuma de suas companheiras tampouco tinha algo a dizer. Não parecia haver nada a ser dito. Alliandre aparentava estar perdida em pensamentos, mãos sob as mangas, olhando adiante como se visse algo além da nevasca. Maighdin voltara a agarrar o colar de ouro no punho fechado. Tinham caído em três armadilhas, em vez de uma, e todas podiam ser mortais. Ser resgatada de repente se tornou uma ideia atraente. Contudo, Faile pretendia dar um jeito de escapar daquela cilada. Afastando a mão do próprio colar, seguiu lutando contra a neve, fazendo planos.

Capítulo 5

Bandeiras

Ele corria pelo terreno coberto de neve, nariz ao vento, caçando um odor, aquele odor precioso e singular. A neve já não derretia em seu pelo enregelado, mas o frio não podia detê-lo. Suas patas já estavam dormentes, e suas pernas ardiam, correndo furiosamente, fazendo-o avançar mais e mais rápido, até que a terra ao redor virasse um borrão. Precisava encontrá-la.

De repente, um grande lobo cinza, de orelha rasgada e cheio de cicatrizes de lutas anteriores, desceu dos céus para caçar o sol junto dele. Outro lobo enorme, mas não tanto quanto ele. Seus dentes iam rasgar a garganta das pessoas que a haviam levado. Sua mandíbula esmagaria os ossos delas!

Sua fêmea *não está aqui, avisou Saltador, mas sua presença está forte demais, e longe demais do seu corpo. Precisa voltar, Jovem Touro, ou vai morrer.*

Preciso encontrá-la. Até seu pensamento parecia ofegante. Não pensava em si mesmo como Perrin Aybara. Era o Jovem Touro. Já encontrara o falcão ali antes, e encontraria de novo. Precisava encontrá-la. Comparada a essa necessidade, a morte não era nada.

O outro lobo atingiu seu flanco em um borrão cinzento, e embora o Jovem Touro fosse maior, estava cansado, e caiu pesadamente. Levantando-se atrapalhado na neve, ele rosnou e avançou na garganta de Saltador. Nada *era mais importante que o falcão.*

O lobo cheio de cicatrizes pulou no ar feito um pássaro, e o Jovem Touro caiu rolando. Saltador pousou na neve atrás dele.

Escute, filhote!, disse Saltador em tom firme. Sua mente está confusa de medo! Ela não está aqui, e você vai morrer se continuar. Encontre-a no mundo desperto. É o único jeito. Volte e encontre-a!

Perrin abriu os olhos de súbito. Estava completamente exausto e sua barriga parecia um vácuo, mas a fome não se comparava ao vazio em seu peito. Ele estava oco por inteiro, e distante até de si mesmo, como se fosse outra pessoa vendo Perrin Aybara sofrer. Acima, o teto de listras azuis e douradas da tenda se sacudia com o vento. Ali dentro estava escuro e sombreado, mas o sol fazia a lona brilhar suavemente. E o dia anterior não fora um pesadelo, assim como a mensagem de Saltador. Pela Luz, tentara matar Saltador. Em um sonho de lobo, a morte era... definitiva. O ar estava abafado, mas ele estremeceu. Estava deitado em um colchão de penas, em uma cama grande, com pesados postes cheios de entalhes e douraduras. Além do cheiro do carvão queimando nos braseiros, farejava um perfume almiscarado e a mulher que o usava. Não havia mais ninguém ali.

— Já a encontraram, Berelain? — perguntou ele, sem erguer a cabeça do travesseiro; ela parecia pesada demais para isso.

Uma das cadeiras rangeu baixinho quando a mulher se remexeu. Já tinha estado ali antes, com Faile, para discutir planos. A tenda era grande o bastante para abrigar uma família, e a mobília ornamentada de Berelain ficaria bem até em um palácio, cheia de intrincados entalhes e detalhes em ouro, embora tudo, das mesas e cadeiras à própria cama, estivesse montado à base de pinos. Os móveis podiam ser desmontados e guardados para a viagem, mas mobílias de pinos não eram muito resistentes.

Sob o perfume, Berelain cheirava a surpresa por ele ter adivinhado sua presença ali, mas sua voz soou tranquila:

— Não. Seus batedores ainda não retornaram, e os meus... Quando não voltaram ao anoitecer, enviei uma companhia inteira atrás deles. Encontraram meus homens mortos em uma emboscada, assassinados a umas cinco ou seis milhas daqui. Mandei Lorde Gallenne manter uma vigília atenta ao redor dos acampamentos. Arganda também montou uma guarda forte, mas mandou grupos em patrulha. Contra a minha vontade. O homem é um tolo. Acha que apenas ele pode encontrar Alliandre. Não sei se acredita que mais alguém esteja realmente tentando. Decerto não os Aiel.

Perrin apertou as mãos ao redor dos macios cobertores de lã que o cobriam. Gaul não seria pego de surpresa, nem Jondyn, nem mesmo pelos Aiel. Ainda estavam caçando, e isso significava que Faile estava viva. Já teriam voltado há muito tempo, se houvessem encontrado o corpo dela. Precisava acreditar nisso. Ele ergueu um pouco um dos cobertores azuis. Estava nu sob eles.

— Existe uma explicação para isso?

A voz dela não se alterou, mas seu cheiro cintilou com cautela.

— Você e seu guarda teriam congelado até a morte se eu não tivesse saído à sua procura quando Nurelle retornou com notícias dos meus batedores.

Ninguém mais teve coragem de ir perturbá-lo; parece que você rosnou feito um lobo para todos que tentaram. Quando o encontrei, você estava tão entorpecido que não ouvia mais nada, e o outro homem estava prestes a desmaiar. Aquela mulher, Lini, cuidou dele... só precisava de uma sopa quente e de cobertores... mas eu trouxe você para cá. Se não fosse por Annoura, você teria perdido alguns dedos dos pés. Ela... Ela pareceu temer que você fosse morrer de qualquer forma, mesmo após Curá-lo. Você dormiu feito um cadáver. Annoura disse que você parecia ter perdido a própria alma, frio apesar de todos os cobertores empilhados. Senti o mesmo quando toquei em você.

Explicações demais, e insuficientes. Perrin sentiu um arroubo de raiva, uma raiva distante, mas tratou de abafá-la. Faile sempre ficava com ciúmes quando ele gritava com Berelain. A mulher não ia conseguir gritos dele.

— Grady ou Neald poderiam ter feito todo o necessário — disse ele em uma voz neutra. — Até Seonid e Masuri estavam mais perto.

— Pensei primeiro em minha conselheira. Nem me lembrei dos outros até já estar quase chegando aqui. De qualquer forma, que diferença faz quem o Curou?

Tão plausível. E se ele perguntasse por que a Primeira de Mayene em pessoa estava de vigília ao pé de sua cama, em uma tenda na penumbra, em vez de alguma criada, algum soldado, ou até mesmo Annoura, ela teria outra resposta plausível. Ele nem queria escutar.

— Onde estão minhas roupas? — perguntou ele, apoiando-se nos cotovelos. Sua voz continuava neutra.

Uma única vela, sobre uma mesinha ao lado da cadeira de Berelain, era toda a fonte de iluminação na tenda, mas era mais do que suficiente para os olhos dele, mesmo embaçados de cansaço como estavam. Ela estava vestida de maneira até bastante recatada, em um vestido de cavalgada verde-escuro de gola alta, com um tufo de renda sob o queixo. Berelain em roupas recatadas era como um gato montanhês em pele de cordeiro. Seu rosto estava levemente sombreado, belo e traiçoeiro. Ela cumpria suas promessas, mas pelos próprios motivos, como uma Aes Sedai, e as coisas sobre as quais não prometia nada podiam apunhalá-lo pelas costas.

— Estão naquele baú ali — respondeu ela, gesticulando com sua mão delicada quase oculta sob renda branca. — Mandei Rosene e Nana lavarem, porém você precisa mais de descanso e de comida do que de roupas. E antes de falarmos de comida, e de negócios, quero que saiba que ninguém torce mais do que eu para que Faile esteja viva.

A expressão dela era tão vulnerável e sincera que ele teria acreditado, se viesse de qualquer outra pessoa. A mulher até cheirava a sinceridade!

— Preciso das minhas roupas agora.

Perrin se virou para a beira da cama, com o lençol cobrindo as pernas. Suas roupas estavam dobradas com esmero em um baú de viagem exageradamente ornamentado. Seu manto de pele estava de um lado do baú, e o machado se encontrava apoiado junto das botas no tapete florido que servia de assoalho. Pela Luz, como estava cansado. Não sabia quanto tempo passara no sonho de lobo, mas seu corpo entendia que estar acordado lá era estar acordado e ponto. Sua barriga roncou alto.

— E de comida.

Berelain soltou um ruído exasperado do fundo da garganta e se levantou, alisando as saias, o queixo erguido em censura.

— Annoura não vai ficar feliz quando voltar da conversa com as Sábias. Você não pode ignorar as Aes Sedai desse jeito. Mais cedo ou mais tarde elas vão fazê-lo entender que você não é Rand al'Thor.

No entanto, ela partiu, deixando uma lufada de ar frio entrar na tenda. Em sua irritação, nem se lembrou de levar um manto. Pela abertura momentânea das abas, Perrin viu que ainda estava nevando. Não tanto quanto na noite anterior, mas flocos brancos caíam de forma constante. Até Jondyn teria dificuldade de encontrar rastros, após a noite passada. Tentou não pensar nisso.

Quatro braseiros aqueciam a tenda, mas, assim que pisou no chão, o frio fluiu para os seus pés, e ele se apressou em direção às roupas. Cambaleou, na verdade, embora não estivesse sendo lento de propósito. Sentia-se tão cansado que seria capaz de se deitar nos tapetes e voltar a dormir. Além disso, sentia-se fraco como um cordeirinho recém-nascido. Talvez isso também fosse culpa do sonho de lobo — de mergulhar tão fundo quanto mergulhara, abandonando seu corpo —, mas a Cura tinha piorado a situação. Sem comer nada desde o café da manhã do dia anterior, e após passar a noite inteira na neve, não tinha mais reservas de energia. Suas mãos estavam se atrapalhando com a simples tarefa de vestir as roupas de baixo. Jondyn a encontraria. Ou Gaul. Eles a encontrariam viva. Nada mais importava. Sentia-se dormente.

Não esperava que a própria Berelain voltasse, mas um sopro de ar gelado entrou carregando o perfume dela enquanto Perrin ainda vestia as calças. O olhar dela em suas costas foi como uma carícia, mas ele se obrigou a seguir em frente como se estivesse sozinho. Não lhe daria a satisfação de vê-lo se apressar porque estava sendo observado. Perrin não se virou para ela.

— Rosene vai trazer comida — disse Berelain. — Infelizmente, só temos ensopado de carneiro, mas eu disse a ela para trazer o bastante para três homens. — Ela hesitou, e Perrin ouviu seus sapatos farfalhando no tapete. Um suspiro baixo. — Perrin, sei que está sofrendo. Talvez você queira conversar, dizer coisas que não pode dizer a outro homem. Não imagino que vá chorar no ombro de Lini, então ofereço o meu. Podemos decretar uma trégua até que Faile seja encontrada.

— Uma trégua? — perguntou ele, inclinando-se com cuidado para amarrar uma das botas. Com cuidado para não cair. As meias grossas de lã e as solas de couro logo aqueceriam seus pés. — Por que precisamos de uma trégua?

A mulher ficou em silêncio enquanto ele calçava a outra bota e dobrava os canos abaixo dos joelhos, e não falou até que ele tivesse amarrado os cordões da camisa e estivesse enfiando a bainha nas calças.

— Muito bem, Perrin. Se você prefere assim.

Não sabia o que aquilo significava, mas ela soou bastante determinada. De repente, ele se questionou se seu nariz o havia enganado. A mulher cheirava a indignação! Quando ele a encarou, no entanto, ela sorria de leve. Por outro lado, aqueles grandes olhos tinham um brilho raivoso.

— Os homens do Profeta começaram a chegar antes do amanhecer — avisou ela em um tom brusco. — Mas, pelo que sei, o Profeta em si ainda não apareceu. Antes que você o encontre...

— *Começaram* a chegar? — interrompeu Perrin. — Masema concordou em trazer apenas uma guarda de honra, cem homens.

— Bom, eram uns trezentos ou quatrocentos, da última vez que conferi... um exército de rufiões, qualquer homem em um raio de milhas capaz de carregar uma lança, me pareceu. E tinha mais gente vindo de todos os cantos.

Perrin vestiu o casaco às pressas e prendeu o cinto por cima, pendurando o pesado machado no quadril. Ele sempre parecia pesar mais do que deveria.

— Pois isso é o que vamos ver! Que a Luz me queime, mas não vou deixar os vermes assassinos dele me atrasarem!

— Os *vermes* dele são apenas uma inconveniência comparados ao homem em si. O perigo é Masema. — A voz dela era calma, mas um medo mal controlado permeava seu cheiro. Era sempre assim quando ela falava de Masema. — As irmãs e as Sábias têm razão nesse assunto. Se você precisa de mais provas do que os próprios olhos, ele vem se encontrando com os Seanchan.

Isso o atingiu feito uma martelada, ainda mais depois que Balwer lhe notificara das batalhas em Altara.

— Como você sabe disso? Foram seus caçadores de ladrões?

Ela tinha dois, trazidos de Mayene, e os enviava atrás de notícias em cada cidade ou vilarejo. Os dois juntos não descobriam metade das informações de Balwer. Ou Berelain não lhe contava tudo.

Ela balançou a cabeça de leve, pesarosa.

— Os... seguidores de Faile. Três nos alcançaram logo antes do ataque dos Aiel. Eles tinham conversado com homens que viram uma grande criatura alada pousando. — Berelain estremeceu de modo um tanto ostensivo, mas sincero, segundo seu cheiro. Não era de surpreender; ele já vira aqueles bichos uma vez, e pareciam-se tanto com uma Cria da Sombra quanto um Trolloc. — Uma criatura carregando um passageiro. Eles a rastrearam até Abila, até Masema. Não acredito que tenha sido o primeiro encontro deles. Para mim, soou como algo habitual.

De repente, os lábios dela se curvaram em um sorriso meio sedutor, meio irônico. Dessa vez seu aroma combinava com sua expressão.

— Foi indelicadeza sua me deixar pensar que aquele seu secretário magricela estava levantando mais informações do que meus caçadores de ladrões, quando você tem dezenas de espiões disfarçados de seguidores de Faile. Admito que fui enganada. Estou sempre sendo surpreendida por você. Por que essa cara de susto? Achou mesmo que podia confiar em Masema, depois de tudo que vimos e ouvimos falar?

A expressão de Perrin não tinha a ver com Masema. Aquela informação podia ser muito importante, ou não valer de nada. Talvez o homem achasse que podia converter os Seanchan ao Lorde Dragão também. Ele era louco o bastante para isso. Mas... Faile mandara aqueles tolos *espionarem*? Infiltrarem-se em Abila? E só a Luz sabia onde mais. Claro, ela sempre afirmara que espionagem era o papel de uma esposa, mas ouvir fofocas em um palácio era uma coisa, aquilo ali era outra história. Ela podia ao menos ter contado a ele. Ou mantivera segredo porque seus seguidores não eram os únicos metendo o nariz onde não deviam? Seria bem a cara dela. Faile tinha mesmo o temperamento de um falcão. Era bem capaz de achar espionagem divertido. Não, não ia se irritar com ela, com certeza não naquele momento. Pela Luz, ela era capaz *mesmo* de achar divertido.

— Fico contente que você saiba ser discreto — murmurou Berelain. — Não pensei que fosse da sua natureza, mas a discrição é um bom talento. Ainda mais agora. Meus homens não foram mortos pelos Aiel, a menos que os Aiel tenham passado a usar arcos e machados.

Ele ergueu bruscamente a cabeça e, sem conseguir se conter, lançou a ela um olhar furioso.

— E você menciona isso assim? Tem mais alguma coisa que se esqueceu de me contar? Algo que possa ter lhe fugido da cabeça?

— Você ainda pergunta? — Ela quase riu. — Eu teria que ficar completamente nua para revelar mais do que já revelei. — Berelain ergueu os braços e se contorceu de leve, feito uma serpente, como se quisesse enfatizar o argumento.

Perrin rosnou, aborrecido. Faile estava desaparecida, só a Luz sabia se continuava viva — Luz, que ela estivesse viva! —, e Berelain escolhia *aquele* momento para se oferecer mais do que nunca? Mas ela era assim mesmo. Devia ficar grato pela mulher ter agido com decência por tempo o bastante para ele terminar de se vestir.

Berelain correu a ponta do dedo pelo lábio inferior enquanto o observava com ar pensativo.

— Apesar dos rumores que possa ter ouvido, você seria apenas o terceiro homem a compartilhar minha cama.

Os olhos dela estavam... ardentes... mas seu tom era o de quem dizia que ele era o terceiro homem com quem falava naquele dia. O cheiro dela... A única comparação que lhe ocorreu foi um lobo observando uma corça enredada em um espinheiro.

— Os outros dois foram por política. Você será por prazer. De muitas maneiras — concluiu ela, com um toque surpreendentemente feroz.

Foi nesse momento que Rosene entrou na tenda em uma lufada de ar frio, seu manto azul jogado para trás, carregando uma bandeja oval prateada coberta com linho branco. Perrin fechou a boca, rezando para que ela não tivesse entreouvido. Berelain sorria, despreocupada. A mulher robusta apoiou a bandeja na mesa maior, então segurou as saias listradas de azul e dourado e fez uma profunda reverência para Berelain, depois uma mais curta para ele. Seus olhos escuros se demoraram em Perrin por um momento e ela sorriu, tão satisfeita quanto sua senhora, antes de recolher seu manto e voltar a sair apressada a um pequeno gesto de Berelain. Ela tinha, sim, entreouvido. A bandeja exalava um aroma de ensopado de carneiro e vinho com especiarias que fez a barriga de Perrin voltar a roncar, mas ele teria se recusado a ficar para comer mesmo que estivesse com as duas pernas quebradas.

Jogando o manto sobre os ombros, ele saiu a passos largos para a neve que caía suavemente, ainda calçando as luvas. Nuvens escuras encobriam o sol, mas, pela luz, já estavam algumas horas manhã adentro. Trilhas de neve batida cruzavam o terreno, mas o fluxo branco caindo do céu se empilhava nos galhos nus e recobria as árvores perenes. A tempestade ainda estava longe de acabar. Luz, como essa mulher falava com ele desse jeito? Por que ela faria isso, e naquele momento?

— Lembre-se — disse Berelain atrás dele, sem qualquer esforço para baixar a voz. — Discrição.

Com uma careta, ele acelerou o passo. A dez passadas da enorme tenda listrada, Perrin se deu conta de que não perguntara onde estavam os homens de Masema. Ao redor, Guardas Alados se aqueciam junto de fogueiras, usando armadura e manto, e mantendo seus cavalos selados por perto. As lanças estavam à mão; pontas cônicas de aço enfeitadas com borlas vermelhas ao vento. Apesar das árvores, era possível traçar uma linha reta entre qualquer fileira daquelas fogueiras, e até o tamanho delas era tão similar quanto humanamente possível. As carroças de suprimentos que tinham adquirido no caminho para o sul estavam todas carregadas, os cavalos arreados, e também organizados em fileiras rígidas.

As árvores não ocultavam a encosta da colina. Homens de Dois Rios ainda montavam guarda lá em cima, mas suas tendas tinham sido desmontadas, e Perrin via animais de carga já preparados. Pensou ver também um casaco negro; um dos Asha'man, embora não identificasse qual. Entre os ghealdanianos, grupos de soldados encaravam o topo da colina, mas no geral pareciam tão prontos quanto os mayenenses. Os dois acampamentos tinham até uma organização similar. Porém, em lugar algum Perrin viu sinal de que milhares de homens estivessem se reunindo; não havia nem uma trilha de neve pisoteada que pudesse seguir. Na verdade, não havia qualquer pegada no caminho entre os acampamentos. Se Annoura estava com as Sábias, então já devia estar naquela colina há algum tempo. Sobre o que estariam conversando? Provavelmente sobre uma forma de assassinar Masema sem que ele descobrisse que elas tinham sido as responsáveis. Perrin olhou de relance para a tenda de Berelain, mas a ideia de voltar lá lhe causava calafrios.

Outra tenda, listrada e menor, permanecia montada perto; pertencia às criadas de Berelain. Apesar de estar nevando, Rosene e Nana estavam sentadas em banquinhos na frente da barraca, usando seus mantos com capuz e aquecendo as mãos em uma pequena fogueira. Parecidas, nenhuma das duas era bonita, mas estavam acompanhadas, o que provavelmente era o motivo de não estarem dentro da tenda, encolhidas ao redor de um braseiro. Era improvável que Berelain esperasse de suas criadas mais decência do que exigia de si mesma. Via de regra, seus caçadores de ladrões mal falavam mais que três palavras seguidas, ao menos perto de Perrin, mas estavam felizes e animados conversando com Rosene e Nana. Vestidos de maneira simples, a dupla era tão discreta que nem mesmo esbarrando em um deles na rua seria possível notá-los. Perrin ainda nem sabia identificar qual era Santes e qual era Gendar. Uma pequena caldeira a um canto do fogo cheirava a ensopado de carneiro; ele tentou ignorar, mas sua barriga roncou.

A conversa parou quando Perrin chegou perto e, antes que alcançasse a fogueira, Santes e Gendar olharam dele para a tenda de Berelain, suas expressões completamente neutras, depois recolheram seus mantos e saíram apressados, evitando seus olhos. Rosene e Nana olharam de Perrin para a tenda e abafaram risinhos nas mãos em concha. Ele não sabia se corava ou gritava.

— Por acaso vocês sabem onde os homens do Profeta estão se reunindo? — perguntou ele. Foi difícil manter a voz calma diante daqueles sorrisinhos e sobrancelhas arqueadas. — Sua senhora se esqueceu de me informar.

A dupla se entreolhou por baixo dos capuzes e voltou a abafar risadinhas nas mãos. Perrin se perguntou se seriam duas desmioladas, mas duvidava que Berelain tolerasse duas miolo-moles por perto durante muito tempo.

Depois de muitos risinhos entremeados com olhares rápidos para ele, de uma para a outra, e para a tenda de Berelain, Nana disse que não tinha certeza absoluta, mas achava que era para lá, apontando vagamente para sudoeste. Rosene afirmou ter ouvido sua senhora mencionar que não estavam a mais de duas milhas dali. Ou talvez três. Ainda estavam rindo quando ele se afastou. Talvez tivessem mesmo cérebros de galinha.

Perrin contornou a colina com passos cansados, pensando sobre o que tinha de fazer. A neve alta sobre a qual precisou chapinhar após sair do acampamento mayenense não ajudou a melhorar seu mau humor. As conclusões a que chegou também não. E só ficou mais amargurado ao alcançar o acampamento de seu próprio povo.

Tudo estava de acordo com suas ordens. Cairhienos encapuzados estavam sentados nos carroções abastecidos, com as rédeas ao redor dos pulsos ou debaixo das coxas, e outras figuras atarracadas moviam-se entre as fileiras de cavalos, acalmando os animais encabrestados. Os homens de Dois Rios que não estavam de guarda no topo da colina estavam agachados ao redor de uma dúzia de pequenas fogueiras espalhadas entre as árvores, vestidos para a cavalgada e segurando as rédeas de suas montarias. Não eram organizados como os soldados dos outros acampamentos, mas tinham encarado Trollocs e Aiel. Cada homem tinha seu arco às costas e uma aljava cheia no quadril, às vezes acompanhada de uma espada ou uma espada curta. Por um milagre, Grady estava ao redor de uma das fogueiras. Os dois Asha'man em geral mantinham certa distância dos outros homens, e vice-versa. Ninguém conversava, concentrados em permanecer aquecidos. Os rostos graves informaram a Perrin que Jondyn ainda não havia retornado, nem Gaul, nem Elyas nem ninguém. Ainda existia uma chance de que voltassem com Faile. Ou pelo menos descobrissem onde ela estava. Por um momento, pareceu que aqueles seriam os únicos pensamentos positivos que teria pelo resto do dia. A Águia Vermelha de Manetheren e seu estandarte de Cabeça de Lobo pendiam sob a neve no alto de dois postes apoiados em uma carroça.

Planejara usar aqueles estandartes com Masema assim como os usara no caminho para o sul, escondendo-se em plena vista. Se um homem era louco o bastante para reclamar as antigas glórias de Manetheren, ninguém queria saber, ninguém investigava os motivos de esse homem estar marchando com um pequeno exército, e contanto que não se demorasse, ficavam contentes em deixá-lo passar sem ser incomodado. As nações já tinham problemas suficientes para irem atrás de mais um. Que outra pessoa lutasse, sangrasse e perdesse homens que seriam necessários quando chegasse a hora do plantio de primavera. As fronteiras de Manetheren costumavam se estender quase até onde agora ficava Murandy, e com sorte ele teria chegado a Andor, que estava sob o domínio firme de Rand, antes de precisar abrir mão daquela farsa. Isso agora havia mudado, e Perrin sabia o preço da mudança. Um preço muito alto. Estava preparado a pagar, só que não seria ele a sofrer os custos. No entanto, teria pesadelos.

Capítulo 6

O cheiro da loucura

Perrin procurou por Dannil sob a neve que caía e o encontrou junto a uma das fogueiras, montada entre os cavalos. O homem se empertigou e recuou para abrir espaço para ele. Sem saber se deveriam oferecer condolências, os homens mal o encaravam, e, se encaravam, desviavam rápido o olhar, escondendo o rosto sob os capuzes.

— Vocês sabem onde estão os homens de Masema? — perguntou ele, e precisou abafar um bocejo atrás da mão. Seu corpo queria dormir, mas não havia tempo.

— A umas três milhas a sudoeste daqui — respondeu Dannil em um tom amargo, alisando o bigode com irritação. Então aquelas miolo-moles tinham razão, afinal. — Chegaram feito patos migrando para a Floresta das Águas no outono, e parte deles tem cara de quem arrancaria o couro da própria mãe.

Lem al'Dai, um sujeito de rosto comprido, cuspiu de desprezo por entre a fresta nos dentes que conseguira em uma briga com o guarda de um mercador de lã, muitos anos antes. Lem gostava de lutas corpo a corpo, e parecia doido para arrumar confusão com os seguidores de Masema.

— Eles arrancariam mesmo, se Masema mandasse — disse Perrin em voz baixa. — É bom lembrar todo mundo disso. Ficaram sabendo que os homens de Berelain morreram? — Dannil assentiu, tenso, e alguns dos outros homens se remexeram e soltaram resmungos irritados. — Só para vocês saberem. Ainda não há prova de nada.

Lem bufou, e os outros fizeram expressões tão sombrias quanto a de Dannil. Tinham visto os cadáveres que os seguidores de Masema deixavam para trás.

A neve estava aumentando, flocos pesados pontilhando o manto dos homens. Os cavalos mantinham os rabos encolhidos contra o frio. Em algumas horas, aquilo evoluiria para outra nevasca, se não antes. Não era o clima ideal para abandonar o calor de uma fogueira. Não era o clima ideal para viajar.

— Mande todo mundo descer da colina e rumar para o local da armadilha — ordenou ele.

Essa era uma das coisas que havia decidido durante a caminhada. Já estava muito atrasado, não importava o que ou quem rondava por aí. Os Aiel renegados já estavam muito à frente, e se estivessem partindo em qualquer direção além de sul ou leste, alguém já o teria notificado àquela altura. Àquela altura, estariam esperando que ele estivesse no encalço.

— Vamos cavalgar até que eu tenha uma ideia melhor de para onde vamos, então Grady ou Neald abrirão um Portão até lá. Mande alguns homens avisarem Berelain e Arganda. Quero os mayenenses e os ghealdanianos em movimento também. Mande batedores, e flanqueadores, e avise para não se distraírem procurando Aiel a ponto de esquecerem que tem outras pessoas por aí prontas para nos matarem. Não quero dar de cara com nenhum problema sem saber de antemão. E peça às Sábias para ficarem perto de nós.

Não duvidava que Arganda tentaria interrogá-las, apesar de suas ordens. Se alguma Sábia matasse um ghealdaniano em legítima defesa, Arganda era capaz de partir para o ataque sozinho, tendo jurado lealdade ou não. Perrin tinha o pressentimento de que precisaria de todos os soldados que pudesse reunir.

— Fale com toda a firmeza que ousar.

Dannil vinha recebendo calmamente a enxurrada de comandos, mas fez uma careta nervosa com o último. Era provável que tivesse tanta coragem de falar duro com as Sábias quanto tinha de falar com o Círculo das Mulheres, em casa.

— Como desejar, Lorde Perrin — respondeu ele, tenso, fazendo uma saudação antes de subir em sua sela de patilha alta e começar a gritar ordens.

Enquanto os homens ao redor corriam para seus cavalos, Perrin agarrou a manga de Kenly Maerin no momento que o jovem tinha apenas um pé no estribo e pediu a ele para selar e trazer Galope. Sorrindo, Kenly *também* levou os nós dos dedos à testa em saudação.

— Como quiser, Lorde Perrin. É pra já.

Perrin grunhiu em pensamento enquanto Kenly partia rumo aos cavalos amarrados, puxando seu capão marrom atrás de si. O rapazote não devia deixar a barba crescer se era para ficar coçando o tempo todo. Já era toda desgrenhada sem isso.

Enquanto esperava o cavalo, aproximou-se do fogo. Faile dizia que ele tinha que aceitar as pessoas o chamando de "Lorde Perrin", as reverências e a bajulação, e na maior parte do tempo ele conseguia ignorar tudo isso, mas naquele dia era mais uma gota de amargor. Sentia o abismo entre ele e seus homens se alargando, e parecia ser o único querendo atravessá-lo. Gill o encontrou resmungando sozinho enquanto aquecia as mãos nas chamas.

— Desculpe incomodá-lo, milorde — disse ele, se curvando e tirando brevemente o chapéu para revelar a cabeça quase calva.

O chapéu logo voltou ao lugar para protegê-lo da neve. Criado na cidade, Gill sentia muito o frio. O homem robusto não era um adulador — poucos taverneiros de Caemlyn o eram —, mas parecia apreciar certa dose de formalidade. Faile sem dúvida estava satisfeita ao ver como ele se adaptara a seu novo cargo.

— É o jovem Tallanvor. Ele selou o cavalo e partiu à primeira luz. Disse que o senhor lhe deu permissão para isso, caso... caso as equipes de busca ainda não tivessem voltado ao amanhecer. Mas fiquei na dúvida, já que o senhor não deixou mais ninguém partir.

Aquele tolo. Tallanvor sempre agira como um soldado experiente, embora nunca tivesse dado detalhes de seu histórico, mas ir sozinho atrás dos Aiel era o mesmo que uma lebre querer caçar doninhas. *Pela Luz, eu queria ter ido com ele! Não devia ter dado ouvidos ao que Berelain disse sobre armadilhas.* Mas houvera outra arapuca. Os batedores de Arganda podiam levar ao mesmo fim. Precisava partir. Precisava.

— Sim — respondeu em voz alta. — Eu disse que ele podia ir. — Caso negasse, depois precisaria lidar com a questão. Lordes tinham que fazer esse tipo de coisa. Se um dia voltasse a ver o homem vivo. — Você também parece querer sair à caça.

— Eu... tenho muito afeto por Maighdin, milorde — respondeu Gill.

Sua voz tinha um tom discreto e digno, além de um pouco tenso, como se Perrin tivesse insinuado que ele era velho e gordo demais para a tarefa. O homem decerto cheirava a aborrecimento, todo eriçado e intenso, embora seu rosto corado pelo frio permanecesse neutro.

— Não como Tallanvor, nada do tipo... mas tenho muito afeto por ela. E por Lady Faile, é claro — acrescentou ele às pressas. — É só que parece que conheço Maighdin a vida inteira. E ela não merece nada disso.

Perrin suspirou, seu hálito virando névoa.

— Eu entendo, Mestre Gill.

E entendia. Também queria resgatar a todos, mas sabia que, se precisasse escolher, escolheria Faile e abandonaria os outros. Abandonaria tudo para salvá-la. O ar estava carregado do cheiro de cavalo, mas Perrin farejou outra pessoa irritada e olhou por cima do ombro.

Lini o encarava com um olhar fulminante do meio da confusão, movendo-se apenas o bastante para evitar ser acidentalmente atropelada pelos homens que corriam para formar filas irregulares. Uma mão ossuda agarrava a barra do manto, e a outra segurava um porrete de bronze quase do tamanho de seu braço. Era um milagre que a mulher não tivesse partido com Tallanvor.

— Você terá notícias assim que eu tiver — prometeu Perrin a ela.

Um ronco vindo de sua barriga lembrou-o súbita e bruscamente do ensopado que recusara. Quase sentia o gosto de carneiro e lentilhas. Outro bocejo fez sua mandíbula se mover.

— Perdão, Lini — disse ele quando se recompôs. — Não dormi muito na noite passada. Nem comi. Tem comida? Pão, e qualquer coisa simples?

— Faz tempo que o pessoal comeu — rebateu ela. — As sobras já se foram, as panelas foram lavadas e guardadas. Se ficar provando de vários pratos, vai acabar com uma bela dor de barriga. Ainda mais quando o prato não é seu.

A mulher saiu resmungando, ainda o encarando de cara feia enquanto se afastava, olhando emburrada para todos.

— De vários pratos? — murmurou Perrin. — Não comi nenhum; o problema é esse, não dor de barriga.

Lini estava cruzando o acampamento, abrindo caminho entre cavalos e carroças. Três ou quatro homens falaram com ela no caminho, e Lini ladrou para todos eles, chegando a balançar o porrete para os que não entendiam o recado. A mulher devia estar louca de preocupação com Maighdin.

— Ou será que foi outro dos ditados dela? Eles em geral não fazem nenhum sentido.

— Ah... bom, falando nisso, ora... — Gill ergueu o chapéu de novo, espiou dentro dele, depois o recolocou. — Eu... ah... preciso ir conferir as carroças, milorde. Garantir que está tudo pronto.

— Até um cego pode ver que as carroças estão prontas. O que houve?

Gill virou a cabeça, agitado, buscando alguma outra desculpa. Quando não encontrou nenhuma, cedeu.

— Eu... Imagino que o senhor vá ficar sabendo, mais cedo ou mais tarde — balbuciou ele. — Veja bem, milorde, Lini... — Gill respirou fundo. — Ela foi ao acampamento dos mayenenses hoje cedo, antes do nascer do sol, para ver como o senhor estava e... por que não tinha retornado. A tenda da Primeira estava escura, mas uma das criadas dela estava acordada, e disse a Lini... Insinuou... Quero dizer... Não me olhe assim, milorde.

Perrin desfez sua expressão raivosa. Tentou, ao menos. Mas a raiva permaneceu em sua voz:

— Que a Luz me queime, eu estava *dormindo*, homem. Só isso! Diga a ela!

O homem robusto foi tomado de um violento acesso de tosse.

— Eu? — arfou Gill, quando conseguiu falar. — Quer que *eu* diga a ela? Ora, ela me quebra a cabeça se eu sequer *mencionar* uma coisa dessas! Acho que aquela mulher nasceu em Far Madding durante uma tempestade. Provavelmente mandou o trovão calar a boca. E é capaz de o trovão ter obedecido.

— Você é o *shambayan*. Não deve servir só para ficar carregando carroças na neve!

Perrin queria morder alguém! Gill pareceu perceber seu estado de espírito. Com alguns murmúrios educados, ele fez uma mesura desajeitada e foi embora, enrolando-se no manto. Certamente não estava indo atrás de Lini. Gill em teoria mandava na criadagem, mas nunca em Lini. Ninguém mandava em Lini, a não ser Faile.

Carrancudo, Perrin observou enquanto os batedores partiam a cavalo sob a neve, dez homens já de olho nas árvores ao redor antes mesmo de terem saído de vista das carroças. Pela Luz, as mulheres acreditavam em qualquer coisa sobre os homens, desde que fosse algo ruim. E quanto pior fosse, mais elas comentavam. Pensara que só precisava se preocupar com Rosene e Nana, mas Lini provavelmente contara a Breane, a outra criada de Faile, logo que voltara, e àquela altura Breane com certeza tinha espalhado para todas as mulheres do acampamento. Havia várias delas entre os cavalariços e os condutores das carroças, e com as cairhienas sendo como eram, já deviam ter repassado tudo para os homens. Essas coisas não eram vistas com bons olhos em Dois Rios. Uma vez que se ganhava essa reputação, era difícil perdê-la. De repente, Perrin viu com outros olhos o gesto dos homens se afastando para lhe dar privacidade, assim como o modo inseguro como o encararam, e até mesmo o cuspe de Lem. Em sua lembrança, o sorriso de Kenly se tornou malicioso. A única luz no fim do túnel era que Faile não daria ouvidos à história. Claro que não. Com certeza não.

Kenly retornou, com passos ligeiros e trôpegos pela neve, puxando Galope e o próprio capão esguio atrás de si. Os dois cavalos odiavam o frio, as orelhas curvadas para trás e os rabos encolhidos, e o garanhão pardo sequer tentou morder a montaria de Kenly, como normalmente tentaria.

— Pare de ficar exibindo os dentes — ladrou Perrin, pegando as rédeas de Galope.

O rapaz o encarou meio desconfiado, depois se afastou lançando olhares por cima do ombro.

Resmungando em voz baixa, Perrin conferiu a sela do garanhão. Estava na hora de encontrar Masema, mas ele não montou no cavalo. Disse a si mesmo que era porque estava cansado e faminto, que só queria descansar um pouco e colocar algo na barriga, se conseguisse encontrar comida. Disse tudo isso a si mesmo, mas não parava de visualizar fazendas incendiadas e corpos enforcados à beira da estrada, homens e mulheres e crianças. Mesmo que Rand ainda estivesse em Altara, o caminho era longo. O caminho era longo, e ele não tinha escolha. Nenhuma que pudesse se obrigar a fazer.

Estava parado com a cabeça apoiada na testa de Galope quando a delegação dos jovens tolos que viviam seguindo Faile o encontrou; eram quase uma dúzia. Perrin se empertigou, exausto, desejando que a neve os enterrasse.

Selande parou junto do lombo de Galope, uma mulher baixa e esbelta, as mãos em luvas verdes na cintura e uma expressão carrancuda lhe franzindo a testa. Ela conseguia se pavonear mesmo parada. Apesar de estar nevando, seu manto estava jogado para trás de modo a facilitar o acesso à espada, expondo seis talhos coloridos na parte frontal do casaco azul-escuro. Todas as mulheres vestiam roupas masculinas e portavam espadas, e geralmente estavam duas vezes mais dispostas a usá-las do que os homens, o que não era pouco. Tanto homens quanto mulheres eram desconfiados e arrumariam duelos todo dia se Faile não os impedisse. Todo o grupo junto de Selande cheirava a uma mistura de raiva, mau humor, aborrecimento e petulância, um aroma que fez o nariz de Perrin pinicar.

— Vejo você, Lorde Perrin — disse Selande em tom formal naquele sotaque forte de Cairhien. — Estamos nos preparando para partir, mas ainda assim não nos entregaram nossos cavalos. Poderia resolver esse problema? — Ela fez a pergunta soar como uma exigência.

Ela o via mesmo? Perrin desejava não a estar vendo.

— Os Aiel caminham — rosnou ele, então abafou um bocejo, sem nem se importar com os olhares duros que recebeu em resposta. Tentou parar de pensar no sono. — Se não querem caminhar, podem ir nas carroças.

— Você não pode fazer isso! — declarou uma das tairenas, cheia de altivez, uma das mãos na barra do manto e a outra no punho da espada. Medore era alta, com olhos azul-claros em um rosto negro, e chegava bem perto de ser bela. As bufantes mangas de listras vermelhas do seu casaco não caíam nada bem com seu busto avantajado. — Asarrubra é minha montaria favorita! Não vão tomá-la de mim!

— Terceira vez — disse Selande, misteriosa. — Quando pararmos, hoje à noite, vamos conversar sobre sua *toh*, Medore Damara.

Em teoria, o pai de Medore, Astoril, estava velho e já tinha se aposentado e se retirado para sua casa de campo muitos anos antes, mas ainda era um grão-lorde. Levando isso em consideração, a filha do homem possuía uma posição muito mais elevada que Selande, que vinha de uma casa nobre desimportante de Cairhien. Mesmo assim, Medore engoliu em seco e seus olhos se arregalaram como se esperasse ser esfolada viva.

De súbito, Perrin não suportava mais aqueles idiotas e suas baboseiras de ficar imitando os Aiel, toda aquela estapafúrdia de gente rica.

— Quando vocês começaram a servir de espiões para a minha esposa? — indagou ele.

O grupo ficou tão rígido quanto blocos de gelo.

— De vez em quando cumprimos algumas pequenas tarefas, a pedido de Lady Faile — respondeu Selande após uma longa pausa, em um tom bem cuidadoso.

O cheiro deles emanava cautela. O grupo inteiro tinha o odor de raposas suspeitando que um texugo tivesse invadido sua toca.

— Minha esposa estava mesmo caçando, Selande? — rosnou Perrin, agitado. — Ela nunca quis sair em caçadas antes.

A raiva rugia dentro dele, labaredas alimentadas por todos os eventos do dia. Afastou Galope com uma das mãos e se aproximou da mulher, assomando sobre ela. O garanhão balançou a cabeça, intuindo o humor do dono. Segurava as rédeas tão apertado que sua mão doía sob a manopla.

— Ou ela saiu para se encontrar com um de vocês, que estava voltando de Abila? Ela foi sequestrada por causa dessa maldita espionagem?

Aquilo não fazia sentido, e Perrin soube disso assim que as palavras saíram de sua boca. Faile poderia conversar com eles em qualquer lugar. E nunca teria combinado de encontrar seus olhos-e-ouvidos — pela Luz, seus *espiões*! — na companhia de Berelain. Era sempre um erro falar sem pensar. Sabia de Masema e dos Seanchan por causa da espionagem deles. Mas queria descontar sua frustração, precisava descontar, e os homens que queria estraçalhar estavam a milhas de distância. Com Faile.

Selande encarou sua raiva de frente, seus olhos se estreitando até virarem fendas. Ela ajeitou a pegada no punho da espada, e não foi a única.

— Nós morreríamos por Lady Faile! — cuspiu ela. — Não fizemos nada para colocá-la em perigo! Juramos lealdade a ela com o juramento de água!

Juraram lealdade a *ela*, não a ele, o tom de Selande acrescentava. Ele devia pedir desculpas. Sabia que sim. Em vez disso, respondeu:

— Vou deixar que peguem seus cavalos se prometerem obedecer a mim e não tomar nenhuma decisão precipitada. — "Precipitada" não era a palavra certa para aquele grupo. Eram capazes de saírem correndo sozinhos assim que descobrissem onde estava Faile. Eram capazes de fazer com que Faile acabasse morta. — Quando a encontrarmos, eu vou decidir como resgatá-la. Se o seu juramento de água disser qualquer coisa diferente, é melhor dar um jeito nele, ou eu vou dar um jeito em vocês.

Selande contraiu o maxilar e franziu ainda mais o cenho, mas por fim disse "De acordo!", como se as palavras lhe tivessem sido arrancadas. Um dos tairenos, um sujeito narigudo chamado Carlon, grunhiu em protesto, mas Selande ergueu um dedo e ele se calou. Com aquele queixo fino, ele provavelmente estava arrependido de ter raspado a barba. A mulherzinha tinha o restante daqueles tolos comendo na palma da mão, o que não a tornava menos tola que eles. Juramento de água, ora essa! Ela não desviou os olhos de Perrin.

— Vamos lhe obedecer até que Lady Faile retorne. Então voltaremos a obedecer a ela. E ela decidirá nossa *toh*. — A última frase pareceu ser direcionada mais ao grupo do que a Perrin.

— Serve — respondeu ele. Tentou suavizar o tom, mas sua voz ainda saiu grave. — Sei que todos vocês são leais a ela. Respeito isso.

E era a única coisa que respeitava neles. Não foi grande coisa em termos de pedido de desculpas, e eles sabiam. A única resposta que obteve foi um grunhido de Selande e olhares duros do restante enquanto se afastavam. Que fosse. Contanto que mantivessem sua palavra. Aquele bando nunca havia arregaçado as mangas para um dia de trabalho honesto em toda a vida.

O acampamento estava se esvaziando. As carroças começaram a rumar para o sul, deslizando sobre trenós, puxadas por cavalos que deixavam trilhas fundas, embora os trenós em si criassem apenas sulcos superficiais que a neve voltava a cobrir de imediato. Os últimos homens na colina estavam subindo em suas selas e se juntando aos outros, que já partiam junto das carroças. A um lado avançava o grupo das Sábias, até os *gai'shain* que guiavam os animais de carga estavam montados a cavalo. Não sabia com que firmeza Dannil ousara falar com elas, provavelmente muito pouca, mas pelo visto fora o bastante. As Sábias pareciam especialmente desajeitadas sobre as selas, se comparadas com as graciosas

Seonid e Masuri, mas não tanto quanto os *gai'shain*. Os homens e as mulheres de branco estavam cavalgando desde o terceiro dia de neve, mas ainda ficavam inclinados sobre o pomo das selas e agarrados ao pescoço ou à crina das montarias como se esperassem cair no passo seguinte. Conseguir fazê-los montar pela primeira vez exigira ordens diretas das Sábias, e alguns ainda deslizavam da sela e voltavam a caminhar, se ninguém os vigiasse.

Perrin montou em Galope, também sem ter certeza de que não iria cair. No entanto, era hora de começar aquela cavalgada, mesmo a contragosto. Mataria por um pedaço de pão. Ou de queijo. Ou de carne de coelho.

— Aiel à vista! — gritou alguém na vanguarda da coluna, e tudo parou.

Mais gritos soaram, repassando a mensagem como se todos já não tivessem ouvido, e homens sacaram seus arcos das costas. Condutores de carroças se ergueram nos assentos, espiando adiante, ou pularam para o chão e se agacharam junto aos veículos. Resmungando baixinho, Perrin cutucou os flancos de Galope com os calcanhares.

À frente da coluna, Dannil e os dois homens carregando os malditos estandartes permaneciam montados, mas uns outros trinta soldados estavam no chão, com arcos desembainhados e flechas encaixadas. Os homens segurando os cavalos dos arqueiros vagavam ali perto, apontando e tentando enxergar melhor. Grady e Neald estavam ali também, espiando adiante com expressões concentradas, mas montados com toda a calma em seus cavalos. Todos os outros fediam a agitação. Os Asha'man cheiravam apenas a... prontidão.

Perrin enxergou muito melhor do que eles o que todos tentavam ver entre as árvores; dez Aiel de véu correndo em sua direção pela neve, uma das figuras conduzindo um alto cavalo branco. Atrás vinham três homens montados, usando manto e capuz. Aqueles Aiel pareciam se mover de forma esquisita; e havia uma trouxa amarrada à sela do cavalo branco. O coração de Perrin se apertou ao se dar conta de que não era nem de longe grande o bastante para ser um cadáver.

— Baixem os arcos — disse ele. — Aquele é o cavalo de Alliandre. Devem ser do nosso grupo. Não estão vendo que são todas Donzelas?

Nenhuma das figuras era alta o bastante para ser um homem.

— Mal estou vendo que são Aiel — murmurou Dannil, olhando-o de soslaio.

Todos sabiam que Perrin enxergava muito bem; tinham até certo orgulho disso — ou costumavam ter —, mas ele procurava disfarçar *quão* bem. Naquele momento, porém, não se importou.

— São do nosso grupo — disse ele a Dannil. — Fiquem todos aqui.

Perrin cavalgou devagar na direção do grupo que se aproximava. As Donzelas começaram a baixar o véu enquanto ele chegava perto. Dentre as pessoas montadas, reconheceu o rosto negro de Furen Alharra sob o capuz profundo. Eram os três Guardiões, então; tinham voltado todos juntos. Os cavalos pareciam tão exaustos quanto Perrin se sentia, quase esgotados. Queria forçar Galope a correr, para ouvir logo o relatório. Temia ouvi-lo. Corvos já teriam estado rondando os cadáveres, e raposas, talvez texugos, e só a Luz sabia o que mais. Talvez pensassem que estavam poupando Perrin ao não trazer de volta o que tinham encontrado. Não! Faile tinha que estar viva. Tentou se concentrar nesse pensamento, mas era tão doloroso quanto agarrar uma lâmina afiada com a mão nua.

Ao desmontar diante deles, Perrin cambaleou e precisou agarrar a sela para não cair. Exceto pela dor daquele pensamento, sentia-se entorpecido. Ela tinha que estar viva. Por algum motivo, pequenos detalhes tomavam grandes proporções. Não era apenas uma trouxa amarrada à sela ornamentada, mas várias pequenas trouxas que pareciam retalhos amontoados. As Donzelas usavam sapatos de neve improvisados com vinhas e galhos de pinheiro ainda cheios de agulhas. Por isso estavam se movendo de modo estranho. Jondyn devia ter ensinado a elas como fazê-los. Tentou se concentrar. Seu coração parecia prestes a explodir pelas costelas.

Segurando lança e broquel na mão esquerda, Sulin pegou uma das pequenas trouxas de retalhos da sela antes de se aproximar dele. A cicatriz rosada que percorria a bochecha enrugada se franziu quando ela abriu um sorriso.

— Boas notícias, Perrin Aybara — disse ela baixinho, entregando a ele o tecido azul-escuro. — Sua esposa está viva.

Alharra trocou um olhar com o outro Guardião de Seonid, Teryl Wynter, que franziu o cenho. O de Masuri, Rovair Kirklin, tinha o olhar fixo à frente. Estava óbvio que eles não tinham tanta certeza de que as notícias fossem boas.

— Os outros seguiram em frente para ver o que mais conseguem descobrir — continuou Sulin. — Embora já tenhamos encontrado esquisitices o bastante.

Perrin deixou a trouxa se abrir em suas mãos. Era o vestido de Faile, retalhado na frente e nas mangas. Ele inspirou fundo, absorvendo o cheiro de Faile, os vestígios fracos de seu sabonete floral, um toque de seu perfume, mas principalmente o cheiro dela. E nenhum sinal de sangue. As outras Donzelas o rodearam, em sua maioria mulheres mais velhas com rostos duros, embora nenhum tão duro quanto o de Sulin. Os Guardiões desmontaram, sem dar sinais de que haviam passado a noite inteira na sela, mas permaneceram atrás das Aiel.

— Todos os homens foram mortos — disse a mulher magra. — Mas, pelos trajes que encontramos, Alliandre Kigarin, Maighdin Dorlain, Lacile Aldorwin, Arrela Shiego, e mais duas foram tomadas como *gai'shain*.

As outras duas deviam ser Bain e Chiad; mencioná-las pelo nome, apontar que haviam sido capturadas, as envergonharia. Já aprendera um pouco sobre os Aiel.

— Isso vai contra os costumes, mas as protege — continuou Sulin.

Wynter franziu a testa, o que tentou esconder ao ajustar o capuz.

Os rasgos eram cortes precisos, como os feitos para esfolar um animal. De repente, Perrin se deu conta de que alguém havia arrancado as roupas de Faile!

— Só levaram as mulheres? — Sua voz tremia.

Uma jovem Donzela de rosto redondo, chamada Briain, balançou a cabeça.

— Acredito que três homens também teriam sido feitos de *gai'shain*, mas eles resistiram demais e foram mortos com uma adaga ou uma lança. Os outros foram mortos por flechas.

— Não é o que você está pensando, Perrin Aybara — disse Elienda às pressas, sobressaltada. Alta, de ombros largos, a mulher tinha um ar quase maternal, embora Perrin já a tivesse visto derrubar um homem com um soco. — Ferir um *gai'shain* é como ferir uma criança, ou um ferreiro. Foi errado levarem aguacentas, mas não acredito que desrespeitem *tanto assim* os costumes. Tenho certeza de que, se elas forem submissas até serem resgatadas, nem sequer serão punidas. Outras pessoas vão ensinar a elas como se comportar.

Outras pessoas; Bain e Chiad outra vez.

— Em que direção eles foram? — perguntou ele.

Será que Faile conseguiria ser submissa? Não era capaz de imaginar. Que ela ao menos tentasse, até ele a alcançar.

— Quase sul — respondeu Sulin. — Bem mais para sul do que para leste. Depois que a neve encobriu as pegadas, Jondyn Barran encontrou outros rastros. É isso que o resto do grupo está seguindo. Eu acredito nele. O homem vê muita coisa, como Elyas Machera. E há muita coisa para se ver.

Sulin prendeu sua lança atrás do arco que levava às costas, depois pendurou o broquel no cabo de sua pesada faca de cinto. Ela moveu rapidamente os dedos na linguagem gestual e Elienda desatou uma segunda trouxa mais volumosa e a entregou à mulher.

— Tem muita gente por aí, Perrin Aybara, e muitas coisas estranhas. Acho que você precisa ver isso aqui primeiro. — Sulin desdobrou outro vestido rasgado; um verde, que ele achava ser de Alliandre. — Encontramos essas coisas no local onde sua esposa foi capturada.

Dentro do embrulho estavam amontoadas quarenta ou cinquenta flechas Aiel. As hastes das flechas tinham manchas escuras e ele farejou sangue seco.

— Taardad — disse Sulin, pegando uma das flechas e jogando-a no chão. — Miagoma. — Ela jogou mais duas. — Goshien. — Essa provocou uma careta; ela era Goshien.

A mulher foi nomeando todos os clãs, um a um, exceto pelos Shaido, jogando as flechas no chão até que cerca de metade da pilha estivesse espalhada ao redor dela. Então ergueu o vestido retalhado que continha o resto das flechas e as derrubou todas.

— Shaido — disse Sulin em tom deliberado.

Apertando o vestido de Faile contra o peito — o cheiro dela ao mesmo tempo aliviara e piorara a dor em seu coração —, Perrin franziu o cenho para as flechas amontoadas no chão. Algumas já estavam semienterradas pela neve que não parava de cair.

— São muitas dos Shaido — respondeu ele, por fim.

Os Shaido supostamente estavam aglomerados em Adaga do Fratricida, a quinhentas léguas de distância. Mas se alguma Sábia deles tivesse aprendido a Viajar... Talvez até um dos Abandonados... Luz, estava devaneando feito um tolo — o que um Abandonado teria a ver com aquela história? —, devaneando quando precisava raciocinar. Seu cérebro estava tão cansado quanto o resto do corpo.

— Os outros são homens que se recusaram a aceitar Rand como *car'a'carn*. — Aquelas cores malditas surgiram em sua mente. Ele não tinha tempo para nada além de Faile. — Eles se juntaram aos Shaido.

Algumas Donzelas desviaram os olhos. Elienda o encarou com raiva. Elas sabiam que era verdade, mas era uma daquelas coisas que os Aiel não mencionavam em voz alta.

— Quantos você acha que são, ao todo? Certamente não o clã inteiro...

Se os Shaido estivessem ali em massa, haveria muito mais do que rumores de ataques distantes. Mesmo dentre todos os outros tumultos, a notícia teria se espalhado por Amadícia.

— Acho que já é um número mais que suficiente — murmurou Wynter, bem baixinho. Não era para Perrin escutar.

Sulin vasculhou as outras trouxas amarradas à sela ornamentada e pegou uma boneca de pano vestida com o *cadin'sor*.

— Elyas Machera encontrou isto aqui pouco antes de nós voltarmos, a umas quarenta milhas daqui. — Ela balançou a cabeça e, por um instante, seu cheiro se tornou... alarmado. — Ele disse que sentiu o cheiro da boneca sob a neve.

Ele e Jondyn Barran encontraram arranhões nas árvores, que dizem ter sido causados por carroças. Muitas carroças. Se há crianças... Acho que talvez haja um ramo inteiro, Perrin Aybara. Talvez mais de um. Mesmo um único ramo terá ao menos mil lanças, e mais outras se precisarem. Qualquer homem que não seja ferreiro pode pegar em uma lança, se for necessário. Eles estão a sul daqui. Talvez a mais dias de distância do que minhas estimativas, nesta neve. Mas acredito que as pessoas que capturaram sua esposa estão indo ao encontro deles.

— Eu era um ferreiro e peguei numa lança — resmungou Perrin.

Mil, talvez mais. Ele tinha mais de dois mil, contando os Guardas Alados e os homens de Arganda. No entanto, contra os Aiel, esses números favoreceriam os Shaido. Tocou a boneca que Sulin segurava. Haveria alguma criança Aiel chorando a perda do brinquedo?

— Vamos para o sul.

Estava se virando para montar Galope quando Sulin tocou seu braço e o impediu.

— Eu disse que vimos outras coisas. Por duas vezes Elyas Machera encontrou fezes de cavalo e restos de fogueiras sob a neve. Muitos cavalos, e muitas fogueiras.

— Milhares — acrescentou Alharra. Seus olhos negros fitaram os de Perrin, e sua voz era objetiva; estava apenas relatando. — Cinco mil, talvez dez ou mais, é difícil dizer. Mas eram acampamentos militares. Os mesmos homens nos dois pontos, eu acho. Machera e Barran concordam. Sejam quem forem, estão seguindo rumo ao sul também. Talvez não tenham nada a ver com os Aiel, mas também pode ser que estejam no rastro deles.

Sulin lançou um olhar impaciente ao Guardião e retomou a fala quase sem dar espaço para a interrupção dele.

— Por três vezes vimos criaturas parecidas com as que você diz que os Seanchan usam. Uns bichos enormes com asas estriadas, levando pessoas no lombo. E por duas vezes vimos rastros desse tipo. — Ela se inclinou, pegou uma das flechas e desenhou na neve um círculo quase do tamanho de uma pata de urso, porém com seis dedos mais compridos que os de um homem. — Às vezes tinham garras — acrescentou Sulin, traçando-as, garras mais longas do que as dos enormes ursos das Montanhas da Névoa. — Eram passadas compridas. Acho que esse bicho corre muito rápido. Você sabe o que é?

Perrin não sabia — nunca tinha ouvido falar de nenhuma criatura com seis dedos, exceto pelos gatos de Dois Rios; ficara surpreso ao descobrir que os gatos de outros locais só possuíam cinco —, no entanto, tinha uma boa ideia do que poderia ser.

— Outro animal Seanchan.

Então havia tanto Seanchan quanto Shaido ao sul, além de... o quê? Mantos--brancos, ou um exército Seanchan. Não havia outras possibilidades. Confiava na informação de Balwer.

— Mesmo assim vamos para o sul.

As Donzelas o encararam como se Perrin tivesse acabado de lhes dizer que estava nevando. Montando Galope, ele se virou para a coluna de soldados. Os Guardiões seguiram em frente, puxando suas montarias cansadas. As Donzelas levaram o capão de Alliandre junto ao partirem na direção das Sábias. Masuri e Seonid estavam cavalgando ao encontro de seus Guardiões. Ele se perguntou por que elas não tinham ido se intrometer na conversa. Talvez fosse apenas para dar a Perrin certa privacidade, no caso de as notícias serem ruins. Talvez. Ele tentou encaixar todas as peças. Os Shaido, em grande quantidade. Os Seanchan. Um exército montado, fosse de Mantos-brancos ou de Seanchan. Parecia um dos quebra-cabeças que Mestre Luhhan o ensinara a fazer, com pedaços de metal retorcido de maneiras intrincadas, que se uniam e se separavam facilmente, caso se soubesse o truque. Seus pensamentos, porém, estavam lentos, tentando juntar pedaços que não se uniam de maneira alguma.

Os homens de Dois Rios já estavam montados de volta em seus cavalos quando Perrin os alcançou. Os que antes estavam no chão, com os arcos a postos, pareciam um tanto envergonhados, e o encararam de modo hesitante.

— Ela está viva — disse ele, e os homens pareceram voltar a respirar.

Todos receberam o restante das notícias com uma estranha impassividade, e alguns até assentiram, como se já esperassem algo do tipo.

— Não é a primeira vez que as chances estão contra nós — disse Dannil. — O que vamos fazer, milorde?

Perrin fez uma careta. O homem ainda estava firme feito um carvalho.

— Para começar, vamos Viajar quarenta milhas para o sul. Depois disso, veremos. Neald, vá na frente e encontre Elyas e os outros. Diga a ele o que estou fazendo. A essa altura, eles já estarão um bocado adiantados. E tome cuidado. Você não tem como dar conta de dez ou doze Sábias.

Um ramo inteiro teria pelo menos esse número de Sábias capazes de canalizar. E se fosse mais de um ramo? Era um brejo que teria de atravessar quando chegasse a hora.

Neald assentiu antes de virar seu capão na direção do acampamento, onde já decorara o terreno. Havia apenas mais algumas ordens a distribuir. Era preciso enviar cavaleiros para falar com os mayenenses e os ghealdanianos, que estariam avançando separados, já que acampavam separados. Grady achava que conseguiria decorar o terreno onde estavam antes que eles chegassem, então não haveria necessidade de retornar com Neald. Então só sobrava uma última coisa.

— Preciso encontrar Masema, Dannil — disse Perrin. — Ou pelo menos alguém que possa entregar uma mensagem a ele. Com sorte, não vou demorar.

— Vai mesmo precisar de sorte se for sozinho encontrar aquela gentalha, milorde — respondeu Dannil. — Ouvi alguns deles falando do senhor. Disseram que é uma Cria da Sombra, por causa de seus olhos. — Ele encarou os olhos dourados de Perrin, depois desviou o rosto. — Disseram que o senhor foi domado pelo Dragão Renascido, mas que ainda é Cria da Sombra. É melhor levar umas dezenas de homens para protegerem sua retaguarda.

Perrin hesitou, acariciando o pescoço de Galope. Se os seguidores de Masema realmente o considerassem uma Cria da Sombra e decidissem cuidar da questão pessoalmente, algumas dezenas de homens não bastariam. Podia ser que nem todos os homens de Dois Rios bastassem. Talvez não precisasse informar nada a Masema, apenas deixá-lo descobrir sozinho.

Seus ouvidos captaram o gorjeio de um chapim-azul nas árvores a oeste, seguido de perto por um segundo canto que todos puderam ouvir, e a decisão saiu de suas mãos. Ele teve certeza absoluta, e se perguntou se aquilo fazia parte de ser um *ta'veren*. Puxou as rédeas de Galope e aguardou.

Os homens de Dois Rios sabiam o que significava ouvir o canto daquele pássaro específico. Eram homens chegando, mais que um punhado, e não necessariamente aliados. Teria sido o canto de um tentilhão, caso fossem amigos, e o grito de alarme de um sabiá, caso fossem inimigos declarados. Dessa vez, os homens reagiram melhor. Ao longo de todo o lado oeste da coluna, um homem a cada dois desmontou do cavalo, passando as rédeas ao vizinho, então sacando o arco.

Os desconhecidos surgiram por entre as árvores esparsas, enfileirados como se quisessem parecer mais numerosos. Eram uns cem, talvez duzentos, na linha de frente, mas seu avançar lento de fato parecia ameaçador. Metade carregava lanças, não em posição de ataque, mas erguidas em prontidão. Eles se aproximaram a passos firmes. Alguns usavam armaduras, uma placa peitoral ou um elmo, mas raramente as duas coisas. Ainda assim, estavam mais bem armados do que os seguidores comuns de Masema. Um dos homens da dupla mais avançada era o próprio Masema, sua expressão fanática despontando sob o capuz do manto como um gato montanhês raivoso espiando de uma caverna. Quantas daquelas lanças tinham portado uma borla vermelha na manhã anterior?

Masema ergueu a mão para interromper a marcha de seus homens a apenas algumas passadas de Perrin. Tirando o capuz, ele correu os olhos pelos homens desmontados segurando arcos. Parecia indiferente à neve caindo em sua cabeça calva. Seu companheiro, um homem mais alto, com uma espada nas costas e outra pendurada na sela, manteve o capuz, mas Perrin achava que também tinha a cabeça raspada; o homem conseguia encarar os soldados e Masema com igual intensidade. Seus olhos escuros ardiam quase tanto quanto os do Profeta. Perrin pensou em avisar a eles que, daquela distância, um arco longo de Dois Rios seria capaz de fazer uma flecha atravessar qualquer placa peitoral e sair pelas costas do oponente. Considerou mencionar os Seanchan. Berelain havia aconselhado discrição. Talvez fosse um bom conselho, naquelas circunstâncias.

— Estavam indo ao meu encontro? — disse Masema, brusco. Até a voz do homem soava ardente. Nenhuma palavra era casual em seus lábios. Tudo que ele dizia era importante. A pálida cicatriz triangular em sua bochecha se repuxou quando ele abriu um súbito sorriso torto. Não havia qualquer calidez no gesto. — Não importa. Já cheguei. E, como você sem dúvidas já sabe, os seguidores do Dragão Renascido... que a Luz ilumine seu nome!... se recusam a ficar para trás. Não posso pedir isso deles. São servos, como eu.

Perrin visualizou uma onda de fogo correndo por Amadícia até Altara, e talvez mais além, deixando morte e devastação pelo caminho. Respirou fundo, o ar frio preenchendo seus pulmões. Faile era mais importante que tudo. Tudo! E caso ele queimasse por isso, então queimaria.

— Leve seus homens para leste. — Ficou surpreso ao perceber que sua voz estava firme. — Encontrarei com vocês quando puder. Minha esposa foi raptada por um grupo Aiel, e vou seguir para o sul para resgatá-la.

Pela primeira vez, Masema pareceu surpreso.

— Aiel? Então não são apenas rumores? — O homem olhou feio para as Sábias a um lado da coluna. — Para o sul, você diz? — Entrelaçando as mãos enluvadas sobre o pomo da sela, ele se virou para observar Perrin. O cheiro do homem era dominado pela loucura; Perrin não farejava nada além de insanidade. — Eu vou com você — disse ele por fim, como se tivesse tomado uma decisão.

Estranho, uma vez que ele parecera ansioso para chegar logo até Rand. Desde que não tivesse que usar o Poder Único para isso.

— Todos que seguem o Lorde Dragão Renascido... que a Luz ilumine seu nome!... virão junto. Matar os selvagens Aiel é realizar o trabalho da Luz.

Os olhos dele se voltaram para as Sábias e seu sorriso se tornou ainda mais frio.

— A ajuda seria bem-vinda — mentiu Perrin. Aquela ralé seria inútil contra os Aiel. Ainda assim, eram milhares. E já tinham dado conta de exércitos, ainda que não de exércitos Aiel. Uma peça daquele quebra-cabeça mudou de posição em sua mente. Não sabia explicar bem como, caindo de cansaço como estava, mas sabia que tinha mudado. De todo modo, não ia dar certo. — Mas eles estão muito adiante. Pretendo Viajar para alcançá-los, usando o Poder Único. Sei que você não aceita isso.

Murmúrios nervosos ecoaram dos homens atrás de Masema, que se entreolharam e remexeram as armas. Perrin captou xingamentos e também "olhos amarelos" e "Cria da Sombra". O segundo homem calvo olhou duro para Perrin, como se ele tivesse blasfemado, mas Masema apenas o encarava como se quisesse perfurar seu crânio e espiar lá dentro.

— *Ele* ficaria pesaroso se algo de ruim acontecesse à sua esposa — respondeu o louco, enfim. A ênfase personificava Rand tanto quanto o nome que Masema não permitia que se falasse. — Neste caso, haverá uma... licença. Apenas para encontrar sua esposa, por conta de sua amizade. Só por isso.

Ele falou com calma — tanto quanto conseguia —, mas seus olhos fundos ardiam com um fogo sombrio, seu rosto contorcido por uma raiva inconsciente. Perrin abriu a boca, então voltou a fechá-la sem dizer nada. As chances de Masema dizer o que tinha acabado de dizer eram as mesmas de o sol nascer no oeste. De repente, pensou que Faile podia estar mais segura com os Shaido do que ali, naquele momento.

Capítulo 7

As ruas de Caemlyn

A comitiva de Elayne chamava atenção ao atravessar Caemlyn por ruas que subiam e desciam acompanhando as colinas da cidade. O Lírio Dourado no busto do manto carmim forrado de pele já era suficiente para ela ser identificada pelos cidadãos da capital, mas ela mantinha o capuz para trás, emoldurando seu rosto de forma que a rosa dourada solitária do diadema da Filha-herdeira ficasse perfeitamente visível. Não era apenas Elayne, Grão-Trono da Casa Trakand, mas Elayne, a Filha-herdeira. Que todos vissem, e soubessem.

As cúpulas da Cidade Nova cintilavam em branco e ouro sob a luz clara da manhã, e sincelos brilhavam nos galhos das árvores que se sucediam no centro das ruas principais. Mesmo quase no zênite, o sol carecia de calor, apesar de um abençoado céu limpo. Por sorte, não ventava. O ar estava frio o bastante para congelar a respiração, mas, com a neve removida dos paralelepípedos até nas vias mais estreitas e sinuosas, a cidade voltava à vida, com ruas cheias e movimentadas. Carroceiros e condutores de carroções, tão atrelados ao seu trabalho quanto os cavalos entre os jugos, agasalhavam-se resignados em seus mantos enquanto avançavam devagar em sua passagem pela multidão. Um carroção-pipa imenso passou fazendo barulho, soando como se estivesse vazio, a caminho de ser reabastecido para combater os incêndios criminosos, demasiadamente frequentes. Alguns mascates e vendedores ambulantes enfrentavam o frio para ofertar suas mercadorias, mas a maioria das pessoas dava conta de seus afazeres com pressa, todas ávidas para estar num lugar fechado o quanto antes. Não que ter pressa significasse se deslocar com rapidez. A cidade pulsava, com uma população muito mais avultada do que em Tar Valon. Em meio a tanta gente, até os poucos que andavam a cavalo não se moviam mais rápido do que os que estavam a pé. Na manhã inteira, ela só tinha visto duas ou três carruagens avançando devagar pelas ruas. Se os passageiros não fossem inválidos ou ainda tivessem muitas milhas pela frente, eram burros.

Todos que avistavam Elayne e seu séquito faziam no mínimo uma pausa, alguns apontavam ou levantavam uma criança para enxergar melhor, de forma que, um dia, pudessem contar para os próprios filhos que a tinham visto. Saber se haviam estado diante da futura Rainha ou simplesmente de uma mulher que governou a cidade por um tempo é que era a questão. A maior parte das pessoas se limitava a ficar olhando, mas, aqui e ali, uma ou outra voz gritava "Trakand! Trakand!" ou até "Elayne e Andor!" enquanto ela passava. Melhor seria se tivesse havido mais vivas, mas antes o silêncio que o escárnio. Os andorianos eram um povo franco, ainda que não ao nível dos habitantes de Caemlyn. Rebeliões haviam sido deflagradas e rainhas perdido seus tronos pelo fato de essa gente externar seu descontentamento nas ruas.

Um pensamento gélido deixou Elayne arrepiada: "Quem detém Caemlyn detém Andor", dizia o antigo ditado. Não era de todo verdade, como Rand havia demonstrado, mas Caemlyn era o coração de Andor. Ela reivindicara seu direito à cidade — o Estandarte do Leão e a Pedra Angular Prateada da Casa Trakand compartilhavam um lugar de honra nas torres da muralha externa —, mas ainda não dominava o coração de Caemlyn, e isso era muito mais importante do que ter o controle físico dos edifícios de pedra e argamassa.

Um dia, todos eles vão me aclamar, prometeu a si mesma. *Vou conquistar essa aclamação*. Porém, naquelas vias abarrotadas, sentia-se solitária entre as poucas vozes que se faziam ouvir. Ela gostaria que Aviendha estivesse com ela só pela companhia, mas a Aiel não via motivo em subir num cavalo para simplesmente zanzar pela cidade. De todo modo, Elayne era capaz de senti-la. Era diferente do elo com Birgitte, mas conseguia sentir a presença de sua irmã na cidade, como se sentisse em um mesmo cômodo alguém que não estava à sua vista, e isso era reconfortante.

Seus acompanhantes já chamavam certa atenção. Depois de meros três anos como Aes Sedai, o rosto quadrado e de pele escura de Sareitha ainda não ganhara feições de idade indefinida, e ela tinha um ar de mercadora próspera com suas belas lãs cor de bronze e um broche grande de prata e safiras prendendo-lhe o manto. Seu Guardião, Ned Yarman, vinha a cavalo logo atrás e atraía olhares. Jovem, alto e de ombros largos, com olhos azuis cintilantes e cabelos cacheados louros feito milho até a altura dos ombros, trajava um manto furta-cor de Guardião que o fazia parecer uma cabeça flutuante, sem corpo, em cima de um capão alto cinzento que também não estava totalmente ali, já que o manto, em alguns pontos, caía por sobre as ancas da montaria. Não havia como não saber o que ele era nem que sua presença anunciava uma Aes Sedai. As demais, entretanto, rodeando Elayne conforme iam passando pela multidão, atraíam o mesmo número de olhares. Oito mulheres com casacos vermelhos, elmos polidos e placas peitorais da Guarda da Rainha não eram algo que se via todos os dias. Ou que já se tivesse visto, pensando bem. A própria Elayne as selecionara entre as novas recrutas exatamente por esse motivo.

A subtenente, Caseille Raskovni, de constituição firme e definida como qualquer Donzela Aiel, era a raridade das raridades, uma mulher que era guarda de mercador, com quase vinte anos no ramo, como ela dizia. Sininhos de prata na crina de seu capão ruão entroncado marcavam-na como arafeliana, embora ela fosse vaga quanto ao seu passado. A única andoriana entre as oito era uma mulher agrisalhada de feições plácidas e ombros largos, Deni Colford, que preservara a ordem numa taverna de condutores de carroção na Baixa Caemlyn, além das muralhas, mais um trabalho bruto e singular para uma mulher. Deni ainda não sabia usar a espada que levava à cintura, mas Birgitte afirmou que ela tinha mãos rápidas e olhos mais ligeiros ainda, além de ter bastante intimidade com o cassetete de uma passada de comprimento que trazia pendurado no lado oposto ao da espada. As demais eram Caçadoras da Trombeta, mulheres díspares, altas e baixas, largas e esguias, de olhar ingênuo e cabelos grisalhos, e trajetórias tão variadas quanto, embora algumas tivessem a discrição de Caseille e outras claramente insuflassem a antiga posição social que ocupavam. Nem uma atitude nem outra era incomum entre Caçadoras, que, no entanto, tinham tratado de aproveitar a oportunidade de ser alistadas nas fileiras da Guarda. Mais importante: todas haviam passado pela inspeção minuciosa de Birgitte.

— Estas ruas não são seguras para você — opinou de repente Sareitha, esporando sua montaria amendoada até posicioná-la bem ao lado do capão negro de Elayne. Coração de Fogo quase tentou morder a égua brilhosa antes de Elayne puxar as rédeas e lhe afastar a cabeça. A rua ali era estreita, comprimindo a população e obrigando as oficiais da Guarda a apertar o círculo que rodeava Elayne. O rosto da Marrom era a pura compostura de Aes Sedai, mas uma aparente preocupação crispava seu tom de voz. — Qualquer coisa poderia acontecer num sufoco como esse. Lembre-se de quem está n'O Cisne Prata, a menos de duas milhas daqui. Dez irmãs numa mesma estalagem não estão simplesmente fazendo companhia uma à outra. Elas podem muito bem ter sido enviadas por Elaida.

— Como podem também não ter sido — rebateu Elayne com toda a calma. Mais calma do que sentia. Um grande número de irmãs dava a impressão de se manter à margem e ficar esperando a contenda entre Elaida e Egwene terminar. Duas tinham ido embora d'O Cisne Prata e outras três haviam dado as caras desde a chegada dela em Caemlyn. Não dava a impressão de ser um grupo despachado em missão. Além de nenhuma ser da Ajah Vermelha, e obviamente Elaida incluiria Vermelhas. Mesmo assim, elas estavam sendo observadas da melhor forma possível, apesar de Elayne não ter informado a Sareitha. Elaida queria muitíssimo capturá-la, bem mais do que uma Aceita fugitiva ou alguém com ligações com Egwene e com aquelas a quem chamavam de rebeldes. Por quê, ela não conseguia entender. Uma rainha que era uma Aes Sedai seria um grande trunfo para a Torre Branca, mas ela não viraria rainha se fosse levada de volta a Tar Valon. Aliás, Elaida dera a ordem para trazê-la de qualquer maneira antes mesmo de que houvesse a menor possibilidade de assumir o trono pelos próximos muitos anos. Era um quebra-cabeça que a afligira mais de uma vez desde que Ronde Macura lhe empurrara aquela infusão horrível que embotava a capacidade de uma mulher canalizar. Um quebra-cabeça bastante preocupante, ainda mais àquela altura, quando estava anunciando ao mundo sua localização.

Seus olhos repousaram por alguns instantes em uma mulher de cabelo preto e manto azul com o capuz jogado para trás. A dita cuja mal olhou para ela antes de se virar na direção da loja de um fabricante de velas. Uma bolsa de pano carregada pendia de seu ombro. Não era uma Aes Sedai, Elayne estava certa. Apenas mais uma mulher que tinha envelhecido bem, como Zaida.

— Seja como for — prosseguiu com firmeza —, não vou ficar confinada por medo de Elaida.

O que as irmãs n'O Cisne Prata *estariam* tramando?

Sareitha bufou, e sem muita delicadeza. Parecia a ponto de revirar os olhos, mas então pensou melhor. Vez ou outra, Elayne detectava um olhar esquisito em uma das outras irmãs no Palácio, sem dúvida matutando a respeito de como ela havia sido criada, ainda que, pelo menos na aparência, a aceitassem como Aes Sedai e reconhecessem que estava acima de qualquer uma delas, menos de Nynaeve. O que não bastava para impedir que dissessem o que pensavam, em geral com mais franqueza do que o fariam com uma irmã na posição em que ela se encontrava e que tivesse conquistado o xale da forma mais usual.

— Então esqueça Elaida — pontuou Sareitha — e pense em quem mais gostaria de pôr as mãos em você. Basta uma pedra bem atirada, e você será um peso inconsciente, facilmente levada embora no meio dessa confusão.

Será que Sareitha precisava mesmo lhe dizer coisas tão óbvias como que a água era molhada? Afinal de contas, sequestrar postulantes ao trono era quase uma tradição. Todas as Casas que se punham contra Elayne tinham, sem dúvida, apoiadores em Caemlyn atentos a uma oportunidade. Ela comeria as próprias pantufas no almoço se estivesse errada. Não que tivessem como ser bem-sucedidos, ao menos enquanto ela fosse capaz de canalizar, mas, tendo a chance, tentariam. Elayne nunca achara que o simples fato de chegar a Caemlyn lhe garantiria segurança.

— Se eu não ousar sair do Palácio, Sareitha, nunca terei o apoio do povo — ponderou, tranquila. — Preciso que me vejam andando por aí, e sem medo. — Por isso que ela só estava com oito Guardas, em vez dos cinquenta que Birgitte sugerira. A mulher se recusava a entender as verdades da política. — Sem falar que, com você aqui, precisariam de duas pedras bastante certeiras.

Sareitha bufou de novo, mas Elayne fez de tudo para ignorar a obstinação da mulher. Gostaria de poder ignorar sua presença, mas era impossível. Tinha mais motivos para essa cavalgada do que ser vista. Halwin Norry lhe passava atualizações para dar e vender. Ainda que a voz tediosa do Primeiro Secretário quase a fizesse pegar no sono, ela queria ver com os próprios olhos. Norry poderia fazer um levante soar tão monótono quanto um relatório sobre o estado das cisternas da cidade ou as despesas da limpeza dos encanamentos.

As turbas estavam atulhadas de estrangeiros: kandorianos com barbas bifurcadas, illianenses com barbas que deixavam o lábio superior exposto, arafelianos com sininhos prateados nas tranças, domaneses com pele de cobre, altaranos de tez cor de oliva e tairenos negros, além de cairhienos que se destacavam pela baixa estatura e pele clara. Alguns eram mercadores, surpreendidos pela chegada súbita do inverno ou esperando saltar à frente da concorrência, uma gente envaidecida e de pele macia que sabia que o comércio era a força vital das nações, e todos afirmando ser uma artéria importante, mesmo quando traídos por um casaco mal tingido ou um broche de latão e vidro. Muitos dos que estavam a pé trajavam casacos surrados e maltrapilhos, calças com os joelhos esfarrapados, vestidos com as barras esfrangalhadas e mantos puídos, quando usavam. Esses eram os refugiados, os expulsos de seus lares pela guerra ou levados a sair sem rumo pela crença de que o Dragão Renascido desfizera todos os laços que os uniam. Andavam encurvados para se proteger do frio, os rostos exaustos e abatidos, e se deixavam ser atingidos pelo fluxo das outras pessoas em volta.

Observando uma mulher de olhar opaco cambalear em meio à multidão com uma criancinha agarrada no ombro, Elayne deu um jeito de encontrar uma moeda na bolsa e a entregou para uma das Guardas, uma mulher com rosto rechonchudo e olhos frios. Tzigan afirmava ser de Ghealdan, filha de um nobre menor. Bem, talvez fosse ghealdaniana, pelo menos. Quando a Guarda se inclinou para baixo para ofertar a moeda, a mulher com a criança seguiu cambaleando despreocupada, sem nem se dar conta. Havia gente demais assim na cidade. O Palácio alimentava milhares todos os dias por meio das cozinhas montadas por toda Caemlyn, mas eram muitos os que não conseguiam sequer ter energia para ir buscar uma sopa com pão. Elayne fez uma prece pela mãe e pela criança ao guardar a moeda de volta na bolsa.

— Você não tem como alimentar todo mundo — opinou Sareitha, tranquila.

— Crianças não podem passar fome em Andor — rebateu Elayne, como se baixasse um decreto. Não sabia como evitar. Ainda havia bastante comida na cidade, mas ordem nenhuma podia obrigar as pessoas a comerem.

Parte dos demais forasteiros também chegara a Caemlyn naquelas condições, homens e mulheres que não vestiam mais farrapos nem tinham semblantes apreensivos. Aquilo que os fez abandonarem seus lares às pressas, o que quer que fosse, já começava a fazê-los pensar que tinham viajado longe o bastante, e voltavam a pensar nos negócios que haviam deixado para trás, via de regra junto com tudo o que possuíam. Em Caemlyn, no entanto, qualquer um com alguma habilidade num ofício e um pouco de determinação sempre podia encontrar um banqueiro com dinheiro à mão. Novos negócios vinham aparecendo na cidade nos últimos dias. Elayne já tinha visto três relojoarias apenas naquela manhã! Só ao alcance dos olhos, havia duas lojas vendendo vidros soprados, sem falar nas quase trinta manufaturas construídas ao norte da cidade. Dali em diante, Caemlyn exportaria vidro, não mais importaria, e cristal também. A cidade agora contava com rendeiras que produziam peças tão bonitas quanto já se vira em Lugard, o que não era de se espantar, já que quase todas elas tinham vindo de lá.

Aquilo animou um pouco o espírito — os impostos a serem pagos por aqueles novos artesãos iriam ajudar, por mais que fosse demorar até que pagassem muito —, mas eram outras pessoas, em meio àquelas multidões, que continuavam lhe chamando a atenção. Estrangeiros ou andorianos, os mercenários eram facilmente identificados, homens de expressão severa portando espadas e desfilando cheios de si até quando o aperto os obrigava a seguir a passo de tartaruga. Os guardas dos mercadores também andavam armados, sujeitos rudes que davam ombradas na maior parte dos homens que se metiam em seu caminho, mas que pareciam contidos e sóbrios se comparados aos primeiros. E, no geral, ostentavam menos cicatrizes. Os mercenários pontilhavam a turba feito uvas-passas num bolo. Com tantas opções para lançar mão, e com o emprego invernal de suas habilidades sempre com pouca demanda, Elayne achava que eles não custariam tão caro. A menos, como temia Dyelin, que lhe custassem Andor. Ela tinha que dar algum jeito de encontrar homens em quantidade suficiente para que os estrangeiros não fossem maioria na Guarda. Além de dinheiro para remunerá-los.

De repente, ela tomou consciência de Birgitte. A outra mulher estava irritada — como de costume, nos últimos tempos — e vinha se aproximando. Irritadíssima, e bastante rápido. Uma combinação nefasta, que fazia todos os alarmes na mente de Elayne soarem.

No mesmo instante, ela ordenou o retorno ao Palácio pela rota mais curta — seria por onde Birgitte estava vindo e o elo a levaria direto a Elayne —, e todos viraram ao sul na curva seguinte, na Rua da Agulha. Era até uma via bem larga, embora serpenteasse que nem um rio, descendo por uma colina e subindo a outra, mas que, várias gerações antes, abrigara uma porção de fabricantes de agulhas. Àquela altura, umas poucas pequenas estalagens e tavernas se amontoavam em meio a cuteleiros, alfaiates e todo tipo de oficina, menos de fabricantes de agulhas.

Antes que tivessem chegado à Cidade Interna, Birgitte encontrou o grupo subindo a Travessa do Pereiro, onde um punhado de vendedores de frutas resistia em lojas herdadas desde os tempos de Ishara, ainda que houvesse muito pouco a ser ofertado naquela época do ano. Apesar da multidão, a arqueira apareceu a meio galope, o manto vermelho esvoaçando às costas, dispersando as pessoas à sua frente para um lado e para o outro, só desacelerando seu cinzento esguio ao vê-las logo adiante.

Como que para justificar a pressa, tirou alguns instantes para examinar as oficiais da Guarda e retribuir a saudação de Caseille, antes de virar sua montaria e fazê-la caminhar ao lado da de Elayne. Ao contrário delas, Birgitte não tinha nem espada nem armadura. As lembranças de suas vidas passadas estavam se esvaindo — àquela altura, ela já dizia que não conseguia se lembrar de nada com clareza de antes da fundação da Torre Branca, embora alguns fragmentos ainda flutuassem em sua memória —, mas de uma coisa ela afirmava se lembrar com absoluta vivacidade: toda vez que tentara manusear uma espada, quase se matara, chegando a fazer isso em mais de uma ocasião. Contudo, o arco encordoado encontrava-se num estojo de couro preso à sela, com uma aljava entupida de flechas no outro lado. A raiva fervilhava dentro dela, e o cenho franzido se acentuava à medida que Birgitte falava.

— Um pombo quase congelado chegou voando ao pombal do Palácio ainda agora com notícias de Aringill. Os homens que faziam a escolta de Naean e Elenia foram emboscados e mortos a menos de cinco milhas da cidade. Um dos cavalos voltou com sangue na sela, senão teríamos passado semanas sem saber de nada. Duvido que tenhamos tanta sorte a ponto de as duas estarem nas mãos de salteadores que venham a pedir resgate.

Coração de Fogo saltitou alguns passos, mas Elayne puxou-lhe as rédeas com firmeza. Alguém no meio da multidão gritou o que devia ter sido um brado por Trakand. Ou não. Lojistas tentando atrair clientela faziam barulho suficiente para abafar as palavras.

— Parece que temos um espião no Palácio — deduziu, e então apertou os lábios, desejando que tivesse controlado a língua diante de Sareitha.

Birgitte parecia não dar a mínima.

— A não ser que haja um *ta'veren* perambulando por lá que não saibamos — retrucou, seca. — Será que agora você me deixaria designar guarda-costas? Só alguns membros da Guarda, bem selecionados e...

— Não! — O Palácio era a casa dela. Elayne não seria vigiada lá. Dando uma olhadela para a Marrom, ela suspirou. Sareitha escutava tudo com toda a atenção. Não havia por que tentar esconder as coisas àquela altura. Não tal informação. — Você contou à Criada-chefe?

Birgitte dirigiu-lhe um olhar de esguelha que, somado ao leve rompante de indignação sentido por meio do elo, lhe mandava ir ensinar a avó a tricotar.

— Ela pretende interrogar todos os serviçais que não serviram à sua mãe por pelo menos cinco anos. Talvez questione esses também. Pela cara que fez quando contei, estou feliz de ter saído do gabinete dela com o couro intacto. De minha parte, vou investigar outros. — Ela se referia à Guarda, mas não falaria nada na presença de Caseille e das demais. Elayne achava improvável. Todo aquele recrutamento dava a quem quer que fosse uma oportunidade perfeita para infiltrar olhos-e-ouvidos, mas sem nenhuma garantia de que eles estariam algum dia em uma situação em que pudessem descobrir algo útil.

— Se há espiões no Palácio — conjecturou Sareitha em voz baixa —, pode haver coisa pior. Talvez você devesse aceitar a sugestão de Lady Birgitte de ter guarda-costas. Existe precedente. — Birgitte olhou para a Marrom mostrando os dentes. Como sorriso, foi um fiasco total. Porém, por mais que não gostasse de ser tratada pelo seu título, Birgitte lançou um olhar esperançoso na direção de Elayne.

— Se eu disse que não, é não! — explodiu. Um pedinte que se aproximava do vagaroso círculo de cavalos com um sorriso banguela e a boina na mão se encolheu todo e saiu apressado pelo meio da turba antes que ela pudesse sequer pensar em apanhar a bolsa. Elayne não sabia ao certo quanto daquela raiva era sua e quanto era de Birgitte, mas veio bem a calhar. — Eu mesma devia ter ido lá pegá-los — rosnou com amargura. Em vez disso, tecera um portão para o mensageiro e passara o resto do dia se encontrando com mercadores e banqueiros. — No mínimo, deveria ter arrancado toda a guarnição de Aringill para a escolta. Dez homens morreram por causa do meu erro! Pior, e que a Luz me ajude, porque é pior *mesmo*, perdi Elenia e Naean por conta disso!

A grossa trança loura de Birgitte, pendendo por fora do manto, balançou quando ela sacudiu a cabeça enfaticamente.

— Em primeiro lugar, rainhas não saem correndo para fazer tudo sozinhas. Afinal, elas são as rainhas, ora! — A raiva estava diminuindo um pouco, mas sua irritação passava por cima de tudo, e o tom de voz refletia ambas. Ela queria tanto que Elayne tivesse guarda-costas, talvez até durante o banho. — Seus dias de aventuras acabaram. Antigamente, você estaria saindo de fininho do Palácio disfarçada, talvez até perambulando por aí depois de anoitecer, a ponto de algum valentão que você nunca viu rachar a sua cabeça.

Elayne se empertigou no alto da sela. Birgitte sabia, claro — ela não conhecia nenhum jeito de contornar o elo, embora tivesse certeza de que devia existir algum —, mas a mulher não tinha o direito de mencionar tal coisa naquele momento. Se Birgitte desse dicas suficientes, ela teria outras irmãs tentando segui-la com seus Guardiões e, bem provável, esquadrões de homens da Guarda também. Todo mundo estava agindo de maneira ridícula em seu intuito de mantê-la em segurança. Seria de se pensar que ela nunca havia estado em Ebou Dar, muito menos em Tanchico ou Falme. Além do quê, ela só escapulira do Palácio uma vez. Até o momento. E Aviendha tinha ido com ela.

— Ruas frias e escuras não se comparam com uma lareira quentinha e um livro interessante — comentou Sareitha com indolência, como se falasse consigo mesma. Examinando as oficinas por onde passavam, parecia atenta a cada uma. — Eu mesma detesto andar por calçamentos congelados, ainda mais no escuro, sem ter ao menos uma vela. Mulheres jovens e bonitas tendem a achar que roupas simples e um rosto sujo as deixam invisíveis. — A guinada de assunto foi tão rápida, sem mudança no tom de voz, que, no início, Elayne não se deu conta do que estava ouvindo. — Ser jogada no chão e arrastada para um beco por arruaceiros bêbados é uma maneira bem difícil de aprender que não é bem assim. Claro, se você tiver a sorte de estar com uma amiga que também saiba canalizar, e se ela tiver a sorte do brutamontes não a acertar tão forte quanto deveria... Bem, não se pode contar sempre com a sorte. Você não concorda, Lady Birgitte?

Elayne fechou os olhos por alguns instantes. Aviendha tinha dito que alguém estava seguindo-as, mas ela tinha certeza de que não passava de um salteador. Em todo caso, não tinha acontecido nada. Não exatamente. A cara feia de Birgitte sugeria que uma conversa séria mais tarde estava por vir. Ela se *recusava* a entender que uma Guardiã *não* repreendia sua Aes Sedai.

— Em segundo lugar — prosseguiu a arqueira com um ar sombrio —, dez homens ou quase trezentos, o resultado teria sido o mesmo, maldição. Que me queime, o plano era bom. Uns poucos homens poderiam ter trazido Naean e Elenia a Caemlyn sem serem percebidos. Esvaziar a flamanete daquela guarnição teria chamado a atenção de todos os olhares a leste de Andor, e quem quer que as pegou teria levado homens de armas em número suficiente, só para garantir. Além do quê, era bem provável que agora estivessem com o controle de Aringill. Por menor que seja a guarnição, é Aringill que mantém em uma posição desconfortável qualquer um a leste que queira agir contra você, e quanto mais oficiais da Guarda vierem de Cairhien, melhor, já que quase todos são leais a você. — Para alguém que afirmava não ser mais que uma mera arqueira, Birgitte tinha uma boa compreensão da situação. O único detalhe que lhe escapara foi a perda de impostos alfandegários do comércio fluvial.

— Quem as pegou, Lady Birgitte? — quis saber Sareitha, inclinando-se para olhar para além de Elayne. — Sem dúvida essa é uma pergunta importantíssima. Birgitte suspirou alto, quase um muxoxo.

— Receio que saberemos em pouco tempo — respondeu Elayne.

A Marrom arqueou uma sobrancelha questionadora, e ela tentou não ranger os dentes. Parecia estar fazendo isso com bastante frequência desde seu retorno para casa.

Uma taraboniana com um manto de seda verde saiu da frente dos cavalos e fez uma reverência profunda, as tranças fininhas cheias de contas balançando para fora do capuz. Sua criada, uma mulher pequenina com os braços cheios de pacotinhos, imitou sua senhora meio sem jeito. Os dois homens grandalhões que vinham logo atrás, guardas carregando bordões com virolas de latão, permaneceram empertigados e alertas. Seus casacos de couro pesados e compridos os defenderiam de tudo, menos de uma facada com a máxima determinação.

Elayne inclinou a cabeça quando elas passaram pelas duas para reconhecer a cortesia da taraboniana. Não recebera tanto de nenhum andoriano nas ruas até aquele momento. O belo rosto por trás do véu fino da mulher revelava idade demais para que fosse uma Aes Sedai. Luz, Elayne já tinha problemas demais para ficar se preocupando com Elaida naquele momento!

— É muito simples, Sareitha — explicou, a voz cuidadosamente controlada. — Se Jarid Sarand as pegou, Elenia dará uma opção a Naean: declarar Arawn a favor dela, com alguns benefícios para Naean e suas propriedades em troca, ou ter a garganta cortada em uma cela silenciosa sabe-se lá onde e o cadáver enterrado nos fundos de um celeiro. Naean não vai ceder com facilidade, mas a sua Casa ficará discutindo quem está no comando até ela voltar, então eles vão hesitar, Elenia vai ameaçar tortura e talvez até aplicá-la, e Arawn vai acabar dando apoio a Sarand por Elenia. E não demorando a ter a companhia de Anshar e Baryn, que vão para onde virem que há força. Se for gente de Naean que está com elas, ela vai oferecer as mesmas opções a Elenia, mas Jarid vai partir com tudo para cima de Arawn, a menos que Elenia diga o contrário, o que ela não vai fazer se achar que ele tem alguma esperança de resgatá-la. De forma que devemos esperar ouvir nas próximas semanas que alguém tocou fogo nas propriedades de Arawn. — *Se não,* ela pensou, *vou ter que encarar quatro Casas unidas, e ainda não sei se tenho de fato nem duas!*

— Isso é... muito bem pensado — considerou Sareitha, soando um pouco surpresa.

— Tenho certeza de que, com tempo, você chegaria às mesmas conclusões — disse Elayne, meiga demais e sentindo uma pontada de prazer quando a outra irmã pestanejou. Pela Luz, sua mãe esperava tal raciocínio dela desde os dez anos!

O restante da cavalgada de volta ao Palácio passou em silêncio, e ela mal se deu conta das reluzentes torres com mosaicos e das belas vistas da Cidade Interna. Em vez disso, pensou nas Aes Sedai em Caemlyn e nos espiões no Palácio Real, em quem tinha capturado Elenia e Naean, em quanto Birgitte poderia intensificar o recrutamento e se estaria na hora de vender as louças do Palácio e o resto das suas joias. Uma lista melancólica a se considerar, mas ela manteve a expressão tranquila e, com serenidade, agradeceu os poucos vivas que a seguiram. Uma rainha não podia transparecer medo, menos ainda quando era isso que sentia.

O Palácio Real era uma composição branquíssima de varandas com adornos intrincados e passadiços colunados no alto da mais alta colina da Cidade Interna, a mais alta de Caemlyn. Seus pináculos finos e cúpulas douradas se assomavam contra o céu do meio-dia, visíveis a milhas de distância, declarando o poder de Andor. Chegadas e saídas triunfais eram realizadas pela frente, na Esplanada da

Rainha, onde, no passado, grandes multidões haviam se reunido para ouvir as proclamações das rainhas e aclamar aos brados as governantes de Andor. Elayne entrou pelos fundos do Palácio, os cascos com ferraduras de aço de Coração de Fogo ressoando nos paralelepípedos quando ela entrou trotando no pátio do estábulo principal. Era um espaço amplo, fronteado nos dois lados por filas de portas altas em arco das estrebarias, encimadas por uma única varanda comprida de pedra branca, simples e robusta. Vários dos altos passadiços colunados proporcionavam vistas parciais de cima, mas aquele era um local de trabalho. À frente da colunata simples que dava entrada ao Palácio em si, uma dúzia de soldados que se preparavam para assumir guarda posicionavam-se rígidos ao lado de seus cavalos e eram inspecionados pelo subtenente, um sujeito grisalho que andava mancando e havia sido porta-estandarte sob o comando de Gareth Bryne. Ao longo da muralha exterior, outros trinta subiam em suas montarias, prontos para começar a patrulhar em duplas a Cidade Interna. Em dias normais, haveria membros da Guarda cuja função principal era policiar as ruas, mas, com um efetivo tão reduzido, os que protegiam o Palácio tinham de acumular essa missão. Careane Fransi também estava por lá, uma mulher troncuda trajando um elegante vestido de cavalgada com listras verdes e um manto verde-azulado, sentada em seu capão cinzento enquanto um de seus Guardiões, Venr Kosaan, subia em seu baio. De pele escura, com toques grisalhos no cabelo de cachos fechados e na barba, o sujeito magro feito uma lâmina vestia um manto marrom comum. A impressão que dava era de que os dois não queriam alardear quem eram.

A chegada de Elayne trouxe certa surpresa ao pátio do estábulo. Não para Careane nem Kosaan, claro. A irmã Verde só fez olhar pensativa, escondida pelo capuz do manto, e Kosaan nem isso, limitando-se a um meneio com a cabeça para Birgitte e Yarman, de Guardião para Guardião. Sem nem mais uma olhadela, os dois saíram cavalgando tão logo a última integrante da comitiva de Elayne passou pelos portões de ferro. Porém, parte dos que se encontravam montados junto ao muro parou com um dos pés apoiados no estribo, todos observando, e as cabeças dos homens que faziam a inspeção se voltaram para as recém-chegadas. O retorno dela não era esperado por no mínimo mais uma hora, e, tirando uns poucos que nunca pensavam além do que suas mãos estavam executando, todos no Palácio tinham ciência de que a situação era volátil. Os boatos se espalhavam mais rápido entre os soldados do que entre os demais homens, e a Luz sabia que isso dizia muita coisa, visto que homens eram dados a fofocas. Esses com certeza sabiam que Birgitte partira apressada e agora voltava com Elayne, e antes da hora. Será que uma das outras Casas estava marchando em direção a

Caemlyn? Pronta para atacar? Será que eles receberiam a ordem de ir até as muralhas que nem tinham como ocupar por completo, nem com o efetivo de Dyelin na cidade? Momentos de surpresa e preocupação, até que o subtenente de face coriácea vociferou um comando, ao que os olhos saltaram diretamente à frente, os braços cruzados no peito em saudação. Além do antigo porta-estandarte, só três tinham estado nas fileiras havia mais de alguns dias, mas ninguém ali era um recruta inteiramente cru.

Cavalariços trajando casacos vermelhos com o Leão Branco bordado em um dos ombros vieram correndo do estábulo, embora não houvesse de fato muito o que fazer. Sob as ordens de Birgitte, as integrantes da Guarda desmontaram calmamente e foram conduzindo seus cavalos através das portas altas. A própria arqueira saltou de sua sela e jogou as rédeas para um dos cavalariços, só não mais depressa que Yarman, que foi logo segurando as rédeas de Sareitha enquanto ela descia. Era um daqueles a quem algumas irmãs chamavam de "presa recente", cujo elo fora forjado havia menos de um ano — o termo remontava a uma época em que nem sempre se perguntava aos Guardiões se eles queriam o elo —, e era bastante devotado às suas atribuições. Birgitte só ficou parada de cara feia, os punhos nas laterais do quadril, dando a impressão de observar os homens que patrulhariam a Cidade Interna nas próximas quatro horas saírem montados em dupla numa coluna. No entanto, seria uma surpresa para Elayne se aqueles homens tivessem ocupado a mente de Birgitte por mais que alguns instantes.

Fosse como fosse, ela tinha as próprias preocupações. Tentando não transparecer o quanto isso era óbvio, analisou a mulher esguia que segurava as rédeas de Coração de Fogo e o sujeito entroncado que posicionou um banquinho revestido de couro e segurava o estribo para que ela desmontasse. Sem sequer esboçar um sorriso, ele se mostrava impassível e ponderado, enquanto Elayne se concentrava em acariciar o focinho do capão e falar baixinho com o animal. Nem um nem outro se deteve nela a ponto de dedicar-lhe mais que uma saudação respeitosa com a cabeça, já que as cortesias ficavam em segundo plano quando era preciso garantir que a mulher não fosse arremessada do alto da sela por um animal que acabasse irrequieto por conta dos movimentos bruscos das pessoas. E não importava que ela não necessitasse da ajuda deles. Não estava mais na área rural, e havia formalidades a serem respeitadas. Ainda assim, Elayne tentou não franzir o cenho. Deixando os dois para lá enquanto levavam Coração de Fogo embora, ela não olhou para trás. Mas ficou com vontade.

O vestíbulo de entrada sem janelas logo depois da colunata parecia mal iluminado, embora algumas luminárias de pé espelhadas estivessem acesas. Eram peças comuns, de ferro. Tudo ali era utilitário, as cornijas de gesso sem adornos, as paredes brancas de pedra, lisas e vazias. A notícia da chegada do grupo já se espalhara, e, antes mesmo que já tivessem entrado, meia dúzia de homens e mulheres surgiu fazendo reverências e mesuras para recolher os mantos e as luvas. O uniforme deles se diferenciava daquele dos funcionários do estábulo por ter colarinhos e punhos brancos, além do Leão Branco de Andor no lado esquerdo do peito, em vez de no ombro. Elayne não reconheceu nenhum daqueles serviçais. A maior parte dos trabalhadores do Palácio era composta por novatos, além de outros que tinham retornado da aposentadoria para assumir as posições dos que fugiram apavorados quando Rand capturou a cidade. Um homem careca de semblante cordial não olhou nos olhos dela, mas talvez por temer que aquilo fosse direto demais. Uma jovem esbelta estrábica exagerou na empolgação que emprestou à sua mesura e ao seu sorriso, mas podia ser que quisesse apenas demonstrar entusiasmo. Elayne se afastou, seguida por Birgitte, antes que começasse a olhar feio para os dois. A suspeita tinha um gosto amargo.

Alguma passadas depois, Sareitha e seu Guardião deixaram-nas, a Marrom murmurando uma desculpa qualquer sobre livros que queria procurar na biblioteca. A coleção não era pequena, embora nem se comparasse às das grandes bibliotecas, e a mulher passava horas ali todos os dias, frequentemente encontrando volumes desgastados pelo tempo que ela dizia serem desconhecidos em outros lugares. Yarman a seguiu de perto quando ela saiu deslizando por um corredor transversal, um cisne escuro atarracado sendo trazido a reboque por uma cegonha estranhamente graciosa. Em um dos braços, ele ainda carregava seu manto perturbador, dobrado com todo o cuidado. Era raro Guardiões se permitirem passar muito tempo sem tê-los em mãos. Era provável que o de Kosaan estivesse em seus alforjes.

— Gostaria de um manto de Guardiã, Birgitte? — indagou Elayne, sem interromper a caminhada. Não era a primeira vez que ela invejava a arqueira por suas calças volumosas. Mesmo as saias divididas tornavam um martírio qualquer coisa que não fosse um passo sossegado. Pelo menos estava com botas de cavalgada, não com sandálias. As lajotas vermelhas e brancas estariam um gelo se estivesse com o calçado aberto. Não havia tapetes suficientes para cobrir os corredores e também os quartos, sem falar que se desgastariam depressa só com o tráfego constante de serviçais dando conta do Palácio. — Assim que Egwene tomar a Torre, vou mandar fazer um para você. É imprescindível.

— Eu não estou nem aí para esses mantos flamantes — retrucou Birgitte com um ar soturno. Uma careta agourenta lhe deixou a boca tal qual uma linha reta. — Tudo foi tão rápido que eu pensei que você tinha dado um maldito tropeção e batido sua maldita cabeça. Sangue e cinzas! Derrubada por uns valentões de rua! Só a Luz sabe o que poderia ter acontecido!

— Não precisa se desculpar, Birgitte. — O ultraje e a indignação começaram a inundar o elo, mas ela pretendia tirar proveito da situação. Uma bronca da arqueira em particular já era demais; Elayne se recusava a aguentar aquilo nos corredores, com serviçais por todos os lados, todos apressados em seus afazeres, lustrando os painéis entalhados das paredes e zelando pelas luminárias que, ali, eram douradas. Mal pausaram para oferecer suas reverências silenciosas a Birgitte e a ela, mas, sem dúvida nenhuma, todos estavam se perguntando por que a Capitã-General parecia o próprio furacão e tinham os ouvidos bem atentos para ouvirem o que conseguissem. — Você não estava lá porque eu não queria você lá. Aposto que Sareitha não estava com Ned. — Parecia quase impossível que o semblante de Birgitte pudesse ficar ainda mais sombrio. Podia ser que a menção a Sareitha tivesse sido um erro. Elayne mudou de assunto. — Você precisa mesmo dar um jeito no seu linguajar. Está começando a soar como uma malandra do pior tipo.

— Meu... linguajar — murmurou Birgitte em tom perigoso. Até seus passos se alteraram para algo como um leopardo andando de um lado para o outro. — *Você* vem falar do *meu* linguajar? Ao menos eu sempre sei o que significam as palavras que uso. Ao menos eu sei o que se encaixa em que lugar e o que não se encaixa. — Elayne ruborizou, e seu pescoço enrijeceu. Ela sabia *mesmo*! Na maioria das vezes. Com frequência, pelo menos. — Quanto a Yarman — prosseguiu, a voz ainda num tom brando, e ainda perigosa —, ele é um homem bom, mas ainda não superou o assombro por ser um Guardião. Provavelmente dê até um pinote com um mero estalar de dedos de Sareitha. Eu nunca fiquei assombrada e não dou pinote nenhum. Foi por *isso* que você me condenou a um título? Pensava que isso iria me impedir? Não seria a primeira ideia tola a passar por essa sua cabeça. Para alguém que, na maioria das vezes, pensa com tanta clareza, bem... Estou com uma escrivaninha atopetada de relatórios em que preciso enfiar a cara para que você tenha sequer metade dos Guardas que quer, mas vamos ter uma bela de uma longa conversa hoje à noite. Milady — acrescentou, com firmeza até demais. Sua mesura foi quase debochadamente formal. A arqueira saiu apressada, e sua comprida trança loura deveria estar eriçada feito a cauda de um gato zangado.

Elayne bateu o pé, frustrada. O título de Birgitte era uma recompensa merecida. Só no período desde que estabelecera o elo com a mulher, essa recompensa tinha sido justificada mais de dez vezes! E dez mil vezes antes disso. Bem, ela havia *pensado* na outra, mas só depois. Não que tivesse adiantado de alguma coisa. Fosse de uma proprietária de terras ou de uma Aes Sedai, Birgitte escolhia a quais ordens obedecia. Não quando era importante — não quando *ela* achava que era importante, enfim —, mas em se tratando de qualquer coisa, especialmente do que ela chamava de riscos desnecessários ou comportamento inadequado. Como se Birgitte Arco de Prata pudesse criticar alguém por correr riscos! E, quanto a comportamentos adequados, Birgitte farreava em tavernas! Ela bebia e apostava, além de ficar cobiçando homens bonitos! Gostava de olhar para os bonitos mesmo que preferisse os que pareciam ter sido golpeados na cabeça com frequência. Elayne não queria mudá-la — admirava a mulher, gostava dela, tinha-a como uma amiga —, mas gostaria que houvesse um pouco mais de Guardiã e Aes Sedai na relação entre elas. E muito menos de irmã mais velha sabichona e a pestinha mais nova.

De repente, ela se deu conta de que estava parada fazendo cara feia para o nada. Serviçais hesitavam ao passar e tratavam de baixar a cabeça como se temessem que ela pudesse estar olhando torto para eles. Atenuando o semblante, gesticulou para um garoto espinhento desengonçado que vinha pelo corredor, que fez uma reverência tão esquisita e tão profunda que chegou a cambalear e quase caiu.

— Encontre a Senhora Harfor e mande-a ir imediatamente aos meus aposentos — ordenou, e então acrescentou, sem soar grosseira: — E é bom ter em mente que seus superiores não vão ficar nada felizes se o virem olhando embasbacado para o Palácio, quando deveria estar trabalhando. — A boca do garoto se escancarou como se ela tivesse lido sua mente. Talvez ele realmente achasse que fosse o caso. Os olhos arregalados se voltaram para o anel da Grande Serpente, no que ele deu um gritinho e fez uma reverência ainda mais profunda antes de sair tropeçando nas próprias pernas.

Mesmo sem querer, Elayne sorriu. Tinha sido uma aposta no escuro, mas o garoto era jovem demais para ser espião de alguém e nervoso demais para não estar envolvido em algo que não deveria. Por outro lado… o sorriso dela sumiu. Por outro lado, ele não era assim tão mais novo do que ela.

Capítulo 8

Povo do Mar e Confraria

Não foi nenhuma surpresa para Elayne encontrar a Criada-chefe antes de chegar aos seus aposentos, já que ambas estavam indo para o mesmo lugar. Carregando uma pasta de couro em relevo debaixo do braço, a Senhora Harfor fez sua mesura e se juntou a ela. Decerto tinha acordado tão cedo quanto Elayne, se não antes, mas a impressão que dava era de que seu tabardo escarlate tinha acabado de ser passado, o Leão Branco da frente da peça tão claro e limpo quanto neve fresca. Os serviçais se apressavam ainda mais e lustravam com mais vigor quando a viam passar. Reene Harfor não era ríspida, mas mantinha uma disciplina tão rígida sobre o Palácio quanto Gareth Bryne sempre tivera sobre a Guarda.

— Receio não ter capturado nenhum espião ainda, milady — afirmou em resposta à pergunta de Elayne, a voz contida para chegar apenas aos ouvidos dela —, mas acredito que descobri uma dupla. Um homem e uma mulher, ambos empregados durante os últimos meses do reinado da falecida Rainha sua mãe. Foram embora do Palácio assim que se espalhou a notícia de que eu estava interrogando a todos. Sem esperar para recolher nem um fiapo de seus pertences, nem sequer um manto. Isso é quase uma confissão, eu diria. A menos que estivessem com medo de serem apanhados por algum outro tipo de má conduta — acrescentou, relutante. — Tem havido casos de furto, infelizmente.

Elayne assentiu, pensativa. Naean e Elenia haviam estado no Palácio muitas vezes ao longo dos últimos meses do reinado de sua mãe. Oportunidades mais do que suficientes para plantar olhos-e-ouvidos por ali. Aquelas duas estiveram no Palácio, além de outros mais que tinham se posicionado contra a reivindicação de Morgase Trakand ao trono, aceitado a anistia uma vez que ela o ocupara, e então a traído. Ela não cometeria o mesmo erro que a mãe. Bem, devia haver anistia sempre que possível — qualquer outra coisa seria plantar a semente de uma guerra civil —, mas ela planejava vigiar bem de perto todos aqueles que recebessem seu perdão. Como um gato observando um rato que dizia ter perdido o interesse nos celeiros de grãos.

— Eram espiões — declarou ela. — E pode muito bem haver outros. Não só das Casas. As irmãs d'O Cisne Prata também podem ter infiltrado olhos-e-ouvidos aqui.

— Vou continuar procurando, milady — garantiu Reene, inclinando de leve a cabeça.

Seu tom de voz era absolutamente respeitoso. A mulher nem sequer erguia a sobrancelha, porém, mais uma vez, Elayne se viu pensando em ensinar a avó a tricotar. Se ao menos Birgitte conseguisse dar conta dos assuntos da forma como a Senhora Harfor dava.

— Acabou sendo bom você ter voltado cedo — continuou a criada rechonchuda. — Receio que sua tarde vá ser corrida. Para começar, Mestre Norry quer falar com você. Segundo ele, é uma questão urgente. — A boca da mulher se enrijeceu por alguns instantes.

Sempre exigia saber por que as pessoas queriam se aproximar de Elayne para poder peneirar o joio, em vez de deixar que ele a soterrasse, mas o Primeiro Secretário nunca achava necessário dar uma pista sequer do que tinha para tratar. Tal como Reene não lhe revelava nada dela. Os dois zelavam por seus feudos. Balançando a cabeça, ela diminuiu a importância de Halwin Norry.

— Depois dele, uma delegação de mercadores de *tabac* solicitou um encontro com você, uma outra delegação de tecelões também, ambas pedindo um alívio nos impostos por conta do período difícil em que vivemos. Milady não precisa do meu conselho para dizer-lhes que está difícil para todo mundo. Fora eles, um grupo de mercadores estrangeiros está esperando, um grupo bem grande. Apenas para lhe desejar boa sorte de uma forma que não os atrapalhe, claro, já que querem ficar bem com você sem criar hostilidades com ninguém, mas sugiro um encontro breve. — Reene pousou os dedos gorduchos na pasta que trazia debaixo do braço. — Além disso, as contas do Palácio exigem sua assinatura antes de poderem passar para Mestre Norry. Vão ser um aborrecimento, receio. Não era o que eu esperava no inverno, mas a maior parte da farinha está cheia de gorgulhos e traças, e metade do presunto curado estragou, assim como o peixe defumado. — Bastante respeitosa. E bastante firme.

Eu governo Andor, a mãe de Elayne lhe dissera uma vez, em particular, *mas, às vezes, penso que Reene Harfor me governa.* Sua mãe falara aquilo rindo, mas também havia soado sincera. Parando para pensar, a Senhora Harfor como Guardiã seria dez vezes pior que Birgitte.

Elayne não queria se encontrar nem com Halwin Norry nem com os mercadores. Queria ficar sentada quieta pensando nos espiões, em quem estava com Naean e Elenia, e em como poderia contra-atacar. Só que... Mestre Norry mantivera Caemlyn viva desde a morte da sua mãe. Na verdade, pelo que percebeu pelas contas antigas, ele começara a fazer isso praticamente no dia em que ela caíra nas garras de Rahvin, apesar de Norry ser vago a esse respeito. O sujeito parecia ofendido pelos acontecimentos daquela época, embora fosse reservado sobre seus sentimentos. Elayne não tinha como simplesmente ignorá-lo. Além do quê, Norry nunca alegava urgência quanto a nada. E a boa vontade dos mercadores não era algo que se devia desprezar, nem a dos estrangeiros. E as contas precisavam, de fato, ser assinadas. Gorgulhos e traças? E presunto estragado? No inverno? Sem dúvida, tudo isso era estranho.

As duas haviam chegado aos aposentos de Elayne, com suas portas altas com leões entalhados. Menores que os das portas que davam para os aposentos de sua mãe, e o interior também, mas nunca lhe passara pela cabeça usar as câmaras da Rainha. Teria sido tão presunçoso quanto se sentar no Trono do Leão antes de o seu direito à Coroa de Rosas ser chancelado.

Com um suspiro, ela se esticou para apanhar a pasta.

Mais adiante no corredor, avistou Solain Morgeillin e Keraille Surtovni vindo o mais depressa que podiam sem correrem. Notavam-se lampejos prateados no pescoço da mulher emburrada espremida entre as duas, embora a Comadre tivesse pendurado um cachecol verde comprido para esconder a coleira do *a'dam.* Aquilo *geraria* falatório e, mais cedo ou mais tarde, seria notado. Melhor seria se ela e as demais não precisassem ser deslocadas, mas não tinha como evitar. Entre Comadres e Chamadoras de Ventos do Povo do Mar, tiveram de ser providenciados quartos nos alojamentos dos serviçais para dar conta do excedente, mesmo com duas ou três numa mesma cama. O Palácio possuía porões para armazenamento, não masmorras. Como Rand *sempre* dava um jeito de fazer a coisa errada? Ser homem não era desculpa suficiente. Solain e Keraille dobraram um corredor e sumiram com sua prisioneira.

— A Senhora Corly pediu para falar com você hoje de manhã, milady. — A voz de Reene estava cuidadosamente neutra. Ela também estivera de olho nas Comadres, e um vestígio do cenho franzido em seu rosto largo ainda era perceptível.

O Povo do Mar lhe era estranho, mas ela era capaz de encaixar em sua visão de mundo uma Mestra das Ondas de um clã e seu séquito mesmo que não soubesse bem o que era uma Mestra das Ondas de um clã. Uma estrangeira de alta patente era uma estrangeira de alta patente, e esperava-se que estrangeiros fossem estranhos. Mas ela não conseguia entender por que Elayne dera abrigo a quase cento e cinquenta mercadores e artesãs. Nem a "Confraria" nem o "Círculo do Tricô" significariam muita coisa para ela, e Reene não entendia as tensões peculiares entre aquelas mulheres e as Aes Sedai. Tampouco entendia as mulheres que os Asha'man haviam trazido, prisioneiras, na verdade, ainda que não em celas confinadas, mantidas reclusas e jamais tendo permissão para falar com qualquer pessoa que não fosse as mulheres que as escoltavam pelos corredores. A Criada-chefe sabia quando não fazer perguntas, mas não gostava de não compreender o que se passava no Palácio. Por muito pouco, sua voz não se alterou. — Ela disse que tinha uma boa notícia para lhe dar. Algo assim, segundo ela. Mas não solicitou uma audiência.

Uma boa notícia de qualquer tipo era melhor do que analisar as contas, e ela tinha boas esperanças a respeito do que podia ser a tal notícia. Largando a pasta nas mãos da Criada-chefe, ela disse:

— Deixe isso na minha escrivaninha, por favor. E diga a Mestre Norry que falo com ele daqui a pouco.

Partindo na direção de onde a Confraria viera com sua prisioneira, ela avançou depressa, apesar das saias. Com ou sem boas notícias, Norry e os mercadores tinham mesmo de ser atendidos, sem falar que as contas precisavam ser revistas e assinadas. Governar era sinônimo de infinitas semanas de trabalhos maçantes e raras horas fazendo o que se queria. Raríssimas. Birgitte não saía do fundo de sua mente, uma bola compacta da mais pura irritação e frustração. Sem dúvida, estava com a cara enfiada naquela mesa entupida de papéis. Bem, seu relaxamento pessoal em um dia como aquele seria o tempo que levaria para trocar as roupas de cavalgada e fazer uma refeição apressada. Assim, ela foi caminhando bem rápido, absorta em seus pensamentos e mal prestando atenção no que havia à sua frente. O que Norry considerava urgente? Sem dúvida, não o reparo de calçadas. Quantos seriam os espiões? A Senhora Harfor tinha poucas chances de apanhar todos eles.

Quando virou em um corredor, só a consciência repentina de outras mulheres capazes de canalizar foi o que evitou que ela desse de cara com Vandene, que vinha em sentido oposto. As duas se sobressaltaram. Ao que parecia, a Verde também se encontrava bastante imersa em seus pensamentos. Suas duas acompanhantes fizeram Elayne erguer as sobrancelhas.

Kirstian e Zarya trajavam vestes brancas comuns e ficavam a uma cuidadosa passada de distância atrás de Vandene, as mãos cruzadas com docilidade na altura da cintura. O cabelo de ambas estava preso de um jeito simples, e nenhuma delas usava joias, fortemente desencorajadas entres as noviças. As duas tinham sido Comadres — Kirstian chegara até a fazer parte do Círculo do Tricô —, mas eram fugitivas da Torre, e havia maneiras preestabelecidas de lidar com elas, definidas pelas leis da Torre, não importando desde quando tinham ido embora. Fugitivas regressas precisavam ser absolutamente perfeitas em tudo o que faziam, a personificação de uma iniciada se esforçando para conquistar o xale, e pequenos deslizes que poderiam ser desculpados em outras eram punidos com rapidez e severidade. Sem falar que o castigo que recebiam era bem mais rigoroso quando chegavam à Torre, uma surra pública, e, mesmo depois disso, permaneceriam condenadas a esse caminho de retidão e sofrimento por pelo menos um ano mais. Uma fugitiva regressa acabava aprendendo no fundo de sua alma que nunca, jamais, iria querer fugir de novo. Nunquinha! Mulheres com um treinamento parcial eram perigosas demais para serem deixadas à solta.

Elayne tentara ser leniente nas poucas vezes em que estivera com elas. As Comadres não tinham bem um treinamento parcial. Possuíam a mesma experiência que qualquer Aes Sedai com o Poder Único, embora não o treinamento na conduta. Elayne tentara, só para descobrir que a maioria das demais Comadres desaprovava isso. Ao receberem uma segunda chance de se tornar Aes Sedai — as que podiam, pelo menos —, abraçavam todas as leis e costumes da Torre com um fervor chocante. Ela não se surpreendia com o ímpeto contido nos olhos das duas nem com a forma como pareciam irradiar a promessa de bom comportamento — queriam tanto essa chance quanto qualquer uma delas —, e sim com elas estarem com Vandene. Até aquele momento, Elayne ignorara-as por completo.

— Estava procurando você, Elayne — disse Vandene sem preâmbulos. Seu cabelo branco, preso na nuca com uma faixa verde-escura, sempre lhe conferia um ar idoso, apesar das bochechas lisinhas. O assassinato da sua irmã lhe acrescentara o desalento, entranhado até os ossos, fazendo-a parecer um juiz implacável. Já fora esbelta, mas, àquela altura, estava ossuda e com as bochechas encovadas. — Essas crianças... — Ela cortou a frase, um sorrisinho tênue afinando-lhe a boca.

Era a maneira adequada de se referir às noviças — o pior momento para qualquer mulher que ia para a Torre não era a descoberta de que não seria considerada plenamente adulta até conquistar o xale, mas o entendimento de que, enquanto usasse o branco das noviças, era de fato uma criança, alguém que poderia machucar a si mesma ou aos outros por ser ignorante ou desastrada —, a conduta adequada, porém, mesmo para Vandene, devia ter parecido estranha ali. A maior parte das noviças ia para a Torre com quinze ou dezesseis anos, e, até bem pouco tempo, ninguém acima dos dezoito chegava, tirando uma ou outra que havia conseguido sustentar uma mentira. Ao contrário das Aes Sedai, a Confraria usava a idade para definir a hierarquia, e Zarya — ela estivera se chamando de Garenia Rosoinde, mas Zarya Alkaese era o nome que constava no livro das noviças e Zarya Alkaese era o nome ao qual responderia —, com seu nariz pronunciado e boca larga, tinha mais de noventa anos, embora não aparentasse ter chegado à meia-idade. Nenhuma das duas tinha a aparência de idade indefinida das Aes Sedai, apesar de todos os seus anos usando o Poder Único, e a bela Kirstian, com olhos negros, parecia um pouco mais velha que a outra, talvez uns trinta anos a mais. A mulher tinha mais de trezentos anos, mais idade que a própria Vandene, Elayne tinha certeza. Kirstian já estava longe da Torre havia tanto tempo que se sentira confiante o suficiente para voltar a usar seu nome verdadeiro, ou parte dele. Bem diferente do habitual, em se tratando de noviças.

— Essas *crianças* — prosseguiu Vandene com mais firmeza, o cenho muitíssimo franzido a lhe engelhar a testa — têm repensado a respeito dos acontecimentos em Ponte de Harlon. — Era onde sua irmã tinha sido assassinada. Além de Ispan Shefar. Mas, até onde Vandene sabia, a morte de uma irmã Negra contava tanto quanto a morte de um cão raivoso. — Infelizmente, em vez de se manterem em silêncio quanto às suas conclusões, elas vieram me procurar. Pelo menos não ficaram tagarelando onde qualquer uma poderia ouvir.

Elayne franziu de leve a testa. Àquela altura, todos no Palácio já sabiam sobre os assassinatos.

— Não entendi — respondeu devagar. E com cuidado. Não queria dar às duas nenhuma dica, pois talvez não tivessem desenterrado os segredos escondidos com todo o empenho. — Já chegaram à conclusão de que foram Amigos das Trevas, e não roubo? — Essa era a história que haviam contado, duas mulheres numa casa isolada, assassinadas por causa das suas joias. Só ela, Vandene, Nynaeve e Lan sabiam da pura verdade. Enfim, até aquele momento, ao que parecia. Deviam ter chegado a essa conclusão, senão Vandene as teria mandado embora com uma pulga atrás da orelha.

— Pior. — Vandene olhou em volta e então se moveu algumas passadas em direção ao centro de onde os corredores se cruzavam, obrigando Elayne a fazer o mesmo. Daquele ponto, conseguiriam ver qualquer pessoa se aproximando por um ou outro lado. Com toda a atenção, as noviças mantiveram suas posições em relação à Verde. Talvez já estivessem com a tal pulga, tamanha a ansiedade. Havia uma porção de serviçais à vista, mas nenhum se aproximando, ninguém perto o bastante para entreouvir a conversa. Mesmo assim, Vandene abaixou o tom de voz, mas a tranquilidade não surtia nenhum efeito para mascarar seu dissabor. — Ponderaram que a assassina deve ser Merilille, Sareitha ou Careane. Um bom raciocínio da parte delas, acredito, mas, para começar, não deveriam nem estar pensando nisso. Deveriam ter ficado ocupadas com suas lições, sem tempo para pensarem em outra coisa. — Apesar da cara feia que dedicou a Kirstian e Zarya, as duas noviças de idade avançada reluziam de satisfação. A bronca camuflara um elogio enterrado lá no fundo, e elogios não eram o forte de Vandene.

Elayne não chamou atenção para o fato de que a dupla poderia ter ficado um pouco mais ocupada se Vandene tivesse se mostrado disposta a participar de suas lições. A própria Elayne e Nynaeve tinham muitas outras obrigações e, desde que haviam adicionado lições diárias às Chamadoras de Ventos à lista — todas, menos Nynaeve, precisavam ministrá-las —, ninguém dispunha de energia para passar muito tempo com as duas noviças. Ensinar às Atha'an Miere era como ser enfiada num espremedor de roupas! Elas tinham pouquíssimo respeito pelas Aes Sedai. E menos ainda para a hierarquias dos "costeiros".

— Pelo menos não falaram com mais ninguém — murmurou. Um ponto positivo, ainda que modesto.

Quando Adeleas e Ispan foram encontradas, ficara óbvio que a assassina devia ser uma Aes Sedai. Elas haviam sido paralisadas com espinho-carmim antes de serem mortas, e era quase impossível que as Chamadoras de Ventos tivessem conhecimento de uma erva que só era encontrada longe do mar. E até Vandene tinha certeza de que a Confraria não contava com nenhuma Amiga das Trevas entre elas. A própria Ispan fugira quando noviça, conseguindo chegar a Ebou Dar, mas fora recapturada antes que a Confraria revelasse sua identidade — e o fato de que eram mais do que algumas mulheres expulsas da Torre que, por impulso, haviam decidido ajudá-la. Sob o interrogatório de Vandene e Adeleas, ela revelara bastante. De alguma forma, tinha conseguido resistir a expor algo sobre a Ajah Negra em si, exceção feita ao fato de admitir velhos esquemas postos em prática havia muito tempo, mas estivera ávida para contar qualquer outra coisa assim que Vandene e sua irmã terminassem o serviço com ela. As duas não haviam sido nada gentis e tinham sondado seus recônditos mais profundos, mas Ispan não tinha mais informações sobre a Confraria além de qualquer outra Aes

Sedai. Se houvesse alguma Amiga das Trevas entre as Comadres, a Ajah Negra teria ficado sabendo. Então, por mais que desejassem que não fosse assim, a assassina era uma das três mulheres de quem todas passaram a gostar. Uma irmã Negra entre elas. Ou mais de uma. Todas haviam tentado freneticamente manter aquela informação em segredo, ao menos até a assassina ser desmascarada. A notícia deixaria o Palácio inteiro em polvorosa, quiçá a cidade inteira. Luz, quem mais andara repensando sobre os acontecimentos em Ponte de Harlon? Teriam o bom senso de permanecer em silêncio?

— Alguém tinha que se responsabilizar por elas — argumentou Vandene com firmeza — para evitar que causassem mais prejuízos. Elas precisam de lições constantes e muito trabalho. — Os semblantes felizes das duas haviam adquirido um ar de soberba, que se atenuou um pouco com aquelas palavras. Suas lições tinham sido poucas, mas *muito* pesadas, de disciplina *bastante* rígida. — Isso significa você, Elayne, ou Nynaeve.

Exasperada, Elayne soltou um muxoxo.

— Vandene, eu mal tenho um momento só meu para poder pensar. Já estou me esforçando para dar a elas uma hora de vez em quando. Vai ter que ser Nynaeve.

— O que vai ter que ser Nynaeve? — quis saber a própria, toda animada, juntando-se a elas. Sabia-se lá como, havia adquirido um xale comprido de franjas amarelas com folhas e flores brilhantes bordadas, que agora usava caído sobre os antebraços. Apesar da temperatura, estava trajando um vestido azul com um decote bem relevador para os padrões de Andor, ainda que a trança grossa escura, passando por cima do ombro e aninhada no decote, evitasse que a exposição fosse exagerada demais. O pontinho vermelho no meio da testa, o *ki'sain*, parecia bastante estranho. De acordo com o costume malkieri, um *ki'sain* vermelho identificava uma mulher casada, e Nynaeve insistira em usar um assim que ficara sabendo disso. Brincando com a ponta da trança como quem não queria nada, a impressão que dava era de que ela estava... contente, um sentimento que ninguém costumava associar a Nynaeve al'Meara.

Elayne levou um susto quando avistou Lan a algumas passadas de distância, andando em círculo em volta delas e se mantendo vigilante aos dois corredores. Tão alto quanto um Aiel, em seu casaco verde-escuro e com ombros de ferreiro, o homem de rosto pétreo ainda era capaz de se mover como se fosse uma assombração. A espada continuava afivelada na cintura mesmo ali no Palácio. Lan sempre dava calafrios em Elayne. A morte olhava fixamente pelos seus frios olhos azuis. Menos quando ele olhava para Nynaeve.

O contentamento desapareceu do rosto de Nynaeve assim que ela ficou sabendo qual seria a tarefa, fazendo-a parar de correr os dedos pela trança e a agarrar com o punho apertado.

— Como? Talvez Elayne possa até ficar brincando de política por aí, mas eu tenho muito o que fazer. Mais da metade da Confraria já teria desaparecido a esta altura se Alise não estivesse segurando-as pela nuca, e, como ela não tem a menor esperança de conquistar o xale, não sei ao certo por mais quanto tempo ainda segurará quem quer que seja. As demais acham que podem discutir comigo! Ontem, Sumeko me chamou de... *garota*!

Nynaeve chegou a mostrar os dentes, mas, de um jeito ou de outro, a culpa era toda dela. Afinal, fora ela quem criticara a Confraria, dizendo que deviam parar de ser capacho e de ficarem se humilhando para as Aes Sedai. Bem, elas sem dúvida já não se humilhavam mais. Ao contrário, o mais provável era que impusessem às irmãs os padrões da sua Regra. E ainda vissem a irmã querendo isso! Podia até não ser culpa de Nynaeve, exatamente, que ela aparentasse ter pouco mais de vinte anos — tinha desacelerado cedo —, mas idade era algo importante para a Confraria, e ela optara por passar a maior parte do seu tempo com elas. Nynaeve não estava mexendo na trança, mas sim puxando-a com tanta insistência que o cabelo parecia pronto para se soltar do cocuruto.

— E aquela praga de Povo do Mar! Mulheres desgraçadas! Desgraçadas, desgraçadas, desgraçadas! Não fosse aquele *maldito* acordo...! A última coisa que eu preciso ter nas mãos são duas noviças choraminguentas e estridentes! — Os lábios de Kirstian se estreitaram por alguns instantes, e os olhos escuros de Zarya deixaram transparecer indignação antes que ela desse um jeito de voltar a demonstrar docilidade. Ou algo parecido com isso. Só que as duas tinham bom senso suficiente para saber que noviças não abriam a boca para confrontar Aes Sedai.

Elayne engoliu seu desejo de acalmar os ânimos. Sua vontade era de esbofetear tanto Kirstian quanto Zarya. Para começo de conversa, elas haviam complicado as coisas ao não ficar de bico calado. E também queria dar um tabefe em Nynaeve. Quer dizer então que, finalmente, ela tinha se visto encurralada pelas Chamadoras de Ventos, era? Ela não sentia a menor pena.

— Eu não estou *brincando* de nada, Nynaeve, e você sabe muito bem disso! Já pedi seu conselho várias vezes! — Respirando fundo, tentou se acalmar. Os serviçais que ela conseguia ver para além de Vandene e das duas noviças haviam feito uma pausa no trabalho para ficar espiando o grupo de mulheres. Ela duvidava que algum deles se detivesse em Lan, impressionante quanto ele fosse. Aes

Sedai discutindo era algo que valia a pena ver, ainda que à distância. — Alguém precisa se responsabilizar por elas — pontuou, com mais calma. — Ou você acha que pode simplesmente dizer para elas esquecerem tudo isso? Olhe para elas, Nynaeve. Deixadas ao seu bel-prazer, vão tentar descobrir quem foi num piscar de olhos. Não teriam ido atrás de Vandene se não achassem que ela aceitaria sua ajuda. — De olhos arregalados, a dupla se transformou na personificação da inocência das noviças, com só um quê de ofensa por uma acusação injusta. Elayne não acreditou naquilo. Elas haviam tido uma vida inteira para aperfeiçoar sua dissimulação.

— E por que não? — contestou Nynaeve momentos depois, mexendo no xale. — Luz, Elayne, você precisa se lembrar de que elas não são aquilo que em geral esperamos das noviças. — Elayne abriu a boca em protesto. O que em geral esperamos! Nynaeve podia até nunca ter sido uma noviça, mas fora uma Aceita havia não muito tempo, e uma Aceita choraminguenta e estridente com bastante frequência também! Ela abriu a boca, mas Nynaeve continuou. — Vandene pode fazer bom uso delas, tenho certeza — opinou. — E, quando não for o caso, pode dar lições regulares às duas. Lembro que alguém me contou que você já instruiu noviças antes, Vandene. Pronto, está decidido.

As duas noviças abriram largos sorrisos ávidos — só faltaram esfregar as mãos de satisfação —, mas Vandene fez uma cara feia.

— Não preciso de noviças me cercando o tempo todo enquanto eu...

— Você está tão cega quanto Elayne — cortou Nynaeve. — Elas têm experiência em fazer Aes Sedai enxergá-las como algo que não são. Podem trabalhar sob sua orientação, e isso lhe dará tempo para comer e dormir. Não acredito que você venha fazendo nem um nem outro.

Ela se endireitou, pendurando o xale por sobre os ombros e ao longo dos braços. Era uma performance e tanto. Baixinha como era, não mais alta que Zarya e notadamente mais baixa que Vandene e Kirstian, ela conseguia parecer a mais alta de todas por alguns centímetros. Era uma habilidade que Elayne gostaria de dominar. Ainda que não fosse tentar num vestido decotado daquela maneira. Nynaeve corria o risco de escapulir de dentro da roupa. Mesmo assim, isso não diminuía sua presença. Era o comando em pessoa.

— Vai ser você, Vandene — concluiu com firmeza.

A cara feia de Vandene foi sumindo devagar, mas acabou por sumir, no fim das contas. Nynaeve estava acima dela no Poder e, mesmo que nunca tivesse pensado naquilo com total consciência, o costume profundamente arraigado a fez ceder, ainda que a contragosto. No momento em que se virou para as duas mulheres de branco, seu semblante estava o mais próximo da compostura que já estivera desde a morte de Adeleas, o que significava exatamente que o juiz talvez não ordenasse uma execução naquele momento. Mais tarde, quem sabe. Seu rosto macilento transparecia calma, além de um nítido desalento.

— Eu realmente ensinei às noviças por um tempo — admitiu. — Um tempo curto. A Mestra das Noviças achou que eu era rígida demais com minhas alunas. — A avidez da dupla diminuiu um pouco. — O nome dela era Sereille Bagand. — O rosto de Zarya ficou tão pálido quanto o de Kirstian, e Kirstian bambeou como se tivesse ficado tonta de uma hora para a outra.

Como Mestra das Noviças e, mais tarde, Trono de Amyrlin, Sereille era uma lenda. O tipo de lenda que fazia alguém acordar suando no meio da noite.

— E eu tenho comido, sim — esclareceu ela para Nynaeve —, mas tudo tem gosto de cinzas. — Com um gesto breve para as duas noviças, ela as conduziu para longe, passando por Lan. As duas cambaleavam um pouco.

— Mulher teimosa — resmungou Nynaeve, franzindo a testa para as costas que iam se afastando, mas havia mais que um quê de compaixão em sua voz. — Conheço uma dúzia de ervas que a ajudariam a dormir, mas ela se recusa a tomar. Estou cogitando acrescentar algo ao seu vinho da noite.

Uma governante sábia, pensou Elayne, *sabe quando falar e quando se calar.* Bem, saber seguir esse conselho faria de qualquer pessoa mais sábia. Por isso, ela não disse que Nynaeve chamar alguém de teimosa era como o galo chamar o faisão de orgulhoso.

— Você sabe qual é a notícia de Reanne? — preferiu perguntar. — Uma boa notícia... ou algo assim... pelo que fiquei sabendo.

— Não a vi hoje de manhã — murmurou a outra mulher, ainda de olho em Vandene. — Não saí dos meus aposentos. — De repente, ela se sacudiu e, por algum motivo, franziu a testa para Elayne com ar de suspeita. E depois para Lan, o que era ainda mais estranho. Inabalável, ele continuou de guarda.

Nynaeve dizia que seu casamento era uma maravilha — era capaz de ser *escandalosamente* franca a respeito do assunto diante de outras mulheres —, mas Elayne achava que ela devia estar mentindo para encobrir sua decepção. Era muito provável que Lan estivesse pronto para um ataque, pronto para a briga, mesmo quando adormecia. Seria como se deitar ao lado de um leão faminto. Além do quê, aquele rosto pétreo era o suficiente para esfriar qualquer leito matrimonial. Por sorte, Nynaeve não tinha a menor ideia da opinião dela. A mulher até sorria. Um sorriso divertido, estranhamente. Divertido e... poderia ser condescendente? Claro que não. Pura imaginação.

— Eu sei onde Reanne está — disse Nynaeve, ajeitando o xale mais uma vez por sobre os cotovelos. — Venha comigo. Eu levo você até lá.

Elayne sabia exatamente onde Reanne estaria, já que não estava colada a Nynaeve, mas, de novo, controlou a língua e se deixou ser conduzida. Uma espécie de penitência por terem discutido mais cedo, quando ela deveria ter tentado apaziguar. Lan as acompanhou, aqueles olhos frios passando os corredores em revista. Os serviçais pelos quais elas passavam se encolhiam quando o olhar de Lan recaía sobre eles. Uma moça meio novinha de cabelo claro chegou a erguer as saias e sair correndo, esbarrando numa luminária e a deixando balançando enquanto fugia.

Aquilo fez Elayne se lembrar de contar para Nynaeve sobre Elenia e Naean e sobre os espiões. Nynaeve reagiu com bastante calma. Concordava com Elayne que elas não demorariam a saber quem resgatara as duas mulheres e dedicou uma fungada desdenhosa para as dúvidas de Sareitha. Aliás, se mostrou surpresa por elas não terem sido levadas direto de Aringill muito antes.

— Eu mal acreditei que elas ainda estavam lá quando chegamos a Caemlyn. Qualquer idiota podia ver que elas seriam trazidas para cá mais cedo ou mais tarde. Bem mais fácil tirá-las de uma cidadezinha. — Uma cidadezinha. No passado, Aringill teria lhe parecido uma grande cidade. — Quanto aos espiões... — Ela franziu a testa para um sujeito grisalho magrelo que enchia de óleo uma luminária trabalhada em ouro enquanto meneava a cabeça. — Claro que há espiões. Desde sempre, eu já sabia que devia haver. Você só precisa prestar atenção no que diz, Elayne. Não fale para ninguém que você não conheça bem, a menos que não se importe com todo mundo ficar sabendo.

Quando falar e quando se calar, pensou Elayne, retorcendo os lábios. Às vezes, com Nynaeve, isso podia ser uma verdadeira tortura.

Nynaeve tinha as próprias informações para compartilhar. Dezoito Comadres que tinham ido com elas até Caemlyn já não estavam mais no Palácio. Só que não haviam fugido. Como nenhuma delas era forte o bastante para Viajar, a própria Nynaeve tecera os portões que as mandaram para os confins de Altara, Amadícia e Tarabon — para dentro das terras controladas pelos Seanchan, onde tentariam encontrar qualquer Comadre que já não tivesse fugido e trazê-la de volta a Caemlyn.

Teria sido útil se Nynaeve tivesse pensado em informá-la disso no dia anterior, quando elas partiram, ou, melhor ainda, quando ela e Reanne tomaram a decisão de mandá-las, mas Elayne não mencionou nada. Em vez disso, comentou:

— Muita coragem da parte delas. Evitar a captura não será fácil.

— Coragem, sim — concordou Nynaeve, demonstrando irritação. A mão voltou a subir aos poucos para a trança. — Mas não foi por isso que as escolhemos. Alise considerou que elas eram as mais propensas a fugir se não lhes déssemos algo para fazer. — Olhando por cima do ombro na direção de Lan, ela tornou a baixar a mão. — Não sei como Egwene pretende fazer — comentou, com um suspiro. — Tudo bem sair dizendo que todas as integrantes da Confraria serão "ligadas" à Torre de alguma forma, mas como? A maioria não é forte o suficiente nem para conquistar o xale. Muitas nem conseguem chegar a Aceitas. E com certeza não vão admitir passar o resto da vida como noviças ou Aceitas.

Desta vez, Elayne nada disse porque não sabia o que dizer. A promessa tinha de ser mantida. Ela mesmo a fizera. Em nome de Egwene, verdade, e cumprindo ordens dela, mas a própria Elayne havia pronunciado cada frase e não desonraria sua palavra. Só não via nenhum jeito de mantar a promessa, a menos que Egwene surgisse com alguma ideia realmente maravilhosa.

Reanne Corly estava exatamente onde Elayne sabia que ela estaria, um quartinho com duas janelas estreitas que davam para um pequeno pátio com chafariz nos confins do Palácio, apesar de o chafariz estar seco naquela época do ano e de os batentes de vidro tornarem o cômodo um pouco asfixiante. O piso era de ladrilhos escuros simples sem tapetes e, como mobília, viam-se apenas uma mesinha estreita e duas cadeiras. Havia duas pessoas com Reanne quando Elayne entrou. Alise Tenjile, trajando um simples vestido cinza de gola alta, levantou a vista do lugar em que se encontrava, à ponta da mesa. Parecendo estar na meia-idade, era uma mulher de aspecto agradável, nada especial, que se mostrava deveras notável uma vez que se passava a conhecê-la, podendo ser muitíssimo desagradável se assim lhe fosse exigido. Só uma olhadinha, e ela retomou seu estudo do que havia em cima da mesa. Aes Sedai, Guardiões e Filhas-herdeiras não impressionavam mais Alise. Reanne estava sentada em um dos lados da mesa, o rosto enrugado e o cabelo puxando para o grisalho, usando um vestido verde mais elaborado que o de Alise. Tinha sido mandada embora da Torre ao não passar no teste para Aceita, e, caso lhe oferecessem uma segunda chance, já adotara as cores de sua Ajah preferida. À frente dela encontrava-se uma mulher rechonchuda que trajava uma lã marrom simples, o semblante exalando rebeldia e os olhos escuros cravados em Reanne, evitando o *a'dam* prateado segmentado que espreitava feito uma serpente entre as duas sobre a mesa. Suas mãos, no entanto, alisavam a extremidade do tampo, e Reanne ostentava um sorriso confiante que acentuava as linhas finas nos cantos dos olhos.

— Não me diga que conseguiu fazer uma delas ter juízo — conjecturou Nynaeve antes mesmo que Lan tivesse fechado a porta atrás deles. Ela fez uma cara feia para a mulher de marrom como se quisesse esbofetear suas orelhas, ou pior, e então deu uma olhadela para Alise.

Elayne achava que Nynaeve tinha uma certa admiração por Alise, que estava longe de ser forte com o Poder — jamais conquistaria o xale —, mas, quando queria, sabia liderar e fazer todos à sua volta aceitarem sua liderança. Incluindo Aes Sedai. A própria Elayne achava que poderia ter alguma admiração por Alise.

— Elas continuam negando que são capazes de canalizar — resmungou Alise, cruzando os braços sob os seios e franzindo a testa para a mulher diante de Reanne. — E suponho que, de fato, não sejam mesmo, mas eu consigo sentir... alguma coisa. Não chega a ser a centelha de uma mulher que nasceu para isso, mas quase, como se estivessem à beira de poder canalizar, a um pé de dar esse passo. Nunca tinha sentido nada parecido antes. Bem... Ao menos não tentam mais nos atacar com os punhos. Acho que fui bem clara com elas em relação a isso, pelo menos!

A mulher de marrom lhe dirigiu uma encarada fugaz, sombria e zangada, a boca se retorcendo numa careta. Quando Alise era clara com alguém, as coisas ficavam muito bem esclarecidas. Suas mãos continuaram correndo agitadas pelo tampo da mesa, e Elayne achava que ela fazia aquilo sem nem se dar conta.

— Também continuam negando que veem os fluxos, mas estão apenas tentando se convencer disso — acrescentou Reanne com sua voz aguda e musical. Sustentou a encarada decidida da outra mulher com um sorriso. Qualquer irmã talvez invejasse a serenidade e a presença de Reanne. Ela fora a mais idosa do Círculo do Tricô, a maior autoridade entre as Comadres. Pela Regra, o Círculo do Tricô só existia em Ebou Dar, mas ela também era a mais idosa entre as de Caemlyn, cem anos mais velha do que qualquer Aes Sedai de que se tivesse memória, e era capaz de fazer frente a qualquer irmã com seu ar tranquilo de autoridade. — Elas alegam que nós as enganamos com o Poder, que o usamos para fazê-las acreditar que o *a'dam* é capaz de contê-las. Mais cedo ou mais tarde, ficarão sem mentiras para contar. — Puxando o *a'dam* para si, abriu o fecho da coleira com um movimento hábil. — Vamos tentar de novo, Marli? — A mulher de marrom, Marli, continuava evitando olhar para a tira de metal prateado nas mãos de Reanne, mas se enrijeceu, e suas mãos palpitaram na extremidade da mesa.

Elayne suspirou. Que presente Rand lhe mandara! Que presente! Vinte e nove *sul'dam* Seanchan presas por um *a'dam*, e cinco *damane* — ela detestava aquela palavra, que significava "Uma Encolarada" ou apenas "Encolarada", apesar de serem exatamente isso — que não podiam ter o colar retirado pelo simples fato de que tentariam libertar as Seanchan que as tinham mantido prisioneiras. Leopardos com coleiras de barbante teriam sido um presente melhor. Pelo menos os leopardos não sabiam canalizar. Elas haviam sido deixadas aos cuidados da Confraria porque ninguém mais tinha tempo para isso.

Mesmo assim, ela percebera logo de cara o que fazer com as *sul'dam*: convencê-las de que podiam aprender a canalizar e depois despachá-las de volta para os Seanchan. Tirando Nynaeve, só Egwene, Aviendha e uma ou outra Comadre sabiam do seu plano. Nynaeve e Egwene hesitaram, mas, por melhor que as *sul'dam* tentassem esconder o que eram tão logo fossem devolvidas, uma delas acabaria cometendo um deslize. Isso se não relatassem tudo imediatamente. Os Seanchan eram peculiares. Até as Seanchan entre as *damane* acreditavam de fato que qualquer mulher que soubesse canalizar tinha de ser encolarada em nome da segurança dos demais. *Sul'dam* com capacidade de controlar mulheres usando o *a'dam* eram extremamente respeitadas entre os Seanchan. Saber que as próprias *sul'dam* eram capazes de canalizar abalaria as bases dos Seanchan, talvez até provocando uma ruptura entre eles. O plano tinha parecido tão simples anteriormente.

— Reanne, fui informada de que tinha boas notícias — disse. — Se as *sul'dam* ainda não começaram a fraquejar, do que se trata?

Alise franziu a testa para Lan, que se mantinha em silêncio montando guarda à frente da porta. Desaprovava que ele soubesse dos planos delas, mas não falou nada.

— Um momento, por favor — murmurou Reanne. Não se tratava de um pedido. Realmente, Nynaeve tinha feito seu trabalho bem até demais. — Não há necessidade de ela ouvir. — De repente, o brilho de *saidar* a envolveu. Ela movia os dedos enquanto canalizava, como se guiasse os fluxos de ar que prendiam Marli à cadeira, e então os amarrou e uniu as mãos em forma de concha como se moldasse visualmente a proteção contra o som que teceu em torno da mulher. Os gestos não faziam parte da canalização, claro, mas eram necessários para ela, já que fora dessa forma que aprendera as tessituras. Os lábios da *sul'dam* se retorceram num leve desdém. O Poder Único não a assustava nem um pouco.

— Leve o tempo que quiser — debochou Nynaeve, ácida, plantando as mãos no quadril. — Não tenha pressa. — Reanne não a intimidava da mesma maneira que Alise.

Por outro lado, Nynaeve também não intimidava mais Reanne, que de fato não teve pressa, examinando seu trabalho, para então fazer um meneio satisfeito com a cabeça antes de se levantar. A Confraria sempre tentara canalizar o mínimo necessário, e a liberdade de poder usar *saidar* quando bem desejasse era um prazer enorme para ela, e tecer bem a enchia de orgulho.

— A boa notícia — comunicou, pondo-se de pé e alisando as saias — é que três *damane* parecem prontas para serem soltas de seus colares. Talvez.

As sobrancelhas de Elayne se ergueram, e ela trocou olhares surpresos com Nynaeve. Das cinco *damane* que Taim havia entregado a elas, uma tinha sido capturada pelos Seanchan em Ponta de Toman e outra em Tanchico. As demais eram provenientes dos Seanchan.

— Duas das Seanchan, Marille e Jillari, ainda dizem que *merecem* ser encoladas, que *precisam* ser encoladas. — Desgostosa, Reanne estreitou a boca, mas sua pausa só durou alguns instantes. — Elas ficam realmente horrorizadas com a possibilidade de terem liberdade. Alivia parou com isso. Agora, diz que era porque tinha medo de ser recapturada. Ela diz que odeia todas as *sul'dam*, e com certeza demonstra bem isso, rosnando para elas, xingando, mas... — Duvidosa, ela balançou a cabeça devagar. — Foi capturada aos treze ou catorze anos, Elayne, ela não sabe ao certo, e já é *damane* há *quatrocentos anos!* E, além disso, ela é... ela... Alivia é consideravelmente mais forte que Nynaeve — concluiu apressada. A Confraria podia até discutir suas idades sob os olhares de quem fosse, mas elas sabiam de toda a reticência das Aes Sedai quanto a falar sobre a força com o Poder. — Ousaríamos deixá-la solta? Uma bravia Seanchan que seria capaz de destruir o Palácio inteiro? — As Comadres compartilhavam da mesma opinião que as Aes Sedai sobre as bravias. A maioria.

Irmãs que conheciam Nynaeve aprenderam a tomar cuidado com aquela palavra quando estavam perto dela, que podia ficar bastante irritada se percebesse algum tom depreciativo. Desta vez, ela se limitou a encarar Reanne. Talvez estivesse tentando encontrar a resposta. Elayne sabia o que ela mesma responderia, mas nada daquilo tinha a ver com reivindicar o trono nem com Andor. Tratava-se de uma decisão para uma Aes Sedai, e, naquele momento, isso significava que ela cabia a Nynaeve.

— Se vocês não a soltarem — opinou Lan, baixinho, junto à porta —, é melhor devolvê-la aos Seanchan. — Ele não se sentiu nem um pouco desconcertado pelos olhares sombrios disparados pelas quatro mulheres que ouviram sua voz grave pronunciar as palavras como se fosse um gongo funeral. — Vocês terão que vigiá-la de perto, mas, se a mantiverem encolarada quando ela quer ser solta, vão ser iguais a eles.

— Isso não é da sua conta, Guardião — rebateu Alise com firmeza. Lan retribuiu a encarada severa da mulher com a mesma compostura, ao que ela soltou um breve grunhido de desgosto e jogou as mãos para o alto em frustração. — Você deveria dar uma boa bronca nele quando estiverem sozinhos, Nynaeve.

Nynaeve devia estar sentindo sua admiração pela mulher com uma intensidade especial, porque ficou com as bochechas enrubescidas.

— Não pense que não vou dar — respondeu com uma voz branda, sem sequer olhar para Lan. Cedendo finalmente e dando-se conta do frio, puxou o xale para cima até cobrir os ombros e pigarreou. — Mas ele tem razão. Pelo menos não temos que nos preocupar com as outras duas. Só me surpreende que elas tenham demorado esse tempo todo para pararem de imitar aquelas Seanchan tolas.

— Não tenho tanta certeza — respondeu Reanne. — Kara era uma espécie de sábia em Ponta de Toman. Muito influente em seu vilarejo. Bravia, é claro. Era de se esperar que ela odiasse os Seanchan, mas não, nem todos. Nutre bastante afeição pelas *sul'dam* capturadas junto com ela, e demonstra muita ansiedade quanto a não fazermos mal a *nenhuma* das *sul'dam*. Lemore tem só dezenove anos, uma nobre mimada que teve a extrema infelicidade de ver a centelha se manifestar em si justo no dia em que Tanchico caiu. Ela diz que odeia os Seanchan e que quer fazê-los pagar pelo que fizeram a Tanchico, mas responde com tanta presteza por Larie, seu nome de *damane*, quanto por Lemore, além de sorrir para a *sul'dam* e deixá-la fazer carinho nela. Não desconfio delas, não da mesma maneira como desconfio de Alivia, mas duvido que qualquer uma das duas fosse capaz de enfrentar uma *sul'dam*. Acho que, se uma *sul'dam* ordenasse que alguma das duas a ajudasse a fugir, elas obedeceriam, e receio que talvez não resistisse muito se a *sul'dam* tentasse encolará-la de novo.

Depois que a mulher parou de falar, o silêncio se estendeu.

Nynaeve dava a impressão de olhar para dentro de si mesma, em conflito. Ela agarrou a trança e, em seguida, soltou e cruzou os braços com força na altura do peito, a franja do xale balançando enquanto ela abraçava o próprio corpo. Olhava feio para todas, e não dirigiu sequer uma olhadela na direção de Lan. Por fim, respirou fundo e se posicionou para enquadrar Reanne e Alise.

— Precisamos retirar o *a'dam*. Vamos mantê-las aqui conosco até termos certeza. E Lemore vai continuar conosco, ela precisa usar o branco! E jamais poderemos deixá-las sozinhas, especialmente com as *sul'dam*, mas o *a'dam* sai! — Ela falou com contundência, como se esperasse alguma oposição, mas um sorriso largo de aprovação tomou conta do rosto de Elayne. Mais três mulheres a respeito de quem elas não tinham como ter certeza não era lá tão boa notícia assim, mas não houvera outra opção.

Reanne apenas assentiu — depois de um certo momento —, mas uma sorridente Alise deu a volta na mesa para dar um tapinha no ombro de Nynaeve, que chegou a ruborizar. Ela tentou disfarçar pigarreando com certa rudeza e fazendo cara feia para a Seanchan dentro de sua jaula de *saidar*, mas seus esforços não surtiram muito efeito, e Lan, em todo o caso, tratou de estragá-los.

— *Tai'shar Manetheren* — falou com uma voz mansa.

A boca de Nynaeve se escancarou, e então se curvou em um sorriso trêmulo. Lágrimas repentinas cintilavam em seus olhos quando se virou para olhá-lo com uma expressão de alegria. Lan sorriu de volta, e já não havia frieza alguma em seus olhos.

Elayne precisou se esforçar para não ficar boquiaberta. Luz! Talvez ele não esfriasse o leito matrimonial, no fim das contas. Pensar naquilo fez suas bochechas corarem. Tentando não olhar para os dois, seus olhos pousaram em Marli, ainda presa à cadeira. A Seanchan tinha o olhar fixo à frente, as lágrimas escorrendo pelas bochechas gorduchas. Fixo à frente. Para as tessituras que lhe bloqueavam o som. Já não tinha como negar que as enxergava. Mas, quando Elayne ressaltou aquilo, Reanne balançou a cabeça.

— Todas choram quando são obrigadas a passar muito tempo olhando para as tessituras, Elayne — explicou, cautelosa. E com um quê de tristeza. — Mas, tão logo as tessituras somem, elas se convencem de que as enganamos. Precisam se convencer, entende? Do contrário, seriam *damane*, não *sul'dam*. Não, vai levar um bom tempo para convencer a Senhora das Cadelas de que ela própria é, na verdade, uma cadela. Receio que eu não tenha lhe dado nenhuma boa notícia, não é?

— Não muitas — respondeu Elayne. Nenhuma, na verdade. Só mais um problema para se somar a todos os demais. Quantas más notícias poderiam ser acumuladas antes que ela fosse enterrada debaixo daquele amontoado todo? Ela tinha de receber alguma boa, e logo.

Capítulo 9

Uma xícara de chá

Já em seu quarto de vestir, Elayne tratou de tirar as roupas de cavalgada com a ajuda de Essande, a aposentada de cabelos grisalhos que escolhera para ser sua criada. Esbelta e de conduta digna, a mulher era um tantinho vagarosa nos movimentos, mas conhecia sua função e não perdia tempo com conversinhas. Na verdade, era raro que dissesse alguma palavra que não fossem sugestões de roupas ou seu comentário diário de que Elayne era parecida com a mãe.

Chamas bailavam por sobre grossas toras de uma larga lareira de mármore em uma das extremidades do aposento, mas o fogo fazia muito pouco para aliviar o frio que pairava no ar. Ela vestiu depressa uma bela lã azul com detalhes em pérolas na gola alta e ao longo das mangas e um cinto trabalhado em prata com uma pequena adaga na bainha prateada, e calçou as pantufas de veludo azul com bordados de prata. Talvez não houvesse tempo para se trocar de novo antes do encontro com os mercadores, que, ao vê-la, deveriam ficar impressionados. Ela precisaria ter certeza de que Birgitte estaria presente, já que, uniformizada, a arqueira era *muitíssimo* impressionante. E Birgitte poderia ter uma folga ouvindo os mercadores. A julgar pela irritação abrasiva que Elayne sentia no fundo da mente, a Capitã-General da Guarda da Rainha vinha passando por maus bocados com os relatórios.

Prendendo brincos de pérolas aglomeradas nas orelhas, ela dispensou Essande para a própria lareira nos alojamentos dos aposentados. A mulher recusara quando a Cura lhe foi oferecida, mas Elayne suspeitava que ela sentia dor nas articulações. Em todo caso, ela, propriamente dita, estava pronta. Não usaria o diadema de Filha-herdeira, deixando-o em cima da caixinha de joias de marfim em sua penteadeira. Ela não possuía muitas pedras preciosas, a maior parte já tinha sido penhorada e o restante talvez tivesse que ser, quando a prata acabasse. Não havia por que se preocupar com isso àquela altura. Alguns momentos só para si, e logo o dever voltaria a chamá-la.

Sua sala do trono com painéis escuros e cornijas largas com aves entalhadas continha duas lareiras altas com molduras elaboradas, uma em cada extremidade, que faziam um trabalho melhor no aquecimento do cômodo do que a de seu quarto de vestir, embora ali, da mesma forma, os tapetes dispostos em camadas por sobre o piso de ladrilhos brancos fossem necessários. Para a surpresa dela, o aposento também continha Halwin Norry. Ao que parecia, o dever já a chamava.

Segurando uma pasta de couro junto ao peito estreito, o Primeiro Secretário se espichou para se levantar de uma cadeira de encosto baixo assim que ela entrou, e deu a volta em torno da mesa com bordas arredondadas no centro do aposento para fazer uma mesura desengonçada. Norry era alto e esguio, com um nariz comprido e tufos de cabelo se erguendo por trás das orelhas feito penas brancas. Ela o achava parecido com uma garça. Era uma porção de secretários subordinados a ele quem de fato assinava os papéis, mas uma manchinha de tinta maculava a barra do seu tabardo escarlate. Parecia antiga, porém, e Elayne ficou se perguntando se a pasta não escondia outras. Ele só passara a segurá-la junto ao peito quando adotou os trajes formais, dois dias depois da Senhora Harfor. Se fizera isso para expressar lealdade ou só porque a Criada-chefe fizera ainda era uma questão em aberto.

— Me perdoe a precipitação, milady — desculpou-se —, mas realmente acredito que trago questões de certa importância, se não urgência, para lhe apresentar. — Questões importantes ou não, a voz do sujeito continuava sendo um zumbido chato.

— Claro, Mestre Norry. Eu não o pressionaria a se apressar. — Ele pestanejou para ela, que tentou não suspirar. Elayne achava que o sujeito poderia ser mais que só um pouco surdo, dada a forma como inclinava a cabeça para um lado e para o outro como se quisesse captar melhor o som. Talvez fosse por isso que o tom de sua voz quase nunca se alterava. Ela tratou de aumentar um pouco o dela. Podia ser que ele só fosse tedioso mesmo, afinal. — Sente-se e me fale sobre essas questões importantes.

Ela afastou de junto da mesa uma das cadeiras entalhadas e gesticulou para que ele se sentasse numa outra, mas Norry continuou de pé. Era sempre assim. Cruzando as pernas e arrumando as saias, Elayne se acomodou para escutá-lo.

Norry não recorreu à pasta. Tudo que havia nos papéis estaria em sua cabeça, aquela papelada toda era apenas para caso ela exigisse ver com os próprios olhos.

— O mais imediato, milady, e talvez o mais importante, é que grandes depósitos de alume foram descobertos nas suas propriedades de Danabar. Alume de primeira qualidade. Creio que os banqueiros vão ficar... hum... menos hesitantes quanto às minhas consultas em seu nome quando ficarem sabendo disso. — Ele deu um breve sorrisinho, um curvar momentâneo de seus lábios finos. Sendo ele quem era, aquilo quase equivalia a dar pulinhos de alegria.

Elayne se endireitou na cadeira assim que Norry mencionou o alume e abriu um sorriso bem mais generoso. Sentia uma vontade de dar pulinhos. Fosse seu interlocutor qualquer outra pessoa que não ele, talvez tivesse dado. Sua alegria foi tamanha que, por um momento, ela sentiu a irritabilidade de Birgitte se atenuar. Tintureiros e tecelões usavam muito alume, bem como fabricantes de vidro e de papel, entre outros. A única fonte de alume de qualidade era Ghealdan — ou havia sido até aquele momento —, e os impostos do comércio do composto tinham sido suficientes para sustentar o trono ghealdaniano por gerações. O que vinha de Tear e Arafel não chegava nem aos pés, mas, mesmo assim, gerava tanta renda para os cofres desses dois países quanto o azeite ou as pedras preciosas.

— É uma notícia importante mesmo, Mestre Norry. A melhor que tive hoje. — A melhor desde a sua chegada a Caemlyn, muito provavelmente, mas, *com toda a certeza*, a melhor do dia. — De quanto tempo você precisa para superar a "hesitação" dos banqueiros? — A "hesitação" parecia-se mais com um fechar de portas na cara dela, só não com tanta grosseria. Os banqueiros sabiam tintim por tintim quantas espadas a defendiam naquele momento e quantas seus oponentes possuíam. Ainda assim, Elayne não tinha dúvida de que a riqueza do alume os dobraria. Norry também acreditava.

— Será bem rápido, milady, e em termos muito bons, acredito. Direi que, se as melhores ofertas que derem forem insuficientes, vou procurar Tear ou Cairhien. Eles não vão correr o risco de perder um cliente, milady. — Tudo dito naquela voz seca e monótona, sem o menor sinal de satisfação que qualquer outra pessoa demonstraria. — Serão empréstimos em função de rendas futuras, é claro, e haverá despesas. A própria mineração em si, o transporte. Danabar fica numa região montanhosa, e a certa distância da Estrada de Lugard. Mesmo assim, deve haver o suficiente para dar conta de suas ambições em relação à Guarda, milady. E para a sua Academia.

— Suficiente não é bem a palavra, caso você tenha desistido de tentar me dissuadir dos meus planos para a Academia, Mestre Norry — advertiu ela, quase às gargalhadas. O sujeito era tão zeloso com o tesouro de Andor quanto uma galinha com seus ovos, e fora terminantemente contrário a ela assumir a escola que Rand ordenara que fosse fundada em Caemlyn, insistindo em seus argumentos tantas e tantas vezes até sua voz parecer uma broca perfurando o crânio de Elayne. Até aquele momento, a escola consistia apenas de algumas dezenas de estudiosos com seus alunos espalhados em várias estalagens da Cidade Nova, mas, mesmo no inverno, outros mais chegavam todos os dias, e já haviam começado a clamar por mais espaço. Elayne não propusera dar-lhes um palácio, por certo, mas eles precisavam de algum lugar. Norry estava tentando economizar o ouro de Andor, mas ela estava pensando no futuro do reino. Tarmon Gai'don chegava, só que ela precisava acreditar que haveria um futuro depois disso, quer Rand causasse outra ruptura do mundo ou não. Do contrário, não havia por que seguir adiante com nada, e Elayne não admitia só ficar sentada esperando. Mesmo que tivesse certeza absoluta de que a Última Batalha fosse acabar com tudo, ela não se imaginava ficando de braços cruzados. Rand dera início às escolas para caso gerasse *de fato* uma ruptura do mundo, na esperança de salvar alguma coisa, mas essa escola seria de Andor, não de Rand al'Thor. A Academia da Rosa, dedicada à memória de Morgase Trakand. *Haveria* um futuro, e esse futuro se lembraria da sua mãe. — Ou você decidiu, no fim das contas, que o ouro cairhieno pode estar vindo do Dragão Renascido?

— Mesmo ainda acreditando que o risco seja bem pequeno, milady, não vale a pena corrê-lo, tendo em vista o que acabou de chegar aos meus ouvidos vindo de Tar Valon. — O tom de voz não se alterou, mas sua agitação era nítida. Os dedos tamborilavam a pasta de couro contra o peito tal qual aranhas dançando, mas depois ficaram imóveis. — A... hum... Torre Branca publicou uma proclamação reconhecendo... hum... Lorde Rand como o Dragão Renascido e oferecendo a ele... hum... proteção e orientação. Além disso, anuncia a condenação de qualquer um que se dirija a ele e não o faça por meio da Torre. É prudente ter cautela com a ira de Tar Valon, milady, como você mesma bem sabe. — Norry lançou um olhar expressivo na direção do anel da Grande Serpente na mão de Elayne, que repousava no braço entalhado da cadeira. Claro que ele estava ciente da cisão na Torre. Talvez um pequeno agricultor de Seleisin não estivesse, mas, àquela altura, ninguém mais tinha como não saber. Só que Norry havia sido discreto demais para perguntar de que lado ela estava, embora, claramente, tenha estado à beira de dizer "Trono de Amyrlin", no lugar de "Torre Branca". E só a Luz sabia o quê, no lugar de "Lorde Rand". Elayne não ficou ressentida com aquilo. Ele era um homem cauteloso, qualidade necessária à posição que ocupava.

A proclamação de Elaida, no entanto, a deixou estupefata. Franzindo a testa, corria o polegar pelo anel, pensativa. Elaida o usara por mais tempo do que ela própria tinha de idade. A mulher era arrogante, desajuizada, cega a qualquer opinião que não fosse a sua, mas não era burra. Longe disso.

— Será que ela acha mesmo que Rand vai *aceitar* uma oferta dessas? — refletiu, em parte consigo mesma. — Proteção e *orientação*? Não consigo pensar numa maneira melhor de deixá-lo ofendido. Orientação? Ninguém seria capaz de *orientar* Rand nem com uma vara de barcaça!

— É possível que ele já tenha até aceitado, milady, segundo minha correspondente em Cairhien. — Norry teria calafrios com a mera sugestão de que era alguma espécie de chefe de espionagem. Bem, no mínimo teria retorcido a boca de desgosto. O Primeiro Secretário administrava o tesouro, controlava os secretários que geriam a capital e aconselhava o trono em assuntos de Estado. Certamente não possuía nenhuma rede de olhos-e-ouvidos, como as Ajahs e até algumas irmãs em nível individual tinham, mas trocava correspondências com regularidade com pessoas bem informadas e com bons contatos em outras capitais, de modo que seu aconselhamento estaria a par com o que vinha acontecendo. — Ela só envia um pombo uma vez por semana, e parece que, logo depois do último, alguém atacou o Palácio do Sol usando o Poder Único.

— O Poder? — exclamou Elayne, chocada, inclinando-se para a frente.

Norry respondeu com um meneio de cabeça. Era como se estivesse reportando a situação atual dos reparos nas ruas.

— É o que minha correspondente relata, milady. Aes Sedai, talvez, ou Asha'man, ou quem sabe até os Abandonados. Receio que ela esteja reproduzindo fofocas. A ala onde se localizavam os alojamentos do Dragão Renascido foi bastante destruída, e ele próprio desapareceu. Acredita-se que tenha ido a Tar Valon para se pôr de joelhos diante do Trono de Amyrlin. Há quem ache que ele morreu no ataque, mas não muitos. Meu conselho é que não faça nada até ter uma ideia mais clara do que aconteceu. — Ele fez uma pausa, a cabeça inclinada, pensando. — Pelo que vi dele, milady — afirmou devagar —, eu só acreditaria que está morto se passasse três dias sentado diante do cadáver.

Elayne quase ficou boquiaberta. Era quase uma piada. No mínimo, uma insinuação de brincadeira. De Halwin Norry! Ela também não acreditava que Rand estivesse morto. Não acreditaria nisso. Quanto a se ajoelhar diante de Elaida, o homem era teimoso demais para se submeter a quem quer que fosse. Uma porção de obstáculos seria suplantada se ele conseguisse se obrigar a se ajoelhar diante de Egwene, mas Rand não faria isso, mesmo ela sendo sua amiga de infância. Elaida tinha tantas chances quanto uma cabra num baile da corte, especialmente depois que ele ficasse sabendo da proclamação. Porém, quem o atacara? Claro que os Seanchan não poderiam ter chegado até Cairhien. Se os Abandonados tivessem decidido agir tão abertamente, isso poderia significar mais caos e mais destruição do que o mundo já enfrentava, mas o pior seria se tivessem sido os Asha'man. Se suas próprias criações se voltassem contra ele... Não! Ela não teria como protegê-lo, por mais que ele precisasse. Rand teria de se virar sozinho.

Aquele tolo!, resmungou em seus pensamentos. *Provavelmente está marchando por aí com estandartes, como se ninguém estivesse tentando matá-lo! É* bom *você se defender sozinho, Rand al'Thor, senão vou dar uma bofetada na sua cara de tonto quando puser as mãos em você!*

— O que mais seus correspondentes têm a dizer, Mestre Norry? — indagou em voz alta, deixando Rand para lá. Ainda não tinha posto as mãos nele e precisava se concentrar em tentar governar Andor.

Os correspondentes de Norry tinham muito a dizer, embora parte dos relatos desse conta de fatos bem antigos. Nem todos que escreviam usavam pombos, e cartas entregues a mercadores menos dignos de confiança podiam levar meses, nas épocas mais tranquilas, para atravessar o território. Mercadores de índole duvidosa recebiam a taxa de envio e nunca se davam ao trabalho de entregar a carta. Poucas pessoas tinham dinheiro para contratar mensageiros. Se a situação algum dia permitisse, Elayne fundaria o Correio Real. Norry lamentou o fato de que suas últimas notícias provenientes de Ebou Dar e Amador já tivessem sido ultrapassadas pelos acontecimentos que, ao longo de semanas, foram o único assunto das ruas.

Sem falar que nem todas as notícias eram importantes. As missivistas não eram de fato olhos-e-ouvidos, apenas relatavam as novidades de suas cidades, o que se dizia na corte. O assunto em Tear era a quantidade cada vez maior de navios do Povo do Mar que navegavam pelas Garras do Dragão sem necessitar de condutores e passavam a atulhar o rio na altura da cidade, além de boatos de que embarcações do Povo do Mar haviam combatido os Seanchan nas águas, embora isso não passasse de rumores. Illian estava tranquila e cheia de soldados de Rand se recuperando de uma batalha contra os Seanchan. Não se sabia de mais nada e se questionava até se Rand estivera na cidade. A Rainha de Saldaea ainda se encontrava em seu longo retiro no campo, o que Elayne já sabia, mas parecia que a Rainha de Kandor também não era vista em Chachin havia meses, e o Rei de Shienar supostamente ainda estava em uma inspeção prolongada da Fronteira da Praga, apesar de os relatos darem conta de que a Praga estava mais calma que em qualquer período recente de que se tinha memória. Em Lugard, o Rei Roedran estava reunindo todos os nobres que pudessem trazer homens de armas, e uma cidade já preocupada com dois grandes exércitos acampados perto da fronteira com Andor, um cheio de Aes Sedai e o outro cheio de andorianos, agora também tinha de se preocupar com o que pretendia um perdulário devasso feito Roedran.

— E seu conselho nesse caso? — perguntou ela quando o sujeito terminou, embora não precisasse ouvi-lo.

Na verdade, também não precisava nos outros casos. Os acontecimentos eram longe demais para afetar Andor ou não eram tão importantes assim, não passavam de um panorama geral do que vinha ocorrendo em outras terras. Ainda assim, era esperado que Elayne fizesse a pergunta mesmo quando ambos sabiam que ela já tinha a resposta — que era "não fazer nada" —, e que as respostas dele fossem ser ligeiras. Murandy não era nem distante nem de pouca importância, mas, desta vez, ele retorceu os lábios e hesitou. Norry era lento e metódico, mas não costumava ser hesitante.

— Nenhum, nesse sentido, milady — respondeu por fim. — Normalmente, eu recomendaria enviar um emissário até Roedran para tentar sondar seus objetivos e motivações. Ele pode estar temeroso por conta dos acontecimentos ao norte ou do ataques Aiel de que tanto ouvimos falar. Por outro lado, embora nunca tenha sido ambicioso, pode estar envolvido em alguma empreitada no norte de Altara. Ou em Andor, dadas as circunstâncias. Infelizmente… — Ainda pressionando a pasta junto ao peito, ele espalmou de leve as mãos e suspirou, talvez pedindo desculpas, talvez angustiado.

Infelizmente, ela ainda não era rainha, nenhum emissário seu conseguiria chegar perto de Roedran. Se sua reivindicação ao trono desse errado e ele tivesse recebido o emissário, o postulante bem-sucedido poderia tomar parte de Murandy para ensinar uma lição a ele, e Lorde Luan e os outros já haviam capturado territórios. Elayne, no entanto, tinha informações melhores que as do Primeiro Secretário, provenientes de Egwene. Ela não tinha nenhuma intenção de revelar sua fonte, mas decidiu atenuar a angústia do sujeito. Deve ter sido por esse motivo que ele retorceu a boca: saber o que deveria ser feito e não conseguir enxergar como fazer.

— Sei o que Roedram almeja, Mestre Norry, e os objetivos dele estão em Murandy mesmo. Os andorianos em Murandy aceitaram juramentos de nobres murandianos no norte, o que deixa os outros nervosos. E há um bando grande de mercenários, de Devotos do Dragão, na verdade, mas Roedran acredita que sejam mercenários, contratados por ele em segredo para ficar lá e ser uma ameaça constante depois que os outros exércitos tiverem ido embora. O plano dele é usar essas ameaças para ligar os nobres a ele, de modo que todos tenham medo de serem o primeiro a fugir quando as ameaças tiverem passado. Caso o plano dê certo, ele pode ser um problema no futuro, até porque, para começo de conversa, vai querer retomar essas terras ao norte, mas, para Andor, não configura nenhum problema imediato.

Os olhos de Norry se arregalaram, e ele inclinou a cabeça primeiro para um lado, depois para o outro, examinando-a. Antes de falar, umedeceu os lábios.

— Isso explicaria muita coisa, milady. Sim. É, explicaria, sim. — A língua tornou a encostar nos lábios. — Houve uma outra questão trazida pela minha correspondente em Cairhien que eu... hum... esqueci de mencionar. Como você deve estar ciente, sua intenção de reivindicar o Trono do Sol é bem conhecida por lá, e conta com grande apoio. Ao que parece, muitos cairhienos falam abertamente de vir a Andor para ajudá-la a se sentar no Trono do Leão para que, assim, possa conquistar mais rápido o Trono do Sol. Creio que talvez não precise dos meus conselhos no que diz respeito a essas ofertas.

Ela aquiesceu graciosamente, dadas as circunstâncias. A ajuda dos cairhienos seria pior que a dos mercenários, visto que houvera guerras demais entre Andor e Cairhien. Ele não se esquecera disso. Halwin Norry nunca se esquecia de nada. Então, por que decidira contar para ela, em vez de deixá-la ser pega de surpresa, com a chegada de apoiadores cairhienos, talvez? Será que sua demonstração de conhecimento havia impressionado o sujeito? Ou será que Norry tinha medo de que ela pudesse descobrir que ele sonegara a informação? O Primeiro Secretário ficou aguardando-a com toda a paciência, uma garça ressecada esperando... um peixe?

— Prepare uma carta para eu assinar e selar, Mestre Norry, para ser enviada a todas as Casas importantes de Cairhien. Comece expondo meu direito ao Trono do Sol por ser filha de Taringail Damodred e diga que irei até lá para dar prosseguimento à minha reivindicação assim que a situação em Andor estiver mais resolvida. Informe-os de que não levarei nenhum soldado comigo porque sei que a presença de soldados andorianos em solo cairhieno incitaria a população contra mim, e com razão. Termine com uma apreciação minha pelo apoio oferecido à minha causa por muitos cairhienos e reitere a esperança que tenho de que quaisquer divisões em Cairhien possam ser sanadas de forma pacífica. — Quem fosse inteligente entenderia a mensagem nas entrelinhas e, com sorte, explicaria a qualquer um que não fosse tão astuto.

— Uma resposta engenhosa, milady — ponderou Norry, encurvando os ombros à semelhança de uma mesura. — Assim farei. Se me permite a pergunta, milady, teve tempo de assinar as contas? Ah, não importa. Mais tarde mando alguém buscá-las. — Com uma reverência mais apropriada, ainda que não menos desajeitada que a de antes, ele se preparava para sair quando fez uma pausa. — Me perdoe tamanho atrevimento, milady, mas você me lembra muito a falecida Rainha sua mãe.

Observando a porta se fechar atrás dele, Elayne ficou se perguntando se poderia contar com Norry. Administrar Caemlyn sem secretários, e Andor, ainda por cima, era impossível, e o Primeiro Secretário tinha poder de convencimento com qualquer rainha que não o controlasse. Um elogio não era a mesma coisa que uma declaração de lealdade.

Ela não teve muito tempo para ficar refletindo, já que, poucos momentos depois que o sujeito partiu, três criadas uniformizadas entraram segurando bandejas com tampas abobadadas de prata que depositaram em fila na mesa lateral comprida junto de uma das paredes.

— A Criada-chefe disse que milady se esqueceu de mandar trazer a refeição do meio-dia — disse uma mulher roliça grisalha que fazia mesuras enquanto gesticulava para suas acompanhantes mais jovens retirarem as tampas abobadadas. — Por isso, ela mandou várias opções para milady.

Opções. Balançando a cabeça para aquela exibição, Elayne se lembrou de quanto tempo já havia se passado desde o café da manhã, que ela tomara ao nascer do sol. Havia lombo de carneiro fatiado com molho de mostarda, carne de capão assada com figos secos, pães doces com pinhão, alho-poró cremoso e sopa de batata, repolho recheado com uvas-passas e pimentões, e uma torta de abobrinha, sem falar num pratinho com tortinhas de maçã e outro com pão de ló com licor e cobertura de nata coalhada. Nuvens de vapor se erguiam de dois cântaros baixinhos de prata contendo vinho, para que pudesse optar pelas especiarias que mais lhe agradassem. Um terceiro continha chá quente. E, escanteada com certo desdém no canto de uma das bandejas, a refeição que ela sempre pedia ao meio do dia: um caldo ralo com pão. Reene Harfor desaprovava a opção, alegando que Elayne estava "magra feito um corrimão".

A Criada-chefe disseminara suas opiniões. A mulher de cabelo grisalho exibia um semblante de reprovação ao pousar o pão, o caldo e o chá na mesa no centro do cômodo com um lenço de linho branco, uma xícara e um pires de porcelana fina azul e um pote de prata com mel. E alguns figos num prato. Ficar de barriga cheia ao meio-dia era sinônimo de cabeça lerda à tarde, como Lini costumava dizer. As opiniões *dela*, no entanto, não eram compartilhadas. Todas as criadas eram mulheres confortavelmente alimentadas, e até a dupla mais jovem parecia decepcionada ao partir com a comida que sobrou.

O caldo estava muito gostoso, quente e levemente apimentado, e o chá tinha um sabor agradável de menta, mas ela não ficou sozinha por muito tempo com sua refeição e com o pensamento de que, talvez, pudesse ter pegado um *pouquinho* do pão de ló com licor. Antes que tivesse engolido duas colheradas, Dyelin entrou apressada no aposento, parecendo um redemoinho de vestido de cavalgada verde, e com a respiração pesada. Repousando a colher, Elayne ofereceu-lhe chá antes de se dar conta de que só havia a única xícara que já estava em uso, mas Dyelin recusou a gentileza, o semblante tomado por uma carranca exasperada.

— Tem um exército na Floresta de Braem — anunciou —, nunca vimos algo daquele tamanho desde a Guerra dos Aiel. Um mercador de Nova Braem veio trazer a notícia hoje de manhã. Um homem firme e confiável, Tormon, um illianense nada afeito a desvarios fantasiosos nem a ter medo da própria sombra. Ele disse que viu arafelianos, kandorianos e shienaranos em vários lugares. Milhares deles, todos juntos. Dezenas de milhares. — Desabando numa das cadeiras, ela se abanou com uma das mãos. Seu rosto estava ruborizado, como se tivesse corrido para dar a notícia. — Pela Luz, o que essa gente das Terras das Fronteiras faz perto da fronteira de Andor?

— É Rand, aposto — respondeu Elayne. Sufocando um bocejo, tomou o resto do chá e tornou a encher a xícara. A manhã havia sido cansativa, mas a dose certa de chá lhe daria ânimo.

Dyelin parou de se abanar e se endireitou na cadeira.

— Não acha que ele os enviou, não é? Para... ajudar você?

Essa possibilidade não ocorrera a Elayne. Às vezes, ela se arrependia de permitir que a mulher mais velha soubesse dos sentimentos que nutria por Rand.

— Não poderia imaginar que ele fosse... Ou melhor, que seja... *tão* tolo.

Luz, como estava cansada! Por vezes, Rand agia como se fosse o Rei do Mundo, mas, com certeza, não... Ele não... faria essa coisa da qual não conseguia lembrar o nome.

Elayne conteve outro bocejo e, de repente, seus olhos se arregalaram por cima da mão e ficaram fitando a xícara de chá. Um sabor fresco, mentolado. Com cuidado, ela pousou a xícara, ou tentou. Quase errando o pires por completo, o objeto caiu e derramou chá em cima da mesa. Chá batizado com raiz-dupla. Mesmo sabendo que não adiantava nada, ela abraçou a Fonte e tentou se preencher com a vida e a alegria de *saidar*, mas era como tentar apanhar vento com uma rede. A irritação de Birgitte, menos intensa que antes, continuava alojada em um canto da sua mente. De maneira frenética, Elayne tentou transmitir seu medo, ou pânico. Sua cabeça dava a impressão de estar estofada com lã, tudo que havia dentro dela, enevoado. *Me ajude, Birgitte!*, pensou. *Me ajude!*

— O que foi? — quis saber Dyelin, inclinando-se à frente de forma brusca. — Você pensou em alguma coisa e, pela cara que está fazendo, é pavorosa.

Elayne pestanejou. Tinha se esquecido de que a outra mulher estava ali.

— Vá! — ordenou, a voz embolada, e então engoliu com força para tentar limpar a garganta. A língua parecia ter o dobro do tamanho. — Peça ajuda! Fui... envenenada! — Explicar levaria tempo demais. — Vá!

Paralisada, Dyelin encarou-a boquiaberta e, em seguida, deu um pinote para se pôr de pé, agarrando o cabo da faca que trazia no cinto.

A porta se abriu, e um serviçal hesitante enfiou a cabeça para dentro. Elayne se sentiu inundada de alívio. Dyelin não a esfaquearia diante de uma testemunha. O homem umedeceu os lábios, os olhos saltando de uma mulher para a outra. E então entrou, sacando do cinto uma faca de lâmina comprida. Outros dois homens de uniforme vermelho e branco o seguiram, cada qual desembainhando uma faca imensa.

Eu não vou morrer feito um gatinho indefeso dentro de uma saca, pensou Elayne com amargura. Com esforço, deu um jeito de se pôr de pé. Os joelhos bambearam, e ela precisou se apoiar na mesa com uma das mãos, mas usou a outra para sacar sua adaga. A lâmina com padronagens gravadas era quase do tamanho da sua mão, mas seria suficiente. Teria sido, se seus dedos empunhando o cabo não parecessem feitos de madeira. Uma criança seria capaz de tomar-lhe a arma. *Não sem me defender*, pensou. Era como forçar passagem andando em melaço, mas, mesmo assim, ela estava determinada. *Não sem lutar!*

Estranhamente, a impressão que dava era de que pouco tempo havia se passado. Era só agora que Dyelin estava se virando para os serviçais, o último deles acabando de fechar a porta atrás de si.

— Assassinos! — berrou a mulher. Ela apanhou a cadeira e arremessou nos homens. — Guardas! Assassinos! Guardas!

Os três tentaram se desviar da cadeira, mas um deles foi lento demais, e o objeto acertou-o nas pernas. Com um grito, o sujeito tombou por cima do homem que vinha ao lado dele, fazendo ambos caírem. O outro, um rapaz esguio louro de olhos azuis, se livrou da investida com a faca em riste.

Dyelin encarou-o empunhando a sua, pronta para golpear, apunhalar, mas ele se movia como um furão, evitando os ataques com facilidade. Sua lâmina comprida a acertou, e Dyelin, soltando um ganido, tropeçou para trás, uma das mãos apertando a barriga. Com agilidade, o rapaz seguiu em frente como se dançasse, sempre apunhalando, e ela gritou e caiu feito uma boneca de pano. Ele passou por cima dela e veio andando na direção de Elayne.

Para ela, não existia mais nada além dele e da faca que trazia na mão. O rapaz não se apressou. Aqueles olhos azuis a examinaram com cuidado à medida que ele foi avançando a passos contínuos. Claro. Ele sabia que ela era uma Aes Sedai. Não tinha como não estar se perguntando se a poção tinha surtido efeito. Ela tentou se manter ereta para continuar encarando-o, para ganhar alguns momentos com seu blefe, mas o rapaz fez um meneio com a cabeça para si mesmo e ergueu a faca. Àquela altura, se houvesse algo que ela pudesse fazer, já teria feito. Seu rosto não transparecia nenhum deleite. Era apenas um homem com uma missão a cumprir.

De repente, ele parou e, estupefato, baixou a vista para o próprio corpo. Elayne também olhou. Para uma ponta de aço de um pé de comprimento que se projetava do seu peito. O sangue borbulhava de sua boca quando ele caiu por cima da mesa, empurrando-a com tudo.

Cambaleando, Elayne tombou de joelhos e mal conseguiu se apoiar de novo na extremidade do tampo para evitar que desabasse ainda mais. Atônita, fitou o homem que sangrava por sobre os tapetes. Um cabo de espada lhe saía pelas costas. Pensamentos de chumbo vagavam pela mente dela. Com tanto sangue, podia ser que aqueles tapetes nunca mais ficassem limpos. Devagar, ela levantou a vista e olhou além da silhueta imóvel de Dyelin. Aparentava não estar respirando. Para a porta. Para a porta aberta. Um dos outros dois assassinos jazia à frente dela, a cabeça num ângulo esquisito, presa só em parte ao corpo. O terceiro lutava com um outro homem de casaco vermelho, os dois grunhindo e rolando pelo chão, disputando a mesma adaga. Com sua única mão livre, o assassino tentava arrancar o punho do rival de sua garganta. O rival. Um homem com um rosto parecido com um machado, trajando o casaco de gola branca dos homens da Guarda.

Rápido, Birgitte, pensou ela, embotada. *Por favor, rápido.*

A escuridão a engoliu.

Capítulo 10

Um plano bem-sucedido

Os olhos de Elayne se abriram no escuro e fitaram as sombras tênues que dançavam na palidez enevoada. Seu rosto estava frio, o resto do corpo, quente e suado, e algo restringia seus braços e suas pernas. Por um instante, foi tomada pelo pânico. Então, sentiu a presença de Aviendha no cômodo, uma consciência simples e reconfortante, e a de Birgitte também, um punho cerrado de calma e raiva controlada dentro da sua mente. As duas tranquilizavam Elayne só por estarem ali. Ela estava em seu quarto, deitada sob os cobertores da cama, olhando para cima, para o dossel de linho retesado, e com bolsas de água quente amontoadas nas laterais do corpo. As pesadas cortinas de inverno da cama encontravam-se amarradas por trás dos postes entalhados, e a única luz no aposento vinha das minúsculas chamas que bruxuleavam na lareira, apenas o suficiente para fazer as sombras se moverem, não para dissipá-las.

Sem pensar, ela buscou a Fonte e a encontrou. Tocou *saidar*, o que foi maravilhoso, sem canalizar. O desejo de tragar com toda a intensidade brotou com força dentro dela, mas, relutando, Elayne recuou. Ah, e como relutou, e não só porque o afã de querer ser preenchida pela vida mais profunda de *saidar* costumava ser uma necessidade infinita que precisava ser controlada. Seu maior medo durante aqueles minutos intermináveis de terror não havia sido a morte, e sim ela nunca mais voltar a tocar a Fonte. Tempos atrás, teria achado aquilo estranho.

De repente, a memória voltou, e ela se sentou cambaleante, os cobertores escorregando para a cintura. De imediato, tornou a puxá-los. O ar causava uma sensação de *frio* em contato com sua pele nua ensopada de suor. Não lhe haviam deixado nem uma camisola, e, mesmo se esforçando para imitar a facilidade que Aviendha tinha para ficar sem roupa na frente dos outros, ela não conseguia.

— Dyelin — chamou, ansiosa, virando-se para acomodar melhor os cobertores em volta do corpo. Foi difícil. Ela se sentia como se a tivessem torcido, e mais que só um tantinho vacilante. — E os Guardas? Eles...?

— O homem não sofreu nem um arranhão — informou Nynaeve, surgindo das sombras oscilantes, ela mesma uma sombra. Pousou a mão na testa de Elayne e soltou um grunhido satisfeito ao senti-la fria. — Eu Curei Dyelin. Ela precisará de um tempo para recobrar as forças. Perdeu bastante sangue. Você também está melhorando bem. Por um momento, pensei que estivesse com febre. Pode dar de repente em quem está enfraquecido.

— Ela lhe deu ervas, em vez de Curar — explicou Birgitte com amargura, sentada numa cadeira junto ao pé da cama. Naquele quase breu, não passava de um vulto agachado com um ar ameaçador.

— Nynaeve al'Meara é sábia o bastante para saber o que não pode fazer — ponderou Aviendha com um tom de voz equilibrado. Só sua blusa branca e um lampejo de prata polida eram de fato visíveis bem lá embaixo, junto à parede. Como de costume, optara pelo chão, em vez de uma cadeira. — Ela reconheceu o gosto dessa tal de raiz-dupla no chá e, como não sabia como trabalhar as tessituras para combatê-la, preferiu não correr riscos desnecessários.

Nynaeve fungou com vontade. Sem dúvida, tanto por Aviendha tê-la defendido quanto pela acidez de Birgitte. Talvez mais pela segunda. Sendo Nynaeve quem era, provavelmente teria preferido deixar passar o que não sabia e não podia fazer. E, em tempos recentes, andava mais irritadiça que o habitual em relação à Cura, desde que ficara claro que várias Comadres já vinham superando sua capacidade.

— Você mesma deveria ter reconhecido, Elayne — advertiu com uma voz brusca. — De qualquer forma, erva-verde e língua-de-cabra podem até fazê-la dormir, mas são imbatíveis para cólicas estomacais. Achei que você fosse preferir o sono.

Pescando as bolsas de couro com água quente debaixo das cobertas e largando-as nos tapetes para não começar a assar de novo, Elayne sentiu um calafrio. Os dias logo após Ronde Macura ter administrado raiz-dupla para ela e Nynaeve haviam sido tão miseráveis que ela tentara esquecer. Quaisquer que tivessem sido as ervas que Nynaeve lhe dera, ela não se sentia mais fraca do que a raiz-dupla a teria deixado. Achava que era capaz de caminhar, desde que não precisasse ir muito longe ou ficar em pé por muito tempo. E estava pensando com toda a clareza. Pelos batentes das janelas, só se via um luar tênue. Quão tarde da noite já seria?

Voltando a abraçar a Fonte, canalizou quatro fios de Fogo para acender primeiro uma das luminárias, depois mais uma. As modestas chamas espelhadas deixaram o quarto bastante iluminado depois daquela escuridão, e Birgitte, de início, levantou a mão para proteger os olhos. O casaco de Capitã-General, de fato, combinava com ela, que teria impressionado muito os mercadores.

— Você não deveria estar canalizando — advertiu Nynaeve, entrecerrando os olhos por conta da luminosidade repentina. Ainda trajava o mesmo vestido azul de decote baixo em que Elayne a vira antes, com o xale de franjas amarelas preso nos cotovelos. — Seria melhor passar alguns dias recuperando as forças, com bastante repouso. — Ela franziu a testa para as bolsas de água quente caídas no chão. — E você precisa se manter aquecida. Melhor evitar uma febre do que precisar ser Curada.

— Acho que Dyelin provou sua lealdade hoje — opinou Elayne, mexendo nos travesseiros para poder se encostar na cabeceira, ao que Nynaeve jogou as mãos para o alto em sinal de desgosto. Uma bandejinha de prata numa das mesinhas que flanqueavam a cama continha um único copo prateado com vinho que valeu um olhar breve e desconfiado de Elayne. — E foi um jeito e tanto de provar. Acho que tenho *toh* com ela, Aviendha.

A Aiel deu de ombros. Assim que chegaram em Caemlyn, Aviendha voltara a usar trajes Aiel com uma pressa quase risível, abrindo mão das sedas em prol de blusas de *algode* e de volumosas saias de lã como se, de uma hora para a outra, tivesse passado a temer os luxos aguacentos. Com um xale escuro amarrado na cintura e um lenço escuro prendendo o cabelo comprido, era a própria imagem de uma aprendiz de Sábia, embora usasse sua única joia, um colar de prata complexo, cheio de discos intrincadamente trabalhados, um presente de Egwene. Elayne ainda não compreendia o porquê de tamanha pressa. Melaine e as demais tinham se mostrado dispostas a deixar que ela se comportasse à sua maneira, desde que usasse roupas aguacentas, mas, àquela altura, haviam voltado a tê-la sob seu controle com a mesma firmeza de qualquer noviça nas mãos das Aes Sedai. O único motivo para permitirem que Aviendha passasse o mínimo tempo que fosse no Palácio — ou na cidade, aliás — era o fato de ela e Elayne serem irmãs-primeiras.

— Se você acha que tem, então tem. — Seu tom de voz constatando o óbvio derrapou para uma repreensão afetuosa. — Mas uma *toh* pequena, Elayne. Havia motivos para a sua desconfiança. Você não pode assumir obrigações por qualquer pensamento, irmã. — A Aiel gargalhou como se, de repente, tivessem lhe contado uma piada engraçadíssima. — Agir assim pressupõe um orgulho excessivo, e eu vou ter que ser excessivamente orgulhosa com você, com a diferença de que as Sábias não vão pedir para você pagar por isso.

Nynaeve revirou os olhos de maneira exagerada, mas Aviendha se limitou a balançar a cabeça, demasiado paciente com a ignorância da outra mulher. Não andara estudando apenas o Poder com as Sábias.

— Bem, não gostaríamos que nenhuma de vocês duas ficasse orgulhosa demais — ponderou Birgitte em um tom que deu clara indicação de que se esforçava para não rir. Seu semblante estava sereno demais, quase rígido por conta do esforço de não deixar transparecer que achava graça.

Aviendha olhou para a arqueira com uma expressão desconfiada. Desde que ela e Elayne haviam adotado uma à outra, Birgitte, de certa forma, também a adotara. Não como Guardiã, claro, mas com a mesma atitude de irmã mais velha que costumava demonstrar em relação a Elayne. Aviendha não tinha muita certeza do que achava daquilo nem de como deveria responder. Ter se juntado ao círculo restrito que sabia quem Birgitte era de verdade sem dúvida não ajudara. Ela alternava entre a determinação absoluta para demonstrar que Birgitte Arco de Prata não a intimidava e uma docilidade espantosa, com estranhos pontos intermediários entre os dois extremos.

Birgitte sorriu para ela, um sorriso divertido, mas que se dissipou assim que pegou uma trouxinha estreita que tinha no colo e começou a desdobrar o pano com todo o cuidado. No instante em que revelou uma adaga com cabo revestido de couro e uma lâmina comprida, sua expressão se tornou severa, e uma raiva tensa fluiu pelo elo. Elayne reconheceu a faca na mesma hora. Tinha visto uma igualzinha na mão de um assassino louro.

— Não estavam tentando sequestrá-la, irmã — disse Aviendha baixinho.

O tom de Birgitte foi soturno.

— Depois que Mellar matou o primeiro, então atravessou o segundo com sua espada depois de arremessá-la pelo aposento como uma lança, feito um personagem de uma maldita história de menestrel — relatou, segurando a adaga na vertical pela ponta do cabo —, ele então tomou isto aqui do último sujeito e o matou com ela. Carregavam quatro adagas quase idênticas. Esta está envenenada.

— Essas manchas marrons na lâmina são funcho-cinza misturado com caroço de pêssego triturado — explicou Nynaeve, sentando-se na beirada da cama e fazendo uma careta de nojo. — Bastou olhar para os olhos e a língua dele para saber que foi isso que o matou, não a faca.

— Ah — disse Elayne após alguns instantes. — Raiz-dupla para eu não ter como canalizar e, aliás, nem me levantar, e dois homens para me segurar de pé enquanto o terceiro enfiava uma adaga envenenada em mim. Um plano complicado.

— Aguacentos gostam de complicar os planos — observou Aviendha. Dando uma olhadinha desconfortável em Birgitte, a Aiel mudou de posição junto à parede e acrescentou: — Alguns gostam.

— Simples, ao seu modo — pontuou a arqueira, embrulhando a faca com o mesmo cuidado com que a desembrulhara. — Você era fácil de capturar. Todo mundo sabe que você come sua refeição do meio-dia sozinha. — A trança comprida girou quando ela balançou a cabeça. — Sorte que o primeiro homem a alcançá-la não estava com a dele. Uma estocada, e você estaria morta. Sorte que Mellar estava passando por ali e ouviu um sujeito falando palavrões no cômodo. Sorte digna de um *ta'veren*.

Nynaeve soltou um muxoxo de desdém.

— Você poderia ter morrido simplesmente com um corte profundo o bastante no *braço*. O caroço é a parte mais venenosa do pêssego. Dyelin não teria tido chance se as outras lâminas também estivessem envenenadas.

Elayne correu os olhos pelos semblantes inexpressivos de suas amigas e suspirou. Um plano *muito* complicado. Como se ter espiões no Palácio já não bastasse.

— Um grupo pequeno de guarda-costas, Birgitte — concordou, por fim. — Algo... discreto. — Ela devia saber que a mulher estaria preparada, já que o semblante de Birgitte não se alterou nem um pouco, mas uma nesguinha de satisfação irrompeu pelo elo.

— As mulheres que protegeram você hoje, para começar — sugeriu, sem nem sequer *fingir* que tinha parado para pensar —, e mais algumas que vou escolher. Talvez umas vinte, somando todas. Se forem poucas, não terão como protegê-la noite e dia, e é preciso que você esteja protegida, maldição — acrescentou em tom enfático, mesmo sem Elayne ter esboçado protesto. — Mulheres são capazes de defender você onde homens não podem, e serão discretas só por serem quem são. A maioria das pessoas vai achar que se trata do cerimonial, de suas Donzelas da Lança, e vamos providenciar algo para elas, uma faixa, talvez, para causar ainda mais essa impressão. — A sugestão lhe rendeu um olhar penetrante de Aviendha, que ela fingiu não notar. — O problema é quem vai liderar — pontuou, franzindo a testa em pensamento. — Duas ou três nobres, Caçadoras, já começaram a reivindicar posições "à altura dos seus postos". As malditas mulheres sabem dar ordens, mas não tenho certeza se sabem quais malditas ordens devem dar. Eu poderia promover Caseille a tenente, mas creio que a verdadeira vocação dela seja mais para porta-estandarte. — Birgitte deu de ombros. — Quem sabe uma das outras demonstre potencial, mas creio que são melhores obedecendo do que liderando.

Ah, sim, tudo pensado. Umas vinte? Ela precisaria ficar de olho em Birgitte para garantir que esse número não aumentasse para cinquenta. Ou mais. Capazes de protegê-la onde homens não poderiam fazê-lo. Elayne se encolheu toda. Era provável que aquilo significasse, no mínimo, ser vigiada até durante o banho.

— Caseille consegue, com certeza. Uma porta-estandarte é capaz de dar conta de vinte subordinadas. — Ela estava segura de que podia convencer Caseille a conduzir tudo de maneira reservada. E a manter as guardas do lado de fora enquanto ela tomava banho. — E o homem que apareceu no momento exato? Mellar? O que você sabe a respeito dele, Birgitte?

— Doilin Mellar — respondeu devagar a arqueira, as sobrancelhas baixando num ângulo pronunciado. — Um sujeito de coração frio, apesar de estar sempre sorrindo. Principalmente para as mulheres. Ele belisca as criadas e, que eu saiba, já fisgou três em quatro dias. Adora falar sobre suas "conquistas", mas nunca pressionou ninguém que tenha dito não. Ele afirma ter sido guarda de um mercador, depois mercenário, e agora é Caçador da Trombeta, para o que certamente possui as credenciais. Tanto que já o promovi a tenente. É andoriano, de algum lugar a oeste, perto de Baerlon, e diz que lutou defendendo sua mãe durante a Sucessão, embora não fosse muito mais que um garoto na época. De toda forma, responde tudo certo, eu mesma verifiquei as informações, de modo que talvez estivesse mesmo envolvido. Mercenários mentem sobre seu passado sem nem piscar.

Cruzando as mãos na altura da barriga, Elayne considerou a opção de Doilin Mellar. Lembrava-se apenas da impressão de um homem esguio de rosto pontudo estrangulando um de seus agressores enquanto ambos lutavam pela adaga envenenada. Um homem suficientemente habilidoso como soldado para Birgitte tê-lo transformado em oficial. Ela estava tentando garantir que o máximo possível de oficiais, pelo menos, fossem andorianos. Um resgate na hora certa, um homem contra três, e uma espada arremessada através do aposento como se fosse uma lança, bem ao estilo de uma história de menestrel.

— Ele merece uma recompensa adequada, uma promoção a capitão e o comando da minha guarda pessoal, Birgitte. Caseille pode ser sua assistente.

— Você ficou maluca? — irrompeu Nynaeve, mas Elayne a silenciou.

— Vou me sentir muito mais segura sabendo que ele está presente, Nynaeve. Ele não vai tentar *me* beliscar, não com Caseille e outras vinte iguais a ela por perto. Com a reputação que tem, vão vigiá-lo feito gaviões. Você disse vinte, Birgitte? Vou confiar em você.

— Vinte — confirmou a arqueira, o pensamento distante. — Mais ou menos. — No entanto, não houve nada de distante no olhar que cravou em Elayne. Ela se inclinou à frente cheia de propósito, as mãos nos joelhos. — Suponho que você saiba o que está fazendo. — Ótimo, ao menos uma vez ela iria se comportar como uma Guardiã, em vez de discutir. — O Tenente da Guarda Mellar passa a ser Capitão da Guarda Mellar por ter salvado a vida da Filha-herdeira. Isso o deixará ainda mais cheio de si. A menos que você ache que é melhor manter tudo em segredo.

Elayne balançou a cabeça.

— Ah, não, nem pensar. Que a cidade inteira saiba. Alguém tentou me assassinar, e o Tenente... o Capitão Mellar salvou minha vida. Mas *vamos* manter o veneno apenas entre nós, só para garantir caso alguém dê com a língua nos dentes.

Nynaeve bufou, zangada, e olhou para ela de soslaio.

— Um dia, você vai acabar sendo esperta demais, Elayne. Esperta demais para a própria segurança.

— Ela é perspicaz, Nynaeve al'Meara. — Pondo-se de pé num movimento suave, Aviendha arrumou as saias pesadas e deu um tapinha na faca com cabo encurvado que trazia na cinta. Não era tão grande quanto a lâmina que usara quando era Donzela, mas continuava sendo uma arma confiável. — E tem a mim para vigiá-la. Tenho permissão para ficar com ela.

Irritada, Nynaeve abriu a boca. E, para surpresa geral, fechou-a de novo, recompondo-se visivelmente, ajeitando as saias e as feições.

— O que vocês estão olhando? — resmungou. — Se Elayne quer ter esse sujeito por perto para beliscá-la sempre que tiver vontade, quem sou eu para discutir? — A boca de Birgitte se escancarou, e Elayne ficou se perguntando se Aviendha se engasgaria. Seus olhos, por certo, pareciam saltar do rosto.

O som distante do sino no topo da torre mais alta do Palácio, marcando a hora, deixou-a sobressaltada. Estava mais tarde do que ela imaginara.

— Nynaeve, pode ser que Egwene já esteja nos esperando. — Nenhuma de suas roupas estava sequer ao alcance dos olhos. — Onde está minha bolsa? Meu anel está lá. — Seu anel da Grande Serpente estava no dedo, mas não era por esse que ela estava perguntando.

— Vou falar com Egwene sozinha — rebateu Nynaeve com firmeza. — Você não está em condições de entrar em *Tel'aran'rhiod*. De um jeito ou de outro, você dormiu a tarde inteira, aposto que vai demorar a conseguir pegar no sono de novo. E sei que você não conseguiu quando tentou entrar em transe acordada, então está decidido. — Ela abriu um sorriso presunçoso, certa de sua vitória. *Ela* que havia ficado estrábica e zonza ao experimentar entrar em transe acordada, como Egwene tinha tentado ensinar para elas.

— Aposta, é? — murmurou Elayne. — Aposta o quê? Porque eu pretendo beber aquilo — protestou, dando uma olhadinha na direção do copo de prata na mesinha de canto —, e *eu* é que aposto que vou dormir imediatamente. Isso, claro, se você não *tiver* posto algo lá, se não tivesse a intenção de tentar me enganar e me fazer tomar... Enfim, claro que você não faria isso. E aí, vamos apostar o quê?

Aquele sorriso insuportável foi sumindo do rosto de Nynaeve, substituído por pontinhos de rubor em suas bochechas.

— Que ótimo! — exclamou Birgitte, levantando-se. Com os punhos cravados na cintura junto ao pé da cama, ela se virou para encarar Elayne, o rosto e o tom de voz repletos de censura. — A mulher poupa você de ficar com a barriga revirando, e você debocha dela assim, Senhorita Melindres? Se você beber daquele copo, dormir e esquecer essa ideia de se aventurar no Mundo dos Sonhos por hoje, pode ser que eu chegue à conclusão de que amadureceu o suficiente para que eu designe menos de cem guardas para mantê-la viva. Ou será que vou precisar segurar seu nariz para fazer você beber? — Bem, Elayne não esperara que ela fosse conseguir se controlar por muito tempo. Menos de cem?

Aviendha girou nos calcanhares para se colocar de frente para Birgitte antes que a arqueira terminasse e mal esperou a última palavra sair da sua boca.

— Você não devia falar assim com ela, Birgitte Trahelion — repreendeu-a, pondo-se ereta para tirar total proveito de sua maior estatura. Com os saltos generosos das botas de Birgitte, a diferença nem era tanta assim, mas, com o xale bem justo por sobre os seios, ela parecia bem mais uma Sábia que uma aprendiz. Algumas tinham rostos não muito mais idosos que o de Aviendha. — Você é a Guardiã dela. Pergunte a Aan'allein como deve se comportar. Ele é um grande homem, mas obedece Nynaeve. — Aan'allein era Lan, O Homem Só, cuja história era bem conhecida e muito admirada entre os Aiel.

Birgitte olhou-a de cima a baixo, como se a medisse, e adotou uma postura relaxada que praticamente anulou os centímetros a mais dos saltos das botas. Com um sorriso zombeteiro, ela abriu a boca, claramente pronta para fazer Aviendha tirar o cavalo da chuva, se conseguisse. Em geral, conseguia. Antes que a arqueira proferisse uma única palavra, Nynaeve falou com calma e bastante firmeza.

— Ah, pelo amor da Luz, pare com isso, Birgitte. Se Elayne diz que vai, então vai. Agora chega, não quero ouvir mais nenhuma palavra sua. — Com o dedo, deu um cutucão na outra mulher. — Senão nós duas vamos ter uma conversinha mais tarde.

Birgitte ficou encarando Nynaeve, a boca movendo-se em silêncio, o elo de Guardiã transmitindo uma mistura intensa de irritação e frustração. Por fim, deixou-se cair de novo na cadeira, as pernas esparramadas e as botas apoiadas em suas esporas de cabeça de leão, e, de cara amarrada, começou a resmungar sozinha. Se Elayne não a conhecesse bem, teria jurado que a arqueira estava emburrada. Ela gostaria de saber como Nynaeve fazia aquilo. Em outros tempos, Nynaeve ficava tão deslumbrada com Birgitte quanto Aviendha chegara a ficar, mas isso mudara. Completamente. Àquela altura, Nynaeve coagia Birgitte com tanta facilidade quanto o fazia com qualquer outra. E com mais sucesso que a maioria. *Ela é apenas uma mulher como qualquer uma de nós,* dissera Nynaeve. *Ela mesma me falou, e eu me dei conta de que tinha razão.* Como se *isso* explicasse tudo. Birgitte seguia sendo Birgitte.

— E a minha bolsa? — indagou Elayne, e justamente Birgitte foi até o trocador buscar a bolsa vermelha com bordados dourados. Bem, Guardiões faziam esse tipo de coisa, mas Birgitte sempre dava um jeito de fazer algum comentário. Apesar do seu retorno passar um recado quando entregou a bolsa para Elayne com uma mesura cheia de floreios. E com um torcer de lábios para Nynaeve e Aviendha. Elayne suspirou. Não se tratava daquelas mulheres desgostarem umas das outras. Todas se davam muito bem quando seus pontos fracos eram ignorados. Só que, às vezes, elas se estranhavam.

O anel de pedra retorcido, pendurado numa tira simples de couro, jazia no fundo da bolsa por baixo de um sortimento de moedas, junto do lenço de seda cheio de penas, dobrado com todo o cuidado, que ela considerava seu maior tesouro. A impressão que dava era de que o *ter'angreal* era de pedra, cheio de manchinhas e listras azuis, vermelhas e marrons, mas parecia tão duro e escorregadio quanto aço, e era pesado demais até para isso. Arrumando o cordão de couro em torno do pescoço e aprumando o anel entre os seios, ela puxou bem os cordames e deixou a bolsa na mesinha de canto, apanhando o copo de prata. A fragrância era simplesmente a de um bom vinho, mas, mesmo assim, ela ergueu uma das sobrancelhas e deu um sorriso para Nynaeve.

— Vou para o meu quarto — avisou Nynaeve, ríspida. Levantando-se da cama, dividiu um olhar severo entre Birgitte e Aviendha. De alguma forma, o *ki'sain* em sua testa fez a expressão parecer ainda mais intransigente. — Vocês duas, fiquem acordadas e de olhos bem abertos! Enquanto não puser essas mulheres em volta dela, ela seguirá correndo perigo. De qualquer forma, acredito que eu não precise lembrar vocês disso.

— Acha que eu não sei? — protestou Aviendha na mesma hora em que Birgitte grunhiu:

— Eu não sou idiota, Nynaeve!

— É o que vocês dizem — respondeu ela para as duas. — Espero que sim, para o bem de Elayne. E para o bem de vocês. — Recolhendo o xale, saiu deslizando do aposento, tão imponente quanto qualquer Aes Sedai poderia desejar ser. Estava ficando muito boa nisso.

— Quem visse poderia achar que a maldita rainha aqui é ela — resmungou Birgitte.

— O orgulho dela é excessivo, Birgitte Trahelion — queixou-se Aviendha. — É tão orgulhosa quanto um Shaido que tem cabras. — As duas assentiram uma para a outra em perfeita concordância.

Contudo, Elayne percebeu que tinham esperado para fazer os comentários só quando a porta já estava fechada atrás de Nynaeve. A mulher que negara com tanta veemência que queria ser Aes Sedai estava se tornando muitíssimo Aes Sedai. Podia ser que Lan tivesse alguma parte nisso. Que viesse treinando-a a partir da sua experiência. Ela ainda precisava trabalhar melhor a compostura vez ou outra, mas tudo parecia ter se tornado cada vez mais fácil desde seu peculiar casamento.

O primeiro gole de vinho não teve nenhum outro gosto que não o de vinho, e um vinho muito bom, mas Elayne franziu a testa para o copo e hesitou. Até que se deu conta do que estava fazendo, e do porquê. A lembrança da raiz-dupla escondida no chá ainda era vívida. O que Nynaeve colocara ali? Nada de raiz-dupla, claro, mas o quê? Levantar o copo para dar uma boa golada parecia muito difícil. Num movimento desafiador, ela bebeu todo o vinho. *Eu estava com sede, só isso,* pensou, esticando-se para devolver o objeto à bandeja de prata. *Com certeza não estava tentando provar nada.*

As outras duas mulheres tinham observado tudo, mas, assim que ela começou a se aninhar numa posição mais confortável para dormir, uma se virou para a outra.

— Vou ficar vigiando na sala de estar — anunciou Birgitte. — Meu arco e minha aljava estão lá. Fique aqui, caso ela precise de você para alguma coisa.

Em vez de discutir, Aviendha sacou a faca da cinta e se ajoelhou, pronta para saltar e ficar de pé de novo, e se posicionou mais para um lado, de onde poderia ver qualquer pessoa vindo pela porta antes que pudesse ser vista.

— Bata duas vezes, depois uma, e diga seu nome antes de entrar — combinou. — Caso contrário, vou presumir que é algum inimigo. — E Birgitte aquiesceu como se aquilo fosse a coisa mais razoável do mundo.

— Isso é uma bob... — Elayne conteve um bocejo com a mão. — Bobagem — concluiu tão logo conseguiu falar de novo. — Ninguém vai tentar... — Outro bocejo, e, dessa vez, ela poderia ter enfiado a mão inteira na boca! Luz, o que Nynaeve tinha posto naquele vinho? — Me matar... hoje à noite — disse, sonolenta —, e vocês... duas sabem... — As pálpebras pesavam feito chumbo, continuando a se fechar apesar de todos os seus esforços para mantê-las abertas. Aconchegando inconscientemente o rosto no travesseiro, Elayne até tentou terminar o que estivera para dizer, mas...

Ela estava no Grande Salão, a sala do trono do Palácio. No reflexo do Grande Salão em *Tel'aran'rhiod*. Ali, o anel de pedra retorcido que dava a impressão de ser pesado demais para o seu tamanho no mundo desperto parecia leve o bastante para sair flutuando do meio dos seus seios. A luz aparentava vir de todos os lados e de lugar algum. Não era como a luz do sol ou das luminárias, mas, mesmo que ali também fosse noite, sempre havia o suficiente dessa luz estranha para permitir que se enxergasse. Como em um sonho. A sensação de olhos invisíveis observando-a não era parecida com um sonho, estando mais para um pesadelo, mas ela já se acostumara com aquilo.

Grandes audiências foram realizadas no Grande Salão, embaixadores estrangeiros foram formalmente recepcionados, tratados importantes e declarações de guerra, anunciados a dignitários em assembleias, e a extensa câmara fazia jus ao seu nome e à sua função. Sem ninguém ocupando o cômodo além dela, parecia cavernosa. Duas fileiras de grossas colunas de dez braças de altura e de um branco reluzente estendiam-se pelo aposento, e, em uma das extremidades, o Trono do Leão jazia no alto de um estrado de mármore, com um carpete vermelho subindo os degraus brancos a partir dos ladrilhos vermelhos e brancos. O trono era dimensionado para uma mulher, mas, mesmo assim, era imenso, com pesadas patas de leão douradas entalhadas e o Leão Branco realçado por pedras da lua em um campo de rubis na parte superior do encosto alto, anunciando que quem quer que se sentasse ali comandava uma grande nação. Dos vitrais coloridos instalados no teto abobadado lá em cima, as rainhas que fundaram Andor assistiam a tudo, suas imagens se alternando com o Leão Branco e com cenas das batalhas que elas haviam travado para transformar Andor de uma única cidade do império decadente de Artur Asa-de-gavião na nação que passara a ser. Muitas terras que tinham surgido a partir da Guerra dos Cem Anos não existiam mais, mas Andor sobrevivera aos mil anos que haviam se passado desde então e prosperara. De vez em quando, Elayne sentia aquelas imagens julgando-a, avaliando seu valor para dar continuidade à sua trajetória.

Tão logo ela se viu no Grande Salão, outra mulher surgiu sentada no Trono do Leão, uma jovem de cabelo escuro trajando uma seda vermelha esvoaçante com leões prateados bordados nas mangas e na barra do vestido, com um fio de gotas de fogo do tamanho de ovos de pombo em volta do pescoço e a Coroa de Rosas assentada confortavelmente na cabeça. Com uma das mãos repousando tranquila no braço com cabeça de leão do trono, ela corria os olhos majestosamente pelo Salão. Então, seu olhar se deteve em Elayne, fazendo brotar o reconhecimento, bem como a confusão. A Coroa, as gotas de fogo e a seda sumiram, substituídas por lãs simples e um avental comprido. No instante seguinte, a jovem também desapareceu.

Elayne sorriu, divertindo-se. Até ajudantes de cozinha sonhavam em se sentar no Trono do Leão. Ela esperava que a moça não tivesse acordado apavorada por conta do susto que tomou, ou que pelo menos tivesse passado para um outro sonho agradável. Um sonho mais seguro que *Tel'aran'rhiod*.

Outras coisas se moviam no salão do trono. As luminárias intrincadamente trabalhadas dispostas em fila por toda a câmara e encostadas nas altas colunas pareciam vibrar. As grandes portas em arco se alternavam entre abertas e fechadas em um piscar de olhos. Só objetos mantidos em um mesmo lugar por um bom tempo tinham reflexo permanente no Mundo dos Sonhos.

Elayne imaginou um espelho de pé, e ali estava ele diante dela, refletindo sua imagem naquele vestido de seda verde de gola alta trabalhado em prata ao longo do decote, com esmeraldas nas orelhas e outras menores dependuradas em seus cachos loiro-avermelhados. Ela fez as pedras preciosas sumirem de seu cabelo e aquiesceu com a cabeça. Vestida como uma Filha-herdeira, mas sem ostentar demais. Ali, era preciso tomar cuidado com como cada um se imaginava, senão... Seu vestido modesto de seda verde se transformou em um outro à moda taraboniana, mais justo e delineando suas formas, para então virar as calças escuras folgadas do Povo do Mar, com direito a pés descalços, brincos dourados e argola no nariz, além de uma correntinha cheia de medalhões e até tatuagens escuras nas mãos. Mas sem blusa, ao modo como o Atha'an Miere iam para o mar. Com as bochechas enrubescendo, ela tratou de transformar tudo em como estava antes, trocando em seguida os brincos de esmeralda por argolas de prata comuns. Quanto mais simples se imaginava a indumentária, mais fácil mantê-la.

Deixando o espelho de pé se dissipar — bastava parar de se concentrar nele —, ela levantou a vista para aqueles rostos austeros lá em cima.

— Algumas mulheres assumiram o trono tão jovens quanto eu — falou para elas. Não tantas assim, entretanto, e só sete haviam conseguido usar a Coroa de Rosas por muito tempo. — Mulheres com menos idade que eu. — Três. E uma delas mal havia durado um ano. — Não afirmo que serei tão grande quanto vocês, mas tampouco as deixarei envergonhadas. Eu *serei* uma boa rainha.

— Conversando com *vitrais?* — Estranhou Nynaeve, fazendo Elayne tomar um susto.

Usando uma cópia do anel que ela trazia junto à pele, parecia enevoada, quase transparente. Com a testa franzida, tentou dar passos largos até Elayne e cambaleou, quase sendo levada ao chão, contida pela saia de um vestido taraboniano azul-escuro que era bem mais apertado que o que a própria Elayne imaginara para si. Nynaeve baixou a vista e ficou embasbacada com aquele troço, que, de uma hora para a outra, se transformou em um vestido andoriano de seda da mesma cor, bordado em dourado nas mangas e acima do decote. Ela continuava insistindo na conversa fiada de que uma "lã boa e resistente de Dois Rios" lhe bastava, mas, mesmo ali, onde podia aparecer trajando exatamente isso, se quisesse, quase nunca o fazia.

— O que você pôs naquele vinho, Nynaeve? — perguntou Elayne. — Apaguei feito uma vela abafada.

— Não tente mudar de assunto. Se estiver falando com vitrais, você deveria *mesmo* estar dormindo, e não aqui. Estou pensando seriamente em mandar você...

— Por favor, não. Eu não sou Vandene, Nynaeve. Luz, eu nem *conheço* metade dos costumes que Vandene e as outras têm como certezas absolutas, mas preferiria não desobedecer a você, então não faça isso, por favor.

Nynaeve olhou feio para ela, dando um belo puxão na trança. Alguns detalhes do seu vestido mudaram, as saias ficando um pouco mais volumosas, o padrão dos bordados se alteraram, a gola alta diminuiu, depois tornou a subir, ganhando uma renda. Ela não era muito boa em manter a concentração necessária. O pontinho vermelho na testa, porém, nunca fraquejou.

— Muito bem — disse, cheia de calma, a cara feia indo embora. Seu xale de franjas amarelas surgiu sobre os ombros e seu semblante adquiriu um quê de idade indefinida de Aes Sedai. Havia mechas brancas na altura das têmporas. Suas palavras, contudo, contrastavam com essa aparência e com seu tom de voz sereno. — Quando Egwene chegar, pode deixar que eu falo. Sobre o que aconteceu hoje. Vocês sempre acabam batendo papo como se estivessem penteando o cabelo uma da outra na hora de dormir. Luz! Não quero que ela incorpore a Amyrlin *comigo*, e você sabe que, se ela descobrir, vai vir com tudo para cima de nós duas.

— Se eu descobrir o quê? — interveio Egwene. A cabeça de Nynaeve girou de repente, os olhos tomados pelo pânico, e, por um momento, o xale com franjas e o vestido de seda acabaram substituídos pelo vestido branco com a faixa na barra de uma Aceita. Nem o *ki'sain* resistiu. Só um momentinho, e ela já voltou a ficar como estava, exceção feita aos fios brancos no cabelo, ainda que aquilo tenha bastado para deixar Egwene com um semblante ressentido. Ela conhecia Nynaeve muito bem. — Se eu descobrir o quê, Nynaeve? — insistiu, firme.

Elayne respirou fundo. Não tivera a intenção de esconder nada. Não algo que fosse importante para Egwene. Porém, com o humor em que se encontrava, era provável que Nynaeve gaguejasse tudo ou então ficasse teimosa e tentasse insistir que não havia nada a descobrir. O que só faria Egwene insistir ainda mais.

— Puseram raiz-dupla no meu chá do meio-dia — contou, relatando de modo sucinto a respeito dos homens com as adagas, da aparição fortuita de Doilin Mellar e de como Dyelin se provara. Por precaução, também deu as notícias sobre Elenia e Naean, sobre a busca por espiões no Palácio por parte da Criada-chefe, até sobre Zarya e Kirstian terem sido designadas a Vandene e sobre o ataque a Rand e seu desaparecimento. Egwene não deu mostras de se abalar com as informações, chegando até a cortar Elayne quando ela falava a respeito de Rand, dizendo que já sabia, mas balançou a cabeça com desdém ao ouvir que Vandene não fizera nenhum progresso no sentido de descobrir quem era a irmã da Ajah Negra, o que era de seu interesse. — Ah, e vou ter guarda-costas — finalizou Elayne. — Vinte mulheres comandadas pelo Capitão Mellar. Não creio que Birgitte vá encontrar nenhuma Donzela para mim, mas vai chegar perto.

Uma poltrona sem encosto surgiu por trás de Egwene, que se sentou sem nem olhar. Ela era bem mais habilidosa ali do que Elayne ou Nynaeve. Estava usando um vestido de cavalgada de lã verde-escura, bonito e bem cortado, mas sem adornos, provavelmente o que trajara acordada durante aquele dia. E que em nenhum momento deixou de ser um vestido de cavalgada de lã verde-escura.

— Eu diria a vocês para se juntarem a mim em Murandy amanhã... hoje à noite — falou —, caso a chegada das Comadres não fosse causar um rebuliço entre as Votantes.

Nynaeve já tinha se recuperado, embora ainda desse um saçolejo desnecessário para ajustar as saias. Os bordados em seu vestido passaram a ser prateados.

— Pensei que já tivesse o Salão da Torre sob seu controle.

— Isso é quase como manter um furão sob controle — rebateu Egwene, seca. — Ele se contorce, se retorce e se remexe sem parar querendo morder seu pulso. Ah, elas fazem exatamente o que eu digo no que se refere à guerra com Elaida. Não conseguem não falar disso, por mais que se queixem das despesas de mais soldados! Mas o acordo com a Confraria não faz parte da guerra, como também não faz deixar a Confraria saber que a Torre sabia a respeito delas, desde sempre. Ou pensava que sabia. O Salão inteiro teria uma apoplexia ao descobrir o quão pouco sabia. Elas estão se esforçando muito para encontrar um jeito de parar de aceitar mais noviças.

— Não tem como, tem? — perguntou Nynaeve. Ela criou uma cadeira para se sentar, mas, quando foi olhar para se certificar de que o objeto estava lá, era uma cópia da de Egwene, um banquinho de três pernas quando começou a sentar-se e uma cadeira de fazenda com encosto tipo escadinha quando se acomodou. Seu vestido agora tinha saias divididas. — Você fez uma proclamação. Qualquer mulher de qualquer idade, se o teste fosse positivo. Você só precisa fazer uma outra sobre a Confraria. — Elayne transformou seu assento em uma cópia de uma das cadeiras da sua sala de estar. Muito mais fácil de manter.

— Ah, e uma proclamação de uma Amyrlin tem o peso de uma lei — retrucou Egwene. — Até o Salão dar um jeito de contorná-la. A reclamação mais recente é só termos dezesseis Aceitas. Apesar de a maioria das irmãs na verdade tratar Faolain e Theodrin como se as duas ainda fossem Aceitas. Mas nem dezoito é número suficiente para as aulas que as Aceitas deveriam dar para as noviças. Em vez disso, são as irmãs que têm que cuidar das lições. Creio que algumas delas tinham a esperança de que o clima fosse manter os números baixos, mas não. — De repente, ela sorriu, uma luz de malícia em seus olhos escuros. — Tem uma noviça que acabou de chegar que eu gostaria que você conhecesse, Nynaeve. Sharina Melloy. Já é avó. Acho que vocês vão concordar que se trata de uma mulher notável.

A cadeira de Nynaeve desapareceu por completo, e ela se estatelou no chão com toda a força. Mal pareceu se dar conta, ainda sentada e olhando chocada para Egwene.

— Sharina Melloy? — repetiu com a voz trêmula. — Ela é noviça? — Seu vestido era de um estilo que Elayne nunca tinha visto, com mangas fluidas e um decote redondo profundo, trabalhado com flores bordadas e contas de pérolas.

O cabelo escorria até a cintura, preso por um barrete com pedras da lua e safiras em fios dourados não mais espessos do que tessituras. E um anel dourado simples no dedo indicador esquerdo. Só o *ki'sain* e o anel da Grande Serpente continuavam sendo os mesmos.

Egwene pestanejou.

— Você já ouviu esse nome?

Pondo-se de pé, Nynaeve ficou olhando para o vestido. Quase hesitante, ergueu a mão esquerda e tocou no anel dourado. Estranhamente, deixou tudo como estava.

— Pode não ser a mesma mulher — murmurou. — Não há como ser! — Fazendo outra cadeira igual à de Egwene, ela franziu a testa para o objeto como se o proibisse de mudar, mas, quando se sentou, o encosto alto e os entalhes ainda estavam lá. — Tinha uma Sharina Melloy... Foi durante o meu teste para Aceita — explicou, apressada —, mas não preciso falar sobre isso. É a regra!

— Claro que não precisa — concordou Egwene, apesar de o olhar que lançou para Nynaeve certamente ser tão estranho quanto o que deveria estampar o rosto de Elayne. Em todo caso, não havia nada a ser feito. Quando Nynaeve cismava em ser teimosa, podia dar aula até para mulas.

— Já que você tocou no assunto da Confraria, Egwene — observou Elayne —, pensou melhor sobre o Bastão dos Juramentos?

Egwene levantou uma das mãos como que para contê-la, mas sua resposta foi calma e equilibrada.

— Não preciso pensar em mais nada, Elayne. Os Três Juramentos, feitos com o Bastão, são o que nos torna Aes Sedai. No início, eu não enxergava isso, mas agora enxergo. No primeiríssimo dia em que a Torre for nossa, farei os Três Juramentos.

— Isso é loucura! — irrompeu Nynaeve, inclinando-se à frente na cadeira. Para surpresa geral, ainda a mesma. E o mesmo vestido. Muito surpreendente. As mãos em forma de punhos cerrados repousavam em seu colo. — Você sabe o que acontece. A Confraria é prova disso! Quantas Aes Sedai vivem mais de trezentos anos? Ou chegam a tanto? E não venha me dizer que eu não deveria falar sobre idade. É um costume ridículo, e você sabe disso. Egwene, Reanne era chamada de Anciã-mor porque era a Comadre mais idosa em Ebou Dar. A mais idosa de que se tem conhecimento é uma mulher chamada Aloisia Nemosni, uma mercadora de óleo de Tear. Egwene, ela tem quase... seiscentos anos! Quando o Salão ficar sabendo disso, aposto que todas ali estarão prontas para aposentar o Bastão dos Juramentos.

— A Luz sabe que trezentos anos é muito tempo — pontuou Elayne —, mas não posso dizer que fico feliz com a perspectiva de talvez diminuir minha vida pela metade, Egwene. E o Bastão dos Juramentos e sua promessa para a Confraria? Reanne quer ser Aes Sedai, mas o que vai acontecer quando ela fizer os Juramentos? E Aloisia? Vai cair morta? Sem saber a resposta, você não pode pedir para elas jurarem.

— Eu não *peço* nada. — Egwene ainda estava com o rosto sereno, mas tinha deixado as costas eretas, e sua voz ganhou certa frieza. E contundência. Os olhos ficaram penetrantes. — Qualquer mulher que queira ser irmã *vai* fazer o juramento. E qualquer pessoa que se negue e ainda se intitule Aes Sedai *vai* sentir todo o peso da justiça da Torre.

Elayne engoliu em seco diante daquele olhar firme. O rosto de Nynaeve empalideceu. Não havia como não ter entendido as palavras de Egwene. Elas não estavam ouvindo uma amiga, e sim o Trono de Amyrlin, e o Trono de Amyrlin não tinha amigas quando chegava a hora de proferir julgamentos.

Dando a impressão de estar satisfeita com o que viu nas duas, Egwene relaxou.

— É óbvio que tenho ciência do problema — garantiu, em um tom de voz mais próximo de seu normal. Mesmo assim, ainda não convidativo a argumentações. — Espero que qualquer mulher cujo nome esteja no livro das noviças vá o mais longe que puder, que conquiste o xale, se for possível, e que sirva como Aes Sedai, mas não quero que ninguém morra por isso, quando poderia ficar viva. Uma vez que o Salão descubra a respeito da Confraria, uma vez que deixem os muxoxos para lá, acho que consigo convencê-las de que uma irmã que queira se aposentar seja autorizada a fazer isso. Com os Juramentos removidos. — Elas haviam concluído muito tempo antes que o Bastão poderia ser usado tanto para desvincular quanto para vincular, senão como as Negras seriam capazes de mentir?

— Suponho que seria um acerto — reconheceu Nynaeve de forma ponderada.

Elayne só fez um meneio com a cabeça. Tinha certeza de que havia mais.

— Aposentar-se e fazer parte da Confraria, Nynaeve — complementou Egwene com delicadeza. — Dessa forma, as Comadres também estariam vinculadas à Torre. A Confraria manterá sua maneira de agir, claro, sua Regra, mas terão que concordar que o Círculo do Tricô está abaixo da Amyrlin, se não do Salão, e que as Comadres estão abaixo das irmãs. Minha intenção é que elas realmente façam parte da Torre, não que ajam como bem entenderem, mas acho que vão aceitar.

Contente, Nynaeve voltou a aquiescer, mas seu sorriso esmaeceu assim que compreendeu o que havia de implícito naquilo tudo e, indignada, começou a gaguejar.

— Mas...! A posição entre as Comadres se dá pela idade! Você terá irmãs acatando ordens de mulheres que nem tiveram como chegar a Aceitas!

— Ex-irmãs, Nynaeve. — Egwene correu o dedo pelo anel da Grande Serpente em sua mão direita e soltou um leve suspiro. — Até Comadres que conquistaram o anel não o usam. Então, nós também vamos ter que abrir mão dele. Seremos Comadres, Nynaeve, não mais Aes Sedai. — Ela soava como se já fosse capaz de sentir esse dia longínquo, essa perda distante, mas tirou a mão do anel e respirou fundo. — E então, mais alguma coisa? Tenho uma longa noite pela frente e gostaria de dormir de verdade antes de ter que voltar a encarar as Votantes.

Com a testa franzida, Nynaeve cerrara o punho com força e pousara a outra mão por cima para cobrir seus anéis, mas parecia pronta para desistir de discutir a respeito da Confraria. Por enquanto.

— Suas dores de cabeça ainda a estão incomodando? Imagino que, se as massagens daquela mulher adiantassem alguma coisa, você já teria parado de precisar delas.

— As massagens de Halima têm resultados maravilhosos, Nynaeve. Sem ela, eu não conseguiria nem dormir. E então, mais alguma...? — Ela interrompeu a frase e ficou encarando as portas de entrada do salão do trono, ao que Elayne se virou para olhar.

Havia um homem de pé observando-as, um sujeito da altura de um Aiel, com o cabelo ruivo-escuro apresentando discretas mechas brancas, mas o casaco azul de gola alta que portava jamais seria usado por um Aiel. Parecia musculoso, e seu rosto firme, de alguma forma, transmitia certa familiaridade. Quando notou que elas estavam olhando, se virou e saiu em disparada pelo corredor até sumir de vista.

Por um instante, Elayne ficou boquiaberta. O homem não tinha simplesmente sonhado por acaso que estava em *Tel'aran'rhiod*, senão, àquela altura, já teria desaparecido, mas ela ainda continuava escutando o ruído da sola de suas botas batendo alto nos ladrilhos. Ou era um andarilho dos sonhos — o que, de acordo com as Sábias, era raro entre homens —, ou tinha o próprio *ter'angreal*.

Dando um pinote para se pôr de pé, Elayne saiu correndo atrás dele, mas, rápida quanto fosse, Egwene era mais. Num instante, estava atrás dela, no outro, já se encontrava de pé junto da porta espiando onde o sujeito tinha ido. Elayne tentou se imaginar ao lado de Egwene, e lá estava ela. O corredor era puro silêncio e se encontrava totalmente vazio, exceção feita às luminárias, aos baús e às tapeçarias, todos tremeluzindo e mudando de lugar.

— Como você fez isso? — quis saber Nynaeve, correndo até lá com as saias levantadas acima dos joelhos. Suas meias-calças eram de seda, e vermelhas! Tratando de deixar as saias caírem assim que percebeu que Elayne notara suas meias-calças, ela deu uma espiadela no corredor. — Para onde ele foi? Pode ter ouvido tudo! Vocês reconheceram? Me lembrou alguém, só não sei quem.

— Rand — disse Egwene. — Podia ter sido um tio de Rand.

Claro, pensou Elayne. *Se Rand tivesse um tio maligno.*

Um estalido metálico ecoou vindo da extremidade oposta do salão do trono — a porta que dava para os trocadores por trás do estrado se fechando. Em *Tel'aran'rhiod*, portas ficavam abertas, fechadas ou, às vezes, nem uma coisa nem outra. Elas não se mexiam para se fechar.

— Luz! — murmurou Nynaeve. — Quantas pessoas estavam nos bisbilhotando? Isso para não falar em quem e por quê.

— Quem quer que fossem — ponderou Egwene com toda a calma —, parecem não conhecer *Tel'aran'rhiod* tão bem quanto nós. Não são amigos, acho que dá para dizer, senão não estariam espionando. E também acho que podem não ser amigos uns dos outros, caso contrário, por que ouvir de cantos opostos do salão? O sujeito estava com um casaco shienarano. Tenho shienaranos no meu exército, mas vocês duas conhecem todos eles. Ninguém se parece com Rand.

Nynaeve fungou.

— Bem, quem quer que fossem, há gente demais ouvindo pelos cantos. É o que eu acho. Quero voltar para o meu corpo, onde só preciso me preocupar com espiões e adagas envenenadas.

Shienaranos, pensou Elayne. Gente das Terras da Fronteira. Como *aquilo* lhe poderia ter escapado? Bem, tinha ocorrido o probleminha da raiz-dupla.

— Tem mais uma coisa — falou em voz alta, ainda que em um tom cuidadoso que, ela esperava, não ecoasse longe, e começou a relatar a notícia de Dyelin sobre nativos das Terras da Fronteira na Floresta de Braem. Também citou os correspondentes de Mestre Norry, sempre tentando ficar de olho nos dois lados do corredor, bem como do salão do trono. Não queria ser pega desprevenida por outro espião. — Acho que aqueles governantes estão na Floresta de Braem — concluiu —, todos os quatro.

— Rand... — Egwene respirou, demonstrando irritação. — Até quando está desaparecido, ele complica as coisas. Vocês têm ideia se vieram oferecer lealdade a ele ou tentar entregá-lo para Elaida? Não consigo pensar em nenhum outro motivo para marcharem mil léguas. A esta altura, devem estar fervendo sapatos para fazer sopa! Vocês fazem ideia do quanto é difícil manter um exército em marcha abastecido?

— Acho que tenho como descobrir — conjecturou Elayne. — O porquê, no caso. E, ao mesmo tempo... Você me deu uma ideia, Egwene. — Ela não teve como não sorrir. Alguma coisa boa *havia* resultado daquele dia. — Acredito que posso dar um jeitinho de usá-los para assegurar o Trono do Leão.

Asne examinou o grande bordado que tinha diante de si e deu um suspiro que se transformou em um bocejo. O bruxulear das lamparinas proporcionava uma iluminação insuficiente para aquela atividade, mas não era por conta disso que todos os seus pássaros pareciam tortos. Ela queria estar em sua cama e detestava bordar, mas precisava ficar acordada, e esse era o único jeito de evitar conversas com Chesmal. O que Chesmal chamava de conversas. No outro lado do cômodo, a Amarela presunçosa e arrogante estava concentrada em seu bordado e presumia que qualquer uma que pegasse em uma agulha teria o mesmo interesse ávido por bordar que ela tinha. Por outro lado, Asne sabia que, se levantasse da cadeira, Chesmal não demoraria a começar a entretê-la com histórias que só tinham importância para ela. Nos meses que se sucederam desde o desaparecimento de Moghedien, já ouvira pelo menos vinte vezes a respeito da participação de Chesmal no interrogatório de Tamra Ospenya e ao menos cinquenta vezes sobre como induzira as Vermelhas a assassinarem Sierin Vayu antes que a mulher pudesse ordenar sua prisão! Ouvindo-a contar, Chesmal salvara a Ajah Negra sozinha e, se lhe dessem meia oportunidade, ela *diria* isso. Esse tipo de conversa não era só maçante, mas um perigo. Até letal, caso o Conselho Supremo ficasse sabendo. E, assim, Asne reprimiu outro bocejo, olhou de soslaio para sua obra e enfiou a agulha no linho esticadíssimo. Se fizesse o pássaro vermelho um pouco maior, podia ser que conseguisse deixar as asas iguais.

O estalo do trinco da porta fez as duas erguerem a cabeça. Os dois serviçais sabiam que não deveriam incomodá-las, e, em todo caso, a mulher e seu marido deveriam estar em um sono profundo. Asne abraçou *saidar* e preparou uma tessitura que tostaria um intruso até os ossos e cujo brilho também circundou Chesmal. Se a pessoa errada aparecesse por aquela porta, se arrependeria até o dia em que morresse.

Era Eldrith, luvas na mão e o manto escuro ainda lhe descendo pelas costas. O vestido da Marrom rechonchuda também era escuro e sem adornos. Asne odiava usar lãs simples, mas elas precisavam evitar chamar atenção. Aquelas roupas sem graça combinavam com Eldrith.

A mulher parou assim que as viu e pestanejou, uma expressão momentânea de confusão em seu rosto redondo.

— Nossa — exclamou —, quem vocês acharam que era? — Jogando as luvas em cima da mesinha junto à porta, ela, de repente, tomou consciência do manto e franziu a testa como que se percebendo que o usara no andar de cima. Desabotoando com cuidado o broche prateado em seu pescoço, Eldrith arremessou o manto em uma cadeira e o deixou lá embolado.

A luz de *saidar* que envolvia Chesmal se dissipou quando ela deixou o bordado de lado e se levantou. Seu rosto severo a fazia parecer mais alta do que era, e ela era uma mulher alta. As flores de coloração reluzente que bordara poderiam muito bem estar em um jardim.

— Por onde você andava? — questionou Chesmal. Eldrith era a de posição mais elevada entre as três, sem falar que Moghedien a deixara no comando, mas Chesmal, se tanto, só começara a ter uma percepção superficial disso. — Você deveria ter voltado à tarde, sendo que metade da noite já se foi!

— Perdi a noção da hora, Chesmal — retrucou Eldrith, meio distraída, parecendo absorta em seus pensamentos. — Fazia muito tempo que eu não ia a Caemlyn. A Cidade Interna é fascinante, e fiz uma refeição deliciosa em uma estalagem que já conhecia. Apesar de ter que admitir que havia menos irmãs por lá na outra vez. Só que ninguém me reconheceu. — Ela deu uma olhadela no broche como se estivesse se perguntando de onde ele tinha vindo, e então o enfiou na bolsinha que trazia no cinto.

— Perdeu a noção — rebateu Chesmal em um tom indiferente, entrelaçando os dedos junto à cintura. Talvez para não envolver a garganta de Eldrith com eles. Seus olhos ardiam de raiva. — Perdeu a noção.

Uma vez mais, Eldrith pestanejou, parecendo assustada com aqueles questionamentos.

— Ah, estavam com medo de que Kennit tivesse me encontrado de novo? Garanto a vocês que, desde Samara, tenho tomado bastante cuidado em ocultar o elo.

Às vezes, Asne ficava se perguntando quanto da aparente vagueza de Eldrith era real. Ninguém tão alheia ao mundo à sua volta poderia ter sobrevivido por tanto tempo. Por outro lado, ela se mostrara desconcentrada o bastante para deixar a ocultação vacilar em mais de uma ocasião antes que chegassem a Samara, o suficiente para seu Guardião a rastrear. Obedientes às ordens de Moghedien para aguardar seu retorno, elas haviam se escondido em meio aos tumultos depois que ela partiu, esperado enquanto as turbas do chamado Profeta se deslocavam para o sul em direção a Amadícia, e permanecido naquela cidadezinha deploravelmente vazia mesmo depois de Asne ter se convencido de que Moghedien as abandonara. Só de lembrar, ela torceu os lábios. O que as fizera tomar a decisão de ir embora foi a chegada na cidade de Kennit, o Guardião de Eldrith, certo de que ela era uma assassina, quase convencido de que pertencia à Ajah Negra e determinado a matá-la sem se importar com as consequências para si mesmo. Não surpreendia que ela própria não tivesse se mostrado disposta a encarar essas consequências e se recusado a deixar que alguém matasse o homem. A única alternativa era fugir. Por sua vez, fora Eldrith quem indicara Caemlyn como a única esperança para as três.

— Descobriu algo, Eldrith? — indagou Asne com toda a educação. Chesmal era uma tola. Por mais desconjuntado que o mundo parecesse estar naquele momento, as coisas iriam se ajeitar. De um jeito ou de outro.

— O quê? Ah... Só que o molho de pimenta não estava tão bom quanto eu lembrava. Claro que já faz cinquenta anos.

Asne conteve um suspiro. No fim das contas, podia ser que estivesse na hora de Eldrith sofrer um acidente.

A porta se abriu, e Temaile veio deslizando cômodo adentro, tão silenciosa que todas foram pegas de surpresa. A pequenina Cinza, parecida com uma raposa, jogara um robe bordado com leões por cima dos ombros, mas escancarado na parte da frente, deixando exposta uma camisola de seda creme que se moldava a ela indecentemente. Pendendo por sobre uma das mãos, a mulher usava um bracelete feito de argolas de vidro retorcidas. Pareciam e davam a sensação de ser vidro, mas um martelo não teria sido capaz de tirar uma lasca de nenhuma delas.

— Você esteve em *Tel'aran'rhiod* — acusou Eldrith, franzindo a testa para o *ter'angreal*. Seu tom de voz, no entanto, não teve nada de enérgico.

Todas tinham um pouco de medo de Temaile desde que Moghedien as obrigara a presenciarem a resistência final de Liandrin ser vencida. Asne perdera a noção da frequência com que ela própria matara ou torturara nos cento e trinta e poucos anos desde que obteve o xale, mas poucas vezes tinha visto alguém com tanto... entusiasmo... quanto Temaile. Observando a mulher enquanto tentava fingir não a observar, Chesmal parecia nem notar que umedecia os lábios com nervosismo. Asne foi logo tratando de recolocar a língua por trás dos dentes, torcendo para que ninguém tivesse percebido. Eldrith com certeza não tinha.

— Tínhamos combinado de não usar os *ter'angreal* — lembrou, quase em tom de súplica. — Tenho certeza de que foi Nynaeve que feriu Moghedien, e, se ela é capaz de superar uma Escolhida em *Tel'aran'rhiod*, que chance nós temos? — Subindo o tom para cima das outras, ela tentou dar uma bronca. — Vocês duas sabiam disso? — Conseguira parecer descontente.

Chesmal retribuiu a encarada de Eldrith com indignação, enquanto Asne, surpreendida, demonstrou inocência. Elas sabiam, mas quem se oporia a Temaile? Ela duvidava muito que se Eldrith estivesse lá teria feito mais que um protesto simbólico.

Temaile sabia exatamente o efeito que tinha sobre elas. Deveria ter baixado a cabeça na hora do sermão de Eldrith, medroso como fora, e pedido desculpas por ter agido contra a vontade dela. Em vez disso, sorriu. Um sorriso que, no entanto, nunca chegou aos seus olhos, grandes, escuros e reluzentes demais.

— Você tinha razão, Eldrith. Você acertou que Elayne viria para cá e que Nynaeve viria com ela, ao que parece. Elas estavam juntas, e está claro que ambas estão no Palácio.

— Sim — confirmou Eldrith, um pouco desconfortável sob o olhar de Temaile. — Bem... — E umedeceu os *próprios* lábios, além de também mexer os pés. — Mesmo assim, até conseguirmos ver como vamos passar por todas aquelas bravias...

— Elas *são* bravias, Eldrith. — Temaile se deixou cair em uma cadeira, braços e pernas se derramando sem cuidado, e seu tom de voz endureceu. Não o bastante para denotar comando, mas, ainda assim, tornou-se mais do que meramente firme. — Só há três irmãs que podem nos criar problemas, e nós temos como nos livrar delas. Podemos pegar Nynaeve e talvez até Elayne, de quebra. — De repente, a mulher se inclinou para a frente, as mãos nos braços da cadeira. Roupas amassadas ou não, já não se via nela nenhuma nesga de indolência. Eldrith deu um passo para trás como se Temaile a tivesse empurrado com os olhos. — Senão, o que estamos fazendo aqui, Eldrith? Foi para isso que viemos.

Ninguém tinha o que dizer em relação àquilo. Em seu histórico, havia uma sucessão de fracassos — em Tear, em Tanchico — que poderia muito bem lhes custar a vida quando o Conselho Supremo pusesse as mãos nelas. Mas não se tivessem uma Escolhida como patrona, e, se Moghedien desejara tanto Nynaeve, talvez um dos outros também a quisesse. A maior dificuldade seria encontrar um dos Escolhidos para lhe apresentar seu presente. Só Asne parecia ter considerado essa parte.

— Tinha mais gente lá — prosseguiu Temaile, voltando a se jogar para trás. Parecia quase entediada. — Espionando nossas duas Aceitas. Um homem que se permitiu ser visto e uma outra pessoa que não consegui identificar. — Irritada, a mulher fez beicinho. Teria feito, ao menos, não fossem seus olhos. — Tive que ficar atrás de uma coluna para as garotas não me verem. Isso deveria deixar você contente, Eldrith. Elas não terem me visto. Você está contente?

Eldrith só faltou gaguejar ao demonstrar seu contentamento.

Asne se permitiu sentir seus quatro Guardiões, que se aproximavam cada vez mais. Tinha parado de se ocultar quando saíram de Samara. Só Powl era um Aliado das Trevas, claro, mas os outros fariam qualquer coisa que ela mandasse, acreditariam no que quer que dissesse. Seria preciso mantê-los escondidos das demais, a menos que fosse absolutamente necessário, mas ela queria ter homens armados à mão. Músculos e aço eram bastante úteis. E, se o que já era ruim ficasse ainda pior, ela sempre tinha a possibilidade de revelar o cilindro comprido que Moghedien não escondera tão bem quanto achava que tinha escondido.

A luz dos primeiros raios do dia que penetrava pelas janelas da sala de estar tinha um brilho cinza, uma hora mais cedo do que Lady Shiaine costumava se levantar, mas, naquela manhã, ela se vestira enquanto ainda estava o mais absoluto breu. Lady Shiaine era como ela se via agora. Mili Skane, a filha do selador, era alguém quase esquecida. Para todos os fins que importavam, ela era, de fato, Lady Shiaine Avarhin, e já fazia anos. Lorde Willim Avarhin tinha empobrecido, reduzido a ter de morar em uma casa de campo decrépita e sendo incapaz até de mantê-la em boas condições. Ele e sua única filha, a última de uma linhagem em declínio, permaneceram lá, longe de qualquer outro lugar onde sua penúria pudesse ser exposta, e, naquela altura, não passavam de ossos enterrados na floresta perto da casa. E *ela* era Lady Shiaine, e, se a construção de pedra alta e bem montada não chegava a ser um solar senhorial, tinha sido propriedade de uma mercadora abastada, também morta havia muito tempo, depois de ter deixado todo o seu ouro para sua "herdeira". A mobília era bem-feita, os tapetes, caros, as tapeçarias e até as almofadas dos assentos traziam bordados com fios de ouro, e o fogo crepitava em uma ampla lareira de mármore com veios azuis. Ela mandara entalhar no lintel, outrora liso, fileiras e mais fileiras com o Coração e a Mão da Casa Avarhin.

— Mais vinho, garota — ordenou, curta e grossa, e Falion trouxe apressada o cântaro de prata de gargalo comprido para reabastecer o cálice da mulher com a bebida condimentada fumegante. O uniforme de criada, com o Coração

Vermelho e a Mão Dourada no peito, combinava com Falion. Seu rosto comprido era como uma máscara rígida quando ela tratou de recolocar o cântaro no armário com gavetas e tomar seu lugar ao lado da porta.

— Você joga um jogo perigoso — comentou Marillin Gemalphin, girando seu próprio cálice entre as palmas das mãos. Esquálida e com cabelo castanho-claro sem vida, a irmã Marrom não aparentava ser Aes Sedai. Seu rosto estreito e nariz largo teriam combinado mais com o uniforme de Falion do que com sua bela lã azul, adequada apenas para uma mercadora mediana. — Sei que, de alguma forma, ela está blindada, mas, quando for capaz de canalizar de novo, vai fazer você uivar por conta disso. — Seus lábios finos se curvaram em um sorriso sem humor. — Você pode acabar se vendo em uma situação em que deseja poder uivar.

— Foi o que Moridin designou para ela — retrucou Shiaine. — Ela fracassou em Ebou Dar, e a ordem dele foi puni-la. Não sei os detalhes e nem quero, mas, se Moridin quiser vê-la com o nariz na lama, vou empurrar com tanta força que ela ainda estará respirando lama daqui a um ano. Ou você sugere que eu desobedeça a um dos Escolhidos? — Ela mal deu conta de reprimir um calafrio só de pensar naquilo. Marillin tentou esconder sua expressão bebendo mais um pouco, mas seus olhos se estreitaram. — E você, Falion? — indagou Shiaine. — Gostaria que eu pedisse a Moridin para levá-la? Pode ser que ele encontre algo menos pesado para você. — Mulas poderiam cantar como rouxinóis também.

Falion nem hesitou, só fez uma mesura de criada, com as costas eretas, o rosto ficando ainda mais pálido do que já era.

— Não, senhora — respondeu, afobada. — Estou contente com minha situação atual, senhora.

— Viu? — disse Shiaine para a outra Aes Sedai. Duvidava muito que Falion se sentisse minimamente perto de contente, mas a mulher preferiria aceitar o que quer que lhe fosse oferecido a enfrentar a insatisfação de Moridin cara a cara. Pelo mesmo motivo, Shiaine pesaria a mão no trato dela. Nunca se sabia o que um dos Escolhidos poderia descobrir e se acabaria se ofendendo. Ela mesma achava que seu fracasso já estava muito bem enterrado, mas não correria o risco. — Quando ela for capaz de canalizar de novo, não vai precisar ser criada o tempo todo, Marillin. — De todo modo, Moridin tinha dito que Shiaine podia matá-la se quisesse. Sempre existia essa possibilidade, caso sua posição começasse a causar atritos demais. Ele dissera que ela podia matar as duas irmãs, se assim desejasse.

— Pode ser — rebateu Marillin em um tom sombrio. Ela lançou um olhar de soslaio para Falion e fez uma careta. — Bem, Moghedien me deu instruções para lhe oferecer qualquer assistência que eu achasse que poderia dar, mas vou logo dizendo que não vou entrar no Palácio Real. A cidade inteira está com irmãs demais para o meu gosto, mas o Palácio, para piorar, está entupido de bravias. Eu não conseguiria andar dez pés sem que alguém soubesse que eu estou lá.

Aos suspiros, Shiaine se inclinou para trás, cruzou as pernas e ficou dando chutinhos despretensiosos com o pé calçado em uma pantufa. Por que as pessoas sempre achavam que as outras não sabiam tanto quanto elas? O mundo estava tomado de tolos!

— Moghedien ordenou que você me obedecesse, Marillin. Eu sei disso porque Moridin me contou. Ele não chegou a dizer com todas as letras, mas acho que, quando ele estala os dedos, Moghedien dá um pulo. — Falar dos Escolhidos dessa maneira era perigoso, mas ela precisava deixar a situação bem clara. — Quer me falar de novo o que você não vai fazer?

A Aes Sedai de rosto estreito umedeceu os lábios e disparou mais uma olhadela na direção de Falion. Será que a mulher temia acabar daquela maneira? Verdade fosse dita, Shiaine trocaria Falion por uma criada adequada para uma lady em um piscar de olhos. Bem, desde que a mulher fosse capaz de continuar com os outros serviços. Era muito provável que ambas tivessem que morrer quando tudo aquilo estivesse acabado. Shiaine não gostava de deixar pontas soltas.

— Eu não estava mentindo — defendeu-se Marillin, falando devagar. — Eu realmente não caminharia dez pés. Mas já há uma mulher no Palácio que pode fazer o que você precisa. Só que talvez leve um tempo para fazer contato com ela.

— Só trate de garantir que não seja tanto tempo assim, Marillin. — Então, uma das irmãs no Palácio era da Ajah Negra, não era? Teria de ser uma Aes Sedai, não uma mera Amiga das Trevas, para fazer o que Shiaine precisava.

A porta se abriu e Murellin olhou para dentro com um semblante inquisitivo, o corpanzil musculoso quase preenchendo toda a passagem. Atrás, ela conseguia ver que havia outro homem. Bastou um meneio de cabeça, e Murellin se afastou para o lado e gesticulou para Daved Hanlon entrar, batendo a porta atrás dele. Hanlon estava envolto em um manto escuro, mas conseguiu tirar uma das mãos lá de dentro para apalpar o traseiro de Falion por cima do vestido. Ela olhou feio para ele, mas não se moveu. Hanlon fazia parte do seu castigo. Ainda assim, Shiaine não desejava vê-lo acariciando a mulher.

— Depois você faz isso — ordenou. — Deu tudo certo?

Um sorriso largo dividiu ao meio seu rosto em forma de machado.

— Exatamente como eu planejei, é claro. — O sujeito jogou uma das laterais do manto escuro por cima do ombro, revelando os galões dourados de sua patente no casaco vermelho. — Você está falando com o Capitão da Guarda Pessoal da Rainha.

Capítulo II

Ideias importantes

Sem sequer olhar primeiro, Rand atravessou o portão e saiu em um grande aposento escuro. O esforço para segurar a tessitura, de lutar contra *saidin*, o fez cambalear. Sua vontade era de vomitar, se curvar e expelir tudo o que havia dentro do corpo. Manter-se em pé era um tormento. Uma luz tênue penetrava de leve por entre as venezianas de uma ou outra janelinha posicionadas bem no alto de uma das paredes, apenas o suficiente para enxergar enquanto estivesse preenchido pelo Poder. A mobília e as grandes silhuetas cobertas por panos tomavam o cômodo quase por inteiro, entremeadas por barris largos do tipo que se usava para armazenar cerâmica, baús de todas as formas e tamanhos, caixas, caixotes e quinquilharias. Pouco mais do que corredores de uma ou duas passadas de largura continuavam livres. Ele tivera certeza de que não encontraria serviçais caçando coisa alguma nem fazendo limpeza. O andar mais alto do Palácio Real tinha vários depósitos como aquele, que lembravam os sótãos de casas senhoriais e viviam quase esquecidos. Sem falar que ele era um *ta'veren*. Ainda bem que não havia ninguém ali quando o portão se abriu. Uma das extremidades havia decepado o canto de um baú vazio amarrado com um couro partido e apodrecido e a outra tinha resvalado de fininho em toda a extensão de uma mesa embutida comprida cheia de vasos e caixas de madeira. Podia ser que alguma Rainha de Andor tivesse comido naquela mesa um ou dois séculos atrás.

Um ou dois séculos, gargalhou grosseiramente Lews Therin na cabeça dele. *É muitíssimo tempo. Pelo amor da Luz, solte logo! Isto aqui é o Poço da Perdição!* A voz foi se dissipando à medida que o sujeito fugiu para os recônditos da mente de Rand.

Para variar, ele tinha os próprios motivos para dar ouvidos às reclamações de Lews Therin. Apressado, gesticulou para Min segui-lo desde a clareira na floresta, do outro lado do portão, e, assim que ela o fez, Rand deixou o portão se fechar atrás dela em um rápido rasgo de luz ao largar *saidin*. Para a felicidade dele, a náusea foi embora junto. Ainda estava um pouco tonto, mas ele já não se sentia prestes a vomitar, desabar ou ambos. A sensação de imundície, porém, persistia, a mácula do Tenebroso adentrando nele a partir das tessituras que amarrara em torno de si. Jogando a correia da bolsa de couro de um ombro para o outro, Rand tentou usar o movimento para esconder com a manga da camisa o rosto ensopado de suor. Contudo, não precisava se preocupar com Min perceber alguma coisa.

As botas azuis de salto que tinha nos pés remexeram a poeira do chão assim que Min deu o primeiro passo, e o segundo fez o pó subir. Ela sacou da manga um lenço com bordas rendadas bem a tempo de conter um espirro violento, seguido por um segundo e um terceiro, um pior que o outro. Rand gostaria que ela tivesse se mostrado disposta a continuar usando vestido. Flores brancas bordadas enfeitavam as mangas e as lapelas do casaco azul de Min, e calças de um tom mais claro de azul delineavam bem suas pernas. Com as luvas de cavalgada azul-turquesa com bordados amarelos enfiada por trás da cinta e um manto bordejado com pergaminhos amarelos preso com um broche dourado no formato de uma rosa, ela realmente parecia ter chegado ali por meios mais convencionais, mas acabaria atraindo todos os olhares. Rand estava trajando umas lãs marrons grosseiras que qualquer trabalhador poderia vestir. Na maior parte dos lugares nos últimos dias, ele fora espalhafatoso quanto à sua presença. Desta vez, não queria apenas ir embora antes que qualquer um soubesse que ele estivera ali, também não queria que ninguém além de umas poucas pessoas especiais ficasse sabendo.

— Por que você está sorrindo para mim e passando o dedo na orelha que nem um bobalhão? — quis saber ela, metendo o lenço de volta na manga. Seus olhões escuros eram pura suspeita.

— Só estava pensando como você é bonita — respondeu ele, tranquilo. Ela era. Rand não conseguia olhar para Min sem pensar isso. Nem sem se lamentar por ser tão fraco a ponto de não a mandar embora para algum lugar seguro.

Ela respirou fundo e, antes que pudesse pelo menos cobrir a boca com a mão, tornou a espirrar, olhando em seguida para Rand como se, de alguma forma, a culpa fosse dele.

— Abandonei meu cavalo por você, Rand al'Thor. Encaracolei meu cabelo por você, abri mão da minha *vida* por você! Mas *não* vou abrir mão do meu casaco e das minhas calças! Sem falar que ninguém aqui me viu de vestido por mais tempo do que eu levei para mudar de roupa. Você sabe que só vai funcionar se eu for reconhecida. Com essa cara, você com certeza não vai conseguir fingir que veio andando da rua.

Sem pensar, ele correu a mão pela mandíbula sentindo o próprio rosto, mas não era isso que Min estava vendo. Qualquer um que olhasse para ele veria um homem vários centímetros mais baixo e alguns anos mais velho que Rand al'Thor, com cabelo branco escorrido, olhos castanhos opacos e uma verruga no nariz bulboso. Só quem tocasse nele poderia penetrar na Máscara dos Espelhos. Com as tessituras invertidas, nem um Asha'man a veria. Porém, se houvesse algum Asha'man no Palácio, isso poderia significar que os planos tinham dado mais errado do que ele imaginava. Essa visita não podia, não devia, acabar em matança. Em todo caso, ela estava certa: não se tratava de um rosto cuja entrada no Palácio Real de Andor seria liberada sem escolta.

— Contanto que possamos terminar logo e ir embora — afirmou ele. — Antes que alguém tenha tempo de pensar que, como você está aqui, talvez eu também esteja.

— Rand — disse Min com uma voz suave, ao que ele olhou para ela cheio de cautela. Pousando a mão no peito dele, ela levantou a vista para encará-lo com uma expressão séria. — Rand, você realmente precisa se encontrar com Elayne. E com Aviendha, suponho. Você sabe que é provável que ela também esteja aqui. Se você...

Ele balançou a cabeça, mas logo se arrependeu. A tontura ainda não tinha sumido por completo.

— Não! — rebateu ele, curto e grosso.

Luz! A despeito do que Min dissesse, ele simplesmente não conseguia acreditar que *tanto* Elayne *quanto* Aviendha o amavam. Ou que o fato de ter o amor de ambas, se fosse mesmo um fato, não a incomodasse. As mulheres não eram *tão* estranhas assim! Elayne e Aviendha tinham motivos para odiá-lo, não para amá-lo, e Elayne, pelo menos, tinha deixado isso claro. O pior era que ele estava apaixonado pelas duas, e por Min também! Ele precisava ser duro feito aço, mas achava que poderia se despedaçar se tivesse que encarar as três ao mesmo tempo.

— Vamos encontrar Nynaeve e Mat e ir embora o quanto antes. — Ela abriu a boca, mas ele não lhe deu a chance de falar. — Não discuta comigo, Min. Agora não é hora!

Enviesando a cabeça para o lado, Min abriu um sorrisinho divertido.

— E quando é que eu discuto com você? Não faço exatamente o que você diz, sempre? — Como se a mentira não fosse cabeluda o bastante, ela ainda acrescentou: — Eu já ia dizer que, se você está com pressa, o que estamos fazendo parados neste depósito empoeirado? — Para enfatizar seu argumento, tornou a espirrar.

Como Min era quem tinha menos probabilidade de gerar algum comentário — mesmo vestida como estava —, foi a primeira a pôr a cabeça para fora do aposento. Ao que parecia, o depósito não estava totalmente esquecido, já que as dobradiças da pesada porta mal rangeram. Uma rápida olhadela para um lado e para o outro, e ela saiu apressada do cômodo, gesticulando para que Rand a acompanhasse. *Ta'veren* ou não, ele ficou aliviado ao se deparar com o corredor comprido vazio. Até o mais tímido dos serviçais poderia ter ficado deslumbrado ao vê-los emergir de um depósito nos rincões mais altos do Palácio. Só que não demorariam a encontrar pessoas. O Palácio Real não era tão cheio de serviçais quanto o Palácio do Sol ou a Pedra de Tear, mas, mesmo assim, em um palácio daquele tamanho ainda haveria centenas deles. Caminhando ao lado de Min, ele tentava andar arrastado e parecer abobalhado diante de tapeçarias radiantes, painéis de parede entalhados e armários polidos. Nenhum era tão bonito quanto os que estavam lá embaixo, mas um trabalhador comum ficaria pasmo.

— Precisamos descer o mais rápido possível — murmurou ele. Ainda não se via ninguém, mas, virando a esquina seguinte, poderiam aparecer dez pessoas. — Lembre-se de perguntar ao primeiro serviçal que virmos apenas onde podemos encontrar Nynaeve e Mat. Não explique nada que não seja necessário.

— Ora, obrigada por me lembrar, Rand. Eu sabia que tinha me esquecido de alguma coisa, só não conseguia pensar o quê. — Seu sorriso breve foi contido demais, e ela murmurou alguma coisa só para si.

Rand suspirou. Aquilo era importante demais para Min fazer joguinhos, mas, se ele deixasse, era o que ela faria. Não que ela enxergasse daquela maneira. Às vezes, as ideias dela a respeito do que era importante eram bem diferentes das dele. Muitíssimo diferentes. Ele precisaria ficar de olho nela.

— Ora, Senhora Farshaw — disse uma voz feminina por trás deles. — É Senhora Farshaw, não é?

A bolsa balançou e deu uma pancada forte na cabeça de Rand quando ele girou o corpo para dar meia-volta. A mulher grisalha rechonchuda que encarava Min estupefata talvez fosse a última pessoa que ele gostaria de encontrar, tirando Elayne e Aviendha. Perguntando-se por que estava usando um tabardo vermelho com o Leão Branco bem grande na parte da frente, Rand se curvou e evitou olhar diretamente para ela. Apenas um trabalhador ocupado com seu ofício. Não havia razão para olhar para ele mais de uma vez.

— Senhora Harfor? — exclamou Min, abrindo um sorrisão contente. — Sim, sou eu. E você é justo quem eu estava procurando. Acabei perdida, infelizmente. Poderia me dizer onde encontro Nynaeve al'Meara? E Mat Cauthon? Este sujeito trouxe algo a pedido de Nynaeve.

A Criada-chefe franziu a testa de leve para Rand antes de voltar a atenção para Min. Ela ergueu uma das sobrancelhas para a indumentária de Min, ou talvez fosse só para a poeira que lhe cobria as roupas, mas não mencionou nem uma coisa nem outra.

— Mat Cauthon? Não acredito que eu o conheça. A menos que seja um dos novos serviçais ou membros da Guarda — considerou ela, cheia de dúvida. — Quanto a Nynaeve Sedai, está muito ocupada. Suponho que ela não se importe se eu receber a tal encomenda e entregar no quarto dela.

Rand se sobressaltou e ficou mais ereto. Nynaeve *Sedai?* Por que as outras — as verdadeiras Aes Sedai — ainda a deixavam brincar disso? E Mat não estava ali? Nunca estivera, ao que parecia. Cores rodopiavam em sua cabeça, quase uma imagem que ele não conseguia identificar. Num piscar de olhos, sumiram, mas ele cambaleou. A Senhora Harfor tornou a lhe franzir a testa e fungou. Provavelmente achou que estivesse bêbado.

Min também franziu a dela, mas pensativa, batendo com o dedo no queixo, gesto que só durou alguns momentos.

— Acho que Nynaeve... Sedai quer vê-lo. — Mal foi possível notar sua hesitação. — Você poderia mostrar a ele os aposentos dela, Senhora Harfor? Tenho outra questão para tratar antes de ir. Agora trate de se comportar, Nuli, e faça o que mandarem. É um bom camarada.

Rand abriu a boca, mas, antes que pudesse dizer uma única palavra, ela disparou pelo corredor, quase correndo. O manto voejava atrás dela, tamanha a velocidade. Que a queimasse, Min ia tentar encontrar Elayne! Podia estragar tudo!

Seus planos dão errado porque você quer viver, seu louco. A voz de Lews Therin era um sussurro áspero e suado. *Aceite que você já está morto. Aceite e pare de me atormentar, seu louco!* Rand abafou a voz até que ela não passasse de um zumbido emudecido, uma picadinha zunindo na escuridão do seu pensamento. Nuli? Que tipo de nome era Nuli?

A Senhora Harfor ficou olhando boquiaberta para Min até que desapareceu ao virar um corredor e então deu um puxão desnecessário para ajustar o tabardo, reservando sua desaprovação para Rand. Mesmo com a Máscara dos Espelhos, ela via um homem que se agigantava acima dela, mas Reene Harfor não era mulher de deixar uma pequenez como aquela desestabilizá-la nem por um instante.

— Desconfio da sua aparência, Nuli — confessou, abaixando as sobrancelhas com rispidez —, então tome cuidado. Se tiver a mínima inteligência, trate de ter muita cautela.

Segurando a correia da bolsa no ombro com uma das mãos, ele demonstrou deferência com a outra.

— Sim, senhora — murmurou com uma voz rouca. A Criada-chefe poderia reconhecer sua voz verdadeira. O combinado era que Min fosse a única a falar até que eles encontrassem Nynaeve e Mat. Pela Luz, o que ele iria fazer se ela realmente trouxesse Elayne? E talvez Aviendha? Era provável que ela também estivesse ali. Luz! — Perdão, senhora, mas é melhor nos apressarmos. É urgente que eu fale com Nynaeve o quanto antes. — Rand levantou um pouquinho a bolsa. — Ela queria esse objeto muito importante. — Se ele já tivesse terminado quando Min voltasse, podia ser que desse para ir embora com ela antes de ter que encarar as outras duas.

— Se Nynaeve *Sedai* achasse que era urgente — disse a criada rechonchuda com sarcasmo, dando uma ênfase especial ao honorífico que ele omitira —, teria deixado avisado que você viria. Agora me acompanhe e guarde seus comentários e opiniões para si.

A mulher saiu andando sem esperar qualquer resposta e sem olhar para trás, deslizando com uma graciosidade imponente. Afinal de contas, o que ele podia fazer, a não ser obedecer? Pelo que se lembrava, a Criada-chefe estava acostumada a todos fazendo o que ordenava. Andando mais depressa para alcançá-la, ele só deu um passo ao lado de Reene antes que o olhar sobressaltado dela o fizesse recuar, ao que ele tornou a demonstrar deferência e balbuciou um pedido de desculpas. Rand não estava habituado a ter de andar atrás de ninguém, e aquilo não serviria para acalmar seu humor. Um resquício de tontura ainda resistia, bem como a imundície da mácula. Nos últimos dias, ele parecia andar mal-humorado com mais frequência, menos quando Min estava perto.

Antes que os dois tivessem avançado em seu caminho, serviçais fardados começaram a surgir no corredor, lustrando, limpando e carregando, andando com pressa por todos os lados. Ficou evidente que a ausência de gente quando ele e Min deixaram o depósito era uma ocorrência rara. *Ta'veren* mais uma vez. Ao descerem um lance de escadas de serviço estreitas esculpidas na parede, apareceram ainda mais. E apareceu outra coisa também: uma porção de mulheres sem uniforme. Domanesas de pele cor de cobre, cairhienas brancas de baixa estatura e mulheres com tez oliva e olhos escuros que, por certo, não eram andorianas. Elas o fizeram sorrir, um sorriso contido e satisfeito. Nenhuma delas tinha o que ele chamaria de rosto de idade indefinida, com várias ostentando até linhas e rugas que jamais ornariam o rosto de uma Aes Sedai, mas, vez ou outra, quando ele se aproximava de uma delas, calafrios percorriam sua pele. Estavam canalizando ou, no mínimo, abraçando *saidar*. A Senhora Harfor o conduzia pela frente de portas fechadas onde tal comichão também se intensificou. Do outro lado daquelas portas, só podia haver outras mulheres canalizando.

— Perdão, Senhora — chamou ele com a mesma voz rouca que adotara para Nuli. — Quantas Aes Sedai estão no Palácio?

— Não é da sua conta — irrompeu ela. Dando uma olhadela nele por cima do ombro, porém, suspirou e cedeu. — Suponho que não haja nenhum problema em você saber. Cinco, contando Lady Elayne e Nynaeve Sedai. — Sua voz ganhou um quê de orgulho. — Faz muito tempo desde a última vez que tantas Aes Sedai solicitaram hospedagem aqui de uma só vez.

Rand poderia ter gargalhado, mas não por achar aquilo engraçado. Cinco? Não, esse número incluía Nynaeve e Elayne. Três Aes Sedai de verdade. Três! Quem quer que fossem as outras não importava tanto. Ele havia começado a acreditar que os boatos sobre centenas de Aes Sedai se deslocando em direção a Caemlyn com um exército indicavam que poderia haver mesmo tantas assim prontas para seguir o Dragão Renascido. Em vez disso, até sua antiga esperança de dois punhados delas havia sido muitíssimo otimista. Boatos não passavam de boatos. Ou algum plano inventado por Elaida. Luz, onde *estava* Mat? Uma cor lampejou na mente de Rand — por um instante, ele achou que fosse o rosto de Mat —, que tropeçou.

— Se você veio para cá bêbado, Nuli — advertiu a Senhora Harfor com firmeza —, vai se arrepender amargamente quando for embora. Eu mesma cuidarei disso!

— Sim, senhora — murmurou Rand, gesticulando sua deferência. Em sua mente, Lews Therin grasnava uma risada louca e chorosa. Rand precisara ir até ali, era necessário, mas já estava começando a se arrepender.

Envoltas pela luz de *saidar*, Nynaeve e Talaan se encaravam, em frente à lareira, a quatro passadas uma da outra, onde uma chama vigorosa conseguira retirar todo o frio do ar. Ou talvez tivesse sido o esforço o que a deixou aquecida, Nynaeve pensava com amargura. A aula já durava uma hora, de acordo com o relógio ornamentado sobre a cornija entalhada. Uma hora de canalização sem descanso aqueceria qualquer uma. Era Sareitha quem deveria estar ali, não ela, mas a Marrom escapulira do Palácio deixando um bilhete que informava sobre uma missão urgente na cidade. Careane se recusara a dar aula dois dias seguidos e Vandene continuava se recusando a lecionar sob a alegação ridícula de que as aulas para Kirstian e Zarya a deixavam sem tempo.

— Assim — disse ela, açoitando seu fluxo de Espírito ao redor da tentativa da aprendiz do Povo do Mar, esguia como um garoto, de se defender dela. Acrescentando a força do próprio fluxo, empurrou a moça ainda mais e, ao mesmo tempo, canalizou Ar em três tessituras distintas. Uma fez cócegas nas costelas de Talaan por baixo da blusa de linho azul. Um recurso simples, mas que fez a aprendiz arquejar de surpresa, e, por um instante, seu abraço na Fonte diminuiu uma nesguinha, a centelha mais tênue do Poder preenchendo-a. Nesse piscar de olhos, Nynaeve parou de investir contra o fluxo da outra, como estava fazendo, e trouxe o seu de volta para o alvo original. Forçar a blindagem em Talaan ainda era bem parecido com bater em uma parede — exceto pelo fato de a dor se espalhar de maneira igual por toda a pele, e não só pela palma da mão, o que não chegava a ser uma vantagem —, mas o brilho de *saidar* desapareceu assim que os dois últimos fluxos de Ar prenderam os braços de Talaan nas laterais do corpo e juntaram-lhe os joelhos dentro da calça larga escura.

Muito bem executado, considerou Nynaeve. A garota era bastante ágil, bem hábil com suas tessituras. Além do quê, tentar blindar alguém que abraçara o Poder era, na melhor das hipóteses, arriscado, e, na pior, fútil, a menos que se fosse *muito* mais forte que o outro — e só às vezes, nesse caso —, só que Talaan quase rivalizava com ela a ponto de tornar isso indiferente, o que ajudou a evitar um sorriso de satisfação em seu rosto. Parecia fazer pouquíssimo tempo que as irmãs tinham se assustado com sua força e acreditado que só alguns Abandonados eram mais fortes que ela. Talaan ainda não desacelerara, era pouco mais que uma criança. Quinze anos? Talvez menos! Só a Luz sabia qual seria seu potencial. Pelo menos nenhuma das Chamadoras de Ventos mencionara, e não era Nynaeve quem iria perguntar. Ela não estava nem um pouco interessada em saber quão mais forte uma garota do Povo do Mar era. Nem um pouco.

Com os pés descalços arrastando-se pelo tapete estampado verde, Talaan fez uma tentativa inútil de romper a blindagem, que Nynaeve sustentou com facilidade, e então suspirou, reconhecendo sua derrota, e baixou a vista. Até quando conseguia seguir as instruções de Nynaeve, ela se comportava como se tivesse fracassado, mas, desta vez, ficou curvada com tanto desânimo que parecia que só mesmo as tessituras de Ar a mantinham em pé.

Nynaeve deixou os fluxos se dissiparem, arrumou o xale e abriu a boca para informar a Talaan o que ela tinha feito de errado. E para lhe chamar a atenção, outra vez, que não adiantava tentar se libertar a não ser que ela fosse *muito* mais forte que quem quer que a tivesse blindado. O Povo do Mar dava a impressão de não acreditar em nada que Nynaeve lhes dissesse enquanto ela não repetisse dez vezes e demonstrasse vinte.

— Ela usou a sua força contra você — explicou Senine din Ryal de forma bem direta antes que Nynaeve tivesse como falar. — E uma distração, de novo. É como uma luta, garota. E você sabe lutar.

— Tente outra vez — ordenou Zaida com um gesto brusco de sua mão negra tatuada.

Todas as cadeiras do aposento tinham sido dispostas junto à parede, embora não houvesse nenhuma necessidade real de espaço, e Zaida se sentou para observar a aula ladeada por seis Chamadoras de Ventos, uma profusão de vermelho, amarelo e azul em sedas brocadas e linhos tingidos com cores fortes, uma quantidade de brincos, argolas no nariz e correntes cheias de medalhões que era de arrepiar. Era sempre assim: uma das duas aprendizes era usada para a aula em si — ou Merilille, segundo o que Nynaeve ouvira falar, era obrigada a fazer as vezes de aprendiz, a menos que ela mesma estivesse lecionando — enquanto Zaida e um ou outro grupo de Chamadoras de Ventos assistia a tudo. A Mestra das Ondas não podia canalizar, claro, embora sempre estivesse presente, e nenhuma das Chamadoras de Ventos se rebaixaria para participar pessoalmente. Ah, não, isso nunca...

Pelas estimativas de Nynaeve, o grupo daquele dia era peculiar, tendo em vista a obsessão do Povo do Mar por posição social. A própria Chamadora de Ventos de Zaida, Shielyn, estava sentada à sua direita, uma mulher esbelta e reservada quase da altura de Aviendha e muito mais alta que Zaida. Até onde Nynaeve sabia, isso era adequado, mas quem estava à esquerda de Zaida era Senine, que servia em um planador, uma das menores embarcações do Povo do Mar, sendo o dela um dos menores dentre esses. Claro que a mulher experiente, com seu rosto enrugado e cabeleira com espessas mechas grisalhas, chegara a usar no passado mais do que os seis brincos atuais, além de mais medalhões dourados na corrente que lhe cruzava a pele escura da bochecha esquerda. Ela fora a Chamadora de Ventos da Senhora dos Navios antes de Nesta din Reas ser eleita para o posto, mas, de acordo com a lei, quando a Senhora dos Navios ou uma Mestra das Ondas morria, sua Chamadora de Ventos tinha de recomeçar no nível mais baixo. Só que não se tratava apenas de respeito pela antiga posição de Senine, Nynaeve tinha certeza. Rainyn, uma jovem de maçãs do rosto pronunciadas que servia em um flechador, ocupava a cadeira junto de Senine, e, com seu rosto pétreo e olhar indiferente, Kurin estava sentada ao lado de Shielyn tal qual um entalhe negro. Isso relegava Caire e Tebreille às cadeiras mais afastadas, sendo que ambas eram Chamadoras de Ventos de Mestras das Ondas, com quatro grossas argolas em cada orelha e quase tantos medalhões quanto a própria Zaida. Porém, podia ser que fosse só para manter as irmãs e seu olhar de soberba afastados. As duas se odiavam com um fervor que só parentes de sangue poderiam nutrir. Talvez fosse isso. Entender os Atha'an Miere era mais difícil do que tentar entender os homens. Era possível enlouquecer tentando.

Resmungando sozinha, Nynaeve deu um puxão no xale e se preparou, aprontando os fluxos. A alegria pura de abraçar *saidar* mal conseguia competir com sua irritação. Tente de novo, Nynaeve. Mais uma vez, Nynaeve. Agora, Nynaeve, vamos. Pelo menos Renaile não estava lá. Era comum quererem que ela ensinasse coisas que não sabia, assim como outras — comum até demais era que fosse o que ela mal conhecia, como admitia com relutância, já que não tivera muito treinamento na Torre — e, sempre que ela se atrapalhava o mínimo, Renaile se deliciava em fazê-la suar. As demais também faziam, mas não pareciam sentir tanto prazer. De todo modo, depois de uma boa hora, ela estava cansada. Maldita Sareitha e sua missão!

Nynaeve atacou de novo, mas, desta vez, o fluxo de Espírito de Talaan colidiu com o dela com bem menos intensidade do que ela esperava, ao que o fluxo de Nynaeve varreu o outro ainda mais longe do que pretendera. De repente, seis tessituras de Ar dispararam da garota em direção a ela, e Nynaeve tratou de parti-las depressa com Fogo. Os fluxos decepados retornaram para Talaan, sacudindo-a visivelmente, mas, antes que tivessem desaparecido por completo, outros seis surgiram, mais rápidos que os anteriores. Nynaeve os cortou. E depois ficou olhando boquiaberta quando a tessitura de Espírito da Atha'an Miere tremeluziu ao redor do dela e a envolveu, apartando-a de *saidar*. Ela estava blindada! Talaan a blindara! Em uma humilhação final, fluxos de Ar amarraram com força seus braços e pernas, amassando suas saias. Se ela não tivesse ficado tão irritada com Sareitha, aquilo jamais teria ocorrido.

— A garota a pegou — exclamou Caire, aparentando surpresa. Pela frieza com que olhou para Talaan, ninguém diria que ela era a mãe dela. De fato, Talaan parecia envergonhada do próprio sucesso, soltando os fluxos imediatamente e baixando a vista para o chão.

— Muito bom, Talaan — parabenizou Nynaeve, já que ninguém mais proferia uma única palavra de elogio ou encorajamento. Zangada, ela sacudiu o xale por trás do corpo e o aprumou nas dobras do cotovelo. Não era preciso dizer para a garota que ela tivera sorte. Era rápida, era necessário admitir, mas Nynaeve não tinha certeza se ainda daria conta de continuar canalizando por muito mais tempo. Àquela altura, por certo não estava no melhor das suas condições. — Receio que eu não tenha tempo para mais nada hoje, então...

— Tente de novo — ordenou Zaida, inclinando-se para a frente com o olhar atento. — Quero ver uma coisa. — Aquilo não fora uma explicação nem algo parecido com um pedido de desculpas, apenas uma afirmação factual. Zaida nunca se explicava nem se desculpava, só esperava obediência.

Nynaeve cogitou informar à mulher que ela não teria como ver nada do que elas duas estavam fazendo, de qualquer forma, mas refutou o pensamento na mesma hora. Não com seis Chamadoras de Ventos presentes. Dois dias antes, ela expressara suas opiniões livremente e, com certeza, não queria que aquilo se repetisse. Tentara enxergar tudo como um castigo por falar sem pensar, mas isso também não ajudava muito. Sua vontade era de nunca ter ensinado aquelas mulheres a se unirem.

— Só mais uma — disse ela com firmeza, tornando a se virar para Talaan —, porque depois eu preciso ir.

Desta vez, estava preparada para o truque da garota. Canalizando, recebeu a tessitura de Talaan com mais destreza e sem tanta força. A Atha'an Miere abriu um sorriso hesitante. Pensando que Nynaeve agora não se distrairia com fluxos de Ar desnecessários, talvez? A tessitura de Talaan começou a se curvar em volta da dela, e, com agilidade, Nynaeve girou a própria para apanhá-la. Estaria pronta quando a garota produzisse seus fluxos de Ar. Ou podia ser que, nesta ocasião, não fossem de Ar. Nada perigoso, com toda a certeza. Era apenas um treino. Só que o fluxo de Espírito de Talaan não completou a curva, sendo que o de Nynaeve girou para longe enquanto o de Talaan atingiu-a em cheio e se prendeu a ela. Uma vez mais, *saidar* se apagou, e amarras de Ar lhe jogaram os braços para os lados e prenderam os joelhos.

Com cuidado, ela recuperou o fôlego. Teria de dar os parabéns à mocinha. Não havia escapatória. Se tivesse ficado com uma das mãos livres, teria arrancado a trança do cocuruto.

— Segure! — bradou Zaida, pondo-se de pé para se dirigir com passos largos e graciosos na direção de Nynaeve, as barras das calças de seda vermelhas roçando uma na outra com delicadeza rente aos pés descalços, a faixa da mesma cor, amarrada de maneira intrincada, balançando ao bater na coxa. As Chamadoras de Ventos se levantaram junto com ela e a seguiram por ordem de patente. Caire e Tebreille se ignoraram solenemente ao saírem em disparada para ocupar suas posições, mais próximas da Mestra das Ondas, enquanto Senine e Rainyn ficaram uma passada atrás.

Talaan obedeceu e sustentou não só a blindagem em Nynaeve, como também as amarras, deixando-a imóvel feito uma estátua. E fumegando feito uma chaleira que passou do ponto da fervura. Recusava-se a ficar se debatendo como uma marionete quebrada, mas isso era tudo que lhe restava, além de ficar parada. Caire e Tebreille a analisaram com um desdém gélido, Kurin, com todo o desprezo que sentia por qualquer habitante da terra firme. A mulher de olhar pétreo não sorria com sarcasmo, não fazia caretas nem externava qualquer expressão genuína, mas era impossível passar muito tempo com ela sem entender qual era a sua opinião. A única que demonstrava o menor sinal de compaixão era Raynin, com um discreto sorrisinho pesaroso.

Os olhos de Zaida fitaram os de Nynaeve na mesma altura. As duas tinham quase a mesma estatura.

— Ela está presa o máximo que você consegue, aprendiz?

Talaan se curvou profundamente, paralela ao chão, tocando na testa, nos lábios e no coração.

— Como você ordenou, Mestra das Ondas — respondeu a garota, quase sussurrando.

— O que significa isso? — quis saber Nynaeve. — Me solte. Você pode até se safar tratando Merilille desse jeito, mas se acha que...!

— Você diz que só há como romper essa blindagem sendo muito mais forte — interrompeu Zaida. Seu tom de voz não era ríspido, mas ela queria ser ouvida, não ouvir. — Queira a Luz que possamos descobrir se você nos ensinou certo. Todos sabem muito bem como as Aes Sedai fazem a verdade girar feito um redemoinho. Chamadoras de Ventos, formem um círculo. Kurin, você lidera. Se ela se soltar, não deixe-a causar nenhum dano. Como estímulo... Aprendiz, prepare-se para virá-la de cabeça para baixo quando eu contar até cinco. Um...

A luz de *saidar* envolveu as Chamadoras de Ventos, todas juntas, à medida que foram se unindo. Kurin ficou com os pés afastados e as mãos na cintura como se tentasse se equilibrar no convés de um navio. A ausência de expressão parecia denotar que ela já estava convencida de que iriam desmascarar uma inverdade, se não uma mentira descarada. Talaan respirou fundo e, mudando de postura, ficou eretíssima, sem sequer piscar enquanto mantinha os olhos ansiosos cravados em Zaida.

Nynaeve pestanejou. Não! Elas não podiam fazer aquilo com ela! De novo, não!

— Eu já disse — reiterou, bem mais calma do que se sentia — que não tenho como romper a blindagem. Talaan é forte demais.

— Dois... — prosseguiu Zaida, cruzando os braços abaixo dos seios e encarando Nynaeve como se pudesse enxergar as tessituras.

Hesitante, Nynaeve forçou a blindagem. Pelo pouco que ela cedeu, foi como empurrar uma parede de pedra.

— Me escute, Za... Mestra das Ondas. — Não havia por que hostilizar a mulher ainda mais, isso era certo. Elas eram rigorosas em relação ao uso das formas corretas de tratamento. Rigorosas em relação a coisas demais. — Tenho certeza de que Merilille ensinou para vocês ao menos alguma coisa sobre as blindagens. Ela fez os Três Juramentos. Ela *não pode* mentir. — Talvez Egwene tivesse razão quanto ao Bastão dos Juramentos.

O olhar de Zaida não fraquejou, sua expressão não se alterou.

— Três...

— Me ouça — insistiu Nynaeve, sem dar a mínima se parecesse um tantinho desesperada. Talvez mais que só um tantinho. Ela empurrou a blindagem com mais força, depois o mais forte que podia. Pelo efeito que surtiu, foi como dar com a cabeça em um pedregulho. Agindo de maneira instintiva, inútil, ela lutou contra as amarras de Ar que a prendiam, as franjas e as partes soltas do xale dançando à sua volta. Tinha tantas chances de se libertar delas quanto de romper a blindagem, mas não conseguia se controlar. De novo, não! Ela não podia passar por aquilo! — Você tem que me ouvir!

— Quatro...

Não! Não! De novo, não! Nynaeve arranhava a blindagem de forma frenética. Podia até ser dura feito uma pedra, mas a sensação era mais parecida com vidro, polida e escorregadia. Ela podia sentir a Fonte além dela, quase vê-la, como uma luz e um calor à beira do campo de visão. Desesperada, arfando, ela foi tateando toda a superfície lisa. Havia uma borda, como um círculo ao mesmo tempo pequeno demais para segurar nas mãos e grande o bastante para engolfar o mundo, mas, quando tentava transpor essa borda, voltava a se ver de novo bem no centro do círculo duro e escorregadio. Era inútil. Ela aprendera tudo isso muito tempo atrás, tentara tudo muito tempo atrás. Seu coração batia tão forte que dava a impressão de que sairia estraçalhando as costelas. Lutando em vão para manter a calma, ela se apressou para voltar a tatear a borda, sentindo-a inteira sem tentar contorná-la. Em um ponto específico, ela parecia... mais macia. Nynaeve nunca tinha notado aquilo. O ponto macio, um carocinho, talvez, não parecia diferente em mais nada de todo o resto nem era tão mais macio assim, mas ela se lançou contra ele. E se viu de novo no centro. Histérica, se atirou com toda a força no ponto macio, mais uma vez, de novo, sendo arremessada de volta para o centro, mas sem sequer se permitir uma pausa antes de lançar-se de novo. E de novo. Ah, Luz! Por favor! Ela tinha que conseguir, senão...!

De repente, Nynaeve se deu conta de que Zaida ainda não tinha contado até cinco. Tomando fôlego como se tivesse corrido dez milhas, ela ficou olhando. O suor lhe escorria pelo rosto e pelas costas, descia devagarinho por entre os seios e seguia até a barriga. As pernas vacilavam. A Mestra das Ondas não desviava o olhar do dela, tamborilando pensativa os lábios carnudos com o dedo fino. O brilho ainda engolfava o círculo de seis, Kurin podia muito bem ser uma estátua de uma insensibilidade desdenhosa, mas Zaida ainda não tinha contado até cinco.

— Ela realmente tentou com tanto ímpeto quanto pareceu, Kurin? — perguntou por fim a Mestra das Ondas —, ou toda aquela agitação e lamúria foram só aparência? — Nynaeve tentou invocar um olhar indignado. Ela *não* tinha se lamuriado! Ou tinha? Sua cara feia, tal como estava, abalou Zaida tão pouco quanto a chuva abala uma rocha.

— Com tanto esforço, Mestra das Ondas — respondeu Kurin, com relutância —, ela poderia ter carregado um forcador nas costas. — Os seixos negros lisos que eram seus olhos, no entanto, seguiam exalando desprezo. Só quem vivia no mar merecia algum respeito dela.

— Solte-a, Talaan — ordenou Zaida. Blindagem e amarras desapareceram conforme ela foi se afastando e retornando em direção às cadeiras, sem voltar a pousar os olhos em Nynaeve. — Chamadoras de Ventos, vou ter uma conversa com vocês depois que ela for. Vejo você amanhã na mesma hora, Nynaeve Sedai.

Alisando as saias amarrotadas e voltando a sacudir o xale com irritação, Nynaeve tentou recuperar um pouco da sua dignidade. Ensopada de suor e tremendo, não era fácil. *Com certeza* não tinha se lamuriado! Ela tentava não olhar para a garota que a blindara. Duas vezes! Ficou ali parada, mansa como um gatinho, os olhos fixos no tapete. Rá! Nynaeve ajustou o xale ao redor dos ombros.

— Amanhã é a vez de Sareitha Sedai, Mestra das Ondas. — Sua voz, ao menos, estava firme. — Estarei ocupada até...

— Seus ensinos são mais edificantes que os das outras — contestou Zaida, ainda sem se dar ao trabalho de olhar para ela. — Na mesma hora, senão vou mandar suas pupilas trazerem você. Agora pode ir. — Uma frase que soara como "Agora *vá*".

Nynaeve precisou se esforçar para engolir seus argumentos. Tinham um gosto amargo. Mais edificantes? O que queria dizer aquilo? Ela achava que não queria saber de fato.

Até que saísse do aposento, ela ainda era a professora — o Povo do Mar era rígido com suas regras, e Nynaeve achava que isso se devia ao fato de que pouco rigor em um navio poderia causar problemas, mas gostaria que elas entendessem que não estavam em um navio —, e isso significava que ela não podia simplesmente sair andando, apesar de querer muito. Pior, as regras das Atha'an Miere eram bastante específicas no que dizia respeito a professores costeiros. Nynaeve poderia ter apenas se recusado a cooperar, ela supunha, mas, se violasse o acordo o mínimo que fosse, aquelas mulheres iriam espalhar a notícia de Tear até sabia a Luz onde! O mundo inteiro ficaria sabendo que as Aes Sedai tinham descumprido sua palavra. O que *isso* faria com a reputação das Aes Sedai não dava nem para imaginar. Sangue e malditas cinzas! Egwene *tinha* razão, e que a queimasse por conta disso!

— Obrigada, Mestra das Ondas, por permitir que eu a instrua — agradeceu, curvando-se e tocando os dedos na testa, nos lábios e no coração. Uma reverência não tão profunda, mas uma mesura ligeira era tudo o que elas iriam receber naquele dia. Bem, duas. As Chamadoras de Ventos tinham de ter a sua. — Obrigada, Chamadoras de Ventos, por permitirem que eu as instrua.

As irmãs que acabassem indo até as Atha'an Miere explodiriam quando ficassem sabendo que pupilas podiam dizer a elas o que e quando ensinar, e até dar ordens quanto ao que elas faziam quando *não* estavam dando aulas. Em uma embarcação do Povo do Mar, um professor que morasse em terra firme tinha uma posição superior à das ajudantes de convés comuns, mas por pouco. E as irmãs nem receberiam as gordas bolsas de ouro usadas para atrair outros professores para bordo.

Zaida e as Chamadoras de Ventos reagiram praticamente como se a mais reles ajudante de convés tivesse anunciado sua partida. Ou seja, permaneceram em silêncio em um grupinho, claramente esperando que ela saísse, e sem muita paciência para isso. Só Raynin a agraciou com uma mera olhadela. Uma olhadela impaciente. Afinal, a mulher era uma Chamadora de Ventos. Talaan continuava de pé onde a haviam deixado, uma figura tímida olhando para o tapete à frente dos pés descalços.

De cabeça erguida e com a coluna ereta, Nynaeve deixou o cômodo com cada migalha de dignidade que foi capaz de reunir. Migalhas suadas e amarrotadas.

No salão, segurou na porta com as duas mãos e bateu-a o mais forte que pôde. O estrondo potente e ruidoso a deixou bem satisfeita. Se alguém reclamasse, ela sempre poderia dizer que a porta escapulira das suas mãos. E realmente fora o caso, mas só depois que ela tratou de aplicar um belo empurrão.

Dando as costas para a porta, ela esfregou as mãos cheia de satisfação. E deu um susto em quem a aguardava no corredor.

Trajando um vestido azul simples fornecido por uma das Comadres, Alivia, em um primeiro olhar, não parecia nem um pouco diferente, uma mulher um pouco mais alta que Nynaeve, com rugas fininhas nos cantos dos olhos azuis e mechas brancas no cabelo dourado. Esses mesmos olhos azuis, porém, transbordavam intensidade, como os olhos de um falcão concentrado em sua presa.

— A Senhora Corly me mandou para lhe dizer que gostaria de vê-la hoje à noite no jantar — avisou o falcão de íris azuis com um sotaque Seanchan arrastado. — A Senhora Karistovan, a Senhora Arman e a Senhora Juarde estarão lá.

— O que você está fazendo aqui sozinha? — quis saber Nynaeve. Ela gostaria de poder ser como a maior parte das demais irmãs, ciente da força de outra mulher sem nem precisar pensar a respeito, mas esse era mais um atributo que também não tivera tempo de aprender. Podia ser que um dos Abandonados superasse Alivia, mas, com toda a certeza, mais ninguém. E ela era Seanchan. Nynaeve desejava que houvesse mais alguém ali além delas duas. Até Lan, mas ela ordenara que ele ficasse bem longe das aulas para o Povo do Mar. Não sabia ao certo se havia acreditado na história dela sobre ter escorregado na escada no outro dia. — Você não pode ir a lugar nenhum sem escolta!

Alivia deu de ombros com um movimento sutil de apenas um dos braços. Poucos dias antes, havia sido só sorrisinhos afetados, fazendo Talaan parecer audaciosa. Àquela altura, já não sorria para quem quer que fosse.

— Como não tinha ninguém, resolvi sair sozinha. Enfim, se vocês sempre me vigiarem, nunca vão confiar em mim, e eu nunca vou poder matar *sul'dam*. — De alguma forma, aquelas palavras, ditas de maneira tão casual, soaram ainda mais assustadoras. — Vocês deveriam estar aprendendo comigo. Aqueles Asha'man se dizem armas, e nem são de todo ruins, como pude atestar, mas eu sou melhor.

— Pode até ser — rebateu Nynaeve com contundência, mexendo no xale. — E pode ser que saibamos mais do que você pensa que sabemos. — Ela não se importaria em demonstrar para aquela mulher uma parte das tessituras que tinha aprendido com Moghedien, inclusive as que haviam concordado serem maldosas demais para se fazer com qualquer pessoa. Só que… Ela tinha alguma certeza de que a outra mulher era capaz de sobrepujá-la com facilidade, independentemente do que fizesse. Evitar que seus pés não ficassem se mexendo sob aquele olhar intenso não era fácil. — Até... Não! A menos que tomemos outra decisão, você não vai querer que eu a encontre sem duas ou três Comadres, se souber o que é bom para você.

— Se você diz... — retrucou Alivia, nem um pouco desconcertada. — Que recado quer que eu transmita para a Senhora Corly?

— Diga para a Senhora Corly que preciso declinar o convite dela. E lembre-se do que eu disse!

— Vou dizer a ela — respondeu a Seanchan com seu sotaque arrastado, ignorando por completo a advertência. — Mas não creio que tenha sido exatamente um convite. Uma hora após a noite cair, ela falou. Pode ser que você queira se lembrar disso. — Com um sorrisinho astuto, ela foi saindo sem a menor pressa para voltar ao lugar que lhe cabia.

Nynaeve ficou olhando feio para as costas da mulher que se retirava, mas não por ela não ter feito nenhuma mesura. Bem, não só por isso. Pena que ela não tivesse se prendido àqueles sorrisos afetados, ao menos para as irmãs, enfim. Com uma espiadela em direção à porta que escondia as Atha'an Miere, Nynaeve cogitou seguir Alivia para se certificar de que ela faria o que lhe fora demandado. Em vez disso, foi para o lado oposto. Sem pressa. Seria desagradável se o Povo do Mar saísse e chegasse à conclusão de que ela estivera perscrutando, mas, decididamente, ela estava sem pressa, só queria ir andando. Apenas isso.

As Atha'an Miere estavam longe de serem as únicas no Palácio que ela queria evitar. Quer dizer que não era exatamente um convite? Sumeko Karistovan, Chilares Arman e Famelle Juarde haviam feito parte do Círculo do Tricô junto com Reanne Corly. O jantar era só uma desculpa. Elas iriam querer falar a respeito das Chamadoras de Ventos. Em termos mais específicos, sobre a relação entre as Aes Sedai no Palácio e as "bravias" do Povo do Mar. Não chegariam a repreendê-la por não conseguir manter a dignidade da Torre Branca. Não haviam chegado a tanto, ainda não, embora dessem a impressão de estar quase lá. Mas o jantar seria cheio de perguntas mordazes e comentários mais cortantes ainda. E ela não podia simplesmente mandar que ficassem quietas. Nynaeve duvidava de que elas parassem com menos do que uma ordem. E, se não conversasse com elas, era bem capaz de que aquelas mulheres fossem encontrá-la. Tentar ensiná-las a mostrar força de caráter havia sido um erro terrível. Pelo menos ela não era a única que tinha de aguentar aquilo, embora achasse que Elayne conseguira evitar o pior. Ah, como estava ansiosa para vê-las de novo com o branco das noviças ou com os vestidos de Aceitas. Como estava ansiosa para ver as Atha'an Miere pela última vez!

— Nynaeve! — soou um grito estranhamente emudecido por trás dela. Com o sotaque do Povo do Mar. — Nynaeve!

Forçando-se a tirar a mão da trança, ela deu meia-volta, pronta para dar uma bronca. A aula já tinha acabado, elas não estavam em um navio, e aquelas malditas mulheres podiam muito bem deixá-la em paz!

Talaan deu uma derrapada e parou na frente dela, os pés descalços deslizando nos ladrilhos vermelho-escuros do piso. Arfando, a jovem virou a cabeça para os lados como se estivesse com medo de que alguém aparecesse. Ela se encolhia toda sempre que serviçais uniformizados apareciam em seu campo de visão e só voltava a respirar quando via que era apenas um serviçal.

— Posso ir para a Torre Branca? — perguntou, sem fôlego, torcendo as mãos e dando saltinhos de um pé para o outro como se dançasse. — Nunca serei escolhida. É um sacrifício, como dizem, abandonar o mar para sempre, mas meu sonho é me tornar noviça. Vou sentir uma saudade terrível da minha mãe, mas... por favor. Você precisa me levar para a Torre. Precisa!

Após aquela avalanche, Nynaeve pestanejou. Muitas mulheres sonhavam em se tornar Aes Sedai, mas ela nunca tinha ouvido falar de nenhuma que sonhava em ser noviça. Além do quê... Os Atha'an Miere se recusavam a deixar Aes Sedai embarcarem em qualquer navio em que a Chamadora de Ventos sabia canalizar, mas, para evitar que as irmãs tentassem averiguar mais a fundo, de vez em quando apontava-se uma aprendiz para ir para a Torre Branca. Egwene dissera que só havia três irmãs do Povo do Mar por lá naquele momento, todas fracas com o Poder. Durante três mil anos, isso fora o suficiente para convencer a Torre de que a habilidade era rara e insignificante entre as Atha'an Miere, algo que não valia a pena ser investigado. Talaan tinha razão: ninguém tão forte quanto ela jamais teria permissão para se juntar à Torre, mesmo àquela altura, em que o subterfúgio delas estava perdendo a eficácia. Na verdade, fazia parte do acordo com elas que fosse permitido às irmãs Atha'an Miere abrirem mão de ser Aes Sedai para voltarem aos navios. O Salão da Torre não faria mais que resmungar quando ficasse sabendo disso!

— Bem, o treinamento é pesadíssimo, Talaan — respondeu ela com gentileza —, e você precisa ter pelo menos quinze anos. Sem falar que... — De repente, uma outra frase da jovem lhe chamou a atenção. — Você vai sentir saudade da sua mãe? — indagou ela, incrédula, sem se importar em como soaria.

— Eu já tenho dezenove! — retrucou Talaan, indignada. Olhando para aquele rosto e para aquela silhueta de menino, Nynaeve não tinha certeza se acreditava. — É claro que vou sentir saudade da minha mãe. Pareço desnaturada? Ah, já sei... Você não entende. Em particular, somos muito afetuosas, mas, em público, ela deve evitar qualquer sinal de favoritismo. Para nós, é um crime grave, que poderia fazer com que minha mãe perdesse a patente e com que nós *duas* fôssemos penduradas de cabeça para baixo no cordame para sermos açoitadas.

Nynaeve fez uma careta só de ouvir falar em "de cabeça para baixo".

— Entendo por que você gostaria de evitar isso — pontuou. — Mesmo assim...

— Todo mundo tenta evitar a menor insinuação de favoritismo, mas para mim é pior, Nynaeve! — De fato, a garota... a mulher, a jovem mulher, se quisesse mesmo se tornar uma noviça, teria de aprender a não atropelar a fala de uma irmã. Não que isso fosse ser possível, claro. Nynaeve tentou retomar a iniciativa, mas as palavras foram se derramando da boca de Talaan como em uma enxurrada. — Minha avó é Chamadora de Ventos da Mestra das Ondas do Clã Rossaine, minha bisavó é Chamadora de Ventos do Clã Dacan, e a irmã dela, do Clã Takana. Minha família tem a honra de cinco de nós termos chegado tão alto. E todos ficam de olho em sinais de que Gelyn abusa de sua influência. Com motivos, eu sei, já que não devemos permitir favoritismo, mas minha irmã foi mantida como aprendiz por cinco anos a mais que o normal, e minha prima, por seis! Só para que ninguém alegasse que somos favorecidas. Quando leio as estrelas e dou nossa posição de forma correta, sou punida por demorar mesmo quando dou a resposta tão rápido quanto a Chamadora de Ventos, Ehvon! Quando provo o mar e digo de que litoral estamos nos aproximando, sou punida porque o sabor que identifico não é o mesmo que a Chamadora de Ventos, Ehvon! Blindei você duas vezes, mas, hoje à noite, vou ficar pendurada pelos tornozelos por não ter sido mais rápida! Sou castigada por falhas que são ignoradas nas outras, por falhas que nunca cometo, só porque *poderia* cometer! Seu treinamento de noviça foi mais pesado que isso, Nynaeve?

— Meu treinamento de noviça... — respondeu ela com uma voz débil. Gostaria que a mulher não continuasse fazendo referência a ficar pendurada pelos tornozelos. — Foi. Bem... Melhor você nem ouvir a respeito. — *Quatro* gerações de mulheres com a habilidade? Luz! Até uma filha puxar à mãe já era raro o bastante. A Torre realmente iria querer Talaan. Só que isso não iria acontecer. — Suponho que Caire e Tebreille na verdade se amem, então? — indagou, tentando mudar de assunto.

Talaan sorriu com desdém.

— Minha tia é maldosa e desonesta. Ela comemora qualquer humilhação que possa causar à minha mãe. Mas minha mãe vai colocá-la em seu lugar, como ela merece. Um dia, Tebreille vai se ver servindo em um planador, sob as ordens de uma Mestra das Velas com mãos de ferro e dor de dente! — Ela abriu um sorrisinho e meneou com a cabeça, satisfeita com o pensamento. E então deu um pulo, os olhos esbugalhados feito um filhote de cervo, quando um serviçal passou apressado por trás dela, fazendo-a se lembrar do seu propósito. Talaan tornou a tentar vigiar todos os lados ao mesmo tempo quando voltou a falar depressa. — Você não pode se manifestar durante as aulas, é óbvio, mas pode ser em qualquer outro momento. Anuncie que vou para a Torre, e elas não vão ter como negar. Você é uma Aes Sedai!

Nynaeve arregalou os olhos para a garota. E elas por acaso se esqueceriam de tudo na próxima vez que ela fosse dar aula? Aquela tola tinha *visto* o que faziam com ela!

— Dá para ver o quanto você quer ir, Talaan — pontuou ela —, mas...

— Obrigada — interrompeu a Atha'an Miere, dedicando-lhe uma mesura ligeira. — Obrigada! — E saiu correndo desembestada pela mesma direção de onde tinha vindo.

— Espere! — gritou Nynaeve, dando alguns passos atrás dela. — Volte aqui! Eu não prometi nada!

Serviçais se viraram para olhar para ela e continuaram lançando olhares curiosos mesmo após retomarem suas tarefas. Nynaeve teria corrido atrás daquela idiota, não fosse o medo de segui-la até dar de cara com Zaida e as outras. E era provável que a tonta saísse dizendo que ia para a Torre e que Nynaeve lhe prometera. Luz, de um jeito ou de outro, era provável que ela contasse!

— Você está com cara de quem acabou de engolir uma ameixa estragada — avaliou Lan, aparecendo ao seu lado, alto e implacavelmente bonito com seu casaco verde perfeito no corpo. Ela ficou se perguntando por quanto tempo ele havia estado ali. Não parecia plausível que um homem tão grande e de presença tão dominante pudesse ficar imóvel a ponto de não ser notado, mesmo sem o manto de Guardião.

— Um cesto inteiro delas — murmurou, pressionando o rosto no peito largo do marido. Era uma sensação muito gostosa se apoiar na força de Lan só por um momento, enquanto ele fazia carinho no cabelo dela. Ainda que ela precisasse afastar o cabo da espada dele de junto das costelas. E que qualquer um que quisesse ficar olhando para aquela demonstração pública de afeto fosse se enforcar. Ela já conseguia ver os desastres se amontoando. Mesmo que dissesse para Zaida e as demais que não tinha nenhuma intenção de levar Talaan a lugar nenhum, elas iriam lhe arrancar o couro. Desta vez, não teria como esconder a verdade de Lan. Isso se tivesse mesmo conseguido na primeira. Reanne e as outras ficariam sabendo. Alise também! Elas começariam a tratá-la como Merilille, ignorando suas ordens e demonstrando-lhe tanto respeito quanto as Chamadoras de Ventos mostravam a Talaan. De alguma forma, ela acabaria encarregada de vigiar Alivia, e alguma catástrofe resultaria disso, alguma humilhação completa. Nos últimos tempos, a impressão que dava é que era a única coisa que ela estava apta a fazer: encontrar um novo jeito de ser humilhada. E, a cada quatro dias, ainda teria de encarar Zaida e as Chamadoras de Ventos. — Lembra que não me deixou sair dos nossos aposentos ontem de manhã? — balbuciou ela, levantando a vista a tempo de ainda ver um sorriso tomando o lugar da preocupação no semblante de Lan. Claro que ele lembrava. O rosto dela foi esquentando. Conversar com as amigas era uma coisa, mas ser direta com o marido ainda parecia outra bem diferente. — Bem, quero que você me leve de volta para lá agora mesmo e me impeça de vestir qualquer peça de roupa por mais ou menos um ano! — No início, ela parecera bastante furiosa por conta daquilo, mas ele tinha suas maneiras de fazê-la se esquecer de ficar irritada.

Lan deixou a cabeça pender para trás e caiu na gargalhada com um grande estrondo, que, depois de alguns instantes, Nynaeve ecoou. Sua vontade, porém, era de chorar. Ela não falara nada daquilo em tom de brincadeira.

Por ter um marido, não precisava dividir uma cama com outra mulher, ou duas, e ainda ganhara uma sala de estar. Não era grande, mas sempre criava uma sensação de aconchego, com uma boa lareira e uma mesinha com quatro cadeiras. Exatamente do que ela e Lan precisavam, com toda a certeza. Contudo, suas esperanças de privacidade foram frustradas assim que os dois entraram no cômodo. A Criada-chefe a aguardava bem no centro do tapete florido, majestosa como uma rainha, impecável como se tivesse acabado de se vestir, e nem um pouco satisfeita. E, em um canto da sala, um sujeito malvestido e desajeitado com uma verruga horrorosa no nariz e uma bolsa pesada pendurada no ombro.

— Este homem diz ter algo que você aguarda com urgência — anunciou a Senhora Harfor assim que finalizou suas breves mesuras. Brevíssimas, melhor dizendo, já que não as desperdiçava com ninguém além de Elayne. Aparentava desaprovar Nynaeve na mesma medida que o sujeito com a verruga. — Não me importo em lhe dizer que não gosto da aparência dele.

Cansada como estava, abraçar a Fonte era algo quase além das suas capacidades, mas ela deu um jeito de fazê-lo bem depressa, levada pelos pensamentos sobre assassinos e sabia a Luz o que mais. Lan devia ter percebido alguma mudança na expressão dela, já que deu um passo na direção do sujeito. Nem encostou na espada, mas, de uma hora para outra, sua postura dava a impressão de que já havia sacado a lâmina. Como às vezes era capaz de ler a mente dela mesmo que uma outra mulher detivesse o elo com ele, Nynaeve não sabia dizer, mas ficou contente. Ela conseguira fazer frente a Talaan — na força, pelo menos! —, mas não tinha certeza se daria conta de canalizar o suficiente naquele momento nem para derrubar uma cadeira.

— Eu nunca... — começou ela.

— Perdão, Senhora... — O sujeito desengonçado foi logo interrompendo, puxando o topete engordurado em deferência. — A Senhora Thane disse que você queria falar comigo imediatamente. Um assunto do Círculo das Mulheres, segundo ela. Algo relacionado a Cenn Buie.

Nynaeve se sacudiu e, instantes depois, se lembrou de fechar a boca.

— Sim — falou devagar, encarando-o. Prestar atenção em algo que não fosse aquela verruga medonha era difícil, mas ela estava segura de que nunca havia pousado os olhos naquele sujeito. Assunto do Círculo das Mulheres. Jamais permitiriam que homem algum se metesse em algo do tipo. Era segredo. Ela, no entanto, abraçou *saidar*. — Eu... lembrei agora. Obrigada, Senhora Harfor. Tenho certeza de que você está cheia de coisas para fazer.

Em vez de aproveitar a deixa, a Criada-chefe hesitou, franzindo a testa, toda desconfiada. O mesmo olhar de desconfiança saltou para o camarada desgrenhado, depois se deteve em Lan e se desfez. Ela assentiu com a cabeça para si mesma, como se a presença dele, de alguma forma, fizesse a diferença!

— Vou me retirar, então. Tenho certeza de que Lorde Lan pode dar conta desse sujeito.

Contendo a indignação, Nynaeve mal esperou a porta se fechar para se voltar para o amarfanhado e sua verruga.

— Quem é você? — quis saber. — Como sabe esses nomes? Você não é de Dois Ri...

O homem... se ondulou todo. Não havia outra maneira de descrever. Ele se ondulou todo e foi ficando cada vez mais alto, até, de repente, virar Rand, fazendo careta, engolindo em seco e trajando roupas de lã amarrotadas, com aquelas cabeças horríveis cintilando em dourado e vermelho nos dorsos das mãos e uma bolsa de couro no ombro. Onde ele tinha aprendido aquilo? Quem havia ensinado? Ela resistiu à ideia de se disfarçar, só por um momento, para mostrar a ele que podia fazer igual.

— Vejo que você não seguiu o próprio conselho — disse Rand para Lan, como se ela nem estivesse ali. — Mas por que você deixa Nynaeve fingir que é Aes Sedai? Mesmo que as Aes Sedai verdadeiras permitam, ela pode se machucar.

— Porque ela é Aes Sedai, pastor de ovelhas — rebateu Lan com toda a calma. Também não olhou para ela! E ainda parecia pronto para sacar a espada em um piscar de olhos. — Quanto à outra... Às vezes, ela é mais forte que você. Você viu?

Foi quando Rand desviou o olhar para Nynaeve. Para franzir a testa sem acreditar. Mesmo quando ela arrumou o xale de forma bem chamativa, só para a franja amarela tremular. O que ele disse, no entanto, balançando a cabeça devagar, foi:

— Não, você tem razão. Às vezes, somos fracos demais para fazer o que deveríamos.

— Sobre o que vocês dois estão tagarelando? — indagou ela, contundente.

— Coisas de homens — rebateu Lan.

— Você não entenderia — completou Rand.

Nynaeve deu uma fungada de desdém. Em nove de cada dez vezes, fofoca e conversa fiada eram os únicos assuntos dos homens. Na melhor das hipóteses. Com cautela, ela soltou *saidar*. Relutando. Não precisava se proteger de Rand, por certo, mas gostaria de ter segurado um pouco mais, cansada ou não, só para sentir a Fonte.

— Estamos sabendo a respeito de Cairhien, Rand — disse, afundando com gosto em uma cadeira. Aquele maldito Povo do Mar tinha acabado com ela! — É por isso que está aqui, vestido desse jeito? Se estiver tentando se esconder de quem quer que seja...

Rand aparentava cansaço. Estava mais forte do que ela se lembrava, mas parecia exausto. Porém, permaneceu de pé. Estranhamente, estava muito parecido com Lan, pronto para sacar uma espada que nem trazia consigo. Podia ser que aquela tentativa de matá-lo fosse o suficiente para fazê-lo tomar juízo.

— Rand, Egwene pode ajudar você.

— Não estou me escondendo, exatamente — explicou ele. — Ao menos, não até eu matar alguns homens que precisam ser mortos. — Luz, ele dizia aquilo de forma tão pragmática quanto Alivia! Por que Rand e Lan continuavam se olhando, mas fingiam não estar? — Enfim, como Egwene poderia me ajudar? — prosseguiu, pousando a bolsa na mesa. Ela fez um ruído macio, mas sólido, de algo que estava dentro. — Imagino que também seja Aes Sedai. — Ele estava *engraçadinho!* — Ela também está aqui? Vocês três, e duas Aes Sedai de verdade. Só duas! Não, eu não tenho tempo para isso. Preciso que vocês fiquem com uma coisa até...

— Egwene é o Trono de Amyrlin, seu idiota cabeça-de-lã — rosnou ela. Foi bom poder interromper alguém só para variar. — Elaida é uma usurpadora. Espero que tenha tido juízo suficiente para nem chegar perto dela! Você não sairia de um encontro desses andando com as próprias pernas, garanto! Há cinco Aes Sedai *de verdade* aqui, *incluindo* eu, e outras trezentas com Egwene, além de um exército pronto para derrubar Elaida. Olhe só para você! Mesmo com essa sua conversa valente, alguém quase o matou, e está se esgueirando por aí vestido como um estribeiro! Onde estaria em maior segurança do que com Egwene? Nem esses seus Asha'man se atreveriam a enfrentar trezentas irmãs! — Ah, sim, muito bom mesmo. Ele tentou disfarçar a surpresa, mas se saiu bem mal enquanto a encarava.

— Você se surpreenderia com o que meus Asha'man se atreveriam a fazer — rebateu ele, seco, depois de um minuto. — Imagino que Mat esteja com o exército de Egwene, não? — Pondo a mão na cabeça, ele cambaleou.

Só meio passo, mas, antes que pudesse se endireitar, Nynaeve já tinha se levantado da cadeira. Fazendo esforço para abraçar *saidar*, ela se esticou para prender a cabeça de Rand com as duas mãos e, com dificuldade, teceu Detecção em volta dele. Ela havia tentado encontrar um jeito melhor de descobrir o que afligia os outros, mas, até aquele momento, não tivera muito sucesso. Aquilo bastava. Tão logo a tessitura se acomodara nele, ela recuperou o fôlego. Estava ciente da ferida na lateral do corpo de Rand desde Falme, sabia que ela nunca cicatrizara por completo, resistindo a todas as Curas que ela conhecia, como uma pústula maligna em sua carne. Àquela altura, havia uma outra ferida não totalmente cicatrizada por cima da antiga, onde o mal também pulsava. Um outro tipo de maldade, sabia-se lá como, tal qual um espelho da outra, mas tão virulenta quanto. E na qual ela tampouco podia encostar com o Poder. Não queria, na verdade — só de pensar, ficava toda arrepiada! —, mas tentou. E algo invisível a impedia. Feito um selo de proteção. Um selo que ela não conseguia ver. Seria um selo de *saidin?*

A constatação a fez interromper a canalização e dar um passo para trás. Ela se agarrou à Fonte. A despeito de quão cansada estivesse, precisaria ter se obrigado a largar. Nenhuma irmã era capaz de pensar na metade masculina do Poder sem sentir um pouco de medo. Rand baixou a vista para olhar para ela com toda a calma, o que fez Nynaeve estremecer. Parecia um homem completamente diferente do Rand al'Thor que ela tinha visto crescer. Estava muito feliz por Lan estar presente, difícil quanto fosse admitir aquilo. De repente, ela se deu conta de que ele não relaxara nem um pouquinho. Podia até ter conversado com Rand sobre cachimbos e cerveja como dois homens faziam, mas o achava perigoso. E Rand olhava para Lan como se soubesse disso, e aceitasse.

— Nada disso é importante agora — pontuou Rand, virando-se para a bolsa em cima da mesa. Nynaeve não sabia se ele se referia às feridas ou ao paradeiro de Mat.

De dentro da bolsa, tirou duas estatuetas de um palmo de comprimento, um homem barbudo que inspirava sabedoria e uma mulher serena igualmente sábia, ambos trajando robes esvoaçantes e erguendo uma esfera de cristal transparente. Pelo modo como as segurava, eram mais pesadas do que aparentavam.

— Quero que mantenha as duas escondidas até eu mandar buscar, Nynaeve. — Com a mão na imagem feminina, ele hesitou. — E mandar buscar você também. Vou precisar de você quando for usá-los. Quando nós formos usá-los. Depois que eu me livrar daqueles homens. Isso tem que ser prioridade.

— Usar? — questionou ela, desconfiada. Por que matar alguém tinha de ser prioridade? Só que essa estava longe de ser a pergunta que importava. — Para quê? São *ter'angreal?*

Ele aquiesceu com a cabeça.

— Com eles, você pode tocar no maior *sa'angreal* já feito para uma mulher. Está enterrado em Tremalking, pelo que sei, mas isso não importa. — A mão passou para a imagem masculina. — Com isto, posso tocar no gêmeo masculino dele. Soube por... uma pessoa... que um homem e uma mulher usando esses *sa'angreal* seriam capazes de desafiar o Tenebroso. Um dia, pode ser que eles precisem ser usados para esse propósito, mas, enquanto isso, espero que sejam o suficiente para purificar a metade masculina da Fonte.

— Se isso fosse possível, já não teria sido feito na Era das Lendas? — questionou Lan, bem calmo. Com a calma do aço deslizando para fora da bainha. — Você disse uma vez que ela poderia se machucar por minha causa. — Parecia impossível que a voz dele pudesse ficar ainda mais severa, mas ficou. — Ela poderia morrer com você, pastor de ovelhas. — E seu tom deixava claro que ele não permitiria aquilo.

Rand rebateu a encarada gélida de Lan com um olhar não menos gélido.

— Não sei por que não fizeram. Isso não importa. É preciso tentar.

Nynaeve mordiscou o lábio inferior. Supunha que a presença de Rand tornava aquela uma ocasião pública — mudar de pública para privada, decidir qual era qual, às vezes a deixava zonza —, mas ela não se importava por Lan se manifestar sem convite. Ele tinha uma tendência ruim a fazer isso, mas gostava de homens que falavam o que pensavam. Ela precisava refletir. Não sobre sua decisão. Já estava decidida sobre isso. Sobre como implementá-la. Rand poderia não gostar. Lan com certeza não gostaria. Bem, os homens sempre queriam as coisas do seu jeito. Às vezes, bastava ensinar a eles que isso nem sempre era possível.

— Acho uma ideia maravilhosa — opinou ela. Não era exatamente uma mentira. Era maravilhosa *mesmo*, se comparada às alternativas. — Mas não entendo por que deveria ficar aqui sentada esperando ser convocada como uma serviçal. Eu aceito, mas vamos todos juntos.

Ela tinha razão. Eles não gostaram nem um pouco.

Capítulo 12

Um lírio no inverno

Mais um serviçal quase caiu de cara no chão ao fazer uma mesura, e Elayne suspirou ao passar com tranquilidade pelo corredor do Palácio. Tentando, pelo menos. A Filha-herdeira de Andor, majestosa e serena. Queria correr, embora fosse provável que as saias azul-marinho a fizessem cair caso tentasse. Quase podia sentir os olhos esbugalhados do sujeito corpulento pousando nela e em suas acompanhantes. Uma irritação menor, e que passaria. Um grãozinho de areia nas sandálias. *O maldito Rand pensa-que-sabe-tudo al'Thor está me irritando até o último fio do cabelo!*, pensou. Se ele achava que daria um jeito de escapar dela desta vez...!

— Apenas lembrem-se — disse com firmeza. — Não é para ele ficar sabendo de nada que diga respeito a espiões, raiz-dupla ou algo parecido! — A última coisa de que ela precisava era que ele decidisse "resgatá-la". Homens faziam esse tipo de estupidez. Nynaeve chamava de "pensar com os cabelos do peito". Luz, era provável que tentasse trazer os Aiel e os saldaeanos de volta para a cidade! Até mesmo para dentro do Palácio! Por mais duro que fosse admitir, ela não teria como impedi-lo caso ele assim decidisse, não sem gerar uma guerra, e talvez nem isso resolvesse.

— Eu não conto nada que ele não precise saber — esclareceu Min, franzindo a testa para uma serviçal magricela de olhos arregalados cuja reverência quase a deixou esparramada nos ladrilhos vermelho-amarronzados do piso. Olhando de soslaio para Min, Elayne se lembrou da época em que usava calças de homem e se perguntou se não seria interessante tentar de novo. Davam mais liberdade que saias, com toda a certeza. Mas as botas de salto não, decidiu com prudência. Elas deixavam Min quase da altura de Aviendha, sendo que até Birgitte cambaleava quando as usava, e, com aquelas calças apertadas e um casaco que mal cobria a cintura, o visual de Min era decididamente escandaloso.

— Você mente para ele? — O tom de voz de Aviendha era pura desconfiança. Até o modo como a Aiel arrumou o xale escuro nos ombros denotava desaprovação, e ela olhava feio para além de Elayne e Min.

— Claro que não — retrucou Min, brusca, devolvendo a cara feia. — A menos que seja necessário.

Aviendha deu uma risadinha e, logo em seguida, se assustou por ter reagido assim, tratando de reassumir um semblante pétreo.

O que Elayne faria com elas? Elas *precisavam* gostar uma da outra. Simplesmente *precisavam*. Mas as duas tinham ficado se encarando feito gatas presas em uma salinha desde que se viram. Ah, tinham concordado com tudo — não houvera muita escolha, não sem nenhuma delas tendo como saber quando iriam ter o homem de novo em suas mãos —, mas ela esperava que as duas não voltassem a demonstrar o grau de habilidade com que manuseavam as facas. Muito casualmente, sem sugerir nenhuma ameaça, mas de forma bastante aberta também. Por outro lado, Aviendha ficara bem impressionada com a quantidade de facas que Min carregava consigo.

Um jovem serviçal grandalhão com uma bandeja de invólucros compridos para as luminárias fez uma mesura quando ela passou. Para seu azar, ficou olhando para seu grupo com tamanha concentração que se esqueceu de prestar atenção na carga. O barulho do vidro se espatifando nos ladrilhos foi ouvido por todo o corredor.

Elayne tornou a suspirar. Esperava de verdade que todos se acostumassem logo com a nova ordem das coisas. Não era ela o motivo de tanta gente boquiaberta, claro, nem Aviendha e Min, embora essa última talvez chamasse certa atenção. Não, eram Caseille e Deni em seu encalço que faziam passantes esbugalharem os olhos e serviçais tropeçarem. Elayne já estava com oito guarda-costas, e essas duas haviam estado de guarda junto à porta quando ela acordou.

Era bem provável que parte do estupor se devesse ao simples fato de Elayne ter Guardas femininas acompanhando-a tão de perto, e quase certo só por *serem* mulheres. Ninguém estava acostumado àquilo, mas Birgitte garantira a ela que faria tudo parecer cerimonial, e fizera. A arqueira devia ter posto as costureiras e os chapeleiros do Palácio para trabalharem assim que deixara os aposentos de Elayne na noite anterior. Todas as mulheres usavam um chapéu vermelho chamativo com uma pluma branca comprida repousando na aba larga e uma faixa vermelha grossa com bordas rendadas brancas em torno do peito, com Leões

Brancos marchando empinados por toda a sua extensão. Os casacos carmesim com gola branca eram de seda, e o corte havia sido um pouco alterado para que eles se ajustassem melhor e fossem quase até os joelhos, cobrindo calças escarlates com uma faixa branca subindo pela lateral das pernas. Tufos espessos de rendas claras pendiam nos pulsos e no pescoço, e as botas pretas tinham sido engraxadas até ficarem brilhando. Pareciam bastante elegantes, e até Deni, com seus olhos plácidos, pavoneava-se um pouco. Elayne suspeitava que elas se encheriam mais ainda de orgulho quando os cintos e as bainhas das espadas com talhes de ouro ficassem prontos, bem como os elmos laqueados e as placas peitorais. Birgitte mandara fazer placas específicas para mulheres, e Elayne tinha quase *certeza* de que teriam feito os olhos do armeiro do Palácio saltarem!

Naquele momento, Birgitte estava ocupada entrevistando mulheres para completar as vinte que comporiam as guarda-costas. Elayne era capaz de senti-la concentrada, sem nenhum sinal de atividade física, então devia estar distraída com isso, a menos que estivesse lendo ou jogando pedras, sendo que era raro que tirasse um tempo para si mesma longe de suas obrigações. Elayne torcia para que a arqueira limitasse o total a apenas vinte e esperava que Birgitte estivesse tão envolvida em seus afazeres que só percebesse tarde demais quando ela ocultasse o elo. E pensar que ela estivera tão preocupada com Birgitte sentir o que ela não queria, sendo que para a solução bastara uma simples pergunta a Vandene. A resposta havia sido um lembrete doloroso de quão pouco ela sabia a respeito do que era ser uma Aes Sedai, em especial as partes que as outras irmãs davam como certas. Ao que parecia, toda irmã que tinha um Guardião sabia como proceder, mesmo as que permaneciam no celibato.

Às vezes era estranho como as coisas acabavam acontecendo. Não fossem as guarda-costas, não fosse ela ficar se perguntando como poderia dar um jeito de escapulir delas *e* de Birgitte, Elayne nunca teria pensado em perguntar e jamais teria aprendido a ocultar o elo a tempo. Não que planejasse se esquivar tão cedo de sua guarda, mas era melhor estar preparada antes que a necessidade surgisse. Com certeza Birgitte não permitiria mais que ela e Aviendha perambulassem sozinhas pela cidade, de dia *nem* de noite.

A chegada à porta de Nynaeve fez todos os pensamentos sobre a arqueira desaparecerem por completo, com exceção de que ela deveria ocultar o elo apenas no último instante. Rand estava do outro lado daquela porta. Ele, que vez ou outra ocupava seus pensamentos até ela ficar se perguntando se era alguma tola das histórias que ouvia, que ficavam com a cabeça nas nuvens por causa de um rapaz. Ela, que sempre achara que essas histórias deviam ter sido escritas por homens. Só que Rand realmente a fazia se sentir uma estúpida às vezes. Pelo menos ele não percebia, graças à Luz.

— Esperem aqui fora e não deixem ninguém entrar — ordenou para as mulheres da Guarda. Não podia se permitir interrupções nem quebra de atenção naquele momento. Por sorte, suas guarda-costas eram novas o bastante para que ninguém reconhecesse o que seus uniformes significavam. — Só vou precisar de alguns minutos.

Elas a saudaram depressa, um braço cruzado sobre o peito, e tomaram posição nas laterais da porta, Caseille impassível com a mão no cabo da espada, Deni segurando seu cassetete com as duas mãos e um sorriso discreto no rosto. Elayne tinha certeza de que a mulher atarracada achava que Min a levara até ali para se encontrar com um amante secreto. Suspeitava que Caseille também pudesse achar aquilo. Elas não vinham sendo tão discretas quanto poderiam diante das duas guarda-costas. Ninguém mencionara o nome de Rand, mas elas já tinham dito "ele isso" e "ele aquilo" em quantidades mais que suficientes. Ao menos nem uma nem outra tentara inventar uma desculpa para se retirar e ir contar tudo para Birgitte. Se eram suas guarda-costas, então eram *suas* guarda-costas, não da arqueira. Só que não manteriam Birgitte longe se ela ocultasse o elo cedo demais.

Foi quando ela se deu conta de que estava hesitante. O homem com quem sonhava toda noite encontrava-se do outro lado daquela porta, e ali estava ela, parada feito uma boboca. Esperara por tanto tempo, ansiara tanto, e estava quase com medo. Não iria deixar aquilo dar errado. Com esforço, se recompôs.

— Prontas? — Sua voz não saiu tão forte quanto ela gostaria, mas pelo menos não fraquejou. Sentia um frio na barriga capaz de congelar um lago inteiro. Fazia muito tempo que isso não acontecia.

— Claro — garantiu Aviendha, que, porém, precisou primeiro engolir em seco.

— Estou pronta — respondeu Min bem fraquinho.

Entraram sem bater, tratando de fechar rápido a porta atrás delas.

Nynaeve se pôs de pé de um pulo, os olhos arregalados, antes que as três já estivessem na sala de estar, mas Elayne mal a notou, nem a Lan, apesar de o aroma doce do cachimbo do Guardião tomar conta do cômodo. Rand realmente estava lá. Tinha sido difícil de acreditar que estaria. Aquele disfarce medonho que Min descrevera havia sumido, exceto as roupas surradas e as luvas grosseiras, e ele era... lindo.

Rand também saltou da cadeira ao vê-la, mas, antes que se pusesse inteiramente de pé, cambaleou e se segurou na mesa com as duas mãos, com ânsia de vômito. Elayne abraçou a Fonte e deu um passo para ir até ele, mas então parou e se obrigou a soltar o Poder. Sua habilidade com a Cura era minúscula, e, de qualquer forma, Nynaeve se movera tão depressa quanto ela, o brilho de *saidar* circundando-a de repente, as mãos erguidas na direção de Rand.

Ele recuou e acenou para que ela se afastasse.

— Não é nada que você possa Curar, Nynaeve — explicou em um tom rude. — De qualquer maneira, parece que você venceu a discussão.

O semblante dele era uma máscara rígida camuflando as emoções, mas os olhos fizeram Elayne ter a impressão de que a absorviam com sofreguidão. E a Aviendha também. Ela ficou surpresa por se sentir contente com aquilo. Tivera a esperança de que seria assim, torcera para dar conta, pelo bem da irmã, e, naquele momento, não precisava de muito para conseguir. Rand fez um visível esforço para se endireitar, bem como para desviar o olhar dela e da Aiel, embora tenha tentado disfarçar ambos.

— Já passou da hora de irmos, Min — falou.

A boca de Elayne se escancarou.

— Você acha que pode simplesmente ir embora sem nem *falar* comigo, conosco? — questionou.

— Homens! — sussurraram Min e Aviendha quase ao mesmo tempo, ao que uma olhou assustada para a outra, ambas tratando logo de descruzar os braços. Por um instante, apesar da disparidade entre as duas em quase tudo, elas se mostraram quase imagens espelhadas de desgosto feminino.

— Os homens que tentaram me matar em Cairhien transformariam o palácio em um monte de escombros se soubessem que estou aqui — ponderou Rand com calma. — Talvez bastasse apenas suspeitarem. Suponho que Min tenha dito a vocês que foram os Asha'man. Não confiem em nenhum deles, tirando três, quem sabe: Damer Flinn, Jahar Narishma e Eben Hopwil. Pode ser que dê para confiar nesses. Quanto ao resto... — Ele cerrou os punhos enluvados nas laterais do corpo, aparentemente sem perceber. — Às vezes, uma espada se vira e nos atinge na própria mão, mas, mesmo assim, ainda preciso de uma. Só tratem de ficar longe de qualquer homem de casaco preto. Bem, não há tempo para conversar. Melhor eu ir logo.

Elayne percebeu que se enganara. Rand não era exatamente como o homem com quem sonhava. Por vezes, ele demonstrara um lado brincalhão de menino que, como se tivesse sido incinerado, não estava mais ali. Elayne lamentou por ele, mas achava que Rand não sentia o mesmo, nem que podia sentir.

— Num ponto, ele tem razão — opinou Lan junto à piteira do cachimbo com a mesma tranquilidade de Rand. Outro homem que dava a impressão de nunca ter sido um garoto. Seus olhos eram de um azul gélido sob o cordão de couro trançado que lhe circundava a fronte. — Quem quer que esteja perto dele corre grande perigo. Quem quer que seja.

Por algum motivo, Nynaeve bufou. Em seguida, levou a mão a uma bolsa de couro com protuberâncias rígidas que jazia em cima da mesa e sorriu. Depois de alguns instantes, porém, seu sorriso vacilou.

— E minha irmã-primeira e eu temos medo do perigo? — questionou Aviendha, plantando os punhos nos quadris. O xale escorregou dos ombros e caiu no chão, mas ela se mostrava tão determinada que parecia nem ter se dado conta. — Este homem tem *toh* conosco, Ann'allein, e nós com ele. Isso precisa ser solucionado.

Min estendeu as mãos.

— Não sei o que essa *toh* ou sei lá o quê de alguém tem a ver com isso, mas não vou a lugar nenhum enquanto você não falar com elas, Rand! — Ela fingiu não notar o olhar indignado de Aviendha.

Com um suspiro, Rand se apoiou em um canto da mesa e correu os dedos enluvados pelos cachos ruivos que lhe caíam na altura do pescoço. Falando baixinho, parecia estar discutindo consigo mesmo.

— Sinto muito por você ter ficado com as *sul'dam* e as *damane* — disse, por fim. Dava a impressão de sentir mesmo, mas não tanto assim. Falou como se estivesse lamentando o frio. — Taim iria entregá-las às irmãs que eu pensei que estivessem com vocês, mas suponho que qualquer um possa cometer esse tipo de equívoco. Ele pode ter achado que todas aquelas Sabedorias e Sapiências que Nynaeve reuniu fossem Aes Sedai. — O sorriso de Rand era tranquilo, mas não chegava aos olhos.

— Rand — advertiu Min em voz baixa.

Ele teve a coragem de lançar um olhar interrogativo na direção dela, como se não tivesse entendido. E então tratou de prosseguir.

— Enfim, você parece ter Aes Sedai em quantidade suficiente para dar conta de um punhado de mulheres até que possam ser entregues às... às outras irmãs, as que estão com Egwene. As coisas nunca saem da maneira que se espera, não é? Quem poderia imaginar que algumas irmãs fugindo de Elaida seriam algo que acabaria crescendo e virando uma rebelião contra a Torre Branca? E com Egwene como Amyrlin! E o Bando da Mão Vermelha como exército. Suponho que Mat possa passar um tempo lá. — Por alguma razão, ele pestanejou, tocou na testa, e então continuou falando no mesmo tom casual irritante. — Bem, uma sucessão de acontecimentos bem estranha. Não vou ficar surpreso se minhas amigas na Torre criarem coragem para se revelar.

Arqueando uma das sobrancelhas, Elayne deu uma olhadela para Nynaeve. Sabedorias e Sapiências? O Bando era o exército de Egwene, e Mat estava com eles? A tentativa de Nynaeve de arregalar os olhos com inocência deixou a culpa estampada em seu rosto. Elayne supunha que não fazia diferença. Cedo ou tarde, ele descobriria a verdade, caso pudesse ser convencido a ir se encontrar com Egwene. Em todo caso, ela tinha questões mais importantes para tratar com Rand. Ele estava tagarelando, por mais indiferente que parecesse, para tentar fazê-las morder a isca na esperança de desviar-lhes a atenção.

— Não adianta, Rand. — Elayne apertou as mãos nas saias para evitar levantar o dedo em riste. Ou o punho. Não tinha certeza de qual escolheria. As *outras* irmãs? Ele quase dissera as Aes Sedai *de verdade*. Como *se atrevia*? E *amigas* dele na Torre! Será que ainda acreditava na carta esquisita de Alviarin? Sua voz estava tranquila, firme e equilibrada, de quem não toleraria nenhum desvario. — Nada disso tem a menor importância agora. É sobre você, Aviendha, Min e eu que nós precisamos falar. E vamos falar. *Todas* nós vamos falar, Rand al'Thor, e você não vai embora do Palácio antes disso!

Por um bom tempo, ele apenas a encarou com uma expressão inabalada. Em seguida, inspirou alto, no que seu rosto se transformou em granito.

— Eu amo você, Elayne. — Sem fazer qualquer pausa, ele prosseguiu, as palavras saindo aceleradas feito água jorrando de uma represa estourada. E o semblante continuava uma muralha de pedra. — Eu amo você, Aviendha. Eu amo você, Min. E nenhuma das três uma nesga sequer a mais ou a menos que as outras duas. Não quero só uma, quero todas as três. Pronto, é isso. Sou um devasso. Agora podem ir andando e nunca mais olhem para trás. Enfim, isso é loucura. Não posso me dar ao luxo de amar ninguém!

— Rand al'Thor — exclamou Nynaeve com um grito agudo —, essa foi a coisa mais absurda que eu já ouvi sair da sua boca! Como pode dizer para *três* mulheres que as ama! Você é *pior* que um devasso! Trate de pedir desculpas agora mesmo!

Lan tirara o cachimbo da boca e estava olhando para Rand.

— Eu amo você, Rand — resumiu-se a dizer Elayne —, e, apesar de não ter me pedido, quero me casar com você. — Ela enrubesceu de leve, mas, como pretendia ser bem mais direta em não muito tempo, supunha que pouco importava. A boca de Nynaeve se moveu, mas sem emitir nenhum som.

— Meu coração está em suas mãos, Rand — seguiu-a Aviendha, pronunciando o nome dele como algo raro e precioso. — Se eu conseguir convencer minha irmã-primeira, nós duas faremos uma grinalda nupcial para você. — Ela também ruborizou e tentou disfarçar se curvando para apanhar o xale no chão e arrumando-o nos braços. De acordo com os costumes Aiel, jamais teria dito nada daquilo.

Nynaeve finalmente produziu um som, um gritinho.

— Se a esta altura você ainda não souber que eu amo você — foi a vez de Min —, então é porque é cego, surdo e já morreu! — Com certeza não ficou corada, mas havia uma luz maliciosa em seus olhos escuros, e ela parecia pronta para rir. — E, quanto a casamento, bem, nós três vamos resolver isso à nossa maneira, pronto!

Nynaeve agarrou a trança com as duas mãos e deu um puxão firme, respirando pesadamente pelo nariz. Lan dera início a um estudo minucioso do conteúdo do fornilho do cachimbo.

Rand examinou as três como se nunca tivesse visto uma mulher antes e se perguntasse o que elas poderiam ser.

— Vocês três estão loucas — falou, por fim. — Eu me casaria com qualquer uma de vocês, ou com todas, que a Luz me ajude! Mas não tem como, e vocês sabem disso.

Balançando a cabeça, Nynaeve desabou em uma das cadeiras. Murmurou alguma coisa, embora Elayne só conseguisse entender poucas palavras a respeito do Círculo das Mulheres ficarem com os cabelos em pé.

— Tem um outro ponto que precisamos discutir — continuou Elayne. Luz, Min e Aviendha pareciam estar olhando para uma sobremesa deliciosa! Com esforço, deu um jeito de deixar seu sorriso um pouco menos... faminto. — Nos meus aposentos, acho. Não há por que incomodar Nynaeve e Lan. — Na verdade, receava que Nynaeve tentasse impedi-los, caso ouvisse. Quando se tratava de questões das Aes Sedai, a mulher era rapidíssima em lançar mão de sua autoridade.

— Sim — respondeu Rand devagar. E então, estranhamente, acrescentou: — Eu falei que você tinha vencido, Nynaeve. Não vou embora sem conversar de novo com você.

— Ah! — Ela pareceu assustada. — Pois é, claro que não. Eu o conheço desde menino — desconversou, abrindo um sorrisinho meloso para Elayne. — Quase desde bebê. Vi dar os primeiros passos. Ele não pode ir embora sem ter uma boa e longa conversa comigo.

Elayne a olhou desconfiada. Luz, Nynaeve estava falando absolutamente igual a uma babá idosa. Embora Lini nunca tivesse sido tagarela. Ela esperava que a mulher estivesse viva e passando bem, mas morria de medo de que nem uma coisa nem outra fosse verdade. Por que Nynaeve estava agindo daquela maneira? Só podia estar tramando algo, e, se não iria usar sua posição para pôr em prática, era porque se tratava de algo que até ela sabia que era errado.

De repente, Rand pareceu tremular, como se o ar à sua volta estivesse bruxuleando por conta do calor, no que todos os pensamentos se dissiparam na mente de Elayne. De uma hora para a outra, ele era... outra pessoa, mais baixo e mais robusto, rude e bruto. E tão repugnante de se olhar que ela nem considerou o fato de que estava usando a metade masculina do Poder. Um cabelo preto oleoso caía diante de um rosto pálido nada saudável coberto por verrugas peludas, com direito a uma na ponta do nariz bulboso que encimava lábios carnudos molengas que pareciam a ponto de babar. Ele apertou bem os olhos cerrados e engoliu em seco, as mãos segurando firme nos braços da cadeira, como se não suportasse que elas o olhassem.

— Você continua bonito, Rand — disse ela, com gentileza.

— Rá! — exclamou Min. — Essa cara faria até uma cabra desmaiar!

Bem, faria mesmo, mas ela não deveria ter dito aquilo.

Aviendha gargalhou.

— Você tem senso de humor, Min Farshaw. Essa cara faria um *rebanho* de cabras desmaiar.

Ah, Luz, faria *mesmo*! Elayne conteve uma risadinha bem a tempo.

— Eu sou quem sou — retrucou Rand enquanto se levantava da cadeira. — Vocês só não vão ver.

Quando Deni pousou os olhos em Rand disfarçado, o sorriso foi se desfazendo tortuosamente no rosto da mulher atarracada. A boca de Caseille se escancarou. *Nada de amantes secretos, afinal,* pensou Elayne, rindo por dentro e se divertindo. Tinha certeza de que ele atraía tantos olhares quanto as mulheres da Guarda, bamboleando entre as duas com uma careta emburrada. Claro que ninguém poderia suspeitar de quem era. Os serviçais nos corredores deviam ter achado que se tratava de alguém que fora apreendido por algum crime. A cara de alguém capaz disso, ele tinha. Caseille e Deni estavam atentas a Rand como se também tivessem essa impressão.

As Guardas estiveram à beira de uma discussão quando viram que Elayne pretendia que esperassem do lado de fora dos aposentos enquanto as três o levavam para dentro. De uma hora para a outra, o disfarce de Rand já não parecia mais nem um pouco divertido. Os lábios de Caseille se estreitaram, e o rosto largo de Deni ganhou ares de uma teimosia desgostosa. Elayne só faltou acenar com o anel da Grande Serpente bem embaixo do nariz das duas para que elas assumissem suas posições de cara feia ao lado da porta. Ela fechou a porta com delicadeza, tirando seus cenhos franzidos de vista, mas a vontade era de batê-la com força. Luz, o sujeito poderia ter escolhido como disfarce algo um *pouco* menos repugnante.

Quanto a *ele*, foi direto até a mesa embutida e se debruçou enquanto o ar ao seu redor bruxuleava e ele voltava a ser quem era. As cabeças de Dragão nos dorsos das mãos emanavam um brilho metálico escarlate e ouro.

— Preciso beber algo — murmurou com a voz áspera, avistando o cântaro prateado de gargalo comprido na longa mesa lateral junto à parede.

Ainda sem olhar nem para ela, nem para Min, nem para Aviendha, ele atravessou o cômodo com passos instáveis e encheu um copo prateado de vinho, que esvaziou em um único um longo gole. Aquele líquido doce condimentado havia sido deixado ali quando o café da manhã de Elayne fora recolhido. Àquela altura, devia estar frio feito gelo. Não se esperava que ela retornasse para seus aposentos tão cedo, e o fogo na lareira tinha sido abafado sob as cinzas. Rand, no entanto, não fez nenhum movimento que ela pudesse identificar para aquecer o vinho por meio de uma canalização. Elayne teria visto ao menos o vapor. E por que fora andando até a bebida, em vez de canalizar para trazê-la até ele? Era o tipo de coisa que Rand sempre aprontava, fazendo copos e lamparinas flutuarem com fluxos de Ar.

— Você está bem, Rand? — indagou Elayne. — Quer dizer, você está doente? — Ela sentiu um aperto no estômago só de pensar em que doença ele poderia ter. — Nynaeve pode...

— Estou tão bem quanto possível — cortou ele em um tom inexpressivo. *Ainda* de costas para elas. Esvaziou o copo e começou a enchê-lo de novo. — Então, o que é que você não quer que Nynaeve ouça?

As sobrancelhas de Elayne se ergueram, e ela trocou olhares com Aviendha e Min. Se *ele* não se deixara iludir pelo subterfúgio dela, Nynaeve tampouco, *com certeza*. Por que ela os deixara ir? E como *ele* não se deixou iludir? Admirada, Aviendha balançou a cabeça de leve. Min também, mas com um sorriso largo que indicava apenas que era preciso esperar por situações desse tipo de vez em quando. Elayne sentiu uma pontadinha de... não de ciúme, por certo, já que ter ciúme delas estava fora de questão, mas de irritação por Min ter passado tanto tempo com Rand, e ela não. Bem, se ele queria brincar de fazer surpresas...

— Queremos formar um elo com você para ser nosso Guardião — revelou, alisando o vestido por baixo do corpo ao se instalar em uma cadeira. Min se sentou na ponta da mesa, as pernas balançando, e Aviendha se aninhou de pernas cruzadas no tapete, esparramando com todo o cuidado as pesadas saias de lã. — Todas as três. O costume manda pedir primeiro.

Ele girou no lugar, o vinho espirrando para fora do copo e mais ainda do cântaro antes que conseguisse deixá-lo na vertical. Resmungando baixinho um palavrão, tratou de pisar longe da umidade que se espalhava pelo tapete e pôs o cântaro de volta na bandeja. Uma grande mancha úmida ornava a parte da frente do casaco áspero, além de gotículas escuras de vinho que ele tentava esfregar com a mão livre. Muito satisfatório.

— Vocês estão loucas mesmo — rugiu. — Vocês sabem o que eu tenho pela frente. Vocês sabem o que significa para qualquer um com quem eu tenha um elo. Mesmo que eu não enlouqueça, vai ser preciso viver a experiência da minha morte! E que história é essa de todas as três? Min não sabe canalizar. Enfim, Alanna Mosvani chegou antes de vocês e não se deu ao trabalho de pedir. Ela e Verin estavam levando umas garotas de Dois Rios para a Torre Branca. Já faz meses que ela formou um elo comigo.

— E você escondeu isso de mim, seu pastor de ovelhas cabeça-de-lã? — protestou Min. — Se eu soubesse...! — Com destreza, ela fez surgir uma faca fininha de dentro da manga, então ficou olhando feio para o objeto e, desalentada, voltou a guardar. Uma solução como aquela teria sido tão dolorosa para Rand quanto para Alanna.

— Isso feriu os costumes — pontuou Aviendha, quase em tom de pergunta. Ela mudou de posição no tapete e correu os dedos pela faca da cinta.

— Bastante — corroborou Elayne em um tom soturno. Uma irmã ter feito aquilo com *qualquer* homem era asqueroso! Alanna ter feito com *Rand*...! Ela se lembrava da Verde enérgica e de pele escura, dona de um humor e um temperamento instáveis. — Alanna tem mais *toh* com ele do que seria capaz de pagar em uma *vida inteira*! E conosco. Mesmo que não queira, ela vai preferir que eu a tivesse matado quando eu puser as mãos nela!

— Quando *nós* pusermos as mãos nela — corrigiu Aviendha, meneando a cabeça para dar mais ênfase.

— Então... — Rand deu uma olhadinha em seu vinho. — Vocês estão vendo que isso não faz sentido. Eu... acho melhor encontrar Nynaeve de novo. Você vem, Min? — Apesar do que elas haviam lhe dito há pouco, ele soava como quem não acreditava, como se Min pudesse abandoná-lo naquele momento. Não parecia temer isso, só se mostrava resignado.

— Faz sentido, *sim* — insistiu Elayne, inclinando-se na direção dele para tentar fazê-lo aceitar o que ela estava dizendo pela força da sua vontade. — Um elo não o impede de ter outro. Irmãs não criam elos com um mesmo homem por *tradição*, Rand, por não quererem *compartilhá-lo*, não porque isso não pode ser feito. E nem é contra as leis da Torre. — Claro que alguns costumes tinham a força de uma lei, ao menos aos olhos das irmãs. Nynaeve parecia cada dia mais disposta a manter as tradições e a dignidade das Aes Sedai. Quando ficasse sabendo daquilo, provavelmente sairia explodindo pelo telhado. — Bem, nós queremos compartilhar você! E, se você concordar, nós *vamos* compartilhá-lo.

Como foi fácil falar aquilo! Houvera um tempo em que ela tinha certeza de que não conseguiria, até chegar à conclusão de que amava Aviendha tanto quanto o amava, apenas de um jeito diferente. E a Min também. Mais uma irmã, ainda que não tivessem adotado uma à outra. Se tivesse a chance, ela arrancaria o couro de Alanna de cima a baixo por ter encostado nele, mas Aviendha e Min eram diferentes. As duas eram parte dela. De certa forma, elas *eram* ela, e ela era elas.

Elayne suavizou a voz.

— Estou pedindo, Rand. *Nós* estamos pedindo. Por favor, nos deixe criar um elo com você.

— Min — murmurou ele em um tom quase acusatório. O olhar cravado no rosto dela estava tomado pelo desespero. — Você sabia, não é? Você sabia que, se eu pousasse os olhos nelas... — Ele balançou a cabeça, incapaz ou pouco disposto a continuar.

— Só soube do elo quando me contaram há menos de uma hora — explicou ela, retribuindo a encarada dele com o olhar mais gentil que Elayne já tinha visto. — Mas eu tinha esperanças de saber o que iria acontecer quando você as visse de novo. Algumas coisas têm que ser, Rand. Elas têm que ser.

Rand ficou olhando para o copo de vinho, os instantes dando a impressão de se arrastarem feito horas, e, por fim, pousou-o de volta na bandeja.

— Tudo bem — falou, tranquilo. — Não posso dizer que não quero isso, porque quero. Que a Luz me queime! Mas pensem em quanto isso vai custar. Pensem no preço que vão pagar.

Elayne não precisava pensar. Soubera desde o início e discutira com Aviendha para se certificar de que a Aiel também entendia. Explicara para Min. Pegue o que quiser e pague o preço, dizia o velho ditado. Nenhuma delas precisava pensar no preço porque as três já sabiam e estavam dispostas a pagar. Só que não havia tempo a perder. Mesmo àquela altura, ela não descartava que ele decidisse que o preço era alto demais. Como se a decisão coubesse a ele!

Abrindo-se para *saidar*, ela se uniu com Aviendha, dividindo um sorriso com a Aiel. A consciência maior de uma em relação à outra, o compartilhamento mais íntimo de emoções e sensações físicas com sua irmã era sempre um prazer, parecidíssimo com o que, em pouco tempo, compartilhariam com Rand. Ela pensara em tudo aquilo com todo o cuidado, analisara todos os ângulos. O que conseguira aprender a respeito das tessituras de adoção Aiel fora de grande ajuda. Tinha sido naquela cerimônia que a ideia lhe surgira pela primeira vez.

Com cuidado, ela teceu Espírito, um fluxo de mais de cem fios, cada qual devidamente colocado, e pousou a tessitura por sobre Aviendha, sentada no chão, e depois repetiu os fluxos com Min, na borda da mesa. De certa forma, não eram, de maneira nenhuma, duas tessituras separadas. Elas reluziam com uma similaridade precisa e davam a impressão de que, ao olhar para uma, via-se também a outra. Não eram as tessituras utilizadas na cerimônia de adoção, mas partiam dos mesmos princípios. Eram *inclusivas*. O que acontecia com alguém enredado em uma delas acontecia com todos os demais. Assim que as tessituras ficaram no lugar, ela passou a liderança do círculo de duas para Aviendha. As tessituras já prontas permaneceram ali, e Aviendha tratou de tecer imediatamente tessituras idênticas em torno de Elayne e mais uma vez em volta de Min, fundindo essa última até torná-la indistinguível da de Elayne e lhe devolver o controle. Depois de muita prática, as duas faziam aquilo com facilidade. Quatro tessituras, ou melhor, apenas três, ainda que parecessem a mesma.

Estava tudo pronto. Aviendha era uma rocha de confiança tão forte quanto qualquer coisa que Elayne já sentira com Birgitte. Min continuava sentada se segurando na borda da mesa, os tornozelos colados um ao outro. Não conseguia enxergar os fluxos, mas abriu um sorriso cheio de segurança que só foi um pouco prejudicado quando ela umedeceu os lábios. Elayne respirou fundo. Aos olhos dela, as três encontravam-se cercadas e conectadas por um rendilhado de Espírito que fazia até a melhor renda parecer sem graça. Agora só faltava funcionar como ela acreditava que funcionaria.

Saindo de cada uma, ela estendeu a tessitura em direção a Rand em fiadas bem fininhas, girando as três até torná-las só uma e transformando-a no elo com o Guardião. E essa, fez pousar nele com a mesma delicadeza de quem estivesse envolvendo um bebê com um cobertor. A teia de Espírito se acomodou em torno dele, se assentando. Rand nem piscou, mas estava feito. Ela soltou *saidar*. Pronto.

Ele ficou olhando para elas sem expressão alguma e, bem devagar, levou os dedos às têmporas.

— Ah, Luz, Rand, a dor! — murmurou Min com uma voz sentida. — Eu não sabia, não imaginava. Como aguenta? Há dores que você parece nem saber que existem, como se vivesse com elas há tanto tempo que já fazem parte de você. Essas garças nas suas mãos. Você ainda é capaz de senti-las sendo marcadas. Esses troços nos seus braços doem! E nas laterais do corpo. Ah, Luz, as laterais! Por que você não está chorando, Rand? Por que não está chorando?

— Ele é o *Car'a'carn* — respondeu Aviendha, aos risos —, tão forte quanto a própria Terra da Trindade! — Seu rosto irradiava orgulho, e quanto orgulho, mas, mesmo enquanto ria, lágrimas escorriam pelas bochechas escurecidas pelo sol. — Os veios de ouro. Ah, os veios de ouro! Você me ama mesmo, Rand.

Elayne apenas o encarou, sentindo-o em sua mente. As dores das feridas e machucados que ele realmente esquecera. A tensão e a descrença, o fascínio. Suas emoções, porém, estavam rígidas demais, feito um nó de seiva de pinheiro endurecida, quase empedrada. Mesmo assim, entremeados com essas emoções, veios de ouro pulsavam e cintilavam toda vez que ele olhava para Min ou para Aviendha. Ou para ela. Ele *de fato* a amava. Amava as três. E isso a deixava com vontade de gargalhar de alegria. Outras mulheres talvez se enchessem de dúvidas, mas ela sempre conheceria a verdade do amor dele.

— Que a Luz permita que vocês saibam bem o que fazem — disse ele, baixinho. — Que a Luz permita que vocês não... — A seiva do pinheiro endureceu mais um pouco. Ele tinha certeza de que elas iriam se magoar e já estava se preparando. — Eu... agora preciso ir. Pelo menos vou saber que todas as três estão bem. Não precisarei me preocupar com vocês. — De repente, ele sorriu. Poderia ter parecido quase um garoto se o sorriso tivesse chegado aos olhos. — Nynaeve vai ficar enlouquecida achando que dei um jeito de ir embora sem falar com ela. Não que ela não mereça um pouco.

— Há mais uma coisa, Rand — interveio Elayne, parando para engolir em seco. Luz, e ela achara que *essa* seria a parte fácil.

— Acredito que seja melhor Aviendha e eu conversarmos enquanto temos chance — apressou-se Min, saltando da mesa. — Em algum lugar onde possamos ficar a sós. Vocês nos dão licença?

Aviendha se levantou do tapete com toda a graciosidade e alisou as saias.

— Sim. Min Farshaw e eu temos que aprender uma sobre a outra. — Arrumando o xale, ela lançou um olhar cheio de dúvidas para Min, mas as duas saíram de braços dados.

Rand ficou observando-as com cautela, como se soubesse que aquela saída tinha sido planejada. Um lobo encurralado. Mas aqueles veios de ouro reluziam na mente de Elayne.

— Tem uma coisa que elas já tiveram de você que eu ainda não tive — começou ela, e então se engasgou, o rubor fazendo o rosto arder. Sangue e cinzas!

Como as outras mulheres *faziam* isso? Com todo o cuidado, ela refletiu sobre o amontoado de sensações representadas por ele em sua mente, e sobre o amontoado que era Birgitte. Ainda não havia mudanças no segundo. Ela se imaginou envolvendo aquilo em um lenço, amarrando-o bem firme, e lá se foi Birgitte. Só restava Rand. E aqueles veios de ouro brilhando. Sentiu um frio na barriga do tamanho de uma geleira. Engolindo em seco com força, ela respirou fundo. — Você vai ter que me ajudar com os botões — advertiu, a voz falseando. — Não consigo tirar este vestido sozinha.

As duas integrantes da Guarda se agitaram quando Min saiu para o corredor com a Aiel e ficaram eretas quando se deram conta, com a porta se fechando, de que ninguém mais vinha saindo.

— Ela *não tem* como ter um gosto *tão* ruim — resmungou baixinho a atarracada de olhar sonolento, as mãos apertando o cassetete comprido. Min achava que não era para ninguém ter escutado.

— É muita coragem, e muita inocência — rosnou a esguia. — A Capitã-General nos advertiu a respeito disso. — Ela levou a mão enluvada ao trinco da porta em forma de cabeça de leão.

— Se entrar aí agora, ela pode arrancar seu couro também — advertiu Min com um ar despreocupado. — Já viu como ela fica quando está irritada? Poderia fazer um urso chorar!

Aviendha soltou o braço de Min e ficou a certa distância dela, mas foi para as duas Guardas que olhou de cara feia.

— Vocês duvidam da capacidade da minha irmã de dar conta de um único homem? Ela é Aes Sedai e tem um coração de leão. E vocês juraram segui-la! É para a seguirem aonde ela for, não para enfiarem o nariz onde não devem.

As duas se entreolharam demoradamente, e a mais pesada deu de ombros. A magrela fez uma careta, mas tirou a mão do trinco da porta.

— O que eu jurei foi manter essa garota viva — contestou com firmeza —, e é o que pretendo fazer. Agora vão brincar de boneca, crianças, e me deixem fazer meu trabalho.

Min cogitou sacar uma faca e realizar um dos truques espalhafatosos com os dedos que Thom Merrilin lhe ensinara só para mostrar para elas quem era criança. A esguia não era jovem, mas não se via fios grisalhos em seu cabelo, além de parecer bem forte. E ágil. Min queria acreditar que parte do volume da outra mulher era gordura, mas não conseguia. Não conseguia ver imagens de auras em torno de nenhuma das duas, mas nem uma nem outra demonstrava o menor medo de fazer o que quer que achasse que precisava ser feito. Bem, ao menos estavam deixando Elayne e Rand a sós. Talvez a faca fosse desnecessária.

Com o canto do olho, ela avistou a Aiel relutando para soltar a faca da cinta. Se a mulher não parasse de imitá-la, iria começar a achar que aquelas maquinações com o Poder escondiam mais do que haviam lhe contado. Podia ser que só pensassem parecido. Uma ideia perturbadora. Luz, toda essa conversa a respeito de ele casar com todas as três era fácil de falar, mas com qual ele *realmente* se casaria?

— Elayne é corajosa — assegurou ela para as Guardas —, tanto quanto qualquer mulher que eu já tenha conhecido. E não é burra. Se vocês começarem a achar que ela é, logo vão quebrar a cara. — As duas ficaram olhando para Min com sua vantagem de quinze ou vinte anos a mais, firmes, imperturbáveis e determinadas. Em instantes, voltariam a mandá-la embora. — Bem, se é para ficar conversando, não podemos ficar aqui, não é, Aviendha?

— Não — exalou a Aiel com uma voz tensa, encarando as duas Guardas. — Não podemos ficar aqui.

As Guardas não deram importância para a partida. Tinham um trabalho a realizar, e que não tinha nada a ver com ficar vigiando as amigas de Elayne. Min esperava que cumprissem bem a missão. *Ela não é nem um pouco burra,* pensou. *Só deixa a coragem ditar o rumo, às vezes.* Ela torcia para que elas não deixassem Elayne se enroscar em um espinheiro do qual não conseguiria sair.

Descendo o corredor, Min olhou de soslaio para a Aiel. Aviendha caminhava a passos largos o mais longe possível dela sem sair do mesmo corredor. Sem nem olhar na direção de Min, ela tirou da bolsinha da cinta um bracelete de marfim com entalhes pronunciados e o deslizou pelo pulso esquerdo com um sorrisinho satisfeito. No início, não fora muito receptiva, e Min não entendia por quê. As Aiel já deveriam estar acostumadas a dividirem um homem. Bem mais do que Min podia dizer a respeito de si mesma. Só que ela o amava tanto que estava disposta a compartilhá-lo e, se fosse preciso, não havia ninguém no mundo com quem preferisse dividi-lo do que com Elayne. Com ela, era quase como se nem o compartilhasse. No entanto, essa Aiel era uma estranha. Elayne tinha dito que era importante que elas se conhecessem, mas como isso seria possível se a mulher se recusava a falar com ela?

Contudo, Min não passou muito tempo preocupada com Elayne, nem com Aviendha. O que ocupava sua mente era maravilhoso demais: Rand. Um nó de informações que lhe contava tudo a respeito dele. Min tivera certeza de que aquela história toda não daria certo, ao menos para ela. Como seria fazer amor com ele depois disso, já sabendo de *tudo*? Luz! Claro que Rand também saberia tudo sobre ela, que *com certeza* não sabia como se sentia em relação a *isso*!

De repente, Min se deu conta de que o amontoado de emoções e sensações já não era o mesmo de antes. Agora havia um... rugido vermelho... em tudo, feito um incêndio devastando uma floresta seca. O que poderia...? Luz! Ela tropeçou e só recuperou o equilíbrio quando já estava a ponto de cair. Se soubesse que esse braseiro, essa fome voraz, estava dentro dele, teria ficado com medo de deixar que ele a tocasse! Por outro lado... Poderia ser bom saber que ela desencadeara tamanho ardor. Não via a hora de conferir se produzia o mesmo efeito que... Ela tropeçou de novo e, desta vez, precisou se apoiar em um armário com gavetas de ricos entalhes. Ah, Luz! Elayne! Seu *rosto* ficou parecendo uma caldeira. Era como espiar por entre as cortinas da cama!

Com pressa, experimentou o truque sobre o qual Elayne lhe falara e visualizou esse monte de emoções amarrado com um lenço. Nada aconteceu. Freneticamente, ela tentou de novo, mas as chamas violentas ainda estavam lá! Era preciso parar de olhar para elas, de senti-las. Qualquer coisa que desviasse sua atenção para qualquer lugar, menos para aquilo! Qualquer coisa! Se começasse a falar, talvez.

— Ela deveria ter tomado o chá de folha-do-coração — saiu dizendo. Min só contava o que via para aqueles que estivessem envolvidos, e, ainda assim, só quando queriam ouvir, mas precisava falar algo. — Desse jeito, vai ganhar bebês. Dois, um menino e uma menina. Ambos saudáveis e fortes.

— Ela quer ter bebês com ele — balbuciou a Aiel. Seus olhos verdes se mantinham cravados à frente, a mandíbula estava retesada e o suor formava gotículas na testa. — Eu não vou tomar o chá se... —Tratando de se recompor, seu cenho franzido para Min atravessou toda a largura do corredor. — Minha irmã e as Sábias me falaram a seu respeito. Você realmente tem visões sobre a vida das pessoas que acabam acontecendo?

— Eu às vezes vejo coisas e, se entendo o que significam, elas acontecem — respondeu Min. As vozes de ambas, um pouco mais altas para alcançar a outra, ecoaram pelo corredor. Serviçais com uniformes vermelhos e brancos se viraram para olhar na direção delas. Min avançou para o centro do corredor. Estava disposta a encontrar a outra mulher na metade do caminho, não mais. Momentos depois, Aviendha se juntou a ela.

Min ficou se perguntando se deveria contar o que tinha visto quando estavam todos juntos: Aviendha também teria bebês com Rand. Quatro de uma vez! Mas havia algo esquisito em relação a isso. Os bebês seriam saudáveis, mas, ainda assim, havia uma peculiaridade. E as pessoas costumavam não gostar de ouvir a respeito de seu futuro, mesmo quando diziam o contrário. Min gostaria que alguém pudesse lhe falar se *ela* iria...

Caminhando em silêncio, Aviendha limpou o suor do rosto com os dedos e engoliu em seco. Min também precisou engolir. Tudo o que Rand vinha sentindo estava ali naquele emaranhado. Tudo!

— O truque do lenço também não deu certo com você? — perguntou, a voz rouca.

Aviendha pestanejou, e o rubor tomou seu rosto. Logo depois, ela disse:

— Melhor assim. Obrigada. Eu... Pensando nele, acabei esquecendo. — Ela franziu a testa. — Não deu certo com você?

Min balançou a cabeça, infeliz. Era uma indecência!

— Mas, se eu falar, ajuda. — Ela precisava dar um jeito de se tornar amiga daquela mulher para que toda essa história peculiar tivesse alguma chance de sucesso. — Sinto muito pelo que falei mais cedo. Sobre ter sei lá o quê, no caso. Sei pouco a respeito dos seus costumes. É que esse homem tem alguma coisa que me deixa atrevida. Não consigo controlar a língua. Mas não pense que vou deixar você começar a me bater ou me cortar. Pode até ser que eu tenha *toh*, mas vamos ter que encontrar alguma outra solução. Sempre que tivermos tempo, eu poderia cuidar do seu cavalo.

— Você é tão orgulhosa quanto minha irmã — resmungou Aviendha, a testa franzida. O que ela queria dizer com aquilo? — E também tem um bom senso de humor. — A Aiel parecia estar falando sozinha. — Você não fez papel de boba em relação a Rand e Elayne como a maioria das aguacentas faria. E você me lembrou... — Com um suspiro, jogou o xale por cima dos ombros. — Sei onde tem um pouco de *oosquai*. Se você ficar bêbada demais para pensar, aí então... — Fitando o corredor à frente, ela parou. — Não! — rosnou. — Ainda não!

A pessoa vindo em direção a elas deixou Min de boca aberta. A consternação expulsou Rand de sua consciência. Pelos comentários, ela só ficara sabendo que a Capitã-General da Guarda de Elayne era uma mulher, e, para completar sua Guardiã, mas apenas isso. Essa mulher tinha uma trança loura grossa e intrincada por cima de um dos ombros do casaco curtinho vermelho de gola branca. As calças, azuis e volumosas, eram enfiadas em botas com saltos tão altos quanto os de Min. Ao redor dela, auras dançavam e imagens bruxuleavam, mais do que Min já tinha visto em torno de qualquer pessoa, dando a impressão de serem aos milhares, cascateando umas sobre as outras. A Guardiã de Elayne e Capitã-General da Guarda da Rainha... cambaleava... ligeiramente, como se já tivesse bebido muito *oosquai*. Os serviçais que a avistaram decidiram ir trabalhar em outra área do Palácio, deixando as três sozinhas no corredor. Ela só pareceu se dar conta de Min e Aviendha quando quase trombou com as duas.

— Você a ajudou a fazer isso, não foi, sua maldita? — ladrou a arqueira, concentrando os olhos azuis vidrados em Aviendha. — Primeiro, aquela flamante some da minha cabeça, e depois...! — Ela estremeceu e, nitidamente, se controlou, mas, mesmo assim, estava com a respiração pesada. As pernas davam a impressão de não quererem mantê-la de pé. Umedecendo os lábios, ela engoliu em seco e prosseguiu. — Que a queime, mas não consigo me concentrar o suficiente para deixar para lá! Prestem bem atenção: se ela estiver fazendo o que eu acho que está fazendo, vou sair chutando-a com todo o prazer por todo o maldito Palácio até ela não conseguir se sentar durante um mês, e vocês duas junto, nem que eu tenha que ir atrás de *raiz-dupla*!

— Minha irmã-primeira já é adulta, Birgitte Trahelion — rebateu Aviendha com truculência. Apesar do tom de voz, estava com os ombros encurvados e não chegou a olhar nos olhos da outra mulher. — Você precisa parar de nos tratar como se fôssemos crianças!

— Quando ela passar a se comportar que nem uma adulta, eu trato essa flamante como tal, mas ela não tem o direito de fazer *isso*, não com a minha cabeça, não mesmo! Não com a minha...! — De repente, os olhos azuis vítreos de Birgitte se arregalaram. A boca da arqueira de cabelos dourados se escancarou e, se Min e Aviendha não a tivessem segurado cada uma em um braço, ela teria caído. Apertando bem os olhos, ela soluçou uma única vez e choramingou. — *Dois* meses! — Libertando-se delas, endireitou-se e fitou a Aiel com olhos azul-claros como a água e duros como o gelo. — Blinde-a para mim, e eu perdoo o seu castigo.

O olhar emburrado e indignado de Aviendha foi se desviando dela.

— Você é Birgitte Arco de Prata! — disse Min, surpresa. Ela já tivera certeza disso antes até de Aviendha dizer o nome. Não surpreendia que a Aiel estivesse se comportando como quem temia que aquelas ameaças fossem levadas a cabo ali mesmo. Birgitte Arco de Prata! — Eu vi você em Falme!

Birgitte deu um pulo como se tivessem lhe dado um pontapé no traseiro e então olhou em volta, sobressaltada. Assim que percebeu que elas estavam sozinhas, relaxou. Um pouco. E olhou para Min de cima a baixo.

— O que quer que você tenha visto, Arco de Prata está morta — esclareceu, direta. — Agora sou Birgitte Trahelion, e é isso. — Seus lábios se retorceram cheios de ironia por alguns instantes. — A flamante *Lady* Birgitte Trahelion, se me permitem. Beijem uma ovelha no Dia das Mães se eu tiver como fazer alguma coisa quanto a isso, acho. E quem seria você, como a chamam? Você sempre mostra as pernas assim, feito uma maldita dançarina emplumada?

— Sou Min Farshaw — respondeu, seca. *Essa* era Birgitte Arco de Prata, a heroína de uma centena de lendas? Que boca *suja* a mulher tinha! E o que ela quis dizer com Arco de Prata estar morta? Ela estava ali, bem na frente dela! Além do quê, aquela profusão de imagens e auras piscava rápido demais para que ela tivesse como identificar alguma com clareza, mas Min tinha certeza de que elas indicavam mais aventuras do que uma mulher era capaz de viver em uma vida. Estranhamente, algumas estavam ligadas a um homem feio mais velho que ela, e outras a um homem feio bem mais jovem, mas, de alguma forma, Min sabia que se tratava do mesmo sujeito. Lenda ou não, aquele ar de superioridade a deixava irritadíssima. — Elayne, Aviendha e eu acabamos de formar um elo com um Guardião — foi falando sem pensar. — E, se Elayne estiver comemorando um pouco, bem, é melhor você pensar duas vezes antes de entrar lá com tudo, senão é *você* que vai ficar sentada bem mansinha.

Foi o suficiente para que ficasse consciente de Rand de novo. Aquela fornalha inclemente ainda continuava ali, pouquíssimo atenuada, mas, graças à Luz, ele não estava mais... O sangue correu depressa para as suas bochechas. Rand havia se deitado com frequência em seus braços, recuperando o fôlego no emaranhado das roupas de cama, mas sentia-se como se estivesse espionando os dois!

— Ele? — estranhou Birgitte, falando baixinho. — Pelo leite da mãe! Ela poderia ter se apaixonado por um batedor de carteiras ou um ladrão de cavalos, mas tinha que escolher ele, essa tapada? Pelo que vi dele no lugar em que você mencionou, o homem é bonito demais para fazer bem para qualquer mulher. Em todo caso, ela precisa parar.

— Você não tem o direito! — insistiu Aviendha com uma voz emburrada, ao que Birgitte adotou um semblante de paciência. Pouquíssima, mas ainda de paciência.

— Ela pode ser tão recatada quanto uma donzela talmouriana, exceto quando chega a hora de pôr a cabeça no cepo, mas acho que ela vai criar coragem para colocá-lo à prova outra vez e, mesmo que faça o que quer que tenha feito, vai se esquecer e voltar para a minha cabeça. Não vou passar por isso de novo, desgraça! — Ela endireitou a postura, claramente pronta para ir confrontar Elayne.

— Encare como uma brincadeira de bom gosto — implorou Aviendha. Implorou! — Ela fez uma brincadeira de bom gosto com você, só isso.

O lábio retorcido da arqueira expressava o que ela achava daquilo.

— Tem um truque que Elayne me ensinou — apressou-se Min, intervindo e segurando Birgitte pela manga. — Não deu certo comigo, mas pode ser que... — Para o azar dela, depois de ter explicado...

— Ela ainda está lá — observou Birgitte com um ar sombrio depois de alguns instantes. — Saia da minha frente, Min Farshaw — falou, puxando o braço para soltá-lo —, senão...

— *Oosquai!* — Aviendha levantou a voz em desespero, chegando até a torcer as mãos. — Eu sei onde tem *oosquai!* Se você estiver bêbada...! Por favor, Birgitte! Eu... Eu assumo o compromisso de obedecer a ela como uma aprendiz obedece à sua mestra, mas, por favor, não a interrompa! Não a envergonhe a esse ponto!

— *Oosquai?* — refletiu a arqueira, esfregando o queixo. — É parecido com conhaque? Hum... Acho que a garota está enrubescendo! Na maioria das vezes, ela é bem pudica, sabe? Brincadeira, você disse? — De repente, ela deu um sorriso e abriu os braços com gosto. — Me leve a esse seu *oosquai*, Aviendha. Não sei vocês duas, mas eu pretendo ficar bêbada o bastante para... bem... para tirar a roupa e dançar em cima da mesa. Mas nem uma gole a mais.

Min não entendeu nada, nem por que Aviendha ficou olhando para Birgitte e, de repente, começou a rir daquela "brincadeira maravilhosa", mas tinha certeza de que sabia por que Elayne estava enrubescendo, se era que estava mesmo. Aquele nó de sensações em sua mente voltava a arder feito um incêndio.

— Será que agora podemos ir atrás do *oosquai?* — perguntou. — Quero ficar bêbada que nem uma rata afogada, e rápido!

Quando Elayne despertou na manhã seguinte, o quarto estava gelado, uma neve fraca caía sobre Caemlyn, e Rand tinha ido embora. Mas não deixou a mente dela. Já era suficiente. Ela abriu um sorriso preguiçoso. Por ora, era suficiente. Espreguiçando-se com languidez debaixo dos cobertores, ela se lembrou do abandono da noite anterior — e da maior parte do dia também, mal podendo acreditar que havia sido ela! — e pensou que deveria estar ruborizando feito o *sol*! Queria poder agir com abandono em relação a Rand, e achava que jamais coraria de novo, não por algo relacionado a ele.

O melhor de tudo era que ele lhe deixara um presente. No travesseiro ao lado dela, assim que acordou, Elayne viu um lírio dourado no auge do florescer, o orvalho ainda fresco nas pétalas vicejantes. Onde ele teria arranjado aquilo em pleno inverno, ela não conseguia nem começar a imaginar, mas teceu

Preservação em torno da flor e a depositou em uma mesinha lateral onde a veria todas as manhãs tão logo despertasse. A tessitura tinha sido ensinada por Moghedien, mas manteria a floração intacta para sempre, as gotas de orvalho nunca chegando a evaporar, uma recordação permanente do homem que lhe entregara seu coração.

Sua manhã foi tomada pela notícia de que Alivia desaparecera durante a madrugada, um assunto sério, que deixou a Confraria em polvorosa. Foi só quando Zaida apareceu aturdida por Nynaeve não ter dado as caras para a aula com as Atha'an Miere que Elayne ficou sabendo que Nynaeve e Lan também tinham ido embora do Palácio sem ninguém saber quando nem como. Só bem depois lhe chegou a informação de que a coleção de *angreal* e *ter'angeal* que haviam sido levados de Ebou Dar estava desfalcada do mais poderoso dos três *angreal*, assim como de outros itens. Alguns deles, ela tinha certeza, eram destinados a uma mulher que esperasse ser atacada a qualquer momento com o Poder Único, o que tornava ainda mais perturbador o bilhete rabiscado às pressas que Nynaeve deixara escondido entre os outros.

Capítulo 13

Ótimas notícias

O jardim de inverno do Palácio do Sol estava gelado apesar das lareiras acesas em cada lado do aposento, dos tapetes grossos e da claraboia que deixava entrar a luz da manhã pelas frestas da neve acumulada, mas era adequado para a realização de audiências. Cadsuane achara melhor não se apropriar da sala do trono. Até então, Lorde Dobraine mantivera segredo o fato de que ela estava de posse de Caraline Damodred e Darlin Sisnera — não via maneira melhor de impedi-los de continuarem com suas baboseiras do que mantê-los sob rédeas curtas —, mas o homem podia começar a arrumar problemas se ela forçasse demais o senso de decoro dele. Ele era íntimo demais do garoto para que Cadsuane desejasse testá-lo, e era fiel a seus juramentos. Ela podia olhar em retrospecto e identificar vezes em que falhara, alguns erros dos quais muito se arrependia, e alguns que tinham custado vidas, mas não podia se dar ao luxo de errar ali. Sem dúvida não podia falhar. Luz, queria arrancar a cabeça de alguém!

— Eu exijo a devolução da minha Chamadora de Ventos, Aes Sedai!

Harine din Togara estava sentada rigidamente diante de Cadsuane, toda vestida em seda verde com brocados, os lábios cheios apertados. Apesar do rosto sem rugas, mechas brancas entremeavam seus cabelos negros. Ela era Mestra das Ondas de seu clã há dez anos, e comandava grandes navios havia muito mais tempo. Sua Mestra das Velas, Derah din Selaan, uma mulher mais jovem trajando azul, estava sentada em uma cadeira posicionada exatamente um pé atrás, segundo seus ideais de respeito. A dupla parecia a personificação da indignação, e suas joias exóticas de alguma maneira contribuíam para esse efeito. Nenhuma das duas sequer olhou de relance para Eben quando ele se curvou e estendeu a elas uma bandeja com cálices prateados de vinho quente com especiarias.

O menino pareceu não saber como reagir quando não aceitaram a bebida. Hesitante, ele franziu a testa e permaneceu curvado até Daigian puxá-lo pelo casaco vermelho e, sorrindo, conduzi-lo para longe, parecendo um pombo risonho em seu casaco azul com peito branco. Era um rapaz esguio, narigudo e orelhudo, que ninguém consideraria bonito, muito menos lindo, mas sobre o qual ela se sentia muito possessiva. Os dois se sentaram juntos em um banquinho acolchoado em frente a uma das lareiras e começaram a brincar de cama de gato.

— Sua irmã está nos ajudando a compreender o que aconteceu naquele dia infeliz — respondeu Cadsuane com tranquilidade, um pouco distraída.

Bebendo um gole de seu vinho, ela aguardou, sem se importar que as mulheres notassem sua impaciência. Por mais que Dobraine não parasse de resmungar sobre como era impossível cumprir os termos da inacreditável barganha que Rafela e Merana haviam feito em nome do garoto al'Thor, talvez tivesse conseguido lidar com o Povo do Mar pessoalmente. Cadsuane, por sua vez, mal conseguia prestar atenção neles. E provavelmente era melhor assim. Caso se concentrasse nos Atha'an Miere, seria um esforço não os enxotar feito picadinhas, embora eles não fossem a verdadeira fonte de sua exasperação.

Cinco irmãs estavam reunidas ao redor da lareira oposta à de Daigian e Eben. Nesune tinha um grosso volume com lombada de madeira aberto em um estande de leitura diante de sua cadeira. Como as outras, usava um vestido simples de lã, mais apropriado para uma mercadora do que para uma Aes Sedai. Se alguma delas sentia falta de sedas, ou de dinheiro para sedas, não demonstrava. Sarene, com suas trancinhas cheias de contas, bordava em um grande bastidor, sua agulha finalizando os pontos delicados de mais uma flor em um campo cheio delas. Erian e Beldeine jogavam Pedras, observadas por Elza, que esperava sua vez de tomar o lugar da perdedora. Todas aparentavam aproveitar um momento de descanso, completamente relaxadas. Talvez soubessem que estavam ali porque Cadsuane queria observá-las. Por que aquelas mulheres juraram lealdade ao garoto al'Thor? Ao menos Kiruna e as outras tinham estado diante dele quando decidiram fazer o juramento. Cadsuane admitia que era impossível resistir à influência de um *ta'veren*. Mas aquelas cinco haviam sido duramente castigadas pelo sequestro de al'Thor e decidido oferecer lealdade antes mesmo de o encararem. De início, Cadsuane ficara inclinada a aceitar as razões que elas ofereceram, mas nos últimos dias essa inclinação fora duramente abalada. Perturbadoramente abalada.

— Minha *Chamadora de Ventos* não está sujeita à sua autoridade, Aes Sedai — rebateu Harine, como se negasse o parentesco. — Shalon deve e vai ser devolvida a mim imediatamente.

Derah assentiu, séria. Cadsuane achava que a Mestra das Velas assentiria mesmo que Harine a mandasse pular de um penhasco. Segundo a hierarquia do Povo do Mar, Derah estava muito abaixo de Harine. E isso era quase tudo que Cadsuane sabia a respeito delas. O Povo do Mar talvez se mostrasse útil, talvez não, mas de todo modo ela encontraria uma maneira de tomar as rédeas.

— A investigação é das Aes Sedai — respondeu ela, neutra. — Devemos seguir a lei da Torre.

Interpretando-a de modo bem liberal, decerto. Sempre acreditara que o espírito da lei era mais importante que as palavras exatas. Harine se empertigou feito uma víbora e recomeçou a ladainha de listar seus direitos e suas exigências, mas Cadsuane mal prestou atenção.

Quase compreendia a insistência de Erian, a illianense de pele branca e cabelos negros, em estar junto de al'Thor quando ele lutasse a Última Batalha. E compreendia Beldeine, que vestira o xale havia tão pouco tempo que nem sequer adquirira ainda a expressão de idade indefinida, e estava determinada a ser tudo que uma Verde deveria ser. E Elza, uma andoriana de rosto bonito cujos olhos quase brilhavam toda vez que falava em viver para enfrentar o Tenebroso. Outra Verde, e mais determinada que a maioria. Nesune, debruçada sobre um livro, parecia um pássaro de olhos negros vigiando uma minhoca; era uma Marrom capaz de se enfiar em uma caixa com um escorpião, se desejasse estudá-lo. Sarene era tola o bastante para se surpreender quando a consideravam bela, e ainda mais uma beldade, mas a Branca insistia em seguir uma lógica fria e precisa; al'Thor era o Dragão Renascido e era lógico que devia segui-lo. Razões impetuosas, razões idiotas, mas poderia aceitá-las, não fosse pelas outras.

A porta da sala se abriu para Verin e Sorilea. A Aiel de rosto enrugado e cabelos brancos entregou um pequeno objeto a Verin, que o enfiou na bolsa do cinto. A Marrom levava um broche florido no vestido simples cor de bronze, a primeira joia que Cadsuane a via usar, a não ser pelo anel da Grande Serpente.

— Vai ajudá-la a dormir, mas se lembre de usar apenas três gotinhas na água ou no vinho — disse Sorilea. — Um pouco mais que isso e você pode acabar dormindo um dia inteiro ou mais. Muito mais que isso, e você não acorda. O remédio não tem nenhum sabor para alertá-la, então tome cuidado.

Então Verin também estava tendo dificuldades para dormir. Cadsuane não tinha uma boa noite de sono desde que o garoto deixara o Palácio do Sol. Se não tivesse uma noite decente em breve, podia acabar *mesmo* arrancando a cabeça de alguém. Nesune e as outras observaram Sorilea com cautela. O garoto as transformara em *aprendizes* das Sábias, e elas descobriram que as Aiel levavam isso muito a sério. Bastaria Sorilea estalar seus dedos ossudos para acabar com aquela manhã de descanso.

Harine se inclinou de sua cadeira e cutucou o rosto de Cadsuane com os dedos!

— Você não está me ouvindo — ladrou a mulher. Ela tinha uma expressão turbulenta, e a de sua Mestre das Velas não estava muito mais calma. — Você *vai* me ouvir!

Cadsuane juntou as mãos e encarou a mulher por cima da ponta dos dedos. Não. Não penduraria a Mestra das Ondas de ponta-cabeça. Não mandaria a mulher de volta a seus aposentos chorando. Seria tão diplomática quanto Coiren desejaria que fosse. Repassou rapidamente o que pensava ter ouvido.

— Você fala em nome da Senhora dos Navios dos Atha'an Miere, com toda a autoridade dela, que é maior do que eu imagino — recitou em tom brando. — Se eu não liberar sua Chamadora de Ventos em uma hora, você vai garantir que o Coramoor me dê uma punição severa. Você exige um pedido de desculpas por termos prendido sua Chamadora de Ventos. E exige que eu mande Lorde Dobraine ceder de imediato as terras que o Coramoor prometeu. Acho que isso cobre os pontos principais.

Tirando o ponto sobre como Cadsuane deveria ser chicoteada!

— Ótimo — respondeu Harine, recostando-se confortavelmente, sentindo-se no comando. Seu sorriso de satisfação era nauseante. — Você vai aprender que...

— Não me importo bulhufas com o seu Coramoor — prosseguiu Cadsuane, a voz ainda mansa. Importava-se com o Dragão Renascido, mas não com o Coramoor. Seu tom não se alterou em nada. — Se voltar a encostar em mim sem permissão, vou mandar que arranquem sua roupa, a chicoteiem, a amarrem e a carreguem de volta aos seus aposentos em um saco. — Bem, diplomacia nunca fora seu ponto forte. — Se não parar de me perturbar a respeito de sua irmã... Bom, acho que vou ficar irritada de verdade.

Cadsuane se levantou e, ignorando as bufadas indignadas e o queixo caído de Harine, ergueu a voz para ser ouvida do outro lado do cômodo:

— Sarene!

A esguia taraboniana largou seu bordado, as trancinhas tilintando, e correu até Cadsuane, mal hesitando antes de estender as sais cinza-escuras em uma mesura. As Sábias tinham precisado ensiná-las a obedecer prontamente às ordens de outra Sábia, mas não era apenas a tradição que as fazia obedecer a

Cadsuane. Realmente havia vantagens em ser uma lenda, ainda mais uma lenda imprevisível.

— Acompanhe essas duas até os aposentos delas. Elas desejam fazer jejum e meditar sobre civilidade. Garanta que assim seja. E se elas disserem qualquer coisa descortês, castigue-as. Mas de maneira diplomática.

Sarene se sobressaltou, chegando a entreabrir a boca como se fosse contestar aquele paradoxo, mas um olhar para o rosto de Cadsuane a fez se virar rapidamente para as mulheres Atha'an Miere, gesticulando para que se levantassem.

Harine ficou de pé em um pulo, o rosto escuro franzido e sério. No entanto, antes que pudesse começar qualquer discurso furioso, Derah tocou seu braço e se inclinou para sussurrar no ouvido cheio de argolas da mulher, cobrindo o gesto com uma mão tatuada. Cadsuane não ouviu as palavras da Mestra das Velas, mas Harine fechou a boca. Sua expressão não se suavizou, mas ela espiou as irmãs do outro lado da sala e, um momento depois, assentiu bruscamente para que Sarene seguisse na frente. Harine podia até fingir que decidira ir embora, mas Derah a seguia tão de perto que parecia estar pastoreando a mulher, e lançou um olhar nervoso por sobre o ombro antes que a porta se fechasse atrás dela, tirando-a de vista.

Cadsuane quase se arrependeu daquela ordem frívola. Sarene a cumpriria ao pé da letra. Até o momento, as mulheres do Povo do Mar eram irritantes, e ainda por cima inúteis. Precisava deixar de lado a irritação para se concentrar no mais importante, e algumas ferramentas podiam ser adaptadas, caso encontrasse uso para elas. Estava zangada demais para se importar em como essa adaptação se daria, e tanto fazia começar agora ou depois. Não, estava irritada com o garoto, mas não podia pôr as mãos nele ainda.

Sorilea pigarreou alto, girando o corpo depois de observar a saída de Sarene e das Atha'an Miere para olhar de cara feia para as irmãs reunidas ao canto da sala. Pulseiras tilintaram em seus pulsos quando ela ajeitou o xale. Era outra mulher que não estava de bom humor. O Povo do Mar tinha algumas ideias peculiares sobre os "selvagens Aiel" — embora na verdade não fossem muito mais peculiares do que algumas ideias que a própria Cadsuane tinha, antes de conhecer Sorilea —, e a Sábia não gostava nada deles.

Cadsuane foi ao encontro dela, sorrindo. Sorilea não era o tipo de mulher que ia ao encontro de outras. Todos pensavam que as duas estavam ficando amigas — o que talvez ainda acontecesse, percebeu com surpresa —, mas ninguém sabia da aliança delas. Eben reapareceu com sua bandeja, aparentando alívio quando Cadsuane apoiou nela seu cálice pela metade.

— Ontem, tarde da noite, Chisaine Nurbaya pediu para servir ao *Car'a'carn* — comunicou Sorilea enquanto o garoto de casaco vermelho se apressava até Daigian. Sua voz estava cheia de censura. — Antes de amanhecer, Janine Pavlara também pediu, depois Innina Darenhold, depois Vayelle Kamsa. Elas não tinham conversado entre si. Não poderia haver um conluio. Aceitei seus pedidos.

Cadsuane soltou um grunhido irritado.

— Imagino que elas já estejam cumprindo penitência — murmurou, pensando rápido.

Dezenove irmãs tinham sido aprisionadas no acampamento Aiel, dezenove irmãs enviadas por aquela tola da Elaida para sequestrar o garoto, e àquela altura *todas* tinham jurado lealdade a ele!

— O que faria irmãs *Vermelhas* jurarem lealdade a um homem que pode canalizar?

Verin fez menção de fazer um comentário, mas se calou diante da Aiel. Era estranho, mas a mulher se adaptara ao aprendizado forçado como uma garça a um pântano. Passava mais tempo no acampamento Aiel do que fora dele.

— Não é penitência, Cadsuane Melaidhrin. — Sorilea fez um gesto de desdém com sua mão ossuda e as pulseiras de ouro e marfim voltaram a tilintar. — Elas estão tentando pagar uma *toh* impagável. É um gesto tão tolo quanto foi o nosso gesto de nomeá-las *da'tsang*, para começo de conversa, mas talvez ainda possam se redimir, se estiverem mesmo dispostas a tentar — admitiu ela, a contragosto. Sorilea mais do que desgostava daquelas dezenove irmãs. Ela abriu um pequeno sorriso. — De qualquer maneira, vamos ensinar a elas muitas coisas que precisam aprender.

A mulher parecia acreditar que todas as Aes Sedai deviam passar um tempo como aprendizes das Sábias.

— Espero que continue a vigiá-las de perto — respondeu Cadsuane. — Principalmente essas últimas quatro.

Tinha certeza de que as mulheres manteriam aquele juramento ridículo, embora nem sempre de modo que fosse agradar ao garoto, mas existia a chance de que uma ou duas delas pertencessem à Ajah Negra. Certa vez, pensara estar prestes a desmascarar as irmãs Negras, mas a oportunidade lhe escapara por entre os dedos; esse era seu fracasso mais amargo, exceto talvez por não ter descoberto o que o primo de Caraline Damodred estava aprontando nas Terras da Fronteira até que fosse tarde demais para fazer algo a respeito. Agora, até mesmo a Ajah Negra parecia uma distração dos assuntos importantes.

— Aprendizes são sempre vigiadas de perto — respondeu a mulher enrugada. — Acho que devo relembrar essas outras de serem gratas por poderem ficar à toa feito chefes de clã.

As quatro irmãs restantes diante da lareira se levantaram às pressas quando Sorilea se aproximou, fizeram mesuras profundas e ouviram com atenção às ordens dadas com uma voz sussurrada e um dedo em riste. Sorilea podia até achar que tinha muito a ensinar às irmãs, mas elas já tinham aprendido que um xale de Aes Sedai não servia de proteção alguma para uma aprendiz das Sábias. Para Cadsuane, a *toh* se parecia bastante com uma penitência.

— Ela é... formidável — sussurrou Verin. — Fico muito feliz que esteja do nosso lado. Se é que está.

Cadsuane lançou a ela um olhar interrogativo.

— Você está com cara de que tem algo a dizer, mas que não quer falar. É sobre Sorilea?

A aliança delas ainda era vaga. Com ou sem amizade, ela e a Sábia ainda podiam acabar tendo objetivos muito diferentes.

— Não é isso. — A mulherzinha robusta suspirou. Apesar do rosto quadrado, quando inclinava a cabeça daquele jeito, ficava parecendo um pardal roliço. — Sei que não é da minha conta, Cadsuane, mas Bera e Kiruna não estavam conseguindo nada das nossas hóspedes, então tive uma conversinha em particular com Shalon. Depois de um interrogatório *brando*, ela me contou a história toda, e Ailil confirmou os detalhes quando percebeu que eu já sabia. Pouco depois de o Povo do Mar chegar aqui, Ailil abordou Shalon, planejando descobrir o que eles queriam com o jovem al'Thor. Já Shalon desejava descobrir o que pudesse sobre ele e sobre a situação aqui. Isso levou a encontros, que levou a uma amizade, que as levou a se tornarem companheiras de alcova. Movidas mais pela solidão do que por qualquer outra coisa, acredito. De todo modo, elas estavam escondendo isso mais do que a espionagem mútua.

— Elas suportaram dias de interrogatório para esconder *isso*? — perguntou Cadsuane, incrédula. Bera e Kiruna tinham deixado aquela dupla aos berros!

Verin tinha um olhar de diversão contida.

— As cairhienas são muito pudicas, Cadsuane, ao menos em público. Podem agir feito coelhas atrás de cortinas fechadas, mas não deixariam ninguém ouvi-las admitir nem que tocam o próprio marido! E o Povo do Mar é quase tão puritano quanto. Shalon ainda por cima é casada com um homem que trabalha longe, e romper um voto de casamento é um crime sério. Uma quebra de disciplina, parece. Se sua irmã descobrisse, Shalon viraria... "Chamadora de Ventos de uma canoa", acho que foi o que ela disse.

Cadsuane sentiu os ornamentos em seus cabelos balançarem quando sacudiu a cabeça. Quando as duas mulheres foram descobertas juntas, logo após o ataque, amarradas e amordaçadas debaixo da cama de Ailil, suspeitara que soubessem mais sobre o assalto do que estavam admitindo. Quando se recusaram a contar por que vinham se encontrando em segredo, teve certeza disso. Pensara até que elas estavam envolvidas, de algum modo, embora o ataque aparentemente tivesse sido coisa de alguns Asha'man renegados. Supostamente renegados, ao menos. Um grande desperdício de tempo e energia. Ou talvez não, se as duas quisessem mesmo manter seus segredos.

— Deixe Lady Ailil voltar a seus aposentos, e peça desculpas por como a tratou, Verin. Garanta a ela, de maneira bem... tênue..., que vamos guardar seus segredos. Mas faça com que ela entenda o quanto essa garantia é frágil. E insinue *bastante* que talvez ela queira me manter informada de qualquer coisa que escute sobre seu irmão.

Não gostava de usar chantagem, mas fizera o mesmo com os três Asha'man, e Toram Riatin ainda podia causar problemas, mesmo que sua rebeldia parecesse ter se evaporado. A verdade era que pouco lhe importava quem ocupava o Trono do Sol, mas frequentemente as tramas e esquemas das pessoas que consideravam tronos importantes interferiam em assuntos mais relevantes.

Verin sorriu, seu coque balançando ao assentir.

— Ah, sim, isso deve funcionar muito bem. Ainda mais porque ela detesta o irmão. Imagino que o mesmo valha para Shalon? Com ela tendo que informá-la sobre os assuntos dos Atha'na Miere? Não sei até que nível ela estará disposta a trair Harine, independentemente das consequências que sofra.

— Ela vai trair em qualquer nível que eu exija — respondeu Cadsuane em tom sombrio. — Mantenha-a presa até amanhã.

Harine não podia pensar nem por um segundo que tivera suas exigências atendidas. O Povo do Mar era apenas outra ferramenta a ser usada no garoto. Tudo e todos precisavam ser vistos sob essa luz.

Atrás de Verin, Corele entrou na sala e fechou a porta com todo o cuidado, como se não quisesse chamar atenção. Isso era atípico. Magricela feito um rapaz, com espessas sobrancelhas negras e cabelos sedosos e volumosos que lhe chegavam às costas e lhe davam um ar selvagem, não importava que roupas usasse, a Amarela estava sempre mais inclinada a adentrar um cômodo gargalhando. Ela olhou com hesitação para Cadsuane, esfregando o nariz empinado, sem qualquer traço da alegria habitual em seus olhos azuis.

Cadsuane fez um gesto autoritário na direção dela e Corele respirou fundo antes de cruzar os tapetes segurando com as duas mãos as saias amarelas com detalhes azuis. Olhando de relance para as irmãs reunidas ao redor de Sorilea de um lado da sala, e para Daigian jogando cama de gato com Eben do outro lado, ela falou em uma voz baixinha com sotaque de Murandy.

— Tenho ótimas notícias, Cadsuane. — Pelo tom de voz, ela não parecia ter certeza de que as notícias fossem mesmo ótimas. — Sei que me disse para manter Damer ocupado aqui no palácio, mas ele insistiu em ir ver as irmãs que ainda estão no acampamento Aiel. Mesmo sendo um homem tranquilo, ele sabe ser insistente quando quer, e tem certeza absoluta de que não há nada que não possa ser Curado. E, bom, o fato é que ele foi lá e Curou Irgain. Cadsuane, parece até que ela nunca foi... — Ela deixou a frase morrer, incapaz de pronunciar a palavra. Mesmo assim, ficou no ar. Estancada.

— Ótimas notícias — respondeu Cadsuane, sem emoção.

E eram. Toda irmã temia, lá no fundo, ser apartada do Poder. E agora fora descoberta uma maneira de Curar o que não podia ser Curado. Por um homem. Haveria muito choro e gritaria antes que *esse* assunto estivesse encerrado. De todo modo, embora qualquer irmã que ficasse sabendo fosse considerar a notícia estrondosa — e por muitos motivos; um homem! —, era uma tempestade em copo d'água se comparada a Rand al'Thor.

— Imagino que ela tenha se oferecido para levar uma surra, como as outras.

— Não vai ser preciso — respondeu Verin, distraída. Ela observava uma mancha de tinta em seu dedo com a testa franzida, embora seus pensamentos parecessem focados em outra coisa. — Parece que as Sábias decidiram que Rand já tinha punido Irgain e as outras o suficiente ao... fazer o que fez. Enquanto tratavam as outras feito animais inúteis, estavam fazendo de tudo para manter aquelas três vivas. Já ouvi conversas sobre arrumarem um marido para Ronaille.

— Irgain já sabe dos juramentos que as outras fizeram. — A voz de Corele assumiu um tom admirado. — Ela começou a chorar pela morte de seu Guardião assim que Damer terminou de Curá-la, mas está pronta para jurar lealdade também. A questão é que Damer quer tentar fazer o mesmo com Sashalle e Ronaille. — Para a surpresa de Cadsuane, a mulher assumiu uma postura quase desafiadora. Sempre tivera o porte arrogante das Amarelas, mas também sempre soubera seu lugar diante de Cadsuane. — Se há uma saída, não consigo imaginar razão para deixar uma irmã nessa situação. Quero deixar Damer tentar Curar as duas.

— Mas é claro, Corele.

Parecia que a insistência de Damer era contagiosa. Cadsuane estava disposta a relevar aquele comportamento, desde que não fosse longe demais. Começara a reunir irmãs nas quais confiava, aquelas ali na sala e mais outras, assim que ouvira sobre os eventos em Shienar — seus olhos-e-ouvidos haviam vigiado Siuan Sanche e Moiraine Damodred por anos sem conseguir qualquer informação relevante até aquela data —, no entanto, só porque confiava nelas, não significava que as deixaria ter autonomia. Havia coisas demais em jogo. Porém, de todo modo, também não podia deixar uma irmã naquele estado.

A porta abriu-se bruscamente e Jahar entrou correndo, os sininhos de prata em suas tranças escuras retinindo. Todos se viraram para olhar o jovem trajando o casaco azul bem-cortado que Merise escolhera para ele — até mesmo Sorilea e Sarene —, mas as palavras que ele disse às pressas as distraiu de seu belo rosto bronzeado.

— Alanna está inconsciente, Cadsuane. Desmaiou do nada, no meio do corredor. Merise a levou para um quarto e me mandou chamá-la.

Ignorando as exclamações de surpresa, Cadsuane reuniu Corele e Sorilea — que jamais ficaria para trás em uma situação dessas — e ordenou que Jahar as levasse ao tal quarto. Verin foi junto, e Cadsuane não a impediu. A mulher prestava atenção em detalhes que ninguém mais via.

Os criados em uniformes negros não faziam ideia de quem ou o que era Jahar, mas abriam caminho de bom grado para Cadsuane conforme ela avançava a passos rápidos atrás dele. Queria mandar que o rapaz se apressasse, mas, se fosse mais rápido, acabaria correndo. Antes que pudessem chegar muito longe, um homem baixo, com a frente da cabeça raspada e usando um casaco preto com listras horizontais coloridas, entrou em seu caminho e fez uma mesura. Ela precisou parar.

— Abençoada seja, Cadsuane Sedai — disse ele suavemente. — Perdoe-me por incomodá-la quando está com tanta pressa, mas pensei que deveria informá-la de que Lady Caraline e o Grão-lorde Darlin não estão mais no palácio de Lady Arilyn. Os dois estão em um barco a caminho de Tear. Já fora de alcance a esta altura, acredito.

— Você se surpreenderia com o quanto está dentro do meu alcance, Lorde Dobraine — respondeu ela em tom frio. Devia ter deixado ao menos uma irmã no palácio de Arilyn, mas tivera certeza de que aquela dupla estava em segurança. — Foi uma decisão sábia?

Estava certa de que fora obra de Dobraine, embora duvidasse que ele fosse ter coragem de admitir. Não era à toa que o homem não a pressionara antes sobre aquele assunto. Seu tom não pareceu abalá-lo, e a resposta a surpreendeu.

— O Grão-lorde Darlin administrará Tear em nome do Lorde Dragão, e me pareceu sábio, sim, tirar Lady Caraline do país. Ela abriu mão de sua rebelião e de seu pleito ao Trono do Sol, mas ainda poderia ser usada por outras pessoas. Talvez, Cadsuane Sedai, não tenha sido sábio deixá-los nas mãos de criados. Pela Luz, não os culpe. Eles foram capazes de manter seus dois... hóspedes... mas não de enfrentar meus soldados.

Jahar estava quase se contorcendo de ansiedade para seguir caminho. Merise mantinha rédeas firmes. A própria Cadsuane estava ansiosa para alcançar Alanna.

— Espero que ainda pense assim daqui a um ano — respondeu ela.

Dobraine fez apenas uma mesura em resposta.

Alanna fora levada para o quarto disponível mais próximo, que não era muito grande, e parecia ainda menor devido aos escuros painéis de madeira de que os cairhienos tanto gostavam. Com todos lá dentro, o cômodo pareceu lotado. Merise estalou os dedos e apontou para Jahar, que recuou para um canto, mas isso fez pouca diferença.

Alanna estava deitada na cama, de olhos fechados, com seu Guardião, Ihvon, ajoelhado ao lado, esfregando seu pulso.

— Ela parece estar com medo de acordar — disse o homem alto e esbelto. — Não consigo identificar nada de errado, mas ela parece amedrontada.

Corele o afastou para poder tocar o rosto de Alanna. O brilho de *saidar* envolveu a Amarela e a tessitura de Cura desceu sobre Alanna, mas a esbelta irmã Verde nem se mexeu. Corele se afastou, balançando a cabeça.

— Posso não ter o seu talento para a Cura, Corele, mas eu tentei — disse Merise em tom seco. Ainda tinha um forte sotaque taraboniano, mesmo depois de tantos anos, mas usava o cabelo negro preso de modo severo, desnudando o rosto solene. Cadsuane confiava mais nela do que em todas as outras. — O que fazemos agora, Cadsuane?

Sorilea observava a mulher na cama com uma expressão neutra, exceto pelos lábios crispados. Cadsuane se perguntou se estaria reavaliando sua aliança. Verin também encarava Alanna, e parecia muito assustada; não achava que fosse possível algo alarmar tanto a irmã. Mas a própria Cadsuane também sentia um calafrio de medo. Se perdesse a conexão com o garoto naquele momento...

— Vamos sentar e esperar que ela acorde — respondeu ela, calma.

Não havia mais nada a fazer. Nada.

— Onde ele está? — rosnou Demandred, apertando os punhos às costas.

Parado, com os pés afastados, estava ciente de que dominava o aposento. Era sempre assim. De todo modo, teria sido bom ter Semirhage ou Mesaana presentes. Tinham uma aliança frágil — apenas um acordo de que não se voltariam uns contra os outros até que todo o restante tivesse sido eliminado —, mas que resistira até o momento. Trabalhando juntos, haviam desequilibrado um oponente atrás do outro, mandando muitos para a morte ou coisa pior. Mas era difícil para Semirhage comparecer àquelas reuniões, e Mesaana andava muito tímida. Se estivesse considerando romper a aliança...

— Al'Thor foi avistado em cinco cidades, incluindo aquele lugar maldito no Deserto, e em uma dúzia de vilarejos desde que aqueles tolos cegos... aqueles idiotas!... fracassaram em Cairhien — continuou ele. — E isso falando apenas dos relatórios que recebemos! Só o Grande Senhor sabe que notícias podem estar vindo bem devagar a cavalo, a ovelha, ou a sei lá mais o que esses selvagens usam para transmitir mensagens.

Graendal escolhera o cenário, já que fora a primeira a chegar, e isso o irritava. Paredes-panorâmicas faziam com que o chão de tábuas parecesse cercado por uma floresta cheia de flores e vinhas coloridas, com pássaros ainda mais coloridos voejando. Aromas doces e o canto de aves preenchiam o ar. Apenas o arco da porta estragava a ilusão. Por que ela queria se lembrar do que fora perdido? Fora daquele lugar, que ficava perto de Shayol Ghul, eles eram tão capazes de fazer paredes-panorâmicas quanto de fazer raios-lança e asas sho. De qualquer modo, até onde ele se lembrava, a mulher sempre odiara a natureza.

Osan'gar franziu a testa à menção de "idiotas" e "tolos cegos", como esperado, mas logo relaxou o rosto enrugado e sem graça, tão diferente do rosto com o qual nascera. Não importava o nome que adotasse, o homem sempre sabia quem enfrentar e quem evitar.

— Foi uma questão de sorte — disse ele com toda a calma, embora tivesse começado a esfregar as mãos. Um velho hábito. Ele estava vestido como um monarca de sua Era, com um casaco tão cheio de bordados a ouro que quase escondiam o tecido vermelho, e botas com borlas douradas. Havia renda o bastante na gola e nos punhos para vestir uma criança. O homem nunca compreendera o significado de "exagero". Não fosse por seus talentos peculiares, jamais teria sido um Escolhido. Notando o movimento de suas mãos, Osan'gar pegou a grande taça feita de *cuendillar* sobre a mesinha lateral e inspirou profundamente o aroma do vinho escuro. — Foram apenas as probabilidades — murmurou ele, tentando soar indiferente. — Da próxima vez, ele será morto ou capturado. O acaso não vai protegê-lo para sempre.

— E você vai deixar nas mãos do acaso? — perguntou Aran'gar.

Estava esparramada em um longo divã, como se fosse um catre. Lançando um sorriso nebuloso a Osan'gar, ela arqueou uma perna, apoiando-a na ponta do pé descalço, de modo que a fenda em suas saias vermelhas desnudasse até seu quadril. Cada inspiração ameaçava libertá-la do cetim vermelho que mal continha os seios grandes. Todos os seus maneirismos haviam mudado desde que se tornara mulher, mas a essência do que preenchia aquele corpo feminino permanecia a mesma. Demandred também não era de renegar os prazeres da carne, mas os desejos daquela mulher ainda seriam seu fim. Como já tinham sido antes. Não que ele fosse lamentar, claro, se a próxima vez fosse a última.

— Você era o responsável por vigiá-lo, Osan'gar — continuou ela, a voz acariciando cada sílaba. — Você e Demandred. — Osan'gar se retraiu, a língua correndo os lábios, e Aran'gar soltou uma risada rouca antes de continuar: — Já a minha incumbência está... — Ela pressionou o polegar na beirada do divã, como se esmagasse alguma coisa, e riu outra vez.

— Pensei que você estaria mais preocupada, Aran'gar — murmurou Graendal por cima do vinho. Ela escondia seu desdém com a mesma eficácia com que seu nebuloso traje de estraite de um prateado translúcido escondia suas belas curvas. — Você, Osan'gar e Demandred. E Moridin, onde quer que esteja. Talvez devessem temer tanto o sucesso quanto o fracasso de al'Thor.

Rindo, Aran'gar segurou uma das mãos da mulher de pé. Seus olhos verdes brilhavam.

— E talvez você possa me explicar melhor o que quis dizer com isso se ficarmos a sós...

O traje de Graendal tornou-se negro e opaco feito fumaça. Puxando a mão e soltando um xingamento vulgar, ela marchou de volta para a cadeira. Aran'gar... riu.

— Do que você está falando? — questionou Osan'gar em tom brusco, levantando-se com dificuldade. Uma vez de pé, assumiu uma pose arrogante, as mãos agarrando as lapelas e o tom se tornando presunçoso. — Para começar, minha cara Graendal, duvido que até mesmo eu conseguisse descobrir uma maneira de remover a sombra do Grande Senhor de *saidin*. Al'Thor é um primitivo. Qualquer tentativa de sua parte com certeza se mostrará ineficaz, e eu, particularmente, acredito que ele nem sequer saiba por onde começar. De qualquer modo, vamos impedi-lo de tentar por que é essa a ordem do Grande Senhor. Entendo temer o desagrado do Grande Senhor no caso de falharmos, por mais improvável que isso seja, mas por que nós, que fomos citados por você, devemos ter algum medo em especial?

— Cego como sempre, e maçante como sempre — murmurou Graendal.

Agora que tinha se recomposto, seu traje voltara a ser uma névoa clara, embora vermelha. Talvez não estivesse tão calma quanto fingia estar. Ou talvez quisesse que eles pensassem que estava agitada. Exceto pelo estraite, todos os ornamentos que usava eram daquela Era — gotas de fogo em seus cabelos loiros, um grande rubi pendendo entre os seios, intrincadas pulseiras de ouro nos pulsos. E algo peculiar, que Demandred se perguntou se mais alguém tinha notado. Um anel simples de ouro no dedo mínimo da mão esquerda. Graendal não gostava de nada simples.

— Se o jovem conseguir, de alguma maneira, remover a sombra, bom... Vocês que canalizam *saidin* não precisarão mais da proteção especial do Grande Senhor. Será que ele então confiará na... lealdade... de vocês? — Ela sorriu e bebericou o vinho.

Osan'gar não sorriu. Ficou pálido, e passou a mão pela boca. Aran'gar se aprumou na beira do divã, desistindo da performance sensual. Suas mãos pareciam garras sobre o colo, e ela olhou para Graendal como se estivesse prestes a pular em seu pescoço.

Demandred relaxou os punhos. Enfim estava tudo às claras. Esperara ver al'Thor morto, ou ao menos prisioneiro, antes que aquela desconfiança brotasse. Durante a Guerra do Poder, mais de uma dúzia de Escolhidos morreram por conta da suspeita do Grande Senhor.

— O Grande Senhor tem certeza de que todos vocês são fiéis — declarou Moridin, adentrando o cômodo como se fosse o Grande Senhor das Trevas em pessoa. Com frequência ele parecia pensar que era, e o rosto jovem que usava agora não mudara isso. Apesar de suas palavras, aquele rosto estava sombrio, e seu traje inteiramente preto tornava seu nome, Morte, muito condizente. — Não precisam se preocupar até que ele deixe de ter.

A garota, Cyndane, entrou em seu encalço, feito um bichinho de estimação peitudo e de cabelo prateado, toda vestida em vermelho e preto. Por algum motivo, Moridin tinha um rato empoleirado em seu ombro — o focinho pálido farejando o ar, olhos pretos observando o ambiente com cautela —, ou talvez por nenhum motivo. O rosto jovem também não o tornara mais são.

— Por que nos chamou aqui? — questionou Demandred. — Tenho muito a fazer, e estou sem tempo para conversinhas. — Sem perceber, ele se empertigou para ficar da altura do outro homem.

— Mesaana não veio de novo? — disse Moridin, em vez de responder. — Que pena. Ela deveria ouvir o que tenho a dizer. — Tirando o rato do ombro pelo rabo, Moridin ficou observando o animal se debater inutilmente. Era como se, para ele, nada além do rato existisse. — Detalhes pequenos e aparentemente sem importância podem se tornar bem decisivos. Este rato. A questão de Isam conseguir ou não encontrar e matar aquela outra praga, o Fain. Uma palavra sussurrada no ouvido errado, ou que não chega ao ouvido certo. Uma borboleta bate as asas em um galho, e do outro lado do mundo uma montanha desaba.

De repente, o rato começou a se contorcer, tentando cravar os dentes no pulso de Moridin. Ele jogou o bicho longe com um gesto casual; houve um irromper de chamas no meio do ar, algo mais quente que chamas, e o rato desapareceu. Moridin sorriu.

Demandred se retraiu involuntariamente. Aquilo fora o Poder Verdadeiro; ele não sentira nada. Um ponto negro surgiu nos olhos azuis de Moridin, então outro, em um fluxo constante. O homem devia estar usando exclusivamente o Poder Verdadeiro desde seu último encontro, para ter ganhado tantos *saa* tão rápido. O próprio Demandred só usara o Poder Verdadeiro quando necessário. Claro, agora esse era um privilégio exclusivo de Moridin, desde a sua... unção. O homem era mesmo louco para usá-lo de modo tão desregrado. Era uma droga mais viciante que *saidin*, mais mortal que veneno.

Cruzando o assoalho, Moridin apoiou a mão no ombro de Osan'gar, seu sorriso ganhando ares mais sinistros por conta dos *saa*. O homem mais baixo engoliu em seco e abriu um sorriso hesitante em resposta.

— É bom que você nunca tenha pensado em como remover a sombra do Grande Senhor — disse Moridin baixinho. Quanto tempo ele passara ali fora? O sorriso de Osan'gar tornou-se mais nauseado. — Al'Thor não tem a sua sagacidade. Diga a eles, Cyndane.

A mulherzinha se empertigou. De aparência, ela era como uma deliciosa fruta pronta para a colheita, mas seus grandes olhos azuis eram glaciais. Um pêssego, talvez. Alguns tipos de pêssego eram venenosos.

— Imagino que se lembrem do Choedan Kal. — Era impossível tornar aquela voz rouca e ofegante menos que sensual, mas a mulher conseguiu preenchê-la de sarcasmo. — Lews Therin tem duas das chaves de acesso, uma para cada. E conhece uma mulher forte o bastante para usar a chave feminina. Ele pretende usar o Choedan Kal para sua missão.

Quase todos começaram a falar ao mesmo tempo.

— Pensei que as chaves tivessem sido destruídas! — exclamou Aran'gar, erguendo-se, os olhos arregalados de medo. — Ele pode destruir o mundo só de *tentar* usar o Choedan Kal!

— Se você já tivesse lido mais do que um livro de história, saberia que elas são quase indestrutíveis! — rosnou Osan'gar em resposta, mas estava repuxando a gola do casaco como se estivesse apertada, e seus olhos pareciam prestes a saltar do rosto. — Como essa garota sabe que al'Thor tem as chaves? Como?

A taça de vinho caíra da mão de Graendal assim que Cyndane dera a notícia e saíra rolando pelo chão. Seu traje tornara-se vermelho feito sangue fresco, e sua boca estava crispada como se prestes a vomitar.

— E você ficou só esperando esbarrar com ele! — gritou ela para Demandred. — Torcendo para que alguém o encontre por você! Tolo! Idiota!

Demandred achou a reação de Graendal um tanto exagerada, mesmo para os parâmetros da mulher. Podia apostar que aquela notícia não era novidade para ela, que parecia aborrecida com a cena. Ele não respondeu.

Apoiando uma das mãos no peito, feito um amante apaixonado, Moridin ergueu o queixo de Cyndane com a ponta dos dedos. O olhar dela ardia de ressentimento, mas seu rosto estava inerte como o de uma boneca. Ela decerto aceitava a atenção dele com a passividade de uma boneca.

— Cyndane sabe de muitas coisas, e me conta tudo que sabe — respondeu Moridin em voz suave. — Tudo.

A mulherzinha manteve a expressão neutra, mas tremia visivelmente.

Demandred a considerava um mistério. De início, pensara que fosse a reencarnação de Lanfear. Em teoria, os corpos para a transmigração eram escolhidos de acordo com a disponibilidade, porém Osan'gar e Aran'gar eram prova do senso de humor cruel do Grande Senhor. Ele estava certo dessa teoria, até Mesaana informá-lo de que a garota era mais fraca que Lanfear. Mesaana e as outras acreditavam que ela fosse daquela Era. No entanto, ela se referia a al'Thor como Lews Therin, como Lanfear costumava fazer, e mencionara o Choedan Kal como se estivesse familiarizada com o pânico que aquilo causara durante a Guerra do Poder. Apenas o fogo devastador era mais temido, e por pouco. Ou será que Moridin a instruíra para os próprios objetivos? Isso se ele tivesse objetivos. Muitas vezes as ações do homem tinham sido movidas apenas pela loucura.

— Então parece que é preciso matá-lo, afinal — disse Demandred. Não foi fácil esconder sua satisfação. Fosse Rand al'Thor ou Lews Therin Telamon, ficaria mais tranquilo quando o sujeito estivesse morto. — Antes que ele destrua o mundo, e a nós. O que torna ainda mais urgente encontrá-lo.

— Matá-lo? — Moridin gesticulou como se estivesse pesando alguma coisa nas mãos. — Se for necessário, sim. Encontrá-lo não é problema. Quando ele tocar o Choedan Kal, vocês saberão sua localização. E irão atrás dele, para capturá-lo. Ou matá-lo, se preciso. É a ordem do Nae'blis.

— Seja feita a vontade do Nae'blis — respondeu Cyndane, ansiosa, curvando a cabeça.

Suas palavras foram repetidas por todos no aposento, embora Aran'gar soasse taciturna, Osan'gar, desesperado, e Graendal, estranhamente pensativa.

Para Demandred, curvar a cabeça foi tão doloroso quanto pronunciar aquelas palavras. Então *eles* iam acabar com al'Thor — enquanto o rapaz tentava usar o Choedan Kal, ainda por cima, ele e alguma mulher manejando Poder Único o bastante para derreter continentes! —, mas não houvera indícios de que Moridin os acompanharia. Nem ele nem seus animaizinhos de estimação, Moghedien e Cyndane. O homem era o Nae'blis, no momento, mas talvez fosse possível dar um jeito para que ele não arrumasse outro corpo, da próxima vez que morresse. Talvez, em breve, fosse possível dar um jeito nisso.

Capítulo 14

Oculto pelo véu

O *Vitória de Kidron* cruzava grandes ondas, balançando os lampiões dourados pendurados da cabine, mas Tuon permaneceu sentada com toda a calma enquanto a lâmina na mão firme de Selucia percorria seu couro cabeludo. Pelas altas janelas de popa, via outros grandes navios enfrentando as ondas cinza-esverdeadas sob esguichos de espuma branca, fileiras de centenas de embarcações, estendendo-se até o horizonte. Uma frota quatro vezes maior do que quando deixaram Tanchico. Os *Rhyagelle*, Aqueles que Vêm para Casa. O *Corenne*, o Retorno, havia começado.

Um albatroz em pleno voo parecia seguir o *Kidron*, um inegável presságio de vitória, embora as longas asas do pássaro fossem negras, não brancas. O significado provavelmente ainda era o mesmo. Presságios não mudavam de um lugar para outro. Uma coruja cantando ao amanhecer significava morte, e chuva sem nuvens, uma visita inesperada, fosse em Imfaral ou em Noren M'Shar.

Aquele ritual matinal com sua camareira e a navalha era relaxante, e ela estava precisando disso. Na noite anterior, dera uma ordem movida pela raiva. Ordem alguma deveria ser dada nessas condições. Sentia-se quase *sei'mosiev*, como se tivesse se desonrado. Seu equilíbrio ficou abalado, e isso era tão agourento para o Retorno quanto a perda de *sei'taer*, com ou sem albatroz.

Selucia limpou o restinho de espuma com um pano úmido, então passou um lenço seco e, por fim, empoou de leve seu couro cabeludo liso com um pincel. Quando a camareira se afastou, Tuon se levantou e deixou que sua camisola de seda azul ricamente bordada deslizasse até o carpete de padrão azul e dourado. O ar frio causou um arrepio imediato em sua pele nua. Quatro de suas dez criadas levantaram-se com elegância do canto junto à parede onde estavam ajoelhadas, sadias e belas em suas finas vestes brancas. Todas tinham sido adquiridas tanto pela aparência quanto pelo talento, e eram muito talentosas. Já habituadas ao balanço do navio durante a longa viagem que começara em Seanchan, correram para buscar os trajes separados sobre os baús entalhados e levá-los até Selucia, que nunca permitia que *da'covale* a vestissem, nem mesmo as meias ou os chinelos.

Quando passou uma túnica pregueada da cor de marfim envelhecido pela cabeça de Tuon, a jovem não pôde deixar de se comparar a Selucia no espelho preso à parede. Selucia era loira e de beleza majestosa, com pele clara e olhos azuis serenos. Qualquer um a tomaria por alguém do Sangue, e de alta patente, nunca por uma *so'jhin*, não fosse pelo lado esquerdo da cabeça raspado. E essa ideia, caso vocalizada, teria chocado profundamente a mulher. O mero pensamento de ultrapassar os limites de seu posto deixava Selucia horrorizada. Tuon sabia que jamais teria uma presença tão imponente; tinha olhos grandes demais, de um marrom líquido. Quando se esquecia de usar uma expressão austera, seu rosto em formato de coração parecia o de uma criança levada. De altura, mal chegava aos olhos de Selucia, e sua camareira nem sequer era alta. Tuon cavalgava como poucos, era excelente em luta corpo a corpo e luta armada, mas sempre precisara se valer de suas habilidades mentais para impressionar; treinara essa ferramenta com tanto afinco quanto todos os seus outros talentos combinados. Ao menos o largo cinto de ouro trançado marcava a cintura o bastante para que não fosse confundida com um rapaz de vestido. Homens olhavam quando Selucia passava, e Tuon já os ouvira cochichar sobre seus seios fartos. Isso podia até não influenciar na imponência, mas seria agradável ter um pouco mais de busto.

— Que a Luz me ilumine — murmurou Selúcia, em tom divertido, enquanto as *da'covale* logo voltavam a se ajoelhar perto da parede. — Você faz isso toda manhã desde que teve a cabeça raspada pela primeira vez. Ainda acha que, depois de três anos, eu vou deixar algum ponto por fazer?

Tuon se deu conta de que passara a mão pela cabeça raspada. Procurando por trechos com cabelo, admitiu para si mesma com pesar.

— Se deixasse, eu mandaria açoitá-la — respondeu com seriedade fingida. — Como retribuição por todas as vezes que você usou o chicote em mim.

Selucia riu enquanto passava um colar de rubis pelo pescoço de Tuon.

— Se for retribuir todas as vezes, nunca mais vou voltar a me sentar.

Tuon sorriu. Selucia fora entregue a Tuon pela própria mãe como presente de berço, para ser sua babá e, mais importante, sua sombra, secretamente uma guarda-costas. Os primeiros vinte e cinco anos da vida de Selucia tinham sido de treinamento para aqueles cargos, um treinamento sigiloso, no caso do segundo posto. No décimo sexto dia do seu nome, quando sua cabeça foi raspada pela primeira vez, Tuon dera a Selucia os presentes tradicionais de sua Casa; uma pequena propriedade, pelo cuidado que demonstrara, um perdão pelas broncas que lhe dera, e um saco com cem tronos de ouro para cada vez que precisara punir sua protegida. O Sangue, reunido para ver sua apresentação como adulta, ficara impressionado pela quantidade de sacos de moedas, mais do que muitos deles possuíam. Tuon fora uma criança... indisciplinada, e isso sem mencionar a teimosia. E o último presente tradicional: uma oferta para que Selucia escolhesse seu próximo cargo. Tuon não sabia quem ficara mais surpresa, ela ou a enorme plateia, quando a mulher elegante abriu mão do poder e da autoridade pedindo para se tornar a camareira de Tuon, sua criada-chefe. E permanecer sua sombra, claro, embora isso não tivesse sido revelado ao público. Tuon ficara encantada.

— Talvez em pequenas doses, ao longo de dezesseis anos — disse ela.

Olhando-se de relance no espelho, ela sorriu por tempo o bastante para garantir que suas palavras não soassem duras, então voltou à expressão severa. Decerto sentia mais afeição pela mulher que a criara do que pela mãe, que vira apenas duas vezes por ano até chegar à idade adulta, ou pelos irmãos e irmãs com quem fora desde muito nova ensinada a competir pela atenção da mãe. Dois deles já haviam morrido naquelas disputas, e três tentaram matá-la. Uma irmã e um irmão haviam sido feitos *da'covale* e tido seus nomes riscados dos registros, numa decisão tão radical que foi quase como se houvessem descoberto que eles podiam canalizar. Mesmo agora, Tuon continuava longe de estar em segurança. Um único erro e podia acabar morta, ou pior, deserdada e vendida em praça pública. Pelas bênçãos da Luz, quando sorria, ainda parecia ter dezesseis anos! No máximo!

Rindo, Selucia se virou para pegar a touca de renda dourada de seu suporte envernizado na penteadeira. A renda vazada revelaria a maior parte de sua cabeça raspada e a identificaria como parte dos Corvos-e-Rosas. Podia até não ser *sei'mosiev*, mas, pelo bem do *Corenne*, precisava reencontrar seu equilíbrio. Poderia pedir a Anath, sua *Soe'feia*, que lhe aplicasse uma penitência, mas fazia menos de dois anos que Neferi falecera repentinamente, e Tuon ainda não estava de todo à vontade com sua substituta. Algo lhe dizia que precisava resolver aquilo sozinha. Talvez tivesse visto algum presságio que não reconhecera conscientemente. Não era comum dar formiga em um navio, mas vários tipos de besouros, sim.

— Não, Selucia — disse, baixinho. — Um véu.

Selucia franziu os lábios em censura, mas recolocou a touca em seu suporte sem protestar. Em particular, como estavam, tinha permissão para falar livremente, mas sabia o que podia ser dito ou não. Tuon só tivera que mandar puni-la duas vezes e, podia jurar pela Luz, ficara tão sentida com isso quanto Selucia. Em silêncio, a camareira pegou um longo véu translúcido e o posicionou sobre a cabeça de Tuon, prendendo-o com um fino arco de ouro trançado e salpicado de rubis. Ainda mais transparente do que as vestes dos *da'covale*, o véu não ocultava em nada seu rosto. Mas ocultava o mais importante.

Selucia envolveu os ombros de Tuon com uma longa capa azul de bordados dourados, depois recuou e fez uma profunda mesura, a ponta de sua trança loira tocando o carpete. As *da'covale* ajoelhadas baixaram a cabeça. A privacidade estava prestes a acabar. Tuon saiu sozinha da cabine.

Na segunda cabine estavam seis de suas *sul'dam*, três de cada lado, com suas protegidas ajoelhadas diante delas nas tábuas largas e polidas do convés. As *sul'dam* se empertigaram ao vê-la, altivas como os raios prateados em suas saias vermelhas. As *damane*, em suas roupas cinza, também estavam empertigadas de joelhos, demonstrando a própria altivez. Exceto pela pobre Lidya, toda curvada, tentando encostar o rosto molhado de lágrimas no assoalho. Ianelle, segurando a coleira da *damane* ruiva, lançou a ela um olhar severo.

Tuon suspirou. Lidya fora a responsável por sua raiva, na noite anterior. Não, ela causara a raiva, mas Tuon era responsável pelas próprias emoções. Pedira para a *damane* ler sua sorte, e não deveria ter mandado açoitá-la por não gostar do que ouviu.

Ela se inclinou e segurou o rosto de Lydia, suas longas unhas pintadas de vermelho contra as bochechas sardentas da *damane*, e puxou-a até que estivesse sentada sobre os calcanhares. Isso causou um tremor e um novo jorro de lágrimas que Tuon secou com delicadeza com os dedos enquanto botava a *damane* de joelhos.

— Lydia é uma boa *damane*, Ianelle — disse ela. — Passe extrato de sorfa nos vergões dela e dê-lhe coração-de-leão para a dor até que as feridas se curem. Até que todas *sumam*, ela deve ganhar uma torta doce em cada refeição.

— Como quiser, Grã-lady — respondeu Ianelle em tom formal, mas abriu um leve sorriso. Todas as *sul'dam* gostavam de Lidya, e ela não ficara feliz de punir sua *damane*. — Se ela engordar, vou levá-la para correr, Grã-lady.

Lydia virou o rosto para beijar a palma de Tuon, murmurando:

— Minha senhora é generosa. Lydia não vai engordar.

Tuon avançou pelas duas fileiras e trocou algumas palavras com cada *sul'dam*, fez carinho em cada *damane*. Tinha levado consigo as seis melhores, e todas lhe sorriam com o mesmo afeto que Tuon sentia por elas. Tinham competido ferozmente para serem escolhidas. Dali e Dani, duas irmãs loiras e rechonchudas, mal precisavam receber instruções de uma *sul'dam*. Charral, com cabelos tão cinzentos quanto os olhos, ainda era a mais hábil de todas. Sera, com seus cachos negros presos por fitas vermelhas, era a mais forte, e orgulhosa feito uma *sul'dam*. A miúda Mylen, mais baixa até do que Tuon, era seu orgulho pessoal dentre as seis.

Muitos estranharam quando Tuon fez o teste para *sul'dam* ao chegar à idade adulta, embora àquela altura ninguém pudesse contestá-la. Exceto por sua mãe, que lhe dera permissão ao não se pronunciar. Tornar-se uma *sul'dam* de verdade era impensável, claro, mas ela se divertia tanto treinando *damane* quanto treinando cavalos, e era igualmente boa nas duas coisas. Mylen era a prova disso. A pequena e pálida *damane* estivera quase morta de choque e de medo, recusando-se a beber ou comer, quando Tuon a comprou nas docas de Shon Kifar. Todas as *der'sul'dam* ficaram desesperadas, dizendo que ela não sobreviveria por muito tempo, mas agora ali estava Mylen, sorrindo e se inclinando para beijar a mão de Tuon antes mesmo que esta pudesse acariciar seu cabelo escuro. Antes só pele e osso, àquela altura estava até um pouco roliça. Em vez de contê-la, Catrona, que segurava sua coleira, deixou que um sorriso se abrisse em seu rosto negro normalmente sério, e murmurou que Mylen era uma *damane* perfeita. Era verdade, e ninguém acreditaria que aquela mulher um dia se proclamara Aes Sedai.

Antes de partir, Tuon deu algumas ordens a respeito da dieta e dos exercícios das *damane*. Aquelas *sul'dam* sabiam o que fazer, assim como as outras doze em sua comitiva, ou nem estariam sob seu serviço, mas ela acreditava que para ser digna de possuir *damane* era preciso demonstrar um interesse ativo. Conhecia as peculiaridades de cada uma das suas tão bem quanto a palma de sua mão.

Na cabine exterior, os Guardas da Morte ladeando as paredes em suas armaduras laqueadas de vermelho-sangue e verde-escuro quase negro se retesaram ao vê-la chegar. Ao menos tanto quanto estátuas poderiam se retesar. Homens de rosto pétreo, aqueles e outros quinhentos mais tinham sido pessoalmente encarregados da segurança de Tuon. Cada um ou todos eles morreriam para protegê-la. Morreriam se ela morresse. Todos tinham se voluntariado, pedido para ser de sua guarda. Ao notar o véu, o grisalho Capitão Musenge ordenou que apenas dois soldados a acompanhassem pelo convés, onde mais de vinte Jardineiros Ogier vestidos de vermelho e verde formavam uma fila de cada lado da porta, grandes machados com borlas pretas em riste, olhos solenes atentos a qualquer perigo, mesmo ali. Eles não morreriam com ela, mas também haviam pedido para ser seus guardas, e Tuon não hesitaria em botar sua vida nas mãos enormes de qualquer um deles.

As velas estriadas nos três altos mastros do *Kidron* estavam infladas com o vento frio que empurrava a embarcação rumo à terra adiante, uma costa escura próxima o bastante para que já discernisse colinas e promontórios. Homens e mulheres povoavam o convés, todos os membros do Sangue a bordo usando suas melhores sedas, ignorando o vento que açoitava seus mantos assim como ignoravam a tripulação descalça que se movia apressada entre eles. Alguns dos nobres ignoravam os serviçais de modo exageradamente ostensivo, mas a tripulação não teria como tocar o navio se ficasse parando a cada duas passadas para fazer reverências ou se ajoelhar. O Sangue estava na expectativa de se prostrar diante de Tuon, mas, em vez disso, ao verem seu véu, eles fizeram apenas leves e idênticas mesuras. Yuril, o homem de nariz anguloso que todos consideravam seu assistente, apoiou um joelho no chão. Ele *era* seu assistente, claro, mas também sua Mão, no comando de seus Inquiridores. Macura se jogou no chão e beijou o convés até que um sussurro de Yuril a fez voltar a se levantar, corando e alisando as saias vermelhas. Tuon hesitara em aceitá-la em seu serviço, em Tanchico, mas a mulher implorara feito uma *da'covale*. Por algum motivo, ela tinha um ódio profundo das Aes Sedai, e, apesar das recompensas que recebera pelas informações extremamente valiosas que tinha fornecido, queria a chance de prejudicá-las ainda mais.

Assentindo para o Sangue, Tuon subiu no tombadilho superior, seguida pelos dois Guardas da Morte. Era difícil controlar o manto naquele vento. Até o véu voava contra seu rosto em um momento e então esvoaçava sobre sua cabeça. Não importava; bastava que o usasse. Seu estandarte pessoal, dois leões dourados atrelados a um antigo carro de guerra, panejava à popa, acima de seis timoneiros batalhando para controlar o comprido leme. O estandarte do Corvo-e-Rosas deveria ter sido guardado assim que os primeiros membros da tripulação viram seu véu e repassaram a notícia. A capitã do *Kidron*, uma mulher robusta e madura, de cabelos brancos e incríveis olhos verdes, se curvou quando o sapato de Tuon tocou o tombadilho, então imediatamente voltou sua atenção ao navio.

Anath estava junto à amurada, toda em seda negra, parecendo indiferente ao vento frio, apesar de não usar manto ou capa. Esbelta, era alta até mesmo se comparada aos homens. Seu rosto retinto era belo, mas os grandes olhos negros pareciam penetrantes feito sovelas. Era a *Soe'feia* de Tuon, sua Emissária da Verdade, nomeada pela Imperatriz, que ela vivesse para sempre, depois da morte de Neferi. Fora uma surpresa, uma vez que a Mão Esquerda de Neferi havia sido treinada e estivera pronta para assumir o posto, mas quando a Imperatriz se pronunciava, do Trono de Cristal, sua palavra era a lei. Decerto não se devia *temer* sua *Soe'feia*, mas Tuon a temia um pouco. Alcançando a mulher, ela segurou a amurada e precisou relaxar um pouco as mãos antes que quebrasse uma unha. Isso significaria muito azar.

— Então — disse Anath, a palavra soando feito um prego cravado no crânio de Tuon. A mulher alta a encarou de cenho franzido, o desdém tomando sua voz. — Você esconde o rosto… de certo modo… e se torna apenas a Grã-lady Tuon. Só que todos ainda sabem quem é de fato, mesmo que não falem. Por quanto tempo pretende levar essa farsa? — Os lábios cheios de Anath se retesaram em escárnio, e ela gesticulou de modo rude e desdenhoso. — Imagino que essa bobajada seja por ter mandado surrar a *damane*. É uma tola se pensa que uma coisinha assim a desabona. O que ela disse para irritá-la? Ninguém parece saber, só dizem que você fez um escândalo que eu lamento ter perdido.

Tuon se obrigou a segurar firme a amurada, mesmo com as mãos quase tremendo. Forçou-se a manter a expressão severa.

— Usarei o véu até que os presságios me digam que posso retirá-lo, Anath — respondeu ela, mantendo a voz calma.

Fora apenas por sorte que ninguém tinha entreouvido as palavras misteriosas de Lidya. Todos sabiam que a *damane* conseguia prever o futuro, e se houvesse chegado aos ouvidos de alguém do Sangue, estariam todos fofocando sobre seu destino.

Anath soltou uma risada grosseira e voltou a dizer como ela era tola, dessa vez de modo mais detalhado. Bastante detalhado. Nem se deu ao trabalho de falar baixo. A Capitã Tehan olhava para a frente, mas os olhos estavam quase saltando de seu rosto enrugado. Tuon ouviu com atenção, porém sua face foi ficando cada vez mais quente, até achar que o véu entraria em combustão.

Muitos do Sangue chamavam suas Vozes de *Soe'feia*, mas Vozes do Sangue eram *so'jhin*, e sabiam que podiam ser punidas se seus senhores ficassem insatisfeitos com o que dissessem, mesmo sendo chamadas de *Soe'feia*. Uma Emissária da Verdade não podia receber qualquer ordem, coerção ou castigo. Uma Emissária da Verdade *precisava* dizer a verdade nua e crua, mesmo se desagradasse a alguns, e garantir que fosse ouvida. Os do Sangue que chamavam suas Vozes de *Soe'feia* consideravam Algwyn, o último homem a ocupar o Trono de Cristal, quase mil anos antes, louco por ter permitido que sua *Soe'feia* vivesse e permanecesse no cargo após tê-lo estapeado diante de toda a corte. Eles não entendiam as tradições de sua família muito mais do que a capitã de olhos esbugalhados. Já os Guardas da Morte continuaram impassíveis sob as abas do elmo que lhes cobriam as bochechas. Eles compreendiam.

— Obrigada, mas não preciso de penitência — afirmou Tuon, afável, quando Anath enfim terminou sua ladainha.

Certa vez, após ter amaldiçoado Neferi por morrer de um jeito tão estúpido, caindo de uma escada, Tuon pedira a sua nova *Soe'feia* para realizar aquele ritual para ela. Maldizer os mortos era o bastante para deixar alguém *sei'mosiev* por meses. Estranhamente, a mulher fora quase carinhosa a respeito, embora tivesse deixado Tuon chorando por dias, incapaz de vestir sequer uma camisola. No entanto, não foi por isso que recusou a oferta; uma penitência precisava ser severa, ou era inútil para reequilibrar as coisas. Não, não escolheria o caminho mais fácil, pois já havia tomado sua decisão. E, precisava admitir, porque queria recusar o conselho de sua *Soe'feia*. Queria não lhe dar ouvidos. Como dizia Selucia, ela sempre fora teimosa. Recusar-se a dar ouvidos a sua Emissária da Verdade era abominável. Talvez devesse aceitar a punição, afinal de contas, para reparar o equilíbrio. Três golfinhos pularam junto ao navio, guinchando. Três, e não apareceram mais. Atenha-se ao caminho escolhido.

— Quando atracarmos, a Grã-lady Suroth deve ser elogiada — disse Tuon. Atenha-se ao caminho escolhido. — E sua ambição deve ser investigada. Ela fez mais pelos Predecessores do que a Imperatriz, que ela viva para sempre, poderia sonhar, mas sucesso nesse nível em geral vem acompanhado de ambição em igual medida.

Irritada pela mudança de assunto, Anath se empertigou, lábios bem fechados. Seus olhos cintilavam.

— Tenho certeza de que Suroth ambiciona apenas cumprir os desígnios da Imperatriz — respondeu ela, cortante.

Tuon assentiu; não compartilhava dessa certeza. Ter esse tipo de confiança podia fazer com que mesmo ela acabasse na Torre dos Corvos; talvez principalmente ela.

— Preciso arrumar uma maneira de entrar em contato com o Dragão Renascido assim que possível. Ele deve se ajoelhar diante do Trono de Cristal antes da chegada de Tarmon Gai'don, ou tudo estará perdido. — Era algo que as Profecias do Dragão deixavam bem claro.

O humor de Anath mudou na hora. Sorrindo, ela segurou o ombro de Tuon num gesto quase possessivo. Chegava a ser invasiva, mas a mulher era *Soe'feia*, e aquela sensação de posse podia ser imaginação de Tuon.

— É preciso ter cuidado — sussurrou Anath. — Não deixe que ele saiba o quanto você é perigosa até que seja impossível escapar.

Ela continuou dando conselhos, mas Tuon não prestou atenção. Ouvia por alto, mas não era nada que não tivesse escutado centenas de vezes. À frente do navio, era possível discernir a entrada de um grande porto. Ebou Dar, de onde os *Corenne* se espalhariam, assim como estavam se espalhando de Tanchico. O pensamento lhe rendeu um calafrio de prazer, de satisfação. Por trás do véu, era apenas a Grã-lady Tuon, compartilhando a posição hierárquica de muitas outras pessoas do Sangue, mas em seu coração era sempre Tuon Athaem Kore Paendrag, Filha das Nove Luas, e viera reclamar o que tinha sido roubado de seus ancestrais.

Capítulo 15

À procura de um fabricante de sinos

O carroção quadrado lembrava a Mat os carroções dos latoeiros, uma pequena casa sobre rodas, embora aquele ali, com seus armários e bancadas de trabalho embutidos nas paredes, não servisse de moradia. Franzindo o nariz para os cheiros estranhos e pungentes no interior, ele se remexeu desconfortável no banquinho de três pernas, o único assento disponível. A perna e as costelas quebradas já estavam quase curadas, assim como os cortes que sofrera quando aquele maldito prédio desabara sobre ele, mas os ferimentos às vezes ainda o incomodavam. Além do mais, pretendia despertar compaixão. Mulheres adoravam demonstrar compaixão, se você jogasse as cartas certas. Obrigou-se a parar de girar o anel de sinete em seu dedo. Quando uma mulher percebia seu nervosismo, criava as próprias teorias a respeito, e a compaixão ia pelo ralo.

— Escute, Aludra, a esta altura você já deve saber que os Seanchan não ligam para fogos de artifício — disse ele, abrindo seu sorriso mais charmoso. — Aquelas *damane* deles fazem um negócio chamado Luzes Celestes que deixam os seus melhores fogos parecendo umas fagulhas escapando da chaminé. Sem ofensa.

— Eu nunca vi essas tais Luzes Celestes — respondeu ela com desdém em seu forte sotaque taraboniano.

A mulher estava debruçada sobre um pilão de madeira do tamanho de um caldeirão, em uma das bancadas, e apesar da grossa fita azul que amarrava seu cabelo escuro e comprido na nuca, algumas mechas lhe caíam sobre o rosto. O longo avental branco cheio de manchas escuras não disfarçava nem um pouco como seu vestido verde-escuro lhe delineava os quadris, porém Mat estava mais interessado no que ela estava fazendo. Bom, tão interessado quanto. A mulher moía um pó negro e espesso com um socador de madeira quase do tamanho de seu braço. O pó lembrava um pouco o que ele tinha visto ao abrir alguns fogos de artifício, mas continuava sem saber quais eram os ingredientes.

— De qualquer modo, não vou contar os segredos da Guilda — continuou ela, alheia ao olhar dele. — Você entende, sim?

Mat se retraiu. Havia dias tentava manipulá-la para isso, desde que uma visita casual ao espetáculo itinerante de Valan Luca lhe revelara que a mulher ainda estava em Ebou Dar, e por todo aquele tempo temera que ela mencionasse a Guilda dos Iluminadores.

— Mas você não é mais uma Iluminadora, lembra? Eles exp... hã... você disse que saiu da Guilda.

Considerou, não pela primeira vez, lembrá-la de que ele já a salvara de quatro membros da Guilda que queriam lhe cortar o pescoço. Um feito como esse bastava para que a maioria das mulheres caísse em seu colo com beijos e promessas de realizar todos os seus desejos. Na ocasião, porém, ficara bem claro que não haveria nenhum beijo, então era improvável que fosse ganhar algum agora.

— Enfim, você não precisa se preocupar com a Guilda — disse Mat em tom casual. — Há quanto tempo está fabricando flor-da-noite? E ninguém tentou impedi-la. Ora, eu aposto que você nunca nem esbarrou em outro Iluminador.

— Que rumores você ouviu? — perguntou ela, quase num sussurro, a cabeça ainda baixa. O socador diminuiu de ritmo até quase parar. — Me conte.

Mat quase ficou de cabelo em pé. Como as mulheres faziam aquilo? Mesmo quando se escondia todas as pistas, elas iam direto ao ponto que se estava tentando ocultar.

— Como assim? Ouvi as mesmas fofocas que você, imagino. A maioria sobre os Seanchan.

Ela se virou rápido, o cabelo batendo feito um chicote, e ergueu o socador com as duas mãos, brandindo-o acima da cabeça. Aludra era uns dez anos mais velha que ele e tinha grandes olhos escuros e uma boquinha carnuda que parecia quase sempre pronta para ser beijada. Mat já pensara em beijá-la vez ou outra. A maioria das mulheres ficava mais maleável depois de alguns beijos. No momento, ela estava de dentes trincados, parecendo prestes a lhe cortar a cabeça.

— Me conte!

— Eu estava jogando dados com alguns Seanchan, lá perto das docas — disse ele, relutante, de olho no socador em riste.

Quando não era uma situação grave, homens blefavam, xingavam e iam embora, mas mulheres eram bem capazes de quebrar seus dentes num acesso. E as pernas dele doíam depois de passar tanto tempo sentado; não sabia se conseguiria se levantar daquele banco a tempo se necessário.

— Não queria ter que dar essa notícia, mas... A Guilda não existe mais, Aludra. A casa do capítulo em Tanchico se acabou.

Tinha sido a única verdadeira casa do capítulo da Guilda; a de Cairhien já estava abandonada fazia tempos, e, no mais, os Iluminadores só viajavam para apresentar espetáculos para governantes e nobres.

— Eles se recusaram a deixar o exército Seanchan entrar, e lutaram, tentaram lutar, quando os soldados invadiram o local. Eu não sei o que aconteceu... talvez um soldado tenha largado um lampião no lugar errado... mas metade da casa explodiu, pelo que entendi. Deve ser exagero. Mas os Seanchan pensaram que um dos Iluminadores tinha usado o Poder Único, e... — Mat suspirou, tentando deixar a voz mais gentil. Sangue e cinzas, não queria contar a ela! Mas Aludra o fulminava com os olhos, aquele maldito socador pronto para lhe partir o crânio. — Aludra, os Seanchan reuniram todos os sobreviventes na casa do capítulo, e alguns Iluminadores que estavam em Amador, e qualquer pessoa que sequer parecesse um Iluminador, e transformaram todos em *da'covale*. Isso significa...

— Eu sei o que significa! — respondeu ela, feroz.

Baixando o grande socador, ela voltou a moer com tanta força que Mat temeu que a coisa explodisse, caso fosse mesmo o pó dos fogos de artifício.

— Tolos! — murmurou ela, irritada, batendo o socador no pilão. — Bando de tolos cegos! Você baixa a cabeça e segue em frente, contra os poderosos, mas eles não! — Ela fungou e esfregou as bochechas com as costas da mão. — Você está enganado, meu amigo. Enquanto houver sequer um Iluminador vivo, a Guilda também vive. E eu, eu estou viva! — Ainda sem encará-lo, ela voltou a secar as bochechas. — E o que você faria se eu lhe desse os fogos? Jogaria nos Seanchan com uma catapulta, por acaso? — Seu risinho irônico indicou o que ela achava da ideia.

— E qual seria o problema disso? — perguntou Mat, na defensiva.

Uma boa catapulta de campo, uma manganela, podia atirar uma pedra de cinco quilos a quinhentas passadas, e cinco quilos de fogos de artifício fariam mais estrago do que qualquer pedra.

— De qualquer jeito, tenho uma ideia melhor. Vi aqueles tubos que você usa para atirar as flores-da-noite aos céus. A trezentas passadas ou mais, você disse. Se inclinasse um pouquinho um deles, aposto que daria para atirar uma flor-da-noite a *mil* passadas.

Aludra espiou dentro do pilão e resmungou muito baixo algo que soou como "Eu falo demais", além de algum comentário sem sentido sobre olhos bonitos. Mat se apressou a continuar, querendo evitar que ela voltasse a mencionar os segredos da Guilda.

— Aqueles tubos são bem menores que catapultas, Aludra. Se fossem bem escondidos, os Seanchan nunca saberiam de onde saíram. Considere uma vingança pelo que houve na casa do capítulo.

Ela lançou a ele um olhar de respeito. Misturado com surpresa, mas essa parte ele ignorou. Aludra tinha os olhos avermelhados e um rastro de lágrimas nas bochechas. Talvez, se ele a abraçasse... Em geral, mulheres gostavam de receber consolo quando choravam.

Antes que pudesse sequer se mover, ela apontou o socador para ele, segurando-o como uma espada. Aqueles braços finos deviam ser mais fortes do que aparentavam; o bastão de madeira nem tremia. *Pela Luz, ela não tinha como saber o que eu ia fazer!*, pensou ele.

— Nada mal para alguém que só viu os tubos de disparo há alguns dias — comentou ela. — Mas eu penso nisso há mais tempo que você. Tinha meus motivos. — Ela soou amargurada por um momento, mas se recompôs, assumindo um tom divertido. — Vou apresentar o quebra-cabeça, já que você é tão esperto, sim? — falou Aludra, arqueando a sobrancelha. Ah, ela definitivamente estava achando graça de alguma coisa! — Me diga de que me serviria um fabricante de sinos e eu conto *todos* os meus segredos. Mesmo os que vão fazer você corar, sim?

Bom, aquilo parecia interessante. Mas os fogos eram mais importantes do que uma hora de enrosco com ela. Que segredos a mulher teria para fazê-lo corar? Talvez Mat a surpreendesse nesse quesito. Nem todas as memórias de outros homens armazenadas em sua cabeça eram sobre batalhas.

— Um fabricante de sinos — ponderou ele, sem ideia de que rumo tomar. Nenhuma daquelas antigas lembranças lhe davam uma pista. — Bem, imagino que... Um fabricante de sinos poderia... Talvez...

— Não — disse ela, o tom subitamente brusco. — Vá, e volte daqui a dois ou três dias. Tenho trabalho a fazer, e você fica me distraindo com essas perguntas e bajulações. Não, nem discuta! Vá de uma vez.

Mat se levantou, de cara feia, e enfiou seu chapéu preto de abas largas na cabeça. Bajulações? Bajulações! Sangue e malditas cinzas! Largara o manto no chão junto à porta ao entrar, e grunhiu baixo ao se inclinar para pegá-lo. Ficara quase o dia inteiro sentado naquele banquinho. Mas talvez houvesse feito certo avanço. Se conseguisse resolver o enigma, ao menos. Sinos de alarme. Gongos contando as horas. Nada fazia sentido.

— Eu até consideraria beijar um jovem esperto feito você, se já não estivesse comprometido com outra — murmurou ela em um tom definitivamente afetuoso. — Você tem um belo traseiro.

Mat se pôs de pé em um pulo, de costas para ela. O calor em seu rosto era de pura indignação, mas ela não interpretaria assim. No geral, conseguia esquecer o que estava vestindo, a não ser que alguém mencionasse. Houvera um incidente em tavernas, ou talvez três. Enquanto ele estava acamado, com a perna em uma tala, as costelas enfaixadas e ataduras por quase todo o corpo, Tylin escondera todas as suas roupas. Mat ainda não as encontrara, mas sem dúvida tinham sido escondidas, não queimadas. Afinal, ela não podia esperar mantê-lo por perto para sempre. Só lhe restara o chapéu e o cachecol de seda preta ao redor de seu pescoço. E o medalhão de cabeça de raposa, claro, pendurado em um cordão de couro sob a camisa. E suas facas; teria se sentido perdido sem elas. Quando enfim conseguira se arrastar para fora daquela maldita cama, a maldita mulher lhe encomendara roupas novas, e ficara sentada observando enquanto a maldita costureira tirava suas medidas! Agora precisava cuidar para que as camadas de renda branca em seus punhos não lhe escondessem as mãos, e mais renda saía de sua gola e descia até a porcaria da cintura. Tylin gostava de homens usando renda. Seu manto era de um vermelho-vivo, assim como as calças muito justas adornadas com padrões dourados e malditas rosas brancas. Sem falar no brasão oval branco em seu ombro esquerdo, com a Âncora e a Espada da Casa Mitsobar. Seu casaco era de um azul chamativo o bastante para pertencer a um latoeiro, e ainda por cima ornamentado com os labirintos tairenos em vermelho e dourado no peito e nos braços. Não gostava nem de se lembrar do que fora obrigado a fazer para convencer Tylin a deixar de lado pérolas, safiras e só a Luz sabia o que mais que ela queria. E, para completar, o casaco ainda era curto. De modo indecente! Tylin também gostava de seu maldito traseiro, e não se importava com quem mais o visse!

Ajeitando o manto sobre as costas — ao menos era alguma cobertura —, Mat pegou ao lado da porta o cajado que lhe chegava ao ombro. Seu quadril e sua perna doeriam até que aquecesse os músculos com uma caminhada.

— A gente se vê daqui a dois ou três dias, então — disse ele, com o máximo de dignidade que conseguiu.

Aludra riu baixinho, porém não o bastante para que ele não ouvisse. Pela Luz, a mulher conseguia expressar mais com uma risada do que um valentão das docas com vários palavrões! E de maneira igualmente deliberada.

Ao sair mancando do carroção, ele desceu alguns dos degraus de madeira parafusados ao chão do veículo e bateu a porta. O céu da tarde estava igual ao da manhã, cinzento e tempestuoso, coalhado com nuvens sombrias. Um vento frio soprava sem parar. Altara não tinha inverno de verdade, mesmo assim já era frio o bastante. Em vez de nevar, caíam chuvas geladas e tempestades vindas do mar, e nos intervalos a umidade fazia parecer mais frio. O solo ficava macio sob as botas, mesmo quando estava seco. De testa franzida, Mat se afastou mancando do carroção.

Mulheres! Aludra era bonita, apesar de tudo. E sabia criar fogos de artifício. Um fabricante de sinos? Talvez pudesse retornar logo em breve. Desde que Aludra não passasse a correr atrás *dele*. Muitas mulheres pareciam estar fazendo isso nos últimos tempos. Será que Tylin causara alguma mudança nele que fazia as mulheres se interessarem tanto quanto ela se interessava? Não. Que ideia ridícula. O vento lhe soprou o manto, inflando-o, mas Mat estava distraído demais para segurá-lo. Duas mulheres esbeltas — achava que fossem acrobatas — abriram sorrisos insinuantes ao passarem, e ele sorriu e fez a melhor mesura que pôde. Tylin não o mudara. Ainda era o mesmo homem de sempre.

O espetáculo de Luca era umas cinquenta vezes maior do que Thom relatara, talvez mais, uma extensa mixórdia de tendas e carroções do tamanho de um grande vilarejo. Apesar do clima, vários artistas estavam praticando ao ar livre. Uma mulher usando uma larga camisa branca e calças tão justas quanto as dele se balançava em uma corda frouxa presa entre dois postes. De repente se jogou e de alguma forma se pendurou na corda pelos pés bem a tempo de não despencar no chão. Em seguida se contorceu para segurar a corda de novo, ergueu o tronco, sentou-se na corda e recomeçou tudo. Perto dali, um sujeito *corria* sobre uma roda de formato oval que devia estar a uns bons vinte pés de altura, posicionada em cima de uma plataforma que o deixava ainda mais alto do que a mulher tola prestes a quebrar o pescoço. Mat observou um homem de peito nu que rolava três bolinhas cintilantes pelos braços e ombros sem jamais pegá-las nas mãos. Aquilo era interessante. Talvez Mat também fosse capaz do feito. Pelo menos aquelas bolinhas não apresentavam risco de deixá-lo quebrado e sangrando; já batera sua cota de riscos pela vida inteira.

O que realmente chamou sua atenção, no entanto, foram as cordas para amarração de cavalos. Eram cordas compridas, ao longo das quais mais de vinte homens estavam agrupados contra o frio, jogando montes de esterco em barris. Centenas de cavalos. Luca supostamente dera abrigo a alguns domadores de animais Seanchan, e sua recompensa fora um mandado, assinado pela Grã-lady

Suroth em pessoa, permitindo que mantivesse todos os seus bichos. Pips, o cavalo de Mat, também se safou, salvo da apreensão ordenada por Suroth porque estava abrigado nos estábulos do Palácio Tarasin, mas Mat não fazia ideia de como tirá-lo de lá. Tylin praticamente lhe botara uma coleira, e não pretendia deixá-lo partir tão cedo.

Mat se virou, considerando mandar que Vanin roubasse alguns dos cavalos da trupe, caso a conversa com Luca não acabasse bem. Pelo que Mat sabia do duvidoso Vanin, seria como roubar doce de criança. Mesmo sendo um homem tão grande, ele conseguia roubar e cavalgar qualquer cavalo no mundo. Infelizmente, Mat duvidava que ele próprio aguentasse mais que uma milha em cima de uma sela. Ainda assim, era algo a considerar. Estava ficando desesperado.

Ele seguiu coxeando, observando distraído acrobatas e malabaristas praticando, e se perguntou como chegara àquela situação. Sangue e cinzas! Era um *ta'veren*! Em teoria, o mundo que deveria se curvar aos seus desejos. Mas ali estava ele, preso em Ebou Dar, bancando o cachorrinho de estimação, o brinquedinho de Tylin — a mulher nem sequer esperara que ele se curasse por completo antes de voltar a atacá-lo feito um pato com um besouro! —, enquanto todo o resto se divertia. Com aquelas tais Comadres a adulando o tempo todo, Nynaeve devia estar reinando suprema sobre qualquer pessoa à vista. Quando Egwene se desse conta de que as Aes Sedai completamente alucinadas que a nomearam Amyrlin não estavam falando sério, Talmanes e o Bando da Mão Vermelha estariam prontos para fugir com ela. Pela Luz, Elayne já devia estar usando a Coroa de Rosas àquela altura, se ele a conhecia bem! Rand e Perrin provavelmente estavam relaxando na frente de alguma lareira, em algum palácio, tomando vinho e contando piadas.

Mat fez uma careta e esfregou a testa quando um breve turbilhão de cores pareceu tomar sua mente. Nos últimos tempos, aquilo acontecia sempre que pensava em qualquer um dos dois. Não sabia o motivo, e não queria saber. Só queria que parasse. Se ao menos conseguisse escapar de Ebou Dar... E de posse do segredo dos fogos de artifício, claro, mas decerto preferiria escapar a descobrir o segredo.

Thom e Beslan ainda estavam onde Mat os deixara, bebendo com Luca em frente ao ornamentado carroção do homem, mas Mat não se juntou a eles de imediato. Por algum motivo, Luca demonstrara um antipatia instantânea por Mat Cauthon. E o sentimento era mútuo, com boas razões. Luca tinha uma expressão presunçosa e arrogante, e abria sorrisinhos maliciosos para qualquer mulher que passasse. Ainda por cima parecia achar que todas as mulheres no mundo gostavam de olhar para ele. Pela Luz, o homem era casado!

Largado em uma cadeira folheada a ouro que devia ter roubado de um palácio, Luca ria e gesticulava muito para Thom e Beslan, sentados em bancos um de cada lado dele. Estrelas e cometas dourados cobriam os cintilantes casaco e manto vermelhos do homem. Um *latoeiro* teria ficado constrangido! Seu carroção teria levado um latoeiro às lágrimas! Era muito maior que o carroção de trabalho de Aludra, e parecia ter sido *laqueado*! Uma estampa prateada com as fases da lua contornava todo o veículo, e estrelas e cometas dourados de todos os tamanhos cobriam o resto da superfície vermelha e azul. Naquele cenário, Beslan parecia até discreto em seu casaco e manto ornados com pássaros em voo. Thom, limpando o vinho do bigode grande e branco, estava bem modesto em suas lãs cor de bronze e manto escuro.

Faltava uma pessoa que deveria estar ali, mas com um rápido olhar ao redor ele identificou um grupinho de mulheres junto a um carroção próximo. Eram de todas as idades; desde a faixa etária de Mat até as de cabelo grisalho, mas todas estavam dando risadinhas para o que estava no centro do grupo. Mat suspirou e rumou até lá.

— Ora, não consigo decidir — ouviu-se a voz estridente de um menino em meio às mulheres. — Quando olho para você, Merici, vejo os olhos mais bonitos que já encontrei na vida. Mas quando olho para você, Neilyn, são os seus olhos. Seus lábios são como cerejas maduras, Gillin, e os seus me fazem querer beijá-los, Adria. E seu pescoço, Jameine, é gracioso feito o de um cisne...

Engolindo um xingamento, Mat acelerou o passo tanto quanto pôde e abriu caminho por entre as mulheres, murmurando desculpas aqui e acolá. Olver estava bem no centro, um garoto baixo e pálido, empertigado e sorrindo para uma mulher depois da outra. Aquele sorrisão descarado já bastava para que qualquer uma delas decidisse lhe dar uns tapas na orelha a qualquer momento.

— Por favor, perdoem o menino — disse Mat, pegando a mão do garoto. — Venha, Olver; temos que voltar para a cidade. Pare de sacudir seu manto. Ele não sabe realmente do que está falando. Não sei de onde ele tira essas coisas.

Por sorte, as mulheres riram e acariciaram o cabelo de Olver enquanto Mat o conduzia para longe. Algumas chegaram a sussurrar que ele era um bom menino! Uma enfiou a mão sob o manto de Mat e apertou seu traseiro. Mulheres!

Uma vez afastados, ele olhou feio para o garoto que saltitava feliz ao seu lado. Olver havia crescido desde que Mat o vira pela primeira vez, mas ainda era baixinho para a idade. E com aquela boca e orelhas enormes, parecia que nunca seria um rapaz bonito.

— Você pode acabar arrumando muito problema falando com as mulheres daquele jeito — avisou Mat. — Elas gostam de homens calados e educados. E discretos. Discretos, talvez até um pouco tímidos. Cultive essas qualidades e vai se dar bem.

Olver o encarou boquiaberto, incrédulo, e Mat suspirou. O garoto tinha um punhado de tios se revezando em sua educação, e todos, exceto Mat, eram más influências.

Thom e Beslan conseguiram restaurar o sorriso de Olver. Soltando a mão de Mat, ele correu até eles, rindo. Thom o estava ensinando a fazer malabarismo e tocar harpa e flauta, enquanto Beslan o ensinava a usar a espada. Os outros "tios" também lhe davam lições em uma incrível variedade de habilidades. Mat pretendia começar a ensiná-lo a usar o bastão, e o arco de Dois Rios, assim que recuperasse as forças. O que o garoto aprendia com Chel Vanin, ou com os Braços Vermelhos, ele nem queria saber.

Luca se levantou de sua cadeira elegante quando Mat se aproximou, seu sorriso imbecil se transformando em uma careta azeda. Olhando Mat de cima a baixo, ele enrolou aquele ridículo manto ao redor de si mesmo com um floreio e anunciou em uma voz retumbante:

— Sou um homem ocupado. Tenho muito a fazer. É possível que em breve eu tenha a honra de receber a Grã-lady Suroth para um espetáculo particular. — E, sem mais nem uma palavra, afastou-se a passos largos, segurando o manto ornamentado com apenas uma das mãos, para que o vento o esvoaçasse feito um estandarte.

Mat fechava o seu com as duas mãos, afinal, mantos serviam para aquecer. Tinha visto Suroth no palácio, embora nunca de perto. Mas, para ele, já estava de bom tamanho. Não a imaginava desperdiçando um momento sequer com o Grande Espetáculo Itinerante e Magnífica Exibição de Maravilhas e Proezas de Valan Luca, como anunciava em letras vermelhas a faixa amarrada a uma passada de altura entre dois postes na entrada da exibição. Caso o fizesse, era provável que ela comesse os leões. Ou os matasse de medo.

— Ele concordou, Thom? — perguntou, baixinho, olhando de cenho franzido para as costas de Luca.

— Podemos seguir junto quando ele deixar Ebou Dar — respondeu o homem mais velho. — Por um preço. — Ele bufou, soprando o bigode, e passou a mão pelo cabelo branco, irritado. — Pelo valor que ele quer, deveríamos receber a hospedagem e a comida de um rei, mas sabendo como ele é, eu duvido. Luca não acha que somos criminosos, já que estamos andando livremente por aí, mas sabe que estamos fugindo de alguma coisa, ou viajaríamos de outra maneira. Para nosso azar, ele só pretende partir depois da primavera.

Mat repassou sua lista de xingamentos. Até a primavera. Só a Luz sabia o que Tylin teria feito com ele, teria o obrigado a fazer, até lá. Talvez mandar Vanin roubar os cavalos não fosse tão má ideia.

— Isso me dá mais tempo para jogar — respondeu Mat com indiferença. — Se ele quer um valor tão alto quanto você diz, vou precisar engordar minha bolsa. Uma coisa que se pode dizer dos Seanchan é que eles não se importam de perder.

Mat tomava cuidado de não abusar da sorte, e ainda não recebera ameaças de ter a garganta cortada por roubar, pelo menos desde que conseguira sair do palácio por conta própria. De início, pensara que sua sorte estava se expandindo, ou talvez que ser *ta'veren* enfim estivesse se mostrando útil.

Beslan o encarou com um olhar soturno. De pele escura, corpo esbelto, e um pouco mais jovem, o homem era um baita libertino quando Mat conhecera, sempre disposto a mais uma rodada pelas tavernas, ainda mais se acabasse em mulher ou briga. No entanto, desde a chegada dos Seanchan, ele se tornara sério. Para ele, o assunto era de extrema importância.

— Minha mãe não vai ficar feliz se souber que estou ajudando seu queridinho a sair de Ebou Dar, Mat. Vai me casar com alguma mulher vesga e mais bigoduda que um soldado taraboniano.

Mesmo depois de todo aquele tempo, Mat ainda se retraiu. Nunca se acostumava ao fato de que o filho de Tylin não se importava com sua relação com a mãe dele. Bom, Beslan concordava que ela se tornara um tantinho possessiva — só um tantinho, veja bem! —, mas era só por isso que estava disposto a ajudar. O rapaz afirmava que a mãe precisava de Mat para se distrair dos acordos que fora forçada a assumir com os Seanchan! Às vezes, Mat desejava estar de volta a Dois Rios, onde ao menos conhecia o modo de pensar dos outros. Às vezes desejava mesmo.

— Já podemos voltar ao palácio? — disse Olver, mais uma exigência do que uma pergunta. — Tenho aula com Lady Riselle. Ela me deixa deitar a cabeça em seu peito enquanto lê para mim.

— Uma conquista notável, Olver — respondeu Thom, sorrindo enquanto alisava o bigode. Inclinando-se para os outros dois homens, ele baixou a voz para não ser escutado pelo menino. — Já *eu* preciso tocar a harpa para ela antes de poder deitar a cabeça naquele travesseiro maravilhoso.

— Riselle faz com que todo mundo a entretenha primeiro — comentou Beslan com uma risadinha esperta, e Thom o encarou com espanto.

Mat grunhiu. Não por causa da perna dessa vez, nem pelo fato de que todo homem em Ebou Dar parecia estar escolhendo um peito onde deitar a cabeça, exceto por Mat Cauthon. Os malditos dados tinham recomeçado a rolar em sua mente. Algo de ruim estava prestes a acontecer. Algo de muito ruim.

Capítulo 16

Um encontro inesperado

O caminho de volta à cidade corria por mais de duas milhas, atravessando colinas baixas que exercitaram a perna de Mat a ponto de a dor passar e depois voltar. Então, enfim, chegaram ao topo de uma elevação e viram Ebou Dar adiante, por trás de suas muralhas robustas e caiadas de branco que nenhum cerco ou catapulta jamais fora capaz de derrubar. A cidade lá dentro também era alva, embora um ou outro domo despontasse rajado de cor. Os edifícios brancos, os pináculos e torres brancos, os palácios brancos, tudo brilhava mesmo naquele nublado dia de inverno. Em alguns pontos, havia torres com o topo em ruínas, ou espaços vazios onde uma construção fora derrubada, mas a verdade era que a invasão Seanchan causara poucos estragos. Eles tinham sido rápidos e fortes demais, tomando o controle da cidade antes que uma resistência adequada pudesse se formar.

Surpreendentemente, o comércio típico daquela época do ano mal sofrera impacto com a dominação da cidade. Os Seanchan encorajavam os negócios, embora mercadores e capitães e tripulações de navios fossem obrigados a jurar obediência aos Predecessores, esperar pelo Retorno, e servir Àqueles que Vêm para Casa. Na prática, isso significava seguir a vida como de costume, então poucas pessoas se opunham. Cada vez que Mat olhava para o grande porto, o local estava mais lotado de navios. Naquela tarde, parecia ser possível cruzar a pé do centro de Ebou Dar até o Rahad, um bairro violento no qual preferia nunca mais pisar. Logo depois que conseguira voltar a andar, tinha ido algumas vezes até as docas para observar; não as embarcações com velas estriadas ou os navios do Povo do Mar que os Seanchan estavam adaptando e enchendo com novas tripulações, mas sim os barcos portando o estandarte das Abelhas Douradas de Illian, ou a Mão e a Espada de Arad Doman, ou a Lua Crescente de Tear. Já não fazia mais isso. Mal olhou na direção do porto. Os dados rolando em sua cabeça pareciam retumbar feito trovões. Duvidava muito que fosse gostar do que estava para acontecer. Era raro que gostasse, quando os dados davam seu alerta.

Embora um tráfego constante saísse dos grandes portões em arco, e pessoas a pé estivessem se acotovelando para entrar na cidade, havia uma grande fila de carroções e carroças puxadas por bois se estendendo até o pé da elevação, esperando para entrar, e mal se movia. Todos que saíam a cavalo eram Seanchan, tivessem pele negra como a do Povo do Mar ou alva como a dos cairhienos, e se destacavam ainda mais por estarem montados. Alguns dos homens usavam calças volumosas e estranhos casacos apertados de gola bem ajustada que ia até o queixo, com fileiras de botões metálicos no peito, ou então casacos compridos feito vestidos e cheios de bordados intrincados. Esses eram os do Sangue, bem como as mulheres em vestidos peculiares de montaria que pareciam feitos de pregas finas, com saias divididas, as fendas exibindo botas coloridas na altura dos tornozelos, e mangas tão largas que caíam até a altura dos estribos. Alguns usavam véus de renda que escondiam todo o rosto, exceto os olhos, de modo que não ficassem expostos à plebe. No entanto, a grande maioria dos cavaleiros usava uma armadura de placas sobrepostas pintada em cores vivas. Havia soldados mulheres também, embora fosse impossível distingui-las sob aqueles elmos monstruosos de cabeças de inseto. Pelo menos ninguém usava o preto e vermelho dos Guardas da Morte. Até mesmo outros Seanchan pareciam ficar nervosos perto deles, e isso bastava para que Mat quisesse passar bem longe.

De todo modo, nenhum Seanchan sequer prestou atenção nos três homens e no menino andando lentamente na direção da cidade ao longo da fila de carroções e carroças à espera. Bem, os homens andavam lentamente. Olver saltitava. A perna de Mat ditava o ritmo do grupo, mas ele tentava não demonstrar o quanto estava se apoiando no cajado. Os dados em geral prenunciavam incidentes aos quais fora capaz de sobreviver por pouco, batalhas, o desabamento de uma construção. Tylin. Mat temia o que aconteceria daquela vez quando os dados parassem.

Quase todos os carroções e carroças deixando a cidade eram conduzidos ou acompanhados por Seanchan, vestidos de modo mais simples do que aqueles a cavalo, e de aparência bastante comum, mas os veículos na fila de espera provavelmente pertenciam a eboudarianos ou pessoas da região, homens em roupas compridas, mulheres em saias com fendas laterais exibindo meias-calças ou anáguas coloridas, tanto seus carroções quanto suas carroças puxadas por bois.

Estrangeiros pontilhavam a fila, mercadores com pequenos comboios de carroças puxadas por cavalos. Ali no sul, o comércio durante o inverno era mais movimentado do que mais a norte, onde mercadores precisavam lidar com estradas cobertas de neve, e alguns vinham de bem longe. Uma domanesa rechonchuda com uma pintinha escura na bochecha parda, sentada na primeira carroça de um comboio de quatro, se enrolou mais em seu manto florido e olhou feio para um homem cinco carroças à frente, um sujeito de aparência sebosa que escondia o farto bigode por trás de um véu taraboniano e estava sentado ao lado do condutor do veículo. Um competidor, sem dúvidas. Uma esbelta kandoriana com uma grande pérola na orelha esquerda e correntes de prata cruzando o peito aguardava em sua sela com toda a calma, a mão enluvada sobre o pomo, talvez alheia ao fato de que tanto seu capão cinzento quanto suas carroças seriam tomados e redistribuídos assim que entrasse na cidade. Cerca de um quinto dos cavalos da cidade haviam sido apreendidos, e, para não desestimular o comércio, um décimo dos cavalos dos estrangeiros. Eles pagavam pelas montarias, era verdade, e um preço que antes até teria sido justo, mas que agora não equivalia ao mercado, dada a demanda. Mat sempre reparava nos cavalos, mesmo que sem muita atenção. Um cairhieno gordo usando um casaco tão desbotado quanto o de seus condutores de carroça estava reclamando aos brados sobre a demora, agitando sua bela égua baia. Era de fato uma égua de qualidade. Provavelmente acabaria indo para algum oficial. O que aconteceria quando os dados parassem de rolar?

Os enormes portões arqueados tinham suas guardas, embora apenas os Seanchan as vissem dessa forma. *Sul'dam* usando aqueles vestidos azuis com a estampa de raio andavam para lá e para cá entre o tráfego, com suas *damane* em trajes cinza usando o *a'dam* prateado. Apenas uma daquelas duplas teria bastado para aquietar qualquer confusão que não fosse de grandes proporções, e talvez desse conta até disso, mas esse não era o verdadeiro propósito de sua presença ali. Nos primeiros dias desde a queda de Ebou Dar, enquanto Mat ainda estava confinado à cama, os Seanchan tinham passado o pente-fino na cidade à procura das mulheres que chamavam de *marath'damane*, e agora garantiam que nenhuma outra entrasse. As *sul'dam* carregavam uma coleira extra no ombro, por garantia. Outras duplas também patrulhavam as docas, recebendo cada navio e embarcação.

Ao lado dos portões havia uma plataforma comprida de uns vinte pés de altura, exibindo as cabeças alcatroadas, mas ainda reconhecíveis, de mais de uma dúzia de homens e duas mulheres que tinham sido executados pela justiça Seanchan. Acima delas esvoaçava o símbolo daquela justiça, o machado levemente inclinado de um carrasco, com o cabo enrolado em uma corda branca cheia de nós intrincados. Um cartaz abaixo de cada cabeça anunciava o crime cometido, assassinato ou estupro, roubo seguido de agressão, assédio contra alguém do Sangue. Crimes menores eram punidos com coinas ou o chicote, ou os criminosos viravam *da'covale*. Os Seanchan tratavam todos de forma igualitária; não havia ninguém do Sangue em exibição — os condenados à execução eram enviados de volta a Seanchan, ou estrangulados com a corda branca —, mas três daquelas cabeças haviam pertencido a Seanchan, e o peso de sua justiça era sentido de cima a baixo. Dois cartazes indicando rebeldes estavam pendurados sob a cabeça de uma mulher que havia sido Senhora dos Navios dos Atha'an Miere e de seu Mestre das Lâminas.

Mat já passara tantas vezes por aqueles portões que agora mal reparava naquela plataforma. Olver seguia saltitando e cantando uma música rimada. Beslan e Thom cochichavam, e Mat entreouviu Thom sussurrar algo como "negócio arriscado", mas não estava interessado no assunto. Então adentraram o longo e sombrio túnel que levava à estrada por dentro das muralhas, e o estrondo dos carroções o teria impedido de ouvir a conversa mesmo que desejasse. Mantendo-se na lateral do túnel, bem longe das rodas dos carroções, Thom e Beslan seguiram na frente, sem parar de sussurrar, com Olver disparando atrás deles, mas, ao reemergir à luz do dia, Mat trombou com as costas de Thom sem perceber que todos haviam parado junto à boca do túnel. Estava prestes a soltar um comentário raivoso quando notou o que eles estavam olhando. As pessoas saindo do túnel atrás deles os empurraram para o lado, mas Mat também permaneceu parado, encarando.

As ruas de Ebou Dar estavam sempre cheias de gente, mas não daquele jeito, como se uma represa tivesse se rompido e lançado uma inundação humana à cidade. A multidão lotava a rua adiante de uma ponta a outra, rodeando aglomerados de animais que Mat nunca vira na vida, como gado branco e preto com longos chifres em riste, cabras marrom-claras cobertas de pelos finos que chegavam ao chão, ovelhas com quatro chifres. Toda rua à vista estava atulhada. Carroções e carroças avançavam vagarosos pela massa, isso quando avançavam, os gritos e xingamentos dos condutores e carroceiros abafados pelo vozerio e pelos guinchos dos animais. Era impossível distinguir palavras, mas Mat discernia sotaques. O sotaque lento e arrastado dos Seanchan. Alguns cutucavam o colega ao lado e apontavam para Mat em suas roupas coloridas. Estavam embasbacados e apontando para tudo, como se nunca tivessem visto uma taverna ou uma cutelaria na vida, mas ele ainda resmungou baixinho e puxou o chapéu para cobrir os olhos.

— O Retorno — murmurou Thom, e se Mat não estivesse colado ao homem, não teria ouvido. — Enquanto perdíamos tempo com Luca, o *Corenne* começou.

Mat vinha pensando que o tal Retorno do qual os Seanchan nunca paravam de falar fosse ser uma invasão, um exército. Uma condutora berrou e bateu seu longo chicote em uns garotos que tinham subido na lateral de seu carroção para espiar o que pareciam vinhas de uvas em caixotes de madeira cheios de terra. Outro carroção carregava um grande prelo, e um outro, que mal cabia no túnel, parecia portar tonéis de cerveja e exalar um leve aroma de lúpulo. Gaiolas cheias de peculiares galinhas coloridas, patos e gansos decoravam alguns dos carroções; mas as aves não estavam à venda, eram parte de alguma criação. Aquilo era, sim, um exército, só não do tipo que ele imaginara. Podia ser mais difícil de enfrentar do que soldados.

— Que me apunhalem os olhos, nós vamos ter que chafurdar nessa multidão! — resmungou Beslan com desgosto, na ponta dos pés para espiar mais adiante por cima da muvuca. — Quanto tempo até acharmos uma rua livre?

Mat se pegou relembrando algo que na hora não chamara tanta atenção: o porto cheio de navios. *Cheio* de navios. Talvez duas ou três vezes mais embarcações do que tinha quando saíra para visitar o acampamento de Luca, ao amanhecer, e muitos deles ainda manobrando, o que significava que havia mais navios esperando para atracar. Luz! Quantos haviam descarregado ali naquele dia? Quantos ainda faltariam? Pela Luz, quantas pessoas era possível transportar naquela quantidade de navios? E por que tinham ido todas para lá, e não para Tanchico? Um calafrio o percorreu. Talvez ainda houvesse mais gente chegando.

— É melhor vocês tentarem seguir por ruazinhas secundárias e vielas — disse ele, erguendo a voz para ser ouvido acima da cacofonia. — Ou não chegarão ao palácio antes do anoitecer.

Beslan se virou para encará-lo de cenho franzido.

— Você não vai com a gente? Mat, se tentar comprar outra passagem de navio… Sabe que ela não vai aliviar dessa vez.

Mat devolveu uma cara feia ao filho da rainha.

— Só quero dar uma volta por aí — mentiu ele.

Assim que voltasse ao palácio, Tylin começaria a mimá-lo e acariciá-lo. Não seria tão ruim, não mesmo, não fosse pelo fato de que ela fazia essas coisas, como acariciar seu rosto e sussurrar palavras carinhosas em seu ouvido, na frente de todo mundo, inclusive do filho. Além do mais, e se os dados em sua cabeça parassem de rolar quando ele a alcançasse? "Possessiva" era pouco para descrever

Tylin ultimamente. Sangue e cinzas, a mulher podia resolver se casar com ele! Mat não queria se casar, ainda não, mas sabia com quem se casaria, e não era com Tylin Quintara Mitsobar. Mas o que poderia fazer, caso ela decidisse que sim?

De repente, lembrou-se do sussurro de Thom sobre um "negócio arriscado". Conhecia Thom, e conhecia Beslan. Olver olhava tão embasbacado para os Seanchan quanto os Seanchan olhavam para tudo ao redor. O menino começou a se aproximar para observar mais de perto e Mat o agarrou pelo ombro e puxou-o de volta bem a tempo, sob protestos, para junto de Thom.

— Leve o menino de volta ao palácio e dê suas aulas quando Riselle terminar as dela. E esqueçam qualquer maluquice em que estejam pensando. Podem acabar com a cabeça naquelas estacas, e Tylin também. — E a dele próprio. Não podia esquecer essa parte!

Os dois o encararam impassíveis, praticamente confirmando suas suspeitas.

— Talvez eu devesse ir com você — disse Thom, enfim. — Podemos conversar. Você é um baita sortudo, Mat, e tem uma inclinação para... vamos dizer... para aventuras.

Beslan assentiu. Olver se contorceu sob o aperto de Thom, tentando olhar ao mesmo tempo para todas as pessoas estranhas, indiferente ao assunto dos adultos.

Mat soltou um grunhido amargurado. Por que sempre queriam que ele bancasse o herói? Mais cedo ou mais tarde acabaria morrendo por causa disso.

— Não tenho nada para conversar. Eles chegaram, Beslan. Se você não conseguiu impedir que entrassem, com certeza não vai conseguir expulsá-los. Rand vai cuidar deles, se os rumores forem verdadeiros. — Novamente, aquelas cores rodopiantes tomaram sua cabeça, por um instante quase apagando o som dos dados. — Você fez aquele maldito juramento sobre esperar pelo Retorno; todos nós fizemos. — A recusa levava à prisão e ao trabalho forçado nas docas ou na limpeza dos canais do Rahad, o que, para Mat, fazia o juramento não valer de nada. — Espere por Rand. — Mais uma vez as cores vieram e partiram. Sangue e cinzas! Precisava parar de pensar em... em certas pessoas. De novo as cores giraram. — Talvez ainda dê tudo certo, se você esperar.

— Você não entende, Mat — disse Beslan em tom firme. — Minha mãe ainda ocupa o trono, e Suroth diz que ela vai comandar Altara inteira, não apenas nossos territórios ao redor de Ebou Dar, e talvez até mais que isso, mas minha mãe precisou mentir na *cara* dela e jurar *lealdade* a uma mulher do outro lado do Oceano de Aryth. Suroth diz que eu devo me casar com alguém do Sangue e raspar as laterais da cabeça, e minha mãe está concordando. Suroth pode fingir que elas são iguais, mas minha mãe *tem* que concordar com tudo. Ebou Dar não é mais nossa de verdade, não importa o que Suroth diga, e o resto também não será. Podemos não conseguir expulsá-los à força, mas podemos deixar o lugar desconfortável ao máximo para eles. Os Mantos-brancos viram bem como é. Pergunte a eles o que significa "o Sol Alto Altarano".

Mat podia adivinhar sem precisar perguntar a ninguém. Mordeu a língua para não comentar que havia mais soldados Seanchan em Ebou Dar do que havia de Mantos-brancos em toda Altara durante a Guerra dos Mantos-brancos. Uma rua cheia de Seanchan não era lugar para ficar papeando, mesmo que parecessem todos fazendeiros e artesãos.

— Entendo que você está doido para enfiar a cabeça em um espeto — respondeu ele, tão baixo quanto pôde para ainda ser ouvido em meio ao barulho de vozes, mugidos e cacarejos. — Você já sabe dos Ouvidores. Aquele sujeito ali com cara de cavalariço pode ser um deles, ou aquela mulher magricela carregando uma trouxa nas costas.

Beslan lançou um olhar tão furioso à dupla que Mat mencionara, como se eles fossem mesmo Ouvidores, que era capaz de ser denunciado só por isso.

— Talvez você mude de ideia quando eles chegarem a Andor — rosnou ele, e saiu abrindo caminho pela multidão aos empurrões.

Mat não teria ficado surpreso de ver surgir uma briga. Suspeitava que o rapaz estivesse atrás disso. Thom se virou para segui-lo com Olver, mas Mat o pegou pelo braço.

— Acalme-o se puder, Thom. E aproveite para se acalmar também. Pensei que a esta altura você já estivesse cansado de se barbear às cegas.

— Eu estou calmo e estou tentando acalmá-lo — respondeu Thom, seco. — Mas ele não vai só ficar parado; é o país dele. — Um sorrisinho se abriu em seu rosto enrugado. — Você diz que não vai se arriscar, mas vai. E, quando isso acontecer, o seu risco vai deixar qualquer plano meu ou de Beslan no chinelo. Com você por perto, até o barbeiro é cego. Venha, garoto — disse ele, erguendo Olver para os seus ombros. — Riselle pode não deixar você deitar a cabeça no peito dela, se chegar atrasado na aula.

Mat ficou observando de cenho franzido enquanto Thom se afastava, avançando com muito mais habilidade com Olver montado em seus ombros do que Beslan conseguira. Do que ele estava falando? Mat nunca se arriscava, a não ser quando obrigado. Nunca. Lançou um olhar casual para a mulher magricela e o sujeito com as botas sujas de esterco. Luz, eles podiam *mesmo* ser Ouvidores. Qualquer um podia. Isso bastava para causar um comichão em suas costas, como se estivesse sendo vigiado.

Mat foi seguindo pelas ruas que só ficavam mais abarrotadas de gente, animais e carroções quanto mais se aproximava das docas. As barracas nas pontes que cruzavam os canais estavam fechadas, os vendedores ambulantes tinham coberto suas mercadorias, e os acrobatas e malabaristas que normalmente se apresentavam em cada esquina não teriam nem espaço para suas performances, caso tentassem. Havia Seanchan demais, isso sim, e talvez um quinto deles fosse de soldados, reconhecíveis pelos olhos duros e ombros empertigados, muito diferentes dos fazendeiros e artesãos, mesmo que não usassem armaduras. Um ou outro grupo de *sul'dam* e *damane* avançava pela rua em um círculo de espaço aberto maior do que os soldados conseguiam. Esse espaço não era dado por medo, pelo menos não da parte dos Seanchan. Eles se curvavam respeitosamente para as mulheres com o raio estampando os vestidos vermelhos e azuis, e sorriam com aprovação conforme as duplas passavam. Beslan estava louco. Os Seanchan não seriam expulsos por nada menos que um exército de Asha'man, como aquele que os rumores diziam ter lutado a leste, uma semana antes. Ou um exército armado com o segredo dos Iluminadores. Pela Luz, o que Aludra poderia querer com um fabricante de sinos?

Mat fez questão de não passar pelas docas. Já tinha aprendido essa lição. O que queria mesmo era um jogo de dados, e que durasse noite adentro. De preferência, que Tylin já estivesse dormindo quando ele retornasse ao palácio. Ela lhe tomara seus dados, afirmando não gostar que apostasse, embora tivesse feito isso depois de Mat convencê-la a apostar prendas, quando ele ainda estava acamado. Felizmente, era fácil conseguir mais dados, e, com a sorte que tinha, era mesmo melhor usar os dados do oponente. Infelizmente, quando percebeu que Tylin não ia pagar a prenda de libertá-lo — a mulher fingira nem saber do que ele estava falando! —, Mat usara as apostas para fazê-la provar um pouco do próprio veneno. Um erro grave, por mais divertido que tivesse sido na hora. Desde que as prendas acabaram, Tylin se tornara duas vezes pior.

As tavernas e salões em que entrou estavam tão lotados quanto as ruas, mal dando para erguer uma caneca, quanto mais jogar dados, cheios de Seanchan rindo e cantando, e eboudarianos taciturnos que os observavam em um silêncio mal-humorado. Ainda interrogou os estalajadeiros e taberneiros, para o caso de saberem de algum quartinho que pudesse alugar, mas todos fizeram que não. Mat não esperara muita coisa, de qualquer maneira. Mesmo antes da chegada dos Seanchan já não havia quartos disponíveis. Ainda assim, começou a se sentir tão infeliz quanto os comerciantes estrangeiros que via encarando o próprio vinho e se perguntando como tirariam suas mercadorias da cidade sem cavalos.

Tinha ouro para pagar o quanto Luca quisesse e mais, porém estava tudo em um baú no Palácio Tarasin, e não ia arriscar pegar tudo de uma vez só, não depois que os criados do palácio o tinham *carregado* de volta das docas feito um veado abatido em uma caçada. E ele estivera apenas conversando com capitães de navios; se Tylin descobrisse, e descobriria, que ele estava tentando sair do palácio com mais ouro do que precisava para algumas apostas... Ah, não! Mat necessitava de um quarto, algum cubículo no sótão de alguma estalagem, qualquer coisa, onde pudesse esconder seu ouro pouco a pouco, ou precisava de uma chance nos dados, uma coisa ou outra. No entanto, com sorte ou sem ela, Mat por fim se deu conta de que não ia encontrar nenhuma das duas coisas naquele dia. E os malditos dados em sua cabeça continuavam a rolar.

Não passou muito tempo em nenhum local, e não apenas pela falta de jogos ou de quartos. Suas roupas coloridas, mais extravagantes que as de um latoeiro, chamavam atenção. Alguns Seanchan pensaram que ele fosse um artista e tentaram lhe pagar para cantar! Mat quase aceitou algumas vezes, mas eles teriam pedido o dinheiro de volta depois de escutar sua voz. Alguns eboudarianos, portando longas facas curvadas no cinto e muita raiva que não podiam descontar nos Seanchan, cogitavam descontá-la no bufão que estava a uma cara pintada de parecer um bobo da corte. Mat voltava a se embrenhar na multidão sempre que se deparava com esses tipos. Tinha aprendido da pior maneira que ainda não estava em condições de lutar, e ter a cabeça de seu assassino espetada perto dos portões da cidade não lhe traria nenhum conforto.

Achou um espaço para descansar em um barril abandonado junto à entrada de um beco, em uma rara ponta de banco vazia em frente a uma taverna, sobre um degrau de pedra, até que a dona da casa saiu para expulsá-lo, derrubando seu chapéu com uma vassourada. Ele estava morrendo de fome, começando a sentir cada fresta em suas roupas espalhafatosas, o frio úmido se infiltrando em seus ossos, e os únicos dados à vista ainda eram aqueles rolando estrondosamente em sua cabeça feito cascos de cavalos. Achava que nunca tinham soado tão alto.

— Só me resta voltar a ser o maldito bichinho de estimação da rainha! — rosnou ele, usando o cajado para se erguer de um caixote de madeira rachado largado na sarjeta.

Vários transeuntes o encararam como se sua cara já estivesse pintada. Mat os ignorou; não valiam sua atenção. Não ia acertá-los na cabeça com o cajado, como mereciam por ficarem encarando daquele jeito.

As ruas de fato continuavam tão cheias quanto antes, percebeu, e só chegaria ao palácio tarde da noite, se tentasse abrir caminho pela multidão. Claro, talvez até lá Tylin já estivesse dormindo. Talvez. Sua barriga roncou, quase alto o bastante para abafar os dados. Ela podia ordenar que a cozinha lhe negasse comida, por conta do atraso.

Dez passos cansativos na muvuca e ele virou em um beco estreito e escuro, chão de terra. As paredes sem janelas, caiadas de branco, estavam rachadas, expondo os tijolos por baixo em vários pontos. O ar fedia a podridão, e Mat torceu para que a coisa gosmenta sob sua bota fosse lama quando um odor terrível subiu. Não havia ninguém. Ele podia dar passos largos. O tanto quanto conseguia, no momento. Mal podia esperar pelo dia em que voltaria a caminhar algumas milhas sem ficar ofegante e dolorido e precisando se apoiar em um pedaço de pau. Becos sinuosos, a maioria tão estreita que seus ombros roçavam as paredes, cortavam a cidade formando um labirinto em que era fácil se perder, caso não se soubesse o caminho. Mat não virou em nenhuma esquina errada, mesmo quando alguma passagem apertada e tortuosa de repente se bifurcava em outras três ou quatro que pareciam seguir todas mais ou menos na mesma direção. Já passara por muitas ocasiões em Ebou Dar em que precisara sumir de vista, e conhecia aqueles becos como a palma da própria mão. No entanto, por estranho que parecesse, ainda tinha a impressão de estar sendo observado. Imaginava que a sensação perduraria enquanto estivesse com aquelas malditas roupas.

Mesmo tendo que atravessar aglomerados de pessoas e animais para ir de um beco a outro, e de vez em quando seguir aos empurrões por uma ponte que parecia emparedada de gente, já estava quase chegando de volta ao palácio no espaço de tempo que teria levado para avançar três ruas. Enquanto andava rápido por uma viela sombria entre uma taverna bem iluminada e uma loja de louças fechada, Mat se perguntou o que teria de bom nas cozinhas. Aquele beco era mais largo do que a maioria, o bastante para três homens andarem juntos, se não se importassem com a proximidade, e dava na Praça Mol Hara, quase em frente ao Palácio Tarasin. Suroth estava morando lá, e os cozinheiros vinham se superando desde que ela mandara açoitar um grupo deles após sua primeira refeição. Talvez houvesse ostras ao creme, talvez peixe dourado, ou lula com pimentão. Dez passos penumbra adentro, Mat pisou em algo rígido e caiu na lama com um grunhido, virando-se no último instante para preservar a perna machucada. Algo gelado inundou seu casaco na mesma hora. Ele esperava que fosse água.

Grunhiu de novo quando botas pousaram em seu ombro. O sujeito tropeçou nele, xingando e patinando na lama do beco até cair apoiado em um joelho, conseguindo se apoiar na parede da taverna para impedir a queda total. Os olhos de Mat, se acostumando à luz fraca, conseguiram discernir um homem esbelto e ordinário, com algo que parecia uma grande cicatriz lhe cortando a bochecha. No entanto, não era um homem. Era a criatura que Mat vira estraçalhar a garganta de seu amigo com a mão, arrancar uma faca do próprio peito e arremessá-la de volta. E aquela coisa teria aterrissado bem na frente dele, ao alcance, se Mat não tivesse tropeçado. Talvez uma pequena reviravolta *ta'veren* tivesse trabalhado a seu favor, graças à Luz! Isso foi tudo em que teve tempo de pensar no instante que levou para o *gholam* se apoiar na parede e se virar para ele.

Praguejando, Mat pegou seu cajado caído e atirou-o na criatura como se fosse uma lança. Nas pernas, esperando atrapalhá-lo e assim ganhar algum tempo. A coisa deslizou para o lado feito água, desviando do cajado, as botas derrapando um pouco na lama, então se jogou para cima de Mat. No entanto, aquele atraso bastou. Assim que lançou o cajado, Mat enfiou a mão sob a camisa e segurou a cabeça de raposa, arrebentando o cordão de couro ao puxar o medalhão. O *gholam* pulou nele, que balançou o medalhão, desesperado. A prata, que estivera fria contra seu peito, tocou a mão estendida com um chiar feito o de bacon na panela e soltou um aroma de carne queimada. A criatura, rápida feito um raio, rosnou, tentando se desviar do medalhão rodopiante e alcançar alguma parte de Mat. No minuto em que conseguisse, Mat estaria morto. A coisa não estava para brincadeira, como no Rahad. Movendo-se freneticamente, Mat acertou o medalhão na outra mão do monstro, depois na cara, toda vez causando os mesmos chiados e o cheiro de queimado, como se o acertasse com ferro em brasa. O *gholam* recuou, rosnando, agachado em prontidão, as garras expostas, preparado para atacar ao menor sinal de fraqueza.

Sem deixar o medalhão perder velocidade, Mat se levantou, cambaleante, observando a criatura que parecia um homem. *Ele quer você morto tanto quanto quer ela*, dissera-lhe o monstro no Rahad, sorrindo, embora no momento não falasse nem sorrisse. Mat não sabia quem era o "ela", ou o "ele", mas o resto estava muito claro. E ali estava ele, mal se aguentando de pé. A perna e o quadril queimavam de dor, e as costelas também. Sem falar no ombro em que o *gholam* pousara. Precisava voltar para a rua, para a multidão. Talvez houvesse gente o bastante para deter a criatura. Uma esperança pequena, mas a única que enxergava. A rua não estava longe; ouvia a algazarra de vozes a uma curta distância.

Deu um passo cuidadoso para trás. Sua bota escorregou em alguma coisa que soltou um cheiro fétido e o fez cair contra a parede da taverna. Apenas o rodopio frenético do medalhão de prata mantinha o *gholam* afastado. Aquelas vozes na rua estavam tentadoramente próximas. Daria no mesmo se estivessem em Barsine. Barsine, que há muito morrera, e logo Mat também morreria.

— Ele está neste beco! — gritou um homem. — Venham! Rápido! Ele vai escapar!

Mat manteve-se concentrado no *gholam*, mesmo quando este olhou para a rua e hesitou.

— Recebi ordens de passar despercebido, a não ser por aqueles que eu ceifo — ladrou a criatura. — Então você vai viver um pouco mais. Um pouco mais.

Virando-se, ele correu pelo beco, escorregando um pouco na lama, mas ainda parecendo flutuar ao dobrar a esquina atrás da taverna.

Mat correu atrás dele. Não saberia explicar o que lhe dera na cabeça, além de pensar que aquela coisa tentara matá-lo, tentaria de novo, e ele estava em modo de ataque. Então a criatura pretendia assassiná-lo a seu bel-prazer, era? Se o medalhão podia machucá-lo, talvez pudesse matá-lo.

Ao virar a esquina da taverna, Mat avistou o *gholam* no mesmo momento em que a criatura olhou para trás e o viu. Mais uma vez, a coisa hesitou por um momento. A porta dos fundos da taverna estava entreaberta, deixando ecoar sons alegres. A criatura enfiou a mão em um buraco na parede de tijolo nos fundos do prédio em frente à taverna, e Mat congelou. O monstro não parecia precisar de armas, mas se tivesse escondido alguma ali... Seria difícil sobreviver a uma luta com aquele monstro armado. O *gholam* enfiou os braços depois das mãos, e em seguida a cabeça entrou pelo buraco. Mat ficou boquiaberto. O peito do *gholam* passou, as pernas também, e ele sumiu. Por um buraco que tinha no máximo dois palmos de largura.

— Acho que nunca vi nada parecido — disse uma voz baixa ao lado dele, e Mat se sobressaltou ao notar que não estava mais sozinho.

Um velho de cabelos brancos, ombros curvados e um narigão adunco no meio de uma cara triste carregava uma trouxa amarrada às costas e retornava uma longa adaga à bainha dentro do casaco.

— Eu já vi — respondeu Mat em tom sombrio. — Em Shadar Logoth.

Às vezes, algumas de suas próprias lembranças que considerava perdidas retornavam do nada, e aquela acabara de vir à tona ao ver o *gholam*. Ele preferia que tivesse continuado perdida.

— Poucos sobrevivem a uma visita ao local — disse o velho, observando-o. Seu rosto enrugado era familiar, mas Mat não conseguiu identificá-lo. — O que o levou a Shadar Logoth?

— Onde estão seus amigos? — questionou Mat. — As pessoas para quem você estava gritando.

Só estavam eles dois no beco. Os sons da rua continuavam altos, indiferentes a qualquer grito sobre alguém fugir caso não se apressassem. O velho deu de ombros.

— Acho que ninguém entendeu por que eu estava gritando. Já é difícil que se entendam. Só achei que podia espantar o sujeito. Mas vendo isso aí... — Ele gesticulou para o buraco na parede e deu uma risada seca, amarga, exibindo falhas entre os dentes. — Acho que nós dois temos a sorte do Tenebroso.

Mat fez uma careta. Já ouvira aquilo de muita gente, e não tinha gostado. Ainda mais porque não tinha como saber que não era verdade.

— Pode ser — murmurou. — Desculpe, eu deveria me apresentar direito ao homem que salvou meu pescoço. Sou Mat Cauthon. Você é recém-chegado a Ebou Dar? — A trouxa amarrada às costas do sujeito lhe dava uma aparência eremita. — Vai ter dificuldade em encontrar um lugar para dormir.

Apertou com cuidado a mão retorcida que o velho lhe estendeu; os dedos eram nodosos, como se todos os ossos tivessem sido quebrados ao mesmo tempo e mal remendados. Mas o aperto foi forte.

— Me chamo Noal Charin, Mat Cauthon. Não, já faz tempo que cheguei. Mas meu colchão no sótão da Patos Dourados foi ocupado por um gordo mercador de óleo illianense que foi expulso de seu quarto esta manhã por um oficial Seanchan. Pensei em encontrar um canto nos fundos deste beco para passar a noite. — Ele esfregou a lateral do nariz com um dedo retorcido e nodoso, depois deu uma risadinha, com se dormir em um beco não fosse nada. — Não vai ser a primeira vez nessa situação, mesmo em uma cidade.

— Acho que posso ajudar com isso — respondeu Mat, mas o resto da frase morreu em sua língua.

Ele se deu conta de que os dados ainda rolavam em sua cabeça. Esquecera-se deles enquanto o *gholam* tentava assassiná-lo, mas os dados ainda quicavam, aguardando um resultado. Se prenunciavam algo pior do que o *gholam*, ele não queria saber. Só que acabaria sabendo. Isso era certo. Ficaria sabendo, quando já fosse tarde demais.

Capítulo 17

Fitas cor-de-rosa

Ventos gelados cortavam a Mol Hara, sacudindo o manto de Mat e ameaçando congelar a lama acumulada em suas roupas conforme ele e Noal saíam às pressas do beco. O sol baixava por trás dos telhados, semioculto, e as sombras se alongavam. Com uma das mãos no cajado e a outra no cordão arrebentado do medalhão, dentro de um bolso de onde poderia sacar rápido, Mat tinha que deixar o manto esvoaçar livremente. Sentia dor dos pés à cabeça, e os dados trovejavam, em alerta, mas ele não prestava atenção a nada disso. Estava ocupado demais tentando vigiar todas as direções ao mesmo tempo e se perguntando por quais buracos minúsculos aquela coisa conseguiria passar. Pegou-se observando desconfiado as fendas do calçamento da praça. Embora parecesse improvável que a criatura o atacasse em público.

Um murmúrio ecoava das ruas ao redor, mas ali havia apenas um cachorro magricela correndo pela fonte com a estátua da falecida Rainha Nariene. Alguns diziam que sua mão erguida apontava para os tesouros marítimos que tinham enriquecido Ebou Dar, outros afirmavam que apontava para os perigos. Também diziam que sua sucessora quisera chamar atenção para o fato de que apenas um seio da estátua estava coberto, proclamando a honestidade de Nariene como mediana.

Em qualquer outro dia, a Mol Hara estaria cheia de namorados passeando e vendedores ambulantes e mendigos esperançosos, mesmo àquela hora de uma noite de inverno, mas desde a chegada dos Seanchan os mendigos tinham sido retirados das ruas e postos para trabalhar, e os outros mantinham distância mesmo à luz do dia. O motivo era o Palácio Tarasin, aquele grande amontoado de domos brancos e torres de mármore e varandas de ferro fundido, a residência de Tylin Quintara Mitsobar, pela Graça da Luz, Rainha de Altara — ou da parte de Altara que ficava a alguns dias de cavalgada de Ebou Dar —, Senhora dos Quatro Ventos e Guardiã do Mar das Tempestades. E, talvez o mais importante, a residência da Grã-lady Suroth Sabelle Meldarath, que comandava os Predecessores da Imperatriz dos Seanchan, que ela vivesse para sempre. Um posto muito mais eminente em Ebou Dar no momento. Em cada entrada encontrava-se guardas de Tylin, em suas botas verdes, calças largas brancas e placas peitorais douradas sobre os casacos também verdes, assim como homens e mulheres usando aqueles elmos de insetos e armaduras listradas de azul e amarelo ou verde e branco ou qualquer outra combinação possível. A Rainha de Altara exigia segurança e silêncio para o seu descanso. Ou melhor, isso era o que Suroth dizia, e Tylin rapidamente decidia que era mesmo o que queria.

Depois de um momento de ponderação, Mat guiou Noal para um dos portões dos estábulos. Seria mais fácil conseguir entrar com um desconhecido por ali do que pelas grandes escadarias de mármore que davam na praça. Sem falar que também seria mais fácil se livrar de toda aquela lama antes de encontrar Tylin. Da última vez que voltara todo desgrenhado, depois de uma briga de taverna, ela fora enfática nas reclamações.

Um bando de guardas eboudarianos estava de um lado dos portões abertos, segurando alabardas, e a mesma quantidade de Seanchan aguardava do outro lado, com suas lanças borladas, todos tão rígidos quanto a estátua de Nariene.

— Que a Luz abençoe a todos vocês — disse Mat em tom gentil aos guardas eboudarianos.

Era sempre bom ser educado com os eboudarianos, de início. E depois também, na verdade. Mesmo assim, eles eram mais... flexíveis... que os Seanchan.

— E ao senhor também, milorde — respondeu o oficial atarracado, avançando, e Mat o reconheceu como Surlivan Sarat, um bom sujeito que sempre tinha uma piada na ponta da língua e um bom olho para cavalos. Surlivan balançou a cabeça e batucou a lateral de seu elmo pontudo com o fino bastão dourado de seu posto. — Se meteu em outra briga, milorde? Ela vai explodir feito um gêiser quando vir o senhor.

Mat se irritou, empertigando os ombros e tentando não se apoiar tão obviamente no cajado. Sempre com uma piada? Pensando bem, o homem bronzeado tinha uma língua bem ferina. E também não entendia nada de cavalos.

— Vai haver algum questionamento se o meu amigo aqui for dormir com os meus homens? — perguntou Mat, seco. — Não deveria. Há espaço nos alojamentos.

Espaço para mais de um, na verdade. Oito homens já haviam morrido por segui-lo a Ebou Dar.

— Não da minha parte, milorde — disse Surlivan, embora observasse de canto de olho o homem esquelético ao lado de Mat, os lábios franzidos em reprovação.

O casaco de Noal, no entanto, parecia de qualidade, ao menos sob a luz fraca, e ele usava renda em condições melhores que as de Mat. Talvez isso tenha virado a balança.

— E ela não precisa saber de tudo, então nenhum questionamento da parte dela também.

Mat franziu o cenho, mas antes que respondesse com grosseria e colocasse a si mesmo e a Noal em apuros, três Seanchan de armadura chegaram galopando aos portões e Surlivan se virou para recebê-los.

— Você e a senhora sua esposa moram no Palácio da Rainha? — perguntou Noal, rumando para o portão.

Mat o puxou de volta.

— Espere por eles — disse, movendo a cabeça na direção dos Seanchan.

A senhora sua esposa? Malditas mulheres! Malditos dados em sua maldita cabeça!

— Tenho entregas para a Grã-lady Suroth — anunciou uma das Seanchan, batendo na bolsa de couro que pendia de seu ombro protegido pela armadura.

O elmo da mulher portava uma única pluma fina, identificando-a como uma oficial de baixo escalão, mas seu cavalo era um capão pardo alto e com ar veloz. As outras duas montarias também pareciam robustas, mas isso era o melhor que se podia dizer delas.

— Entrem, com a bênção da Luz — respondeu Surlivan, fazendo uma leve mesura.

A Seanchan imitou a cortesia de cima da sela.

— Que a bênção da Luz recaia sobre você também — disse ela, e os três cavaleiros partiram para os estábulos.

— É estranho — comentou Surlivan, observando o grupo. — Eles sempre pedem permissão para nós, não para eles. — O homem indicou com o bastão os guardas Seanchan do outro lado dos portões.

Não haviam sequer alterado suas posturas rígidas, ou mesmo olhado de relance para os recém-chegados, pelo que Mat observara.

— E o que fariam se você não os deixasse entrar? — perguntou Noal baixinho, tirando a trouxa das costas.

Surlivan deu meia-volta.

— Basta que eu tenha jurado lealdade à minha rainha, e que ela tenha jurado lealdade a... a quem jurou — disse ele, sem rodeios. — Dê uma cama ao seu amigo, milorde. E avise a ele que aqui em Ebou Dar tem coisa que é melhor não comentar e perguntas que é melhor não fazer.

Noal pareceu confuso e fez menção de explicar que fora apenas uma curiosidade, mas Mat trocou mais algumas gentilezas com o oficial altarano — o mais rápido que pôde, decerto — e apressou seu novo conhecido pelos portões, explicando aos sussurros sobre os Ouvidores. O homem podia ter salvado seu couro do *gholam*, mas isso não significava que o deixaria entregar esse mesmo couro de bandeja aos Seanchan. Eles também tinham uns tais de Inquiridores e, pelo pouco que ouvira a respeito — mesmo quem falava abertamente sobre os Guardas da Morte ficava de boca bem fechada sobre os Inquiridores —, eles faziam os Questionadores dos Mantos-brancos parecerem um bando de meninos perturbando moscas, incômodo, mas nada muito preocupante.

— Entendi — disse o velho, hesitante. — Não sabia disso. — Ele soou irritado consigo mesmo. — Você deve passar um bom tempo com os Seanchan. Conhece essa tal de Grã-lady Suroth também? Admito que não fazia ideia de que você era tão bem conectado.

— Passo tempo com soldados, nas tavernas, quando posso — respondeu Mat, amargurado. Quando Tylin deixava. Pela Luz, era o mesmo que estar casado! — Suroth nem sabe que eu existo. — E ele esperava com todo fervor que continuasse assim.

Os três Seanchan já tinham sumido de vista, seus cavalos sendo conduzidos aos estábulos, mas dezenas de *sul'dam* exercitavam suas *damane* fazendo-as caminhar em um grande círculo ao redor do pátio de pedra. Metade das *damane*, em suas roupas cinza, eram mulheres negras despidas das joias que usavam como Chamadoras de Ventos. Havia outras mais no palácio e fora dali; os Seanchan tinham feito uma rica colheita dentre os navios do Povo do Mar que não conseguiram escapar. A maioria tinha expressões de resignação amuada ou rostos severos, mas umas sete ou oito tinham olhares perdidos e confusos, ainda incrédulas. Todas eram acompanhadas por uma *damane* Seanchan nativa, que segurava sua mão ou as envolvia com o braço, sorrindo e sussurrando sob os olhares de aprovação das mulheres que usavam os braceletes conectados às suas coleiras de prata. Algumas das mulheres de olhar perdido abraçavam as *damane* junto delas como quem se agarrava a uma tábua de salvação. Isso teria bastado para causar calafrios em Mat, se suas roupas úmidas já não tivessem se encarregado disso.

Tentou fazer Noal apertar o passo pelo pátio, mas o círculo fez com que uma *damane* que não era nem Seanchan nem Atha'an Miere se aproximasse dele, presa a uma *sul'dam* roliça e grisalha, de pele oliva e aparência altarana e maternal; a mãe rigorosa de uma criança malcriada, a julgar pelo olhar que lançava à mulher sob sua custódia. Teslyn Baradon tinha emagrecido naquele um mês e meio como cativa dos Seanchan, mas seu rosto de idade indefinida ainda mantinha aquela expressão de quem comia espinhos nas três refeições diárias. Por outro lado, ela caminhava calmamente em sua coleira, e obedecia às instruções murmuradas da *sul'dam* sem hesitação, parando apenas para fazer uma profunda mesura para Noal e Mat. Por um instante, porém, seus olhos escuros o encararam com raiva antes que ela e a *sul'dam* seguissem no circuito do pátio. Plácida, obediente. Mat já vira *damane* serem penduradas e chicoteadas naquele mesmo estábulo até estarem berrando, apenas por esboçarem resistência, inclusive Teslyn. Ela nunca o ajudara em nada, e talvez o tenha atrapalhado algumas vezes, mas ele não teria lhe desejado aquele destino.

— Melhor do que a morte, eu acho — murmurou ele, seguindo em frente.

Teslyn era uma mulher dura, provavelmente passava o tempo todo planejando a fuga, mas tenacidade só levava até certo ponto. A Senhora dos Navios e seu Mestre das Lâminas tinham morrido na lança sem soltar nem um pio, mas isso não os salvara.

— Dá para acreditar? — disse Noal, distraído, remexendo outra vez sua trouxa. Suas mãos alquebradas tinham segurado a adaga com bastante destreza, mas pareciam desajeitadas com todo o resto.

Mat o encarou, cenho franzido. Não, não dava para acreditar. Aqueles *a'dam* se pareciam bastante com a coleira invisível que Tylin pusera nele. Por outro lado, Tylin que o tratasse feito um bichinho o resto da vida, se assim ele evitasse a lança. Pela Luz, queria que aqueles malditos dados em sua cabeça parassem de uma vez! Não, mentira. Desde que se dera conta do que eles significavam, nunca mais desejara que os dados parassem de rolar.

O quarto que Chel Vanin e os Braços Vermelhos restantes dividiam não ficava muito longe dos estábulos; era um aposento pintado de branco, com um teto baixo e camas de sobra para o número de sobreviventes. Vanin, um grandalhão calvo, estava deitado na dele só de camisa, com um livro aberto apoiado no peito. Mat ficou surpreso que o homem *soubesse* ler. Cuspindo por um espaço entre os dentes, Vanin olhou as roupas enlameadas de Mat.

— Andou arrumando briga de novo? Acho que ela não vai gostar nada disso.

Ele não se levantou. Com algumas poucas exceções, Vanin se considerava no mesmo patamar que qualquer lorde ou lady.

— Algum problema, Lorde Mat? — resmungou Harnan, se pondo de pé. Era um homem forte, tanto de porte físico quanto de temperamento, mas travou o maxilar quadrado, fazendo remexer o gavião tatuado em sua bochecha. — Com todo o respeito, o senhor não está em condições de arrumar confusão. É só nos descrever a cara do sujeito que nós resolvemos.

Os outros três se reuniram atrás dele com expressões ansiosas, dois já pegando o casaco enquanto enfiavam a barra das camisas nas calças. Metwyn, um cairhieno com cara de criança mas que era dez anos mais velho que Mat, preferiu pegar a espada que apoiara ao pé da cama e a puxou um pouco da bainha para conferir o fio. Era o melhor espadachim dentre eles, muito bom mesmo, embora Gorderan chegasse perto, apesar de sua aparência de ferreiro. Gorderan não era nem de longe tão lento quanto seus ombros largos faziam parecer. Uma dúzia de Braços Vermelhos seguira Mat Cauthon a Ebou Dar, oito deles estavam mortos, e os outros estavam presos em um palácio onde não podiam beliscar as criadas, brigar por causa de dados nem beber até cair, como teriam feito em qualquer estalagem, sabendo que o estalajadeiro os jogaria na cama depois, mesmo provavelmente esvaziando suas bolsas de moedas no caminho.

— O Noal aqui pode contar a história melhor do que eu — respondeu Mat, empurrando o chapéu para trás. — Ele vai ficar aqui com vocês. Noal salvou minha vida hoje.

Isso causou exclamações de surpresa e vivas para Noal, sem falar em tapas nas costas que quase derrubaram o velho. Vanin chegou a marcar a página do livro com seu dedo gordo e se erguer um pouco mais no colchão.

Colocando sua trouxa em uma cama vazia, Noal contou a história com gestos exagerados, diminuindo seu papel e até se narrando como um bobalhão, com tropeços na lama e olhares boquiabertos para o *gholam*, enquanto Mat lutava feito um herói. O homem tinha um dom para contar histórias, descrevendo as cenas tão bem quanto um menestrel. Harnan e os Braços Vermelhos morreram de rir, notando que ele não queria roubar o protagonismo de seu capitão e aprovando o gesto, mas qualquer risada morreu quando chegou no ponto da trama em que o atacante de Mat se enfiou em um buraquinho na parede e desapareceu. Até essa cena foi muito vívida com a descrição de Noal. Vanin largou o livro e cuspiu outra vez por entre os dentes. O *gholam* deixara Vanin e Harnan à beira da morte no Rahad. E só não completara o serviço porque estava atrás de outra presa.

— Parece que aquela coisa está atrás de mim, por algum motivo — disse Mat, como se nada fosse, quando o velho terminou de falar e se sentou na cama com seus pertences, aparentemente exausto. — Já deve ter jogado dados comigo alguma vez e eu não lembro. Não precisam se preocupar, é só não se meter no caminho dele. — Ele sorriu, tentando fazer soar como uma piada, mas ninguém nem sequer sorriu. — De qualquer modo, vou lhes dar algumas moedas amanhã de manhã. Vocês vão comprar passagem no primeiro navio de partida para Illian, e levar Olver junto. Thom e Juilin também, se eles aceitarem ir. — Achava que ao menos o caçador de ladrões aceitaria. — E Nerim e Lopin, claro. — Tinha se habituado com os criados ao seu dispor, mas não precisava muito deles ali. — Talmanes já deve estar perto de Caemlyn a esta altura. Vocês não devem ter dificuldade em encontrá-lo.

Uma vez que os homens tivessem partido, Mat estaria sozinho com Tylin. Pela Luz, preferiria enfrentar o *gholam* de novo!

Harnan e os outros três Braços Vermelhos se entreolharam, Fergin coçando a cabeça como se não estivesse entendendo direito. Talvez não estivesse. O homem magricela era um bom soldado — não o melhor, mas bom —, porém não era muito esperto no que dizia respeito a outros assuntos.

— Isso não está certo — respondeu Harnan, por fim. — Para começar, Lorde Talmanes arrancaria nosso couro se voltássemos sem você.

Os outros três concordaram. Isso Fergin compreendia.

— E você, Vanin? — perguntou Mat.

O homem gordo deu de ombros.

— Se eu tirar aquele garoto de perto de Riselle, ele vai me estripar feito um peixe assim que eu pegar no sono. Eu também me estriparia, no lugar dele. De todo modo, aqui eu tenho tempo para ler. Nunca tinha isso quando trabalhava como ferrador.

Essa era uma das profissões itinerantes que ele dizia exercer. A outra era cavalariço. Na verdade, ele era um ladrão de cavalos e caçador ilegal, o melhor de dois países, e talvez de mais.

— Vocês são todos loucos — disse Mat, cenho franzido. — Só porque ele está atrás de mim, não quer dizer que não vá matar vocês, se encontrar pela frente. A oferta permanece de pé. Qualquer um que recuperar o juízo pode ir.

— Já vi sujeitos como você — comentou Noal de repente. O homem encarquilhado era a imagem da velhice e da exaustão, mas seus olhos brilhantes e astutos estudavam Mat. — Alguns homens têm esse jeito que faz os outros quererem segui-lo. Alguns conduzem à ruína, outros, à glória. Acho que seu nome ainda pode entrar para os livros de história.

Harnan fez uma cara tão confusa quanto a de Fergin. Vanin cuspiu e voltou a se recostar, reabrindo o livro.

— Se toda a minha sorte acabar, talvez — resmungou Mat.

Sabia o que era preciso para entrar para os livros de história. E muitos acabavam morrendo fazendo isso.

— É melhor ir se ajeitar antes que ela te veja — sugeriu Fergin subitamente. — Essa lama toda vai deixar ela de cara feia com certeza.

Pegando o chapéu em um gesto irritado, Mat saiu pisando duro, sem falar mais nada. Bom, pisando tão duro quanto conseguia com seu cajado. Antes que a porta se fechasse, ouviu Noal começar um conto sobre a vez em que velejara em um navio do Povo do Mar e aprendera a tomar banho em água gelada e salgada. Pelo menos era assim que a história começava.

Mat pretendia se limpar antes que Tylin o visse, pretendia mesmo, mas enquanto mancava pelos corredores cheios daqueles ornamentos floridos que os eboudarianos chamavam de tapeçarias-veranis, pela estação que evocavam, quatro servos usando o uniforme verde e branco do palácio, além de umas sete criadas, sugeriram que ele tomasse um banho e trocasse de roupa antes que a rainha o visse, se oferecendo para preparar a banheira e buscar trajes limpos sem que ela ficasse sabendo. Eles não sabiam de tudo que se passava entre Mat e Tylin, graças à Luz — ninguém além dele e da própria Tylin sabia das piores partes —, mas já sabiam mais do que deveriam. O pior era que aprovavam, cada um dos malditos criados de todo o desgraçado Palácio Tarasin. Para começar, do ponto de vista deles, Tylin era a rainha e podia fazer o que bem entendesse. Além disso, ela andara com um temperamento instável desde o domínio Seanchan, e se Mat Cauthon limpinho e cheio de renda era o que a impedia de explodir para cima deles por bobeira, eles esfregariam atrás de suas orelhas e o enrolariam em renda feito um presente dominical!

— Lama? — disse ele para uma criada bonita e sorridente que lhe fez uma mesura.

Havia um brilho naqueles olhos escuros, e o decote profundo de seu corpete exibia busto o suficiente para competir com o de Riselle. Em qualquer outro dia, ele teria gastado um tempo apreciando a visão.

— Que lama? Não vejo lama alguma!

A moça ficou boquiaberta e se esqueceu de desfazer a mesura, encarando-o com os joelhos dobrados enquanto Mat se afastava coxeando.

Juilin Sandar quase deu de cara com ele ao virar no corredor a toda. O caçador de ladrões taireno saltou para trás abafando um xingamento, seu rosto negro empalidecendo até se dar conta de quem quase atropelara. Então murmurou desculpas e seguiu em frente às pressas.

— Thom envolveu você nas bobeiras dele, Juilin? — perguntou Mat.

Juilin e Thom dividiam um quarto nos alojamentos dos criados, e não havia motivo para ele estar por ali. Usando um casaco escuro de estilo taireno, que esvoaçava acima do cano das botas, Juilin se destacava entre os serviçais feito um pato em um galinheiro. Suroth tratava esse tipo de coisa com severidade, mais até do que Tylin. O único motivo que Mat via para a presença do homem era qualquer plano que Thom e Beslan estivessem tramando.

— Não, nem se incomode em me contar. Fiz uma oferta a Harnan e aos outros, que também vale para você. Se quiser partir, eu lhe dou o dinheiro para isso.

A verdade era que Juilin não parecia prestes a lhe contar nada. O caçador de ladrões enganchou os polegares no cinto e devolveu o olhar de Mat.

— O que Harnan e os homens disseram? E o que Thom está fazendo, que você chama de bobeira? Se tem um lugar que ele conhece melhor que nós dois, é este.

— O *gholam* ainda está em Ebou Dar, Juilin. — Thom se considerava um especialista no Jogo das Casas, e adorava meter o nariz na política. — A criatura tentou me matar hoje mais cedo.

Juilin grunhiu como se tivesse levado um soco na barriga, e correu a mão pelo curto cabelo preto.

— Tenho motivos para ficar um pouco mais — disse ele. — Mesmo assim.

Sua postura mudou de leve, ficando teimosa e defensiva, e um tanto culpada. Juilin nunca tivera inclinação para flertes, que Mat soubesse, mas quando um homem fazia aquela cara, só tinha um significado.

— Leve ela junto — respondeu Mat. — E, se ela não quiser ir, você não vai passar uma hora em Tear sem conseguir uma mulher para se sentar em cada perna sua. Mulheres são assim, Juilin. Se uma diz não, sempre tem outra para dizer sim.

Um servo passando apressado com uma pilha de toalhas de linho olhou em choque para a imundície de Mat, mas Juilin pensou que o olhar fosse para ele e tirou as mãos do cinto, adotando uma postura mais humilde. Sem muito sucesso. Thom podia dormir com os criados, mas desde o princípio fizera parecer que aquilo era uma escolha, uma excentricidade, e ninguém questionaria ao vê-lo por ali, talvez se esgueirando para o atual quarto de Riselle, que um dia Mat já ocupara. Já Juilin tagarelara tanto sobre ser um caçador de ladrões — e jamais um *apanhador* de ladrões — e encarara tantos lordezinhos metidos a besta e comerciantes complacentes olho no olho, para demonstrar que estava no mesmo nível deles, que agora todos no palácio o conheciam. E sabiam onde ele deveria estar: no andar de baixo.

— Milorde é sábio — disse ele, bem alto, fazendo uma mesura rígida. — Milorde sabe tudo de mulheres. Perdoe este humilde homem, milorde, mas preciso retornar ao meu lugar. — Virando-se para partir, ele falou por sobre o ombro, ainda em voz alta: — Hoje ouvi dizer que se milorde chegar outra vez parecendo que foi arrastado pela sarjeta, a rainha pretende lhe dar umas chibatas.

E essa foi a pedra que desconjuntou a carroça.

Abrindo bruscamente as portas para os aposentos de Tylin, Mat entrou apressado, jogou o chapéu pelo quarto... E congelou, de queixo caído e com todas as palavras que pretendera dizer agarradas na ponta da língua. Seu chapéu pousou no tapete e rolou, ele não viu para onde. Um sopro de vento sacudia as altas janelas arqueadas que davam para uma varanda com vista para a Mol Hara.

Tylin, uma cadeira entalhada em forma de bambu e banhada a ouro, se virou e o observou por cima de um cálice dourado de vinho. Seu cabelo brilhante e ondulado, levemente grisalho nas têmporas, emoldurava um rosto bonito com olhos de rapina, e nem um pouco satisfeitos no momento. Mat começou a reparar em detalhes sem importância. Ela balançava sutilmente a perna cruzada, fazendo ondular as volumosas anáguas verde e brancas. Uma renda verde-clara contornava a fenda oval do vestido que deixava entrever seus seios, onde estava pendurado o cabo cravejado de joias de sua faca de casamento. Ela não estava sozinha. Suroth estava sentada em frente a ela, encarando o próprio cálice de vinho com uma expressão fechada e tamborilando as unhas compridas no braço da cadeira; era uma mulher até bela, apesar do cabelo raspado naquele longo penacho, mas fazia Tylin parecer um coelhinho, em comparação. Duas unhas em cada mão estavam pintadas de azul. Estranhamente, sentada ao lado dela estava uma menininha, também usando um ornamentado robe florido por cima de saias brancas, mas com um véu translúcido lhe cobrindo toda a cabeça — que parecia inteiramente raspada! — e usando uma fortuna em rubis. Mesmo atordoado, ele reparava em rubis e ouro. Uma mulher esbelta, quase tão negra quanto seus trajes pretos e alta até para os parâmetros Aiel, estava parada atrás da cadeira da menina, os braços cruzados em uma impaciência mal disfarçada. Seu cabelo ondulado era curto, mas não raspado, então ela não era do Sangue nem *so'jhin*. De uma beleza imperiosa, a mulher deixava tanto Tylin quanto Suroth parecendo insossas. Ele também reparava em mulheres bonitas, mesmo quando sentia que tinha sido atingido na cabeça por um martelo.

No entanto, não foi a presença de Suroth ou das desconhecidas que o fez estacar de repente. Os dados tinham parado, pousando com um estrondo que fez seu crânio zumbir. Isso nunca tinha acontecido. Mat ficou esperando que algum Abandonado surgisse das chamas da lareira de mármore, ou que a terra se abrisse para engolir o palácio.

— Você não está me escutando, pombinho — arrulhou Tylin em um tom de voz perigoso. — Eu disse para você ir para as cozinhas comer um docinho até eu estar livre para recebê-lo. E aproveite para tomar um banho. — Seus olhos escuros cintilavam. — Depois conversamos sobre toda essa lama.

Confuso, Mat repassou tudo na cabeça. Tinha entrado no quarto, os dados tinham parado, e... nada acontecera. Nada!

— Esse homem foi atacado — disse a pequena figura de véu, levantando-se. Sua voz ficou tão fria quanto o vento lá fora. — Você me disse que as ruas estavam seguras, Suroth! Estou descontente.

Alguma coisa *tinha* que acontecer! Já devia ter acontecido! Algo sempre acontecia quando os dados paravam.

— Eu garanto, Tuon, que as ruas de Ebou Dar estão tão seguras até mesmo quanto as ruas de Seandar — respondeu Suroth, o que fez Mat despertar de seu estupor. Ela soou... nervosa. Suroth costumava deixar outras pessoas nervosas.

Um jovem esbelto e elegante, usando os trajes quase transparentes de *da'covale*, surgiu ao lado dela com um cântaro alto de porcelana azul, curvando a cabeça ao se oferecer para encher seu cálice. Isso fez Mat se sobressaltar de novo. Não havia notado mais ninguém no quarto. O homem loiro naquele traje indecente nem era o único. Uma ruiva magra, mas voluptuosa, usando o mesmo traje transparente, estava ajoelhada junto a uma mesa que continha garrafas de especiarias, mais cântaros de louça fina do Povo do Mar e um pequeno braseiro de bronze folheado a ouro com atiçadores, necessário para aquecer o vinho, enquanto uma criada grisalha e de olhos nervosos, usando o uniforme verde e branco da Casa Mitsobar, aguardava na outra ponta. E a um canto, tão imóvel que ele ainda quase não viu, mais uma Seanchan, uma mulher baixinha com metade do cabelo loiro raspado e um busto que seria páreo para o de Riselle, se seu vestido vermelho e amarelo não a cobrisse toda até o queixo. Não que ele quisesse mesmo conferir. Os Seanchan eram muito sensíveis a respeito de seus *so'jhin*. E Tylin era sensível a respeito de qualquer mulher. Não houvera uma criada mais jovem que sua avó nos aposentos dela desde que Mat conseguira sair da cama.

Suroth olhou para o jovem elegante como se ponderasse o que ele era, então balançou a cabeça sem dizer nada e voltou sua atenção para a garota, Tuon, que dispensou o rapaz com um gesto. A criada de uniforme se adiantou para pegar o cântaro dele e tentar encher o cálice de Tylin, mas a rainha fez um gesto discreto que a mandou de volta ao canto. Tylin estava sentada completamente imóvel. Não era de surpreender que quisesse evitar atenção, considerando que aquela tal de Tuon assustava até Suroth.

— Estou descontente, Suroth — repetiu a garota, lançando um olhar severo para a outra. Mesmo de pé, ela não ficava muito acima da grã-lady sentada. Mat supôs que ela também fosse uma grã-lady, de patente mais alta que Suroth. — Você reconquistou muita coisa, e isso vai agradar à Imperatriz, que viva para sempre, mas seu ataque impensado a leste foi um desastre que não deve se repetir. E se as ruas desta cidade estão seguras, como ele pode ter sido atacado?

Era visível que Suroth apertava com muita força o braço da cadeira e o cálice. Ela lançou um olhar furioso a Tylin, como se aquele sermão fosse culpa dela, e recebeu em resposta um sorriso contrito e um curvar de cabeça. Ah, sangue e cinzas, ele ia pagar por aquilo!

— Eu caí, só isso — falou ele, atraindo todos os olhares bruscamente, como se sua voz fosse fogos de artifício. Suroth e Tuon pareceram chocadas de ouvi-lo falar. Tylin parecia uma águia que queria seu coelho frito. — Miladies — acrescentou ele, o que não pareceu melhorar a situação.

A mulher alta estendeu a mão de repente e pegou o cálice de Tuon, jogando-o na lareira. Fagulhas subiram pela chaminé. A criada fez menção de recolher o cálice antes que sofresse mais danos, então se aquietou a um toque do *so'jhin*.

— Está sendo tola, Tuon — disse a mulher alta, e sua voz fez o tom duro da menina parecer risonho. Ela quase não tinha mais o familiar sotaque arrastado Seanchan. — Suroth tem a situação bem controlada. O que aconteceu a leste pode acontecer em qualquer batalha. Pare de perder tempo com bobagens.

Suroth a encarou, embasbacada por um momento, antes de reassumir sua máscara pétrea. Mat também ficou um tanto boquiaberto. Usar aquele tom com alguém do Sangue era pedir umas boas chicotadas, isso se tivesse sorte!

Para sua surpresa, Tuon curvou de leve a cabeça.

— Talvez tenha razão, Anath — disse ela, tranquila, e até com certa deferência. — O tempo e os presságios dirão. Mas está óbvio que o jovem mentiu. Talvez tema irritar Tylin. Seus ferimentos são claramente maiores do que uma queda poderia causar, a não ser que a cidade tenha penhascos que não vi.

Então ele temia irritar Tylin, era? Bom, pensando bem, temia mesmo, um pouco. Mas só um pouco. Só não gostava de ser lembrado disso. Apoiando-se no cajado comprido, ele tentou achar uma posição confortável. Bem que podiam lhe oferecer um assento.

— Fui ferido no dia em que seu pessoal tomou a cidade — respondeu Mat com seu sorriso mais atrevido. — O seu povo estava lançando raios e bolas de fogo a torto e a direito. Mas já estou quase curado, obrigado por perguntar.

Tylin enterrou a cara em seu cálice de vinho, mas ainda conseguiu lançar a ele por cima da borda um olhar que prometia vingança.

As saias de Tuon farfalharam contra o tapete enquanto ela se aproximava. O rosto escuro sob o véu poderia até ser bonito, não fosse aquela expressão de um juiz prestes a declarar uma sentença de morte. E se tivesse cabelo, no lugar daquela careca. Os olhos eram grandes e brilhosos, mas extremamente indiferentes. Todas as suas compridas unhas estavam pintadas de vermelho-vivo, notou ele. Mat se perguntou se aquilo tinha algum significado. Luz, daria para um homem viver anos no luxo só com o valor daqueles rubis.

Ela estendeu a mão, pousando um dedo sob o queixo dele, que fez menção de recuar. Até que Tylin lhe lançou um olhar por cima da cabeça de Tuon, prometendo vingança imediata se ele ousasse se afastar. Irritado, ele deixou que a garota virasse sua cabeça para inspecioná-lo.

— Você lutou contra nós? — perguntou ela. — Já fez seus juramentos?

— Já jurei — resmungou ele. — E não tive chance de lutar.

— Então teria lutado.

Contornando-o devagar, ela continuou sua inspeção, dedilhando a renda em seus punhos, tocando o cachecol negro em seu pescoço, erguendo a barra de seu manto para examinar o bordado. Mat suportou tudo, recusando-se a se remexer, seu olhar tão fulminante quanto o de Tylin. Pela Luz, já comprara cavalos sem examiná-los tão bem! Em seguida ela ia querer dar uma olhada em seus dentes!

— O rapaz já lhe disse como se machucou — falou Anath em um tom gélido e imperioso. — Se o deseja, então compre-o e pronto. O dia foi longo, e você já deveria estar na cama.

Tuon hesitou, olhando o anel de sinete no dedo dele. Era um protótipo, para demonstrar a habilidade do entalhador, com uma raposa correndo e dois corvos em voo, rodeados por luas crescentes, e Mat o comprara por acaso, embora tivesse se afeiçoado à joia. Tuon queria o anel?, ele se perguntou. Ela se empertigou e olhou-o nos olhos.

— Bom conselho, Anath. Quanto quer por ele, Tylin? Se for um dos seus favoritos, dê um preço e eu pago o dobro.

Tylin se engasgou com o vinho e começou a tossir. Mat quase caiu do cajado. A garota estava tentando *comprá-lo*? Bom, pela expressão dela, parecia mesmo estar analisando um cavalo.

— Ele é um homem livre, Grã-lady — respondeu Tylin, trêmula, quando conseguiu falar. — Eu... Eu não posso vendê-lo.

Mat teria rido, se Tylin não tivesse soado como alguém tentando não bater o queixo, se a maldita Tuon não tivesse acabado de perguntar seu preço. Um homem livre! Ha!

A garota lhe deu as costas, como se esquecesse o assunto.

— Você está com medo, Tylin, e, sob a Luz, não deveria estar.

Deslizando até a cadeira de Tylin, ela ergueu o véu com as duas mãos, desnudando a metade inferior do rosto, e se inclinou para beijar suavemente a rainha, uma vez em cada olho e depois nos lábios. Tylin ficou aturdida.

— Você é uma irmã para mim e para Suroth — disse Tuon, sua voz surpreendentemente gentil. — Eu própria vou escrever seu nome como alguém do Sangue. Você será Grã-lady Tylin, além de Rainha de Altara, e mais, como lhe foi prometido.

Anath bufou alto.

— Sim, Anath, eu sei. — A menina suspirou, endireitando-se e baixando o véu. — O dia foi longo e árduo, e estou cansada. Mas vou mostrar a Tylin as terras que tenho em mente para ela, para que possa ficar tranquila. Há mapas nos meus aposentos, Tylin. Me daria a honra de me acompanhar até lá? Tenho excelentes massagistas.

— A honra é toda minha — respondeu Tylin, ainda soando quase tão desestabilizada quanto antes.

A um gesto da *so'jhin*, o homem loiro correu para abrir a porta e se ajoelhou enquanto a segurava aberta, mas as mulheres, fossem Seanchan ou altaranas ou de qualquer outro lugar, ainda precisavam alisar e ajeitar as roupas antes de partir. Embora, no caso de Tuon e Suroth, fosse a *da'covale* ruiva quem prestasse esse serviço. Mat aproveitou a oportunidade para puxar Tylin num canto, longe o bastante para que não fossem entreouvidos. Os olhos azuis da *so'jhin* toda hora voltavam a ele, reparou, mas ao menos Tuon, recebendo os cuidados da esbelta *da'covale*, parecia ter esquecido sua existência.

— Eu não só caí — contou ele a Tylin, baixinho. — O *gholam* tentou me matar pouco mais de uma hora atrás. Talvez seja melhor eu partir. Aquela coisa está atrás de mim, e vai matar qualquer um por perto também.

Acabara de pensar naquele plano, mas achava que tinha uma boa chance de sucesso.

Tylin fungou.

— Ele... Aquela coisa... Não vai pegar você, porquinho. — Ela lançou um olhar para Tuon, que, se flagrado, seria capaz de fazer a garota esquecer aquela história de serem irmãs. — E ela também não. — Ao menos Tylin teve o bom senso de sussurrar.

— Quem é ela? — perguntou ele. Bem, nunca passara de uma chance.

— A Grã-lady Tuon, e você sabe tanto quanto eu — respondeu Tylin, a voz bem baixa. — Suroth faz tudo que ela manda, e ela faz tudo que Anath manda, embora eu possa jurar que Anath é algum tipo de criada. Eles são um povo muito peculiar, docinho.

Tylin tirou um pouco de lama seca de seu rosto com um dedo. Mat não tinha se dado conta de que tinha lama até na cara. De repente, o olhar de rapina voltou com tudo.

— Lembra-se das fitas cor-de-rosa, docinho? Quando eu voltar, quero ver como você fica vestido de rosa.

Ela deixou o quarto com Tuon e Suroth, seguidas por Anath, pela *so'jhin* e pelos *da'covale*, deixando Mat com a criada idosa que começou a recolher as garrafas na mesa. Mat desabou em uma das poltronas entalhadas em bambu e apoiou a cabeça nas mãos.

Em qualquer outro momento, a menção às fitas cor-de-rosa o teria deixado em choque. Não deveria ter tentado dar o troco nela. Nem o *gholam* ocupava tanto dos seus pensamentos. Os dados tinham parado e... O quê? Ele dera de cara, ou quase, com três pessoas que não conhecia, mas não podia ser isso. Talvez fosse a respeito de Tylin se tornar do Sangue. Mas toda vez que os dados pararam antes, era porque algo tinha acontecido a ele pessoalmente.

Ficou ali sentado, preocupado, enquanto a criada chamava mais serviçais para ajudar a levar tudo embora. Ficou sentado até Tylin retornar. Ela não se esquecera das fitas cor-de-rosa, e isso o fez esquecer todo o resto por um bom tempo.

Capítulo 18

Uma oferta

Os dias após o ataque do *gholam* entraram em uma rotina que irritava Mat profundamente. O céu nublado não se alterava, exceto por deixar ou não cair chuva.

Havia rumores nas ruas sobre um homem assassinado por um lobo nos arredores da cidade, com a garganta estraçalhada. Ninguém soava preocupado, só curioso; fazia anos que não apareciam lobos em Ebou Dar. Mat se preocupava. O povo da cidade podia até pensar que um lobo chegaria tão perto das muralhas, mas ele sabia a verdade. O *gholam* ainda estava por ali. Harnan e os outros Braços Vermelhos continuaram se recusando a partir, alegando que podiam protegê-lo, e Vanin nem sequer deu uma justificativa, a não ser que um resmungo sobre Mat ter bom olho para cavalos rápidos contasse como uma. Porém, ele cuspiu logo depois de falar. Riselle, com seu rosto trigueiro belo o bastante para fazer um homem perder a voz e seus olhos escuros sagazes o bastante para deixá-lo de boca seca, perguntou a idade de Olver, e quando Mat respondeu que ele devia ter uns dez anos, a mulher ficou surpresa e tamborilou um dedo nos lábios cheios, pensativa, mas, se modificou alguma coisa nas lições do menino, isso não mudou em nada o entusiasmo dele por seus peitos ou pelos livros que ela lia. Mat achava que, por Riselle e seus livros, Olver seria capaz até de abandonar seus jogos noturnos de Cobras e Raposas. E quando o moleque saía do quarto que um dia Mat ocupara, Thom frequentemente entrava em seu lugar, a harpa debaixo do braço. Tudo isso bastaria para deixar Mat irritado, mas não era nem metade da questão.

Thom e Beslan saíam juntos o tempo todo, sem convidá-lo, e passavam metade do dia ou metade da noite fora. Não tinham comentado mais nada sobre seus planos, embora Thom ao menos tivesse a elegância de parecer constrangido. Mat esperava que eles não causassem a morte de ninguém por besteira, mas ao que tudo indicava os dois não se importavam com sua opinião. Beslan o encarava com desprezo sempre que o via. Juilin continuou a se esgueirar para os andares superiores e foi flagrado por Suroth, o que lhe rendeu umas chibatadas amarrado a um poste nos estábulos. Mat viu as marcas enquanto Vanin cuidava dele — o homem afirmava que tratar humanos era igual a tratar animais — e avisou que da próxima vez poderia ser pior, mas o tolo continuou subindo as escadas toda noite, mesmo que o mero roçar da camisa em suas costas causasse dor. Só podia ser por causa de mulher, embora o caçador de ladrões se recusasse a comentar. Mat suspeitava que se tratasse de uma das nobres Seanchan. Se fosse uma das criadas, poderiam se encontrar nos aposentos dele, já que Thom passava tanto tempo fora.

Com certeza não era Suroth nem Tuon, mas elas não eram as únicas Seanchan de Sangue Nobre no palácio. A maioria dos aristocratas Seanchan alugava quartos, e mais frequentemente casas inteiras, na cidade, mas muitos tinham vindo com Suroth, e a menina também trouxera outro punhado. Apesar das cabeças raspadas e dos olhares de desprezo a todo mundo que mantinha o cabelo comprido, algumas das mulheres até que eram bem atraentes. Isso quando reparavam em alguém mais do que reparavam em alguma peça de mobília. Era difícil de imaginar que alguma daquelas esnobes fosse prestar atenção em um sujeito que dormia na ala dos criados, mas a Luz sabia que mulheres às vezes tinham gostos peculiares para homens. Ele não teve escolha a não ser deixar Juilin em paz. Quem quer que fosse a mulher, podia fazer com que o caçador de ladrões acabasse decapitado, mas aquele tipo de fervor precisava passar sozinho antes que o homem recuperasse o juízo. Mulheres conseguiam fazer coisas estranhas com a cabeça de um homem.

Os navios recém-chegados descarregavam pessoas, animais e remessas por dias infinitos, a tal ponto que as muralhas da cidade explodiriam se todos permanecessem lá dentro, mas eles se espalhavam da cidade rumo aos campos com suas famílias, suas habilidades e sua pecuária, preparados para se assentar. Soldados também passavam aos milhares, infantarias e cavalarias bem organizadas, com ares de veteranos, avançando para norte em suas armaduras coloridas, e para leste, atravessando o rio. Mat desistiu de tentar contá-los. Às vezes via criaturas esquisitas, embora a maioria fosse desembarcada cidade acima, para evitar as ruas. Os *torm* pareciam gatos do tamanho de cavalos, com escamas brônzeas e três olhos, e apavoravam a maioria dos cavalos de verdade quando se aproximavam.

Os *corlm*, pássaros peludos e sem asas, da altura de um homem, tinham orelhas longas e trêmulas, e bicos que pareciam ansiosos para picar carne. Os enormes *s'redit* tinham narizes compridos e presas mais compridas ainda. Os *raken* e os ainda maiores *to'raken* vinham voando de seus pontos de pouso abaixo do Rahad, feito grandes lagartos com asas de morcego, carregando homens nas costas. Era fácil aprender os nomes; qualquer soldado Seanchan adorava discutir a necessidade de batedores montados em *raken* e as habilidades de rastreamento dos *corlm*, e se os *s'redit* serviam ou não serviam para mais do que transportar carga, e se os *torm* eram espertos demais para serem confiáveis. Mat aprendera muitas coisas interessantes de homens que desejavam o que a maioria dos soldados desejava: bebidas, mulheres e um pouco de jogatina, não necessariamente nessa ordem. Aqueles soldados eram mesmo veteranos. O Império Seanchan era maior do que qualquer nação entre o Oceano de Aryth e a Espinha do Mundo, e todos respondiam à mesma Imperatriz, mas um histórico de rebeliões e revoltas constantes mantivera os soldados bem treinados. Seria mais difícil desencavar os fazendeiros.

Claro que nem todos os soldados partiram. Uma forte guarnição permaneceu, não apenas de Seanchan, mas de lanceiros tarabonianos em seus véus de aço e piqueiros amadicianos com suas placas peitorais pintadas ao estilo das armaduras Seanchan. E altaranos também, além dos soldados da Casa de Tylin. Segundo os Seanchan, os altaranos do interior, com as fendas vermelhas cruzando seus peitorais, pertenciam a Tylin tanto quanto os sujeitos que guardavam o Palácio Tarasin, mas isso, estranhamente, não parecia agradar a ela. E também não parecia agradar muito aos interioranos também; eles e os homens usando o verde e branco da Casa Mitsobar se entreolhavam feito gatos de rua em um quarto pequeno. Muitos olhares fulminantes eram trocados, entre tarabonianos e amadicianos, amadicianos e altaranos, e vice-versa, animosidades antigas e duradouras vindo à tona, mas ninguém fazia mais que sacudir punhos e soltar uns palavrões. Quinhentos Guardas da Morte tinham desembarcado e ficado em Ebou Dar, por algum motivo. A taxa de crimes cometidos em qualquer cidade grande havia caído drasticamente sob o domínio Seanchan, mas os Guardas passaram a patrulhar as ruas como se esperassem que ladrões, arruaceiros e talvez até brigadas armadas até os dentes pulassem das sarjetas. Os altaranos, os amadicianos e os tarabonianos mantinham o temperamento bem sob controle. Só um tolo arrumava briga com os Guardas da Morte, e nunca mais de uma vez. Outro contingente de Guardas também tomara residência na cidade; uma centena de Ogier, por estranho que parecesse, vestidos de vermelho e preto. Às vezes eles participavam das patrulhas junto com os outros, e às vezes vagavam com seus machados de cabo longo nos ombros. Não se pareciam em nada com o amigo de Mat, Loial. Ah, claro que tinham os mesmos narizes largos, orelhas peludas e sobrancelhas que caíam até as bochechas, além dos olhos enormes, mas os Jardineiros encaravam cada homem como se estivessem pensando se ele precisava ter alguns membros aparados. Ninguém era tolo o bastante para arrumar briga com um Jardineiro sequer uma vez.

Os Seanchan partiam de Ebou Dar, e notícias chegavam. Mesmo quando precisavam dormir no sótão, os comerciantes ocupavam os salões das estalagens, fumando seus cachimbos e contando histórias que sabiam que ninguém mais contava. Desde que as histórias não afetassem os lucros. Os guardas dos comerciantes já não ligavam tanto para os lucros que seus chefes não iam mesmo dividir, então contavam tudo, e parte era verdade. Marinheiros espalhavam rumores para qualquer um disposto a lhes pagar uma caneca de cerveja, ou, melhor ainda, de vinho quente com especiarias, e depois de bêbados o suficiente, falavam ainda mais, de portos que tinham visitado e de eventos que presenciaram, e provavelmente de sonhos que tiveram depois de encher a cabeça de fumo. Ainda assim, ficou claro que o mundo fora de Ebou Dar estava em turbilhão, feito o Mar das Tempestades. Contos de Aiel saqueando e incendiando vinham de todos os cantos, e de mais exércitos em movimento além dos Seanchan, exércitos em Tear e em Murandy, em Arad Doman e em Andor, em Amadícia, que ainda não estava inteiramente sob controle Seanchan, e de dezenas de grupos armados pequenos demais para serem chamados de exércitos no interior da própria Altara. Exceto pelos homens de Altara e Amadícia, ninguém parecia muito certo de quem pretendia enfrentar, e Altara era sempre uma incógnita: em toda ocasião, os altaranos davam um jeito de se aproveitar da confusão para se vingar de velhas disputas contra os vizinhos.

Porém, as notícias que mais abalavam a cidade eram sobre Rand. Mat tentava não pensar muito nele nem em Perrin, mas ficava difícil evitar aqueles redemoinhos de cores em sua mente quando todo mundo estava falando do Dragão Renascido. Alguns proclamavam que ele estava morto, assassinado pelas Aes Sedai, por um ataque da Torre Branca em peso em Cairhien, ou talvez em Illian, ou em Tear. Não, elas o tinham sequestrado, e ele era um prisioneiro na Torre Branca. Não, ele tinha ido por vontade própria à Torre Branca e jurara lealdade ao Trono Amyrlin. Esse último rumor ganhou muito crédito porque um bando de homens dizia ter visto a proclamação, assinada pela própria Elaida, que relatava o fato. Mat tinha suas dúvidas, pelo menos a respeito de Rand estar morto ou ter jurado lealdade. Era estranho, mas tinha certeza de que sentiria se Rand morresse, e, quanto ao juramento, não acreditava que ele chegaria nem a cem milhas da Torre Branca por vontade própria. Não importava se era o Dragão Renascido, Rand tinha não poderia ser tão tolo.

Essa notícia — em todas as suas versões — agitou os Seanchan feito uma vareta cutucando um formigueiro. Oficiais de alta patente cruzavam os salões do Palácio Tarasin a qualquer hora do dia ou da noite, seus estranhos elmos emplumados debaixo do braço, as botas ecoando no chão de azulejo, os rostos solenes. Mensageiros partiam às pressas de Ebou Dar, a cavalo ou nos *to'raken*. *Sul'dam* e *damane* passaram a patrulhar as ruas, em vez de apenas permanecer nos portões com os guardas, caçando mais mulheres capazes de canalizar. Mat mantinha distância dos oficiais e cumprimentava qualquer *sul'dam* por quem passasse com toda a educação. Qualquer que fosse a situação de Rand, não podia ajudá-lo ali de Ebou Dar. Primeiro, precisava dar o fora da cidade.

Na manhã seguinte ao ataque do *gholam*, Mat botou fogo em todas as fitas cor-de-rosa, jogando a pilha inteira na lareira assim que Tylin saiu do quarto. Também queimou um casaco que ela mandara fazer para ele, duas calças e um manto, tudo cor-de-rosa. O fedor de lã e seda queimadas encheu os aposentos, e ele abriu algumas janelas para arejar o local, mas sem se preocupar. Ficou bastante aliviado de vestir calças azuis e um casaco verde bordado, além de um manto azul exaustivamente ornamentado. Nem mesmo a quantidade de renda o incomodou. Pelo menos não tinha nada rosa. Nunca mais queria *pôr os olhos* naquela cor!

Enfiando o chapéu na cabeça, saiu coxeando do Palácio Tarasin com determinação renovada para encontrar um cubículo onde estocar o necessário para sua fuga, nem que tivesse que visitar cada taverna, estalagem e muquifo da cidade dez vezes. Mesmo lá pelo Rahad. Cem vezes! Gaivotas cinza e bicos-de-tesoura de asas pretas voavam no céu cor de chumbo que prometia mais chuva, e um vento gelado com gosto de maresia cortava a Mol Hara, sacudindo mantos. Mat pisou duro pelas pedras do pavimento, como se pretendesse quebrar todas elas. Pela Luz, se fosse preciso, se juntaria à trupe de Luca naqueles trajes. Talvez o homem o deixasse trabalhar como palhaço! Provavelmente faria questão disso. Ao menos permaneceria perto de Aludra e seus segredos.

Mat já tinha atravessado a praça quando percebeu que estava em frente a um grande edifício branco que conhecia muito bem. A placa sobre a porta em arco dizia "A Mulher Errante". Um sujeito alto em armadura vermelha e preta saiu marchando, o elmo embaixo do braço portando três finas plumas negras, e ficou esperando que lhe trouxessem seu cavalo. Era um homem de rosto franco, o cabelo já ficando grisalho nas têmporas. Nem olhou na direção de Mat, que também evitou encará-lo. Por mais simpático que parecesse, o sujeito era um Guarda da Morte, afinal, e ainda por cima um Estandarte-General. Com a Mulher Errante localizada tão próxima do palácio, todos os quartos tinham sido alugados para soldados Seanchan de alta patente, e por isso Mat não visitara mais o local desde que se recuperou. Os soldados Seanchan comuns não eram tão maus, sempre dispostos a passar a noite jogando e a pagar uma rodada de cerveja quando chegava sua vez, mas os oficiais de alto escalão se comportavam feito nobres. De todo modo, Mat precisava começar de algum lugar.

O salão estava quase exatamente como se lembrava, com seu pé-direito alto e sua boa iluminação oferecida pelos lampiões nas paredes, apesar de ainda estar cedo. Persianas pesadas cobriam as janelas em arco para proteger do frio, e as duas grandes lareiras estavam acesas. Um leve odor de fumaça de cachimbo tomava o ar, e cheiro de comida boa vinha da cozinha. Duas mulheres com flautas e um homem com um tambor entre os joelhos tocavam uma canção eboudariana rápida e estridente, e ele balançou a cabeça no ritmo. Nada muito diferente da sua última visita ao local, pelo visto. Mas todas as cadeiras estavam agora ocupadas por Seanchan, alguns de armadura, outros vestindo longos casacos bordados, bebendo, conversando, estudando mapas abertos nas mesas. Em uma delas, uma mulher grisalha com a chama de *der'sul'dam* bordada no ombro parecia estar repassando um relatório, e em outra, uma *sul'dam* magricela acompanhada por sua *damane* de rosto redondo aparentava estar recebendo instruções. Muitos Seanchan tinham as laterais da cabeça raspada, deixando o cabelo em formato de cuia, mas comprido na parte de trás, formando uma espécie de rabicho largo que nos homens ia até os ombros e, nas mulheres, muitas vezes chegava à cintura. Eram os lordes e ladies comuns, sem nenhum "grã" ou "grão" no título, mas pouco fazia diferença. Um lorde era um lorde, e, além disso, os homens e mulheres correndo atrás das criadas para conseguir mais bebidas tinham aquela mesma expressão plácida de desdém dos oficiais, o que significava que estavam pegando bebidas para pessoas importantes o bastante para pôr um homem em apuros. Muitos repararam nele e franziram o cenho, e Mat quase foi embora.

Então viu a estalajadeira descendo a escada sem corrimão nos fundos do salão, uma mulher imponente, de olhos castanho-esverdeados e cabelo levemente grisalho, usando grandes argolas douradas nas orelhas. Setalle Anan não era eboudariana, nem sequer altarana, ele suspeitava, mas usava a faca de casamento pendurada de cabo para baixo em uma corrente de prata, pendendo em seu profundo decote, além de uma lâmina curva na cintura. Ela sabia que Mat supostamente era um lorde, mas o quanto acreditava nisso, ou se ao menos faria qualquer diferença engolir toda aquela bobajada, ele não podia afirmar. De todo modo, ela o viu no mesmo instante e sorriu, um sorriso amigável e acolhedor que a deixou ainda mais bonita. Não havia opção além de ir cumprimentá-la, perguntar de sua saúde, nada muito profundo. Seu marido era um homem musculoso, capitão de um barco de pesca, e com mais cicatrizes de duelos do que Mat gostava de lembrar. A mulher imediatamente perguntou de Nynaeve e Elayne, e, para a surpresa de Mat, se ele tinha notícias da Confraria. Ele não fazia ideia de que Setalle já sequer ouvira falar delas.

— Elas foram com Nynaeve e Elayne — sussurrou ele, cauteloso, olhando ao redor para garantir que nenhum Seanchan estivesse prestando atenção. Não pretendia falar muito, mas mencionar a Confraria na presença dos Seanchan lhe arrepiava a nuca. — Até onde sei, estão todas em segurança.

— Que ótimo. Ficaria triste de ver qualquer uma delas encoleirada.

A tola nem sequer baixou a voz!

— Sim, é ótimo — murmurou ele.

Então explicou rapidamente o que estava procurando, antes que Setalle começasse a gritar sobre como estava feliz que mulheres capazes de canalizar tivessem escapado dos Seanchan. Mat também estava feliz por isso, só não o bastante para acabar acorrentado.

Ela balançou a cabeça e se sentou nos degraus, apoiando as mãos nos joelhos. Suas saias verde-escuras, com uma fenda costurada a um lado, revelavam anáguas vermelhas. Quando se tratava de escolha de cores, os eboudarianos realmente deixariam os latoeiros na lama. Ao redor deles, o murmúrio de vozes Seanchan disputava com a música alta, e ela lhe lançou um olhar severo.

— O problema é que você não conhece nossos costumes. Ter um amante é um costume antigo e honrado em Altara. Muitos jovens, homens e mulheres, mantêm um casinho do tipo, para mimar e dar presentes, antes de resolverem se casar. Por outro lado, um amante pode partir quando desejar. Tylin não deveria tratá-lo como ouvi dizer que vem tratando. Mesmo assim, preciso comentar que ela o veste bem — acrescentou Setalle, como quem dava o devido crédito. Ela girou o dedo. — Levante o manto e dê uma voltinha, para eu ver melhor.

Mat respirou fundo para se acalmar. Quatro vezes. Seu rosto estava ficando vermelho de pura raiva. Não estava corando de vergonha. Óbvio que não! Pela Luz, será que a cidade inteira sabia?

— Você tem ou não tem algum espaço que eu possa usar? — perguntou ele, a voz engasgada.

No fim das contas, ela tinha. Ele podia ocupar uma prateleira no porão, que Setalle garantiu permanecer seco o ano todo, e um buraco sob o chão de pedra da cozinha, onde certa vez ele escondera seu baú de ouro. E o aluguel custou apenas que ele erguesse o manto e desse uma voltinha para ela ver melhor. A mulher sorria feito um gato! Uma Seanchan de rosto aquilino usando armadura azul e vermelha gostou tanto do espetáculo que lhe jogou uma larga moeda de prata com estranhos entalhes, um ameaçador rosto feminino de um lado e um tipo de corrente grossa do outro.

Ainda assim, ele conseguira um local para guardar roupas e dinheiro, e ao voltar para o palácio, para os aposentos de Tylin, descobriu que tinha roupas para estocar lá.

— Receio que as roupas de milorde estejam em péssimo estado — disse Nerim em tom lúgubre. Mas o cairhieno magricela e grisalho teria usado o mesmo tom para anunciar um presente ou um saco de gotas de fogo. Seu rosto comprido estava em constante estado de consternação. Pelo menos ele mantinha um olho na porta para vigiar o retorno de Tylin. — Está tudo imundo, e infelizmente o mofo estragou vários dos melhores casacos nobres.

— Estava tudo guardado em um armário junto com os brinquedos de infância do Príncipe Beslan, milorde — disse Lopin, rindo e ajeitando as lapelas de seu casaco escuro igual ao de Juilin.

O homem calvo era o oposto de Nerim, rechonchudo em vez de esquelético, de pele escura em vez de pálida, com a barriga protuberante sempre vibrando com uma risada. Logo após a morte de Nalesean, ele passara um tempo competindo em desânimo com Nerim, como competia em todo o resto, mas com o passar das semanas foi voltando ao normal. Ao menos conquanto que ninguém mencionasse seu antigo mestre.

— Estão empoeiradas, milorde. Duvido que aquele armário tenha sido aberto desde que o príncipe abandonou seus soldadinhos de brinquedo.

Sentindo que sua sorte enfim voltara, Mat mandou que começassem a levar suas roupas para A Mulher Errante, umas poucas peças por vez, e com um punhado de moedas a cada viagem. Sua lança de cabo preto, recostada em um canto do quarto de Tylin com seu arco de Dois Rios, teria que ir por último. Tirar aquilo dali talvez fosse tão difícil quanto sua mudança em si. Poderia até fabricar outro arco, mas não ia abandonar a *ashandarei*.

Paguei um preço alto demais por essa maldita coisa para largá-la aqui, pensou, dedilhando a cicatriz oculta pelo cachecol. Uma das primeiras dentre muitas. Luz, seria bom pensar que seu futuro guardava mais do que cicatrizes e batalhas indesejadas. E uma esposa que não queria nem conhecia. Tinha de haver mais que isso. Mas primeiro precisava escapar de Ebou Dar inteiro. Isso estava acima de tudo.

Lopin e Nerim fizeram uma mesura e partiram com o equivalente a duas bolsas cheias espalhadas pelos bolsos das vestes, para não criar volume, mas foi só eles saírem que Tylin apareceu questionando por que os criados pessoais de Mat estavam andando pelos corredores como se apostassem uma corrida. Se estivesse querendo morrer, Mat teria respondido que estavam apostando para ver quem chegava primeiro à estalagem com seu ouro, ou quem limpava suas roupas mais rápido, mas ele apenas tratou de distraí-la, e logo todos os outros assuntos sumiram da cabeça dele, exceto pela noção de que sua sorte começara a lhe favorecer em algo mais do que apostas. Agora só faltava conseguir que Aludra lhe revelasse seu segredo antes que ele partisse. Tylin era dedicada no que fazia, e por um tempo ele deixou de lado os fogos, Aludra e a fuga. Por um tempo.

Depois de procurar um pouco pela cidade, enfim encontrou um fabricante de sinos. Havia muitos fabricantes de gongos em Ebou Dar, mas apenas um de sinos, com uma fundição além das muralhas a oeste. O sujeito cadavérico e irritadiço estava suando no calor de sua enorme fornalha de ferro; a fundição, com seu único cômodo escaldante, mais parecia uma câmara de tortura. Correntes de içamento pendiam das vigas, e a fornalha cuspia labaredas sem aviso, criando sombras bruxuleantes que deixaram Mat quase cego. Mal conseguia recuperar o foco e outra erupção o deixava de visão embaçada outra vez. Os trabalhadores pingavam suor enquanto derramavam bronze derretido do cadinho em moldes quadrados bem mais altos que um homem, e que tinham sido erguidos por roldanas. Outros moldes bem grandes estavam espalhados pelo chão de pedra, dentre vários outros menores, de diferentes tamanhos.

— Milorde gosta de um gracejo. — Mestre Sutoma forçou uma risada, mas não parecia achar graça, seu cabelo escuro úmido e grudado ao rosto.

A risada soou tão oca quanto suas bochechas, e ele não parava de olhar feio para seus funcionários, como se suspeitasse que eles fossem deitar e dormir caso não os vigiasse de perto. Nem um cadáver conseguiria dormir naquele calor. A camisa de Mat estava grudando na pele, e o suor já deixava manchas em seu casaco.

— Não sei nada de Iluminadores, milorde, e nem quero saber. Bobagens inúteis, os fogos de artifício. Bem diferente dos sinos. Se milorde me der licença... Estou muito ocupado. A Grã-lady Suroth encomendou treze sinos para um conjunto de vitória, os maiores sinos já fabricados no mundo. E Calwyn Sutoma vai fabricá-los!

O homem não parecia se importar com o fato de que fora uma vitória em cima de sua própria cidade. A última frase o deixou sorrindo e esfregando as mãos esqueléticas.

Mat tentou fazer Aludra desistir, mas a mulher era rígida como se também tivesse sido feita em bronze. Bom, quando ela enfim permitiu que Mat a envolvesse nos braços, Aludra se revelou bem mais macia que bronze, mas mesmo beijos que a deixaram toda trêmula não a fizeram mudar de ideia.

— Eu não gosto de dizer a um homem nada além do que ele precisa saber — comentou ela, sem fôlego, sentada ao lado dele em um banco acolchoado de seu carroção. Não permitia que passassem dos beijos, mas o beijava com entusiasmo. As trancinhas com contas que voltara a usar estavam emaranhadas. — Homens são fofoqueiros, sim? Falam, falam, falam, e vocês mesmos nunca sabem o que vão deixar escapar. Além disso, posso ter te dado esse enigma para que você tivesse que voltar, não é? — Então voltou a se concentrar em ficar mais desgrenhada, e em desgrenhá-lo também.

No entanto, ela parara de fabricar flores-da-noite depois do que ele contara sobre a casa do capítulo em Tanchico. Mat visitou o Mestre Sutoma mais duas vezes, mas na segunda o fabricante trancou a porta para impedi-lo de entrar. Estava construindo os maiores sinos já feitos, e não queria ser atrapalhado por um estrangeiro idiota com perguntas idiotas.

Tylin passou a pintar duas unhas de cada mão de verde, embora não tivesse raspado as laterais da cabeça. Em algum momento rasparia, ela disse a ele, alisando os próprios fios compridos e se olhando no espelho de moldura dourada na parede do quarto, mas primeiro queria se acostumar à ideia. Estava chegando a acordos com os Seanchan, e ele não podia culpá-la por isso, por mais torto que Beslan olhasse para a mãe.

Ela não tinha como saber nada a respeito de Aludra, mas no dia seguinte aos beijos com a Iluminadora, as criadas de meia-idade sumiram de seus aposentos, substituídas por mulheres enrugadas de cabelos brancos. Tylin passou a cravar sua faca curva em um dos postes da cama à noite, bem ao alcance, e a comentar em tom natural sobre como Mat ficaria em um daqueles trajes transparentes dos *da'covale*. Na verdade, não era só à noite que ela cravava a faca lá. Criadas sorridentes passaram a anunciar que Tylin o estava convocando ao quarto dizendo apenas que ela cravara a faca na cama, então Mat passara a evitar qualquer criada uniformizada com um sorrisinho no rosto. Não era que não gostasse de ir para cama com Tylin, exceto pelo fato de que ela era uma rainha, e tão esnobe quanto qualquer outra nobre. E pelo fato de que ela o fazia se sentir um ratinho sendo feito de brinquedo por um gato. Mas os dias eram claros por uma quantidade limitada de horas, ainda que mais numerosas que nos invernos de sua terra natal, e por um tempo Mat se perguntou se ela pretendia ocupar todas elas.

Por sorte, Tylin começou a passar cada vez mais tempo com Suroth e Tuon. Seus acordos pareciam incluir uma amizade, ao menos com Tuon. Ninguém conseguia fazer amizade com Suroth. Tylin aparentava ter adotado a menina, ou a menina a adotara; ela contava pouco de suas conversas a Mat, dando apenas resumos vagos, e muitas vezes nem isso, mas as duas passavam horas sozinhas, caminhavam pelo palácio aos sussurros, e às vezes davam risadas. Era frequente que Anath ou Selucia, a *so'jhin* loura de Tuon, as acompanhasse, além de um par rigoroso de Guardas da Morte, de vez em quando.

Mat ainda não conseguira definir a relação entre Suroth, Tuon e Anath. À primeira vista, Suroth e Tuon se comportavam como iguais, chamando uma à outra pelo nome, rindo das piadas uma da outra. Tuon nunca dava nenhuma ordem a Suroth, pelo menos não na frente dele, mas Suroth parecia tomar qualquer sugestão de Tuon como um comando. Anath, por outro lado, era sempre dura com a garota, fazendo críticas afiadas, chamando-a de tola e coisa pior.

— Esse é o pior tipo de estupidez, menina. — Ele a ouvira dizer certo dia, pelos corredores, em uma voz fria.

Tylin não lhe enviara uma daquelas convocações vulgares — ainda —, e ele estava tentando se esgueirar pelos corredores para não lhe dar oportunidade, espiando a cada curva. Planejara uma visita a Sutoma e outra a Aludra. As três Seanchan — quatro, contando Selucia, mas não achava que a levassem em consideração — estavam reunidas no corredor seguinte. Tentando permanecer atento a qualquer criada sorridente, Mat esperou com impaciência que elas partissem. Não importava qual fosse o assunto, não gostariam de ser interrompidas.

— Uma provinha do chicote resolve isso, coloca juízo na sua cabeça — continuou a mulher alta, sua voz feito gelo. — Peça e será feito.

Mat cutucou o ouvido e sacudiu a cabeça. Só podia ter escutado errado. Selucia, aguardando tranquilamente com os braços cruzados na altura da cintura, não pareceu nada surpresa. Suroth, no entanto, arfou.

— Você decerto a punirá por isso! — disse ela, irritada, lançando um olhar fulminante a Anath. Ou tentando. A mulher alta lhe dedicou a mesma atenção que dispensaria a uma cadeira.

— Você não entende, Suroth. — O suspiro de Tuon balançou o véu que lhe cobria o rosto. Cobria, mas não ocultava. Ela parecia… resignada. Mat ficara surpreso ao descobrir que Tuon era apenas poucos anos mais nova que ele; teria apostado em uns dez. Bom, uns seis ou sete. — Os presságios dizem outra coisa, Anath — respondeu a menina com toda a calma, sem uma gota de raiva. Estava apenas atestando fatos. — Pode ter certeza de que avisarei se isso mudar.

Alguém lhe cutucou o ombro, e Mat deu de cara com uma criada lhe oferecendo um grande sorriso. Bom, não estava tão ansioso assim para sair imediatamente.

Tuon o preocupava. Ah, quando se cruzavam nos corredores, ele fazia sua melhor mesura, e em resposta ela o ignorava por completo, assim como Suroth e Anath. Mas começava a parecer que se cruzavam com muita frequência.

Certa tarde, ele entrou nos aposentos de Tylin, depois de ficar sabendo que a rainha estava em reunião com Suroth para resolver um assunto qualquer, e encontrou Tuon no quarto examinando sua *ashandarei*. Mat congelou ao vê-la dedilhar as palavras entalhadas na Língua Antiga ao longo do cabo negro. Havia um corvo de metal ainda mais escuro incrustado em cada ponta da frase, e mais dois entalhados na lâmina suavemente curva. Corvos eram o símbolo do Império Seanchan. Prendendo a respiração, ele tentou recuar sem fazer barulho.

Aquele rosto velado voltou-se para ele. Um rosto bem bonito, talvez até lindo, se abandonasse aquela expressão de quem estava prestes a dar uma dentada em um pedaço de pau. Ele já não a achava tão pueril — aqueles cintos largos que usava destacavam suas poucas curvas —, mas ainda parecia muito nova. Mat conhecera poucas mulheres adultas mais jovens que sua avó com as quais não quisesse compartilhar uma dança, talvez uns beijos, mesmo aquelas Seanchan arrogantes, mas nunca tinha esses pensamentos a respeito de Tuon. Uma mulher precisava ter algum volume que pudesse apertar, ou então qual era o sentido?

— Não imagino que Tylin possua um objeto desses — disse ela, calma, voltando a apoiar a lança de lâmina comprida junto ao arco. — Então deve ser seu. O que é? Como você o conseguiu?

O questionamento frio fez com que ele travasse o maxilar. A maldita mulher parecia estar falando com um criado. Pela Luz, até onde ele sabia, Tuon sequer sabia seu nome! Tylin dizia que ela nunca perguntara a respeito dele, nem o mencionara, depois da oferta de comprá-lo.

— É uma lança, milady — disse ele, resistindo ao impulso de se apoiar no batente da porta e enganchar os polegares no cinto. Ela era do Sangue Seanchan, afinal. — Eu a comprei.

— Pago dez vezes o preço que você pagou. Basta dizer.

Ele quase riu. Quis rir, e não por diversão, com toda a certeza. Nada de *você consideraria vendê-la*, apenas *vou comprar e pago esse tanto*.

— O preço não foi em ouro, milady. — Ele levou a mão ao cachecol negro instintivamente, para garantir que ainda cobria a cicatriz irregular ao redor do pescoço. — Só um tolo o pagaria uma vez, muito menos dez.

Ela o analisou por um momento, sua expressão ilegível, apesar de o véu ser tão transparente. E então foi como se ele desaparecesse. Tuon cruzou os aposentos como se Mat não estivesse mais ali e foi embora.

Aquela não foi a única vez que ele a encontrou sozinha. Claro que Tuon não passava o tempo todo com Anath ou Selucia ou os guardas, contudo, parecia que com demasiada frequência Mat decidia voltar para buscar alguma coisa e dava de cara com ela sozinha, observando-o, ou então ele saía de algum cômodo e a encontrava à porta. Mais de uma vez, olhou para trás ao deixar o palácio e viu seu rosto velado espiando de alguma janela. Era verdade que ela não ficava encarando; Tuon o olhava e seguia em frente como se Mat tivesse desaparecido, ou espiava pela janela e se voltava para dentro do cômodo assim que ele a flagrava. Era como se ele fosse um abajur de pé no corredor, uma pedra do calçamento da Mol Hara. No entanto, isso começou a inquietá-lo. Afinal, a mulher tentara *comprá-lo*. Uma coisa dessas bastava para deixar qualquer um nervoso.

No entanto, nem mesmo Tuon era capaz de afetar essa sensação de que as coisas estavam finalmente entrando nos eixos. O *gholam* não retornou, e Mat começou a pensar que talvez ele tivesse ido atrás de alguma "ceifa" mais fácil. De qualquer forma, Mat mantinha-se longe de becos escuros e lugares desertos onde a criatura pudesse atacá-lo. Seu medalhão lhe servira muito bem, mas uma boa multidão servia melhor. Em sua última visita a Aludra, ela quase deixara algo escapar — ele tinha certeza disso —, antes de se conter e expulsá-lo às pressas do carroção. Com beijos suficientes, não havia segredo que uma mulher pudesse manter. Permaneceu longe d'A Mulher Errante, para evitar levantar suspeitas em Tylin, mas Nerim e Lopin transferiam discretamente suas roupas para o porão da estalagem. Pouco a pouco, metade do conteúdo do baú de aço fundido debaixo da cama de Tylin cruzou a Mol Hara e foi parar no buraco sob o piso da cozinha.

Mas aquele buraco começou a preocupá-lo. Fora um bom esconderijo para o baú, que era resistente o bastante para quebrar cinzéis. E, na época, Mat morava no andar de cima da estalagem. Agora o ouro era apenas jogado naquele orifício depois que Setalle limpava a cozinha. E se alguém começasse a se perguntar por que ela mandava todo mundo sair quando Lopin e Nerim chegavam? Qualquer pessoa podia erguer aquele ladrilho, se soubesse onde procurar. Precisava tomar as próprias garantias. Depois, muito depois, se perguntaria por que os malditos dados não lhe avisaram de nada a respeito.

CAPÍTULO 19

Três mulheres

O sol mal tinha se erguido no horizonte e o vento já soprava do norte, o que o povo da região sempre dizia prenunciar chuva, e de fato o céu estava nublado quando ele atravessou a Mol Hara. Os homens e mulheres que frequentavam o salão d'A Mulher Errante haviam mudado, não havia *sul'dam* ou *damane* daquela vez, mas o local ainda estava cheio de Seanchan e fumaça de cachimbo, embora os músicos não tivessem aparecido. A maioria das pessoas no salão estava tomando o café da manhã, às vezes espiando suas tigelas com desconfiança, como se incertos do que lhes fora servido — Mat sentia o mesmo a respeito do estranho mingau branco que os eboudarianos comiam de manhã —, mas nem todo mundo estava ocupado com comida. Três homens e uma mulher em longos trajes bordados jogavam cartas e fumavam cachimbo em uma das mesas, suas cabeças raspadas ao estilo dos nobres menores. As moedas de ouro na mesa chamaram a atenção de Mat por um instante; estavam apostando alto. As maiores pilhas de moedas se encontravam diante de um homem de cabelo negro e pele tão escura quanto a de Anath, que exibia um sorriso lupino para seus oponentes por entre a piteira de um cachimbo revestido de prata. Mat, porém, já tinha o próprio dinheiro, e nunca tivera tanta sorte nas cartas quanto nos dados.

A Senhora Anan, todavia, tinha saído ao amanhecer para realizar alguma tarefa, como explicou sua filha Marah, que ficara no comando da estalagem. Marah era uma jovem corpulenta, com olhos grandes e belos do mesmo tom de castanho-esverdeado da mãe, e usava saias com uma fenda que ia até a metade da coxa esquerda, algo que a Senhora Anan nunca teria permitido na época em que Mat se hospedara ali. A moça não ficou contente de vê-lo, fechando a cara logo que reparou em sua presença. Mat matara dois homens na estalagem, durante sua estada; ladrões que haviam tentado lhe quebrar a cabeça, claro, mas era o tipo de coisa que não acontecia n'A Mulher Errante. Quando ele foi embora, Marah deixou bem claro que estava feliz de vê-lo partir.

Ela tampouco estava interessada nos assuntos atuais dele, e Mat não podia explicar nada direito. Esperava com fervor que apenas a Senhora Anan soubesse do que estava escondido na cozinha, e com certeza não ia espalhar a informação ali no meio do salão. Então Mat inventou que sentia falta da comida da estalagem e, lançando olhares descarados para aquela fenda na saia, deu a entender que sentira ainda mais falta de poder olhar para ela. Nem imaginava por que era considerado escandaloso revelar um pouco mais das anáguas, quando toda mulher em Ebou Dar andava com metade dos seios de fora, mas se Marah estava se sentindo libertina, talvez um pouco de lisonja pudesse facilitar as coisas. Ele abriu seu melhor sorriso.

Marah lhe mostrou a orelha e agarrou uma criada de passagem, uma mulher de olhos felinos que ele conhecia bem.

— A caneca do Capitão Aéreo Yulan está quase vazia, Caira — disse Marah, raivosa. — Você devia mantê-la cheia! Se não sabe fazer seu trabalho, garota, tem muita gente em Ebou Dar para fazer!

Caira, vários anos mais velha que Marah, fez uma mesura irônica. E olhou feio para Mat. Antes que a criada pudesse desfazer a mesura, Marah se virou para segurar um garoto que passava equilibrando com cuidado uma pilha de louças sujas.

— Pare de enrolação, Ross! — ladrou ela. — Temos trabalho a fazer. Ande logo, ou vou levar você para os estábulos, e você não vai gostar nadinha disso, eu garanto!

O irmão mais novo de Marah a olhou com raiva.

— Mal posso esperar pela primavera, para voltar a trabalhar nos barcos — murmurou, amargurado. — Você anda esquentadinha desde que Frielle se casou, só porque ela é mais nova e passou na sua frente.

Ela tentou acertar um cascudo, mas o garoto se desviou com facilidade, balançando e quase derrubando os pratos e copos empilhados.

— Por que você não vai pendurar essas anáguas lá nas docas? — gritou ele, partindo às pressas antes que ela pudesse atacá-lo de novo.

Mat suspirou quando ela enfim se voltou para ele. Nunca tinha ouvido a expressão "pendurar as anáguas", mas, pela cara de Marah, podia imaginar do que se tratava. Ela soltava fumaça pelas ventas.

— Se quer comer, volte mais tarde. Ou espere aqui, se preferir. Não sei quanto tempo vai demorar para servi-lo.

O sorriso dela foi malicioso; ninguém escolheria esperar naquele salão. Todos os assentos estavam tomados pelos Seanchan, e tinha ainda mais Seanchan em pé, tantos que as criadas de avental precisavam abrir caminho com cuidado carregando suas bandejas de comida e bebida. Caira estava enchendo o copo de um homem negro e baixinho, e oferecendo a ele o tipo de sorriso sedutor que um dia oferecera a Mat. Não sabia por que a criada tomara raiva dele, mas já tinha mulheres demais com que lidar no momento. E o que era um Capitão Aéreo, afinal? Teria que descobrir. Depois.

— Vou esperar na cozinha — avisou ele a Marah. — Quero falar para Enid o quanto gostava da comida dela.

A moça começou a protestar, mas uma Seanchan ergueu a voz, exigindo mais vinho. De olhos severos e uma armadura azul e verde, levando um elmo com duas plumas embaixo do braço, a mulher queria sua bebida imediatamente. Todas as criadas pareciam ocupadas, então Marah lhe lançou uma última careta antes de sair apressada, tentando abrir um sorriso cordial. Sem muito sucesso. Segurando o cajado inclinado, Mat fez uma reverência floreada para as costas dela.

Os cheiros gostosos que se misturavam ao de fumaça de cachimbo no salão permeavam a cozinha; peixe assado, pão no forno, carnes tostando no espeto. O cômodo estava aquecido pelos fogões e fornos e pela chama acesa na lareira de tijolos, e seis mulheres suadas e três ajudantes corriam para lá e para cá sob as ordens da cozinheira-chefe. Usando um avental branco-neve como se fosse o tabardo de um oficial e portando uma grande colher de pau para reinar sobre seu domínio, Enid era a mulher mais gorda que Mat já conhecera. Achava que não conseguiria envolvê-la com os braços se quisesse. Ela o reconheceu de imediato e um sorrisinho astuto se abriu naquele rosto trigueiro.

— Então você descobriu que eu tinha razão — disse ela, apontando a colher para ele. — Apertou o melão errado, e acabou que o melão era um peixe-leão disfarçado, e você era só um peixinho apetitoso. — A mulher inclinou a cabeça para trás e soltou uma gargalhada.

Mat se obrigou a sorrir. Sangue e malditas cinzas! Todo mundo sabia mesmo! *Preciso sair desta cidade maldita*, pensou com amargura. *Ou vou ouvir esse povo rindo para o resto da vida!*

De repente, seus temores a respeito do ouro pareceram tolice. O chão de pedra cinza em frente aos fogões parecia firme e forte, igual ao de qualquer outra cozinha. Era preciso saber o truque para erguer o piso. Lopin e Nerim teriam lhe contado se alguma moeda tivesse desaparecido entre suas visitas. E a Senhora Anan provavelmente teria encontrado e esfolado qualquer pessoa que tentasse roubar sua estalagem. Era melhor ir embora. Talvez a determinação de Aludra fosse mais fraca àquela hora da manhã. Talvez ela lhe oferecesse o desjejum. Mat saíra do palácio sem comer nada.

Para não levantar suspeitas a respeito de sua visita, ele disse a Enid o quanto gostava de seu peixe dourado, como era melhor do que o servido no Palácio Tarasin, sem precisar exagerar em nada. Enid era uma maravilha. A mulher abriu um enorme sorriso e, para a surpresa de Mat, tirou um do forno e serviu só para ele. Alguém no salão que esperasse, disse ela, apoiando o prato na ponta da longa bancada. Bastou balançar a colher para que um ajudante atarracado trouxesse logo um banquinho.

Mat sentiu água na boca ao olhar para o linguado em sua crosta dourada. Aludra provavelmente estaria tão determinada agora quanto em qualquer outro horário. E talvez não lhe desse nada para comer, caso ficasse chateada de ser perturbada tão cedo. A barriga de Mat roncou alto. Pendurando o manto em um gancho junto à porta dos estábulos e apoiando o cajado logo abaixo, ele enfiou o chapéu sob o banco e dobrou a renda em seus punhos para evitar sujá-la no prato.

Quando enfim a Senhora Anan chegou dos estábulos, sacudindo seu manto e respingando o chão com água da chuva, pouco restava além de um gostinho picante na língua de Mat e finas espinhas brancas no prato. Aprendera a apreciar inúmeras coisas inusitadas desde que chegara a Ebou Dar, mas deixou os olhos do peixe no prato; os dois ficavam do mesmo lado da cabeça do bicho!

Outra mulher entrou seguindo a Senhora Anan enquanto Mat limpava a boca com um guardanapo de linho. Essa segunda fechou rapidamente a porta e não tirou o manto úmido, com o capuz cobrindo o rosto, mas, ao se levantar, Mat teve um vislumbre de seus traços e quase derrubou o banco. Achou que conseguiu disfarçar, porém, cumprimentando a mulher, mesmo enquanto sua cabeça girava.

— Que bom que está aqui, milorde — disse a Senhora Anan, agitada, entregando seu manto a um dos ajudantes. — Se não mandaria chamá-lo. Enid, por favor, esvazie a cozinha e vigie a porta. Preciso falar a sós com o jovem lorde.

A cozinheira logo reuniu os outros trabalhadores, conduzindo-os ao estábulo, e, apesar de resmungarem sobre a chuva e sobre a comida no fogo, ficou claro que estavam tão acostumados à situação quanto Enid. Ela própria mal olhou para a Senhora Anan e para sua companheira antes de sair apressada para o salão, segurando sua colher de pau como se fosse uma espada.

— Que surpresa — disse Joline Maza, baixando o capuz. Seu vestido de lã escura, com o decote profundo da moda local, estava largo, além de desbotado e esgarçado. Sua postura despreocupada, porém, não demonstrava nada. — Quando a Senhora Anan me disse que conhecia um homem que poderia me levar junto ao partir de Ebou Dar, nunca pensei que fosse você.

Ela era bonita, de olhos castanhos e com um sorriso quase tão caloroso quanto o de Caira... além de um rosto de idade indefinida que gritava Aes Sedai. E havia dezenas de Seanchan do outro lado da porta, guardada apenas por uma cozinheira com uma colher de pau.

Joline tirou o manto e se virou para pendurá-lo em um dos ganchos, mas a Senhora Anan bufou, irritada.

— Ainda não é seguro, Joline — soltou, em um tom mais apropriado para se dirigir às filhas do que a uma Aes Sedai. — Até que eu a tenha em segurança...

De repente, houve uma comoção à porta do salão, com Enid protestando aos berros que ninguém podia entrar, e uma voz quase tão estridente, com sotaque Seanchan, exigindo que ela saísse da frente.

Ignorando a dor na perna, Mat se moveu mais rápido do que nunca, agarrando Joline pela cintura e se jogando no banco junto à porta dos estábulos com a Aes Sedai no colo. Abraçando-a bem apertado, ele fingiu beijá-la. Era uma maneira idiota de tentar esconder o rosto da mulher, mas foi tudo em que conseguiu pensar, além de jogar seu manto na cabeça dela. Joline arfou, indignada, mas arregalou os olhos de medo ao enfim ouvir a voz Seanchan e rapidamente enlaçou o pescoço de Mat. Torcendo para que sua sorte se sustentasse, ele prestou atenção na porta se abrir.

Ainda gritando protestos, Enid adentrou a cozinha de costas, brandindo sua colher para o *so'jhin* com um manto molhado pendendo das costas que a fazia recuar. Era um homem forte, carrancudo, com uma trancinha que não lhe chegava aos ombros. Defendia a maioria dos golpes com uma das mãos e aparentava indiferença aos poucos que o acertavam. Era o primeiro *so'jhin* que Mat já vira usando uma barba, que lhe dava uma aparência assimétrica ao descer pela lateral direita do queixo, subir pela esquerda e parar de repente na altura do meio da orelha. Uma mulher alta, de olhos azul-claros em um rosto pálido e severo, chegou atrás dele, balançando um manto azul com bordados elaborados preso ao seu pescoço por um grande broche de prata em forma de espada. Por baixo, usava um vestido plissado de um azul mais claro. Seu cabelo escuro tinha aquele corte de cuia, e a parte de baixo era toda raspada. Ainda era melhor do que uma *sul'dam* com uma *damane*. Um pouco melhor. Percebendo que a batalha estava perdida, Enid se afastou do homem, mas pelo modo como segurava a colher e pela fúria em seu olhar, estava pronta para voltar a atacá-lo em um instante sob o comando da Senhora Anan.

— Um sujeito na calçada disse, sim, que tinha visto a estalajadeira, no caso, entrando pelos fundos — anunciou o *so'jhin*. Seu olhar estava em Setalle, mas ele vigiava Enid com cautela. — Se você é Setalle Anan, saiba que essa aqui, no caso, é a Capitã dos Verdes, Lady Egeanin Tamarath, e que ela tem uma ordem exigindo aposentos, assinada pela Grã-lady Suroth Sabelle Meldarath em pessoa. — Ele mudou de tom, menos um pronunciamento e mais um pedido por acomodações. — Seus melhores quartos, veja bem, com uma boa cama e vista para a praça, e uma lareira que nem solte fumaça.

Mat se sobressaltou ao ouvir o homem, e Joline, talvez pensando que alguém vinha em sua direção, soltou um gemido de medo contra a boca dele. Seus olhos estavam marejados e ela tremia. A lady Egeanin Tamarath olhou de relance para o banco quando Joline gemeu, então fez uma careta de desprezo e se virou para evitar encará-los. No entanto, foi o homem que deixou Mat intrigado. Pela Luz, como um illianense tinha virado um *so'jhin*? E conhecia o sujeito de algum lugar. Provavelmente se parecia com alguma das centenas de rostos mortos havia muito tempo que ele não conseguia esquecer.

— Sou Setalle Anan, e meus melhores quartos estão ocupados pelo Capitão Aéreo Lorde Abaldar Yulan — respondeu a Senhora Anan com toda a calma, sem se intimidar pelo *so'jhin* ou pelo Sangue. Cruzou os braços. — Meu segundo melhor quarto está ocupado pelo Estandarte-General Furyk Karede. Dos Guardas da Morte. Não sei se uma Capitã do Verde tem posto mais alto, mas de qualquer modo vocês vão ter que resolver entre si quem fica e quem sai. Tenho uma política rígida de não expulsar meus hóspedes Seanchan, se estiverem com o aluguel em dia.

Mat ficou tenso, esperando um embate — Suroth teria mandado a mulher para o chicote por muito menos! —, mas Egeanin sorriu.

— É um prazer lidar com alguém que tem um pouco de coragem — disse ela. — Acho que vamos nos dar muito bem, Senhora Anan. Desde que não leve sua coragem longe demais. Capitães dão as ordens e a tripulação obedece, mas nunca fiz ninguém rastejar pelo convés.

Mat franziu o cenho. Convés. Um convés de navio. Por que isso despertou uma comichão em sua mente? Às vezes aquelas velhas memórias eram irritantes.

A Senhora Anan assentiu, sem desviar seus olhos escuros dos olhos azuis da Seanchan.

— Como quiser, milady. Mas espero que se lembre de que A Mulher Errante é o meu navio.

Por sorte, a Seanchan tinha um bom senso de humor, e riu.

— Então seja a capitã do seu navio e eu serei Capitã do Ouro — respondeu ela, rindo. Mat não sabia o que aquilo significava. Egeanin suspirou e balançou a cabeça. — Juro pela Luz, não estou acima de muita gente aqui, sei bem, mas Suroth me quer por perto, então alguns terão que descer, e alguns terão que sair, a não ser que queiram dividir a cama. — Ela franziu o cenho de repente, olhando de soslaio para Mat e Joline, franzindo os lábios em reprovação. — Imagino que a senhora não permita esse tipo de comportamento em qualquer lugar.

— Garanto que não vou mais receber esse tipo sob o meu teto — respondeu a estalajadeira, sem hesitar.

O *so'jhin* também olhava sério para Mat e a mulher em seu colo, e Egeanin teve que puxá-lo pela manga para que o homem despertasse e a seguisse de volta ao salão principal. Mat soltou um grunhido de desdém. O sujeito podia fingir o quanto quisesse que compartilhava a indignação de sua senhora, mas Mat já ouvira falar dos festivais de Illian, que eram quase tão depravados quanto os de Ebou Dar no que dizia respeito a pessoas desfilando seminuas ou pior. No mesmo nível dos *da'covale*, ou das tais Dançarinas do Shea de que os soldados viviam comentando.

Tentou tirar Joline do colo quando a porta bateu atrás da dupla, mas a mulher permaneceu agarrada a ele, o rosto enfiado em seu ombro, chorando baixinho. Enid soltou um suspiro pesado e se apoiou na bancada como se seus ossos tivessem amolecido. Até a Senhora Anan parecia abalada. Ela se sentou no banco que Mat tinha desocupado e apoiou a cabeça nas mãos. Só por um momento, entretanto, e logo voltou a se levantar.

— Conte até cinquenta e então tire todo mundo da chuva, Enid — disse ela, objetiva. Ninguém diria que a mulher estivera tremendo segundos antes. Tirando o manto de Joline do gancho, ela pegou um graveto comprido de uma caixa na cornija e se inclinou para acendê-lo no fogo sob os espetos. — Estarei no porão, caso precise de alguma coisa, mas, se alguém perguntar, diga que não sabe aonde fui. — Enid assentiu como se as ordens fossem costumeiras. — Traga Joline — disse a estalajadeira a Mat. — E sem perder tempo. Se for preciso, carregue-a no colo.

Ele teve mesmo que carregá-la. Ainda chorando em silêncio, Joline se recusava a soltá-lo ou a erguer a cabeça de seu ombro. Graças à Luz ela não era pesada, mas mesmo assim a perna de Mat começou a latejar enquanto seguia a Senhora Anan até o porão. Talvez tivesse aproveitado a situação mesmo com a dor, não fosse a lentidão da Senhora Anan com tudo.

Comportando-se como se o Seanchan mais próximo estivesse a cem milhas de distância, a mulher acendeu o lampião em uma prateleira ao lado da porta pesada e assoprou cuidadosamente o graveto antes de reencaixar a redoma de vidro, então descansou a madeira fumegante em uma pequena bandeja de latão. Tirando lentamente uma chave comprida da bolsa do cinto, ela abriu o trinco de ferro e, enfim, gesticulou para que entrassem. A escada além da porta era larga o bastante para passar um barril, porém era íngreme, sumindo na escuridão. Mat obedeceu, mas esperou no segundo degrau até que Anan fechasse e retrancasse a porta, e então que ela seguisse na frente com o lampião erguido. A última coisa de que precisava era um tombo.

— A senhora faz isso com frequência? — perguntou ele, ajeitando Joline, que havia parado de chorar, mas ainda tremia. — Quero dizer, esconder Aes Sedai.

— Ouvi rumores de que tinha uma irmã ainda na cidade e consegui encontrá-la antes dos Seanchan — respondeu a Senhora Anan. — Não podia deixar uma irmã nas mãos deles.

Ela se virou para trás, desafiando-o a contradizê-la. Mat até queria, mas não conseguiu falar nada. Teria ajudado qualquer pessoa a escapar dos Seanchan, se pudesse, e estava em dívida com Joline Maza.

A Mulher Errante era uma estalagem bem-abastecida, e o porão escuro era grande. Corredores se estendiam por entre altas pilhas de barris de vinho e de cerveja, além de caixotes de batatas e nabos que iam do chão de pedra até o teto; compridas prateleiras continham sacas de feijão, ervilha e pimentas, e havia montes de caixas de madeira guardando só a Luz sabia o quê. Havia pouca poeira, mas o ar tinha aquele cheiro seco comum a despensas fechadas.

Mat vislumbrou suas roupas, dobradas com esmero em uma prateleira vazia — a menos que mais alguém estivesse escondendo vestimentas ali embaixo —, mas não teve chance de prestar muita atenção. A Senhora Anan os conduziu aos fundos do porão, onde ele colocou Joline sentada em um barril virado com a boca para baixo. Precisou desprender os braços dela para conseguir soltá-la. Choramingando, a mulher puxou um lenço da manga e secou os olhos avermelhados. Mal parecia uma Aes Sedai, com o rosto inchado daquele jeito, sem falar no vestido puído.

— Ela está abalada — disse a Senhora Anan, colocando o lampião em outro barril virado de ponta-cabeça, sem tampa. Havia vários outros barris vazios pela área, esperando para serem recolhidos pelo cervejeiro. Era o mais vazio que já vira aquele porão. — Estava escondida desde a chegada dos Seanchan. Seus Guardiões precisaram trocá-la de esconderijo várias vezes nos últimos dias, quando os Seanchan decidiram começar a dar buscas nos edifícios e não só nas ruas. Seria o bastante para abalar qualquer pessoa, creio eu. Mas duvido que tentem procurar aqui.

Considerando a quantidade de oficiais Seanchan no andar de cima, Mat precisava admitir que ela tinha razão. Mesmo assim, ficou contente por não ser ele a assumir o risco. Agachou-se em frente a Joline e grunhiu com a pontada de dor na perna.

— Vou ajudá-la, se puder. — Não tinha ideia de como, mas estava em dívida. — Só fique contente de ter conseguido escapar deles todo esse tempo. Teslyn não teve a mesma sorte.

Joline baixou o lenço dos olhos e o encarou com raiva.

— Sorte? — cuspiu ela, irritada. Se não fosse uma Aes Sedai, ele diria que estava de birra, fazendo biquinho daquele jeito. — Eu poderia ter escapado! Aquele primeiro dia foi uma confusão, pelo que sei. Mas eu estava inconsciente. Fen e Blaeric mal conseguiram me tirar do palácio antes que os Seanchan invadissem, e dois homens carregando uma mulher desacordada atraíram atenção demais para que conseguissem chegar aos portões da cidade antes que fossem interceptados. Fico feliz que Teslyn tenha sido capturada! Feliz! Ela me deu alguma coisa, tenho certeza disso. Por isso que Fen e Blaeric não conseguiram me acordar, por isso que ando dormindo em estábulos e me escondendo em vielas, com medo de que aqueles monstros me encontrem. Bem feito para ela!

Mat ficou atônito com o desabafo. Achava que jamais tinha ouvido alguém falar com tanto veneno, mesmo naquelas velhas memórias. A Senhora Anan olhou feio para Joline, a mão se contraindo.

— De todo modo, vou ajudá-la como puder — disse ele às pressas, se levantando para se colocar entre as duas mulheres.

Não duvidava que a Senhora Anan desse uma bofetada em Joline, sendo ela Aes Sedai ou não, e Joline não parecia em condições de considerar a possibilidade de haver uma *damane* no andar de cima capaz de pressentir sua retaliação. A verdade nua e crua era que o Criador fizera as mulheres para que os homens não achassem que a vida era fácil. Como, em nome da Luz, ele tiraria uma Aes Sedai de Ebou Dar?

— Estou em dívida com você.

— Em dívida? — questionou Joline, o cenho franzido de leve.

— Pelo recado me dizendo para avisar Nynaeve e Elayne — respondeu ele, devagar, então umedeceu os lábios e acrescentou: — Que você deixou no meu travesseiro.

Ela fez um gesto de descaso, mas seus olhos, fixos no rosto dele, nem piscaram.

— Qualquer dívida estará quitada no dia em que me ajudar a atravessar as muralhas da cidade, Mestre Cauthon — respondeu ela, seu tom tão majestoso quanto o de uma rainha no trono.

Mat engoliu em seco. O recado fora de algum modo enfiado em seu bolso, não deixado no travesseiro. E isso significava que tinha se enganado: sua dívida era com outra pessoa.

Resolveu se retirar sem desmentir Joline — que mentira apenas no sentido de que não corrigira o erro dele —, e sem contar nada à Senhora Anan também. Era problema dele. E o deixou nauseado. Preferia não ter descoberto.

De volta ao Palácio Tarasin, seguiu direto para os aposentos de Tylin e estendeu o manto sobre uma cadeira para secar. Chuva forte fustigava as janelas. Mat guardou o chapéu em cima de um armário ornamentado com entalhes e douraduras, então secou o rosto e as mãos em uma toalha, considerando trocar o casaco. A chuva perpassara o manto em alguns pontos e a peça estava um pouco úmida. Úmida. Luz!

Soltando um ruído irritado, ele amassou a toalha listrada e a jogou na cama. Estava enrolando, até mesmo torcendo — um pouco — para que Tylin chegasse e cravasse a faca na cama, para que ele tivesse que adiar o que precisava fazer. O que precisava fazer. Joline o deixara sem opções.

Os mais observadores podiam reparar que o palácio tinha uma planta simples. Os criados moravam no andar mais baixo, onde ficavam as cozinhas, e alguns nos porões. O segundo andar continha os salões públicos e os escritórios apertados dos escriturários. No terceiro era onde ficavam os aposentos dos hóspedes menos importantes, agora quase inteiramente ocupados pelo Sangue Seanchan. O último andar guardava os aposentos de Tylin e os quartos de hóspedes de maior destaque, como Suroth, Tuon e alguns outros. Só que mesmo palácios continham um tipo de sótão.

Parando ao pé da escadaria oculta em uma esquina discreta onde não chamaria atenção, Mat respirou fundo antes de começar a subir devagar. O cômodo largo e sem janelas no topo dos degraus, com teto baixo e assoalho de madeira rústica, tinha sido esvaziado após a chegada dos Seanchan, e o espaço fora preenchido por inúmeros cubículos de madeira, cada um com uma porta. Luminárias de ferro de estilo simples clareavam os corredores estreitos. A chuva fazia um estrondo no telhado logo acima. Mat parou de novo no último degrau, e só voltou a respirar quando confirmou que não se ouvia qualquer passo. Uma mulher chorava em um dos quartinhos, mas nenhuma *sul'dam* ia aparecer e questionar o que ele estava fazendo ali. Provavelmente ficariam sabendo de sua visita, mas só depois que ele já tivesse descoberto o que precisava saber, contanto que fosse rápido.

O problema era que não sabia qual quarto era o dela. Foi até o primeiro e abriu a porta o bastante para espiar lá dentro. Uma mulher Atha'an Miere em um vestido cinza estava sentada na cama estreita, as mãos no colo. A cama e o lavatório com bacia, jarro e um espelhinho ocupavam a maior parte do cômodo. Vários vestidos cinza estavam pendurados em ganchos na parede. A corrente de prata de um *a'dam* pendia em arco da coleira prateada no pescoço dela até um bracelete pendurado em outro gancho. Ela podia alcançar qualquer ponto do cubículo. Os buraquinhos nas orelhas e nariz onde antes ela usara brincos e argolas ainda não tinham fechado. Pareciam feridas. Quando a porta se abriu, a mulher ergueu a cabeça com uma expressão temerosa que se transformou em curiosidade. E talvez esperança.

Mat fechou a porta sem dizer nada. *Não posso salvar todas elas*, pensou severamente. *Não posso!* Luz, mas como odiava isso.

As portas seguintes revelaram quartos idênticos com mais três mulheres do Povo do Mar, uma delas chorando alto na cama, e então uma mulher loira adormecida, todas com o *a'dam* preso frouxamente a ganchos. Mat fechou a última porta com suavidade, como se estivesse tentando roubar uma das tortas da Senhora al'Vere debaixo do nariz dela. A mulher loira podia até não ser Seanchan, mas ele não queria arriscar. Dezenas de portas depois, ele suspirou de alívio, entrou e fechou.

Teslyn Baradon estava na cama, o rosto apoiado nas mãos. Apenas seus olhos escuros se moveram, se voltando para Mat. Ela não disse nada, só o encarou como se quisesse perfurar seu crânio.

— Você pôs um bilhete em meu casaco — disse ele baixinho. As paredes eram finas; ele ainda ouvia aquela mulher chorando. — Por quê?

— Elaida, no caso, quer aquelas garotas tanto quanto sempre quis a estola e o bastão — respondeu Teslyn simplesmente, sem se mexer. Sua voz ainda continha certa severidade, mas menos do que ele recordava. — Principalmente Elayne. Eu queria... atrapalhar Elaida... se pudesse, sim. Ela que se vire para capturá-las. — A mulher soltou uma risadinha amargurada. — Cheguei a dopar Joline, no caso, com raiz-dupla, para que ela deixasse as meninas em paz. E olha no que deu. Joline escapou, e eu... — Ela correu os olhos para o bracelete na parede.

Mat suspirou e se recostou à parede junto aos vestidos pendurados. Ela sabia o conteúdo do bilhete, um aviso para Elayne e Nynaeve. Luz, ele torcera para que ela não soubesse, que tivesse sido outra pessoa a colocar aquele papel maldito em seu bolso. Não servira de nada mesmo. As duas já sabiam que Elaida estava atrás delas. O bilhete não mudara nada! Teslyn no fundo não estava tentando ajudá-los, só queria... atrapalhar Elaida. Ele podia ir embora de consciência tranquila. Sangue e cinzas! Não devia ter ido falar com ela. Agora que tinham conversado...

— Vou tentar ajudá-la a fugir, se puder — disse ele, relutante.

A mulher permaneceu quieta na cama. Não alterou seu rosto nem o tom de voz, como se explicasse algo bem simples e desimportante:

— Mesmo que você consiga tirar a coleira, é impossível eu chegar muito longe, talvez nem consiga sair do palácio. E, se conseguir, nenhuma mulher capaz de canalizar tem permissão para atravessar os portões da cidade, a não ser que esteja usando um *a'dam*. Sim, já fiquei de guarda lá e sei bem.

— Vou dar um jeito — murmurou ele, passando a mão pela cabeça. Dar um jeito? Que jeito? — Pela Luz, você nem parece querer escapar.

— Sim, você está mesmo falando sério — sussurrou ela, tão baixo que foi quase inaudível. — Eu, no caso, pensei que tivesse vindo me provocar. — Ela se sentou devagar, botando os pés no chão. Olhou no fundo dos olhos dele, e sua voz assumiu um tom urgente. — Se eu *quero* escapar? Quando faço algo que as agrada, as *sul'dam* me dão doces. E eu me pego, sim, *ansiosa* por essas recompensas. — Sua voz se tornou ofegante de pânico. — Nem porque gosto de doces, mas porque agradei as *sul'dam*. — Uma lágrima solitária escapou de seu olho, e ela respirou fundo. — Se você me ajudar mesmo a fugir, farei qualquer coisa que me peça, exceto por uma traição à Torre... — Ela trincou os dentes bruscamente e se empertigou na cama, os olhos desfocados. Então assentiu para si mesma. — Se me ajudar a fugir, eu farei *qualquer coisa* que me pedir.

— Vou fazer o possível. Preciso pensar em alguma maneira.

Ela assentiu como se ele tivesse prometido uma fuga naquela mesma noite.

— Tem, no caso, outra irmã presa aqui no palácio. Edesina Azzedin. Ela tem que ir conosco.

— Mais uma? Acho que já vi umas três ou quatro, incluindo você. De qualquer modo, nem sei se consigo libertar você, muito menos...

— As outras, no caso... mudaram. — Teslyn contraiu os lábios. — Guisin e Mylen... eu a conhecia como Sheraine Caminelle, mas agora ela só atende por Mylen... Elas nos traíram. Edesina, no caso, continua a mesma. Eu me recuso a deixá-la para trás, mesmo que ela seja, sim, uma rebelde.

— Olha só — disse Mat, abrindo um sorriso tranquilizador —, eu disse que vou tentar ajudar, mas não sei como tirar *duas* de vocês...

— Sim, agora é melhor você ir — interrompeu Teslyn outra vez. — Homens são proibidos aqui, e você vai levantar suspeitas, se for flagrado. — Encarando-o de cenho franzido, ela fungou. — Seria melhor se você usasse roupas mais discretas. Nem dez latoeiros bêbados atrairiam tanta atenção. Agora vá. Rápido. Vá!

Ele foi, resmungando baixinho. Típico de uma Aes Sedai. Era só oferecer ajuda que, de repente, ela dava um jeito de obrigar o sujeito a escalar um penhasco desolado sozinho no meio da noite para libertar cinquenta pessoas de um calabouço. Isso tinha acontecido com outro homem, morto fazia muitos anos, mas Mat se lembrava, e a comparação valia. Sangue e malditas cinzas! Ele não sabia como resgatar uma única Aes Sedai, e ela queria que resgatasse duas!

Mat se virou em um corredor discreto ao pé da escada e quase trombou com Tuon.

— Homens não são permitidos no canil das *damane* — disse ela, olhando-o com frieza sob o véu. — Você pode ser punido por entrar lá.

— Estava procurando uma Chamadora de Ventos, Grã-lady — respondeu ele, de pronto, fazendo uma mesura enquanto tentava raciocinar depressa. — Ela me fez um favor certa vez, e pensei que talvez gostasse de alguma coisa das cozinhas. Um doce, ou algo do tipo. Mas não a encontrei. Acho que ela não foi capturada quando... — Ele deixou a frase morrer, encarando Tuon. A expressão crítica que ela sempre usava se derretera em um sorriso. Ela de fato era bonita.

— É muita gentileza sua. Bom saber que você é gentil com as *damane*, mas tome cuidado. Alguns homens chegam a se deitar com elas. — Tuon fez uma expressão de nojo. — É melhor não dar motivos para pensarem que você é um pervertido.

A expressão severa retornou. Todos os prisioneiros seriam executados imediatamente.

— Obrigado pelo aviso, Grã-lady — disse ele, hesitante. Que tipo de homem se deitava com uma mulher encoleirada?

Então, para todos os efeitos, Mat desapareceu. Tuon seguiu pelo corredor como se não houvesse ninguém à vista. Daquela vez, porém, ele não parou para se preocupar com a Grã-lady Tuon. Tinha uma Aes Sedai escondida no porão d'A Mulher Errante e mais duas usando coleiras de *damane*, e todas esperavam que o desgraçado do Mat Cauthon as salvasse. Estava certo de que Teslyn contaria tudo a Edesina assim que tivesse a chance. Três mulheres que começariam a ficar impacientes se ele não conseguisse levá-las o quanto antes para um lugar seguro. Mulheres gostavam de falar e, quando falavam o bastante, deixavam escapar coisas que era melhor manter em segredo. Mulheres impacientes falavam ainda mais. Não sentia os dados rolando na cabeça, mas quase podia ouvir um relógio tiquetaqueando. E o virar da hora seria anunciado pelo machado de um carrasco. Mat conseguia planejar batalhas até dormindo, mas aquelas memórias não lhe serviam de grande coisa ali. Precisava de alguém bom com maquinações, alguém acostumado a planejamentos e ideias incomuns. Estava na hora de sentar e conversar com Thom. E Juilin.

Partindo à procura de qualquer um dos dois, Mat começou a cantarolar "Estou no fundo do poço" distraidamente. Bom, estava mesmo, e a noite caía e a chuva desabava. Como muitas vezes acontecia, outro nome lhe veio à tona em meio às lembranças antigas, uma canção da Corte de Takedo, em Farashelle, que fora destruída mais de mil anos antes por Artur Asa-de-gavião. No entanto, desde então a melodia sofrera pouquíssimas alterações. Na época, ela se chamava "A última batalha em Mandenhar". De qualquer modo, se encaixava bem até demais.

Capítulo 20

Questões de traição

Bethamin segurava sua prancheta com cuidado enquanto subia aos abarrotados canis no alto do Palácio Tarasin. Às vezes a tampa do pote de tinta se soltava e era muito difícil remover os respingos das roupas. Mantinha-se asseada todo o tempo, como se houvesse sido convocada à presença de alguém do Sangue Nobre. Não trocou uma palavra com Renna, que naquele dia era sua companheira de inspeção, enquanto subiam. Em parte porque era para trabalharem, não ficarem de conversinha. Enquanto algumas davam jeito de serem pareadas com suas *damane* favoritas, ou ficavam pasmas com as estranhas vistas daquelas terras, se perguntando que tesouros poderiam ser encontrados ali, Bethamin se concentrava em seus deveres, pedindo para domar com o *a'dam* as *marath'damane* mais complicadas e trabalhando duas vezes mais pesado do que qualquer pessoa.

A chuva enfim parara, deixando os canis silenciosos. As *damane* poderiam finalmente se exercitar — a maioria começava a ficar cabisbaixa se permanecia tempo demais presa ali, e aqueles canis improvisados eram mesmo sufocantes —, mas, infelizmente, ela não estava encarregada de levá-las para passear. Renna nunca era encarregada disso, embora já tivesse sido a melhor treinadora de Suroth, e muito respeitada. Um pouco severa, às vezes, mas deveras talentosa. No passado, o comentário geral era de que ela logo seria elevada a *der'sul'dam*, embora fosse tão jovem. Mas as coisas haviam mudado. Havia sempre mais *sul'dam* do que *damane*, mas desde Falme ninguém se lembrava de ver Renna pareada, nem ela nem Setah, que Suroth tinha levado para seu serviço pessoal após Falme. Bethamin gostava de tomar uns goles de vinho e fofocar sobre o

Sangue e seus criados, como qualquer pessoa, mas nunca emitia opinião quando falavam de Renna e de Setah. No entanto, pensava muito nelas.

— Comece pelo outro lado, Renna — ordenou ela. — Vamos. Não vai querer ser denunciada a Essonde por indolência de novo, não é?

Antes de Falme, a mulher mais baixa tinha uma autoconfiança quase esmagadora, mas o rosto pálido se contraiu um pouco quando ela abriu um sorrisinho servil para Bethamin e entrou apressada no labirinto de corredores estreitos do canil, passando a mão pelo cabelo comprido como se temesse estar despenteada. Todo mundo, exceto pelas amigas mais íntimas de Renna, a importunava ao menos um pouco, em retaliação à sua antiga arrogância. Agir de modo diferente chamaria atenção, algo que Bethamin evitava, a não ser em casos muito bem pensados. Enterrara seus próprios segredos tão fundo quanto possível e mantinha silêncio a respeito de segredos que os outros não sabiam que ela conhecia, mas queria deixar na mente de todos a impressão de que Bethamin Zeami era a *sul'dam* perfeita. Buscava a perfeição absoluta, em si mesma e nas *damane* que treinava.

Fez uma inspeção rápida e eficiente, conferindo se as *damane* haviam mantido a si mesmas e a seus canis asseados, e anotando no alto da folha presa na prancheta, com uma caligrafia cuidadosa, quando alguma falhara na tarefa, e não fez qualquer pausa a não ser para distribuir balas para umas poucas que estavam se saindo particularmente bem no treinamento. A maioria das mulheres com quem Bethamin já fora pareada a cumprimentava na porta, sorrindo mesmo enquanto se punham de joelhos. Oriundas do Império ou daquele lado do oceano, todas sabiam que ela era inflexível, mas justa. As outras não sorriam. Quase todas as *damane* Atha'an Miere a encaravam com expressões pétreas no rosto tão escuros quanto o dela, ou com uma raiva taciturna que pareciam achar estar escondendo bem.

Bethamin não considerava aquela raiva motivo para punição, como algumas outras. As mulheres ainda pensavam estar resistindo, mas já não pediam que devolvessem suas joias espalhafatosas, e se colocavam de joelhos e falavam com educação. Nos casos mais difíceis, dar um novo nome era uma ferramenta útil, pois criava uma separação com o passado, e elas atendiam pelo nome novo, mesmo que a contragosto. Com o tempo, a relutância passava, assim como os olhares feios, e por fim elas mal se recordavam que já haviam tido outros nomes. Era um padrão familiar, e tão certo quanto o nascer do sol. Algumas aceitavam de imediato, e outras entravam em choque ao se dar conta do que eram. Sempre havia um punhado que ia cedendo aos poucos ao longo de meses, enquanto outras berravam que tinha havido algum terrível engano, que era impossível que tivessem falhado nos testes, e no dia seguinte já estavam calmas e submissas. Os detalhes mudavam naquele lado do oceano, mas fosse ali ou no Império, o resultado permanecia o mesmo.

Para duas das *damane* ela fez anotações que não tinham a ver com asseamento. Zushi, a *damane* Atha'an Miere que era ainda mais alta que a própria Bethamin, decerto precisava levar umas chibatadas. Seu vestido estava amarrotado, o cabelo, desgrenhado, a cama, desarrumada. Mas seu rosto estava inchado de chorar, e ela mal tinha se ajoelhado quando começou a tremer com soluços, as lágrimas lhe escorrendo pelo rosto. O vestido cinza que fora feito sob medida agora estava largo, e ela já não era gorda antes. Bethamin escolhera o nome de Zushi, e ficou preocupada. Pegando a pena com ponta de metal, ela a molhou e escreveu uma sugestão para que Zushi fosse enviada para algum outro local, onde pudesse dividir o canil com uma *damane* do Império, de preferência alguma com experiência em se tornar amiga-do-peito de *damane* recém-encoleiradas. Isso sempre dava um jeito nas lágrimas.

Não sabia se Suroth permitiria, porém; ela tinha reclamado aquelas *damane* para a Imperatriz, claro — qualquer pessoa que possuísse um décimo daquele número seria suspeita, ou até diretamente acusada, de tramar uma rebelião —, mas agia como se fossem propriedade sua. Se Suroth não desse permissão, teria de encontrar outra maneira. Bethamin se recusava a perder uma *damane* para o desalento. Recusava-se a perder uma *damane* por qualquer motivo! A segunda a receber uma anotação especial foi Tessi, e não esperava objeções naquele assunto.

A *damane* illianense se ajoelhou com elegância assim que Bethamin entrou no quarto, as mãos unidas na altura da cintura. A cama estava feita, os vestidos cinza arrumados em seus ganchos, a escova e o pente enfileirados no lavatório, e o chão fora varrido. Bethamin não esperava menos. Tessi se mostrara asseada desde o início. E estava ganhando corpo, agora que aprendera a esvaziar o prato. Tirando os doces, a dieta das *damane* era bastante rigorosa; uma *damane* sem saúde não servia para nada. No entanto, Tessi nunca seria envolta em laços e inscrita em competições de beleza entre *damane*. Seu rosto tinha uma expressão perpétua de raiva, mesmo relaxado. Naquele dia, porém, ela exibia um sorriso que Bethamin tinha certeza de que precedia sua entrada. Não estava esperando sorrisos de Tessi, pelo menos não por enquanto.

— Como minha pequena Tessi está se sentindo? — perguntou ela.

— Tessi está se sentindo bem, sim — respondeu a *damane*, sem hesitar.

Até então, ela sempre tivera dificuldades em falar com educação, o que lhe rendera uma punição ainda no dia anterior.

Bethamin tamborilou o dedo no queixo, observando a *damane* ajoelhada. Sempre desconfiava de qualquer *damane* que já se intitulara Aes Sedai. Era fascinada por história, e já até lera traduções de diversas línguas existentes antes do início da Consolidação. Aqueles antigos governantes se vangloriavam de suas práticas mortíferas e caprichosas, e se deleitavam em narrar como tinham chegado ao poder e destruído os territórios vizinhos e seus monarcas. A maioria fora assassinada, muitos pelas mãos de seus próprios herdeiros ou seguidores. Ela conhecia muito bem o tipo das Aes Sedai.

— Tessi é uma boa *damane* — murmurou ela em um tom caloroso, abrindo uma das balas embrulhadas em sua bolsa.

Tessi se inclinou para receber o doce e beijar sua mão em agradecimento, mas o sorriso fraquejou um pouco, embora já estivesse de volta quando a bala vermelha lhe chegou à boca. Então. Era esse o caso, era? Fingir submissão para atrair uma *sul'dam* não era novidade, mas dado o histórico de Tessi, era bem provável que ela também estivesse planejando fugir.

De volta ao estreito corredor, Bethamin escreveu uma sugestão enfática de que o treinamento de Tessi fosse redobrado, assim como suas punições, e que suas recompensas se tornassem esporádicas, de modo que ela nunca tivesse certeza de que mesmo a perfeição lhe renderia sequer um tapinha nas costas. Era um método severo, que ela em geral evitava, mas que por algum motivo transformava até mesmo as *marath'damane* mais obstinadas em uma *damane* dócil em pouco tempo. Também produzia as *damane* mais mansas. Bethamin não gostava de arrasar a personalidade de uma *damane*, mas Tessi precisava ser domada ao *a'dam* para que esquecesse o passado. Seria mais feliz assim, no fim.

Bethamin terminou sua tarefa antes de Renna e ficou esperando ao pé da escada pela outra *sul'dam*.

— Leve isto aqui a Essonde quando for levar a sua — disse ela, jogando sua prancheta nas mãos de Renna antes que ela terminasse de descer o último degrau.

Não foi surpresa quando a mulher aceitou sem reclamar, como aceitara a ordem de mais cedo, e saiu apressada, lançando um olhar à prancheta extra como se temesse que ali houvesse um relatório sobre ela. Renna estava muito mudada desde Falme.

Bethamin buscou seu manto e deixou o palácio, na intenção de retornar à estalagem onde era forçada a dividir uma cama com outras duas *sul'dam*, mas apenas por tempo o bastante para pegar algumas moedas em seu cofre. A inspeção fora sua única tarefa do dia, e tinha o resto do tempo livre. Em vez de procurar outras atividades, para variar, usaria esse tempo para fazer compras. Talvez uma daquelas facas que as mulheres da cidade usavam penduradas no pescoço, se encontrasse alguma sem o cabo cravejado de joias que parecia ser a moda. E louças, claro; as louças dali pareciam tão boas quanto as do Império, e os desenhos eram tão... diferentes. Fazer compras a tranquilizaria. E precisava de tranquilidade.

As pedras do pavimento da Mol Hara ainda brilhavam, úmidas da chuva matinal, e um aroma agradável de maresia preenchia o ar, lembrando-a de sua vila natal no Mar de L'Heye, embora o frio intenso a tenha feito se enrolar no manto. Nunca fazia frio em Abunai, e ela jamais se acostumava àquele clima, por mais que viajasse. No entanto, pensar em seu lar já não lhe reconfortava. Enquanto cruzava as ruas lotadas, seus pensamentos foram tomados por Renna e Setah, a ponto de sair esbarrando nas pessoas e quase ser atropelada pelos carroções de um comerciante de saída da cidade. Um grito da condutora chamou sua atenção, e ela recuou bem a tempo. O carroção passou a toda de raspão, e a mulher segurando o chicote não se deu ao trabalho de olhar para ela nem por um segundo. Aqueles estrangeiros não sabiam prestar o devido respeito a uma *sul'dam*.

Renna e Setah. Todos que estiveram em Falme tinham lembranças que desejavam esquecer, lembranças das quais não falavam, a não ser quando exageravam na bebida. Ela também tinha, só que suas lembranças não eram do choque de lutar com fantasmas semiconhecidos, saídos das lendas, ou do pavor da derrota, ou das insanas imagens no céu. Quantas vezes já desejara não ter subido as escadas, naquele dia? Não ter pensado em ver como estava Tuli, a *damane* de incríveis habilidades com metal. Mas ela fora visitar o canil de Tuli. E vira Renna e Setah tentando freneticamente retirar o *a'dam* do pescoço uma da outra, berrando de dor, tremendo de joelhos pela náusea, ainda remexendo nas coleiras. A frente de seus vestidos estava suja de vômito. Naquele frenesi, elas nem perceberam Bethamin recuando, horrorizada.

O horror não foi apenas por ver duas *sul'dam* se revelarem *marath'damane*, mas também por um súbito medo pessoal. Com frequência pensava quase enxergar as tessituras das *damane*, e era bem comum pressentir a presença de uma *damane* e o tamanho de sua força. Muitas *sul'dam* tinham essas habilidades; todas sabiam que era resultado de uma longa experiência com o *a'dam*. Ainda assim, ver aquela dupla desesperada lhe despertou pensamentos indesejados, dando um novo e assustador aspecto a um assunto antes resolvido. Ela *quase* enxergava as tessituras, ou enxergava mesmo? Às vezes também pensava *sentir* a canalização. Mesmo as *sul'dam* precisavam se submeter a testagens anuais até completarem vinte e cinco anos, e ela passara ao falhar toda vez. Só que... depois que Renna e Setah fossem descobertas, haveria novas testagens para revelar as *marath'damane* que de alguma maneira tivessem escapado ao teste anterior. O próprio Império talvez fosse abalado por tamanho golpe. E, com a imagem de Renna e Setah marcada a ferro em sua mente, ela tivera certeza absoluta de que, após tais novas testagens, Bethamin Zeami deixaria de ser uma cidadã respeitada. Em vez disso, uma *damane* chamada Bethamin serviria ao Império.

A vergonha ainda a dominava. Tinha colocado seus medos pessoais na frente das necessidades do Império, na frente de tudo que considerava certo e verdadeiro e bom. Falme estava imersa em batalhas e pesadelos, mas ela não correra para se parear com uma *damane* e se juntar à luta. Pelo contrário, aproveitara a confusão para arrumar um cavalo e fugir o mais rápido possível para o mais longe possível.

Bethamin percebeu que havia parado diante da loja de uma costureira, sem nem prestar atenção ao que estava na vitrine. Não que quisesse prestar. O vestido azul com a estampa de raio vermelho era o único traje que desejava usar fazia muitos anos. E decerto não vestiria nada de estilo tão indecente. Ela seguiu em frente com suas saias roçando os tornozelos, mas ainda não conseguia tirar Renna e Setah da cabeça, nem Suroth.

Era óbvio que Alwhin encontrara as duas *sul'dam* encoleiradas e as entregara a Suroth. E que Suroth protegera o Império ao proteger Renna e Setah, por mais perigosa que fosse a decisão. E se as duas de repente começassem a canalizar? Talvez fosse melhor para o Império se ela desse um jeito de a dupla morrer, embora matar *sul'dam* fosse considerado crime mesmo para o Sangue Nobre. Duas mortes suspeitas dentre as *sul'dam* sem dúvida atrairia os Inquiridores. Então Renna e Setah permaneciam livres, embora fosse um conceito deturpado de liberdade se não tinha mais permissão de se parear e ficarem completas. Alwhin cumprira seu dever, e fora agraciada com o posto de Voz de Suroth, que também cumprira seu dever, por mais desagradável que fosse. Não houve nenhuma nova testagem. Sua própria fuga fora inútil. E, se tivesse ficado, talvez não tivesse acabado em Tanchico, um pesadelo que desejava esquecer ainda mais do que Falme.

Um esquadrão de Guardas da Morte passou marchando em suas armaduras resplandecentes e Bethamin parou para observá-los. Eles deixavam um rastro em seu encalço, como um navio de velas infladas. Quando Tuon enfim se revelasse, haveria alegria por toda a cidade, por todo o território, além de celebrações, como se ela tivesse acabado de chegar. Bethamin sentiu um prazer culpado ao pensar na Filha das Nove Luas, quase a mesma sensação de quando fazia algo proibido na infância, embora, claro, até Tuon retirar o véu, ela fosse apenas a Grã-lady Tuon, de mesmo posto que Suroth. Os Guardas da Morte seguiram pisando duro, dedicados de corpo e alma à Imperatriz e ao Império, e Bethamin partiu na direção oposta, o que era apropriado, já que seu corpo e sua alma estavam dedicados a manter a própria liberdade.

Os Cisnes Dourados do Paraíso era um nome grandioso para uma minúscula estalagem enfiada entre um estábulo público e uma loja de louças. A loja estava cheia de militares comprando todo o conteúdo, o estábulo estava cheio de cavalos apreendidos pelo governo e ainda não redistribuídos, e Os Cines Dourados estava cheia de *sul'dam*. Lotada, na verdade, pelo menos depois do anoitecer. Bethamin tinha sorte de dividir a cama com apenas mais duas. A estalajadeira recebera ordens de acomodar o máximo de pessoas possível, e enfiava quatro ou cinco na mesma cama, se achasse que cabia. Ao menos os lençóis eram limpos e a comida era boa, ainda que peculiar. E como a alternativa era dormir em um palheiro, ela ficava contente em dividir o colchão.

Àquela hora, as mesas redondas do salão estavam vazias. Algumas das *sul'dam* morando ali com certeza tinham tarefas a cumprir, e as outras queriam apenas evitar a estalajadeira. Darnella Shoran estava parada de braços cruzados observando várias criadas varrerem com esmero o chão de ladrilho verde. Era uma mulher magricela, com o cabelo grisalho preso em um coque na nuca e um queixo proeminente que lhe dava um ar tão beligerante que ela poderia se passar por uma *sul'dam*, mesmo usando aquela faca ridícula de cabo cravejado com gemas falsas vermelhas e brancas. Em teoria, as criadas eram mulheres livres, mas corriam para obedecer como se as estalajadeiras fossem suas donas.

A própria Bethamin se sobressaltou quando a mulher se voltou para ela.

— Conhece minhas regras a respeito de homens, Senhora Zeami? — perguntou ela. Bethamin ainda não tinha se acostumado ao sotaque arrastado daquele povo. — Ouvi falar dos seus costumes estrangeiros, mas, se é assim mesmo, isso é assunto seu, e eu não quero debaixo do meu teto. Se quiser se encontrar com rapazes, que seja em outro lugar!

— Senhora Shoran, eu garanto que não me encontro com homem nenhum, nem aqui nem em outro lugar.

A estalajadeira a encarou, desconfiada.

— Bom, ele apareceu perguntando por você. Um homem loiro, bonito. Nem rapazinho nem muito velho. E do seu povo, falando tão arrastado que mal dava para entender.

Bethamin assumiu um tom apaziguador para convencer a mulher de que não reconhecia ninguém com aquela descrição e de que não tinha tempo para homens entre suas tarefas. Era tudo verdade, mas teria mentido, se preciso. Os Cines Dourados não fora tomada, e dividir a cama era *muito* melhor do que dormir em um palheiro. Tentou descobrir se a mulher gostaria de algum presentinho, para quando saísse às compras, mas a estalajadeira ficou ofendida pela sugestão de ganhar uma faca com pedras mais coloridas. Bethamin não estava pensando em nada caro, nada que parecesse um suborno, não mesmo, entretanto a Senhora Shoran interpretou assim, bufando e lhe lançando um olhar indignado. De todo modo, a mulher não pareceu acreditar em nem um vírgula do que Bethamin dissera. Por algum motivo, a estalajadeira dava a entender que, para ela, todas as *sul'dam* passavam o tempo livre na devassidão, e ainda a olhava feio quando Bethamin subiu as escadas na lateral do salão, fingindo estar distraída com a ideia das compras.

No entanto, estava preocupada com a identidade do homem. Realmente não reconhecera a descrição. Era provável que ele tivesse vindo por causa de suas indagações, mas, se fosse esse o caso, e ele a tivesse rastreado até ali, significava que não fora discreta o bastante. Talvez tivesse até se arriscado demais. Mesmo assim, torcia para que ele voltasse. Precisava saber. Precisava!

Congelou ao abrir a porta do quarto. Era impossível, mas seu cofre estava no meio da cama, com a tampa aberta; era um bom cofre, e a única chave estava no fundo de sua bolsa. O ladrão ainda estava ali e, imagine só, folheava o seu diário! Pela Luz, como ele contornara a vigilância da Senhora Shoran?

A paralisia só durou um momento. Ela sacou a faca da bainha no cinto e abriu a boca para chamar ajuda.

A expressão do sujeito não se alterou, e ele não fugiu nem tentou atacá-la, apenas retirou algo pequeno de sua algibeira e o ergueu, fazendo Bethamin perder o fôlego. Ela voltou a guardar a faca, atrapalhada, e estendeu as mãos para mostrar que não estava armada nem tentando alcançar uma arma. Na mão dele havia uma placa de mármore com moldura de ouro entalhada com o corvo e a torre. Ela então enfim prestou atenção no homem, que era loiro e de meia-idade. Podia até ser bonito, como dissera a Senhora Shoran, mas só uma louca pensaria em um Inquiridor da Verdade nesses termos. Graças à Luz ela não registrara nada perigoso em seu diário. Mas ele devia saber. Perguntara por ela, usando seu nome. Ah, Luz, ele devia saber!

— Feche a porta — disse o homem em tom baixo, devolvendo a placa à algibeira, e ela obedeceu.

Queria correr. Queria implorar misericórdia. Mas ele era um Inquiridor, então permaneceu quieta, trêmula. Ficou surpresa quando ele devolveu o diário ao cofre e apontou para a única cadeira do quarto.

— Sente-se. Não há motivo para ficar desconfortável.

Bethamin pendurou seu manto e se sentou com gestos lentos, e pela primeira vez na vida não ligou para o estranho e incômodo espaldar ripado da cadeira. Não tentou esconder seus tremores. Mesmo alguém do Sangue, mesmo alguém do Sangue Nobre, podia vacilar diante de um Inquiridor. Ela tinha uma pequena esperança; o homem não pedira que ela o acompanhasse. Talvez não soubesse de nada, afinal.

— Você andou fazendo perguntas a respeito de uma capitã de navio chamada Egeanin Sarna — disse ele. — Por quê?

Bethamin sentiu um aperto no peito que expulsou toda a esperança dali.

— Estava procurando por uma velha amiga — balbuciou. As melhores mentiras sempre continham o máximo de verdade. — Estivemos juntas em Falme. Não sei se ela sobreviveu.

Mentir para um Inquiridor era traição, mas sua primeira traição fora ao desertar da batalha em Falme.

— Ela sobreviveu — respondeu ele sem rodeios, sentando-se na beira da cama sem desviar os olhos dela. Eram olhos azuis, e a faziam querer recolocar o manto. — É uma heroína, uma Capitã do Verde, e Lady Egeanin Tamarath agora. Foi a recompensa que ganhou da Grã-lady Suroth. Também está aqui em Ebou Dar. Você vai se reaproximar dela. E me relatar quem ela visita, aonde vai, o que diz. Tudo.

Bethamin precisou trincar os dentes para não soltar uma risada histérica. Ele estava atrás de Egeanin, não dela. Glória à Luz! Glória à Luz em sua infinita misericórdia! Só vinha tentando descobrir se a mulher sobrevivera, se precisava tomar precauções. Egeanin a libertara uma vez, mas nos dez anos em que a conhecera antes disso, a mulher sempre se mostrara a personificação do dever. Sempre parecera possível que ela resolvesse confessar aquele único gesto anormal, sem se importar com o preço, mas, incrivelmente, ela não confessara. E o Inquiridor estava atrás dela e não...! Possibilidades se abriram diante de Bethamin, certezas, e ela perdeu a vontade de rir. Em vez disso, lambeu os lábios.

— Como...? Como posso me reaproximar dela? — Nunca tinham sido próximas, para começo de conversa, apenas conhecidas, mas não podia dizer isso agora. — Você disse que ela foi elevada ao Sangue. É preciso que a abertura venha dela. — O medo a deixou mais ousada, e em pânico, como acontecera em

Falme. — Por que quer que eu seja sua Ouvidora? Pode só levá-la a interrogatório, se desejar.

Bethamin mordeu o lábio para se calar. Pela Luz, aquela era a última coisa que queria que ele fizesse. Os Inquiridores eram o braço secreto da Imperatriz, que ela vivesse para sempre; em nome da Imperatriz, podiam colocar até Suroth em interrogatório, até Tuon. Era verdade que ele sofreria uma morte horrível caso tivesse cometido um erro, mas com Egeanin o risco era pequeno. Ela era Sangue de baixo escalão. Se ele levasse Egeanin a interrogatório...

Ela ficou chocada quando, em vez de apenas mandá-la cumprir suas ordens, o homem a observou por um tempo.

— Vou explicar algumas coisas — disse ele, o que a sobressaltou ainda mais. Ouvira dizer que Inquiridores jamais se explicavam. — Você não tem utilidade alguma para mim, ou para o Império, a menos que sobreviva, e não vai sobreviver se não compreender o que está encarando. Se contar uma palavra do que eu disser a qualquer pessoa, a Torre dos Corvos vai lhe parecer um paraíso comparado ao local onde você vai parar. Ouça e entenda. Egeanin foi enviada a Tanchico antes que tomássemos a cidade, e uma de suas tarefas era encontrar *sul'dam* que tivessem sido deixadas para trás em Falme. O estranho foi que ela não encontrou nenhuma, embora outras pessoas tenham encontrado, como as que ajudaram você a retornar. Egeanin, em vez disso, assassinou as *sul'dam* que encontrou. Eu mesmo a acusei disso, e ela nem tentou negar. Nem sequer demonstrou ultraje ou indignação. E, pior, ela andou se encontrando com Aes Sedai — disse ele em tom direto, sem o desprezo comum, mas acusatório. — Ela deixou Tanchico em um navio comandado por um homem chamado Bayle Domon, que protestou ao ter sua embarcação tomada e acabou virando propriedade. Ela o comprou e imediatamente o transformou em *so'jhin*, então está claro que se importa com o homem. O interessante é que ela havia levado esse mesmo homem para ver o Grão-lorde Turak, em Falme. Os dois se deram tão bem que o grão-lorde frequentemente convidava Domon para conversar. — O Inquiridor fez uma careta. — Você tem vinho? Ou conhaque?

Bethamin foi pega de surpresa.

— Acho que Iona tem um cantil do conhaque local. É uma bebida forte...

Ele mandou que ela lhe servisse uma dose mesmo assim, e foi obedecido às pressas. Bethamin queria que ele continuasse falando, qualquer coisa para adiar o inevitável. Sabia com certeza que Egeanin não matara nenhuma *sul'dam*, no entanto, para provar isso, seria condenada a compartilhar o destino amargo de Renna e Setah. Isso se tivesse sorte. Se aquele Inquiridor encarasse seu dever para com o Império do mesmo modo que Suroth. O homem olhou para o copo de estanho, mexendo o escuro conhaque de maçã enquanto ela retomava seu assento.

— O Grã-lorde Turak era um grande homem — murmurou ele. — Talvez um dos melhores que o Império já conheceu. Uma pena que seu *so'jhin* tenha decidido morrer com ele. Uma decisão honrada, mas que impossibilita descobrir se Domon estava com o bando que assassinou o grão-lorde.

Bethamin se retraiu. Às vezes os do Sangue matavam uns aos outros, mas a palavra assassinato nunca era pronunciada. O Inquiridor prosseguiu, ainda observando seu copo sem beber.

— O grão-lorde tinha me mandado vigiar Suroth. Suspeitava que ela estivesse pondo o Império em risco. Nas palavras dele. E, com sua morte, ela conseguiu o comando dos Predecessores. Não tenho provas de que Suroth mandou matá-lo, mas há muitos indícios. Suroth levou uma *damane* a Falme, uma jovem que era Aes Sedai. — Mais uma vez ele pronunciou a palavra em um tom direto e duro. — E ela de alguma forma escapou no mesmo dia em que Turak morreu. Suroth tem também em sua comitiva uma *damane* que já foi Aes Sedai. Ninguém nunca a viu sem a coleira, mas... — Ele deu de ombros, como se isso não fizesse diferença.

Bethamin ficou de olhos arregalados. Quem tiraria a coleira de uma *damane*? Uma *damane* bem treinada era uma alegria, um deleite, mas seria o mesmo que deixar um *grolm* à solta!

— Me parece bem provável que ela tenha uma *marath'damane* escondida entre suas escravas também — continuou ele, como se não estivesse listando crimes que beiravam a traição. — Acredito que Suroth tenha mandado matar as *sul'dam* que chegaram a Tanchico, talvez para ocultar os encontros de Egeanin com as Aes Sedai. Vocês *sul'dam* sempre reconhecem uma *marath'damane*, correto?

O homem ergueu os olhos de repente, e Bethamin deu um jeito de corresponder ao olhar com um sorriso. Ele tinha um rosto comum, mas aqueles olhos... Ela ficou contente de estar sentada. Suas pernas tremiam tanto que era surpreendente que suas saias não estivessem balançando.

— Receio que não seja assim tão simples. — Sua voz soou quase firme. — Você... decerto já tem informações suficientes para acusar Suroth pelo... pelo... assassinato do Grão-lorde Turak.

Se ele pegasse Suroth, não precisaria implicar a ela nem a Egeanin.

— Turak era um grande homem, mas meu dever é para com a Imperatriz, que ela viva para sempre, e, por consequência, para com o Império. — Ele bebeu o conhaque em um longo gole, e seu rosto se tornou tão severo quanto sua voz. — A morte de Turak não é nada comparada ao perigo que o Império corre. As Aes Sedai destas terras buscam poder no Império, buscam retornar aos dias de caos e assassinato, quando ninguém podia fechar os olhos à noite com a certeza de que voltaria a acordar, e elas estão tendo a ajuda de um verme venenoso e traiçoeiro que cresce entre nós. Talvez Suroth nem mesmo seja a cabeça desse verme. Pelo bem do Império, só ousarei pegá-la depois de ter acabado com o verme inteiro. Egeanin é um rastro que posso seguir até ele, e você é o rastro até Egeanin. Então se reaproxime dela, custe o que custar. Entendeu?

— Entendi, e obedecerei.

Sua voz falhava, mas o que mais poderia dizer? Que a Luz a salvasse, o que mais poderia dizer?

Capítulo 21

Uma questão de propriedade

Egeanin estava deitada de costas na cama, as mãos erguidas com as palmas para o teto e os dedos abertos. Sua saia azul-clara estava esticada sobre as pernas e ela tentava permanecer imóvel para não amarrotar muito as pregas estreitas. Vestidos limitavam os movimentos de um modo que só podiam ser uma invenção do Senhor das Trevas. Deitada ali, ela observava as unhas compridas demais para que conseguisse pôr as mãos em um cordame sem no mínimo quebrar metade. Era verdade que fazia anos que não lidava pessoalmente com cordames, mas sempre estivera pronta para isso, em caso de necessidade.

— … pura idiotice! — rosnou Bayle, cutucando a lenha em brasas na lareira de tijolos. — Que a sorte me espicace, o *Águia-pesqueira* poderia navegar a contravento, e mais rápido, do que qualquer navio Seanchan já fabricado. Sim, havia tempestades à frente também, e…

Ela só prestava atenção o bastante para perceber que ele parara de resmungar sobre o quarto para retomar a velha ladainha. O cômodo de painéis escuros não era o melhor d'A Mulher Errante, nem de longe, mas atendia às exigências dele, exceto pela vista. As duas janelas davam para o estábulo. Uma Capitã do Verde estava no mesmo nível de um Estandarte-General, mas, naquele local, a maioria das pessoas com postos abaixo do dela eram assistentes e secretários de oficiais sênior do Exército que Sempre Vence. Entre o exército, assim como no mar, ser do Sangue tinha pouca importância, a menos que se fosse do Sangue Nobre.

O esmalte verde-marinho nas unhas de seus dedinhos mínimos cintilava. Ela sempre desejara subir na hierarquia, talvez até se tornar Capitã do Dourado e comandar frotas, como sua mãe havia feito. Quando criança, chegara a sonhar em ser nomeada Mão da Imperatriz no Mar, igual a sua mãe, e ficar à mão esquerda do Trono de Cristal, servindo como *so'jhin* da própria Imperatriz, que vivesse para sempre, com permissão de se dirigir diretamente a ela. Moças tinham sonhos tolos. E precisava admitir que, ao ser escolhida para fazer parte dos Predecessores, pensara na possibilidade de receber um novo nome. Não ficara esperando por isso, decerto — teria sido arrogante de sua parte —, mas todos sabiam que retomar a terra perdida significaria novas ascensões ao Sangue. Tornara-se Capitã do Verde, dez anos mais cedo do que jamais esperara conseguir o feito, e se encontrava ao pé da montanha íngreme cujos picos se erguiam entre as nuvens até o pináculo sublime na Imperatriz, que ela vivesse para sempre.

No entanto, duvidava que fosse receber sequer o comando de um grande navio, quanto mais de uma frota. Suroth afirmava acreditar na sua história, mas, se de fato acreditava, por que a deixara à toa em Cantorin? Por que, quando enfim recebera ordens, tinham sido de comparecer ali, e não em um navio? Claro, os postos de comando eram limitados, mesmo para uma Capitã do Verde. Talvez a razão fosse essa. Talvez tivesse sido escolhida para algum posto próximo a Suroth, embora suas ordens fossem apenas de viajar para Ebou Dar o mais rápido possível e aguardar novas instruções. Talvez. O Sangue Nobre podia até se dirigir aos inferiores sem a intervenção de uma Voz, mas Egeanin tinha a impressão de que Suroth havia esquecido sua existência assim que fora dispensada após receber suas recompensas. O que também poderia significar que Suroth tinha suas suspeitas. Seus pensamentos davam voltas. De todo modo, era mais fácil ela viver de água do mar do que aquele Inquiridor desistir de suas desconfianças. Ele não tinha nada mais contra ela; se tivesse, Egeanin já estaria aos gritos em algum calabouço. No entanto, caso ele também estivesse na cidade, ficaria de olho nela, esperando por qualquer passo em falso. O Inquiridor não podia derramar sequer uma gota do sangue dela agora, mas tinha experiência em lidar com aquele tipo de complicação. Contanto que permanecesse apenas observando, porém, podia manter os olhos nela até que secassem. Egeanin tinha os pés firmes no convés e dali em diante tomaria muito cuidado a cada passo. Talvez não fosse mais possível chegar a Capitã do Dourado, mas se aposentar como Capitã do Verde seria uma honra.

— E então? — questionou Bayle. — O que acha disso?

Ele era largo, firme e forte, exatamente o tipo de homem que ela sempre preferira, e estava parado junto à cama só de camiseta, com o cenho franzido e as mãos na cintura. Não era uma postura adequada para um *so'jhin* assumir com sua senhora. Suspirando, Egeanin baixou as mãos para a barriga. Bayle se recusava a aprender os modos de um *so'jhin*. Levava tudo como uma piada, uma brincadeira, como se não fosse de verdade. Às vezes chegava a dizer que queria ser a Voz dela, por mais que Egeanin já tivesse explicado que não era do Sangue Nobre. Mandara chicoteá-lo uma vez, e depois disso ele se recusara a dividir a cama com ela até que se desculpasse. Se desculpasse!

Egeanin repassou rapidamente o que entreouvira dos resmungos dele. Sim; ainda era a mesma ladainha, depois de todo aquele tempo. Nenhuma novidade. Colocando os pés para fora da cama, ela se sentou e enumerou os argumentos nos dedos. Fizera isso tantas vezes que já os decorara.

— Se você tivesse tentado fugir, as *damane* do outro navio teriam partido seus mastros feito gravetos. Não foi uma abordagem casual, Bayle, você sabe muito bem disso; a primeira coisa que perguntaram foi se aquele era o *Águia-pesqueira*. Ao colocá-lo a contravento e anunciar que estávamos a caminho de Cantorin com um presente para a Imperatriz, que ela viva para sempre, eu amenizei as suspeitas. Não fosse por isso, nós teríamos acabado acorrentados e vendidos assim que chegássemos a Cantorin. Duvido que teríamos tido a sorte de ir para o cadafalso, em vez disso. — Ela ergueu o polegar. — E, por último, se você tivesse mantido a calma, como eu lhe disse para fazer, também não teria sido vendido. Você me custou uma fortuna!

Aparentemente, várias outras mulheres em Cantorin compartilhavam suas preferências para homens. Elas tinham elevado muitíssimo o leilão.

Teimoso como era, Bayle franziu o cenho e esfregou a barba curta, irritado.

— Ainda digo, no caso, que a gente podia ter jogado tudo no mar — resmungou ele. — Aquele Inquiridor não tinha provas do que estávamos carregando.

— Inquiridores, no caso, não precisam de provas — respondeu ela, zombando de seu sotaque. — Inquiridores, no caso, buscam provas, e essa busca, no caso, é bem dolorosa.

Se até ele já se reduzira a ficar reciclando assuntos resolvidos havia muito tempo, talvez ela estivesse finalmente ficando farta.

— De todo modo, Bayle, você mesmo já admitiu que não há nenhum problema em deixar aquela coleira e o bracelete no poder de Suroth. Não se pode colocá-los nele a menos que alguém chegue perto o bastante, e não ouvi qualquer rumor de que alguém tenha chegado ou vá chegar.

Ela se conteve para não acrescentar que não faria diferença. Bayle não conhecia muito da versão das Profecias daquele lado do Mar do Mundo, mas teimava que nenhuma mencionava a necessidade de o Dragão Renascido jurar lealdade ao Trono de Cristal. Talvez se mostrasse necessário que ele usasse aquele *a'dam* masculino, mas Bayle nunca admitiria isso.

— O que está feito está feito, Bayle. Se a Luz brilhar sobre nós, viveremos muitos anos a serviço do Império. Agora, você diz que conhece esta cidade; o que tem de interessante para se ver ou fazer?

— Tem sempre algum festival acontecendo — respondeu ele lentamente, relutante. Não gostava de perder uma discussão, por mais fútil que fosse. — Talvez você goste de alguns. De outros, acho que não. Você, no caso, é... exigente. — O que ele queria dizer com isso? De repente, Bayle sorriu. — Podíamos procurar uma Sapiência. Sim, elas aceitam votos de casamento aqui. — Ele correu a mão pelo lado raspado da cabeça, revirando os olhos como se quisesse enxergá-lo. — Claro, se me lembro bem do sermão que você, no caso, me deu sobre "direitos e privilégios" do meu posto, *so'jhin* só podem se casar com outros *so'jhin*, então você precisa me libertar primeiro. Que a sorte me espicace, você ainda não tem um pé das terras que lhe prometeram. Eu posso retomar meu antigo trabalho e logo, logo lhe consigo uma propriedade.

Egeanin ficou boquiaberta. Aquilo não era assunto antigo. Aquilo era uma grande novidade. Sempre se orgulhara de ter bom senso. Tinha subido na hierarquia por conta de sua habilidade e ousadia, uma veterana em batalhas marítimas e tempestades e naufrágios. E naquele momento estava se sentindo uma marinheira de primeira viagem, olhando do alto do mastro, tonta e em pânico, com o mundo girando ao redor e encarando uma queda inevitável no mar.

— Não é simples assim — respondeu ela, se pondo de pé para que ele fosse forçado a recuar. Pela Luz, odiava soar ofegante! — Para lhe dar a alforria, preciso garantir seu ganha-pão como homem livre, garantir que tenha um sustento. — Luz! Sair atropelando as palavras era tão ruim quanto ofegar. Imaginou-se em um convés, e isso ajudou um pouco. — No seu caso, imagino que isso signifique comprar um navio — disse, conseguindo ao menos soar calma. — E, como você acabou de me lembrar, ainda não tenho propriedades. Além do mais, você sabe muito bem que eu não poderia permitir que voltasse ao contrabando.

Isso era pura verdade, e o resto não era exatamente mentira. Lucrara bastante em seus anos no mar e, mesmo que seu ouro fosse pouco comparado ao do Sangue, podia comprar um navio, contanto que ele não quisesse uma embarcação enorme, mas não chegara a afirmar que não tinha condições de adquirir um.

Bayle abriu os braços, outro gesto impróprio, e depois de um momento ela deitou o rosto em seu ombro largo e permitiu que ele a abraçasse.

— Vai dar tudo certo, querida — disse ele em tom gentil. — De algum jeito, vai dar tudo certo.

— Não me chame de "querida", Bayle — censurou ela, olhando para a lareira atrás dele, que não parecia entrar em foco.

Tinha decidido se casar com ele antes de deixar Tanchico, uma daquelas decisões inconsequentes que lhe renderam sua reputação. Ele era um contrabandista, sim, mas ela podia pôr um fim nisso, e Bayle era confiável, forte e inteligente, um homem do mar. Essa última qualidade, para ela, sempre fora essencial. Só que Egeanin não conhecia os costumes dele. Em alguns lugares do Império, os homens faziam o pedido, e chegavam a ficar ofendidos se a mulher sequer desse a ideia. Ela também não sabia como seduzir um homem. Seus poucos amantes tinham sido do mesmo escalão que ela, homens que podia abordar abertamente e dos quais se despedia assim que um dos dois fosse enviado a outro navio ou promovido. E agora Bayle era *so'jhin*. Não havia nenhum problema em dormir com seu *so'jhin*, claro, contanto que fosse discretamente. Ele estendia sempre um colchão ao pé da cama, mesmo que nunca o usasse. Mas libertar um *so'jhin*, fazendo-o perder os direitos e privilégios de que Bayle desdenhava, era muita crueldade. Não, mais uma vez estava mentindo por omissão e, pior ainda, mentindo para si mesma. Desejava profundamente se casar com o homem que era Bayle Domon. Mas estava amargamente incerta de que estaria disposta a se casar com uma propriedade alforriada.

— Será como milady ordenar — disse ele em um tom ironicamente formal.

Ela o acertou nas costelas. Mas foi fraco. Só para fazê-lo grunhir. Ele não tomava jeito! Egeanin já não queria sair para conhecer Ebou Dar. Queria ficar bem ali, nos braços de Bayle, sem precisar tomar qualquer decisão, só ficar para sempre onde estavam.

Houve uma batida forte na porta e ela o empurrou para longe. Pelo menos ele teve o bom senso de não reclamar. Enquanto Bayle vestia o casaco, ela sacudiu as pregas do vestido e tentou alisar as partes amarrotadas de deitar na cama, que pelo visto não eram poucas, por mais imóvel que tivesse ficado. Aquela batida podia ser uma convocação de Suroth ou uma criada conferindo se precisavam de alguma coisa, mas, independentemente de quem fosse, não permitiria que a vissem com a aparência de alguém que estivera rolando pelo convés.

Desistindo de seus esforços inúteis, Egeanin esperou até que Bayle tivesse abotoado as roupas e adotado a postura que ele considerava adequada a um *so'jhin*. *Como um capitão no tombadilho, pronto a gritar ordens*, pensou ela, suspirando.

— Entre! — ladrou ele.

A mulher que surgiu na porta aberta era a última pessoa que Egeanin esperava ver. Bethamin a encarou de modo hesitante antes de entrar e fechar suavemente. A *sul'dam* respirou fundo, então se pôs de joelhos, a coluna bem empertigada. Seu vestido azul-escuro com a estampa de raio vermelho parecia limpo e engomado. Egeanin ficou irritada com o contraste de seu próprio desalinho.

— Milady — disse Bethamin, insegura, então engoliu em seco. — Milady, peço humildemente para conversar com a senhora. — Ela olhou de relance para Bayle e umedeceu os lábios. — A sós, se não se importar, milady?

A última vez que Egeanin vira a mulher fora em um porão em Tanchico, quando removeu um *a'dam* de Bethamin e a mandou embora. Se ela fosse do Sangue Nobre, isso teria sido o bastante para uma chantagem! Sem dúvida a acusação seria a mesma de libertar uma *damane*. Traição. Só que Bethamin não podia revelar o acontecido sem entregar a si mesma também.

— Ele pode ouvir qualquer coisa que você tenha a dizer, Bethamin — respondeu Egeanin, calma. Estava em águas turvas, e o melhor era permanecer tranquila. — O que deseja?

Bethamin se remexeu, de joelhos, e umedeceu os lábios mais uma vez. Então, de repente, desatou a falar:

— Fui procurada por Inquiridor, que mandou que eu me... que eu me reaproximasse da senhora, e relatasse tudo para ele. — Ela mordeu o lábio, como se quisesse conter a tagarelice, e ergueu para Egeanin olhos tão desesperados e suplicantes quanto naquele porão em Tanchico.

Egeanin retribuiu o olhar com frieza. Águas turvas e uma tempestade inesperada. Suas estranhas ordens de ir para Ebou Dar de repente estavam explicadas. Não precisava de uma descrição para saber que só podia ser o mesmo homem. Também não precisava perguntar a Bethamin por que ela estava cometendo traição ao desobedecer a um Inquiridor. Se o homem achasse que tinha o bastante para levar Egeanin a interrogatório, cedo ou tarde ela contaria a ele tudo que sabia, incluindo coisas sobre certo porão, e Bethamin logo se encontraria usando um *a'dam* outra vez. A única esperança da mulher era ajudar Egeanin a se livrar dele.

— Levante e se sente — disse ela. Por sorte, havia duas cadeiras, embora nenhuma parecesse confortável. — Bayle, acho que há conhaque naquele cântaro em cima da cômoda.

Bethamin tremia tanto que Egeanin precisou ajudá-la a se erguer e conduzi-la à cadeira. Bayle trouxe cálices de prata ornamentados contendo um gole de conhaque e se lembrou de se curvar e de oferecê-lo a Egeanin primeiro, mas ao se erguer ela viu que ele tinha servido para si mesmo também. Ele ficou parado ali, com um cálice na mão, observando-as como se fosse a coisa mais normal do mundo. Bethamin o encarou de olhos arregalados.

— Você acha que sua cabeça está na mira do espeto — disse Egeanin, fazendo a *sul'dam* se retrair e parecer assustada. — Engano seu, Bethamin. O único crime que já cometi foi libertá-la.

Não era bem assim, mas no fim das contas acabara colocando o *a'dam* masculino nas mãos da própria Suroth. E conversar com Aes Sedai não era crime. O Inquiridor podia ter suas suspeitas — tentara espioná-la, em Tanchico —, mas ela não era uma *sul'dam* acusada de virar *marath'damane*. No máximo ganharia uma reprimenda.

— Então, enquanto ele não souber disso, não terá motivos para me prender. Se ele quiser saber do que eu falo, ou qualquer outra coisa a meu respeito, pode contar a ele. Mas não esqueça que, se ele decidir me prender, eu vou denunciá-la. — Esse lembrete só a resguardaria de Bethamin resolver pensar em algum modo de se livrar da situação passando-a para trás. — Ele não vai nem precisar me fazer gritar.

Para sua surpresa, a *sul'dam* começou a gargalhar histericamente. Pelo menos até Egeanin se inclinar e estapeá-la.

Bethamin esfregou a bochecha, carrancuda.

— Ele sabe de quase tudo, *exceto* do porão, milady.

Ela então começou a descrever a fantástica teia de traição que conectava Egeanin, Bayle, Suroth e talvez até a própria Tuon às Aes Sedai, às *marath'damane* e às *damane* que tinham sido Aes Sedai.

Sua voz adquiriu um tom de pânico enquanto ela pulava de uma acusação inacreditável à outra, e logo Egeanin estava bebericando seu conhaque. Apenas bebericando. Estava calma. Controlada. Estava... aquilo era pior que águas turvas. Estava perto de um atoleiro, com o Cega-almas em pessoa descendo com a tempestade para roubar seus olhos. Bayle ouviu por algum tempo, seus olhos ficando cada vez mais arregalados, e então virou seu cálice de conhaque em um só gole. Egeanin ficou aliviada de vê-lo surpreso, depois se sentiu culpada por isso. Não imaginava que Bayle fosse um assassino. Além do mais, ele era ótimo com as mãos, mas mediano com a espada; armado ou no corpo a corpo, o Grão-lorde Turak teria eviscerado Bayle feito uma carpa. O único motivo para considerar a hipótese era que ele tinha se encontrado com duas Aes Sedai em Tanchico. A coisa toda era um disparate. Só podia ser! O encontro com as Aes Sedai fora um acaso, não parte de um plano. Pela Luz, as duas mal passavam de crianças, tão ingênuas quanto, de coração mole demais para aceitar a sugestão de Egeanin de cortarem a garganta do Inquiridor na primeira oportunidade. Uma pena. As duas *entregaram* a ela o *a'dam* masculino. Egeanin sentiu um calafrio. Se o Inquiridor um dia descobrisse que ela pretendera se livrar do *a'dam* segundo as instruções das Aes Sedai, se qualquer pessoa descobrisse, ela seria acusada de traição como se tivesse mesmo jogado o objeto no fundo do oceano. *E você não é?*, questionou a si mesma. O Tenebroso estava vindo tomar seus olhos.

Bethamin segurava o cálice apertado ao peito, quase o abraçando, lágrimas escorrendo pelo rosto. Se estava tentando se impedir de tremer, falhava miseravelmente. Trêmula, ela encarava Egeanin, ou talvez algo mais além. Algo horripilante. O fogo ainda não aquecera muito o quarto, mas Bethamin estava suando.

— ... e se ele ficar sabendo de Renna e Setah, terá certeza! — balbuciou ela. — Ele virá atrás de mim e das outras *sul'dam*! Você precisa impedi-lo! Se ele me pegar, eu vou denunciá-la! Vou mesmo!

Ela levou o copo aos lábios em um gesto súbito e instável, bebendo todo o conteúdo, se engasgando e tossindo, e então o estendeu para Bayle, pedindo mais. Ele não se mexeu. Estava atordoado.

— Quem são Renna e Setah? — perguntou Egeanin. Estava tão apavorada quanto a *sul'dam*, mas, como sempre, controlava seu medo muito bem. — O que o Inquiridor tem para descobrir sobre elas?

Bethamin desviou o olhar, evitando encará-la, e Egeanin de súbito compreendeu.

— Elas são *sul'dam*, não são, Bethamin? E também foram encoleiradas, feito você.

— Elas trabalham para Suroth — grunhiu a mulher. — Mas nunca permitem que elas fiquem completas de novo. Suroth sabe.

Egeanin esfregou os olhos em um gesto de cansaço. Talvez houvesse uma conspiração, afinal. Ou Suroth estava escondendo a dupla para proteger o Império, que dependia das *sul'dam*; esse era o alicerce de sua força. A revelação de que as *sul'dam* eram mulheres que podiam aprender a canalizar talvez destruísse até as bases do Império. Ela decerto ficara abalada. Talvez destruída. Não libertara Bethamin por um senso de dever. Muitas coisas haviam mudado em Tanchico. Já não acreditava que qualquer mulher capaz de canalizar devesse ser encoleirada. Criminosas, com certeza, e talvez as que se recusassem a jurar lealdade ao Trono de Cristal, e... não sabia. No passado, sua vida era feita de certezas absolutas, como estrelas-guia infalíveis. Queria essa vida de volta. Queria algumas certezas.

— Eu pensei... — começou Bethamin. Se não parasse de lamber os lábios daquele jeito, em breve não teria mais boca. — Milady, se o Inquiridor... sofresse um acidente... talvez o perigo acabasse.

Pela Luz, a mulher *acreditava* naquela conspiração contra o Trono de Cristal, e estava disposta a relevá-la para salvar a própria pele!

Egeanin se levantou, e a *sul'dam* não teve escolha a não ser se erguer também.

— Vou pensar no assunto, Bethamin. Venha me ver sempre que estiver de folga, como o Inquiridor espera. Não faça nada até que eu tome uma decisão. Entendeu? Nada além dos seus deveres e do que eu lhe disser para fazer.

Bethamin entendeu, e ficou tão aliviada de ter outra pessoa lidando com o perigo que se ajoelhou e beijou a mão de Egeanin. Depois de praticamente expulsá-la do quarto, Egeanin fechou a porta e então arremessou seu cálice na lareira. A peça ricocheteou nos tijolos, rolando pelo tapetinho no chão, amassada. Ganhara aquele jogo de cálices do pai ao conseguir seu primeiro comando. Toda a sua força agora parecia ter se esvaído. O Inquiridor tinha tricotado luar e acaso em uma corda para enforcá-la. Isso se não fosse transformada em propriedade. A ideia a fez estremecer. Não importava o que fizesse, o Inquiridor a havia encurralado.

— Eu posso matá-lo. — Bayle fechou os punhos, que eram largos como o restante de seu corpo. — Sim, ele é um homem magricela, pelo que me lembro. Acostumado a ser sempre obedecido. Nem vai estar esperando que alguém lhe quebre o pescoço.

— Você nunca vai encontrá-lo, Bayle. Ele nunca vai se encontrar com ela duas vezes no mesmo lugar, e mesmo que você a siga noite e dia, o Inquiridor pode andar disfarçado. Você não pode matar todo homem com quem ela falar.

Egeanin se empertigou e marchou até a mesa onde estava sua caixinha de escrita. Abriu a tampa. A caixinha entalhada com ondas, com o frasco de tinta e o pote de areia feitos de vidro arrematado em prata, tinha sido o presente da mãe pelo seu primeiro comando. A organizada pilha de folhas de papel fino continha seu novo brasão, uma espada e uma âncora emaranhada na própria corrente.

— Vou escrever sua carta de alforria e lhe dar dinheiro para comprar uma passagem — disse ela, molhando a pena de prata e deslizando-a pela página. Sempre tivera uma boa caligrafia; registros precisavam ser legíveis. — Não será o bastante para comprar um navio, infelizmente, mas terá que servir. Você partirá na primeira oportunidade. Raspe o resto da cabeça e não deverá ter problemas. Ainda me surpreendo de ver homens calvos sem peruca, mas pelo visto aqui mais ninguém repara nisso... — Ela arfou quando Bayle puxou a folha de debaixo da pena.

— Se você me libertar, no caso, nem vai mais poder me dar ordens. Além disso, se me libertar, precisa garantir que eu tenha como me sustentar. — Bayle jogou a folha na lareira e a observou escurecer e enrugar. — Um navio, foi o que você disse, e vou cobrar.

— Você ouça e me escute — disse ela, em seu melhor tom de comando, mas não surtiu qualquer efeito nele. Só podia ser o maldito vestido.

— Você precisa de uma tripulação — falou Bayle por cima dela. — Posso arrumar isso, mesmo aqui.

— De que me adianta uma tripulação? Não tenho navio. Se tivesse, para onde poderia velejar que o Inquiridor não fosse me encontrar?

Bayle deu de ombros, como se isso não importasse.

— Primeiro, uma tripulação. Sim, eu reconheci aquele jovem lá nas cozinhas, com a moça no colo. Deixe de cara feia. Uns beijos nem fazem mal nenhum.

Egeanin endireitou a postura, pronta para botá-lo em seu lugar. Estava com uma expressão severa, e não de cara feia, aquele casal estivera se enroscando em público feito animais, e Bayle era sua propriedade! Não podia falar assim com ela!

— O nome dele, no caso, é Mat Cauthon — prosseguiu Bayle, mesmo quando ela fez menção de falar. — Pelas roupas que usava, parece que subiu na vida, e bastante. Quando o conheci, ele usava um casaco de fazendeiro e estava fugindo dos Trollocs em um lugar do qual até os Trollocs têm medo. Da última vez que o vi, quase metade da aldeia de Ponte Branca, no caso, estava pegando fogo, e um Myrddraal estava, sim, tentando matar o sujeito e os amigos. O resto não vi com meus próprios olhos, e é difícil de acreditar. Mas acho que qualquer homem que tenha sobrevivido aos Trollocs e a um Myrddraal pode ser útil. Ainda mais agora.

— Um dia ainda preciso ver um desses Trollocs e dos Myrddraal de que você tanto fala.

As tais criaturas não podiam ser nem metade do terror que ele descrevia. Bayle sorriu e balançou a cabeça. Sabia o que ela pensava das Crias da Sombra.

— Melhor ainda, o jovem Mestre Cauthon, no caso, não estava sozinho no meu navio. Acompanhava outros homens que também seriam de grande ajuda nesta situação. Um deles você conhece. Thom Merrilin.

Egeanin arfou. Merrilin era um velho inteligente. Um velho perigoso. E estava com aquelas duas Aes Sedai quando ela conheceu Bayle.

— Bayle, há mesmo uma conspiração? Me conte. Por favor? — Ninguém pedia por favor a uma propriedade, nem mesmo a um *so'jhin*. A menos que quisessem algo desesperadamente.

Ele balançou a cabeça outra vez, apoiou a mão na cornija de pedra e olhou sério para as chamas.

— As Aes Sedai planejam até o nadar dos peixes. Poderiam conspirar com Suroth, mas a pergunta, no caso, é: Suroth conspiraria com elas? Sim, eu já a vi olhar para *damane* como se fossem cães sarnentos, cheios de pulgas e doenças. Será que ela sequer conseguiria falar com uma Aes Sedai? — Ele ergueu os olhos límpidos e sinceros, que não escondiam nada. — Uma coisa eu digo: juro pelo túmulo da minha avó que nunca nem ouvi falar de conspiração nenhuma. Mas mesmo que soubesse de dez, jamais deixaria aquele Inquiridor ou qualquer outra pessoa machucá-la, custe o que custar.

Esse era o tipo de coisa que qualquer *so'jhin* leal diria. Bom, ela nunca ouvira falar de um *so'jhin* sendo tão direto, mas o sentimento era equivalente. Só que Egeanin sabia que, para ele, o significado não era o mesmo, que nunca seria.

— Obrigada, Bayle. — Era necessário ter uma voz firme para comandar, mas manter a voz firme naquele momento foi motivo de orgulho. — Encontre esse tal Mestre Cauthon, e Thom Merrilin, se conseguir. Talvez a gente possa tomar alguma atitude.

Ele não se curvou antes de deixar o cômodo, mas Egeanin nem cogitou censurá-lo por isso. Também não pretendia deixar que o Inquiridor a capturasse. Ia impedi-lo, não importava o custo. Era uma decisão que tomara antes de libertar Bethamin. Encheu até a boca o cálice amassado, querendo se embebedar a ponto de os pensamentos sumirem, mas apenas ficou sentada olhando para o líquido escuro sem dar nem um gole. Não importava o custo. Pela Luz, ela não era melhor que Bethamin! Mas saber disso não mudava nada. Não importava o custo.

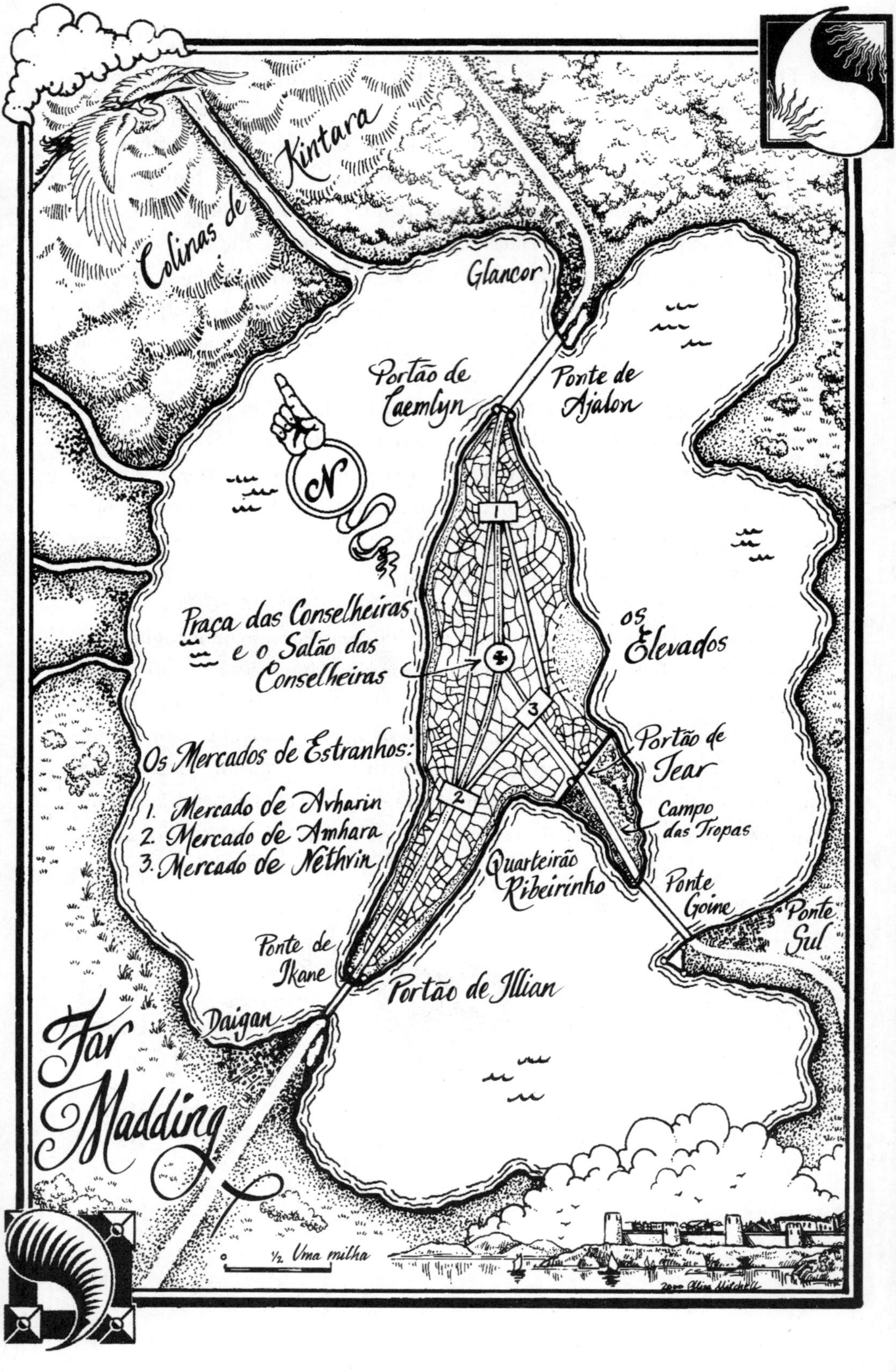

Colinas de Kintara
Glancor
Portão de Caemlyn
Ponte de Ajalon
N
Praça das Conselheiras e o Salão das Conselheiras
Os Elevados
Os Mercados de Estranhos:
1. Mercado de Avharin
2. Mercado de Amhara
3. Mercado de Nethvin
Portão de Tear
Campo das Tropas
Quarteirão Ribeirinho
Ponte Goine
Ponte Sul
Ponte de Ikane
Portão de Illian
Daigan
Far Madding
½ Uma milha

Capítulo 22

Surgido do nada

O Mercado de Amhara era um dos três de Far Madding em que se permitia que os estrangeiros fizessem negócios, mas, apesar do nome, a grande praça não tinha nada a ver com um mercado, sem bancas nem mercadorias expostas. Uns poucos cavaleiros montados, um punhado de liteiras fechadas transportadas por carregadores ricamente fardados e uma ou outra carruagem com as janelas de cortinas fechadas abriam caminho por uma multidão esparsa, mas ainda fervilhante, típica de qualquer cidade grande. A maior parte dos transeuntes se encontrava bem enrolada em seus mantos para se proteger dos ventos matinais que sopravam do lago ao redor de Far Madding, e era o frio, mais do que qualquer negociação urgente, que os fazia ter pressa. Em volta da praça, assim como nos outros dois Mercados de Estranhos da cidade, as casas altas de pedra dos banqueiros dividiam a parede com estalagens de pedra e telhado de ardósia onde os mercadores estrangeiros se hospedavam ou com armazéns compactos sem janelas, também de pedra, onde seus produtos eram armazenados, tudo amontoado em meio a estábulos e pátios para carroções, todos construídos com pedra. Far Madding era uma cidade de paredes de pedra e telhados de ardósia. Naquela época do ano, as estalagens estavam com no máximo um quarto de sua capacidade, e os armazéns e pátios de carroções, mais vazios ainda. Entretanto, quando chegasse a primavera e o comércio fosse retomado a pleno vapor, mercadores pagariam três vezes mais por qualquer espaço que pudessem encontrar.

No centro da praça, um pedestal redondo de mármore abrigava uma estátua de duas braças de altura de Savion Amhara cheia de altivez, ostentando robes marmóreos bordejados com peles e elaboradas correntes de ofício, também de mármore, em torno do pescoço. Sua face marmórea era pura austeridade sob a diadema com joias de Primeira Conselheira, e a mão direita empunhava com firmeza o cabo de uma espada de mármore cuja ponta repousava entre os dois pés calçados com sandálias, enquanto a mão esquerda erguida apontava seu dedo marmóreo como um sinal de alerta na direção do Portão de Tear, a cerca de três quartos de milha de distância. Far Madding dependia dos mercadores de Tear, Illian e Caemlyn, mas o Alto Conselho vivia desconfiado dos estrangeiros e de seus hábitos corruptores de alhures. Um dos Guardas Civis, com capacete de aço, casaco de couro costurado com placas metálicas quadradas sobrepostas e uma Mão Dourada no ombro esquerdo, encontrava-se abaixo da estátua e usava uma vara comprida de madeira para afugentar pombos cinzentos de asas negras. Savion Amhara era uma das três mulheres mais reverenciadas da história de Far Madding, embora nenhuma delas fosse conhecida muito além das margens do lago. Dois homens da cidade eram mencionados em qualquer história do mundo, apesar de ela se chamar Aren Mador quando o primeiro nasceu e Fel Moreina no nascimento do outro, mas Far Madding se dedicava com fervor a esquecer Raolin Algoz-das-trevas e Yurian Arco-de-pedra. Na realidade, os dois eram a razão para Rand estar ali.

Algumas pessoas no Amhara espiavam quando ele passava, mas sem deter por mais que alguns segundos. Que ele era de fora, não havia dúvida, os olhos azuis e o cabelo na altura do ombro. Os homens de Far Madding às vezes deixavam crescer até a cintura, e ou o amarravam na nuca, ou prendiam com um grampo. Suas lãs marrons simples, porém, eram desinteressantes, em nada melhores do que as vestes que um mercador de sucesso moderado poderia usar, e ele não era o único sem manto, apesar dos ventos do lago. A maioria dos demais era composta por kandorianos com suas barbas repartidas, arafelianos com sininhos nas tranças ou saldaeanos de nariz aquilino, homens e mulheres que achavam aquela temperatura amena em comparação com o inverno das Terras da Fronteira. Pela aparência Rand poderia muito bem ser de lá também. De sua parte, simplesmente se recusava a deixar o frio tocá-lo, ignorava-o como se fosse uma mosca zumbindo em seu ouvido. Se encontrasse uma oportunidade para agir, podia ser que um manto atrapalhasse.

Desta vez, nem sua altura chamou atenção. Havia um bom número de homens altíssimos em Far Madding, poucos deles nativos. O próprio Manel Rochaid só era um palmo mais baixo que ele, se tanto. Rand se manteve bem atrás do sujeito, deixando as pessoas e as liteiras entrarem entre os dois e, por vezes, até esconder sua presa. Mesmo se o Asha'man renegado olhasse para trás, Rand duvidava que o homem fosse reconhecê-lo, pois tinha tingido o cabelo de negro com as ervas que Nynaeve fornecera. No que lhe cabia, não havia nenhuma preocupação em perder Rochaid de vista. A maior parte dos locais trajava cores monótonas, com bordados mais chamativos no peito e nos ombros e, talvez, um grampo de cabelo ornado com joias no caso dos mais prósperos, enquanto os mercadores forasteiros preferiam roupas sóbrias despretensiosas para não parecerem demasiado abastados, seus guardas e condutores agasalhados com lãs gastas. O casaco de seda vermelha brilhante de Rochaid destoava. O homem percorria a praça como um rei, a mão relaxada sobre o cabo da espada, um manto bordejado com peles se inflando por trás dele com o vento. Era um idiota. Aquele manto esvoaçante, assim como a espada, atraíam olhares. O bigode curvo untado o identificava como murandiano, alguém que deveria estar tremendo como qualquer ser humano normal, e aquela espada... Que perfeito idiota!

Você é que é um idiota por vir a este lugar, resfolegava Lews Therin feito um maníaco em sua mente. *Loucura! Insanidade! Nós precisamos ir embora! Precisamos!*

Ignorando a voz, Rand ajustou as luvas justas e manteve o passo firme atrás de Rochaid. Na praça, vários Guardas Civis estavam de olho no sujeito. Estrangeiros eram vistos como baderneiros e esquentados, e murandianos tinham fama de pavio curto. Um estrangeiro portando uma espada sempre chamava a atenção dos Guardas. Rand ficou contente por ter decidido deixar a dele na pousada com Min, que se aninhava lá no fundo da sua mente com mais intensidade que Elayne ou Aviendha, ou Alanna. Das outras, só tinha vaga noção, enquanto Min parecia viva dentro dele.

Quando Rochaid foi se afastando do Amhara e mergulhando na cidade, uma revoada de pombos partiu dos telhados, mas, em vez de fazerem os giros inequívocos que normalmente os teriam levado ao céu, as aves se chocaram umas contra as outras, algumas chegando a cair no paralelepípedo ainda batendo as asas. O povo olhou boquiaberto, inclusive os Guardas Civis que, momentos antes, voltavam toda a atenção para Rochaid. O homem, por sua vez, não olhou para trás, ainda que tampouco importasse se tivesse visto. Ele sabia que Rand estava na cidade sem ver os efeitos de um *ta'veren*, ou não estaria ali.

Seguindo Rochaid pela Rua da Alegria, que na verdade eram duas retas largas separadas por uma fileira comedida de árvores desfolhadas de casca cinzenta, Rand sorriu. Era provável que Rochaid e seus amigos se achassem bastante sagazes. Talvez tivessem encontrado o mapa da parte norte das Planícies de Maredo largado de cabeça para baixo nas prateleiras da Pedra de Tear, ou o livro sobre as cidades do sul na estante errada na biblioteca do Palácio Aesdaishar, em

Chachin, ou uma das outras pistas que ele deixara para trás. Lapsos, um homem com pressa poderia até cometer, mas quaisquer dois ou três deslizes juntos pintavam uma seta apontada para Far Madding. Rochaid e os demais haviam sido rápidos para detectar, mais do que ele esperava, ou então tinham recebido ajuda nessa identificação. Fosse um ou outro, não importava.

Ele não sabia ao certo por que o murandiano tinha vindo na frente, mas sabia que os outros viriam, Torval e Dashiva, Gedwyn e Kisman, para tentar concluir o que haviam estragado em Cairhien. Pena que nenhum dos Abandonados fosse ser tolo o bastante para ir atrás dele ali. Simplesmente mandariam outras pessoas. Seu intuito era matar Rochaid antes que os demais chegassem, se possível. Mesmo naquele lugar, onde todos estavam em igualdade de condições, seria mais prudente aumentar as probabilidades. Fazia dois dias que Rochaid estava em Far Madding perguntando abertamente a respeito de um ruivo alto, circulando todo emproado como se não tivesse a menor preocupação. Já tinha visto um ou outro que se aproximava de sua descrição, mas ainda achava que era o caçador, não a caça.

Você nos trouxe aqui para morrer!, reclamou Lews Therin. *Só* estar *aqui já é tão ruim quanto a morte!*

Rand deu de ombros, incomodado. Concordava com essa última parte. Se fosse embora, ficaria tão grato quanto Lews Therin, mas, às vezes, a única escolha era entre o ruim e o pior ainda. Rochaid estava bem à frente dele, quase a seu alcance. A esta altura, era só o que importava.

As oficinas e estalagens de pedra cinzenta ao longo da Rua da Alegria iam mudando à medida que Rand se afastava do Mercado de Amhara. Cuteleiros davam lugar a prateiros, que depois davam lugar a ourives. Costureiras e alfaiates exibiam brocados e sedas bordadas, em vez de lãs. As carruagens que passavam ribombando pelos paralelepípedos agora traziam insígnias laqueadas nas portas e parelhas de quatro ou seis cavalos de mesmo tamanho e coloração, e mais cavaleiros montavam a nata dos puros-sangues tairenos ou animais da mesma estirpe. Liteiras transportadas por carregadores em trote se tornaram quase tão comuns quanto pessoas a pé, e, também a pé, comerciantes trajando casacos ou vestidos com bordados pesados em torno do peito e dos ombros somavam menor número que o dos populares com fardamentos tão brilhosos quanto o dos carregadores de liteiras. Quase sempre, os grampos de cabelo dos homens eram ornados com detalhes em vidro colorido, vez ou outra até com pérolas ou gemas mais valiosas, embora poucos tivessem esposas que pudessem ostentar pedras preciosas. Apenas o vento frio era o mesmo, as rajadas e os Guardas Civis patrulhando em grupos de três, os olhos alertas para qualquer confusão. Não se viam tantos quanto nos Mercados de Estranhos, mas bastava uma patrulha sumir de vista para já surgir outra, e sempre que uma rua mais larga que uma viela dava na Rua da Alegria, uma guarita de pedra abrigava dois Guardas a pé de prontidão caso o vigilante lá de cima identificasse algum problema. A paz era mantida com rigor em Far Madding.

Rand franziu o cenho quando Rochaid seguiu pela rua. Estaria indo em direção à Praça das Conselheiras, no centro da ilha? Não havia nada ali além do Salão das Conselheiras — monumentos de mais de quinhentos anos antes, quando Far Madding tinha sido a capital de Maredo — e as contadorias das mulheres mais abastadas da cidade. Em Far Madding, homem rico era aquele cuja esposa lhe dava uma mesada generosa ou um viúvo que recebera uma herança. Podia ser que Rochaid estivesse indo se encontrar com Amigos das Trevas. Mas, se fosse o caso, por que havia esperado?

De súbito, uma onda de tontura acometeu Rand, um rosto turvo tomando-lhe a visão por um instante, fazendo-o trombar com um transeunte. Mais alto que ele e trajando uma reluzente farda verde, o sujeito louro moveu o cesto grande que carregava e se esquivou gentilmente. Uma cicatriz comprida e engelhada lhe descia pela lateral do rosto queimado de sol. Baixando a cabeça, Rand murmurou um pedido de desculpas e seguiu apressado.

Depois de se recompor, mussitou um palavrão rosnado.

Você já os destruiu, sussurrou Lews Therin em sua mente. *Agora tem outra pessoa para destruir, e já não era sem tempo. Quantos nós três teremos de matar até o fim, eu fico me perguntando.*

Cale-se!, pensou Rand com raiva, mas uma risada grasnada de desdém foi a resposta. Não era o encontro com um Aiel que o perturbava. Já tinha visto muitos desde que chegara a Far Madding. Por algum motivo, centenas de Aiel que haviam fugido após descobrirem a verdade de sua história tinham ido parar ali, tentando seguir o Caminho da Folha quando já não faziam mais ideia do que isso exigia deles, a não ser que deveriam se tornar *gai'shain* para o resto da vida. Ele não estava nem aí para a tontura nem para a identidade do rosto que vira de relance quando ficou tonto. À frente dele, uma carruagem puxada por seis cavalos cinzentos veio chacoalhando por entre o fluxo de liteiras, gente fardada apressada e homens e mulheres entrando e saindo a toda das oficinas, mas não se via nenhum sinal de um casaco vermelho. Irritado, ele deu um soco na palma da mão.

Seguir adiante às cegas era uma idiotice. Poderia dar de cara com o sujeito ou, no mínimo, ser visto. Até aquele momento, Rochaid achava que Rand não sabia que ele estava na cidade, uma vantagem que não era de se jogar fora. Rand tinha a informação de que Rochaid estava dormindo numa das estalagens que atendiam aos estrangeiros. Poderia ficar vadiando ali fora até o dia seguinte e esperar outra oportunidade. Talvez os outros também chegassem à noite. Rand acreditava que podia matar dois juntos, quaisquer que fossem, ou quem sabe até os cinco, mas isso não tinha como ser feito sem alvoroço. Contra cinco, ele acabaria se ferindo e, na melhor das hipóteses, teria de abandonar sua espada, o que relutava em fazer, pois tinha sido presente de Aviendha. E, na pior...

Um lampejo de um manto com borda de pele lhe chamou a atenção, desaparecendo numa esquina à frente. Ele correu até lá. Os Guardas na guarita ali entraram em alerta, o homem do alto sacando o chocalho do cinto. Um dos que se encontravam embaixo levantou seu cassetete comprido, enquanto o outro pegou uma vara de captura dos degraus da guarita. A extremidade bifurcada era própria para agarrar e segurar um braço, perna ou pescoço, enquanto a vara em si era revestida de ferro, à prova de qualquer espada ou machado. Com o olhar firme, os três o fitaram com toda a atenção.

Rand meneou com a cabeça, sorriu e desviou o olhar ostensivamente para a rua lateral, esquadrinhando a multidão. Não era um ladrão em fuga, só um homem procurando alguém. O cassetete voltou para o gancho no cinto, a vara de captura, para os degraus. Ele não tornou a olhar para os Guardas. Lá adiante, conseguiu enxergar o manto e talvez um casaco vermelho virando em outra rua.

Erguendo a mão como se quisesse chamar alguém, Rand disparou atrás do sujeito, esquivando-se dos passantes e carrinhos de vendedores ambulantes. Aos gritos, mascates oferecendo alfinetes, agulhas ou pentes em suas bandejas tentavam abordar Rand, ou qualquer um. Poucos ali usavam roupas bordadas, e um simples barbante amarrando o cabelo de um homem era algo bem mais corriqueiro que até o mais simples dos grampos. Eram ruas apertadas, para não dizer minúsculas, e sinuosas, um labirinto caótico em que estalagens baratas e prédios de pedra estreitos de três ou quatro andares se erguiam por sobre as lojas de açougueiros, fabricantes de velas e barbeiros, funileiros, ceramistas e tanoeiros. Carruagens não caberiam nessas ruas, e tampouco havia liteiras ou cavaleiros, apenas um punhado de serviçais uniformizados carregando cestos em suas incumbências, mas passando tranquilos e olhando de cima para baixo para todos à sua volta, exceto os Guardas Civis. Até ali, suas patrulhas e guaritas estavam presentes.

Por fim, ele se aproximou o suficiente para ter uma visão clara do homem a quem vinha seguindo. Rochaid finalmente tivera o juízo de puxar o manto para junto do corpo, escondendo o casaco vermelho e a espada inútil, mas já não havia dúvida de quem ele era. Na verdade, ele dava a impressão de passar despercebido, esgueirando-se pela lateral da rua e esfregando o ombro nas fachadas dos comércios. De repente, olhou em volta disfarçadamente e então se enfiou em uma viela entre a oficina minúscula de um tramador de cestos e uma estalagem com a placa tão suja que o nome inteiro estava obscurecido. Rand quase chegou a sorrir e, sem perder tempo, disparou atrás dele. Não havia Guardas Civis nem guaritas nas vielas de Far Madding.

Vielas que eram ainda mais tortuosas do que as ruas por onde ele acabara de passar, criando seu próprio labirinto particular pelo interior de cada quarteirão da cidade, e Rochaid já havia sumido de vista de novo, mas Rand ainda ouvia as botas batendo na terra úmida empedrada, ecoando entre as paredes de pedra sem janelas até que já fosse quase impossível saber de onde vinham, mas ele seguiu em frente, correndo por passagens onde mal caberiam dois homens lado a lado. Se fossem amigáveis. Por que Rochaid tinha entrado naquele labirinto? Aonde quer que estivesse indo, queria chegar rápido, mas não era possível que soubesse andar por aqueles becos.

De repente, Rand se deu conta de que as únicas botas que estava ouvindo eram as suas e parou. Silêncio. Da viela onde estava, se abriam três becos estreitos. Mal respirando, ele prestou atenção a qualquer ruído. Mas nada. Quase optou por voltar. Foi quando percebeu um retinir distante vindo da entrada do beco mais próximo, como se alguém, ao passar, tivesse chutado um pedregulho sem querer contra uma parede de pedra. Melhor matar o sujeito e acabar logo com aquilo.

Rand virou a esquina para entrar no beco e deu de cara com Rochaid esperando por ele.

O murandiano estava com o manto jogado para trás de novo e as duas mãos no cabo da espada. O apaziguamento de Far Madding trançava cabo e bainha numa trama de arames finos. Ele ostentava um sorrisinho astuto.

— Foi tão fácil atrair você quanto um pombo — disse, começando a sacar a espada. Os arames haviam sido cortados e depois remendados para passar a impressão de estarem presos. — Pode correr, se quiser.

Mas Rand, pelo contrário, deu um passo à frente e bateu forte com a mão esquerda no cabo da espada de Rochaid, segurando metade da lâmina ainda dentro da bainha. Surpreso, o homem arregalou os olhos, embora ainda não percebesse que a pausa para se vangloriar já lhe custara a vida. Ele recuou, tentando abrir mais espaço para completar o saque da arma, mas Rand seguiu-o no mesmo ritmo, mantendo a espada presa, e girou o quadril, desferindo um belo soco no pescoço de Rochaid. A cartilagem estalou ruidosamente, e o renegado se esqueceu da tentativa de matar quem quer que fosse. Cambaleando para trás, os olhos esbugalhados em Rand, ele apertou a garganta com as duas mãos e, desesperado, procurou puxar o ar pela traqueia dilacerada.

Rand já dava início ao golpe letal, abaixo do esterno, quando um murmúrio veio de trás dele, e, de uma hora para outra, a provocação de Rochaid ganhou um novo sentido. Rand deu uma rasteira em seu adversário e se jogou no chão por cima dele. Um metal golpeado com força se cravou na parede de pedra, e um homem xingou. No embalo da queda, Rand rolou no chão e deu uma cambalhota para trás, sem soltar a espada, parando na direção oposta, agachado. Nesse momento, Rochaid soltou um grito estridente e gorgolejado.

Raefar Kisman estava ali parado, boquiaberto, olhando para Rochaid, cuja lâmina, destinada a matar Rand, espetava o próprio peito. O sangue borbulhava nos lábios do murandiano, que fincou os calcanhares no solo e ensanguentou as mãos no aço afiado como se tivesse como retirá-lo do corpo. De estatura apenas mediana, e de pele clara para um taireno, Kisman trajava vestes tão simples quanto as de Rand, exceção feita à cinta da espada. Escondendo-a por baixo do manto, poderia ter ido a qualquer ponto de Far Madding sem ser notado.

Seu desânimo só durou alguns instantes. Conforme Rand foi se levantando, munido de duas espadas, Kisman sacou a sua também e não olhou mais para seu cúmplice agonizante. Observava Rand, e suas mãos não paravam quietas no cabo comprido da espada. Não restava dúvida de que era um dos que sentiam tanto orgulho de usar o Poder como arma que não se davam ao trabalho de aprender a usar a espada; erro que Rand não cometera. Rochaid teve um último espasmo e ficou inerte, olhando para o céu.

— Hora de morrer — disse Rand, tranquilo, mas, quando partiu para cima, um chocalho ressoou em algum ponto por trás do taireno, um rangido incessante, depois outro. Os Guardas Civis.

— Vão nos pegar, a mim e a você — exalou Kisman, acelerado. — Se nos encontrarem aqui, parados ao lado de um cadáver, vão nos *enforcar*! Você sabe disso!

Ele tinha razão, ao menos em parte. Se os Guardas os encontrassem ali, ambos seriam levados para as celas abaixo do Salão das Conselheiras. Outros chocalhos matraquearam, se aproximando. Os Guardas deviam ter reparado em três homens entrando, um de cada vez, na mesma viela. Talvez até tivessem visto a espada de Kisman. Relutante, Rand aquiesceu.

O taireno foi recuando com cautela e, quando viu que Rand não fez nenhuma menção de segui-lo, embainhou a espada e saiu numa carreira desabalada, o manto escuro se inflando às costas.

Rand jogou a espada emprestada em cima do corpo de Rochaid e saiu correndo para o outro lado. Ainda não se ouviam chocalhos vindos daquela direção. Com sorte, poderia voltar para as ruas e se misturar à multidão antes de ser visto. A forca não era seu maior medo. Tirar as luvas e mostrar os Dragões que lhe marcavam os braços seria o suficiente para evitar seu enforcamento, ele tinha certeza, mas as Conselheiras haviam proclamado que aceitavam aquele estranho decreto que Elaida publicara. Uma vez que estivesse numa cela, Rand permaneceria lá até a Torre Branca vir atrás dele. Por isso, ele correu o máximo que pôde.

Desaparecendo em meio à turba na rua, Kisman respirou aliviado quando três Guardas entraram correndo na viela de onde ele acabara de sair. Segurando o manto junto ao corpo para esconder a espada embainhada, ele seguiu o tráfego, sem ir mais rápido que ninguém, e mais lento que alguns. Nada que chamasse a atenção de um Guarda. Dois deles passaram carregando no ombro um pedaço de madeira, de onde pendia uma saca grande com um prisioneiro amarrado dentro, só a cabeça para fora, os olhos arregalados disparando para todos os lados. Kisman estremeceu. Que seus olhos queimassem, aquele poderia ter sido ele! Ele!

Para começar, tinha sido tolice se deixar levar a fazer aquilo por Rochaid. Eles deveriam esperar até que todos tivessem chegado à cidade, um de cada vez, para evitar serem notados. Rochaid quisera a glória de ter sido aquele que matou al'Thor. O murandiano ardera de desejo de se provar um homem melhor que Rand. A esta altura, estava morto por conta disso, e quase levara Raefar Kisman consigo, o que o deixava furioso. O sujeito desejava o poder mais que a glória, talvez para governar Tear a partir da Pedra. Talvez mais. Queria viver para sempre. Coisas que haviam sido prometidas, que lhe cabiam. Em parte, sua raiva era por não ter certeza de que realmente deveriam matar al'Thor. O Grande Senhor sabia que ele queria — e que não dormiria em paz enquanto o homem não estivesse morto e enterrado! —, só que...

"Matem-no", ordenara o M'Hael antes de despachá-los a Cairhien, mas ficara tão descontente por eles terem sido encontrados quanto por terem fracassado. Far Madding seria a última chance, e ele deixara isso claro como latão polido. Dashiva simplesmente desaparecera. Kisman não sabia se o sujeito havia fugido ou se o M'Hael o matara, e não dava a mínima.

"Matem-no", exigira Demandred depois, mas acrescentando que seria melhor eles morrerem do que se permitirem ser descobertos mais uma vez. Por quem quer que fosse, até pelo M'Hael, como se ele desconhecesse a ordem de Taim.

E, mais tarde ainda, Moridin dissera: "Matem-no se for preciso, mas, acima de tudo, me tragam tudo que estiver com ele. Isso vai redimir suas transgressões anteriores". O homem se dizia um dos Escolhidos, e ninguém era louco a ponto de fazer uma afirmação dessas se não fosse verdade, mas parecia considerar os pertences de al'Thor mais importantes que sua morte, que seu assassinato era incidental, e não de fato necessário.

Aqueles dois eram os únicos Escolhidos que Kisman conhecera, e já causavam dor de cabeça suficiente. Eram piores que os cairhienos. E, suspeitava, o que deixavam nas entrelinhas poderia matar um homem mais rápido que uma ordem assinada por um grão-lorde. Bem, quando Torval e Gedwyn chegassem, eles poderiam dar um jeito de...

De repente, sentiu um ardência no braço direito e, ao olhar para baixo consternado, viu uma mancha de sangue se avolumando no manto. A sensação não era de um corte profundo, e nenhum batedor de carteira teria cortado seu antebraço.

— Ele é meu — cochichou um homem às suas costas, mas, ao se virar, Kisman só viu a multidão na rua, e ninguém prestando atenção nele.

Os poucos que percebiam a mancha escura no manto na mesma hora desviavam o olhar. Naquele lugar, ninguém queria ser associado nem mesmo ao menor indício de violência. O povo dali era bom em ignorar o que não queria ver.

A ferida começou a latejar e arder mais. Soltando o manto ao sabor do vento, Kisman pressionou a mão esquerda sobre o corte ensanguentado na manga. Sentiu o braço inchado e quente. De súbito, olhou aterrorizado para a mão direita e ficou impressionado com a rapidez com que ela ia enegrecendo e intumescendo feito um cadáver de uma semana.

Kisman começou a correr, desesperado, empurrando as pessoas em seu caminho e chegando até a derrubar algumas. Não sabia o que estava acontecendo, como aquilo havia ocorrido, mas tinha certeza de qual seria o desfecho. A menos que conseguisse sair da cidade, passar o lago e subir as colinas. Lá teria uma chance. Um cavalo. Tinha que arrumar um cavalo! Precisava de uma chance. Haviam lhe prometido que viveria para sempre! Mas só via pedestres, e todos se dispersando quando ele chegava perto. Pensou ter ouvido os chocalhos dos Guardas, mas podia ter sido o sangue pulsando em seus ouvidos. Tudo estava escurecendo. Seu rosto se chocou com algo rígido, e ele soube que tinha caído.

Seu último pensamento foi que um dos Escolhidos decidira puni-lo, mas, pelo quê, ele jamais saberia.

Só uns poucos homens estavam sentados às mesas redondas do salão comum d'A Coroa de Maredo quando Rand entrou. Apesar do nome grandioso, era uma estalagem modesta, com duas dezenas de quartos nos dois andares acima. As paredes rebocadas do salão eram pintadas de amarelo, assim como os longos aventais dos homens servindo as mesas. Uma lareira de pedra em cada extremidade do aposento lhe garantia um calor notável em comparação com o clima lá de fora. As venezianas estavam no trinco, mas lamparinas instaladas nas paredes atenuavam a penumbra. Os aromas que vinham das cozinhas prometiam uma saborosa refeição do meio-dia com peixe do lago. Rand lamentaria perder essa. Os cozinheiros d'A Coroa de Maredo eram muito bons.

Ele avistou Lan sozinho numa mesa junto à parede. O cordão de couro trançado que prendia o cabelo do Guardião para trás atraía olhares de esguelha de alguns dos outros homens, mas ele se recusava a abrir mão do *hadori* pelo menor tempo que fosse. Percebendo a encarada de Rand e seu meneio indicando a escada dos fundos, Lan não perdeu tempo com olhares indagativos, apenas largou o copo de vinho e foi até lá. Mesmo com apenas uma faquinha no cinto, ele parecia perigoso, mas não havia o que se fazer nesse sentido. Vários homens às mesas olharam para Rand, mas quando Rand retribuía o olhar, por algum motivo, eles logo viravam o rosto.

Perto da cozinha, junto à porta da Sala das Mulheres, Rand parou. Homens não podiam entrar ali. Tirando uma ou outra flor pintada nas paredes amarelas, a Sala das Mulheres não era muito mais elaborada que o salão comum, apesar de os abajures de pé e o revestimento das lareiras também serem pintados de amarelo. As mulheres que atendiam as mesas trajavam os mesmos aventais amarelos dos homens no outro salão. A estalajadeira magra e grisalha, Senhora Nalhera, encontrava-se sentada na mesma mesa de Min, Nynaeve e Alivia, todas batendo papo e gargalhando enquanto tomavam chá.

Rand trincou os dentes ao avistar a antiga *damane*. Nynaeve argumentou que a mulher insistira em vir com elas, mas ele não acreditava que alguém pudesse "insistir" no que quer que fosse com Nynaeve. Por algum motivo escuso, ela queria a presença de Alivia. Vinha apresentando um comportamento misterioso, como quem se esforçava ao máximo para ser Aes Sedai, desde que ele voltara para falar com ela após deixar Elayne. Todas as três tinham adotado a moda de Far Madding: vestidos de gola alta, carregados de bordados de flores e pássaros no corpete, nos ombros e até a altura do queixo, apesar de, vez ou outra, Nynaeve se queixar deles. Sem dúvida, ela teria preferido lãs pesadas de Dois Rios ao material mais refinado que encontrou ali. Por outro lado, se o pontinho vermelho do *ki'sain* em sua testa não fosse o bastante para atrair todos os olhares, ela se enchera tanto de joias que parecia estar indo a uma audiência real, além do cinto fino dourado, o colar comprido e uma porção de braceletes, com exceção de um, todos cravejados de safiras azuis brilhantes e pedras verdes polidas que ela não conhecia, e cada dedo da mão direita com um anel combinando. O anel da Grande Serpente estava enfiado em algum lugar para não chamar atenção, mas o restante chamava dez vezes mais. Muita gente, de vista, não reconheceria um anel de Aes Sedai, mas qualquer um podia associar aquelas gemas a dinheiro.

Rand pigarreou e se curvou ligeiramente.

— Esposa, preciso falar com você lá em cima — disse, lembrando-se no último momento de acrescentar —, fazendo favor. — Não teria como soar mais urgente que aquilo, não mantendo os modos, mas esperava que elas não demorassem.

Até poderiam, mesmo que só para demonstrar para a estalajadeira que não estavam à disposição dele. Por algum motivo, o povo de Far Madding parecia acreditar que as mulheres do exterior faziam tudo que os homens mandavam!

Min se virou em sua cadeira para sorrir para ele como sempre fazia quando Rand a chamava de esposa. A sensação dela na cabeça dele era de calor e prazer, de uma hora para a outra cintilando, divertida. E ela achava a situação deles em Far Madding divertidíssima. Aproximando-se da Senhora Nalhera sem tirar os olhos dele, Min cochichou alguma coisa que fez a idosa gracejar e Nynaeve demonstrar certa agonia.

Alivia se levantou, mas já não tinha nada a ver com a mulher submissa que Rand se lembrava vagamente de ter entregado a Taim. Todas aquelas *sul'dam* e *damane* capturadas haviam sido um fardo do qual ele estava feliz por ter se livrado, e nada além disso. Viam-se fiapos brancos em seu cabelo louro e linhas finas nos cantos dos olhos, mas esses mesmos olhos agora se mostravam impetuosos.

— Então? — perguntou ela, a voz arrastada, baixando a vista para Nynaeve, mas, de alguma forma, fazendo a palavra soar ao mesmo tempo como um comando e uma crítica.

Nynaeve ergueu os olhos para a mulher e não teve a menor pressa para se pôr de pé e arrumar as saias, mas pelo menos o fez.

Sem esperar mais, Rand subiu depressa. Lan o aguardava no topo da escada, mas não podia ser visto do andar de baixo. Com calma, Rand contou por alto o acontecido. O rosto pétreo de Lan não se alterou.

— Pelo menos um deles se foi — disse, virando-se para o aposento que dividia com Nynaeve. — Vou preparar as nossas coisas.

Rand já se dirigira ao quarto que compartilhava com Min, onde começou a tirar depressa as roupas do armário alto e enfiá-las de qualquer jeito em um dos cestos de carga de vime, quando, por fim, ela entrou no cômodo. Seguida por Nynaeve e Alivia.

— Luz, assim você vai estragar as nossas coisas! — exclamou Min, empurrando-o para longe do cesto. Ela começou a tirar todas as roupas e a dobrá-las com cuidado na cama, ao lado da espada apaziguada de Rand. — Por que estamos arrumando tudo? — quis saber, mas sem lhe dar chance de responder. — A Senhora Nalhera disse que você não seria tão mal-humorado se eu o açoitasse toda manhã. — Gargalhou, sacudindo um dos casacos que não havia usado ali. Rand lhe prometera que compraria um novo, mas Min se recusava a deixar para trás os casacos e as calças com bordados. — Falei para ela que pensaria a respeito. Ela gosta muito de Lan. — E de repente fez uma vozinha aguda para imitar a estalajadeira. — Eu sempre digo que é bem melhor um homem asseado e de bons modos do que um rosto bonito.

Nynaeve bufou.

— Quem quer um homem que é feito de capacho pela mulher?

Rand se virou para ela, e Min ficou de queixo caído. Era exatamente o que Nynaeve fazia com Lan, e como o sujeito aguentava aquilo estava além da capacidade de compreensão de Rand.

— Você pensa demais em homens, Nynaeve — observou Alivia com a fala arrastada.

Nynaeve franziu o cenho, mas, em vez de retrucar, se limitou a ficar correndo o dedo por um dos braceletes, uma peça peculiar com correntes douradas achatadas que desciam pelo dorso da mão esquerda até os anéis nos quatro dedos. A mulher mais velha balançou a cabeça, como se desapontada.

— Estou arrumando as coisas porque temos que ir, e trate de ser rápida — explicou Rand com pressa.

Nynaeve podia até estar quieta naquele instante, por mais estranho que fosse, mas, se seu semblante se fechasse ainda mais, era porque ela estaria puxando a trança e berrando até ninguém ter a chance de pronunciar uma única palavra durante horas.

Antes que ele terminasse de repetir o que relatara a Lan, Min parou de dobrar as roupas e começou a pôr seus livros no segundo cesto com tamanha rapidez que nem chegou a envolvê-los com mantos, como costumava fazer. As outras duas ficaram olhando para ele como se nunca o tivessem visto. Para o caso de não estarem tão espertas quanto Min para se atentar para a situação, ele foi acrescentando com impaciência:

— Rochaid e Kisman me emboscaram. Sabiam que eu estava no encalço deles. Kisman fugiu. Se conhecer esta pousada, ele, Dashiva, Gedwyn e Torval podem aparecer aqui em dois ou três dias, talvez, ou quem sabe daqui a cerca de uma hora.

— Eu não sou cega — protestou Nynaeve, ainda encarando-o. Não havia irritação em sua voz. Estaria reclamando só por força do hábito? — Se é para se apressar, ajude Min, em vez de ficar aí parado feito um pateta. — Ela continuou olhando para ele por mais alguns instantes, então balançou a cabeça e saiu.

Antes de segui-la, Alivia parou e ficou olhando feio para Rand. Não, já não tinha mais nada de submissa.

— Desse jeito, vão acabar matando você — advertiu com ar de reprovação. — Você ainda tem muito o que fazer, não pode morrer assim. Precisa nos deixar ajudar.

Rand franziu o cenho para a porta que se fechava por trás dela.

— Você já teve alguma visão dessa mulher, Min?

— O tempo todo, mas não do tipo que você está perguntando, nada que eu entenda. — Ela olhou surpresa para um dos livros e o separou. Eram pequenas as chances de que ela fosse abandonar um único volume de sua biblioteca não tão modesta. Não havia a menor dúvida de que pretendia levar aquele exemplar e lê-lo na primeira oportunidade. Min passava horas com o nariz enfiado naqueles livros. — Rand — disse ela, devagar —, você fez tudo aquilo, matou um homem e encarou outro, e... eu não *senti* nada, Rand. Estou falando do elo. Nem medo, nem raiva. Nem *apreensão*! Nada.

— Eu não estava com raiva dele. — Balançando a cabeça, ele começou a atulhar roupas no cesto de novo. — Ele precisava morrer, só isso. E por que eu estaria com medo?

— Ah... — exclamou Min, baixinho. — Entendi. — Ela tornou a se ocupar dos livros. O elo ficara muito inerte, como se ela estivesse bastante absorta em seus pensamentos, mas havia um filete de inquietação serpenteando por essa inércia.

— Min, eu prometo que não vou deixar acontecer nada com você. — Ele não sabia se poderia cumprir essa promessa, mas ia tentar.

Ela sorriu para ele, quase gargalhando. Luz, como era linda.

— Eu sei disso, Rand. E não vou deixar acontecer nada com você — O amor fluiu pelo elo feito o ardor do sol do meio-dia. — Mas Alivia tem razão. Você precisa mesmo nos deixar ajudar de alguma forma. Se descrever esses sujeitos em detalhes, talvez nós possamos fazer algumas perguntas. Você com certeza não tem como vasculhar a cidade inteira sozinho.

Somos homens mortos, murmurou Lews Therin. *Homens mortos deveriam ficar quietos em seus túmulos, mas nunca ficam.*

Rand mal ouviu a voz em sua mente. De repente, percebeu que não precisava descrever Kisman e os demais. Ele poderia desenhá-los com tamanha perfeição que qualquer um reconheceria os rostos. Não fosse o fato de que ele nunca soubera desenhar em toda a sua vida. Lews Therin, no entanto, sabia. Aquilo deveria tê-lo deixado apavorado. Deveria.

Isam andava de um lado a outro do aposento analisando a onipresente luz de *Tel'aran'rhiod*. Cada vez que olhava, as roupas de cama se alternavam entre amarrotadas e bem-arrumadas. A colcha passava de florida para um vermelho escuro simples para acolchoada. O efêmero sempre mudava ali, e ele já mal se dava conta. Não podia usar *Tel'aran'rhiod* como os Escolhidos usavam, mas era ali que se sentia mais livre. Ali, podia ser quem quisesse. Só de pensar nisso, deu uma risadinha.

Parando ao lado da cama, desembainhou com cuidado as duas adagas envenenadas e saltou do Mundo Invisível para o desperto. Ao fazê-lo, virou Luc. Apropriado.

O cômodo estava escuro no mundo desperto, mas a única janela deixava o luar entrar o suficiente para Luc identificar os vultos amontoados de duas pessoas dormindo debaixo dos seus cobertores. Sem hesitar, ele enfiou uma adaga em cada. Os dois acordaram soltando gritinhos, mas ele soltou as lâminas e tornou a enfiá-las, várias vezes. Com o veneno, era improvável que um ou outro tivesse tido força para gritar alto o bastante para ser ouvido fora do quarto, mas ele queria aquela execução à sua maneira, de um modo que o veneno não poderia garantir. Tão logo enfiou uma lâmina entre as costelas, os dois pararam de se debater.

Luc limpou as adagas na colcha e tornou a embainhá-las com a mesma cautela com que as sacara. Já recebera muitas dádivas, mas imunidade a veneno ou a qualquer outra arma, não. Em seguida, tirou uma vela curta do bolso e soprou as cinzas dos carvões empilhados na lareira só o suficiente para acender o pavio. Ele sempre gostava de ver as pessoas que matava, mesmo depois, se não pudesse durante o ato. Apreciara em especial aquelas duas Aes Sedai na Pedra de Tear. A incredulidade no rosto delas quando ele surgiu do nada e o horror ao perceberem que ele não tinha ido salvá-las eram memórias preciosas. Aquele havia sido Isam, não ele, mas não era por isso que as memórias tinham menos valor. Nenhum dos dois tinha a chance de matar Aes Sedai com frequência.

Por um momento, ele estudou o rosto do homem e da mulher na cama, depois deu um beliscão para apagar a chama da vela e tornou a guardá-la no bolso antes de voltar a *Tel'aran'rhiod*.

Seu patrono da vez o aguardava. Um homem, disso ele tinha certeza, mas Luc não podia olhar para ele. Não era como costumava ser com aqueles Homens Cinza pegajosos, os quais nem se chegava a perceber. Ele matara um deles uma vez, na própria Torre Branca. Pareciam frios e vazios ao serem tocados. Tinha sido como matar um cadáver. Não, esse homem fizera algo com o Poder para que os olhos de Luc deslizassem dele feito água escorrendo por um vidro. Mesmo quando visto de canto de olho, não passava de um borrão.

— O casal dormindo neste quarto vai dormir para sempre — informou Luc —, mas o homem era calvo, e a mulher, grisalha.

— Uma pena — respondeu o sujeito, e sua voz deu a impressão de derreter nos ouvidos de Luc.

Ele não teria como reconhecê-la mesmo que a escutasse sem o disfarce. O homem só podia ser um dos Escolhidos. Poucos além deles sabiam como chegar a ele, e nenhum entre esses era capaz de canalizar ou ousaria ter tentado lhe dar ordens. Seus serviços eram sempre implorados, exceto pelo Grande Senhor em si e, mais recentemente, pelos Escolhidos, mas nenhum dos que Luc conhecera chegara a tomar tantas precauções.

— Quer que eu tente de novo? — perguntou ele.

— Talvez. Quando eu mandar. Não antes. Lembre-se: nenhuma palavra a respeito disso com ninguém.

— Como quiser — respondeu Luc, fazendo uma reverência, mas o homem já estava abrindo um portão, um buraco que se abria para uma clareira nevada numa floresta. Antes que Luc voltasse a se levantar, ele já tinha ido.

Era de fato uma pena. Ele estivera ávido para matar seu sobrinho e a tal mocinha, mas, se era preciso deixar passar um tempo, caçar era sempre um prazer. Ele se transformou em Isam, e Isam gostava até mais do que Luc de matar lobos.

Capítulo 23

Perder o sol

Tentando segurar com apenas uma das mãos o manto de lã ao redor do corpo — não estava habituada a isso — e procurando não cair da sela — menos habituada ainda —, Shalon esporeou desajeitadamente o cavalo atrás de Harine e Moad, seu Mestre das Lâminas, pelo buraco no ar que levava de um pátio no Palácio do Sol a... Ela não sabia bem aonde, apenas que se tratava de uma grande área a céu aberto — era "clareira" que chamavam? Sim, achava que o nome era esse —, uma clareira mais extensa que o convés de um forcador, no meio de esparsas árvores atrofiadas ao longo de colinas. Os pinheiros, a única árvore dali que reconhecia, eram pequenos e contorcidos demais para servirem de algo além de alcatrão e terebentina. A maioria das outras árvores exibia galhos nus e acinzentados que lembravam ossos. O sol matinal mal ultrapassara suas copas, e o frio, na verdade, parecia ainda mais cortante ali do que na cidade que deixara para trás. Esperava que o cavalo não tropeçasse e a jogasse nos afloramentos rochosos que despontavam do chão coberto de neve e folhas podres. Não confiava em cavalos. Ao contrário dos navios, animais tinham mente própria; montá-los podia ser traiçoeiro. E cavalos tinham dentes; sempre que a montaria de Shalon mostrava os seus, tão perto de suas pernas, a mulher se retraía e lhe acariciava o pescoço, fazendo sons tranquilizadores. Ao menos torcia para que o animal achasse tranquilizadores.

Já Cadsuane, toda trajada de verde-escuro, estava à vontade sobre seu cavalo alto de crina e rabo negros, segurando a tessitura do portão. Não se incomodava com cavalos. Não se incomodava com nada. Uma brisa repentina esvoaçou o manto cinza-escuro caído sobre o traseiro da montaria, mas ela não deu sinais de sentir qualquer frio. Os ornamentos dourados ao redor do seu coque grisalho balançaram quando ela virou a cabeça para encarar Shalon e seus acompanhantes. Era uma mulher bonita, mas não do tipo que chamaria atenção em uma multidão, a não ser por seu rosto jovem que destoava do cabelo grisalho. Quando se conhecia melhor, já era tarde demais.

Shalon adoraria saber como aquela tessitura era feita, mesmo que para isso precisasse ficar perto de Cadsuane, mas não lhe permitiram entrar no pátio até que o portão estivesse aberto, e ver uma vela enfunada na verga não ensinava a navegar, muito menos a fabricar a vela. Só conhecia o nome. Ao atravessar o portão, evitou o olhar da Aes Sedai, mas o sentiu. Os olhos daquela mulher a fizeram se contrair, buscando nos estribos uma estabilidade que não podiam lhe dar. Não via escapatória, porém tinha esperanças de encontrar alguma, observando a Aes Sedai de perto. Estava disposta a admitir que não sabia muito sobre Aes Sedai — nunca tinha conhecido nenhuma antes de navegar até Cairhien, e só pensava a respeito delas quando era para agradecer à Luz por não ter sido escolhida para se tornar uma —, mas havia correntezas dentre as colegas de Cadsuane, correntezas profundas e potentes que podiam alterar tudo que, na superfície, parecia evidente.

As quatro Aes Sedai que tinham atravessado logo após Cadsuane aguardavam em suas montarias, a um lado da... clareira... com três Guardiões. Shalon ao menos sabia que Ihvon era o feroz Guardião de Alanna, e que Tomas era da atarracada Verin, mas também sabia que já tinha visto aquele jovenzinho colado na roliça Daigian usando um casaco negro de Asha'man. Ele decerto não podia ser um Guardião. Podia? Eben mal passava de um menino. No entanto, quando a mulher olhava para ele, sua pose normalmente orgulhosa ficava ainda mais inflada. Kumira, uma bela mulher de olhos azuis que se tornavam muito aguçados quando encontravam algo de interesse, estava sentada meio de lado na sela, lançando olhares afiados feito flechas na direção de Eben, como se assim pudesse jogá-lo, morto, no chão.

— Não vou suportar tudo isso por muito mais tempo — resmungou Harine, cutucando sua égua com os calcanhares para mantê-la em movimento.

Suas sedas amarelas de brocado, assim como as sais azuis de Shalon, não facilitavam a cavalgada. Ela oscilava e escorregava com os movimentos do animal, quase caindo a cada passo. A brisa voltou a soprar, sacudindo as pontas da faixa de tecido ao redor de sua cintura e enfunando o manto, mas a mulher não fez menção de controlar seus trajes. Não se usava muitos mantos em navios; eles atrapalhavam e podiam se enroscar nos braços e pernas em momentos de vida ou morte. Moad se recusara a usar, confiando no casaco azul acolchoado que usava nos mares mais gelados. Nesune Bihara, toda em lã brônzea, atravessou o portão cavalgando, olhando ao redor como se buscasse ver tudo de uma vez, e então veio Elza Penfel, com uma expressão amargurada e o manto verde forrado de pele apertado junto ao corpo. Nenhuma das outras Aes Sedai parecia muito preocupada em se proteger do frio.

— *Talvez* eu consiga ver o Coramoor, diz ela — murmurou Harine, puxando as rédeas até direcionar sua égua para o lado da clareira oposto ao do grupo de Aes Sedai. — Talvez! E ela oferece essa *chance* como se me garantisse um privilégio. — Harine não precisava nomear; quando dizia "ela" naquele tom que queimava feito uma água-viva, só podia estar falando de uma pessoa. — Eu tenho o direito, barganhado e combinado! Ela me nega a comitiva acertada! Preciso deixar para trás minha Mestra das Velas, minhas acompanhantes!

Erian Boroleos atravessou a passagem com a postura solene de quem esperava encontrar uma batalha, seguida por Beldeine Nyram, que mal parecia uma Aes Sedai. As duas usavam verde, Erian de cima a baixo, Beldeine em fendas nas mangas e nas saias. Aquilo teria algum significado? Provavelmente não.

— Devo me apresentar ao Coramoor como uma criada de convés fazendo saudação a uma Mestra das Velas? — continuou Harine.

Quando havia várias Aes Sedai juntas, dava para notar claramente aquela expressão de idade indefinida, que impedia discernir se qualquer das mulheres tinha vinte anos ou o dobro, mesmo que seus cabelos fossem brancos. E Beldeine parecia apenas uma moça de vinte. O que não tinha mais significado do que suas saias.

— Devo arejar meus próprios lençóis e lavar minhas próprias roupas? Ela jogou todos os protocolos ao vento! Não vou permitir! Basta!

Eram protestos antigos, vocalizados dezenas de vezes desde a noite anterior, quando Cadsuane apresentara suas condições para permitir que a acompanhassem. Haviam sido condições rígidas, mas Harine não tivera escolha além de aceitá-las, o que apenas contribuía para sua amargura.

Shalon não prestava muita atenção, apenas assentindo e murmurando as respostas adequadas. Em concordância, naturalmente. A irmã esperava concordância. Mas sua atenção estava majoritariamente nas Aes Sedai. Discretamente. Moad nem sequer fingia prestar atenção, mas ele era o Mestre das Lâminas de Harine, que podia ser uma rocha com todo o resto, mas oferecia a ele tanta benevolência que seria de se pensar que era amante do homem grisalho e de olhos duros, ainda mais considerando que ambos eram viúvos. Ou *pensaria* quem não conhecesse Harine; ela jamais seria amante de alguém de posto inferior, e agora, claro, isso significava que não seria amante de ninguém. De todo modo, assim que pararam os cavalos junto às árvores, Moad apoiou um cotovelo no pomo alto da sela, descansou a mão no longo e entalhado cabo de mármore da espada embainhada sob sua faixa e observou as Aes Sedai abertamente, assim como os homens que as acompanhavam. Onde ele aprendera a cavalgar? Parecia até mesmo... à vontade. Com os oito brincos pesados que usava e pelos nós em sua faixa, bastava um olhar rápido para identificar o posto de Moad, mesmo que não estivesse portando o par de espada e adaga. Será que as Aes Sedai não tinham algo similar? Seriam mesmo tão desorganizadas? Em teoria, a Torre Branca era um grande maquinário capaz de moer tronos e refazê-los segundo sua vontade. Claro, o maquinário aparentava estar quebrado no momento.

— Eu perguntei para onde ela nos trouxe, Shalon.

A voz gélida e cortante de Harine fez Shalon empalidecer. Era sempre difícil ser subalterna de um irmão mais novo, mas Harine só piorava as coisas. Na intimidade, ela era fria e distante, e em público era capaz de mandar pendurar até sua Mestra das Velas pelos tornozelos, quanto mais uma Chamadora de Ventos. E desde que aquela jovem costeira, Min, lhe contara que um dia seria Senhora dos Navios, ela se tornara ainda mais feroz. Olhando com severidade para Shalon, ergueu sua caixa aromática como se para encobrir algum cheiro ruim, embora o frio matasse todo o perfume.

Shalon ergueu depressa os olhos para o céu, tentando avaliar o sol. Desejou que seu sextante não estivesse guardado no *Borbortão* — não era permitido deixar os costeiros verem um sextante, muito menos em uso —, mas também não sabia se ele ajudaria em alguma coisa. As árvores podiam ser mirradas, mas ainda assim não dava para ver o horizonte. A pouca distância a norte, as colinas se avolumavam em montanhas que se inclinavam de nordeste para sudoeste. Não sabia dizer a que altura estavam. Havia relevo demais naquela área para o seu gosto. Mesmo assim, qualquer Chamadora de Ventos conseguia fazer estimativas aproximadas. E quando Harine exigia informação, esperava recebê-la.

— Posso apenas especular, Mestra das Ondas — respondeu ela. Harine trincou os dentes, mas nenhuma Chamadora de Ventos apresentaria um palpite como uma afirmação. — Acredito que estamos a trezentas ou quatrocentas léguas a sul de Cairhien. Não posso dizer mais que isso.

Qualquer aprendiz usando um pedaço de barbante que desse uma resposta tão imprecisa teria sido deixada ao jugo do chefe de convés, mesmo em seu primeiro dia; Shalon, porém, sentiu um frio na garganta mesmo enquanto se ouvia falando. Percorrer cem léguas em um único dia seria um bom progresso mesmo para um forcador. Moad franziu os lábios, pensativo.

Harine assentiu devagar, seu olhar atravessando Shalon como se enxergasse forcadores de velas infladas passando por buracos criados com o Poder. Então os mares realmente pertenceriam a eles. Recompondo-se, a mulher se inclinou para Shalon, seu olhar fisgando o dela.

— Aprenda esse truque, custe o que custar. Diga a ela que está disposta a me espionar, se assim ela aceitar lhe ensinar. Queira a Luz que talvez ela aceite, se você for convincente. Ou pelo menos poderá se aproximar o bastante de alguma das outras para conseguir aprender.

Shalon umedeceu os lábios. Esperava que Harine não tivesse notado seu sobressalto.

— Eu já recusei uma vez, Mestra das Ondas.

Precisara dar explicações para as Aes Sedai terem-na mantido presa por uma semana, e uma versão da verdade parecera mais seguro. Harine sabia de tudo, exceto pelo segredo que Verin extraíra. Exceto que Shalon concordara com as exigências de Cadsuane para manter aquele segredo. Que a Luz a abençoasse, arrependia-se do que vivera com Ailil, mas andara se sentindo tão sozinha que se deixara navegar longe demais sem se dar conta. Com Harine, não podia sequer dividir uma taça de vinho melado e uma conversa à noite, para distraí-la dos longos meses afastada do marido, Mishael. Na melhor das hipóteses, muitos meses ainda se passariam antes que pudesse estar em seus braços de novo.

— Com todo o respeito, por que ela acreditaria em mim agora?

— Porque você quer aprender. — Harine fez um gesto brusco com a mão. — Os costeiros sempre acreditam em ganância. Você terá que contar algumas coisas, claro, para provar sua sinceridade. Eu vou decidir quais. Talvez possa guiá-la na direção que desejo.

Shalon sentiu como se garras se cravassem em seu crânio. Pretendera contar a Cadsuane o mínimo possível, e tão raramente quanto possível, até encontrar uma forma de se libertar. Se precisasse falar com a Aes Sedai todo dia, e pior, mentir na cara dela, a mulher acabaria descobrindo muito mais do que Shalon desejava. Mais do que Harine desejava. Isso era certo como o nascer do sol.

— Perdão, Mestra das Ondas, mas se me permite dizer… — começou, usando o máximo de deferência que conseguiu.

Interrompeu-se quando Sarene Nemdahl se aproximou cavalgando e parou diante delas. A última Aes Sedai atravessara, acompanhada de seu Guardião, e Cadsuane deixara o portão se fechar. Corele, uma mulher magra e bonita, ria e balançava os volumosos cabelos negros enquanto tratava com Kumira. Merise, alta, de olhos mais azuis que os de Kumira e um rosto belíssimo, porém severo o bastante para competir até com Harine, encaminhava com gestos bruscos os quatro homens que conduziam os animais de carga. Todos os outros balançavam as rédeas, como se prontos para deixar a clareira.

Sarene era linda, embora a ausência de joias desabonasse sua aparência, claro, assim como o vestido branco sem graça que usava. A costeira parecia completamente indiferente a cores. Mesmo seu manto escuro era forrado de pelo branco.

— Cadsuane me pediu... me instruiu... a ser sua atendente, Mestra das Ondas — disse ela, curvando a cabeça com respeito. — Responderei às suas perguntas, dentro do possível, e ajudarei com as tradições até onde meu conhecimento permitir. Entendo que possa ser desconfortável me ter por perto, mas, quando Cadsuane manda, nós obedecemos.

Shalon sorriu. Duvidava que a Aes Sedai soubesse que, nos navios, uma acompanhante cumpria o papel do que os costeiros chamavam de criada. Harine provavelmente gargalharia e indagaria se a Aes Sedai era boa em lavar roupas. Seria ótimo vê-la de bom humor.

No entanto, em vez de rir, Harine se empertigou na sela como se sua coluna tivesse virado um mastro, os olhos arregalados.

— Não tem nada de desconfortável! — ladrou. — Apenas prefiro... prefiro fazer minhas perguntas a outra pessoa... a Cadsuane. Sim. A Cadsuane. E *eu* decerto não tenho que obedecer a ela ou a qualquer um! A ninguém! Somente à Senhora dos Navios!

Shalon franziu o cenho; era atípico sua irmã soar tão atrapalhada. Respirando fundo, Harine prosseguiu em um tom mais firme, ainda que, de certo modo, tão esquisito quanto antes:

— Eu represento a Senhora dos Navios dos Atha'an Miere e exijo o devido respeito! Exijo, está me ouvindo? Ouviu?

— Posso pedir que ela nomeie outra pessoa — respondeu Sarene, descrente, como se não achasse que o pedido fosse adiantar muita coisa. — Você deve entender que ela me deu instruções muito precisas naquele dia. Mas eu não deveria ter perdido a calma. Foi um erro meu. O gênio destrói a lógica.

— Eu sei como é seguir ordens — rosnou Harine, se inclinando na sela; parecia prestes a avançar na garganta de Sarene. — Eu sou *a favor* de seguir ordens! — Ela praticamente rugiu. — Entretanto, ordens que já foram cumpridas podem ser esquecidas. Não é preciso mencioná-las. Entendeu?

Shalon olhou a irmã de soslaio. Do que estava falando? Que ordens Sarene cumprira, e por que Harine desejava que fossem esquecidas? Moad nem sequer tentou disfarçar sua surpresa. Harine notou o escrutínio dele, ao menos, e sua expressão se tornou tempestuosa.

Sarene não pareceu se dar conta.

— Não vejo como alguém pode esquecer algo de propósito — disse ela, devagar, uma pequena ruga surgindo na testa. — Mas imagino que você queira dizer que é para fingirmos. É isso? — Suas trancinhas cheias de contas tilintaram quando ela balançou a cabeça diante daquela tolice. — Muito bem. Vou responder às suas dúvidas como puder. O que deseja saber?

Harine suspirou alto. Shalon poderia até ter interpretado como impaciência, mas na sua concepção estava mais para alívio. Alívio! Aliviada ou não, Harine voltou ao normal, controlada e autoritária, sustentando o olhar da Aes Sedai como se quisesse fazê-la baixar os olhos primeiro.

— Pode me dizer onde estamos e aonde estamos indo — exigiu ela.

— Estamos nas Colinas de Kintara — respondeu Cadsuane, surgindo de repente diante delas, sua montaria empinando e sacudindo os cascos, espirrando neve. — Indo para Far Madding.

Não apenas a mulher permaneceu montada, como nem mesmo pareceu notar a agitação do animal!

— O Coramoor está em Far Madding?

— Ouvi dizer que paciência é uma virtude, Mestra das Ondas. — Apesar de ter usado o termo apropriado para se referir a Harine, seu tom não foi nada respeitoso. Longe disso. — Cavalgue comigo. Tente manter o ritmo e não cair do cavalo. Será desconfortável se eu precisar carregá-la feito uma saca de grãos. Assim que chegarmos à cidade, fique em silêncio a menos que eu me dirija a você. Não quero que sua ignorância nos arrume problemas. Deixe Sarene guiá-la, ela já recebeu instruções.

Shalon esperou uma explosão de raiva, mas Harine se controlou, embora com nítido esforço. Assim que Cadsuane se virou, ela resmungou com raiva, bem baixinho, mas rangeu os dentes quando o cavalo de Sarene andou. Era óbvio que não queria reclamar ao alcance dos ouvidos das Aes Sedai.

No fim das contas, cavalgar com Cadsuane na verdade significava cavalgar atrás dela, por entre as árvores, rumo ao sul. Alanna e Verin seguiam ao lado da mulher, mas, quando Harine tentou se juntar a elas, bastou um olhar para deixar claro que ninguém mais era bem-vindo. Mais uma vez, a aguardada explosão não veio. Em vez disso, Harine olhou feio para Sarene, por algum motivo, então virou sua montaria e ficou entre Shalon e Moad. Não fez mais qualquer pergunta a Sarene, que cavalgava do outro lado de Shalon, apenas encarava com raiva a nuca das mulheres. Se Shalon não conhecesse Harine tão bem, teria considerado aquele olhar mais de birra do que de raiva.

Já Shalon ficou contente de seguir em silêncio; cavalgar já era difícil sem ter que conversar ao mesmo tempo. Além do mais, entendeu subitamente por que Harine estava agindo tão estranho; devia estar tentando apaziguar as coisas com as Aes Sedai. Só podia ser isso. A mulher nunca controlava seu temperamento, a não ser em casos extremos. O esforço devia tê-la deixado fervendo por dentro. E, caso não alcançasse o resultado que ela desejava, Harine ferveria Shalon. Pensar nisso a deixou com dor de cabeça. Que a Luz a guiasse e protegesse, precisava haver um jeito de evitar espionar a própria irmã sem acabar com sua corrente facial destituída de todas as honrarias e se pegar delegada a uma barcaça sob o comando de alguma Mestra das Velas amargurada por não ter subido mais na hierarquia e pronta para descontar suas frustrações em todos ao redor. E, para completar, Mishael ainda poderia considerar seus votos de casamento rompidos. Precisava haver um jeito.

Às vezes se virava na sela para olhar as Aes Sedai que vinham cavalgando atrás. Decerto não conseguiria aprender nada com as mulheres à frente. Vez ou outra Cadsuane e Verin trocavam algumas palavras, mas se aproximando e falando baixo demais para que pudessem ser entreouvidas. Alanna parecia concentrada no caminho adiante, seus olhos sempre voltados para o sul. Duas ou três vezes ela acelerou seu cavalo por alguns passos antes que Cadsuane a fizesse recuar com uma ordem baixa a que Alanna aderia com relutância, com um olhar esquentado ou uma careta emburrada. Cadsuane e Verin pareciam atenciosas com a mulher — Cadsuane lhe tocava o braço de maneira similar à que Shalon acariciava o pescoço do cavalo, e Verin lhe sorria como se Alanna estivesse se recuperando de alguma doença. Isso dizia muito pouco a Shalon, então ela voltou seus pensamentos para as outras.

Nos navios, ninguém subia de posto apenas devido à habilidade de Chamar os Ventos ou de prever o clima ou de determinar a localização. Era preciso ler as intenções por trás das ordens recebidas, interpretar pequenos gestos e expressões faciais; era preciso reparar em quem prestava deferência a quem, mesmo que sutilmente, pois coragem e habilidade só podiam levar até certo ponto.

Atrás dela, a curta distância, quatro Aes Sedai — Nesune e Erian, Beldeine e Elza — cavalgavam em grupo, ainda que não propriamente juntas, apenas ocupando o mesmo espaço. Não conversavam nem se entreolhavam. Não pareciam se gostar muito. Em pensamento, Shalon as colocou no mesmo barco de Sarene; elas fingiam ser um grupo unido sob a chefia de Cadsuane, mas isso obviamente não era verdade. Merise, Corele, Kumira e Daigian ocupavam outro barco, comandado por Cadsuane. Alanna às vezes parecia estar em um dos barcos, às vezes em outro, enquanto Verin aparentava fazer parte do barco de Cadsuane sem estar dentro dele. Nadando junto a ele, talvez, de mãos dadas com Cadsuane. Como se essa estranheza toda não bastasse, havia a questão da deferência.

Era esquisito, mas parecia que as Aes Sedai valorizavam mais a força no Poder do que experiência ou habilidade. Elas se mediam baseadas em força, feito marinheiros brigando em tavernas costeiras. Todas eram submissas a Cadsuane, claro, no entanto havia certas peculiaridades entre as outras. Segundo aquela hierarquia, algumas mulheres do barco de Nesune estavam em posição de esperar deferência de algumas do barco de Cadsuane, porém, embora as que devessem prestar essa deferência de fato prestassem, agiam como se estivessem respondendo a um superior que cometera um crime hediondo do qual todos sabiam. De acordo com aquela hierarquia, Nesune estava acima de todas exceto Cadsuane e Merise, e todavia ela encarava Daigian, no final da fila, com um desafio deliberado a respeito de ter cometido tal crime, assim como todas as outras em seu barco. Era tudo muito sutil, um queixo erguido, uma sobrancelha arqueada, uma boca torta, mas, para um olho treinado nos navios, estava óbvio. Talvez nada disso fosse ajudá-la, mas, se precisava desfiar estopa, o único jeito era escolher um fio e puxar.

O vento começou a aumentar; rajadas colavam o manto às suas costas e o esvoaçavam nas laterais de seu corpo. Shalon mal prestava atenção.

Os Guardiões talvez fossem outro fio. Todos seguiam na retaguarda, escondidos pelas Aes Sedai cavalgando atrás de Nesune e as outras três. Shalon, na verdade, esperara que houvesse mais do que sete Guardiões dentre doze Aes Sedai, uma vez que cada uma, em teoria, possuía um ou mais. Ela balançou a cabeça, irritada. Exceto pela Ajah Vermelha, claro. Não era *completamente* ignorante a respeito das Aes Sedai.

De todo modo, a questão não era a quantidade de Guardiões, e sim se todos eles *eram* Guardiões. Tinha certeza de que vira o velho e grisalho Damer e o belo Jahar em casacos negros também, antes que eles de repente se unissem às Aes Sedai. À época, ela estava relutante em prestar muita atenção aos homens de casaco negro, e a verdade era que também estava por demais distraída por Ailil, mas *tinha* certeza. E, mesmo não sabendo bem o caso de Eben, estava quase certa de que os outros dois agora eram Guardiões. Quase. Quando Merise mandava, Jahar obedecia na hora, assim como Nethan ou Bassane, e, pelo jeito que Corele sorria para Damer, ou ele era seu Guardião ou seu amante, e Shalon não imaginava uma mulher feito Corele se deitando com um velho manco e calvo. Podia saber pouco das Aes Sedai, mas era fato que formar um elo com um homem capaz de canalizar não era uma prática comum. Se pudesse provar que isso havia sido feito, talvez a informação fosse uma lâmina afiada o bastante para cortar suas amarras a Cadsuane.

— Os homens não podem mais canalizar agora — murmurou Sarene.

Shalon se endireitou tão rápido na sela que precisou se agarrar à crina do cavalo com as duas mãos para não cair. O vento soprava seu manto por cima da cabeça, e foi difícil baixá-lo para então se sentar direito. Estavam saindo do meio das árvores acima de uma estrada larga e sinuosa que rumava para o sul das colinas até um lago a cerca de uma milha de distância, nos limites de uma planície coberta de grama seca, um mar marrom que se estendia até o horizonte. O lago, cuja margem oeste tinha uma faixa fina de juncos, era um mísero corpo d'água, com menos de dez milhas de comprimento e ainda menos de largura. Havia uma ilha de tamanho mediano no centro, rodeada por uma muralha alta, pontilhada por torres a sumir de vista e coberta por uma cidade. Shalon absorveu tudo isso com uma olhadela e voltou a se concentrar em Sarene. Parecia até que a mulher lera seus pensamentos.

— Por que eles não podem canalizar? Você...? Você... os... amansou?

Achava que fosse essa a palavra, mas isso em teoria matava o homem. Sempre imaginara que fosse apenas um jeito estranho de suavizar a execução, por algum motivo desconhecido.

Sarene hesitou e Shalon se deu conta de que a Aes Sedai estivera falando sozinha. Por um momento, analisou Shalon enquanto seguiam Cadsuane na descida da encosta, então voltou o olhar para a cidade na ilha.

— Você é atenta, Shalon. Seria melhor que guardasse para si as coisas que percebeu sobre os homens.

— Como o fato de serem Guardiões? — retrucou Shalon em voz baixa. — Foi por isso que vocês conseguiram se ligar a eles? Só porque os amansaram?

Esperava conseguir algum tipo de admissão, mas a Aes Sedai se limitou a olhá-la de relance. Não voltou a falar até terem alcançado o pé da colina e se virado para a estrada no encalço de Cadsuane. A estrada era larga, o chão endurecido pelo tráfego, mas no momento estava vazia.

— Não é bem um segredo — disse Sarene, por fim, excessivamente relutante para algo que não era segredo. — Mas também não é sabido por todos. Não falamos com frequência de Far Madding, exceto pelas irmãs que nasceram aqui, e mesmo elas pouco visitam. Ainda assim, você deve saber antes de entrar. A cidade possui um *ter'angreal*, ou talvez sejam três *ter'angreal*. Ninguém sabe. É impossível estudá-los... ou estudá-lo..., assim como é impossível movê-los. Devem ter sido criados durante a Ruptura, quando o medo de homens loucos canalizando o Poder era algo cotidiano. Mas foi um preço alto a se pagar pela segurança. — As compridas tranças com contas chocalharam quando ela balançou a cabeça em descrença. — Esses *ter'angreal* copiam um *pouso*. Pelo menos nos sentidos principais, temo eu, embora um Ogier não fosse concordar. — Ela soltou um suspiro triste.

Shalon a encarou boquiaberta e trocou olhares confusos com Harine e Moad. Por que uma fábula deixaria uma Aes Sedai temerosa? Harine abriu a boca, então gesticulou para que Shalon fizesse a pergunta óbvia. Talvez devesse fazer amizade com Sarene também, para facilitar o caminho a trilhar? Sentia a cabeça doendo, mas também estava curiosa.

— Que sentidos são esses? — perguntou, cautelosa.

Será que a mulher acreditava mesmo em pessoas com cinco braças de altura que cantavam para as árvores? E ainda tinha uma história sobre Ogier assassinos. Lá vem o Aelfinn para roubar sua comida; lá vem o Ogier para tomar a sua vida. Pela Luz, não ouvia essa cantiga desde que Harine ainda trabalhava nos cordames. Com a mãe subindo na hierarquia dos navios, ela ficara responsável por criar Harine enquanto cuidava de seu próprio primogênito.

— Você realmente não sabe? — Sarene arregalou os olhos, surpresa, e encarou a cidade na ilha adiante. Pela sua cara, parecia prestes a adentrar o fundo de um porão. — Não se pode canalizar dentro de um *pouso*. Não dá nem para sentir a Fonte Verdadeira. Nenhuma tessitura feita do lado de fora pode afetar algo lá dentro, não que isso importe. Na verdade, há dois *pousos* aqui, um dentro do outro. O mais extenso afeta os homens, mas nós adentraremos o menor antes mesmo de atravessarmos a ponte.

— Você não vai conseguir canalizar lá dentro? — questionou Harine. Quando a Aes Sedai assentiu, sem desviar os olhos da cidade, um sorrisinho gélido surgiu nos lábios de Harine. — Talvez, depois que nos acomodarmos, possamos conversar sobre instruções.

— Você leu a filosofia? — Sarene ficou chocada. — A Teoria das Instruções não é muito conhecida hoje em dia, mas eu sempre a considerei uma grande fonte de lições. Seria agradável conversar a respeito, me distrair de outros assuntos. Se Cadsuane nos permitir tempo para isso.

Harine encarou a Aes Sedai, embasbacada, e se esqueceu de segurar a sela; teria levado um baita tombo, se Moad não a tivesse agarrado pelo braço.

Shalon nunca ouvira Harine mencionar filosofia, mas também não se importava com o que a irmã estava falando. Voltando-se para Far Madding, ela engoliu em seco. Claro que já tinha aprendido a impedir outra pessoa de usar o Poder, e a impedir a si mesma como parte do treinamento, no entanto, mesmo impedida, ainda dava para sentir a Fonte. Como seria não a sentir, como ter o sol logo fora do alcance de sua visão periférica? Como seria perder o sol?

Conforme se aproximavam do lago, foi se tornando mais consciente da Fonte do que estivera desde a alegria de tocá-la pela primeira vez. Mal se conteve de acessá-la, mas a Aes Sedai veria o brilho e saberia, e provavelmente também saberia a motivação. Não causaria esse constrangimento a si mesma ou a Harine. Barquinhos bojudos pontilhavam a água, nenhum com mais de seis ou sete braças de comprimento, alguns lançando redes, outros avançando em longas remadas. A julgar pelas ondas que corriam a superfície, às vezes se chocando em jorros de espuma como se numa arrebentação, usar velas atrapalharia mais do que ajudaria. Ainda assim, os barcos apresentavam certa familiaridade, embora não fossem como os velozes botes de quatro, oito ou doze braçadas que tinham nos navios. Um pequeno conforto em meio a tantas estranhezas.

A estrada dava em um pedacinho de terra que se estendia por uma milha ou mais lago adentro, e a Fonte desapareceu abruptamente. Sarene suspirou, mas não deu outro sinal de que tivesse notado. Shalon umedeceu os lábios. Não foi tão ruim quanto temera. Sentia-se... vazia..., mas nada insuportável. Contanto que não fosse por muito tempo. O vento, soprando e se erguendo e tentando roubar mantos, de repente pareceu muito mais frio.

No final do trecho de terra, havia uma vila de casas de pedra com telhados de ardósia escura posicionadas entre uma estrada e a água. As mulheres da vila, que passavam apressadas com seus grandes cestos, pararam ao avistar o grupo a cavalo. Mais de uma levou a mão ao próprio nariz enquanto a encarava. Shalon se habituara àqueles olhares, em Cairhien. De todo modo, a fortificação do outro lado da vila chamou sua atenção; um amontoado de pedras de cinco braças de altura, com soldados vigiando por entre as barras na viseira de seus elmos, de cima de torres nas intercessões. Alguns portavam bestas em plena vista. Mais soldados usando elmos surgiram de um largo portão de ferro situado ao fim da ponte mais próxima, homens em armaduras de escamas quadradas com espadas douradas entalhadas no ombro esquerdo. Alguns portavam longas espadas na cintura, e outros carregavam lanças compridas ou arcos. Shalon se perguntou se esperavam que as Aes Sedai fossem tentar entrar à força. Um oficial com uma pluma amarela no elmo gesticulou para que Cadsuane parasse, então se aproximou e tirou o elmo, libertando o cabelo grisalho que caiu por suas costas até a cintura. Ele tinha uma expressão dura e entediada.

Cadsuane se inclinou sobre a sela para trocar algumas palavras sussurradas com o homem, então pegou uma bolsa cheia de seus alforjes, que o homem aceitou antes de recuar, gesticulando para que um dos soldados se aproximasse. Era um homem esquelético, que não usava elmo e carregava uma prancheta. Seu cabelo, preso à nuca como o do oficial, também chegava à cintura. Ele assentiu respeitosamente antes de perguntar o nome de Alanna, e o escreveu com cuidado, com uma expressão concentrada, molhando a pena com frequência. Com o elmo apoiado no quadril, o oficial descontente ficou parado, observando os outros atrás de Cadsuane sem expressar nada. A bolsa pendia de sua mão, como se esquecida. Ele parecia alheio ao fato de estar falando com uma Aes Sedai. Ou talvez não se importasse. Ali, Aes Sedai não eram diferentes das outras mulheres. Shalon estremeceu. Ali, ela não era diferente das outras mulheres, privada de seus dons pela duração da estadia. Despida deles.

— Eles pegam os nomes de todos os estrangeiros — disse Sarene. — As Conselheiras gostam de saber quem está na cidade.

— Talvez permitissem a entrada de uma Mestra das Ondas sem suborno — respondeu Harine em tom seco.

O soldado esquelético se afastou de Alanna e deu o sobressalto habitual dos costeiros ao ver as joias de Shalon e Harine ao se aproximar delas.

— Seu nome, senhora, por favor? — pediu ele a Sarene, educado, curvando outra vez a cabeça.

Ela deu a informação sem mencionar que era Aes Sedai. Shalon também deu seu nome de forma simples, mas Harine enunciou todos os seus títulos, Harine din Togara Dois Ventos, Mestra das Ondas do Clã Shodein, Embaixadora Extraordinária da Senhora dos Navios dos Atha'an Miere. O camarada hesitou, então mordeu a língua e enfiou o rosto na prancheta. Harine franziu o cenho. Quando buscava impressionar alguém, esperava que a pessoa ficasse impressionada.

Enquanto o homem escrevia, um soldado atarracado com elmo e uma bolsa de couro pendurada no ombro se enfiou entre as montarias de Harine e Moad. Por trás das grades do elmo, uma cicatriz franzida lhe cortando a face repuxava um dos cantos de sua boca em uma expressão de escárnio, mas ele assentiu para Harine com o devido respeito. Então tentou tomar a espada de Moad.

— Permita ou deixe suas armas aqui até irmos embora — disse Sarene às pressas quando o Mestre da Espada puxou a bainha das mãos do homem atarracado. — Foi por esse serviço que Cadsuane pagou, Mestra das Ondas. Em Far Madding, nenhum homem pode portar mais do que a faca de cinto, a menos que a arma tenha sido apaziguada, de modo que não possa ser desembainhada. Mesmo esses Guardas da Muralha não podem tirar as armas de seus locais de trabalho. Não é verdade? — perguntou ela ao soldado magricela, que assentiu, afirmando que era melhor assim.

Moad deu de ombros, tirou a espada de dentro da faixa e, quando o sujeito com o eterno sorrisinho de escárnio exigiu também sua adaga de cabo de mármore, ele a entregou. O homem enfiou a longa adaga no cinto, tirou da bolsa um carretel de arame fino e começou a envolver habilidosamente a espada em uma delicada teia. De vez em quando, parava para pegar uma prensa e achatar um pequeno disco de metal ao redor dos arames, mas seus gestos eram rápidos e experientes.

— A lista de nomes será distribuída nas outras duas pontes — explicou Sarene. — E os homens terão que apresentar esses arames intactos ou serão presos até que o magistrado determine se algum crime foi cometido. Mesmo que não haja crime, a penalidade é açoitamento e uma multa pesada. A maioria dos forasteiros guarda suas armas antes de entrar, para economizar dinheiro, mas isso significaria ter que sair por esta mesma ponte. Só a Luz sabe em qual direção vamos querer seguir quando partirmos. — Olhando na direção de Cadsuane, que parecia estar impedindo Alanna de cruzar sozinha a comprida ponte, Sarene acrescentou em tons sussurrados: — Pelo menos espero que tenha sido essa a linha de raciocínio dela.

Harine bufou.

— Isso é ridículo. Como ele vai se defender?

— Não há necessidade de se defender em Far Madding, senhora. — A voz do homem atarracado foi brusca, mas sem qualquer entonação de zombaria. Estava apenas dizendo o óbvio. — Os Guardas Civis cuidam disso. Se deixarmos qualquer homem carregar uma espada, logo aqui ficará tão ruim quanto todos os outros lugares. Já ouvi falar deles, senhora, e não quero que aconteça aqui. — Fazendo uma reverência para Harine, ele avançou ao longo da coluna, seguido pelo homem com a prancheta.

Moad examinou rapidamente sua espada e adaga, ambas habilmente embrulhadas, bainha e cabo, então as retornou aos seus lugares, tomando o cuidado de não deixar sua faixa agarrar no arame.

— Só é preciso usar a espada quando falha a esperteza — disse ele.

Harine voltou a bufar. Shalon se perguntou como aquele sujeito ganhara aquela cicatriz, se Far Madding era um local tão seguro assim.

Sons de protesto ecoaram da retaguarda, onde estavam os outros homens, mas logo foram silenciados. Por Merise, Shalon podia apostar. Às vezes a mulher fazia Cadsuane parecer branda. Seus Guardiões eram feito os cães treinados de Amayar, prontos a saltar com um assobio, e ela não se importava de chamar a atenção dos Guardiões das outras irmãs também. Logo todas as espadas tinham sido apaziguadas, e os alforjes, revirados à procura de armas escondidas, então puderam atravessar a ponte, os cascos ecoando no pavimento. Shalon buscou absorver tudo, menos por estar interessada e mais para se distrair do que estava faltando.

A ponte era plana e larga, como a estrada atrás, com anteparos de pedra nas laterais que impediriam um carroção de cair, mas não ofereciam proteção contra atacantes. Também era comprida, com talvez uns três quartos de milha, e reta feito uma flecha. Vez ou outra um barco passava abaixo, o que seria impossível se tivessem mastros. Torres altas flanqueavam os portões de ferro da cidade: o Portão Caemlyn, informou Sarene, de onde guardas com a espada dourada no ombro curvaram a cabeça para as mulheres e lançaram olhares desconfiados aos homens. As ruas do outro lado...

Era inútil tentar ficar atenta. As ruas eram extensas e retas, cheias de pessoas e carroças, ladeadas por edifícios de pedra de dois ou três andares, e tudo parecia um borrão. A Fonte sumira! Ela sabia que voltaria assim que saísse dali, e, pela Luz, queria sair imediatamente. Quando será que poderia? O Coramoor devia estar naquela cidade, e Harine pretendia se aproximar do Coramoor, talvez por quem ele fosse, talvez porque pensasse que ele podia ajudá-la a chegar à Senhora dos Navios. Até que Harine partisse, até que Cadsuane as liberasse do acordo, Shalon estava ancorada ali. Ali, onde não havia Fonte Verdadeira.

Sarene falava sem parar, mas Shalon mal ouvia. Cruzaram a larga praça com a estátua enorme de uma mulher no centro, mas Shalon só entreouviu o nome, Einion Avharin, embora soubesse que Sarene estava contando por que a mulher ficara famosa em Far Madding e por que sua estátua apontava para o Portão Caemlyn. Uma fileira de árvores desfolhadas dividia a rua além da praça. Liteiras e carruagens e homens em armaduras seguiam por entre a multidão, mas Shalon os olhava sem ver. Tremendo, ela se encolheu. A cidade sumiu. O tempo sumiu. Tudo sumiu, menos seu medo de nunca mais voltar a sentir a Fonte. Nunca se dera conta de quão reconfortante era sua presença invisível. Estivera sempre lá, prometendo alegria desmedida, tanta vida que as cores desbotavam quando o Poder a deixava. E agora a própria Fonte a deixara. Sumira. Só pensava nisso, só conseguia pensar nisso. Ela sumira.

Capítulo 24

Entre as Conselheiras

Alguém sacudiu o braço de Shalon. Foi Sarene, e a Aes Sedai estava falando com ela.

— Fica ali, no Salão das Conselheiras — disse Sarene. — Sob a redoma. — Soltando-a, a mulher respirou fundo e voltou a pegar as rédeas. — É ridículo pensar que o efeito piora com a proximidade, mas ao que parece piora mesmo — murmurou ela.

Shalon se empertigou com certo esforço. O vazio se recusava a passar, mas obrigou-se a ignorá-lo, mesmo se sentindo oca por dentro, feito uma fruta sem caroço.

Estavam em uma gigantesca praça pavimentada com pedra branca. No meio, ficava um grande palácio, um edifício arredondado e todo branco, exceto pelo domo azul no topo, que parecia a metade de uma bola. Enormes colunas caneladas rodeavam os dois andares superiores, logo abaixo do domo, e um fluxo constante de pessoas subia e descia os largos degraus de pedra branca de cada lado, que levavam ao segundo andar. Exceto por dois altos portões de bronze em arco, abertos bem diante delas, o primeiro andar era todo de rocha branca entalhada com imagens de mulheres com o dobro da altura normal usando diademas. Entre elas, fardos de grãos e rolos de tecido cujas pontas estavam soltas ao vento, além de lingotes que deviam representar ouro ou prata ou ferro, talvez os três, e sacos transbordando com o que pareciam moedas e pedras preciosas. Sob os pés das mulheres, figuras de pedra branca bem menores dirigiam carroças e trabalhavam sem parar em forjas e teares. Aquelas pessoas tinham construído um monumento para proclamar seu sucesso no comércio. Tolice. Atestar sua superioridade no comércio não apenas causava inveja como gerava teimosia e demandas absurdas nas negociações. E às vezes não se tinha escolha além de aceitá-las.

Shalon notou que Harine a encarava de cenho franzido e se endireitou na sela.

— Perdão, Mestra das Ondas.

A Fonte sumira, mas voltaria — claro que sim! —, e ela tinha um dever a cumprir. Estava envergonhada por ter se entregado ao medo, e, no entanto, o vazio permanecia. Ah, Luz, aquele vazio!

— Já estou melhor — disse ela. — Vou me sair melhor daqui em diante.

Harine apenas assentiu, ainda de cenho franzido, e Shalon sentiu um arrepio na nuca. Quando o sermão não vinha, era porque havia coisa pior a caminho.

Cadsuane atravessou a praça e passou direto pelos portões abertos do Salão das Conselheiras, chegando a um cômodo alto e espaçoso que parecia ser um pátio interno. Uma dúzia de homens em casacos azuis, agachados junto a liteiras pintadas com uma espada e mão douradas nas portas, ergueram os olhos com surpresa quando eles entraram. Assim como os homens de colete azul que estavam tirando os arreios dos cavalos atrelados a uma carruagem com o selo da mão e da espada, e os outros que varriam o chão de pedra com largas vassouras. Mais cavalariços conduziam montarias por um extenso corredor que cheirava a feno e esterco.

Um homem de meia-idade, corpulento e sem barba, veio depressa cruzando o assoalho de pedra, curvando a cabeça em pequenas mesuras e esfregando as mãos. Enquanto os outros homens tinham o cabelo comprido amarrado na nuca, o dele estava preso com um pequeno grampo de prata, e seu casaco azul parecia de boa lã, com o selo dourado bordado bem grande no peito esquerdo.

— Com licença — disse ele com um sorriso adulador. — Sem ofensas, mas receio que estejam no lugar errado. Aqui é o Salão das Conselheiras e...

— Diga à Primeira Conselheira Barsalla que Cadsuane Melaidhrin está aqui para vê-la — interrompeu Cadsuane, descendo da montaria.

O sorriso do homem escorregou e seus olhos se arregalaram.

— Cadsuane Melaidhrin? Pensei que estivesse...! — Ele se deteve sob o olhar severo da mulher, então deu uma tossidinha na mão e recuperou o sorriso afetado. — Perdoe-me, Cadsuane Sedai. Permite que eu conduza você e seus acompanhantes a uma sala de espera onde poderão receber as boas-vindas enquanto mando um aviso à Primeira Conselheira?

Os olhos dele se arregalaram brevemente ao percorrerem os tais acompanhantes. Ficou óbvio que o homem também podia reconhecer Aes Sedai, ao menos em grupo. Hesitou diante de Shalon e Harine, mas até que, para um costeiro, sabia manter a compostura. Não ficou de queixo caído.

— Permito que você vá depressa avisar Aleis da minha presença, corra o máximo que puder, garoto — respondeu Cadsuane, desamarrando o manto e pendurando-o na sela. — Diga a ela que estarei no domo e que não tenho o dia todo. Entendido? Vá!

Dessa vez, o sorriso do homem não falhou, tornou-se amarelo, e ele vacilou por um instante, mas logo partiu em disparada gritando para os cavalariços cuidarem das montarias do grupo.

Cadsuane, no entanto, já não prestava atenção nele desde que terminara de dar suas ordens.

— Verin, Kumira, vocês duas venham comigo — anunciou ela, objetiva. — Merise, mantenha todos juntos e prontos até eu... Alanna, volte aqui e desmonte. Alanna!

Relutante, Alanna fez seu cavalo dar as costas aos portões e desmontou com um olhar irritado e amargo. Seu esbelto Guardião, Ihvon, a observava com nervosismo. Cadsuane suspirou como se já estivesse perdendo a paciência.

— Mantenha-a aqui, nem que seja preciso sentar em seu lombo, Merise — ordenou, entregando as rédeas a um cavalariço baixinho e magricela. — Quero todo mundo pronto para partir assim que eu terminar a conversa com Aleis. — Merise assentiu e Cadsuane se voltou para o cavalariço. — Ele precisa apenas de um pouco de água — disse, acariciando afetuosamente o animal. — Não o exercitei muito hoje.

Shalon ficou mais do que contente em entregar o próprio cavalo aos cuidados do rapaz sem dar qualquer instrução. Não se importaria se ele matasse a criatura. Em sua confusão, não reparara no quanto tinham cavalgado, mas a impressão era de que passara cada milha de Cairhien até ali em cima daquela sela. Sentia que sua pele estava tão amarrotada quanto as roupas. De repente, se deu conta de que o belo rosto de Jahar não estava junto dos outros homens. Tomas, de Verin, um homem grisalho, atarracado e tão duro como todos os outros, estava conduzindo o cavalo malhado que Jahar vinha usando. Onde tinha ido parar o jovem? Merise não parecia nada preocupada com sua ausência.

— Essa Primeira Conselheira — resmungou Harine, deixando que Moad a ajudasse a descer. Movia-se com tanta rigidez quanto Shalon. Moad havia simplesmente pulado da sela. — Ela é importante por aqui, Sarene?

— Pode-se dizer que ela é a governante de Far Madding, embora as outras Conselheiras a chamem de primeira entre iguais, seja lá o que isso signifique.

— Entregando a própria montaria a um cavalariço, Sarene estava bastante alinhada. Podia até ter ficado perturbada de início com o tal *ter'angreal* que roubava a Fonte, mas agora aparentava calma e indiferença, como gelo entalhado. O cavalariço tropeçou nos próprios pés ao encará-la. — Houve uma época em que a Primeira Conselheira assessorava as rainhas de Maredo, mas desde a... dissolução... de Maredo, as Primeiras Conselheiras, em sua maioria, têm se considerado as herdeiras naturais das governantes de lá.

Shalon sabia que seu conhecimento da história dos costeiros era tão duvidoso quanto seu conhecimento de geografia costa adentro, mas nunca ouvira falar de uma nação chamada Maredo. No entanto, isso bastou para Harine. Se a tal Primeira Conselheira mandava ali, a Mestra das Ondas do Chã Shodein precisava conhecê-la. Era o que a dignidade de Harine exigia. Ela mancou decidida pelo pátio até Cadsuane.

— Ah, sim — disse a insuportável Aes Sedai assim que Harine abriu a boca. — Você também vem comigo. E sua irmã. Mas seu Mestre da Espada, não. Já não seria bom levar um homem para o domo; um homem com uma espada poderia causar um escândalo entre as Conselheiras. Alguma pergunta, Mestra das Ondas? — Harine fechou a boca com um estalar audível dos dentes. — Ótimo — murmurou Cadsuane.

Shalon soltou um grunhido. Aquilo não ia melhorar em nada o humor de sua irmã.

Cadsuane as conduziu por corredores amplos de azulejos azuis que continham tapeçarias chamativas nas paredes e lampiões dourados espelhados e vidros espelhados brilhosos, onde criados em trajes azuis primeiro as encaravam com surpresa e então faziam mesuras apressadas ao estilo costeiro conforme elas passavam. Ela seguiu por extensos e íngremes lances de escadas de pedra branca que não tinham qualquer suporte além de uma parede clara colada ao lado, ainda assim apenas em alguns pontos. Cadsuane deslizava feito um cisne, mas a uma velocidade que deixou Shalon com as pernas ardendo. Harine usava uma expressão dura feito madeira, disfarçando o esforço de subir os degraus. Mesmo Kumira parecia um tanto surpresa, embora o ritmo de Cadsuane não aparentasse lhe causar cansaço. A pequena e rechonchuda Verin corria ao lado de Cadsuane, vez ou outra sorrindo por cima do ombro para Harine e Shalon. Por vezes, Shalon achava que odiava Verin, mas aqueles sorrisos não continham diversão nem malícia, apenas encorajamento.

Cadsuane as levou por um último e sinuoso lance de escadas, circundado por paredes, e de repente chegaram a um mezanino com uma intrincada balaustrada de metal folheado a ouro que contornava todo o... Por um momento, Shalon ficou embasbacada. Acima dela erguia-se um abrangente domo azul, que, em seu ponto mais alto, devia chegar a mais de cem pés. E não havia qualquer sustentação. Sua ignorância a respeito dos costeiros se estendia à arquitetura, além de história e geografia — e Aes Sedai. De fato, sua ignorância a respeito dos costeiros era quase completa, com a única exceção de Cairhien. Sabia projetar e desenhar a planta de um forcador, mas não fazia a menor ideia de como aquilo ali era construído.

Mais passagens em arco adornadas com pedra branca davam para escadarias em outros três pontos do grande mezanino, mas elas estavam sozinhas ali, o que pareceu agradar Cadsuane, embora ela tenha apenas assentido discretamente.

— Kumira, mostre à Mestra das Ondas e a sua irmã o guardião de Far Madding. — Sua voz ecoou baixinho sob aquele vasto domo.

Ela puxou Verin e as duas começaram a conversar aos sussurros, mas dessa vez não houve nenhum eco.

— Vocês devem desculpá-la — disse Kumira , em voz baixa, para Harine e Shalon, e o comentário reverberou de leve, ainda que não tenha sido propriamente um eco. — Pela Paz, isso deve ser estranho, mesmo para Cadsuane. — A mulher passou os dedos pelo curto cabelo castanho e balançou a cabeça para realinhar os fios. — É difícil que as Conselheiras fiquem felizes de ver uma Aes Sedai, ainda mais uma que nasceu aqui. Acho que preferem fingir que o Poder não existe. Bem, a história lhes dá motivo, e nos últimos dois mil anos elas tiveram os meios de manter o fingimento. De qualquer forma, Cadsuane é Cadsuane. Não pode ver um ego inflado que decide esvaziá-lo, mesmo que esse ego esteja ligado a uma coroa. Ou ao diadema de uma Conselheira. Sua última visita foi mais de vinte anos atrás, durante a Guerra dos Aiel, mas suspeito que aqueles que ainda se lembram dela vão querer se esconder debaixo da cama ao ouvir que ela voltou.

Kumira deu uma risadinha, mas Shalon não viu a menor graça. Harine franziu a boca, e acabou com cara de dor de barriga.

— Vocês querem ver o... guardião? — continuou Kumira. — Acho que podemos chamar assim. Não há muito para ver. — Ela se aproximou com cuidado da balaustrada dourada e espiou lá embaixo, como se temesse cair, seus olhos azuis novamente aguçados. — Eu daria qualquer coisa para estudá-lo, mas é impossível, naturalmente. Quem sabe que outras capacidades ele pode ter, além da que já conhecemos? — Seu tom sugeria tanto maravilhamento quanto desgosto.

Shalon não tinha medo de altura e grudou na balaustrada de metal intrincado ao lado da Aes Sedai, querendo ver a tal coisa que tomara a Fonte dela. Logo, Harine também se aproximou. Para a surpresa de Shalon, a queda que deixava Kumira tão desconfortável era de menos de vinte pés, e um chão de ladrilhos azuis e brancos formando um padrão labiríntico era centralizado por uma pedra oval com duas pontas, vermelha de bordas amarelas. Debaixo do mezanino havia três mulheres de branco sentadas em bancos igualmente espaçados pelo cômodo, contra as paredes do domo, e cada uma tinha ao seu lado um disco de uma braça de diâmetro, parecendo um cristal nebuloso, cravado no chão e incrustado com uma lasca de cristal límpido voltada para o centro da câmara. Círculos de metal rodeavam os discos, com as marcações de uma bússola, mas, entre essas principais, havia marcações menores. Shalon não podia ter certeza, mas o círculo mais próximo aparentava ter sido entalhado com numerais. Só isso. Nenhum formato monstruoso. Tinha imaginado alguma monstruosidade sombria sugando a luz. Apertou as mãos na balaustrada para não tremer, e travou os joelhos para não desabar. Não importava o que havia lá embaixo, *tinha* roubado a Luz.

Um farfalhar de sapatos anunciou uma nova chegada no mezanino pela mesma passagem que elas tinham usado; cerca de doze mulheres sorridentes, com o cabelo preso no alto, usando sobre os vestidos fluidas túnicas azuis que pareciam casacos sem mangas ricamente bordados em dourado e se arrastavam no chão atrás delas. Aquelas pessoas sabiam como demonstrar seu posto. Cada mulher usava uma grossa corrente de ouro com um grande pingente no formato daquela pedra oval vermelha de borda dourada, e a mesma forma era repetida no centro de cada delicado diadema dourado. Em uma das mulheres, as formas ovais eram rubis, não pedras esmaltadas, e safiras e pedras-da-lua cobriam quase totalmente o círculo de ouro em sua testa, além de usar um pesado anel de sinete no dedo indicador direito. Era alta e majestosa, o cabelo negro que formava um coque volumoso tinha mechas brancas, embora ela não apresentasse rugas. As outras eram altas, baixas, robustas, magras, bonitas e comuns, nenhuma jovem, e todas tinham um ar de autoridade, mas aquela mulher não se destacava apenas pelas joias. Seus grandes olhos escuros expressavam compaixão e sabedoria, e ela irradiava maestria, não apenas autoridade. Shalon não queria ser informada de que aquela era a Primeira Conselheira, mas a mulher o fez mesmo assim.

— Sou Aleis Barsalla, Primeira Conselheira de Far Madding. — Sua voz suave, grave para uma mulher, pareceu fazer uma proclamação e esperar vivas. O som de suas palavras reverberando no domo teve certo ar de aclamação. — Far

Madding dá as boas-vindas a Harine din Togara Dois Ventos, Mestra das Ondas do Clã Shodein e Embaixadora Extraordinária da Senhora dos Navios dos Atha'an Miere. Que a Luz a ilumine e lhe dê prosperidade. Sua vinda alegra a todos em Far Madding. Abraço a oportunidade de aprender mais sobre os Atha'an Miere, mas você deve estar cansada dos esforços da viagem. Arrumei alojamentos agradáveis para você em meu palácio. Quando tiver descansado e se alimentado, podemos conversar; para o benefício de ambas, se aprouver à Luz.

As outras seguraram as saias de suas vestes e fizeram pequenas mesuras. Harine inclinou um pouco a cabeça, uma ponta de satisfação em seu sorriso. Ali, enfim, havia gente que lhe prestava o devido respeito. E, melhor ainda, não tinham ficado olhando apatetadas para as joias dela e de Shalon.

— Parece que os mensageiros dos portões foram rápidos como sempre, Aleis — comentou Cadsuane. — Há boas-vindas para mim?

O sorriso de Aleis vacilou por um momento, e algumas das outras mulheres ficaram completamente sérias conforme Cadsuane parou ao lado de Harine. Os sorrisos que permaneceram eram forçados. Uma bela mulher séria chegou até mesmo a franzir o cenho.

— Estamos gratas a você por ter trazido a Mestra das Ondas, Cadsuane Sedai. — A Primeira Conselheira não soou particularmente grata. Ela se empertigou, e seu olhar, embora estivesse na direção de Cadsuane, parecia mais atravessá-la. — Estou certa de que encontraremos uma forma de expressar o tamanho dessa gratidão antes que você se vá.

Sua dispensa foi tão clara que por pouco não teve o tom de uma ordem direta, mas a Aes Sedai sorriu para a mulher mais alta. Não foi bem um sorriso desagradável, tampouco continha qualquer graça.

— Talvez eu demore a partir, Aleis. Agradeço sua oferta de acomodações, e a aceito. Um palácio nos Elevados é sempre preferível mesmo à melhor estalagem.

A Primeira Conselheira arregalou os olhos, sobressaltada, então os estreitou em uma expressão determinada.

— Cadsuane deve permanecer junto a mim — disse Harine, conseguindo soar apenas levemente embargada, antes que Aleis pudesse responder. — Onde ela é bem-vinda, eu também sou.

Era parte da barganha que tinham feito para acompanhar Cadsuane. Dentre outras coisas, elas precisavam ir aonde e quando a Aes Sedai mandasse, até que se reunissem ao Coramoor, além de precisarem inclui-la em qualquer convite que recebessem. Isso parecera um detalhe, na época, ainda mais comparado a todo o resto, mas estava óbvio agora que a mulher sabia exatamente a recepção que receberia.

— Não desanime, Aleis. — Cadsuane se inclinou para a Primeira Conselheira com se fosse fazer uma confidência, mas não baixou a voz. O eco sob o domo amplificou suas palavras. — Tenho certeza de que você não tem mais nenhum mau hábito que eu vá precisar corrigir.

O rosto da Primeira Conselheira se tingiu de vermelho, e, atrás dela, expressões curiosas surgiram no rosto das outras Conselheiras. Algumas fitaram Aleis como se a vissem com novos olhos. Como será que funcionava a hierarquia ali? Além de Aleis, havia mais doze, o que sem dúvida era uma coincidência, mas as Doze Primeiras dentre as Mestras das Velas de um clã escolhiam a Mestra das Ondas, em geral optando por alguém do próprio grupo, assim como as Doze Primeiras dentre as Mestras das Ondas escolhiam a Senhora dos Navios. Por isso Harine acreditara nas palavras daquela garota estranha, porque ela era uma das Doze Primeiras. Por isso, e pelo fato de que duas Aes Sedai tinham afirmado que as visões da garota eram verdadeiras. Uma Mestra das Ondas, ou mesmo a Senhora dos Navios, podia ser deposta, embora apenas por motivos específicos, como óbvia incompetência ou perda do bom senso, e as Doze Primeiras precisavam concordar em unanimidade. As coisas pareciam ser feitas de modo diferente entre os costeiros, e muitas vezes de modo desleixado. Os olhos de Aleis, agora focados em Cadsuane, estavam tanto cheios de ódio quanto acuados. Talvez sentisse os doze pares de olhos em suas costas. As outras Conselheiras a estavam julgando. Mas por que Cadsuane resolvera se envolver na política daquele lugar? E por que de forma tão rude?

— Um homem acabou de canalizar — disse Verin, de repente. Ela não tinha se juntado ao resto do grupo, e estava espiando da balaustrada, a dez passadas de distância. O domo fez sua voz reverberar. — Homens andam canalizando por aqui ultimamente, Primeira Conselheira?

Shalon olhou para baixo, atônita. As lascas, antes transparentes, estavam pretas, e em vez de apontarem para o centro da câmara, de algum modo tinham virado todas mais ou menos na mesma direção. Uma das mulheres lá embaixo tinha se levantado do banco e se abaixado para verificar em qual ponto das marcações no círculo estava a lasca negra, e as outras duas já estavam correndo rumo a uma passagem em arco. De repente, Shalon compreendeu. Qualquer Chamadora dos Ventos entendia de triangulação. Em algum lugar além daquela passagem havia um mapa, e logo estaria marcada nele a posição onde o tal homem canalizara.

— Se fosse uma mulher, teria sido vermelho, não preto — disse Kumira, quase sussurrando. Ainda mantendo certa distância da balaustrada, ela agarrou o metal com as duas mãos ao se inclinar para espiar lá embaixo. — Ele avisa, localiza e defende. E o que mais? As mulheres que o construíram iam querer mais, talvez precisassem de mais. Não ter mais informações pode ser incrivelmente perigoso.

No entanto, ela não soava assustada, e sim empolgada.

— Imagino que seja um Asha'man — respondeu Aleis, calma, desviando o olhar de Cadsuane. — Eles não podem nos incomodar. São livres para adentrarem a cidade, contanto que obedeçam à lei. — Por mais calma que ela estivesse, algumas das mulheres mais atrás se agitaram feito marinheiras vendo costeiros pela primeira vez. — Perdoe-me, Aes Sedai. Far Madding lhes dá as boas-vindas. No entanto, receio não saber seu nome.

Verin ainda olhava para baixo, para o chão da câmara. Shalon espiou de novo e hesitou quando as lascas negras... mudaram. Em um momento estavam pretas e apontavam para norte, no seguinte voltaram a ficar transparentes e a apontar para o centro do labirinto. Elas não giraram; apenas mudaram de direção em um piscar de olhos.

— Vocês todas podem me chamar de Eadwina — respondeu Verin. Shalon mal conteve um sobressalto. Kumira nem piscou. — A senhora leva em conta a história, Primeira Conselheira? — continuou Verin, sem erguer os olhos. — O cerco de Guaire Amasalan a Far Madding durou apenas três semanas. Houve muita selvageria, mais para o fim.

— Duvido que elas queiram ouvir a respeito *dele* — rebateu Cadsuane, e, de fato, mais de uma Conselheira pareceu incomodada.

Em nome da Luz, quem seria Guaire Amasalan? O nome era vagamente familiar, mas Shalon não conseguiu identificá-lo. Obviamente se tratava de algum conquistador costeiro.

Aleis olhou para Cadsuane, a boca franzida.

— A história se lembra de Guaire Amasalan como um general admirável, Eadwina Sedai, talvez abaixo apenas de Artur Asa-de-gavião. O que a fez pensar nele?

Shalon nunca vira uma das Aes Sedai viajando com Cadsuane deixar de obedecer mesmo ao mais casual dos avisos dela como se fosse uma ordem direta, mas dessa vez Verin não lhe deu atenção. Nem mesmo levantou o olhar.

— Estava apenas pensando que ele não usava o Poder, e mesmo assim esmagou Far Madding como se fosse uma ameixa madura. — A roliça Aes Sedai parou, como se uma ideia acabasse de lhe ocorrer. — Sabe, o Dragão Renascido tem exércitos em Illian e em Tear, em Andor e em Cairhien. Sem falar nas dezenas de milhares de Aiel. Os Aiel são um povo muito feroz. Eu me pergunto como você pode ser tão complacente com esse Asha'man investigando os arredores.

— Acho que você já as assustou o suficiente — disse Cadsuane com firmeza.

Verin finalmente se virou da balaustrada, seus olhos muito arregalados, feito um rechonchudo e sobressaltado pássaro costeiro. Suas mãos roliças até mesmo se agitaram feito asas.

— Ah. Não era minha intenção... Ai, não. Acredito que, se o Dragão Renascido tivesse intenção de agir contra vocês, já o teria feito. Não, suspeito que os Seanchan... Já ouviu falar deles? O que ouvimos de Altara e das terras mais a oeste é realmente terrível. Parece que eles arrasam tudo ao alcance. Não, suspeito que sejam uma prioridade bem maior do que capturar Far Madding. A menos que vocês façam algo para irritá-lo, claro, ou para chatear seus seguidores. Mas tenho certeza de que são inteligentes demais para isso.

Ela soava muito inocente. Houve uma agitação entre as Conselheiras, a ondulação que um peixinho fazia na superfície quando um peixe-leão nadava abaixo.

Cadsuane suspirou, claramente perdendo a paciência.

— Se quiser discutir o Dragão Renascido, Eadwina, faça isso sem a minha presença. Quero lavar meu rosto e tomar chá quente.

A Primeira Conselheira se alvoroçou, como se tivesse se esquecido da existência de Cadsuane, por mais incrível que fosse a ideia.

— Sim. Sim, é claro. Cumere, Narvais, por favor, conduzam a Mestra das Ondas e Cadsuane Sedai ao... ao meu palácio, e garantam que sejam bem recebidas. — A pequena hesitação foi o único sinal de incômodo sobre ter que hospedar Cadsuane em sua casa. — Quero conversar um pouco mais com Eadwina Sedai, se ela concordar.

Aleis se afastou, seguindo ao longo da balaustrada, acompanhada pela maioria das Conselheiras. Verin pareceu subitamente alarmada e hesitante quando as mulheres se reuniram ao redor dela e a levaram. Shalon acreditou naquela surpresa ou na apreensão tanto quanto acreditara na demonstração de inocência instantes antes. Pensava saber onde Jahar estava. Só não sabia o motivo.

As mulheres que Aleis apontara, a bonita que olhara feio para Cadsuane e uma outra grisalha e esbelta, tomaram o pedido da Primeira Conselheira como uma ordem, o que talvez fosse mesmo. Elas seguraram as vestes e fizeram aquelas pequenas mesuras, pedindo a Harine que por favor as acompanhasse e anunciando de maneira floreada a honra que era conduzi-la. Harine recebeu as palavras com uma expressão azeda. Podiam jogar pétalas de rosas em seu caminho, se quisessem, mas a Primeira Conselheira a delegara às subalternas. Shalon se perguntou se haveria maneira de evitar a irmã até que ela se acalmasse.

Cadsuane não olhou Verin se afastar com Aleis, não abertamente, mas sua boca se curvou em um leve sorriso quando elas sumiram pela passagem em arco logo após o mezanino.

— Cumere e Narvais — disse ela abruptamente. — Seriam Cumere Powys e Narvais Maslin? Já ouvi falar de vocês. — Isso afastou a atenção delas de Harine. — Há certos critérios que toda Conselheira precisa alcançar — continuou Cadsuane em tom firme, pegando em um braço de cada uma e as conduzindo em direção às escadarias, no lado oposto.

As mulheres não protestaram o gesto, apenas trocaram olhares, com Harine aparentemente esquecida. Na saída, Cadsuane parou para olhar para trás, mas não para Harine ou Shalon.

— Kumira? Kumira!

A outra Aes Sedai deu um pulo e, com um último olhar demorado lá para baixo, foi atrás de Cadsuane, deixando Harine e Shalon sem escolha a não ser segui-la também, se não quisessem ter que descobrir o caminho sozinhas depois. Shalon partiu logo no encalço das outras, e Harine não ficou para trás. Ainda segurando as Conselheiras junto a si, Cadsuane liderou a descida da sinuosa escadaria, falando baixo. Com Kumira entre ela e as outras três, Shalon não pôde entreouvir nada. Cumere e Narvais tentavam se pronunciar, mas Cadsuane não lhes permitia mais que poucas palavras antes de retomar a fala. Ela parecia calma e objetiva. Já a dupla começou a demonstrar nervosismo. Pela Luz, o que Cadsuane estaria tramando?

— Este lugar a perturba? — questionou Harine de repente.

— É como se eu tivesse perdido meus olhos. — Shalon estremeceu diante da sinceridade da afirmação. — Estou com medo, Mestra das Ondas, mas, com a graça da Luz, consigo controlá-lo. — Esperava conseguir mesmo. Precisava desesperadamente.

Harine assentiu, com um olhar severo para as mulheres adiante na escadaria.

— Não sei se no palácio de Aleis há alguma banheira grande o suficiente para nos banharmos juntas, e duvido que elas conheçam vinho melado, mas vamos dar um jeito. — Desviando o olhar de Cadsuane e suas acompanhantes, ela tocou meio sem jeito o braço de Shalon. — Eu tinha medo do escuro quando era criança, e você nunca me deixava sozinha até o medo passar. Também não vou deixá-la sozinha, Shalon.

Shalon pisou em falso e por pouco não rolou escada abaixo. Harine não usava seu nome em público desde que fora elevada a Mestra das Velas. Não agia com tanta amabilidade nem em particular desde antes disso.

— Obrigada — respondeu ela, e com dificuldade acrescentou: —, Harine.

A irmã tocou seu braço outra vez e sorriu. Harine não estava acostumada a sorrir, mas aquela tentativa desajeitada foi afetuosa. Entretanto, não havia qualquer afeto no olhar que direcionou às mulheres mais à frente.

— Talvez eu realmente possa fazer uma barganha aqui. Cadsuane já bagunçou o lastro delas, de modo que naveguem inclinadas. Você deve tentar descobrir o motivo, Shalon, quando se aproximar dela. Queria colocar os caninos de Aleis em um cordão... me dar as costas daquele jeito, sem nem uma palavra!..., mas não se o preço for permitir que Cadsuane arrume problemas para o Coramoor aqui. Você precisa descobrir, Shalon.

— Acho que Cadsuane se intromete até na maneira como os outros respiram — respondeu Shalon, suspirando. — Mas vou tentar, Harine. Vou fazer tudo que puder.

— Você sempre faz, irmã. Sempre fará. Sei disso.

Shalon suspirou outra vez. Era cedo demais para testar a profundidade daquele renovado afeto de sua irmã. Não havia garantia de perdão, caso admitisse tudo, e não conseguiria sobreviver à perda de seu casamento e de seu posto em um só golpe. No entanto, pela primeira vez desde que Verin explicitara sem rodeios os termos de Cadsuane para manter seu segredo, Shalon começou a considerar uma confissão.

Capítulo 25

Elos

Em seu quarto n'A Cabeça da Conselheira, Rand sentou-se na cama. Encostado na parede e com as pernas cruzadas, ficou tocando a flauta revestida de prata que Thom Merrilin lhe dera muito tempo antes. Uma Era antes. O quarto, com painéis entalhados nas paredes e vista para o Mercado de Nethvin, era melhor que o que eles haviam abandonado n'A Coroa de Maredo. Os travesseiros empilhados ao seu lado eram de pena de ganso, a cama tinha dossel bordado, e o espelho acima do lavatório não apresentava uma única bolha. O lintel por sobre a lareira de pedra tinha até um ou outro entalhe simples. Era um quarto para um mercador estrangeiro abastado. Rand ficou contente por ter se lembrado de trazer ouro suficiente ao sair de Cairhien. Havia perdido o hábito de andar com tanto. Tudo vinha sendo oferecido ao Dragão Renascido. Ainda assim, com a flauta, ele poderia ter conseguido algum tipo de cama. A canção se chamava "Lamento para a Longa Noite", e ele nunca a tinha ouvido em toda a sua vida. Lews Therin, porém, tinha. Era como a habilidade de desenhar. Rand achava que aquilo deveria apavorá-lo, ou então deixá-lo com raiva, mas ele simplesmente se sentava e tocava, enquanto Lews Therin chorava.

— Luz, Rand — resmungou Min —, você vai passar o tempo todo aí sentado soprando esse troço? — Suas saias rodopiavam enquanto ela andava para lá e para cá pelo carpete florido.

Para Rand, era como se nunca tivesse experimentado nada diferente do elo com ela, Elayne e Aviendha, nem desejado experimentar. Bastava respirar, e estava unido a elas. Um era tão natural quanto o outro.

— Se ela disser uma única palavra errada num lugar onde possam ouvir, ou se já tiver dito... Eu *não* vou deixar ninguém arrastar você para uma cela para Elaida!

O elo com Alanna nunca fora assim. Não tinha mudado, não exatamente, mas, cada vez mais desde aquele dia em Caemlyn, o elo com Alanna parecia uma intrusão, um estranho espiando às suas costas, um carrapicho dentro da bota.

— Você tem *mesmo* que tocar isso? Me dá vontade de chorar e, ao mesmo tempo, me deixa toda arrepiada. Se ela puser você em perigo...! — Sacando uma de suas facas de uma manga folgada, seu esconderijo, ela ficou fazendo floreios com o punho.

Rand tirou a flauta da boca e, sem dar um pio, ficou olhando para Min. O rosto dela enrubesceu e, com um rosnado súbito, ela lançou a lâmina que chacoalhando se cravou na porta.

— Ela está bem ali — disse ele, apontando a flauta. Sem notar, ele moveu o instrumento, seguindo exatamente o ponto onde Alanna se encontrava. — Daqui a pouco vai estar aqui.

A mulher estivera em Far Madding desde a véspera, e ele não entendia por que ela havia esperado até aquele momento. Alanna era um emaranhado de emoções dentro do crânio dele, nervosa e desconfiada, preocupada e determinada, e, acima de tudo, irritada. Com uma fúria beirando o incontrolável.

— Se você preferir não ficar aqui, pode esperar... — Min balançou a cabeça de maneira efusiva. Bem ao lado de Alanna na mente dele, estava o punhado de coisas que era ela. Min também borbulhava de preocupação e raiva, mas o amor reluzia feito um farol toda vez que ela olhava para ele, e mesmo quando não olhava. O medo era outra emoção que cintilava, embora ela tentasse esconder.

Rand devolveu a flauta aos lábios e começou a tocar "O Mascate Bêbado", uma canção tão alegre que animaria até os mortos. Lews Therin grunhiu para ele.

Min o analisou de braços cruzados, e então, de repente, deu um puxão no vestido e o ajustou na cintura. Com um suspiro, ele baixou a flauta e aguardou. Quando uma mulher arrumava as roupas sem motivo, era o equivalente a um homem apertar as correias da armadura e verificar o ajuste da sela. A intenção dela era partir para o ataque, e quem fugisse acabaria ceifado feito um cão. A determinação de Min estava tão forte quanto a de Alanna, sóis gêmeos pegando fogo lá no fundo da cabeça.

— Não vamos mais falar sobre Alanna enquanto ela não chegar aqui — afirmou Min com contundência, como se fosse ele que estivesse insistindo. Determinação, sem esquecer daquele medo, mais forte do que antes, continuamente abafado e continuamente reemergindo.

— Mas é claro, esposa, se você preferir — rebateu ele, curvando o pescoço como mandava a moda de Far Madding.

Ela fungou alto.

— Rand, eu gosto de Alivia. De verdade, mesmo ela deixando Nynaeve com os nervos à flor da pele. — Com um dos punhos cravados na cintura, Min se inclinou para a frente e encostou o dedo no nariz dele. — Só que ela vai matar você. — Foi como se mordesse cada palavra.

— Você disse que ela me ajudaria a morrer — retrucou ele, tranquilo. — Foram essas as suas palavras. — Como ele se sentiria morrendo? A tristeza por deixá-la, por deixar Elayne e Aviendha. Tristeza pela dor que causaria nelas. Antes do fim, gostaria de voltar a ver seu pai. Tirando esses aspectos, chegava quase a pensar que a morte seria um alívio.

A morte é *um alívio,* disse Lews Therin com fervor. *Eu* quero *a morte. Nós merecemos a morte!*

— Me ajudar a morrer não é o mesmo que me matar — prosseguiu ele. Já estava muito hábil em ignorar a voz. — A menos que você tenha mudado de ideia a respeito do que viu.

Exasperada, Min jogou as mãos para o alto.

— Eu vi o que vi, e foi o que falei para você, e que o Poço da Perdição me engula se eu conseguir enxergar alguma diferença. E não consigo entender por que você acha que há!

— Mais cedo ou mais tarde, vou ter que morrer, Min — pontuou ele com paciência. Havia escutado daqueles em quem tinha de acreditar: para viver, é preciso morrer. Ainda não fazia sentido para ele, mas só restava uma verdade nua e crua: tal como as Profecias do Dragão pareciam dizer, ele precisava morrer. — Não em breve, espero. Meu plano não é esse. Sinto muito, Min. Eu nunca deveria ter deixado você criar um elo comigo.

Só que ele não fora forte o bastante para recusar, como não fora forte o bastante para afastá-la. Era fraco demais para o que tinha de ser feito. Ele precisava sorver o inverno até fazer o coração do inverno parecer o meio-dia do Dia do Sol.

— Se você não tivesse deixado, nós teríamos amarrado você e feito do mesmo jeito. — Ele decidiu que era melhor não perguntar no que aquilo teria sido diferente do que Alanna fizera. Com toda a certeza, Min via alguma diferença. Ela subiu na cama ajoelhada e tomou-lhe o rosto com as duas mãos. — Preste bem atenção, Rand al'Thor. Eu não vou deixar você morrer. E, se você der um jeito de fazer isso só para me magoar, eu vou atrás de você e trago de volta. — De repente, um veio espesso de humor ondeou em meio à seriedade que ele sentia na mente. A voz de Min adquiriu uma severidade zombeteira. — E depois vou trazer você de volta para morar aqui. Vou obrigar você a deixar o cabelo crescer abaixo da cintura e a usar grampos com pedras-da-lua.

Ele sorriu para ela. Min ainda era capaz de fazê-lo sorrir.

— Nunca ouvi falar de um destino pior que a morte, mas acho que esse pode ser.

Alguém bateu à porta, e Min ficou paralisada. Com a pergunta estampada no rosto, ela murmurou o nome de Alanna. Rand assentiu, e, para sua surpresa, Min o empurrou nos travesseiros e se jogou no peito dele. Contorcendo-se toda, ela levantou a cabeça; estava tentando se ver no espelho do lavatório, ele se deu conta. Por fim, encontrou uma posição de que gostava, deitada metade por cima de Rand, com uma das mãos atrás da nuca, e a outra ao lado do rosto no peito dele.

— Entre — disse ela.

Cadsuane entrou no quarto e parou, franzindo o cenho para a faca cravada na porta. Trajando um vestido de bela lã verde-escura e um manto com forro de pele preso por um broche de prata na altura do pescoço, ela poderia ter passado por uma banqueira ou mercadora de sucesso, embora as estrelas e luas, pássaros e peixes dourados pendendo do coque cinza da cor de ferro no alto da cabeça fossem espalhafatosos tanto para uma quanto para outra. Não estava com seu anel da Grande Serpente, o que levava a crer que tentava não chamar muita atenção.

— Andaram discutindo, crianças? — indagou com uma voz branda.

Rand podia quase sentir Lews Therin ficando inerte feito um gato das montanhas agachado à sombra. Lews Therin era quase tão cauteloso com aquela mulher quanto o próprio Rand.

Com o rosto corado, Min se pôs de pé aos trancos e barrancos, alisando o vestido com irritação.

— Você disse que era ela! — reclamou no exato instante em que Alanna entrou. Cadsuane fechou a porta.

Alanna deu uma olhadela para Min e a ignorou, concentrando-se em Rand. Sem desviar seus olhos escuros dele, jogou o manto em uma das duas cadeiras do cômodo. As mãos se acomodaram nas saias cinza-escuro, segurando-as com firmeza. Também não estava usando o anel da Grande Serpente. Desde o instante em que pôs os olhos nele, a alegria tomou conta do elo. Todo o resto ainda estava lá, o nervosismo, a fúria, mas ele jamais poderia imaginar que ela fosse sentir alegria!

Sem mudar a posição em que se encontrava deitado, ele apanhou a flauta e começou a brincar.

— Eu deveria estar surpreso por ver vocês, Cadsuane? Vocês aparecem com frequência demais para o meu gosto em horas em que não é bem isso que eu quero. Quem ensinou vocês a Viajar?

Só podia ter sido isso. Num momento, Alanna não passara de uma vaga consciência no limiar do pensamento e, no instante seguinte, brotava viva com toda a exuberância em sua mente. No início, ele achara que ela própria, de alguma forma, havia aprendido a Viajar, mas, vendo Cadsuane ali, compreendeu melhor.

Alanna estreitou os lábios, e até Min deu a impressão de desaprovar. As emoções que fluíam de uma pelo elo de Guardião saltavam e corriam. Da outra, já se sentia apenas uma irritação misturada com prazer. Por que Alanna sentia *alegria*?

— Continua com os modos de uma cabra, pelo que vejo — rebateu Cadsuane, seca. — Garoto, tenho bastante certeza de que não preciso da sua permissão para visitar o lugar onde nasci. Quanto a Viajar, não é da sua conta nem onde nem quando eu aprendi o que quer que seja. — Despregando o manto, enfiou o broche no cinto, bem à mão, e dobrou o tecido por cima de um dos braços como se deixá-lo bem aprumado fosse muito mais importante do que Rand. Sua voz ganhou um quê de irritação. — Você me entulhou com um monte de acompanhantes de viagem, de um jeito ou de outro. Alanna estava tão frenética para ver você de novo que só alguém com coração de pedra poderia ter se recusado a trazê-la, e Sorilea falou que quase todas as outras que juraram lealdade a você só serviriam para alguma coisa quando tivessem permissão para ir com Alanna, então também acabei trazendo Nesune, Sarene, Erian, Beldeine e Elza. Sem falar em Harine e na irmã dela com aquele Mestre da Espada. Ela não sabia se desmaiava, gritava ou mordia alguém quando descobriu que Alanna estava vindo ao seu encontro. E ainda tem aqueles seus três amigos de casaco preto. Não sei se estão muito ansiosos, mas também estão aqui. Bem, agora que localizamos você, posso mandar o Povo do Mar e as irmãs virem para que você mesmo resolva tudo com elas.

Murmurando um palavrão, Rand pulou da cama.

— Não! Quero que fiquem bem longe de mim!

Cadsuane estreitou os olhos.

— Já alertei sobre esse seu linguajar e não vou repetir. — Ela ficou encarando Rand com o cenho franzido por mais alguns instantes e então assentiu como se acreditasse que ele havia aprendido a lição. — Agora me diga, o que faz você achar que pode me dizer o que fazer, garoto?

Rand travou uma luta consigo mesmo. Não podia dar ordens ali. Nunca fora capaz de dar ordens a Cadsuane em lugar algum. Min dizia que ele precisava da mulher, que ela lhe ensinaria algo que ele devia aprender, mas o máximo que conseguia com isso era o deixar ainda mais desconfortável em relação a ela.

— Quero terminar o que vim fazer aqui e ir embora sem alarde — disse, por fim. — Se você for falar para elas, ao menos faça com que entendam que não posso me dar ao luxo de permitir que cheguem nem perto de mim, não até eu estar pronto para ir. — A mulher ergueu a sobrancelha e ficou esperando. Rand respirou fundo. Por que ela sempre precisava tornar tudo mais difícil? — Eu agradeceria muito se você não dissesse para nenhuma delas onde estou. — Relutante, bastante relutante, acrescentou: — Por favor.

Min expirou como se estivesse prendendo a respiração.

— Ótimo — falou Cadsuane depois de alguns instantes. — Você consegue demonstrar bons modos quando quer, mesmo que fique com cara de quem está com dor de dente. Por ora, acho que posso manter seu segredo por você. Algumas nem sabem que você está na cidade. Ah, sim, melhor eu contar que Merise criou um elo com Narishma, Corele, com Damer, e o jovem Hopwil é Guardião de Daigian. — A mulher revelou tudo aquilo como se não passasse de uma informação casual que poderia muito bem ter esquecido de mencionar.

Dessa vez, ele não se deu ao trabalho de disfarçar o palavrão, e o bofete de mão espalmada de Cadsuane quase lhe desconjuntou a mandíbula. Pontinhos negros piscaram em sua visão. Uma das outras mulheres arquejou.

— Eu avisei — advertiu Cadsuane num tom de voz plácido. — Chega de avisos.

Min deu um passo em direção a ele, que balançou de leve a cabeça. Ajudou a atenuar os pontinhos. Sua vontade era esfregar o queixo, mas não ergueu as mãos. Teve de se forçar a segurar a flauta com menos força. No que cabia a Cadsuane, o tapa poderia muito bem nunca ter ocorrido.

— Por que Flinn e os demais aceitariam formar elos? — quis saber.

— Pergunte para eles quando os encontrar — rebateu ela. — Min, suspeito que Alanna queira ficar sozinha com ele um pouco. — Virando-se para a porta sem esperar a resposta de Min, ela acrescentou: — Alanna, vou esperar lá embaixo, na Sala das Mulheres. Não demore muito. Quero voltar para os Elevados. Min?

Min ficou olhando feio para Alanna. E para Rand. Em seguida, com um gesto de impaciência, saiu a passos largos atrás de Cadsuane, resmungando, e bateu a porta.

— Gosto mais de você com o seu cabelo natural. — Alanna cruzou os braços e ficou analisando-o. A raiva e a alegria travavam uma guerra no elo. — Eu imaginava que estar perto de você seria melhor, mas você ainda é como uma pedra na minha cabeça. Mesmo aqui parada, não consigo dizer se está chateado ou não. Ainda assim, estar aqui é melhor. Não gosto de passar muito tempo longe de um Guardião.

Rand ignorou a mulher e as ondas de alegria que fluíam pelo elo.

— Ela não perguntou o que eu vim fazer em Far Madding — observou ele com toda a calma, o olhar fixo na porta como se pudesse ver Cadsuane através da madeira. Ela teria de se perguntar isso, por certo. — Você contou para ela que eu estava aqui, Alanna. Só podia ser você. O que aconteceu com o seu juramento?

Alanna respirou fundo, e passaram-se alguns instantes antes que ela respondesse.

— Não tenho certeza se Cadsuane se importa minimamente com você — irrompeu a mulher. — Eu cumpro o juramento da melhor maneira possível, mas você insiste em dificultar. — Sua voz foi se endurecendo, e a raiva se avolumou pelo elo. — Devo lealdade a um homem que vai embora e me deixa para trás. Como se espera que eu lhe sirva? Mais importante, o que você fez? — Ela atravessou o carpete e o encarou, seus olhos ardendo em fúria. Ele era quase dois pés mais alto, mas ela parecia nem notar. — Você fez alguma coisa, eu sei. Passei três dias inconsciente! O que você fez?

— Decidi que, se era para formar algum elo, que fosse com alguém que eu dissesse que podia. — Ele quase não conseguiu segurar a mão dela antes que atingisse seu rosto. — Já levei tapas demais por hoje.

Ela ficou olhando feio, os dentes à mostra como se pronta para lhe rasgar a garganta com uma mordida. A esta altura, só havia fúria e indignação no elo, destiladas como se fossem adagas.

— Você deixou outra pessoa criar um *elo* com você? — rosnou. — Como se atreve? Quem quer que seja, vou me reunir com ela diante de um tribunal! Vou ver essa mulher levar *chibatadas*! Você é meu!

— Porque você me *tomou*, Alanna — rebateu ele com frieza. — Se mais irmãs soubessem, *você* é que levaria chibatadas. — Min lhe dissera uma vez que ele podia confiar em Alanna, que ela tinha visto a Verde e outras quatro irmãs "na mão dele". De um modo estranho, Rand confiava nela, mas também estava na mão de Alanna, algo que não queria. — Me liberte, e eu nego que isso algum dia aconteceu. — Rand nem sabia dessa possibilidade até Lan lhe contar sobre ele e Myrelle. — Me liberte, e eu livro você do seu juramento.

A raiva que rugia pelo elo se amainou sem desaparecer, mas o rosto dela foi se acalmando, e a voz se recompôs.

— Você está machucando meu pulso.

Rand sabia. Podia sentir a dor pelo elo. Quando ele a soltou, ela massageou o braço num gesto exagerado para a dor que ele sentia. Ainda esfregando o pulso, Alanna se sentou na outra cadeira e cruzou as pernas. Dava a impressão de estar refletindo.

— Já pensei em me ver livre de você — disse, por fim. — Já sonhei com isso. — Ela deu uma risadinha pesarosa. — Até pedi para Cadsuane me deixar passar o elo para ela. Sinal de como eu estava desesperada, para chegar ao ponto de pedir isso. Mas, se existe alguém capaz de lidar com você, é Cadsuane. Só que ela recusou. Ficou furiosa por eu ter sugerido sem perguntar para você, revoltada, mas, mesmo que você concordasse, ela não concorda. — Alanna estendeu as mãos. — Então, você é meu. — Seu semblante não se alterou, mas a alegria voltou a se acender quando ela falou aquilo. — Não importa como agi, você é meu Guardião, e eu tenho uma responsabilidade. Isso é tão forte dentro de mim quanto o juramento de obediência que lhe fiz. Tem a mesmíssima força. E, portanto, eu só abriria mão de você para alguém que estivesse à altura desse juramento. Quem criou o elo com você? Se ela for capaz, eu deixo você ficar com ela.

A mera possibilidade de Cadsuane ter recebido o elo fez gotas de gelo escorrerem pela espinha de Rand. Alanna nunca conseguira controlá-lo por meio do elo, e ele acreditava que nenhuma irmã conseguiria, mas jamais correria o risco com essa. Luz!

— O que faz você pensar que ela não se importa comigo? — perguntou ele, em vez de responder a pergunta de Alanna.

Com ou sem confiança, no que dependesse dele, ninguém teria aquela resposta. O que Elayne, Min e Aviendha fizeram até podia ser permitido pela lei da Torre, mas, se alguém descobrisse que as três estavam unidas a ele daquela maneira, elas tinham coisas piores a temer do que punições das outras Aes Sedai. Sentado na beira da cama, ele revirava a flauta nas mãos.

— Só porque recusou o elo comigo? Pode ser que ela não seja tão indiferente às consequências quanto você. Ela foi atrás de mim em Cairhien e ficou por lá bem mais do que qualquer motivo justificaria, exceto eu. Será mesmo que sou obrigado a acreditar que ela simplesmente decidiu visitar amigos justo quando, por coincidência, eu estava lá? Ela trouxe você a Far Madding para poder me encontrar.

— Rand, ela perguntava todos os dias onde você estava — explicou Alanna com desdém —, mas duvido que haja sequer um pastor em Seleisin que não se pergunte onde você está. O mundo *inteiro* quer saber. Eu sabia que você estava bem ao sul, que tinha passado vários dias sem se deslocar. E só. Quando descobri que ela e Verin estavam vindo para cá, tive que implorar, ficar de joelhos, até ela me deixar vir junto. Mas eu mesma só fui saber que você estava aqui quando saí do portão nas colinas acima da cidade. Antes disso, achei que talvez fosse preciso Viajar metade do caminho até Tear para encontrar você. Cadsuane me ensinou quando viemos para cá, então não vá pensando que pode se esquivar de mim tão fácil no futuro.

Cadsuane tinha ensinado Alanna a Viajar? Só que isso ainda não explicava quem havia ensinado para Cadsuane. Não que mudasse alguma coisa, ele supunha.

— E Damer e os outros dois permitiram a criação do elo? Ou essas irmãs simplesmente os tomaram da mesma maneira que você me tomou?

Um tênue rubor tingiu as bochechas dela, mas a voz se manteve firme.

— Ouvi falar que Merise pediu para Jahar. Ele levou dois dias para aceitar, e, que eu tenha visto, ela jamais chegou a pressioná-lo. Não posso falar pelos outros, mas, como Cadsuane disse, você sempre pode perguntar para eles. Rand, precisa entender que aqueles homens estavam com medo de voltar para essa sua Torre Negra. — Sua boca se retorceu com amargura só de pronunciar aquele nome. — Estavam com medo de serem culpados pelo ataque a você. Se simplesmente fugissem, seriam caçados como desertores. Até onde sei, essa não é sua ordem em vigor? Aonde mais eles poderiam ir, exceto atrás de Aes Sedai? E ainda bem que foram, aliás. — Ela sorriu como se tivesse acabado de ver algo maravilhoso, e sua voz passou a demonstrar empolgação. — Rand, Damer descobriu uma maneira de Curar o estancamento! Luz, posso pronunciar essa palavra sem ficar com a língua congelada. Ele Curou Irgain, Ronaille e Sashalle. Elas também juraram lealdade a você, como todas as outras.

— O que você quer dizer com "todas as outras"?

— Estou falando de todas as irmãs que estavam com os Aiel. Inclusive as Vermelhas. — Ela não parecia acreditar muito naquilo, e com razão, mas sua descrença se transformou em intensidade quando pôs os dois pés no chão e se inclinou na direção de Rand, encarando-o. — Todas juraram e aceitaram a penitência que você impôs a Nesune e às demais, isso as primeiras cinco que juraram. Cadsuane não confia nelas. Não iria deixar nenhuma delas trazer qualquer Guardião. Admito que fiquei indecisa no início, mas acredito que você *pode* confiar nelas. Elas juraram lealdade. Sabe o que isso significa para uma irmã. Não podemos descumprir um juramento, Rand. É impossível.

Nem as Vermelhas. Ele ficara surpreso quando aquelas cinco primeiras cativas ofereceram sua lealdade. Elaida as despachara até lá para sequestrá-lo, e elas o fizeram. Certamente por ser *ta'veren*, Rand pensava, mas isso só alterava os prognósticos, faria uma possibilidade de um em um milhão virar certeza. Era difícil acreditar que uma Vermelha, sob quaisquer circunstâncias, pudesse jurar lealdade a um homem capaz de canalizar.

— Você precisa de nós, Rand. — Levantando-se, ela ensaiou andar pelo quarto, ansiosa, mas só ficou observando-o sem nem piscar. Alisava as saias como se não estivesse ciente do que fazia. — Você precisa do apoio das Aes Sedai. Sem isso, vai ter que conquistar todas as nações, e ainda não se saiu muito bem nesse sentido. A rebelião em Cairhien pode parecer resolvida para você, mas nem todos aprovam o fato de Dobraine ter sido nomeado seu intendente. Boa parte pode passar a apoiar Toram Riatin, caso ele reapareça. Até onde sabemos, o Grão-lorde Darlin está confortável na Pedra, anunciado como seu intendente em Tear, mas os rebeldes de lá não vieram em peso de Haddon Mirk para dar apoio a ele. Quanto a Andor, Elayne Trakand pode até dizer que vai apoiar você quando passar a ocupar o trono, mas manobrou seus soldados para fora de Caemlyn, e eu aceito usar sininhos na Praga caso ela permita que eles permaneçam em Andor uma vez que consiga. As irmãs podem ajudar. Elayne vai nos ouvir. Os rebeldes de Cairhien e Tear vão ouvir. A Torre Branca cessa guerras e põe fim a rebeliões há três mil anos. Você pode até não gostar do tratado que Rafela e Merana negociaram com Harine, mas elas conseguiram tudo que você pediu. Luz, homem, deixe-nos ajudar você!

Rand assentiu devagar. Parecera a ele que as Aes Sedai terem jurado lealdade só era um jeito de impressionar as pessoas com seu poder. O medo de que elas pudessem manipulá-lo em benefício próprio o cegava para qualquer outra coisa. Ele não gostava de admitir isso. Havia sido um tolo.

Um homem que confia em qualquer um é um tolo, falou Lews Therin, *e um homem que não confia em ninguém é um tolo. Todos nós somos tolos, se vivermos o suficiente.* Ele soava quase são.

— Volte para Cairhien — ordenou ele. — Diga para Rafela e Merana que quero que elas procurem os rebeldes de Haddon Mirk. Mande-as levarem Bera e Faeldrin também. — Essas eram as quatro além de Alanna em quem Min disse que ele podia confiar. O que ela dissera sobre as outras cinco que Cadsuane trouxera consigo? Que cada uma delas lhe serviria à sua maneira. Isso não era o bastante, ainda não. — Quero Darlin Sisnera como meu intendente e que as leis que decretei permaneçam em vigor. Elas podem negociar qualquer outra coisa, desde que ponham um fim à rebelião. Depois disso... O que foi?

O semblante de Alanna caíra em desânimo, e ela tornara a se afundar na cadeira.

— É que acabei de vir de longe até aqui, e você já está me mandando embora de novo. Acho que é o melhor a fazer, já que aquela garota está aqui. — Suspirou. — Você não faz ideia do que passei em Cairhien, ocultando o elo só o suficiente para não perder o sono por causa do que vocês dois estavam fazendo. É muito mais difícil do que simplesmente ocultá-lo por inteiro, mas eu não gosto de perder todo o contato com meus Guardiões. Só que voltar a Cairhien seria quase tão ruim quanto.

Rand pigarreou.

— Mas é o que eu quero que você faça.

As mulheres, ele já tinha entendido, falavam sobre alguns assuntos de forma muito mais explícita que os homens, mas continuava sendo um choque. Ele esperava que Elayne e Aviendha ocultassem o elo quando ele estivesse fazendo amor com Min. Quando os dois estavam na cama, não existia mais ninguém, só ela, o mesmo que havia acontecido quando estivera com Elayne. Ele não queria mesmo falar sobre aquilo com Alanna. — Posso já ter terminado aqui quando você terminar em Cairhien. Se não for o caso... Se não for o caso, você pode voltar para cá. Mas vai ter que ficar bem longe de mim, até quando eu quiser. — Mesmo com a restrição, a alegria tornou a preenchê-la de novo.

— Não vai me dizer quem criou o elo com você, não é? — E quando Rand balançou a cabeça, ela suspirou. — Melhor eu ir. — Pondo-se de pé, Alanna apanhou seu manto e o pendurou no braço. — Cadsuane está impaciente, para não dizer outra coisa. Sorilea advertiu-a para cuidar de nós como se fôssemos suas galinhas, e ela cuida. Do jeito dela. — Já na porta, parou para uma última pergunta. — *Por que* você está aqui, Rand? Cadsuane pode até não se importar, mas eu me importo. Se você quiser, eu guardo segredo. Nunca consegui passar mais do que alguns dias em um *pouso*. Por que você estaria disposto a ficar aqui, onde nem pode sentir a Fonte?

— Talvez não seja tão ruim assim para mim — mentiu.

Rand percebeu que poderia contar para ela. Confiava de fato que ela fosse guardar segredo. Mas ela realmente o via como seu Guardião, e era uma Verde. Nenhuma explicação seria capaz de convencer Alanna a deixá-lo encarar aquilo sozinho, mas, em Far Madding, ela não estaria em melhores condições do que Min para se defender, quem sabe até pior.

— Vá, Alanna. Já perdi muito tempo.

Quando ela se foi, Rand voltou a se recostar na parede e ficou sentado dedilhando a flauta. Em vez de tocar, porém, só pensou. Min disse que ele precisava de Cadsuane, mas Cadsuane não estava interessada nele, exceto por curiosidade. Uma curiosidade mal-educada. De alguma forma, ele precisava aguçar o interesse da mulher. Como, pela Luz, conseguiria fazer isso?

Com certa dificuldade, Verin se espremeu toda para saltar da liteira no pátio do palácio de Aleis. Simplesmente não fora feita para caber naqueles troços, mas eram a maneira mais rápida de se deslocar em Far Madding. Carruagens uma hora ou outra sempre acabavam atravancadas na multidão e não entravam em todos os lugares a que ela precisaria ir. Os ventos úmidos que sopravam do lago vinham esfriando à medida que a noite mergulhava no crepúsculo, mas ela deixou as rajadas sacolejarem seu manto enquanto desenterrava duas moedinhas de prata da bolsa e as entregava aos carregadores. Não deveria fazer aquilo, claro, sendo eles meninos de Aleis, mas Eadwina não ficaria sabendo. E eles não deveriam ter aceitado, mas enfiaram a prata nos casacos num piscar de olhos, e o mais jovem da dupla, um camarada bonitão de meia-idade, chegou até a dedicar-lhe uma mesura floreada antes de os dois recolherem a liteira e trotarem em direção ao estábulo, uma estrutura baixa construída num canto junto à parede da frente. Verin suspirou. Um menino de meia-idade. Não havia sido necessário passar muito tempo em Far Madding para ela começar a pensar como se nunca tivesse ido embora. Era preciso tomar cuidado com isso. Poderia ser perigoso, e não menos se Aleis ou as outras descobrissem seu embuste. Ela suspeitava que os mandados para o exílio de Verin Mathwin nunca haviam sido suspensos. Far Madding fazia vista grossa quando uma Aes Sedai cometia algum desvio da lei, mas as Conselheiras não tinham por que temer Aes Sedai, e, por suas próprias razões, a Torre, por sua vez, fazia vista grossa nas raras ocasiões em que uma irmã se via dependurada para uma flagelação sentenciada em juízo. Ela não tinha a menor intenção de ser mais um motivo para a Torre fazer vista grossa.

O palácio de Aleis não chegava nem aos pés do Palácio do Sol, claro, nem do Palácio Real de Andor ou de qualquer palácio de onde reis e rainhas governavam. Era sua propriedade particular, em nada vinculado à sua posição de Primeira Conselheira. Outros, maiores e menores, marchavam de ambos os lados, que eram ladeados por uma muralha alta, a não ser na extremidade onde os Elevados, o único ponto de toda a ilha que se aproximava de uma colina, despencavam até a água numa ribanceira abrupta. De todo modo, também não era um palácio pequeno. As mulheres da família Barsalla estiveram envolvidas com o comércio e a política desde que a cidade ainda se chamava Fel Moreina. Corredores com colunas altas rodeavam o palácio Barsalla nos dois níveis, e o cubo de mármore branco recobria a maior parte do terreno amuralhado.

Ela encontrou Cadsuane em uma sala de estar que teria proporcionado uma bela vista do lago caso as cortinas não estivessem fechadas para preservar o calor das chamas da ampla lareira de mármore. A mulher estava sentada com seu cesto de costura repousando numa mesinha embutida ao lado da cadeira, trabalhando calmamente com a agulha e o bastidor. Não estava sozinha. Verin dobrou o manto por sobre o encosto de uma poltrona acolchoada e se sentou numa outra para esperar.

Elza mal olhou para ela. A Verde de rosto habitualmente simpático estava de pé no carpete bem à frente de Cadsuane e parecia bem zangada, com o rosto corado e um olhar furioso. Elza era sempre muito consciente de sua posição em relação às outras irmãs, talvez até demais. Para ignorar Verin e, pior ainda, confrontar Cadsuane, devia estar agitadíssima.

— Como você pôde deixá-la ir embora? — perguntou para Cadsuane. — Como vamos encontrá-lo sem ela?

Ah, então era isso.

Cadsuane continuou olhando para o bastidor, e a agulha seguiu bordando pontinhos minúsculos.

— Você pode esperar até ela voltar — respondeu com toda a calma.

Com as mãos para baixo, Elza cerrou os punhos.

— Como pode ser tão desinteressada? — indagou. — Ele é o Dragão Renascido! Este lugar pode ser uma armadilha mortal para ele! Você precisa...! — Cadsuane levantou o dedo, e foi possível ouvir os dentes de Elza estalando quando ela fechou a boca. Apenas um gesto, e já foi o suficiente para ela se calar.

— Já passei muito tempo aguentando seus rompantes, Elza. Pode ir. Agora!

Elza hesitou, mas realmente não tinha escolha. Seu rosto ainda estava enrubescido quando ela fez uma reverência com os punhos apertando as saias verde-escuras, e embora tenha saído da sala batendo os pés, o fez sem demora.

Cadsuane largou o bastidor no colo e se inclinou para trás.

— Pode fazer um pouco de chá, Verin?

Instintivamente, Verin acabou se sobressaltando. A outra irmã não olhara uma vez sequer em sua direção.

— Claro, Cadsuane. — Um bule de prata elaboradíssimo repousava no suporte de quatro pernas de uma das mesinhas laterais e, por sorte, ainda estava quente. — Deixar Alanna ir embora foi uma decisão sábia? — perguntou ela.

— Eu não teria como impedi-la sem deixar o garoto saber mais do que deveria, não é? — retrucou Cadsuane, seca.

Sem pressa, Verin virou o bule para servir o líquido numa delicada xícara de porcelana azul. Não uma porcelana do Povo do Mar, mas bastante delicada.

— Você faz ideia do que o trouxe justamente para Far Madding? Eu quase engoli a língua quando vieram me dizer que talvez ele tivesse parado de saltar de um lugar para o outro porque estava aqui. Se for algo perigoso, será que não devemos tentar impedir?

— Verin, ele pode fazer o que o coração dele desejar, qualquer coisa, desde que continue vivo para chegar a Tarmon Gai'don. E desde que eu possa estar ao lado dele por tempo suficiente para fazê-lo aprender a voltar a rir, e a chorar. — Fechando os olhos, ela massageou as têmporas com a ponta dos dedos e suspirou. — Ele está virando uma pedra, Verin, e se não reaprender que é humano, vencer a Última Batalha pode não ser tão melhor do que perder. A jovem Min disse a ele que ele precisa de mim, e consegui isso dela sem levantar suspeitas, mas tenho que esperar que ele venha até mim. É só ver como ele passa por cima de Alanna e das outras. Vai ser bem difícil ensiná-lo, isso se ele pedir. Ele contesta orientações, acha que deve fazer tudo, ficar sabendo de tudo, e sozinho. Se eu não o obrigar a se esforçar nesse sentido, não vai aprender nada. — Ela pegou o bastidor de novo. — Parece que estou afeita a fazer confidências hoje à noite. Para mim, é incomum. Se algum dia você terminar de servir esse chá, pode ser que eu faça outras.

— Ah, sim, claro. — Tratando de encher uma segunda xícara, Verin tornou a enfiar o frasquinho na bolsa sem chegar a abri-lo. Era bom finalmente estar certa a respeito de Cadsuane. — Você toma com mel? — perguntou, seu tom de voz mais atarantado. — Eu nunca me lembro.

Capítulo 26

Expectativa

Caminhando pela grama marrom do vilarejo de Campo de Emond ao lado de Egwene, Elayne se sentia triste pelas mudanças. Egwene parecia chocada com tudo. Quando ela apareceu em *Tel'aran'rhiod*, uma trança comprida balançara às costas de Egwene, que trajava, ora veja, um vestido simples de lã e sapatos robustos que apareciam por debaixo das saias conforme andava. Elayne supunha que era o tipo de indumentária usado por ela quando vivia em Dois Rios. No momento, seu cabelo escuro batia mais ou menos nos ombros, preso por um chapeuzinho de renda fina, e suas vestimentas eram tão boas quanto as de Elayne, de um belo azul bordado com prata no corpete e na gola alta, assim como ao longo da bainha da saia e dos punhos. Sandálias de veludo trabalhado em prata substituíam os sapatos grosseiros de couro. Elayne precisava manter a concentração para evitar que o vestido de cavalgada de seda verde se alterasse, possivelmente até causando algum constrangimento, mas, no caso de sua amiga, não restava a menor dúvida de que as mudanças eram deliberadas.

Ela esperava que Rand ainda pudesse amar Campo de Emond, mas aquele já não era mais o vilarejo onde ele e Egwene tinham crescido. Ali no Mundo dos Sonhos não havia pessoas, mas era evidente que Campo de Emond passara a ser uma cidadezinha considerável, próspera, com quase uma de cada três casas construída com pedras bem cortadas, algumas de três andares, e mais telhados com telhas em todos os tons do arco-íris do que de palha. Algumas ruas eram pavimentadas com pedras bem encaixadas, novas e ainda sem desgastes, e já havia até uma muralha grossa de pedra contornando a cidade, com torres e portões folheados com ferro perfeitos para uma cidade das Terras da

Fronteira. Na parte externa da muralha, viam-se moinhos de grãos e serrarias, uma fundição de ferro e grandes oficinas de tecelões tanto de lãs quanto de tapetes, e, muralha adentro, encontravam-se oficinas de moveleiros, ceramistas, costureiras, cuteleiros, prateiros e ourives, muitas delas tão boas quanto as que se podia ver em Caemlyn, apesar de alguns estilos aparentarem ser de Arad Doman ou Tarabon.

O ar era fresco, mas não chegava a ser frio, e não havia nenhum sinal de neve no chão, ao menos por enquanto. O sol brilhava bem acima delas, embora Elayne torcesse para que ainda fosse noite no mundo desperto. Queria um tempo para dormir de verdade antes de ter de encarar a manhã. Vivia cansada nos últimos dias. Eram muitas coisas a serem feitas, e poucas horas. Elas tinham ido até lá porque parecia improvável que algum espião pudesse encontrá-las ali, mas Egwene levara um tempo a mais para observar com atenção as mudanças no lugar onde havia nascido. E Elayne tinha suas próprias razões, além de Rand, para querer dar uma olhada em Campo de Emond. O problema, um dos problemas, era que poderia se passar uma hora no mundo desperto enquanto se passavam cinco ou dez no Mundo dos Sonhos, mas também era bem fácil ocorrer o contrário. Talvez já tivesse amanhecido em Caemlyn.

Parando na extremidade do campo, Egwene olhou para trás para observar a ponte larga de pedra que formava um arco por cima do riacho, que se alargava logo após brotar de uma nascente em um afloramento rochoso forte o suficiente para derrubar um homem. Um enorme poste de mármore cheio de nomes entalhados erguia-se no centro do campo, além de dois mastros compridos em bases de pedra.

— Um monumento de batalha — murmurou. — Quem poderia imaginar algo do tipo em Campo de Emond? Apesar de Moiraine ter dito que uma grande batalha foi travada uma vez neste local durante as Guerras dos Trollocs, quando Manetheren morreu.

— Era o que dizia a história que estudei — confirmou Elayne com toda a calma enquanto dava uma espiadela nos mastros vazios.

Vazios por ora. Ali, ela não tinha como sentir Rand. Ah, ele continuava em sua mente tanto quanto Birgitte, um nó duro feito pedra de emoções e sensações físicas que, estando ele longe, eram ainda mais difíceis de interpretar, ainda que, ali em *Tel'aran'rhiod*, ela não tivesse como saber em que direção ele estava. Ela sentia falta desse conhecimento, por menor que fosse. Sentia falta dele.

Estandartes surgiram no alto dos mastros, mas só tiveram tempo de panejar preguiçosamente uma única vez antes de descerem. Ainda assim foi possível identificar em um deles uma águia vermelha sobrevoando um descampado azul. Não uma águia vermelha qualquer, a Águia Vermelha. Certa vez, visitando aquele local com Nynaeve em *Tel'aran'rhiod*, ela achou ter visto, mas acabou concluindo que tinha se enganado. Mestre Norry começara a desfazer o equívoco. Ela amava Rand, mas, se alguém no lugar onde ele foi criado estivesse tentando reerguer Manatheren de seu antigo túmulo, ela teria de ficar sabendo, independentemente de quanto isso fosse chateá-lo. Aquele estandarte e aquele nome ainda detinham poder suficiente para ameaçar Andor.

— Soube das mudanças por meio de Bode Cauthon e das outras noviças de casa — prosseguiu Egwene, franzindo o cenho para as casas do entorno do campo —, mas nada dessa magnitude.

A maioria das casas era de pedra. Uma pequena estalagem ainda resistia ao lado da imensa fundação de pedra de uma edificação muito maior, com um carvalho portentoso crescendo bem no meio, mas do outro lado havia ainda o que aparentava ser uma estalagem quase concluída, e mil vezes maior, já com uma placa grande pendurada acima da porta, dizendo "Os Arqueiros".

— Fico me perguntando se meu pai ainda é o prefeito. Será que minha mãe está bem? E minhas irmãs?

— Sei que você vai deslocar o exército amanhã — disse Elayne —, isso se já o amanhã já não tiver chegado, mas você com certeza poderia encontrar um tempo para vir fazer uma visita quando chegar a Tar Valon. — Viajar facilitava muito esse tipo de coisa. Talvez ela mesma devesse mandar alguém a Campo de Emond. Se soubesse a quem confiar a missão. Se pudesse abrir mão de alguém em quem realmente confiasse.

Egwene balançou a cabeça.

— Elayne, já tive que mandar açoitar mulheres que cresceram comigo só por não acreditarem que sou o Trono de Amyrlin e outras que acreditavam mas que se achavam no direito de quebrar as regras só por me conhecerem. — De repente, a estola de sete listras apareceu pendurada em seus ombros. Até ela perceber, com uma careta, e então a estola sumiu de novo. — Acho que não dou conta de encarar Campo de Emond como Amyrlin — admitiu com tristeza. — Ainda não. — Depois se sacudiu, e a voz se firmou. — A Roda gira, Elayne, e tudo muda. Preciso me acostumar com isso. Eu *vou* me acostumar. — Estava falando muitíssimo parecido com Siuan Sanche, como Siuan soara em Tar Valon antes de tudo ter mudado. Com ou sem estola, Egwene falava como um Trono de Amyrlin. — Tem certeza de que não posso mandar alguns soldados de Gareth Bryne para você? Pelo menos o suficiente para ajudar a assegurar Caemlyn.

De uma hora para outra, elas se viram cercadas por uma neve reluzente, afundadas até o joelho. A neve formava montes brancos cintilantes no alto dos telhados, como se tivesse nevado forte. Não era a primeira vez que algo assim acontecia, e elas simplesmente se recusavam a deixar o frio súbito afetá-las, optando por imaginar mantos e roupas mais quentes.

— Ninguém vai se deslocar para me atacar antes da primavera — pontuou Elayne.

Exércitos não se deslocavam no inverno, pelo menos, a não ser que contassem com o benefício da Viagem, como o exército de Egwene. A neve atravancava tudo, e depois a lama, quando a neve derretia. Era provável que essa gente das Terras da Fronteira tivesse começado sua marcha para o sul achando que o inverno não chegaria neste ano.

— Além do mais, você vai precisar de todo e qualquer homem quando chegar a Tar Valon.

Como era de se prever, Egwene fez que sim sem repetir a proposta. Mesmo com o mês anterior de recrutamento pesado já tendo ficado para trás, Gareth Bryne ainda não reunira mais que metade dos soldados que, segundo ele, seriam necessários para tomar Tar Valon. De acordo com Egwene, ele estava pronto para dar início com o que tinha, mas claro que isso a incomodava.

— Tenho decisões difíceis pela frente, Elayne. Há de ser o que a Roda tecer, mas sigo sendo eu quem tem que decidir.

Por impulso, Elayne atravessou a neve a duras penas e abraçou Egwene. Começou a duras penas, pelo menos. Quando agarrou a outra mulher, a neve desapareceu, não deixando nem mesmo uma mancha úmida em seus vestidos. As duas cambalearam como se estivessem dançando e quase caíram.

— Sei que você vai tomar a decisão certa — disse Elayne, soltando uma risada sem querer. Egwene não riu.

— Espero que sim — concordou, num tom sério —, porque, seja lá o que eu decidir, pessoas vão morrer por conta disso. — Ela deu um tapinha no braço de Elayne. — Bem, você entende esse tipo de decisão, não é? Nós duas precisamos voltar para as nossas camas. — Antes de prosseguir, ela hesitou. — Elayne, se Rand procurá-la de novo, você precisa me contar o que ele disser, quer seja alguma pista de qual é a intenção dele, quer seja para onde pretende ir.

— Vou contar o que puder, Egwene. — Elayne sentiu uma pontada de culpa.

Havia contado tudo para Egwene, quase tudo, mas não que criara um elo com Rand junto com Min e Aviendha. A lei da Torre não proibia o que elas haviam feito. O questionamento bastante cuidadoso de Vandene deixara isso bem claro. O que não estava muito claro, porém, era se seria ou não permitido. Porém, como ela tinha ouvido da boca de um mercenário arafeliano recrutado por Birgitte, "o que não era proibido era permitido". Soava quase como um dos antigos ditados de Lini, embora ela duvidasse de que sua babá pudesse chegar a ser tão permissiva.

— Você está preocupada com ele, Egwene. Mais do que o normal, no caso. Dá para perceber. Por quê?

— Tenho motivo para estar, Elayne. Os olhos-e-ouvidos têm relatado boatos bem perturbadores. Só boatos, eu espero, mas, se não forem... — Ela já se portava muitíssimo como o Trono de Amyrlin, uma jovem baixa e magra que parecia forte como o aço e alta como uma montanha. Seus olhos escuros emanavam determinação, e ela trincou a mandíbula. — Sei que você o ama. Eu também amo, mas não estou tentando Curar a Torre Branca só para que ele possa acorrentar as Aes Sedai feito *damane*. Durma bem e tenha bons sonhos, Elayne. Bons sonhos são mais valiosos do que as pessoas se dão conta. — E, com isso, foi embora, de volta ao mundo desperto.

Por um momento, Elayne ficou encarando o ponto onde Egwene estivera. Que conversa tinha sido aquela? Rand jamais faria isso! Nem que fosse apenas por amor a ela, não faria! Ela espicaçou aquele nó duro feito uma pedra atravancando sua mente. Com ele tão longe, os veios de ouro só brilhavam em lembrança. Claro que não faria. Ensimesmada e apreensiva, ela saiu do sonho e voltou para seu corpo adormecido.

Precisava dormir, mas, tão logo retornara ao seu corpo, a luz do sol atingiu suas pálpebras. Que horas *eram*? Ela tinha compromissos a cumprir, obrigações a executar. Queria passar meses dormindo. Resistiu ao máximo, mas o dever venceu. Havia um dia cheio pela frente. Todo dia era um dia cheio. As pálpebras se abriram, ressecadas e pesadas, como se ela nem tivesse dormido. Pelo fio de luz entrando pelas janelas, já passava bastante da alvorada. Ela poderia simplesmente ficar ali deitada. O dever. Aviendha se mexia durante o sono, e Elayne cutucou-a com força nas costelas. Se ela precisava estar acordada, a Aiel não iria ficar à toa.

Aviendha acordou sobressaltada, procurando a faca que repousava em cima da mesinha na lateral da cama. Antes que chegasse a pegar no cabo escuro de chifre, baixou a mão.

— Alguma coisa me acordou — resmungou. — Pensei que um Shaido estivesse... Olhe o sol! Por que me deixaram dormir tanto? — questionou, dando um pinote da cama. — Só porque posso ficar com você — as palavras ficaram abafadas por alguns instantes enquanto ela passava a camisola amarrotada durante o sono pela cabeça — não significa que Monaelle não vai me açoitar se achar que estou sendo preguiçosa. Você pretende passar o dia deitada aí?

Com um gemido, Elayne saiu da cama. Essande já esperava por ela junto à porta do trocador. A mulher nunca a acordava, a menos que a própria Elayne se lembrasse de ordenar isso. Ela acabou se rendendo ao auxílio quase silencioso da mulher de cabelo branco enquanto Aviendha se vestia sozinha, mas, para compensar o silêncio da criada, sua irmã ria e tagarelava sobre como ter alguém para vesti-la devia ser como voltar a ser bebê e como Elayne poderia acabar desaprendendo a colocar as próprias roupas a ponto de *precisar* da ajuda de alguém. Ela havia feito basicamente a mesma coisa todas as manhãs desde que as duas passaram a dividir a cama. Aviendha achava engraçadíssimo. Elayne não disse uma palavra, exceto para opinar sobre as sugestões de roupa de sua criada, até o último botão de madrepérola estar fechado e ela se olhar no espelho.

— Essande — disse, então, num tom casual —, as roupas de Aviendha estão prontas?

A bela lã azul com um discreto bordado prateado cairia bem para a tarefa daquele dia.

O semblante de Essande se iluminou.

— Todas as lindas sedas e rendas de Lady Aviendha, milady? Ah, sim. Estão todas escovadas, limpas, passadas e guardadas. — Ela gesticulou para os armários enfileirados em uma das paredes.

Elayne se virou para a irmã com um sorriso. Aviendha olhou para os guarda-roupas como se abrigassem víboras e, em seguida, engoliu em seco e tratou logo de terminar de enrolar o lenço escuro dobrado na cabeça.

Quando Elayne já havia dispensado Essande, ela disse:

— Caso você precise.

— Muito bem — resmungou Aviendha, pondo o colar de prata. — Chega de piadas sobre mulheres vestindo você.

— Ótimo, senão vou mandá-la começar a vestir *você*. Isso, *sim*, seria divertido.

Resmungando que algumas pessoas não sabiam aceitar brincadeiras, Aviendha claramente não concordava. Elayne meio que esperava que a irmã exigisse que todas as roupas que havia adquirido fossem descartadas, então ficou um pouco surpresa pela Aiel já não ter cuidado disso.

Para Aviendha, o café da manhã servido no trocador consistia de presunto curado com uvas-passas, ovos cozidos com ameixas secas, peixe seco preparado com pinhão, pão fresco besuntado de manteiga e chá bem meloso por conta do mel. Bem, não exatamente meloso, mas era o que parecia. Elayne comeu seu pão sem manteiga, pôs muito pouco mel no chá e, em vez das outras opções, tomou um mingau quente de grãos e ervas que deveria ser muito saudável. Não se sentia grávida, a despeito do que Min tivesse dito a Aviendha, mas Min também havia contado para Birgitte quando as três começaram a ficar bêbadas. Entre sua Guardiã, Dyelin, e Reene Harfor, ela agora se via limitada a uma dieta "adequada a uma mulher em sua condição". Se pedisse alguma guloseima das cozinhas, por algum motivo misterioso nunca chegava, e, se descesse até lá em pessoa, as cozinheiras lhe lançavam olhares de desaprovação tão desalentados que ela acabava voltando sem nada.

Não chegava a lamentar o vinho condimentado, os doces e as outras iguarias que não podia mais ingerir — não muito, pelo menos, exceto quando Aviendha se empanturrava de tortas ou pudins —, mas o Palácio *inteiro* sabia que ela estava grávida. E, claro, isso significava que todos sabiam como aquilo acontecera, ainda que não soubessem com quem. Os homens não eram o problema, tirando o fato de *saberem* e de ela *saber* que eles sabiam, mas as mulheres não se davam ao trabalho de esconder nada. Quer aceitassem, quer reprovassem a situação, metade olhava para ela como se fosse uma moleca e a outra metade com um quê de especulação. Obrigando-se a engolir o mingau — que no fim das contas nem era tão ruim assim, embora ela preferisse provar o presunto que Aviendha estava fatiando ou um pouco dos ovos com ameixas —, levando à boca as colheradas da papa encaroçada, Elayne já quase ansiava o período de enjoos da gravidez para compartilhar com Birgitte a sensação de barriga embrulhada.

Depois de Essande, o primeiro visitante a adentrar seus aposentos naquela manhã foi o principal candidato, para as mulheres do palácio, a ser o pai do seu bebê recém-concebido.

— Minha Rainha — saudou o Capitão Mellar, tirando o chapéu emplumado numa mesura cheia de floreios. — O Secretário-Chefe aguarda o bel-prazer de Sua Majestade.

Os olhos escuros e imperturbáveis do capitão sinalizavam que ele jamais sonharia com os homens que matou, e a faixa com bordas rendadas em torno do peito e as rendas no pescoço e nos pulsos só endureciam ainda mais sua aparência. Limpando a gordura do queixo com um lenço de linho, Aviendha observou-o, indiferente. As duas Guardas de pé em cada lado das portas fizeram uma careta sutil. Mellar já tinha a fama de beliscar os traseiros das Guardas, pelo menos das mais bonitas, sem falar que depreciava suas habilidades pelas tavernas da cidade. Aos olhos delas, essa segunda parte era bem pior.

— Ainda não sou rainha, Capitão — respondeu Elayne num tom brusco. Sempre tentava ser o mais direta que podia com o sujeito. — Como anda o recrutamento para minha guarda pessoal?

— Só trinta e duas até agora, milady. — Ainda segurando o chapéu, o homem com cara de machadinha pousou as mãos no cabo da espada, sua postura relaxada não muito adequada à presença de quem ele chamara de sua rainha. O sorrisinho também não. — Lady Birgitte tem padrões bem precisos. Poucas se enquadram neles. Me dê dez dias, e consigo encontrar cem homens que não só serão melhores que elas, como terão você no coração com tanto apreço quanto eu.

— Acho que não, Capitão Mellar. — Ela precisou se esforçar para controlar a frieza no tom de voz.

Era impossível que ele não tivesse escutado os boatos sobre os dois. Será que pensaria que, só porque ela não os negara, talvez o achasse... atraente? Afastando a tigela parcialmente vazia de mingau, ela conteve um calafrio. Trinta e duas até o momento? Os números vinham crescendo depressa. Parte das Caçadoras da Trombeta que estiveram demandando uma patente tinham decidido que servir na guarda pessoal de Elayne lhes conferia certo prestígio. Ela admitia que as mulheres não poderiam estar todas de serviço dia e noite, mas, a despeito do que Birgitte argumentasse, a meta de cem parecia excessiva, só que a arqueira se recusava a dar o braço a torcer a qualquer sugestão de menos que isso.

— Por favor, diga ao Secretário-Chefe que ele pode entrar — ordenou ela.

O sujeito dedicou-lhe uma segunda mesura elaborada.

Ela se levantou para ir junto e, enquanto ele abria uma das portas com entalhes de leão, pôs a mão em seu braço e sorriu.

— Mais uma vez, obrigada por salvar minha vida, Capitão — agradeceu, dessa vez quase uma carícia de tão afetuosa.

O camarada devolveu-lhe um sorriso cheio de malícia! As Guardas mantiveram o olhar fixo à frente, paralisadas, tanto as que ela conseguiu ver no corredor lá fora antes que ele fechasse as portas quanto as que estavam dentro, e, quando Elayne se virou, Aviendha a encarava com um pouco mais de expressividade do que demonstrara a Mellar, mas esse quê a mais era de puro espanto. Elayne suspirou.

Ela atravessou os carpetes, se curvou para abraçar a irmã e falou baixinho, para ninguém mais ouvir. Confiava às suas guarda-costas até os assuntos mais seletos, mas havia determinadas questões que não ousava contar nem para elas.

— Vi uma criada passando, Aviendha. Criadas fuxicam mais que homens. Quanto mais delas acharem que esse bebê é de Doilin Mellar, mais seguro será. Se for preciso, vou deixar o sujeito beliscar meu traseiro.

— Entendi — disse Aviendha devagar, então franziu o cenho para seu prato como se visse algo além dos ovos e das ameixas que começou a afastar com a colher.

Mestre Norry apresentou sua habitual mistura da manutenção mundana do Palácio e da cidade, fofocas oriundas dos seus correspondentes em capitais estrangeiras e informações colhidas de mercadores, banqueiros e outros com conexões além das fronteiras, mas a primeira novidade que contou foi, de longe, a mais importante para ela, se não a mais interessante.

— Os dois banqueiros mais proeminentes da cidade estão... receptivos, milady — anunciou ele com aquela sua voz seca como poeira. Agarrando a pasta de couro junto ao peito estreito, olhou de esguelha para Aviendha. Ainda não estava acostumado com a presença da Aiel enquanto repassava seus informes. Nem com as Guardas. Aviendha lhe mostrou os dentes, ao que ele pestanejou e depois tossiu na mão ossuda. — Mestre Hoffley e Senhora Andscale ficaram um tanto... hesitantes... de início, mas conhecem o mercado de alume tão bem quanto eu. Não seria seguro afirmar que os cofres deles agora são seus, mas consegui fazer com que vinte mil coroas de ouro sejam transferidas para o tesouro do Palácio, e ainda virá mais, se for preciso.

— Informe Lady Birgitte — disse-lhe Elayne, disfarçando seu alívio. Birgitte ainda não contratara novos Guardas em quantidade suficiente para defender uma cidade do tamanho de Caemlyn, menos ainda para fazer qualquer outra coisa, mas Elayne não tinha como contar com qualquer lucro de suas propriedades antes da primavera, e os mercenários eram *caros*. Com isso, ela não os perderia por falta de ouro antes que Birgitte recrutasse homens para substituí-los. — O que mais, Mestre Norry?

— Receio que as costureiras devam ser encaradas como prioridade máxima, milady. Os ratos estão procriando como se já fosse primavera e...

Ele foi misturando tudo de acordo com o que julgava mais urgente. Norry dava a impressão de encarar como um fracasso pessoal ainda não ter descoberto quem havia libertado Elenia e Naean, embora tivesse se passado menos de uma semana do resgate. O preço dos grãos vinha subindo de maneira exorbitante, bem como o de todos os outros tipos de produtos alimentícios, e já era bem visível que os reparos no telhado do Palácio demorariam mais e seus custos superariam as estimativas iniciais dos pedreiros, mas os alimentos sempre encareciam conforme o inverno avançava e as obras sempre custavam mais do que o estipulado no início. Norry admitiu que sua última correspondência de Nova Braem já datava de vários dias atrás, mas os nativos das Terras da Fronteira pareciam contentes em ficar onde estavam, o que ele não conseguia entender. Qualquer exército, mais ainda um tão grande quanto se dizia que esse era, a esta altura deveria estar devastando a área rural à sua volta. Elayne também não entendia o motivo, mas estava contente que fosse assim. Por enquanto. Pelo menos os boatos em Cairhien de Aes Sedai jurando lealdade a Rand justificavam a apreensão de Egwene, apesar de parecer pouco provável que qualquer irmã fosse realmente se prestar a algo do tipo. Pelas estimativas de Norry, essa era a notícia menos importante, mas não para ela. Rand não podia se dar ao luxo de se indispor com as irmãs que estavam com Egwene. Ele não podia se dar ao luxo de se indispor com Aes Sedai *nenhuma*, mas sempre parecia encontrar maneiras de fazer isso.

Reene Harfor não tardou em substituir Halwin Norry, meneando com a cabeça para as guarda-costas junto à porta ao passar e abrindo um sorriso para Aviendha. Se algum dia a mulher grisalha e rechonchuda ficara encucada a respeito de Elayne chamar Aviendha de irmã, nunca havia demonstrado, e, a esta altura, dava a impressão genuína de aprovar. Com ou sem sorrisos, contudo, seu informe foi muito mais sombrio que qualquer novidade do Secretário-Chefe.

— Jon Skellit está sendo pago pela Casa Arawn, milady — disse Reene, seu rosto redondo com a severidade de um carrasco. — Ele já foi visto duas vezes recebendo uma bolsa de homens que se sabe que apoiam Arawn. E não há dúvida de que Ester Norham está recebendo moedas de alguém. Ela não está roubando, mas tem mais de cinquenta coroas de ouro escondidas debaixo de uma tábua solta do assoalho e acrescentou mais dez coroas ontem à noite.

— Faça como fez com os outros — ordenou Elayne, triste.

Até o momento, a Criada-Chefe havia desmascarado nove espiões dos quais tinha certeza, quatro deles empregados por pessoas que Reene ainda não fora capaz de descobrir. Que ela tivesse encontrado um único já era o suficiente para enfurecer Elayne, mas o barbeiro e a cabeleireira eram algo a mais. Ambos estiveram a serviço de sua mãe. Pena que não tinham decidido transferir sua lealdade à filha de Morgase.

Aviendha fez uma careta quando a Senhora Harfor murmurou que o faria, mas que não havia por que dispensar os espiões, nem matar, como Aviendha sugerira. Seriam simplesmente substituídos por espiões que ela desconhecia. *Espiões só são armas do seu inimigo até você saber quem são,* dissera sua mãe, *quando então passam a ser sua arma. Quando descobrir um espião,* Thom lhe ensinara, *agasalhe-o bem e o alimente com uma colher.* Os homens e mulheres que haviam traído seu serviço teriam "permissão" para descobrir o que Elayne queria, nem tudo verdade, como o número de soldados que Birgitte recrutara.

— E a outra questão, Senhora Harfor?

— Nada ainda, milady, mas tenho esperança — respondeu Reene, ainda mais soturna do que antes. — Tenho esperança.

Após a Criada-Chefe se retirar, entraram duas delegações de mercadores, primeiro um grupo grande de kandorianos com brincos cravejados de gemas e correntes de guilda prateadas penduradas ao longo do peito, e depois, logo atrás deles, meia dúzia de illianenses apenas com detalhes bordados dando alguma cor a casacos e vestidos totalmente sóbrios. Elayne usou uma das salas de recepção menores. As tapeçarias que flanqueavam a lareira de mármore ilustravam cenas de caçada, não o Leão Branco, e os painéis polidos de madeira das paredes não possuíam entalhes. Tratava-se de mercadores, não de diplomatas, embora alguns tenham dado a impressão de se sentir esnobados por ela lhes oferecer apenas vinho e não ter bebido com eles. Kandorianos ou illianenses, também ficaram olhando de soslaio para as duas Guardas que a acompanharam aposento adentro e se postaram ao lado da porta, ainda que, se a esta altura ainda não tivessem ouvido as histórias sobre um atentado contra ela, deviam ser surdos. Outras seis guarda-costas aguardavam junto à porta no lado de fora.

Os kandorianos analisavam Aviendha furtivamente sempre que não estavam ouvindo Elayne com atenção, e os illianenses evitavam até mesmo voltar sua atenção para ela após o primeiro arregalar surpreso de olhos. Não restava dúvida de que compreendiam quão significativo era uma Aiel estar ali presente, ainda que estivesse apenas sentada em um canto do chão sem dar um pio, mas, fossem eles kandorianos ou illianenses, os mercadores queriam a mesma coisa: novas garantias de que Elayne não iria irritar o Dragão Renascido a ponto de ele interferir no comércio ao despachar seus exércitos e seus Aiel para assolar Andor, ainda que não tenham dito isso em voz alta. Como também não mencionaram que tanto os Aiel quanto a Legião do Dragão possuíam grandes acampamentos a não muitas milhas de Caemlyn. Suas perguntas educadas a respeito dos planos dela depois da remoção dos estandartes do Dragão e dos Estandartes da Luz da cidade já bastavam. Elayne disse a eles o que dizia a todo mundo: que Andor se aliaria ao Dragão Renascido, mas não havia sido conquistada. Em troca, eles ofereceram votos vagos pelo seu bem-estar, sugerindo que apoiavam de todo o coração sua reivindicação ao Trono do Leão sem chegar a afirmar isso. Afinal de contas, caso ela fracassasse, todos ali iriam querer ser bem-vindos em Andor sob o comando de quem quer que conquistasse a coroa.

Quando os illianenses fizeram suas reverências e mesuras e partiram, ela fechou os olhos por alguns instantes e esfregou as têmporas. Ainda tinha uma reunião com uma delegação de vidreiros antes da refeição do meio-dia e outras cinco com mercadores e artesãos mais tarde. Um dia bem ocupado, cheio de ambiguidades e banalidades em meias-palavras. E, com Nynaeve e Merilille ausentes, à noite seria de novo sua vez de dar lições às Chamadoras de Ventos, uma experiência menos agradável, na melhor das hipóteses, do que a pior reunião com mercadores. E talvez isso desse a ela um pouco de tempo para estudar o *ter'angreal* que haviam trazido de Ebou Dar antes de desabar de sono. Era constrangedor quando Aviendha precisava quase carregá-la até a cama, mas ela não tinha como evitar. Havia coisas demais para serem feitas e tempo de menos para tal ao longo de um dia.

Faltava quase uma hora para o encontro com os vidreiros, mas Aviendha refutou impiedosamente sua sugestão de dar uma olhada nas coisas de Ebou Dar.

— Birgitte tem conversado com você? — quis saber Elayne quando sua irmã só faltava arrastá-la para subir um lance de escadas estreito de pedra.

Quatro Guardas iam à frente e as outras vinham atrás, ignorando voluntariamente o que se passava entre ela e a Aiel, embora ela acreditasse que Rasoria Domanche, uma Caçadora da Trombeta atarracada de olhos azuis e cabelo louro, algo raro em tairenos, tivesse um sorrisinho no rosto.

— Será que eu preciso que ela me diga que você passa horas demais trancada e que dorme muito pouco? — retrucou Aviendha, desdenhando. — Você precisa de ar fresco.

O ar na colunata alta por certo era fresco. E frio, apesar do sol lá em cima num céu cinzento. Uma brisa gelada soprava em volta das colunas lisas, e as Guardas de prontidão para protegê-la dos pombos tiveram de segurar seus chapéus emplumados. Sem juízo, Elayne se negava a ignorar o frio.

— Dyelin falou com você — reclamou, tremendo.

Dyelin afirmava que uma mulher grávida necessitava de longas caminhadas todos os dias. Ela não perdera tempo em lembrar Elayne de que, Filha-herdeira ou não, naquele momento ela era de fato apenas o Grão-trono da Casa Trakand, e se o Grão-trono de Trakand quisesse conversar com o Grão-trono de Taravin, Elayne poderia fazer isso caminhando a passos pesados para cima e para baixo pelos corredores do Palácio.

— Monaelle teve sete gestações — retrucou Aviendha. — Ela diz que eu preciso fazer você tomar ar fresco. — Apesar de não ter nada além do xale lhe cobrindo os ombros, ela não dava nenhum sinal de estar sentindo o vento. Mas os Aiel eram tão bons quanto as irmãs em ignorar os elementos. Envolvendo o corpo com os braços, Elayne fez uma cara feia. — Não fique emburrada, irmã

— disse Aviendha. Ela apontou para um dos pátios do estábulo lá embaixo, que mal se podia enxergar além dos telhados de telhas brancas. — Veja, Reanne Corly já está verificando se Merilille Ceandevin está voltando. — O familiar rasgo vertical de luz apareceu no pátio do estábulo e girou formando um buraco no ar de dez pés de altura e outros tantos de largura.

Elayne ficou olhando feio para a cabeça de Reanne. Ela *não* estava emburrada. Talvez não devesse ter ensinado a mulher a Viajar, já que a Comadre ainda não era Aes Sedai, mas nenhuma das outras irmãs era forte o bastante para fazer a tessitura funcionar, e, se as Chamadoras de Ventos tinham permissão para aprender, no seu ponto de vista, as poucas Comadres que eram capazes também deveriam ter. Além do mais, ela não tinha como fazer tudo sozinha. Luz, será que o inverno havia sido tão gélido assim antes de ela aprender a impedir que o calor e o frio a afetassem?

Para sua surpresa, Merilille atravessou o portão montada em seu cavalo, espanando a neve do manto escuro com forro de pele, seguida pelos Guardas de elmo na cabeça que tinham sido despachados com ela sete dias antes. Foram Zaida e as Chamadoras de Ventos que demonstraram o maior desagrado em relação ao sumiço dela, para dizer o mínimo, mas a Cinza tratara de aproveitar a chance de fugir delas pelo tempo que fosse. Havia sido necessário procurar por ela todos os dias, abrindo um portão para o mesmo local, mas Elayne ainda não a esperara de volta por pelo menos uma semana. Quando o último dos dez Guardas de manto vermelho adentrou o estábulo, a irmã Cinza pequenina e esbelta desceu da sela, entregou as rédeas a um cavalariço e entrou apressada no Palácio, quase atropelando a mulher da estrebaria, que mal teve tempo de sair da frente.

— Eu *estou* aproveitando o ar fresco — rebateu Elayne, mal conseguindo deixar de bater os dentes —, mas, se Merilille tiver voltado, preciso descer.

Aviendha ergueu a sobrancelha como quem suspeitava daquela evasiva, mas foi a primeira a partir em direção às escadas. O retorno de Merilille era importante, e, pela pressa, ou trazia notícias ótimas, ou péssimas.

Quando Elayne e sua irmã adentraram sua sala de estar — trazendo em seu encalço, claro, duas Guardas que pararam logo ao lado das portas —, Merilille já estava lá. Seu manto com partes molhadas repousava sobre o encosto de uma cadeira, as luvas de cavalgada cinza-claro já estavam enfiadas por trás do cinto, e seu cabelo negro teria aceitado de bom grado uma escova. Com olheiras marcando os olhos escuros, o rosto pálido de Merilille aparentava o mesmo cansaço que acometia Elayne.

Mesmo tendo subido com tamanha rapidez desde o estábulo, a mulher não estava sozinha. Birgitte, com o cenho franzido e um ar pensativo, encontrava-se de pé com uma das mãos apoiada na cornija entalhada acima da lareira. A outra segurava firme a comprida trança loura quase ao estilo de Nynaeve. Estava trajando calças volumosas verde-escuras com seu casaco vermelho curto, uma combinação de doer os olhos. E o Capitão Mellar fez uma reverência elaborada a Elayne, acenando a esmo seu chapéu de plumas brancas. Não tinha o que fazer ali, mas ela o deixou ficar e até lhe abriu um sorriso bastante caloroso. *Bastante* caloroso.

A criada jovem e gorda que acabara de depositar uma bandeja grande de prata em um dos aparadores piscou várias vezes e arregalou os olhos para Mellar, esquecendo-se por um momento de fazer sua mesura na hora de sair. Elayne sustentou o sorriso até a porta se fechar. Estava disposta a fazer o que fosse para proteger seu bebê. Havia vinho quente condimentado na bandeja de vime para todos os demais, e chá aguado para ela. Bem, pelo menos a bebida estava quente.

— Tive muita sorte. — Merilille suspirou uma vez que se sentou, disparando uma olhadela desconfiada para Mellar por cima do copo de vinho. Conhecia a história sobre ele ter salvado a vida de Elayne, mas tinha partido antes de os boatos começarem. — Acabou que Reanne tinha aberto o portão a menos de cinco milhas dos nativos das Terras da Fronteira. Eles não arredaram o pé desde que chegaram. — Ela franziu o rosto. — Se não fosse o clima, o fedor das latrinas e de esterco de cavalo seria insuportável. Você tinha razão, Elayne. Todos os quatro governantes estão lá, em quatro acampamentos distantes poucas milhas um do outro. Cada qual com um exército. Encontrei os shienaranos no primeiro dia e passei a maior parte do meu tempo desde então conversando com Easar de Shienar e com os outros três. Nos reunimos cada dia num acampamento diferente.

— Você também dedicou um pouco do seu tempo para observar, espero — pontuou Birgitte em tom respeitoso diante da lareira. Respeitava todas as Aes Sedai, exceto aquelas com quem tinha um elo. — Quantos são?

— Não creio que você tenha um número preciso — intrometeu-se Mellar, soando como quem não esperava outra coisa. E dessa vez seu rosto fino não ostentava um sorriso. Com uma espiadela em seu vinho, deu de ombros. — Mas o que quer que você tenha visto pode ter algum valor. Se forem muito numerosos, podem até morrer de fome antes que tenham como ameaçar Caemlyn. Sem água e forragem, o maior exército do mundo não passa de cadáveres ambulantes. — Ele gargalhou.

Birgitte fitou-lhe pelas costas com um semblante sombrio, mas Elayne gesticulou com a mão discretamente para as outras mulheres permanecerem caladas.

— Eles não têm comida de sobra, Capitão — informou Merilille com frieza, sentando-se mais ereta, a despeito do evidente cansaço —, mas tampouco estão passando fome. Eu recomendaria não contar com a inanição para derrotá-los, caso cheguemos a esse ponto. — Depois de um intervalo curto longe do Povo do Mar, seus olhões já não pareciam mais o tempo todo assustados, e, apesar de sua compostura mansa de Aes Sedai, estava claro que a mulher havia decidido desgostar de Doilin Mellar independentemente de quem ele tivesse salvado. — Quanto ao efetivo, algo acima de duzentos mil, eu diria, e duvido muito que qualquer um além dos seus próprios oficiais possa ser mais preciso que isso. Fome à parte, são muitíssimas espadas.

Mellar deu de ombros de novo, sem se deixar perturbar por olhares de Aes Sedai.

A irmã Cinza esguia não voltou a olhar para o sujeito, mas também não deixou claro que o ignorava, simplesmente o tratou como parte da mobília ao prosseguir:

— Há pelo menos dez irmãs com eles, Elayne, embora tenham se esforçado muito para esconder isso. Nenhuma delas seguidora de Egwene, eu diria, apesar de também não precisarem ser partidárias de Elaida. Receio que um bom número de irmãs pareça ter optado por se manter alheio até os problemas da Torre serem solucionados. — Ela tornou a suspirar, talvez não de cansaço dessa vez.

Elayne fez uma careta e pôs a xícara de lado. As cozinhas não haviam mandado mel, e ela realmente não gostava de chá amargo.

— E querem o quê, Merilille? Os governantes, não as irmãs. — Dez irmãs tornavam esse exército dez vezes mais perigoso, em especial para Rand. Ou melhor, para quem quer que fosse. — Eles não estão lá sentados na neve esse tempo todo só por puro prazer.

A Cinza estendeu ligeiramente as mãos finas.

— A longo prazo... só posso fazer suposições. A curto, querem se encontrar com você, e o mais rápido possível. Eles mandaram cavaleiros para Caemlyn quando chegaram em Nova Braem, mas, nesta época do ano, pode levar mais uma semana, quem sabe até mais, para estarem aqui. Tenobia de Saldaea deixou escapar, ou fingiu deixar escapar, que eles sabem que você tem alguma conexão, ou no mínimo bastante intimidade, com certa pessoa por quem eles também parecem ter interesse. De alguma forma, eles sabem que você esteve presente em Falme quando determinados fatos ocorreram. — Confuso, Mellar franziu o cenho, mas ninguém esclareceu nada. — Não revelei nada sobre Viajar por conta dessas irmãs, mas ressaltei que poderia voltar com uma resposta em pouquíssimo tempo.

Elayne trocou olhares com Birgitte, que também deu de ombros, embora, nesse caso, nem por indiferença nem por desdém. O maior entrave das esperanças de Elayne de usar os nativos das Terras da Fronteira para influenciar seus oponentes ao trono havia sido o desafio de Birgitte abordar governantes em exercício sendo apenas o Grão-trono de Trakand e a Filha-herdeira de uma rainha morta. Esse dar de ombros indicava que ela devia agradecer pelo entrave ter se desfeito, só que Elayne se perguntava como aquela gente das Terras da Fronteira tinha ficado sabendo do que pouquíssimos sabiam. E, se eles tinham esse conhecimento, quantos mais também tinham? Ela *ia* proteger o bebê em sua barriga.

— Você estaria disposta a voltar imediatamente, Merilille? — indagou. A outra irmã reagiu com vivacidade e com um sutil brilho no olhar que sugeria que ela suportaria todo o fedor do mundo para protelar um pouco mais voltar para as Chamadoras de Ventos. — Então nós vamos juntas. Se o que querem é encontrar logo comigo, veremos se hoje é logo o bastante para eles.

Não seriam tolos de procrastinar. E ela não deixaria nada ameaçar seu bebê. Nada!

Capítulo 27

Para a surpresa de rainhas e reis

Claro que não bastaria simplesmente dizer que ela iria. Não podia ser tão simples.

— Não é inteligente, irmã — opinou Aviendha num tom soturno enquanto Merilille saía apressada para se assear.

Entrava apressada, na verdade, já que a Cinza se mostrava alerta em relação ao Povo do Mar antes de chegar às portas da sala de estar. Quando uma irmã da posição de Elayne a mandava ir, Merilille ia. Com os braços cruzados e o xale enrolado no corpo deixando-a muito parecida com uma Sábia, Aviendha ficou parada por cima de Elayne, que estava sentada diante de sua escrivaninha.

— Não é nem um pouco inteligente.

— Inteligente? — rosnou Birgitte, os pés afastados e os punhos cravados na cintura. — Inteligente? A garota não saberia o que é inteligente nem se a inteligência mordesse o nariz dela! Por que essa pressa? Deixe Merilille fazer o que Cinzas fazem, marcar uma conversa para daqui a alguns dias ou uma semana. Rainhas odeiam ser pegas de surpresa, e reis abominam. Acredite em mim, eu sei por experiência própria. Eles nunca deixam barato. — O elo de Guardiã espelhava sua raiva e frustração.

— Eu *quero* pegá-los de surpresa, Birgitte. Isso pode me ajudar a descobrir quanto eles sabem a meu respeito. — Com uma careta, Elayne empurrou para longe a página rasurada e pegou outra folha na caixa de papéis de jacarandá incrustado.

As notícias de Merilille fizeram seu cansaço ir embora, mas escrever com uma caligrafia firme e legível se mostrava difícil. A escolha de palavras também precisava ser correta. Não era para ser uma carta da Filha-herdeira de Andor, mas de Elayne Trakand, Aes Sedai da Ajah Verde. Eles tinham de ver o que ela queria que vissem.

— Tente colocar algum juízo nessa cabeça dela, Aviendha — resmungou Birgitte. — Se não tiver jeito, melhor eu ver se consigo me virar para arrumar uma flamante de uma escolta adequada.

— Nada de escolta, Birgitte. Só vai você. Uma Aes Sedai e sua Guardiã. E Aviendha, é claro. — Elayne fez uma pausa na carta para sorrir para sua irmã, que não retribuiu.

— Conheço sua coragem, Elayne — disse Aviendha. — Admiro sua coragem, mas até os *Sha'mad Conde* sabem quando devem ser cautelosos! — *Ela* falando de cautela? Aviendha não saberia o que era cautela nem se... bem... nem se a cautela mordesse o nariz dela!

— Uma Aes Sedai e sua Guardiã? — exclamou Birgitte. — Eu já falei: você não pode mais sair correndo em busca de aventuras!

— Nada de escolta — reiterou Elayne com convicção, mergulhando a caneta para tentar de novo. — Isso não é uma aventura, é só o que deve ser feito.

Com um gesto de impaciência, Birgitte grunhiu vários xingamentos, mas nenhum que Elayne ainda não tivesse ouvido.

Para sua surpresa, Mellar não se opôs a ficar para trás. Um encontro com quatro governantes não teria como ser tão tedioso quanto se reunir com mercadores, mas, já que ela não precisava dele, o homem pediu permissão para ir cumprir suas obrigações, o que a deixou contente. Um Capitão da Guarda Real faria com que os nativos das Terras da Fronteira a enxergassem como Filha-herdeira antes do que ela desejava. Sem falar que Mellar poderia decidir lhe lançar olhares lascivos.

Entretanto, não se via a indiferença do Capitão Mellar nas demais integrantes de sua guarda pessoal. Ao que parecia, uma das Guardas saiu correndo na direção de Caseille só porque a alta arafeliana havia entrado a passos largos na sala de estar enquanto Elayne ainda estava escrevendo e exigido escoltá-la com todas as guarda-costas. Foi preciso que Birgitte, por fim, ordenasse que a mulher parasse de protestar.

Pela primeira vez, Birgitte deu a impressão de reconhecer que Elayne não seria dobrada e saiu com Caseille para trocar de roupa. Bem, saiu batendo os pés, praguejando e fechando a porta com uma pancada sonora, mas pelo menos partiu. Seria de imaginar que ficaria feliz pela chance de tirar o casaco de Capitã-General, mas o elo poderia muito bem ser só um eco dos seus palavrões. Aviendha não xingou, mas continuou com as reprimendas. Porém, tudo agora tinha que ser providenciado em meio a um turbilhão tão grande que Elayne tinha uma desculpa para ignorá-las.

Essande foi convocada e começou a separar vestimentas apropriadas, enquanto Elayne comia às pressas, e mais cedo, sua refeição do meio-dia. Não havia mandado vir nada, mas Aviendha cuidara disso. Ao que parecia, Monaelle avisara que pular refeições fazia tão mal quanto comer demais. Informada de que teria de dar conta dos vidreiros e também das outras delegações, a Senhora Harfor fez uma ligeira careta mesmo enquanto inclinava a cabeça em anuência. Antes de ir, anunciou que tinha adquirido cabras para o Palácio. Elayne precisava tomar leite de cabra, e não era pouco. Careane chiou ao descobrir que seria a responsável por ensinar as Chamadoras de Ventos à noite, mas pelo menos não fez nenhum comentário sobre sua dieta. Na verdade, Elayne esperava estar de volta ao Palácio ao anoitecer, mas também esperava estar tão exausta quanto se já tivesse dado essa aula. Vandene tampouco ofereceu qualquer conselho, não desse tipo. Elayne estudara as nações da fronteira com a Praga com todas as outras como parte de sua educação e discutira suas intenções com a Verde de cabelo branco, que conhecia bem as Terras da Fronteira, mas teria apreciado demais levar Vandene consigo. Alguém que já tivesse de fato morado naquelas terras poderia captar nuances que lhe escapassem, mas ela não ousou fazer mais do que algumas últimas perguntas rápidas enquanto Essande a vestia só para se reconfortar quanto a questões sobre as quais Vandene já lhe explicara. Não que precisasse desse reconforto, ela percebeu. Elayne se sentia tão focada quanto Birgitte ao sacar um arco.

Por fim, Reanne teve de ser trazida de onde estava para que se tentasse convencer mais uma vez uma antiga *sul'dam* de que ela também era capaz de canalizar. A mulher vinha fazendo aquela mesma tessitura no estábulo todos os dias desde a primeira ocasião destinada a mandar Merilille e podia abri-la sem nenhuma dificuldade no mesmo ponto da Floresta de Braem. Não havia mapas daquela área no Palácio que fossem bons o bastante para Merilille marcar com exatidão as posições dos acampamentos, e, se Elayne ou Aviendha tecessem o portão, podia ser que ele se abrisse a dez milhas dali ou até mais longe do que a pequena clareira que Reanne conhecia. Já havia parado de nevar na Floresta de Braem quando a Cinza retornou, mas, ainda assim, dez milhas de neve fresca poderiam significar, na melhor das hipóteses, duas horas a mais. Elayne queria resolver aquilo logo. Rapidez. Todos tinham de se mover com rapidez.

O Povo do Mar devia ter notado o burburinho que tomava conta do Palácio, Guardas passavam apressados transportando mensagens e indo buscar essa ou aquela pessoa, mas Elayne reforçou que nada deveria ser dito a elas. Supondo que Zaida decidisse ir junto, ela era capaz de mandar uma das Chamadoras de Ventos abrir um portão exclusivo caso Elayne se negasse a aceitá-la, e a Mestra das Ondas era uma complicação a ser evitada. A mulher já se comportava como se tivesse os mesmos direitos que a própria Elayne dentro do Palácio. Tentativas de Zaida de tiranizar certamente poderiam acabar com tudo, tanto quanto os olhares lascivos de Mellar.

Apressar-se parecia algo além da capacidade de Essande, mas todas as demais estavam voando, e, quando o sol se encontrava em seu ponto mais alto, Elayne já se via conduzindo Coração de Fogo bem devagar em meio à neve da Floresta de Braem, perto de cinquenta léguas ao norte de Caemlyn em linha reta, como apenas um ganso selvagem poderia fazer, mas só um passo portão adentro, penetrando na densa floresta de pinheiros, folhas-de-couro e carvalhos altos misturados com árvores de galhos acinzentados que haviam perdido sua folhagem. Em alguns pontos, abria-se um prado amplo com um tapete de neve, imaculada exceto pelas pegadas do cavalo de Merilille, que fora despachada com a carta uma hora antes, para chegar aos nativos das Terras da Fronteira sem Elayne, Aviendha e Birgitte. A estrada de Caemlyn a Nova Braem ficava algumas milhas a oeste. Ali onde se encontravam, poderiam estar a mil léguas de qualquer habitação humana.

Elayne se vestiu como quem escolhia uma armadura. Seu manto tinha forro de pele de marta para aquecer apesar da maciez, só que a matéria-prima era uma lã verde-escura, grossa ainda que macia, e o vestido de cavalgada era de seda verde sem adornos. Até as luvas de cavalgada bem justas eram de um couro verde-escuro simples. A menos que espadas fossem desembainhadas, aquela era a armadura com que uma Aes Sedai encontrava governantes. A única joia visível era um brochinho âmbar em formato de tartaruga, e, se alguém achasse aquilo pitoresco, paciência. Um exército de nativos das Terras da Fronteira estava acima de qualquer armadilha que um dos seus rivais pudesse armar, ou até mesmo Elaida, mas aquelas dez irmãs — ou mais — podiam muito bem ser de Elaida. Elayne não iria se permitir ser empacotada e levada de volta para a Torre Branca.

— Podemos desistir disso sem incorrer em *toh*, Elayne. — Aviendha, sisuda, continuava trajando sua indumentária Aiel, com um único colar de prata e um pesado bracelete de marfim.

Seu baio atarracado era um palmo mais baixo que Coração de Fogo ou que Flecha, o cinzento esguio de Birgitte, e muito mais dócil no manejo, embora ela agora montasse com mais facilidade do que antes. Com meias-calças escuras só até os joelhos por conta da sela, ela até parecia com calor, não fosse o xale enrolado na cabeça. Ao contrário de Birgitte, ainda não desistira de suas tentativas de dissuadir Elayne.

— Surpreender, tudo bem, mas eles terão mais respeito se vierem encontrar você na metade do caminho.

— Não tenho como abandonar Merilille — argumentou Elayne, com uma paciência que não correspondia à realidade. Podia não estar mais exausta, porém também não estava particularmente renovada, muito menos pronta para aguentar aquela amolação. Só não queria perder a cabeça com Aviendha. — Ela se sentiria um tanto tola se levasse uma carta anunciando minha chegada e eu não aparecesse. Pior ainda, *eu* me sentiria uma tola.

— Melhor se sentir do que fazer papel de tola — rezingou Birgitte, não tão baixinho assim.

Seu manto escuro se derramava por detrás da sela, e a trança elaborada descia da abertura do capuz até quase a cintura. Puxar esse mesmo capuz só o suficiente para emoldurar o rosto foi sua única forma de ceder ao frio e às rajadas de vento que às vezes faziam a neve fresca revoar que nem penas. Ela não queria que nada lhe atrapalhasse a visão. A capa do estojo de sela do arco, cuja função era manter o cordame seco, pendia para baixo para que ela pudesse acessar a arma rapidamente. Ignorou a sugestão de levar uma espada com a mesma indignação que Aviendha responderia se Elayne lhe sugerisse usar uma. Birgitte conhecia o arco, mas dizia que podia até se cortar se tentasse sequer desembainhar uma espada. Ainda assim, seu casaco verde curto teria se camuflado bem com a floresta em outra época do ano, e, para assombro geral, suas calças folgadas eram da mesma cor. Estava ali como uma Guardiã, não como a Capitã-General da Guarda da Rainha, mesmo que não estivesse tão contente pelo título quanto poderia se esperar. O elo emanava tanta frustração quanto apreensão.

Elayne suspirou, a respiração formando uma névoa.

— Vocês duas sabem o que espero alcançar aqui. Sabem desde que tomei a decisão. Por que de repente passaram a me tratar como se eu fosse feita de vidro?

As duas se entreolharam, ignorando-a, uma aguardando a outra falar primeiro, e então, caladas, se viraram para a frente. Na hora, Elayne entendeu.

— Quando minha bebê nascer — continuou, seca —, vocês duas podem se candidatar para ser a ama de leite. — Isso se fosse uma menina. Se Min dissera algo, estava perdido nas memórias enevoadas pelo vinho que Aviendha e Birgitte tinham daquela noite. Talvez fosse melhor ter um menino primeiro para que ele desse início ao treinamento antes da chegada da irmã. Por outro lado, uma filha garantia a sucessão, enquanto um filho único seria posto de lado, e, por mais que ela quisesse ter mais de um, nada indicava que outro bebê viria. Que a Luz lhe desse a dádiva de ter mais filhos de Rand, mas ela tinha de ser prática. — Eu é que não preciso de amas de leite.

As bochechas bronzeadas de Aviendha ficaram ainda mais coradas de vergonha. A expressão de Birgitte não se alterou, mas o mesmo sentimento fluía pelo elo de Guardiã.

Elas cavalgavam devagar, seguindo os rastros de Merilille por quase duas horas, e Elayne já até imaginava que o acampamento mais próximo devia estar muito perto quando, de repente, Birgitte apontou para a frente.

— Shienaranos — disse ela, já afrouxando o arco dentro do estojo.

No elo, o estado de alerta sobrepujou a frustração e tudo mais que houvesse. Aviendha levou a mão ao cinto, confirmando que a faca estava lá.

Esperando por trás das árvores, ao lado do rastro de Merilille, homens e cavalos se mantinham tão inertes que Elayne quase pensou que se tratava de algum tipo de afloramento natural, até avistar os penachos curvos atípicos dos elmos. As montarias eram desprovidas de armaduras, como de costume entre os animais pesados dos shienaranos, mas os homens trajavam cotas e placas peitorais, além de trazerem espadas de cabo comprido às costas, espadas e clavas penduradas nos cintos e nas selas. Seus olhos escuros não piscavam. Um dos cavalos agitou a cauda, e só esse movimento já pareceu alarmante.

Um homem de rosto pontudo e voz rouca se pronunciou quando Elayne e as demais puxaram as rédeas bem à sua frente. O penacho no alto do elmo se assemelhava a duas asinhas estreitas.

— O Rei Easar lhe dá a garantia da sua segurança, Elayne Sedai, e eu acrescento a minha. Sou Kayen Yokata, Lorde de Fal Eisen, e que a Paz me abandone e a Praga consuma minha alma caso você ou qualquer acompanhante sua fique em perigo em nosso acampamento.

Não foi tão tranquilizador quanto Elayne poderia ter desejado. Todas aquelas garantias da sua segurança só deixavam claro que isso foi questionado, e talvez ainda fosse.

— Uma Aes Sedai precisa de garantias de shienaranos? — questionou ela, passando a pôr em prática um exercício de noviças para se acalmar e se dando conta de que não precisava. Muito esquisito. — Pode ir na frente, Lorde Kayen.

O homem só fez assentir e dar meia-volta com seu cavalo.

Parte dos shienaranos ficou espiando Aviendha sem expressão alguma, apenas reconhecendo uma Aiel, mas a maioria simplesmente tratou de seguir o lorde. Só o barulho dos cascos amassando a neve mais endurecida por baixo da fresca quebrava o silêncio da curta cavalgada. Elayne tinha razão: o acampamento shienarano estava pertíssimo. Poucos minutos depois, ela começou a ver sentinelas montadas cheias de armaduras, e, logo em seguida, estavam as três em meio aos shienaranos acampados.

Espalhado por entre as árvores, o acampamento dava a impressão de ser maior do que ela esperava. Em qualquer direção, tendas e fogueiras, fileiras de cavalos amarrados e filas de carroções se sucediam a perder de vista. Enquanto ela e a sua escolta passavam, soldados erguiam o rosto, curiosos, homens de rostos duros com a cabeça toda raspada, não fosse por um único tufo no topo que às vezes chegava a bater no ombro. Só uns poucos usavam qualquer parte de suas armaduras, mas tanto elas quanto as armas estavam sempre à mão. O cheiro não era tão ruim quanto Merilille havia descrito, embora Elayne pudesse identificar o odor distante de latrinas e esterco de cavalo disfarçado pelo aroma do que quer que estivesse fervendo em todas aquelas panelas. Ninguém aparentava estar faminto, ainda que muitos estivessem magros. Não se tratava da magreza da inanição, porém, eram apenas homens que nunca tiveram muita gordura no corpo. Elayne chegou a notar a ausência de espetos nas fogueiras. Seria mais difícil obter carne do que grãos, apesar de até os próprios grãos estarem em suprimento bastante baixo com o inverno já bem adiantado. Sopa de cevada não fortalecia um homem da mesma maneira que carne. Eles precisavam se deslocar logo. Lugar nenhum teria como suportar quatro exércitos desse tamanho por tanto tempo. Ela só tinha de garantir que eles fossem para a direção certa.

Claro que nem todos que ela avistava eram soldados de cabeça raspada, embora tivessem uma aparência quase tão dura quanto. Havia flecheiros confeccionando flechas, fabricantes de carroças trabalhando nos veículos, ferradores ferrando patas de cavalos, lavadeiras mexendo caldeirões fervilhantes, mulheres que poderiam ser costureiras ou esposas manuseando agulhas. Exércitos sempre traziam a tiracolo uma grande quantidade de pessoas, às vezes tantas quantas os próprios soldados. No entanto, Elayne não viu ninguém que poderia ser uma Aes Sedai. Era improvável que irmãs arregaçassem as mangas e manuseassem as esfregadeiras de madeira nos caldeirões de lavagem ou que vestissem lãs remendadas e ficassem sentadas cerzindo calças. Por que queriam continuar escondidas? Ela resistiu ao desejo de abraçar a Fonte, a agarrar *saidar* por meio do *angreal* de tartaruga preso em seu busto. Uma batalha por vez, e primeiro era preciso lutar por Andor.

Diante de uma tenda bem maior que as outras, de lona clara com um único pico comprido, Kayen desmontou e a ajudou a desmontar, mas hesitou na hora de fazer o mesmo com Birgitte e Aviendha. A arqueira resolveu o dilema descendo com suavidade e entregando as rédeas a um soldado de prontidão. Na vez de Aviendha, porém, ela quase caiu da sela. A Aiel tinha melhorado em cima do cavalo, mas montar e desmontar ainda era um desafio. Olhando em volta para ver se havia alguém rindo, ela alisou as saias frondosas e desenrolou o xale da cabeça para acomodá-lo em seus ombros. Birgitte ficou assistindo ao seu cavalo ser levado, desejando ter pegado o arco e a aljava da sela. Kayen abriu uma das abas da tenda e fez uma reverência.

Respirando fundo uma última vez para se acalmar, Elayne entrou à frente das outras duas. Não podia permitir que eles a vissem como uma suplicante. Ela não estava ali para implorar nem para se defender. *Às vezes,* ouvira de Gareth Bryne quando ainda era criança, *você se vê em menor número e sem caminho para escapulir. Sempre faça o que seu inimigo menos espera, Elayne. Nesse caso, você precisa atacar.* Desde o começo, ela deveria atacar.

Lá dentro, Merilille veio até ela, parecendo deslizar pelas camadas de tapetes dispostos no solo. O sorriso da diminuta Cinza não era exatamente de alívio, mas era bem evidente que ela estava alegre por ver Elayne. Além dela, só havia outras cinco pessoas presentes, duas mulheres e três homens, entre eles um empregado — um velho cavaleiro, como denunciavam suas pernas arqueadas e seu rosto cheio de cicatrizes —, que veio recolher mantos e luvas — e piscar para Aviendha — antes de se retirar para uma mesa simples de madeira onde repousava uma bandeja de prata com um cântaro de gargalo comprido e uma porção de copos. Os outros quatro governavam as nações das Terras da Fronteira. Completando a mobília da tenda, havia cadeiras de acampamento sem espaldar espalhadas e quatro grandes braseiros contendo carvões reluzentes. Não era o tipo de recepção que a Filha-herdeira de Andor esperaria, com cortesãos e muitos serviçais, uma conversa fútil para quebrar o gelo antes que as discussões sérias pudessem ter início, e homens e mulheres colados nesses governantes para dar conselhos. Por fim, ela encontrou o que desejava encontrar.

A Cura livrara Merilille daquelas olheiras antes de ela ir embora do Palácio, e ela fez uma apresentação digna e simples de Elayne.

— Esta é Elayne Trakand, da Ajah Verde, como lhes falei. — Só isso, e nada mais.

Elayne já tinha ouvido o suficiente de Vandene para identificar os quatro governantes à sua frente.

— Dou-lhe as boas-vindas, Elayne Sedai — saudou Easar de Shienar. — Que a Paz e a Luz lhe favoreçam. — Era um homem de baixa estatura, que não chegava a ser mais alto que ela, magro, com um casaco cor de bronze e o rosto sem rugas, apesar do comprido topete branco que pendia na lateral da cabeça. Olhando para seus olhos tristes, ela se lembrou de que ele era tido como um governante sábio e um diplomata habilidoso, além de um bom soldado. Sua aparência não sugeria nenhum dos três. — Posso lhe oferecer vinho? As especiarias não estão frescas, mas ganharam uma intensidade a mais com o passar do tempo.

— Quando Merilille nos contou que você viria de Caemlyn hoje, confesso que teria duvidado, não fosse ela uma Aes Sedai. — Ethenielle de Kandor, talvez meio palmo mais alta que Merilille, era rechonchuda, seu cabelo negro levemente grisalho, mas sem nada de maternal, além do sorriso. A dignidade majestosa recobria-a tanto quanto a bela lã azul que trajava. Seus olhos também eram azuis, límpidos e equilibrados.

— Estamos felizes por você ter vindo mesmo — disse Paitar de Arafel com uma voz surpreendentemente grave e potente que, por algum motivo, fez Elayne se sentir acolhida. — Temos muitas questões para discutir com você. — Vandene tinha dito que ele era o homem mais bonito das Terras da Fronteira, e talvez tivesse sido de fato muito tempo antes, mas a idade delineara vincos profundos em seu rosto, e só lhe restava uma nesga do cabelo curto na cabeça. Contudo, era um homem alto e de ombros largos, trajando um verde simples, e parecia forte. E nada bobo.

Enquanto os demais acusavam seus anos com graciosidade, Tenobia de Saldaea ostentava juventude, ainda que não beleza, com seu nariz aquilino bicudo e sua bocarra larga. Os olhos enviesados quase roxos, no mesmo nível dos de Elayne, eram seu melhor atributo. Talvez o único. Se os outros se vestiam com simplicidade, mesmo sendo governantes de nações, o vestido azul-claro da mulher era trabalhado com pérolas e safiras, e ela ainda usava mais safiras no cabelo. Adequado para a corte, mas não muito para um acampamento. E, se os três primeiros foram corteses...

— Pela Luz, Merilille Sedai — irrompeu Tenobia com uma voz aguda e o cenho franzido —, sei que você fala a verdade, mas ela está mais para uma criança que para uma Aes Sedai. E você não mencionou que ela traria Aiel de olhos negros.

O semblante de Easar não se alterou, mas Paitar estreitou os lábios e Ethenielle apenas lançou a Tenobia um breve olhar, digno de mãe. Uma mãe bastante irritada e descontente.

— Negros? — resmungou Aviendha, confusa. — Meus olhos não são negros. Eu nunca via olhos negros, tirando os de mascates, até cruzar a Muralha do Dragão.

— Você sabe que só posso falar a verdade, Tenobia, e lhe garanto... — iniciou Merilille.

Com um toque em seu braço, Elayne fez com que ela se calasse.

— Já é o bastante que você saiba que sou uma Aes Sedai, Tenobia. Esta é minha irmã, Aviendha, do ramo dos Nove Vales dos Aiel Taardad. — Aviendha lhes sorriu, ou pelo menos mostrou os dentes. — Esta é minha Guardiã, Lady Birgitte Trahelion. — A arqueira fez uma reverência discreta, a trança loura balançando.

Um anúncio gerou tantos olhares surpresos quanto o outro — uma Aiel era sua *irmã*? Sua Guardiã era uma *mulher*? —, mas Tenobia e os outros três governavam terras no limiar da Praga, onde pesadelos de fato podiam andar em plena luz do dia e qualquer um que se deixasse assustar em demasia estava praticamente fadado a morrer. Só que Elayne não lhes deu a chance de se recuperar por completo. *Ataque antes que saibam o que você está fazendo,* dissera Gareth Bryne, *e não pare até acabar com eles ou furar o bloqueio.*

— Podemos considerar as amabilidades encerradas? — indagou, observando a bandeja ofertada pelo velho soldado e tomando para si um copo que exalava o aroma de vinho condimentado. Uma onda de cautela fluiu pelo elo de Guardiã, e Elayne também notou Aviendha olhando de esguelha para o copo, mas não pretendia beber. De qualquer modo, ficou contente por nenhuma das duas ter dito qualquer coisa. — Só uma tola pensaria que vocês vieram até aqui para invadir Andor — afirmou, indo até as cadeiras e se sentando.

Governantes ou não, eles não tinham opção que não fosse acompanhá-la ou ficar olhando para as suas costas. Para as costas de Birgitte, aliás, já que a arqueira não saía de trás dela. Como de costume, Aviendha dobrou-se no chão e arrumou as saias feito uma bela ventarola. Os quatro a seguiram.

— É o Dragão Renascido que os move — prosseguiu Elayne. — Vocês solicitaram esta audiência comigo porque eu estava em Falme. A pergunta é: por que isso é importante para vocês? Acham que posso contar algo do que aconteceu lá que vocês ainda não saibam? A Trombeta de Valere foi tocada, heróis mortos ressurgidos das lendas cavalgaram contra os invasores Seanchan, e o Dragão Renascido enfrentou a Sombra no firmamento para que todos vissem. Se vocês sabem disso, sabem tanto quanto eu.

— Audiência? — questionou Tenobia, incrédula, parando o quadril a meio caminho da cadeira de acampamento, que rangeu quando ela desabou para enfim concluir a ação. — Ninguém *solicitou* uma *audiência*! Nem se você já tivesse conquistado o trono de Andor...!

— Vamos nos concentrar na questão central, Tenobia — cortou Paitar num tom ameno.

Em vez de se sentar, ele se manteve de pé, e, de vez em quando, bebericava seu vinho. Elayne ficou feliz por conseguir enxergar as rugas em seu rosto. Não fosse isso, aquela voz poderia confundir os pensamentos de uma mulher.

Ethenielle deu outra olhadela rápida em Tenobia enquanto se sentava e murmurava alguma coisa. Elayne pensou ter ouvido a palavra "casamento" dita de um jeito pesaroso, mas não fazia sentido. Em todo caso, ela se voltou para Elayne assim que se acomodou na cadeira.

— Posso apreciar sua ferocidade numa outra ocasião, Elayne Sedai, mas não há muito o que desfrutar quando se cai numa emboscada que um dos seus próprios aliados ajudou a montar. — Tenobia fez uma careta, apesar de Ethenielle nem sequer desferir aquele olhar contundente para a mulher. — O que aconteceu em Falme — esclareceu a Rainha de Kandor para Elayne — não importa tanto quanto o que causou. Não, Paitar, nós temos que dizer a ela o que é preciso. Ela já sabe demais, não há como evitar. Sabemos que você acompanhava o Dragão Renascido em Falme, Elayne. Uma amiga, talvez. Você tem razão, não viemos invadir. Viemos para encontrar o Dragão Renascido. E marchamos toda essa distância só para descobrir que ninguém sabe onde ele pode ser encontrado. Você sabe?

Elayne disfarçou seu alívio por aquela pergunta direta. Ela jamais teria sido feita se eles acreditassem que ela era mais do que uma acompanhante ou amiga. E ela poderia ser igualmente direta. Atacar e não parar mais.

— Por que querem encontrá-lo? Emissários ou mensageiros poderiam transmitir qualquer palavra que quiserem comunicar a ele. — Era a mesma coisa que perguntar por que haviam trazido exércitos tão numerosos.

Easar não se servira de vinho e continuava de pé com os punhos cerrados na cintura.

— A guerra contra a Sombra é travada ao longo da Praga — explicou ele num tom soturno. — A Última Batalha será travada na Praga, se não em Shayol Ghul mesmo. Mas ele ignora as Terras da Fronteira e se preocupa com terras que não veem um Myrddraal desde as Guerras dos Trollocs.

— É o *Car'a'carn* que decide onde as lanças vão dançar, aguacento — desdenhou Aviendha. — Se vocês o seguem, lutarão onde ele disser. — Ninguém olhou para ela. Todos ali só se detinham em Elayne. Ninguém aproveitou a abertura que Aviendha havia oferecido.

Elayne se forçou a controlar a respiração e a rebater aqueles olhares sem pestanejar. Um exército das Terras da Fronteira era uma armadilha elaborada demais para Elaida tramar só para pegar Elayne Trakand, mas Rand al'Thor, o Dragão Renascido, talvez fosse outros quinhentos. Merilille mudou de posição na cadeira, mas tinha suas próprias instruções. Independentemente de quantos tratados a irmã Cinza negociara, uma vez que Elayne começasse, ela devia se manter em silêncio. A confiança fluía pelo elo com Birgitte. Rand era uma pedra, indecifrável e distante.

— Vocês estão sabendo da proclamação da Torre Branca em relação a ele? — perguntou, tranquila. A esta altura, já deviam estar.

— A Torre anuncia a condenação de qualquer um que se dirija ao Dragão Renascido sem ser por meio das posições da Torre — pontuou Paitar com a mesma tranquilidade. Sentando-se, por fim, ele encarou-a com um olhar sério. — Você é Aes Sedai. Por certo isso configura a mesma coisa.

— A Torre se mete em tudo — reclamou Tenobia. — Não, Ethenielle, eu vou falar, sim! O mundo inteiro sabe que a Torre está dividida. Você está do lado de Elaida ou das rebeldes, Elayne?

— O mundo raramente sabe o que acha que sabe — advertiu Merilille com uma voz que pareceu baixar a temperatura no interior da tenda. A mulherzinha minúscula que saía correndo para obedecer Elayne e dava gritinhos sob o olhar das Chamadoras de Ventos se sentou ereta e olhou Tenobia de cima como uma Aes Sedai, seu rosto brando tão gélido quanto o tom de voz. — Os assuntos da Torre só são da conta de iniciadas, Tenobia. Se quiser saber, peça para colocarem seu nome no livro das noviças, e, daqui a vinte anos, talvez fique sabendo de alguma coisa.

Sua Majestade Iluminada, Tenobia si Bashere Kazadi, Escudo do Norte e Espada da Fronteira da Praga, Grão-trono da Casa Kazadi, Lady de Shahayni, Asnelle, Kunwar e Ganai, olhou feio para Merilille com todo o ímpeto de uma nevasca. E não disse nada. O respeito de Elayne por ela aumentou um pouco.

A desobediência de Merilille não a desagradou, poupando-a de tentar ludibriá-los enquanto dava a impressão de só falar a verdade. Egwene dizia que elas precisavam tentar viver como se já tivessem feito os Três Juramentos, e, vez ou outra, Elayne sentia esse peso. Ali, ela não era a Filha-herdeira de Andor lutando para reivindicar o trono de sua mãe, ou não apenas isso. Ela era uma Aes Sedai da Ajah Verde com mais motivos para zelar pelas suas palavras do que simplesmente esconder o que queria que continuasse escondido.

— Não tenho como revelar a vocês a localização exata dele. — Verdade, porque só poderia ter dado uma vaga orientação, mais ou menos na direção de Tear, e sem precisar a distância. Verdade, porque não confiava neles o suficiente nem para isso. Ela só precisava tomar cuidado com o que dizia, e como. — Só sei que ele parece ter a intenção de ficar por um tempo onde está. — Fazia dias que ele não se deslocava. Desde que a deixara, tinha sido a primeira vez que permanecera em um único lugar por mais do que meio dia. — Vou dizer o que posso, mas só se concordarem em marchar ao sul em no máximo uma semana. Até porque ficarão sem cevada e sem carne se continuarem aqui por muito mais tempo. Prometo que vocês estarão em marcha rumo ao Dragão Renascido. — De início, estariam mesmo, de qualquer forma.

Paitar balançou a cabeça calva.

— Você quer que entremos em Andor? Elayne Sedai, ou talvez seja melhor chamar você agora de Lady Elayne, eu lhe desejo a bênção da Luz em sua missão de conquistar a coroa de Andor, mas não o suficiente para oferecer meus homens para lutar por isso.

— Elayne Sedai e Lady Elayne são uma só e a mesma pessoa — respondeu ela. — Não estou pedindo para lutarem por mim. Na realidade, espero de todo o coração que atravessem Andor sem uma escaramuça sequer. — Erguendo o copo de prata, ela umedeceu os lábios sem beber.

Um lampejo de cautela irrompeu no elo de Guardiã, e, mesmo contra a sua vontade, Elayne deu uma risada. Aviendha observava-a de canto de olho com o cenho franzido. Mesmo ali, iriam cuidar da futura mãe.

— Fico feliz por alguém achar isso divertido — disparou Ethenielle, sarcástica. — Tente pensar como um sulista, Paitar. Eles aqui jogam o Jogo das Casas, e acho que ela está sendo muito habilidosa. Deveria ser, imagino. Sempre ouvi que as Aes Sedai criaram o *Daes Dae'mar*.

— Pense taticamente, Paitar. — Com um sorrisinho, Easar analisava Elayne. — Nos deslocamos em direção a Caemlyn como invasores, que é como qualquer andoriano nos verá. O inverno pode até ser ameno aqui, mas, mesmo assim, precisaremos de semanas para percorrer toda essa distância. E, quando terminarmos, ela já terá reunido um número suficiente de Casas andorianas contra nós, e a favor dela, para conquistar o Trono do Leão, ou perto disso. No mínimo, uma força poderosa o bastante já terá se comprometido com ela, de forma que ninguém mais poderá resistir por muito tempo. — Tenobia se agitou em sua cadeira, franzindo a testa e arrumando as saias, mas percebia-se que agora seu olhar transmitia certo respeito por Elayne.

— E quando chegarmos a Caemlyn, Elayne Sedai — continuou Ethenielle —, você vai... negociar... a nossa saída de Andor sem que nenhuma batalha seja travada. — Suas palavras foram pronunciadas não exatamente como uma pergunta, mas quase. — Muito inteligente, de fato.

— Se tudo sair como ela planeja — ponderou Easar, seu sorriso se esvaindo. Sem desviar o olhar, ele estendeu a mão, onde o velho soldado colocou um copo de vinho. — Acredito que batalhas raramente ocorram assim, mesmo essas, sem sangue.

— Quero muito que tudo corra sem que haja sangue derramado — afirmou Elayne. Luz, tinha de ser assim, senão, em vez de salvar seu país de uma guerra civil, ela o mergulharia em algo ainda pior. — Vou me esforçar muito para isso. Espero que façam o mesmo.

— Você por acaso também saberia dizer onde está meu tio Davram, Elayne Sedai? — indagou Tenobia, de supetão. — Davram Bashere? Eu gostaria tanto de falar com ele quanto com o Dragão Renascido.

— Lorde Davram não está longe de Caemlyn, Tenobia. Só não posso prometer que ainda estará lá quando você chegar. Quer dizer, caso você concorde. — Elayne se obrigou a respirar para disfarçar a ansiedade.

Já não tinha mais como voltar atrás. Eles iriam para o sul, ela sabia, mas, sem um acordo, haveria derramamento de sangue.

Por um bom tempo, fez-se silêncio na tenda, exceção feita ao carvão estalando em um dos braseiros. Ethenielle trocou olhares com os dois homens.

— Desde que eu consiga ver meu tio — concluiu Tenobia num tom caloroso —, estou de acordo.

— Pela minha honra, estou de acordo — afirmou Easar com convicção, e, quase ao mesmo tempo, ainda que com um tom mais brando, Paitar o acompanhou:

— Pela Luz, estou de acordo.

— Então todos nós estamos. — Ethenielle suspirou. — E agora a sua parte, Elayne Sedai: onde encontramos o Dragão Renascido?

Elayne foi tomada de uma empolgação que não sabia dizer se era júbilo ou medo. Tinha cumprido seu objetivo ali, assumindo riscos para si e para Andor, e só o tempo diria se fora a decisão certa. Sua resposta veio sem hesitação.

— Como eu lhes disse, não tenho como dizer exatamente onde, mas uma busca em Murandy será proveitosa. — Verdade, embora se houvesse mesmo proveito, seria dela, e não deles.

Egwene deixara Murandy naquele mesmo dia, levando o exército que fizera Arathelle Renshar e os outros nobres permanecerem no sul. Podia ser que um deslocamento dos nativos das Terras da Fronteira para o sul forçasse Arathelle, Luan e Pelivar a decidir apoiá-la, como Dyelin acreditava que fariam. Que a Luz concedesse essa dádiva.

Com exceção de Tenobia, os governantes das Terras da Fronteira não pareceram nem um pouco exultantes com a perspectiva de encontrar Rand. Ethenielle deixou escapar um longo sopro de ar, quase um suspiro, e Easar simplesmente assentiu e contraiu os lábios, pensativo. Paitar bebeu metade do vinho, seu primeiro gole de verdade. A impressão que dava era de que, por mais que todos ali quisessem saber onde o Dragão Renascido estava, ninguém estava muito ansioso pelo encontro. Já Tenobia pediu para o velho soldado lhe trazer mais vinho e continuou falando sobre como gostaria de ver seu tio. Elayne jamais teria imaginado que a mulher tivesse tamanho apreço pela família.

A noite caía cedo nesta época do ano, e só restavam poucas horas de luz do sol, como Easar ressaltou ao oferecer camas para o pernoite. Ethenielle sugeriu que sua tenda seria mais confortável, mas nem ele nem ela deram o menor sinal de decepção quando Elayne disse que deveria ir embora imediatamente.

— É impressionante que você consiga percorrer essa distância toda tão rápido — murmurou Ethenielle. — Ouvi as Aes Sedai falarem sobre algo chamado Viagem. Seria um Talento perdido?

— Você encontrou muitas irmãs em sua jornada? — quis saber Elayne.

— Algumas — retrucou Ethenielle. — Há Aes Sedai por toda parte, ao que parece. — De uma hora para a outra, até Tenobia ficou sem expressão.

Deixando Birgitte pôr o manto com forro de pele de marta em seus ombros, Elayne aquiesceu.

— Então é isso. Vocês poderiam mandar trazer nossos cavalos?

Ninguém voltou a pronunciar uma única palavra até elas já estarem longe do acampamento, cavalgando pelo bosque. O cheiro de cavalo e o fedor das latrinas tinham parecido amenos no acampamento, mas agora que ficavam para trás a sensação era de que o ar estava fresquíssimo, e a neve, de alguma forma, mais branca.

— Você ficou muito quieta, Birgitte Trahelion — opinou Aviendha, cutucando com os calcanhares as costelas do seu baio.

Ela sempre achava que o animal pararia de repente se não fosse lembrado de continuar andando.

— Uma Guardiã não fala pela sua Aes Sedai, só fica ouvindo e vigiando a retaguarda — rebateu a arqueira, seca.

Era improvável que houvesse alguém na floresta que pudesse ameaçá-las, tão perto como estavam do acampamento shienarano, mas seu arco continuava fora do estojo e os olhos rastreavam as árvores.

— Um método de negociação bem mais ágil do que costumo ver, Elayne — disse Merilille. — Em geral, essas questões exigem dias ou semanas de conversas, quando não meses, antes de qualquer coisa ser acordada. Sorte sua eles não serem domaneses. Ou cairhienos — admitiu ela, com prudência. — Os nativos das Terras da Fronteira são tão abertos e diretos que é até revigorante. São fáceis de lidar.

Abertos e diretos? Elayne balançou a cabeça de leve. Eles queriam encontrar Rand, mas ocultavam o motivo. E também mantinham segredo sobre a presença das irmãs. Pelo menos estariam se afastando dele assim que ela os pusesse a caminho de Murandy. Teria de ser o suficiente, por ora, mas Elayne precisava alertá-lo, assim que conseguisse descobrir como fazer isso sem colocá-lo em perigo. *Cuide dele, Min,* ela pensou. *Cuide dele por nós.*

A algumas milhas do acampamento, ela puxou as rédeas para examinar a floresta com a mesma diligência de Birgitte. Atrás delas, em especial. O sol já se escondia atrás das copas das árvores. Uma raposa branca passou trotando e sumiu logo em seguida. Algo tremeluziu num galho cinzento pelado, talvez um pássaro ou um esquilo. Um falcão escuro mergulhou de repente do céu, e um guinchado fino irrompeu, se calando logo em seguida. Elas não estavam sendo seguidas. Não era com os shienaranos que Elayne estava preocupada, e sim com aquelas irmãs escondidas. O cansaço que desaparecera mais cedo com as notícias de Merilille voltara com tudo depois da reunião com os nativos das Terras da Fronteira. Não havia nada que ela quisesse mais do que ir para a cama o quanto antes, mas não o bastante para entregar de bandeja a tessitura da Viagem para irmãs que ela nem conhecia.

Elayne poderia ter tecido um portão para o estábulo do Palácio, mas sempre haveria o risco de matar alguém que estivesse passando pelo ponto onde ele se abrisse, então optou por tecer num outro local que conhecia tão bem quanto. Estava tão cansada que foi preciso se esforçar para dar conta de tecer, tão cansada que só lembrou-se do *angreal* preso em seu vestido quando o rasgo prateado já tinha surgido no ar, abrindo para um campo coberto de vegetação marrom esmagada pelas nevascas anteriores, bem perto do sul de Caemlyn onde Gareth Bryne costumava levá-la para assistir à Guarda da Rainha obedecer comandos a cavalo, passando de colunas para fileiras de quatro lado a lado após um brado de ordem.

— Vai ficar só olhando? — quis saber Birgitte.

Elayne voltou a si. Aviendha e Merilille a analisavam com apreensão. E, embora o rosto da arqueira não indicasse nada, o elo também transmitia preocupação.

— Eu só estava pensando — disse Elayne, e então esporou Coração de Fogo portão adentro.

Dormir seria maravilhoso.

Do velho campo de treinamento até os altos portões em arco das muralhas claras de cinquenta pés de altura da cidade era uma cavalgada curta. As edificações compridas do mercado que se enfileiravam nas imediações dos portões estavam vazias àquela hora, mas ainda vigiadas por Guardas de olhar atento. Eles ficaram observando quando ela e as demais vieram cavalgando, sem reconhecê-las, ao que parecia. Mercenários, muito provavelmente. Só saberiam quem era se a vissem sentada no Trono do Leão. Com a ajuda da Luz, e com sorte, aqueles homens a veriam lá.

O crepúsculo se aproximava depressa, o céu já adquirindo um tom cinza-escuro e as sombras bastante esticadas pelas ruas. Pouquíssima gente ainda perambulava pela cidade, um pessoal disperso que se apressava para encerrar as atividades do dia e ir para casa jantar, se recolher no calor do fogo. Um par de carregadores transportando a liteira laqueada escura de um mercador passou depressa por uma rua mais à frente e, um momento depois, um dos enormes carroções-pipa seguiu ribombando para o lado oposto, puxado por oito cavalos em galope, as rodas envoltas em ferro fazendo estardalhaço nos paralelepípedos do calçamento. Outro incêndio em algum lugar. Era à noite que ocorriam com mais frequência. Uma patrulha de quatro Guardas veio conduzindo seus cavalos em direção a ela e depois seguiu em frente sem olhar duas vezes. Alheios a ela tanto quanto os vigias dos portões.

Balançando na sela, Elayne continuou cavalgando, ansiando por sua cama.

Foi um choque quando se deu conta de que estava sendo carregada da sela para baixo. Abriu os olhos sem se lembrar de tê-los fechado e se viu sendo levada para dentro do Palácio nos braços de Birgitte.

— Me ponha no chão — falou, cansada. — Ainda consigo ir andando.

— Mal está se aguentando de pé — rosnou a arqueira. — Fique quieta.

— Você não pode falar com ela! — reclamou Aviendha com veemência.

— Ela precisa mesmo dormir, Mestre Norry — advertiu Merilille com firmeza. — Vai ter que ser amanhã.

— Me perdoe, mas *não* tem como ser amanhã — retrucou Norry, soando bastante firme também, por mais incrível que parecesse. — É *urgente* que eu fale com ela agora!

Quase vacilando, Elayne ergueu a cabeça. Halwin Norry estava agarrando aquela pasta de couro junto ao peito magricela, como sempre, mas o sujeito seco que falava de cabeças coroadas no mesmo tom rouco que usava para se referir a reparos nos telhados estava quase dançando na pontinha dos pés em seu esforço para passar por Aviendha e Merilille, cada qual segurando-o por um braço para conter seu avanço.

— Me ponha no chão, Birgitte — insistiu ela, e, num segundo momento incrível, a arqueira obedeceu, mas mantendo o braço em torno de seu corpo para lhe dar apoio, gesto que foi devidamente apreciado, pois Elayne não tinha certeza se suas pernas a aguentariam por muito tempo. — Do que se trata, Mestre Norry? Solte o homem, Aviendha. Merilille!

Assim que as duas o largaram, o Primeiro Secretário disparou em direção a ela.

— As notícias começaram a chegar logo depois que você partiu, milady — disse ele, não soando nem um pouco rouco. A preocupação o deixava de cenho franzido. — Há quatro exércitos... Pequenos, eu diria a esta altura, creio. Luz, lembro quando cinco mil homens *eram* um exército. — Ele passou a mão na cabeça calva, deixando os tufos brancos atrás das orelhas amarfanhados e bagunçados. — Há quatro pequenos exércitos se aproximando de Caemlyn, vindos do leste — prosseguiu ele num tom que lhe era mais característico. Ou nem tanto. — Receio que estarão aqui em menos de uma semana. Vinte mil homens. Talvez trinta. Não posso dar certeza. — Norry estendeu a pasta para ela, sem muita firmeza, como se oferecesse mostrar os papéis que trazia. Estava *realmente* agitado.

— Quem é? — indagou ela.

Elenia tinha propriedades, e forças, a leste, mas Naean também. Só que nenhum dos dois teria como arregimentar vinte mil homens. Sem falar que a neve e a lama deveriam tê-los contido até a primavera. *"Deveriam" e "iriam" não constroem pontes*, ela parecia ouvir a vozinha de Lini dizendo.

— Não sei, milady — respondeu Norry. — Ainda não.

Não importava, Elayne supunha. Quem quer que fosse, estavam a caminho, e já.

— Ao primeiro raio de sol, Mestre Norry, quero que comece a comprar todas as provisões que conseguir encontrar além das muralhas e traga tudo para dentro. Birgitte, mande o porta-estandarte que está anunciando a recompensa pelo alistamento acrescentar que os mercenários têm quatro dias para se alistar na Guarda, senão devem deixar a cidade. E mande anunciar para o povo também, Mestre Norry. Quem quiser ir embora antes do cerco se iniciar deve fazê-lo já. Isso vai diminuir a quantidade de bocas que precisamos alimentar e pode fazer com que mais homens se alistem na Guarda. — Tratando de se desvencilhar do braço de Birgitte, ela disparou a passos largos pelo corredor em direção aos seus aposentos. As outras foram obrigadas a acompanhá-la. — Merilille, avise para as Comadres e para as Atha'an Miere. Pode ser que elas também queiram ir embora antes de tudo começar. Mapas, Birgitte. Mande trazer mapas bons para os meus aposentos. E outra coisa, Mestre Norry...

Não havia tempo para dormir nem para ficar cansada. Ela tinha uma cidade para defender.

Capítulo 28

Novidades em um saco de pano

Na manhã seguinte à promessa de Mat de ajudar Teslyn, se pudesse — e Joline, e a tal Edesina, que nem sequer conhecia! —, Tylin anunciou que estava de partida da cidade.

— Suroth vai me mostrar o tanto de Altara que agora está sob meu controle, pombinho — disse ela.

Sua faca de cinto estava cravada no dossel, e os dois estavam sobre os lençóis de linho amarrotados entre um emaranhado de roupas de cama, ele usando apenas o cachecol de seda que escondia a cicatriz de enforcamento em seu pescoço, e Tylin não tinha nada sobre a pele. E que bela pele, a mais macia que ele já tocara. Ela traçava distraidamente as outras cicatrizes de Mat com uma unha comprida e pintada de verde. Ele tinha arrumado muitas cicatrizes, de uma maneira ou de outra, não por falta de tentativas de evitá-las. Seu couro pouco valeria em um leilão, isso era fato, mas Tylin as achava fascinantes.

— Na verdade, não foi ideia dela. Tuon acha que vai... ser bom para mim... ver com meus próprios olhos, não apenas em um mapa, e Suroth faz tudo que a menina sugere. Mas ela quer a questão resolvida para ontem. Vamos viajar de *to'raken*, para avançarmos rápido. Parece que dá para cobrir até duzentas milhas por dia. Ah, não fique tão pálido, porquinho. Não vou fazê-lo subir em uma daquelas criaturas.

Mat soltou um suspiro de alívio. Não pela expectativa de voar. Achava que talvez até gostasse da experiência. Mas, se saísse de Ebou Dar por qualquer período que fosse, nem a Luz garantia que Teslyn ou Joline ou até a tal Edesina não ficariam impacientes o bastante para fazer alguma besteira, ou ainda Beslan também poderia aprontar alguma. Beslan o preocupava quase tanto quanto as mulheres. Tylin, empolgada com a perspectiva de voar em uma das feras Seanchan, parecia-se mais do que nunca com uma águia.

— Vou passar mais de uma semana fora, docinho. Humm. — Aquela unha verde correu uma cicatriz de um pé de comprimento que lhe cortava as costelas. — Devo amarrá-lo à cama para garantir que fique em segurança até eu voltar?

Foi difícil responder à expressão maliciosa dela com seu sorriso mais cativante. Mat tinha quase certeza de que ela estava brincando, mas não passava do quase. As roupas que Tylin escolhera para ele naquele dia tinham sido de um vermelho vivo de doer os olhos; tudo vermelho, exceto pelas flores bordadas no casaco e no manto, e pelo cachecol e chapéu pretos. A renda branca na gola e nos punhos só fazia o resto do traje parecer ainda mais vermelho. Mesmo assim, Mat correu para se vestir, ansioso para sair dali. Com Tylin, era sensato sempre desconfiar. Talvez ela *não* estivesse brincando.

Ao que parecia, Tylin não exagerara a respeito da pressa de Suroth. Em pouco mais de duas horas, segundo o relógio ornamentado na sala de estar da rainha, um presente de Suroth, ele estava acompanhando Tylin até as docas. Bem, Suroth e Tylin cavalgavam na dianteira de uma comitiva de vinte ou mais pessoas do Sangue que viajariam com elas, além de seus *so'jhin*, homens e mulheres que curvavam a cabeça meio raspada para o Sangue e olhavam com arrogância para todos os demais, enquanto Mat cavalgava atrás com Pips. O "amante" da rainha altarana não podia seguir na frente com o Sangue, o que agora incluía a própria Tylin, claro. Não era como se ele ocupasse um cargo hereditário nem nada desse nível.

O Sangue e a maioria dos *so'jhin* montavam belos animais, éguas elegantes de pescoço arqueado e passo delicado, capões de peito largo com olhos ferozes e cernelhas fortes. Sua sorte não parecia ter efeito sobre corridas de cavalos, mas ele apostaria que Pips bateria qualquer um daqueles. O capão baio de nariz achatado não era vistoso, mas Mat estava certo de que venceria mais do que a maioria daquelas belas montarias em uma arrancada, e até o final da corrida venceria o resto. Depois de tanto tempo nos estábulos, Pips queria saltitar, já que não podia correr, e Mat precisou de toda a sua habilidade — bom, toda a habilidade que de alguma forma viera com as memórias daqueles outros homens — para manter o animal sob controle. A menos de meio caminho das docas, no entanto, pontadas de dor já lhe subiam da perna até o quadril. Se precisasse deixar Ebou Dar em breve, teria que ser pelo mar, ou com o espetáculo de Luca. Já tinha uma boa ideia de como fazer o homem partir antes da primavera, se fosse necessário.

Uma ideia perigosa, talvez, mas não via muita escolha. A alternativa era ainda mais arriscada.

Mat não estava sozinho na retaguarda, mas sim rodeado por mais de cinquenta homens e mulheres, felizmente usando pesadas túnicas brancas sobre as vestes transparentes que costumavam vestir. Eles marchavam em duas fileiras, alguns conduzindo animais de carga com grandes cestos lotados de iguarias. O Sangue não ficava sem seus criados; na verdade, pareciam pensar que iam passar dificuldade, levando tão poucos. Os *da'covale* raramente tiravam os olhos das pedras do calçamento, suas expressões moles feito minhocas. Já vira um *da'covale* ser mandado para o açoite certa vez, um homem loiro da sua faixa etária, e o sujeito correra para buscar os instrumentos da própria punição. Nem sequer tentara engambelar ou se esconder, muito menos fugir do açoite. Mat não entendia esse tipo de gente.

Adiante cavalgavam seis *sul'dam*, suas saias divididas exibindo os tornozelos. E ele viu alguns belos tornozelos, mas as mulheres agiam como se também fossem do Sangue. O capuz estava caído às costas, e elas deixavam o vento abrir seus mantos com estampa de raio, como se o frio não as incomodasse, não ousasse incomodá-las. Duas tinham *damane* encoleiradas andando ao lado dos cavalos.

Mat as observou com olhares discretos. Uma das *damane*, uma mulher baixinha de olhos azul-claros, estava conectada por um *a'dam* prateado a uma *sul'dam* gorda de pele oliva que ele já vira andando com Teslyn. A *damane* de cabelo escuro atendia pelo nome Purah. Seu rosto tinha aquela expressão de idade indefinida típica das Aes Sedai. Ele não acreditara quando Teslyn dissera que a mulher se tornara uma *damane* por inteiro, mas a *sul'dam* grisalha se inclinou na sela para dizer algo à mulher que um dia fora Ryma Galfrey, e suas palavras fizeram Purah gargalhar e levar a mão à boca em deleite.

Mat estremeceu. Ela gritaria por socorro se ele tentasse tirar o *a'dam* de seu pescoço. Pela Luz, no que ele estava pensando?! Bastava que estivesse comprometido a salvar a pele de três Aes Sedai — que a Luz o queimasse, mas parecia que esbarrava nesse tipo de compromisso toda vez que se mexia! —, não tinha como ficar considerando tirar mais ninguém de Ebou Dar.

Ebou Dar era um grande porto marítimo, com talvez o maior ancoradouro do mundo conhecido, e as docas eram grandes dedos acinzentados despontando do cais que percorria toda a extensão da cidade. Quase todos os pontos de atracação estavam ocupados por embarcações Seanchan de variados tamanhos, as tripulações nos cordames dando vivas animados à passagem de Suroth, um estrondo de vozes chamando seu nome. Os homens nos outros navios acenavam e gritavam também, embora muitos parecessem não saber para quem ou para o que davam vivas. Sem dúvida pensavam que era o protocolo a seguir. Naquelas embarcações, o vento soprando pelo porto agitava o estandarte das Abelhas Douradas de Illian, das Luas Crescentes de Tear, do Gavião Dourado de Mayene. Parecia que Rand não proibira os comerciantes de lá de fazer negócios nos portos Seanchan, ou então os mercadores estavam passando por cima dele. Cores preencheram a cabeça de Mat, e ele a balançou para clarear as ideias. A maioria dos comerciantes faria negócios até com o assassino da própria mãe, se fosse lucrativo.

A doca mais ao sul fora esvaziada e oficiais Seanchan usando plumas finas em seus elmos laqueados esperavam para levar Suroth e Tylin a um dos barcos a remo compridos que aguardavam por elas, com oito homens em cada remo. Tylin ainda parou para dar um beijo de despedida em Mat, quase arrancando seus cabelos ao puxá-lo, e aproveitou para beliscar seu traseiro como se ninguém estivesse olhando! Suroth esperou com impaciência até Tylin se acomodar na embarcação e, para falar a verdade, mesmo então a Seanchan não se aquietou, gesticulando toda hora para Alwhin, sua *so'jhin* de rosto anguloso, que não parava de correr entre os bancos para pegar uma coisa ou outra para sua senhora.

O resto do Sangue recebeu profundas reverências dos oficiais, mas teve que descer as escadas com a ajuda de seus *so'jhin*. As *sul'dam* ajudaram as *damane* a entrar nos barcos, e ninguém auxiliou o grupo vestido de branco a carregar os cestos ou a adentar as embarcações. Logo os barcos estavam cruzando o porto rumo ao ponto onde ficavam os *raken* e *to'raken*, a sul do Rahad, entremeando-se com a extensiva frota de navios Seanchan e de embarcações capturadas do Povo do Mar que pontilhavam o ancoradouro. A maioria daquelas embarcações parecia ter recebido novas velas de estilo Seanchan e diferentes cordames. As tripulações também eram Seanchan. Exceto pelas Chamadoras de Ventos, nas quais Mat tentava não pensar, e por um ou outro que tinha sido vendido, os Atha'an Miere sobreviventes ainda estavam todos no Rahad, com os outros *da'covale*, limpando os canais assoreados. E não havia nada que ele pudesse fazer a respeito. Não devia nada a eles, já estava lidando com mais coisas do que podia administrar, não podia fazer mais nada. E ponto-final!

Mat queria partir imediatamente, deixar os navios do Povo do Mar para trás. Ninguém ali no porto lhe prestava a menor atenção. Os oficiais tinham ido embora assim que os barcos partiram. Alguém que ele não conhecia havia se encarregado de levar os animais de carga. Os marinheiros deixaram os atracadouros e voltaram ao trabalho, e membros da guilda dos carregadores de carga começaram a empurrar seus pesados carrinhos de mão lotados com fardos, caixas e barris.

Porém, se fosse embora rápido demais, Tylin podia pensar que ele pretendia sair a cavalo da cidade e mandar alguém atrás dele, por isso Mat ficou ali, na sela de Pips, no final das docas, acenando feito um bobalhão até que ela estivesse longe demais para enxergá-lo sem uma luneta.

Apesar do latejar na perna, cavalgou lentamente por quase toda a extensão do cais, evitando olhar de volta para o porto. Comerciantes de roupas discretas vigiavam suas cargas serem embarcadas ou desembarcadas, às vezes repassando uma bolsa de moedas para um homem ou uma mulher em coletes de couro verde para que dessem um tratamento mais delicado ou mais rápido a suas mercadorias — não que parecesse possível que os integrantes da guilda conseguissem se mover ainda mais velozmente. Sulistas davam a impressão de estar quase correndo, a menos que o sol estivesse a pino, quando o calor ali era capaz de assar um pato, mas com o céu nublado e a brisa soprando do mar, fazia frio independentemente da posição do sol.

Quando já estava nos arredores da Mol Hara, tinha contado mais de vinte *sul'dam* patrulhando as docas com *damane*, espiando os botes que partiam de navios que não eram Seanchan, adentrando qualquer embarcação recém-chegada no porto ou até mesmo se preparando para partir. Mat já esperava vê-las por ali. Teria que apelar para Valan Luca. A única alternativa era arriscada demais, a não ser em caso de emergência. Luca também era um risco, mas a única verdadeira opção restante.

De volta ao Palácio Tarasin, Mat desmontou de Pips com uma careta e puxou seu cajado sob a cilha da sela. Deixando que um cavalariço levasse o baio, entrou mancando, com a perna esquerda mal suportando seu peso. Talvez um banho de imersão em água quente aliviasse um pouco a dor. Talvez assim conseguisse pensar. Luca teria de ser pego de surpresa, porém havia algumas outras questões a serem resolvidas antes disso.

— Ah, aí está você — disse Noal, surgindo na frente dele.

Mat vira o velho apenas de relance desde que lhe arrumara acomodações, mas ele estava com um aspecto descansado, e seu casaco cinza parecia bem limpo para alguém que sumia pela cidade todos os dias e só voltava ao palácio à noite. Ajeitando os tufos de renda em seus punhos, o homem abriu um sorriso íntimo, revelando buracos entre os dentes.

— O senhor está planejando alguma coisa, Lorde Mat, e eu gostaria de oferecer meus serviços.

— Estou planejando descansar essa perna — respondeu ele no tom mais casual que conseguiu.

Noal parecia inofensivo; segundo Harnan, ele contava histórias antes de dormir, e Harnan e os outros Braços Vermelhos acreditavam piamente nessas histórias, mesmo um sobre um lugar chamado Shibouya, que supostamente ficava depois do Deserto Aiel, onde mulheres capazes de canalizar tinham o rosto tatuado, mais de trezentos crimes estavam sujeitos à pena de morte e gigantes viviam sob as montanhas, homens mais altos que os Ogier, com rostos na barriga. Ele alegava já ter visitado o local. Ninguém que fazia esse tipo de afirmação podia ser mais que inofensivo. Por outro lado, na única vez que Mat o vira segurar aquelas adagas que o homem levava sob o casaco, ele não parecera longe de inofensivo. Se um homem pegava em uma arma de certa maneira, era porque estava bem acostumado a usá-las.

— Lembrarei disso, se decidir mudar de planos.

Ainda sorrindo, Noal bateu um de seus dedos tortos na lateral do próprio nariz aquilino.

— Ainda não confia em mim. Compreensível. Mas se eu quisesse machucá-lo, era só não ter me metido naquela noite no beco. Você está com essa cara... Já vi grandes homens fazendo planos, e vilões sombrios feito o Poço da Perdição também. E quando um homem está fazendo planos perigosos que não quer que ninguém saiba, ele fica com essa cara.

— Só estou com cara de cansado. — Mat riu, se apoiando no cajado. Grandes homens fazendo planos? Provavelmente o velho tinha visto isso em Shibouya, com os gigantes. — Mas agradeço por aquela noite no beco. Se eu puder fazer algo mais por você, é só pedir. No momento, porém, estou atrás de um banho quente.

— Esse *gholam* bebe sangue? — perguntou Noal, segurando o braço de Mat antes que ele pudesse sair mancando.

Pela Luz, queria não ter mencionado aquele nome perto dos ouvidos do velho. Queria que Birgitte nunca tivesse lhe contado sobre aquela criatura.

— Por que a pergunta?

O *gholam* vivia de sangue. Não se alimentava de nada mais.

— Outro homem foi encontrado com a garganta rasgada, noite passada, só que não havia quase nenhum sangue nele ou em seus lençóis. Eu não falei? Foi em uma estalagem perto do Portão Moldine. Se aquela coisa tinha deixado a cidade, já voltou. — Lançando um olhar para além de Mat, ele fez uma mesura profunda e elaborada para alguém. — Se mudar de ideia, estou sempre a postos — sussurrou ele ao se levantar.

Mat olhou para trás enquanto o velho se afastava apressado. Tuon estava perto de um dos grandes lampiões de chão, observando-o através do véu. Olhando para ele, ao menos. De relance? Como sempre, no momento em que ele colocou os olhos nela, a jovem se virou e seguiu pelo corredor, suas saias plissadas farfalhando baixinho. Estava desacompanhada.

Pela segunda vez no dia, Mat estremeceu. Uma pena que a garota não tivesse ido com Suroth e Tylin. Um homem que recebia um pão não devia reclamar de algumas migalhas faltando, mas com Aes Sedai, Seanchan e *gholam* atrás dele, um velho se intrometendo em sua vida e garotas magricelas o vigiando, era impossível não ficar inquieto. Talvez devesse esquecer a ideia de perder tempo com um banho.

Sentiu-se melhor ao mandar Lopin buscar o resto de suas roupas no armário de brinquedos de Beslan. E mandar Nerim atrás de Juilin. A perna ainda queimava feito brasa e ele só conseguia andar manquejando, mas, já que não ia perder tempo, era melhor acelerar logo as coisas. Queria sair de Ebou Dar antes que Tylin retornasse, e isso lhe dava dez dias. Menos, por uma margem de segurança.

Quando o caçador de ladrões enfiou a cabeça pela fresta da porta do quarto, Mat estava se observando no grande espelho de Tylin. As roupas... vermelhas... estavam enfiadas no armário com o resto dos enfeites que ela lhe dera. Talvez o próximo amante de Tylin tirasse algum uso deles. Vestira seu casaco mais simples, de lã azul bem tecida e sem uma linha de bordado. O tipo de casaco que um homem podia usar com orgulho, sem chamar a atenção. Um casaco decente.

— Talvez um pouquinho de renda — murmurou ele, passando os dedos pela gola. — Só um pouquinho.

Pensando bem, era um casaco bem simples mesmo. Quase severo.

— Não entendo nada de renda — comentou Juilin. — Foi para isso que me chamou?

— Não, claro que não. Está rindo de quê?

O sujeito tinha um sorrisão que quase dividia sua cara em duas.

— Estou feliz, só isso. Suroth se foi, e estou feliz. Se não quer me perguntar sobre renda, o que quer então?

Sangue e malditas cinzas! A mulher por quem ele estava interessado devia ser uma das *da'covale* de Suroth! Uma que tivesse sido deixada para trás. Juilin certamente não tinha outro motivo para se importar com sua partida, muito menos ficar feliz com isso. E o homem queria tomar uma das propriedades dela! Bom, talvez não fosse tão ruim comparado a querer tomar algumas *damane*.

Mat se aproximou mancando e passou um braço pelos ombros de Juilin, saindo com ele para a sala de espera.

— Preciso de um vestido de *damane* que sirva em uma mulher mais ou menos dessa altura. — Ele ergueu a mão na altura do próprio ombro. — E magra. — Mat abriu um sorriso sincero ao colega, mas o de Juilin morreu. — Também preciso de três vestidos de *sul'dam* e de um *a'dam*. E fiquei sabendo que o melhor homem para roubar certas coisas sem ser pego é um caçador de ladrões.

— Eu sou um *caçador* de ladrões, não um ladrão! — resmungou o homem, livrando-se do braço de Mat, que também deixou seu sorriso morrer.

— Juilin, você sabe que a única maneira de tirar aquelas irmãs da cidade é se os guardas pensarem que elas ainda são *damane*. Teslyn e Edesina já têm as roupas necessárias, mas precisamos de um disfarce para Joline. Suroth vai voltar em dez dias, Juilin. Se não tivermos partido até lá, é provável que a sua namoradinha continue propriedade de alguém quando formos embora.

Não podia evitar o pressentimento de que, se não partissem antes disso, nenhum deles sairia mais dali. Pela Luz, naquela cidade, mesmo um homem abrigado podia tremer até a morte.

Juilin o olhou com raiva, as mãos enfiadas nos bolsos do seu escuro casaco de estilo taireno. Na verdade, o olhar o atravessava, mirando em algo aparentemente desagradável. Por fim, ele fez uma careta e murmurou:

— Não vai ser fácil.

Os dias seguintes foram tudo menos fáceis. As criadas soltavam muxoxos e zombavam de suas novas roupas. Ou melhor, de suas velhas roupas. Elas sorriam e faziam apostas em alto e bom som a respeito de quão rápido ele conseguiria se trocar no momento em que Tylin retornasse — a maioria parecia pensar que ele sairia correndo pelos corredores arrancando as roupas assim que soubesse que a rainha estava a caminho —, mas Mat não lhes deu atenção. A não ser pela parte sobre o retorno de Tylin. Na primeira vez que uma criada trouxe o assunto à tona, ele quase pulou de susto, pensando que ela já estava mesmo voltando, por algum motivo.

Muitas mulheres e quase todos os homens interpretaram sua troca de roupas como um anúncio de que estava de partida. Fugindo, diziam com reprovação, e faziam o possível para atrapalhá-lo. A seus olhos, ele era o unguento que apaziguava as dores de Tylin, e não queriam que ela voltasse e lhes arrancasse a cabeça por tê-lo perdido. Se não tivesse tomado o cuidado de sempre deixar Lopin e Nerim nos aposentos de Tylin, vigiando seus pertences, as roupas teriam desaparecido outra vez, e apenas Vanin e os Braços Vermelhos impediram que Pips sumisse dos estábulos.

Mat tentou encorajar as crenças da criadagem. Quando ele partisse, no mesmo dia em que duas *damane* sumissem, veriam a relação entre os eventos, mas com Tylin longe e sua intenção de fugir durante a ausência dela, esperava que a mulher ficasse livre de suspeitas. Todo dia, mesmo quando chovia, Mat dava voltas com Pips pelo estábulo, cada dia um pouco mais, tentando aumentar sua resistência. E estava conseguindo, percebeu depois de um tempo. Sua perna e o quadril ainda doíam terrivelmente, mas começou a estimar que aguentava umas boas dez milhas antes de precisar descer do cavalo. Oito milhas, pelo menos.

Com frequência, se o céu estava claro, as *sul'dam* levavam as *damane* para se exercitarem. As mulheres Seanchan sabiam que ele não era posse de Tylin, mas já ouvira algumas chamarem-no de brinquedinho! Brinquedinho de Tylin, diziam, como se fosse o nome dele! Mat não era importante o suficiente para que elas procurassem saber seu nome verdadeiro. Para elas, ou se era *da'covale* ou não era, e consideravam esse meio do caminho uma piada. Mat cavalgava ao som da risada das *sul'dam* e tentava dizer a si mesmo que era melhor assim. Quanto mais gente houvesse para afirmar que ele se preparara para fugir antes da volta de Tylin, melhor para a rainha. Só não era muito agradável para ele.

Vez ou outra ele via rostos Aes Sedai dentre as *damane* se exercitando, três além de Teslyn, mas não fazia ideia da aparência de Edesina. Podia ser a mulher baixinha e pálida que lembrava Moiraine, ou a alta de cabelo loiro-prateado, ou a mulher esbelta de cabelos negros. Seguindo ao lado de uma *sul'dam*, todas pareceriam até estar passeando por conta própria, não fosse pelas correntes cintilantes pendendo das coleiras até o pulso das *sul'dam*. A própria Teslyn parecia mais austera cada vez que a via, olhando fixamente para a frente. Toda vez, sua expressão era mais determinada. E também mais em pânico, parecia. Mat começou a ficar preocupado com ela, e com sua impaciência.

Queria tranquilizar Teslyn — não precisava daquelas velhas memórias para saber que determinação e pânico era uma mistura que podia acabar em morte, mas as memórias confirmavam —, queria tranquilizá-la, mas não ousava chegar perto dos canis outra vez. Tuon continuava surgindo do nada, observando, olhando ou fosse lá o que estivesse fazendo, numa frequência que o deixava desconfortável, mas sem passar a impressão de que o seguia. Por que o seguiria? Ainda assim, era frequente demais. Por vezes, estava acompanhada de Selucia, sua *so'jhin*, e em algumas ocasiões por Anath, embora a mulher alta e esquisita parecesse sumir do palácio por uns tempos, ou ao menos dos corredores. Entrava "em recesso", ele ouvira dizer, embora não soubesse o que isso significava, apenas desejava que ela levasse Tuon junto. Mat duvidava que a garota fosse acreditar que ele estava levando doces para uma Chamadora de Ventos de novo. Talvez ela ainda quisesse comprá-lo? Mesmo que fosse isso, Mat não compreendia o motivo. Nunca fora capaz de entender o que fazia uma mulher se sentir atraída por um homem — elas pareciam babar pelos sujeitos mais comuns —, porém sabia que não era nenhum galã, não importava o que Tylin dissesse. Mulheres mentiam para levar um homem para a cama, e mentiam ainda mais depois de conseguir.

De todo modo, Tuon era o menor dos seus problemas. Uma mosquinha zumbindo em seu ouvido. Nada além disso. Era preciso mais do que fofoquinhas ou olhares para deixá-lo nervoso. Tylin, mesmo em sua ausência, o deixava. Se ela voltasse e o flagrasse se preparando para partir, poderia mudar de ideia a respeito de vendê-lo. Era uma grã-lady agora, afinal, e Mat tinha certeza de que ela em breve rasparia parte da cabeça. Uma típica Seanchan do Sangue Nobre, e então quem poderia prever o que faria? Tylin o deixava um pouco nervoso, embora houvesse outros inúmeros motivos para nervosismo.

Continuou sendo informado por Noal dos assassinatos do *gholam*, e às vezes por Thom. Havia um novo toda noite, embora só eles três parecessem estar percebendo o padrão entre aquelas mortes. Mat mantinha-se em locais públicos o máximo possível, sempre rodeado de gente. Parou de dormir na cama de Tylin e nunca passava duas noites seguidas no mesmo lugar. E se, para isso, tivesse que dormir em um palheiro, bom, já dormira em palheiros antes, embora não se lembrasse da palha espetar tanto. No entanto, ainda era melhor a palha do que ter a garganta devorada.

Procurara Thom assim que decidiu tentar libertar Teslyn, e o encontrou nas cozinhas, conversando com as cozinheiras enquanto dividiam um frango ao molho de mel. Thom se dava tão bem tanto com cozinheiras quanto com fazendeiros e comerciantes e nobres. Conseguia se dar bem com todo mundo, aquele Thom Merrilin, ouvia todas as fofocas e juntava as peças para entender a história completa. Era capaz de olhar as coisas por um ângulo novo e enxergar o que os outros deixavam passar. Assim que terminou o frango, Thom bolou um plano para fazer as Aes Sedai passarem pelos guardas. Tudo até pareceu fácil. Por um momento. Outros obstáculos surgiram.

Juilin possuía o mesmo dom de ver as coisas por outros ângulos, talvez devido a seus anos como caçador de ladrões, e em algumas noites Mat se reunia com ele e com Thom no quartinho que os dois dividiam nos aposentos dos criados, e tentavam planejar um meio de superar esses obstáculos — era isso que deixava Mat suando em bicas.

Na primeira dessas reuniões, na noite em que Tylin partiu, Beslan entrou bruscamente, alegando estar à procura de Thom. Mas antes, infelizmente, ficara parado na porta ouvindo escondido o bastante para não engolir nenhuma desculpa inventada. E, mais infelizmente ainda, quis fazer parte do plano, chegando até a determinar em detalhes o papel que cumpriria.

— Uma revolta — falou ele, sentado no banquinho de três pernas entre as duas camas estreitas.

Um lavatório composto por um jarro branco lascado e uma bacia, sem nenhum espelho, terminava de entulhar o cômodo. Juilin estava sentado na beirada de uma das camas, só de camiseta, com uma expressão indecifrável, e Thom estava deitado na outra, examinando os próprios dedos com o cenho franzido. Mat então se recostou à porta, para impedir que qualquer outra pessoa entrasse dessa vez. Não sabia se ria ou se chorava. Ficou óbvio que Thom já estava sabendo daquela maluquice; era isso que ele vinha tentando apaziguar.

— As pessoas vão se revoltar ao meu sinal — continuou Beslan. — Meus amigos e eu já conversamos com homens por toda a cidade. Eles estão prontos para lutar!

Mat suspirou, apoiando o peso do corpo na perna boa. Suspeitava de que quando Beslan desse esse sinal, os três ficariam por conta própria. A maioria das pessoas era muito mais disposta a falar de lutar do que a lutar de verdade, ainda mais contra soldados.

— Beslan, em contos de menestréis, cavalariços com forcados e padeiros com paralelepípedos derrotam exércitos porque desejam a liberdade. — Thom bufou tão alto que sacudiu seu bigode branco. Mat o ignorou. — Na vida real, os cavalariços e padeiros morrem. Sei reconhecer bons soldados, e os Seanchan são muito bons.

— Mas, se libertarmos as *damane* com as Aes Sedai, elas vão lutar ao nosso lado! — insistiu Beslan.

— Deve ter umas duzentas *damane* ou mais lá no sótão, Beslan, a maioria Seanchan. Liberte-as e é mais provável que todas saiam correndo atrás de uma *sul'dam*. Pela Luz, não dá para confiar nem nas que não são Seanchan! — Mat estendeu a mão para interromper um protesto de Beslan. — Não temos como saber em quais confiar, nem tempo para isso. E mesmo que tivéssemos, precisaríamos matar as outras. Não estou disposto a matar mulheres que só cometeram o crime de usar uma coleira. Você está?

Beslan desviou os olhos, mas seu maxilar estava trincado. Ele não ia desistir.

— Libertando as *damane* ou não, se o povo se revoltar, os Seanchan vão transformar Ebou Dar em um matadouro — prosseguiu Mat. — Eles têm uma repressão muito violenta a revoltas, Beslan. Muito! Se matássemos todas as *damane* no sótão, eles trariam mais dos acampamentos. Sua mãe vai voltar para encontrar apenas ruínas dentro das muralhas e a sua cabeça espetada fora. E a cabeça dela logo se juntará à sua. Você não acha que eles vão acreditar que ela não sabia o que próprio filho estava planejando, acha?

Pela Luz, será que ela *sabia*? A mulher tinha coragem suficiente para tentar. Mat não achava que fosse estúpida a esse ponto, mas...

— Ela diz que nós somos ratinhos — falou Beslan com amargura. — "Quando cães de caça estão passando, os ratos ficam quietos ou são devorados" — citou ele. — Não gosto de ser um rato, Mat.

A respiração de Mat se acalmou.

— Melhor um rato vivo do que morto, Beslan.

Podia não ter sido a maneira mais diplomática de falar — Beslan fez uma careta —, mas era verdade. Encorajou o príncipe a se juntar às reuniões, mesmo que só para manter um olho nele, mas o rapaz quase nunca aparecia, e ficou nas mãos de Thom esfriar a cabeça dele na medida do possível. O máximo que conseguiu foi fazer Beslan prometer que só começaria um levante no mínimo um mês depois que eles tivessem partido, dando tempo suficiente de se afastarem. Pelo menos uma coisa combinada, ainda que não fosse satisfatória. Tudo o mais parecia avançar dois passos e dar de cara com uma parede de pedra. Ou uma armadilha.

A amante de Juilin o tinha na palma da mão. Por ela, ele parecia não se importar em trocar suas vestes tairenas pelo uniforme verde e branco dos criados, ou perder duas noites de sono varrendo o chão perto das escadarias que levavam aos canis. Ninguém olhava duas vezes para um criado com uma vassoura, nem mesmo outros criados. O Palácio Tarasin tinha tantos servos que nem eles próprios conheciam todos, e se viam um homem de uniforme segurando uma vassoura, apenas presumiam que aquele era seu lugar. Juilin também passou dois dias inteiros varrendo e enfim reportou que as *sul'dam* inspecionavam os canis pela manhã bem cedo e logo que anoitecia, e que podiam entrar e sair a qualquer momento do dia, mas que de noite as *damane* ficavam sozinhas.

— Entreouvi uma *sul'dam* comentando que estava contente de não estar lá nos acampamentos, onde... — Juilin, deitado em seu colchão fino, parou para soltar um longo bocejo por trás da mão. Thom estava sentado na própria cama, e portanto só sobrara o banquinho para Mat. Era melhor do que ficar de pé, mas não muito. Quase todo mundo estava dormindo àquela hora. — Onde ela teria que ficar de guarda algumas noites — completou o caçador de ladrões, ao terminar o bocejo. — Disse que também gostava de poder deixar as *damane* dormirem a noite toda, para estarem descansadas ao amanhecer.

— Então precisamos agir de noite — murmurou Thom, alisando seu longo bigode branco.

Não havia necessidade de comentar que qualquer coisa em movimento durante a noite chamava atenção. Os Seanchan patrulhavam as ruas de madrugada, coisa que a Guarda Civil nunca fizera. A Guarda também era passível de subornos, até os Seanchan debandá-la. Mas agora era provável encontrar Guardas da Morte nas ruas à noite, e qualquer pessoa que tentasse subornar um deles podia nem chegar viva ao próprio julgamento.

— Já conseguiu um *a'dam*, Juilin? — perguntou Mat. — Ou os vestidos? Não deve ser tão difícil quanto o *a'dam*.

Juilin escondeu mais um bocejo com a mão.

— Quando eu conseguir, aviso. Eles não deixam essas coisas largadas por aí, sabia?

Thom descobrira que não era possível passar com uma *damane* pelos portões. Ou melhor, ele admitira que fora Riselle quem conseguira a informação. Pelo visto, um dos oficiais de alto escalão hospedado n'A Mulher Errante cantava com uma bela voz que a mulher apreciava.

— Alguém do Sangue pode sair com uma *damane* sem ser questionado — disse Thom, na reunião seguinte. Dessa vez, tanto ele quanto Juilin estavam sentados em suas camas, e Mat estava começando a odiar aquele banquinho. — Ou alguns, pelo menos. Já as *sul'dam* precisam de uma ordem assinada e selada por alguém do Sangue, por um oficial que tenha um posto de capitão ou superior, ou por uma *der'sul'dam*. Os guardas nos portões e nos portos têm uma lista com todos os selos da cidade que se aplicam, então não podemos inventar um e achar que será aceito. Preciso de uma cópia do tipo certo de ordem e do tipo certo de selo. E isso levanta a questão: quem serão nossas três *sul'dam*.

— Talvez Riselle — sugeriu Mat.

Ela não sabia o que eles estavam tramando, e contar seria um risco. Thom perguntara todo o tipo de coisas a ela, como se estivesse curioso sobre a vida sob o governo Seanchan, e a mulher com muita boa vontade repassava as perguntas ao seu amigo Seanchan, mas talvez não fosse tão proativa se corresse o risco de ter sua bela cabeça em um espeto. Ela podia fazer pior do que apenas dizer não.

— E a sua namorada, Juilin?

Já tinha uma ideia de quem seria a terceira; pedira a Juilin para arrumar um vestido de *sul'dam* que coubesse em Setalle Anan, embora ainda não tivesse surgido a oportunidade de apresentar a ideia a ela. Só voltara à Mulher Errante uma vez desde que Joline adentrara a cozinha, para garantir que ela compreendesse que ele estava fazendo todo o possível. Ela não compreendeu, mas a Senhora Anan tinha conseguido abafar a raiva da Aes Sedai antes que ela começasse a gritar. Ela seria uma *sul'dam* perfeita para Joline.

Juilin suspirou, constrangido.

— Já foi difícil convencer Thera a fugir comigo. Ela está... tímida, agora. Posso ajudá-la a superar essa timidez, com o tempo... sei que posso... mas duvido que ela aceite se passar por *sul'dam*.

Thom repuxou o bigode.

— É improvável que Riselle queira ir embora, sob qualquer circunstância. Parece que ela gosta da cantoria do General-Estandarte Lorde Yamada o suficiente para ter decidido se casar com ele. — Thom deu um suspiro pesaroso. — Receio que não sairá mais nenhuma informação daquele poço. — E, pela expressão dele, também não haveria mais espaço para sua cabeça naquele peito.

— Bom, vocês dois pensem em quem podemos chamar. E vejam se conseguem pôr as mãos em uma dessas ordens.

Thom conseguiu arrumar o papel e a tinta adequados, e estava pronto para imitar a caligrafia e o selo de qualquer pessoa. Via selos com desdém; qualquer pessoa com um nabo e uma faca podia copiá-los, dizia. Já imitar a letra de outro homem de tal modo que nem mesmo o sujeito pudesse identificar a versão falsa era uma arte, segundo ele. Mas nenhum dos dois conseguiu encontrar uma das ordens com o selo necessário para a cópia. Os Seanchan não deixavam esse tipo de documento dando sopa, assim como não deixavam *a'dam*; Juilin tampouco parecia obter qualquer progresso nessa questão. Dois passos e lá estava a parede de pedra. E seis dias se passaram, rápido assim. Faltavam quatro. Para Mat, parecia que fazia seis anos desde a partida de Tylin e que restavam quatro horas para sua volta.

No sétimo dia, Thom parou Mat no corredor assim que ele voltou de sua cavalgada. Sorrindo como se fosse uma conversa casual, o antigo menestrel baixou bem o tom de voz. Os criados passando apressados não conseguiriam ouvir mais que um murmúrio.

— Segundo Noal, o *gholam* voltou a matar na noite passada. Os Inquiridores receberam ordens de encontrar o assassino, nem que para isso precisem parar de comer e dormir, embora eu não saiba quem deu a ordem. Até o fato de ter havido uma ordem parece segredo. No entanto, ao que tudo indica, já estão preparando as ferramentas e aquecendo os tições.

Mesmo com Thom falando tão baixo, Mat olhou ao redor para ver se tinha alguém prestando atenção. A única pessoa por perto era um homem atarracado e grisalho chamado Narvin, usando uniforme, mas andando devagar e sem nada nos braços. Criados do escalão como Narvin não precisavam correr nem carregar coisas. Ao ver Mat olhando para todos os lados ao mesmo tempo, o homem hesitou e franziu o cenho. Mat quis rosnar, mas se forçou a abrir um sorriso tão cativante quanto possível, e Narvin foi embora, ainda de cara feia. Sem dúvida o sujeito fora o responsável pela primeira tentativa de tirar Pips dos estábulos.

— Foi Noal quem contou sobre os Inquiridores? — sussurrou ele, incrédulo, depois que Narvin se afastou.

Thom fez um gesto de desdém.

— Claro que não. Só sobre o assassinato. Embora ele pareça, sim, ouvir rumores e saber interpretá-los. Um talento raro. Me pergunto se ele esteve mesmo em Shara — ponderou Thom. — Ele disse que... — Pigarreou diante do olhar duro de Mat. — Bom, depois eu conto. Mas tenho outras fontes além da saudosa Riselle. Muitas delas são Ouvidores. Ouvidores realmente escutam de tudo, parece.

— Você andou conversando com Ouvidores? — A voz de Mat guinchou feito uma dobradiça enferrujada. Parecia que sua garganta inteira tinha enferrujado!

— Não há problema nisso, contanto que eles não saibam que você sabe. — Thom deu uma risadinha. — Mat, com os Seanchan, é melhor presumir que todo mundo é um Ouvidor. Assim, você fica sabendo do que precisa sem deixar informações escaparem para os ouvidos errados. — Ele tossiu e alisou o bigode, sem esconder de todo um sorrisinho tão humilde que praticamente pedia um elogio. — Eu apenas conheço um ou dois que são mesmo. De qualquer maneira, é sempre bom ter mais informações. Você quer partir antes que Tylin volte, não quer? Parece um pouco... desamparado... sem ela aqui.

Tudo que Mat fez foi soltar um grunhido.

Naquela mesma noite, o *gholam* atacou outra vez. Lopin e Nerim estavam transbordando de notícias mesmo antes que Mat terminasse o café da manhã. Afirmavam que a cidade inteira estava em polvorosa. A última vítima, uma mulher, fora descoberta na entrada de um beco, e de repente estavam todos comentando, conectando um assassinato ao outro. Havia um louco à solta, e as pessoas exigiam que mais patrulhas Seanchan vigiassem as ruas à noite. Mat afastou o prato, tendo perdido o apetite. Mais patrulhas. E, como se já não bastasse,

Suroth podia voltar mais cedo se ficasse sabendo disso, trazendo Tylin junto. Na melhor das hipóteses, ele só tinha mais uns dois dias. Agora, além da falta de apetite, sentiu náusea.

Passou o resto da manhã andando — bom, mancando — para cima e para baixo no quarto de Tylin, ignorando a dor na perna enquanto tentava pensar em alguma coisa, qualquer coisa, que lhe permitisse cumprir aquela missão impossível em dois dias. A dor realmente era o de menos. Tinha largado o cajado, obrigando-se a recuperar as forças. Achava que daria conta de umas duas ou três milhas a pé, sem precisar descansar a perna. Pelo menos sem precisar descansar muito.

Ao meio-dia, Juilin chegou com a única boa notícia de verdade que ele tinha ouvido em uma Era. Não era bem uma notícia. Era um saco de pano contendo dois vestidos enrolados na corrente de prata de um *a'dam*.

Capítulo 29

Outro plano

O porão com teto de vigas d'A Mulher Errante era grande, mas, embora acomodasse apenas cinco pessoas no momento, parecia tão abarrotado quanto o quarto de Thom e Juilin. O lampião a óleo apoiado em um barril emborcado bruxuleava e, nos cantos mais afastados, o porão caía nas sombras. No corredor entre as estantes e as paredes de pedra rústica mal cabia um barril deitado, e nem era isso que dava a sensação de aperto.

— Pedi para você me ajudar, não colocar uma corda em volta do meu pescoço — disse Joline friamente.

Depois de quase uma semana sob os cuidados da Senhora Anan e comendo a comida de Enid, a Aes Sedai já não tinha uma aparência tão abatida. O vestido puído que usava na primeira vez que Mat a vira fora substituído por um de boa lã azul, gola alta e detalhes em renda nos punhos e na gola. Sob a luz instável, o rosto dela era metade penumbra e parecia furioso, o olhar fulminante em Mat.

— Se alguma coisa desse errado... qualquer coisa!... eu estaria impotente, de mãos atadas!

Ele não queria nem saber. Oferecera ajuda por pura bondade — bom, mais ou menos —, e recebera isso em troca. Mat praticamente sacudiu o *a'dam* debaixo do nariz dela, fazendo-o balançar em sua mão feito uma serpente prateada comprida, cintilando sob o lampião, o colar e o bracelete roçando o chão de pedra, e Joline ergueu suas saias escuras e recuou com cara de nojo, fugindo como se estivesse diante de uma víbora. Mat se perguntou se caberia nela; aquela coleira parecia larga demais para o pescoço delgado de Joline.

— A Senhora Anan vai retirá-lo assim que passarmos pelas muralhas — resmungou ele. — Você confia nela, não confia? Ela arriscou o próprio pescoço escondendo você aqui. Estou dizendo que é o único jeito!

Joline empinou o queixo, teimosa. A Senhora Anan resmungou baixinho.

— Ela não quer usar essa coisa — disse Fen, atrás de Mat, sem meias-palavras.

— Se ela não quer usar, então não vai usar — completou Blaeric, ao lado de Fen, mais objetivo ainda.

Para dois homens tão diferentes, os Guardiões de Joline eram unha e carne. Fen, de escuros olhos oblíquos e queixo forte, era um tantinho mais baixo que Blaeric, e talvez de peito e ombros mais largos, mas os dois ainda poderiam dividir roupas sem muita dificuldade. Enquanto Fen tinha cabelo preto e liso quase até os ombros, Blaeric tinha olhos azuis, cabelo bem curto e um pouco mais claro. Blaeric era shienarano, e havia cortado seu coque e deixado o cabelo crescer para passar mais despercebido, embora não gostasse nada disso. Fen, saldaeano, parecia não gostar de muita coisa além de Joline. Os dois gostavam muito de Joline. Ambos falavam, pensavam e se moviam parecido. Usavam camisas desbotadas e coletes simples que lhes chegavam aos quadris, mas qualquer pessoa que os tomasse por trabalhadores braçais, mesmo naquela luz fraca, só podia estar cega. De dia, enquanto trabalhavam nos estábulos da Senhora Anan... Luz! Eles olhavam Mat feito leões encarando uma cabra que lhes mostrara os dentes. Mat trocou de posição, para não ver os Guardiões nem pelo canto do olho. As facas escondidas em vários pontos de seu corpo lhe passavam pouco conforto, com os dois às suas costas.

— Se não quer escutar o que ele diz, Joline Maza, então vai ter que me escutar. — Plantando as mãos na cintura, Setalle contornou a esbelta Aes Sedai, seus olhos castanho-esverdeados furiosos. — Pretendo vê-la de volta à Torre Branca, nem que precise empurrá-la até lá! Talvez no caminho você me mostre que sabe o que é ser uma Aes Sedai. Apenas o vislumbre de uma adulta já serviria para mim. Até agora, só vi uma noviça que choraminga na cama e faz pirraça!

Joline a encarou, seus grandes olhos castanhos quase pulando do rosto, como se não acreditasse nos próprios ouvidos. Mat também não sabia se acreditava no que ouvia. Estalajadeiras não pulavam no pescoço de Aes Sedai. Fen grunhiu e Blaeric resmungou algo que não soou muito educado.

— Você só vai precisar seguir com a gente até sairmos de vista dos guardas da muralha — disse Mat a Setalle depressa, esperando evitar qualquer explosão que Joline estivesse considerando. — Mantenha o capuz bem baixo... — Luz, ele precisava conseguir algum capuz bem luxuoso para ela! Bom, se Juilin conseguira roubar um *a'dam*, poderia roubar um maldito manto também. — ... e os guardas vão pensar que é apenas outra *sul'dam*. Você pode voltar antes do amanhecer e ninguém saberá de nada. A menos que insista em usar sua faca de casamento. — Mat riu da própria piada, mas a mulher, não.

— Você acha que eu consigo ficar em um lugar onde mulheres são transformadas em animais apenas por poderem canalizar? — questionou ela, marchando até ficar cara a cara com ele. — Acha que eu deixaria minha família ficar?

Se o olhar dela para Joline tinha sido furioso, para Mat foi mortífero. A verdade era que ele nunca havia pensado na questão. Claro que gostaria de ver as *damane* livres, mas por que Setalle se importava tanto com isso? Pois que se importava estava bem evidente; ela levou a mão ao cabo da longa adaga curva em seu cinto, acariciando-o. Eboudarianas levavam insultos muito a sério, e nesse sentido a mulher era muito eboudariana.

— Comecei a negociar a venda d'A Mulher Errante dois dias depois da chegada dos Seanchan, quando vi como eles são. Já devia ter entregado as chaves para Lydel Elonid dias atrás, mas fiquei enrolando, porque Lydel não espera encontrar uma Aes Sedai no porão. Quando você estiver pronto para partir, poderei entregar as chaves e ir com vocês. Lydel já está ficando impaciente — acrescentou ela, lançando um olhar significativo para Joline por cima do ombro.

E o meu ouro?, Mat quis perguntar, indignado. Será que Lydel o deixaria pegar de volta aquele tesouro escondido na cozinha? Mas outra coisa o deixou mais nervoso. De repente, se imaginou tendo que levar toda a família da Senhora Anan, incluindo seus filhos casados e as filhas com bebês, e talvez alguns tios e tias e primos também. Dezenas de pessoas. Talvez vintenas. Setalle podia ser uma forasteira, mas seu marido tinha parentes por toda a cidade. Blaeric lhe deu um tapa tão forte nas costas que Mat cambaleou.

Ele rangeu os dentes para o sujeito e esperou que o shienarano interpretasse o gesto como um sorriso agradecido. A expressão de Blaeric não se alterou. Malditos Guardiões! Malditas Aes Sedai! Malditas, malditas estalajadeiras!

— Senhora Anan, não tem lugar para muita gente na fuga que estou planejando... — disse ele, cauteloso. Ainda não contara a ela sobre o espetáculo de Luca. Havia uma chance de não conseguir convencer o homem, afinal. E quanto mais gente precisasse convencer Luca a acomodar, mais difícil seria. — Volte para cá depois que sairmos da cidade. Se precisar partir, pegue um dos barcos de pesca do seu marido. Mas sugiro que seja alguns dias depois. Talvez uma semana ou mais. Quando os Seanchan descobrirem que duas *damane* sumiram, vão ficar em cima de qualquer pessoa tentando ir embora.

— Duas? — indagou Joline bruscamente. — Teslyn e quem mais?

Mat fez uma careta. Não era para ter deixado aquilo escapar. Já conhecia Joline, e petulante, teimosa e mimada eram as principais descrições que lhe ocorriam. Qualquer coisa que ela considerasse dificultar a situação, incliná-la ao fracasso, poderia bastar para fazê-la tentar algum plano mirabolante por conta própria. Algo que sem dúvida arruinaria os planos de Mat. Ela sem dúvida seria capturada se tentasse fugir sozinha, e lutaria. Assim que os Seanchan descobrissem que havia uma Aes Sedai na cidade, debaixo de seus narizes, voltariam a intensificar as buscas por *marath'damane*, aumentariam as patrulhas mais do que já tinham feito pelo "assassino maluco", e, pior ainda, poderiam dificultar ainda mais a passagem pelos portões.

— Edesina Azzedin — respondeu ele, relutante. — Não sei mais nada sobre ela.

— Edesina — falou Joline, devagar. Uma pequena ruga surgiu em sua testa. — Ouvi dizer que ela tinha... — O que quer que fosse, ela calou a boca e lançou um olhar sério a Mat. — Eles estão com outras irmãs? Se Teslyn vai ser resgatada, não vou deixar nenhuma outra irmã para trás!

Mat teve que fazer esforço para não deixar o queixo cair. Petulante e mimada? Ele estava olhando para uma leoa equiparável a Blaeric e Fen.

— Acredite, não vou deixar nos canis nenhuma Aes Sedai que não queira ficar — disse ele, em um tom tão duro quanto conseguiu.

A mulher ainda era teimosa, talvez insistisse em tentar resgatar as outras duas feito Purah. Pela Luz, ele *nunca* devia ter se envolvido com Aes Sedai, e não precisava daquelas velhas memórias para avisá-lo disso! Suas próprias lembranças bastavam.

Fen o cutucou com força no ombro esquerdo.

— Não fale desse jeito — disse o Guardião em tom de aviso.

Blaeric o cutucou no outro ombro.

— Lembre-se de com quem está falando!

Joline fungou diante de seu tom, mas não retrucou. Mat sentiu um nó se desfazendo em sua nuca, bem no ponto onde o machado de um carrasco acertaria. As Aes Sedai estavam sempre distorcendo as palavras, mas não esperavam que outros usassem esse mesmo truque com elas. Ele se virou para Setalle.

— Senhora Anan, pode ver como os barcos do seu marido são uma opção muito...

— Pode até ser — interrompeu ela. — Só que Jasfer partiu com seus dez barcos e toda a nossa família três dias atrás. Imagino que a guilda vá querer ter uma conversinha com ele, se ele voltar aqui, porque não deveria carregar passageiros. Eles vão desembarcar em Illian e esperar por mim lá. Não pretendo ir até Tar Valon, sabe?

Dessa vez, Mat não conseguiu disfarçar a careta. Planejara recorrer aos barcos de Jasfer Anan se não conseguisse persuadir Luca. Uma opção arriscada, verdade, e muito. Talvez até insana. As *sul'dam* nas docas provavelmente confeririam qualquer ordem que mandasse uma *damane* entrar em um barco de pesca, ainda mais de noite. Mas nunca não havia descartado os barcos por completo. Bom, agora teria que forçar a barra com Luca, tanto quanto necessário.

— Você deixou sua família partir nesta época do ano? — perguntou Joline, cheia de descrença e desdém. — Na época das piores tempestades?

De costas para a Aes Sedai, a Senhora Anan ergueu a cabeça de modo orgulhoso, mas não era orgulho de si mesma.

— Confio em Jasfer para navegar até pela boca de um cemaro, se preciso. Confio nele tanto quanto você confia nos seus Guardiões, Verde. Até mais.

Joline franziu o cenho de repente, pegou o lampião pela base de ferro e se aproximou para lançar luz no rosto da estalajadeira.

— Nós já nos conhecíamos antes? Às vezes, quando não estou vendo seu rosto, sua voz me é familiar.

Em vez de responder, Setalle pegou o *a'dam* da mão de Mat e tateou pelo bracelete em uma das pontas da corrente de prata. O objeto era dividido em segmentos que se encaixavam tão perfeitamente que era impossível ver as juntas.

— É melhor testarmos isso logo.

— Testar? — questionou Mat, e recebeu um olhar duro daqueles olhos castanho-esverdeados.

— Nem toda mulher pode ser *sul'dam*. Você já devia saber disso. Tenho esperanças de que consigo, mas é melhor não deixar para descobrir em cima da hora. — Ela revirou nas mãos o bracelete que se recusava a abrir, olhando-o de cara feia. — Sabe como abrir esta coisa? Não consigo nem *encontrar* o fecho.

— Sei — respondeu ele, em voz baixa.

Nas poucas vezes que conversara com um Seanchan sobre *sul'dam* e *damane*, fora fazendo perguntas cuidadosas a respeito de como elas eram usadas em batalha. Nunca nem pensara em como as *sul'dam* eram escolhidas. Talvez precisasse enfrentá-las — graças àquelas antigas memórias nunca parava de pensar em como lutar —, mas decerto nunca cogitara recrutar nenhuma.

— Melhor testar agora — concordou. Em vez de... Luz!

Não era difícil cuidar dos fechos, e o bracelete seria o de menos. Era apenas questão de apertar os pontos certos, em cima e embaixo, em direção quase oposta à coleira. Dava para fazer com uma única mão, e o bracelete se abria com um clique metálico. Com a coleira era um pouco mais complicado e exigia as duas mãos. Apoiando os dedos nos pontos corretos de cada lado onde a corrente ficava, ele apertou, girou e puxou, sem diminuir a pressão. Aparentemente, nada aconteceu, até que ele girou cada mão para o lado oposto. Então a coleira se abriu, e com um estalo mais alto que o do bracelete. Fácil. Claro, levara quase uma hora para descobrir o mecanismo, lá no palácio, mesmo com a ajuda de Juilin, que já tinha visto o processo. Porém, ninguém ali o elogiou. Nem parecia que Mat tinha acabado de fazer algo de que nenhum deles fora capaz!

Fechando o bracelete no pulso, Setalle enrolou a corrente no antebraço, depois ergueu a coleira aberta. Joline encarou o objeto com ódio, fechando as mãos agarradas às saias.

— Você não quer escapar? — perguntou a estalajadeira baixinho.

Depois de um momento, Joline se empertigou e ergueu o queixo. Setalle fechou a coleira ao redor do pescoço da Aes Sedai com o mesmo estalido seco de quando Mat a abriu. Ele se enganara sobre o tamanho; coube direitinho por cima da gola do vestido. Joline apenas torceu a boca, mas Mat quase sentiu Blaeric e Fen se retesando atrás dele. Prendeu a respiração.

Lado a lado, as mulheres deram um passinho, esbarrando em Mat, e ele voltou a respirar. Joline franziu o cenho, hesitante, então deu outro passo.

Com um grito, a Aes Sedai caiu ao chão, se contorcendo de dor. Ela não conseguia falar, só gemia cada vez mais alto, se encolhendo, os braços, pernas e até os dedos tremendo e se contorcendo em ângulos estranhos.

Assim que Joline atingiu o chão, Setalle se abaixou, levando as mãos à coleira, mas não foi mais veloz que Blaeric e Fen, embora eles agissem de modo estranho. Blaeric, de joelhos, ergueu Joline contra o peito e, curiosamente, começou a massagear seu pescoço. Fen lhe massageava os braços. Quando conseguiu soltar a coleira, Setalle caiu para trás, mas Joline continuou tremendo e chorando, e os Guardiões seguiram com a massagem, como se estivessem tentando curar uma câimbra. Os dois lançaram olhares frios para Mat, como se a culpa fosse dele.

Olhando para o seu belo plano arruinado, Mat mal reparou nos homens. Ficou sem saber o que fazer, por onde começar. Tylin poderia voltar em dois dias, e ele certamente precisava ter partido antes disso.

Passando por Setalle, deu tapinhas no ombro da mulher.

— Diga a ela que vamos tentar outra coisa — murmurou ele.

Mas o que? Era óbvio que precisava de alguém com habilidades de *sul'dam* para lidar com o *a'dam*.

A estalajadeira o alcançou no escuro ao pé da escada que dava na cozinha, onde Mat parara para pegar seu chapéu e manto. Um manto grosso e simples, sem nenhum bordado. Um homem não precisava de bordados. Certamente não fazia falta nenhuma para Mat. Nem toda aquela renda! Certamente que não!

— Você já tem outro plano? — perguntou ela.

Mat não conseguia enxergar o rosto dela no escuro, mas a corrente prateada do *a'dam* ainda brilhava. Setalle estava agarrando o bracelete no próprio pulso.

— Eu sempre tenho outro plano — mentiu ele, abrindo-o para ela. — Pelo menos você não precisa mais arriscar seu pescoço. Assim que eu tirar Joline das suas mãos, você pode ir ao encontro do seu marido.

Ela apenas resmungou; devia saber que ele não tinha plano algum.

Mat queria evitar o salão cheio de Seanchan, então saiu pela cozinha, passando pelos estábulos e atravessando o portão que dava para a Mol Hara. Não temia que algum deles o reconhecesse ou questionasse sua presença ali. Naquelas roupas discretas, todos pareciam tomá-lo por um trabalhador da estalagem. Mas havia três *sul'dam* e duas *damane* entre aqueles Seanchan. Ele estava começando a temer que fosse precisar deixar Teslyn e Edesina encoleiradas, e não queria olhar para *damane* naquele momento. Sangue e malditas cinzas, prometera apenas que iria tentar!

O sol fraco ainda estava alto no céu, mas o vento marítimo aumentava, carregado de sal e de uma promessa fria de chuva. Apenas os Guardas da Morte marchavam pela praça, os humanos, não os Ogier; todos os outros corriam para terminar os afazeres antes que a chuva caísse. Quando Mat chegou à base da estátua de peito nu da Rainha Nariene, alguém lhe tocou o ombro.

— Demorei para reconhecê-lo sem as roupas chiques, Mat Cauthon.

Ao se virar, Mat ficou cara a cara com o *so'jhin* illianense grandalhão que encontrara no dia em que Joline ressurgira em sua vida. Não foi uma lembrança feliz. O sujeito de rosto redondo tinha uma aparência peculiar, com aquela barba, a metade da cabeça raspada, e tremia de frio em sua camisa.

— Você me conhece? — perguntou Mat, cauteloso.

O grandalhão abriu um grande sorriso.

— Sim, conheço, que a sorte me espicace. Você fez uma viagem memorável em meu navio, certa vez, com Trollocs e Shadar Logoth de um lado e um Myrddraal e Ponte Branca incendiada do outro. Bayle Domon, Mestre Cauthon. Lembra-se de mim agora?

— Lembro. — E lembrava um pouco. Tinha lembranças vagas da maior parte da viagem, buracos que as memórias daqueles outros homens tinham preenchido. — Qualquer dia precisamos tomar um vinho quente e conversar sobre os velhos tempos.

O que nunca aconteceria, se ele pudesse evitar. As lembranças que tinha da viagem eram estranhamente desagradáveis, como recordar de uma doença fatal. Claro, ele estivera doente, de certo modo. Outra lembrança desagradável.

— No caso, o melhor momento é agora. — Domon gargalhou, passando um braço musculoso pelos ombros de Mat e virando-o de volta para A Mulher Errante.

Mat não viu jeito de escapar, a não ser começando uma briga, então o acompanhou. Uma troca de socos não era a melhor forma de passar despercebido. Para piorar, não sabia se venceria. Domon parecia gordo, mas a gordura encobria músculos fortes. Além disso, uma bebida cairia bem e, no mais, Domon não era um contrabandista? Talvez conhecesse rotas alternativas para sair de Ebou Dar e as revelasse com as perguntas certas. Ainda mais depois de umas taças de vinho. Mat tinha uma bolsa bem cheia de moedas e não se importaria de gastá-la inteira para deixar o homem bêbado feito um violonista em dia de domingo. Bêbados tinham a língua solta.

Domon o conduziu pelo salão principal, fazendo reverências a torto e a direito para os do Sangue e para oficiais que mal reparavam nele, mas não adentrou as cozinhas, onde Enid talvez lhes dispensasse um banco a um canto. Em vez disso, ele o guiou escada acima, até um quarto nos fundos da estalagem, onde Mat imaginou que Domon fosse buscar seu casaco e manto. Um bom fogo na lareira aquecia o cômodo, mas Mat de repente sentiu mais frio do que na rua.

Domon fechou a porta e parou diante dela com os braços cruzados.

— Você, no caso, está diante da Capitã do Verde Lady Egeanin Tamarath — anunciou ele, então acrescentou, em um tom mais normal: — Esse é o Mat Cauthon.

Mat olhou de Domon para a mulher alta sentada, de postura ereta, em uma cadeira de espaldar ripado. Naquele dia, usava saias plissadas de um amarelo-claro por baixo de uma túnica bordada com flores, mas Mat se lembrava dela. Seu rosto pálido era duro, e seus olhos azuis, tão predatórios quanto os de Tylin. No entanto, Mat suspeitava que Egeanin não estivesse querendo beijos. Tinha mãos finas, mas cheias de calos como as de um espadachim. Não teve chance de perguntar o que eles queriam, nem precisou.

— Meu *so'jhin* me diz que você está acostumado ao perigo, Mestre Cauthon — disse ela assim que Domon fechou a boca. Seu sotaque Seanchan arrastado ainda soava imperioso e autoritário, mas o que esperar de alguém do Sangue? — Preciso de um homem assim na minha tripulação, e pagarei bem, em ouro, não em prata. Se conhecer outras pessoas adequadas, eu os contratarei também. Mas eles devem saber controlar a língua. Meus negócios são pessoais. Bayle mencionou mais dois nomes. Thom Merrilin e Juilin Sandar. Se algum deles estiver aqui em Ebou Dar, suas habilidades também me serão úteis. Eles me conhecem, e sabem que podem confiar plenamente em mim. Assim como você, Mestre Cauthon.

Mat se sentou na cadeira sobressalente e tirou o manto. Não era apropriado se sentar diante de alguém do Sangue, mesmo de baixo escalão — como indicavam o cabelo escuro em formato de cuia e as unhas dos dedos mínimos pintadas de verde —, mas ele precisava pensar.

— Você tem um navio? — perguntou, mais para ganhar tempo.

Ela abriu a boca, irritada. Com alguém do Sangue, as perguntas deviam ser feitas com toda a delicadeza. Domon grunhiu e balançou a cabeça, e por um momento Egeanin pareceu ainda mais irritada, mas então sua expressão se suavizou. Por outro lado, seus olhos se cravaram em Mat feito brocas, e ela se levantou para confrontá-lo, os pés afastados e as mãos na cintura.

— Terei uma embarcação até o fim da primavera, no máximo, assim que meu ouro chegar de Cantorin — respondeu ela em tom gélido.

Mat suspirou. Bom, não havia a menor chance de que pudesse transportar Aes Sedai no navio de uma Seanchan. Não mesmo.

— De onde conhece Thom e Juilin?

Domon podia ter contado a ela sobre Thom, claro, mas, pela Luz, como a mulher sabia de Juilin?

— Você faz perguntas demais — rebateu ela, lhe dando as costas. — Receio não poder contratá-lo, afinal. Bayle, bote-o para fora. — A última frase foi um comando autoritário, mas Domon não se moveu.

— Conte a ele — pediu o homem. — Ele vai precisar ficar sabendo, uma hora ou outra, ou vai colocá-la em ainda mais perigo do que você já está. Conte a ele.

Mesmo para um *so'jhin*, ele parecia ter muita liberdade. Os Seanchan costumavam fazer questão de que suas posses soubessem seu lugar. Que todos soubessem seu lugar, na verdade. Egeanin não devia ser tão rígida quanto parecia.

Mas parecia bastante rígida no momento, chutando as saias ao andar de um lado para outro, lançando olhares severos para Domon e para Mat. Por fim, ela parou.

— Eu lhes prestei uma pequena ajuda, em Tanchico — respondeu ela, então acrescentou: — E a duas mulheres com eles, Elayne Trakand e Nynaeve al'Meara. — Ela manteve os olhos fixos em Mat, vendo se ele reconhecia os nomes.

Mat sentiu um aperto no peito. Não era dor, estava mais para a sensação de apostar em um cavalo e acompanhar sua aproximação da linha de chegada com os outros bem em seu encalço, o resultado ainda imprevisível. Pela Luz, o que Nynaeve e Elayne aprontaram em Tanchico, para precisar da ajuda de uma Seanchan, e ainda terem conseguido? Thom e Juilin não tinham lhe contado os detalhes. E tampouco importava. Egeanin queria um homem que soubesse manter segredo e não se importasse com o perigo. Ela estava em perigo. Pouquíssima coisa representava perigo para alguém do Sangue, a não ser outros do Sangue e...

— Os Inquiridores estão atrás de você — concluiu ele.

A mulher ergueu a cabeça de um modo que bastou como confirmação, e levou a mão ao quadril como se buscasse uma espada. Domon se remexeu e estalou as mãozorras, os olhos em Mat. Olhos de repente mais afiados que os de Egeanin. O grandalhão já não tinha uma aparência engraçada, e sim ameaçadora. De repente, Mat pensou que talvez não saísse dali vivo.

— Se está precisando escapar dos Inquiridores, eu posso ajudar — falou rapidamente. — Você precisa ir para algum local que não esteja sob controle Seanchan. Em qualquer lugar que eles estejam, os Inquiridores podem encontrar você. E é melhor partir assim que possível. Dá para conseguir mais ouro depois. Isso se os Inquiridores não a pegarem primeiro. Thom me disse que eles andam muito agitados com alguma coisa. Aquecendo os tições e preparando as ferramentas.

Egeanin ficou imóvel por um segundo, encarando-o. Por fim, trocou um olhar com Domon.

— Talvez seja melhor mesmo partir assim que possível — sussurrou ela, mas logo seu tom voltou à firmeza. A preocupação que vislumbrara em seu rosto já sumira. — Acho que os Inquiridores não vão me impedir de deixar a cidade, mas acham que vou guiá-los para algo que eles desejam mais do que desejam a mim. Eles vão me seguir e, até que eu deixe as terras sob o controle dos *Rhyagelle*, podem mandar que os soldados me prendam, o que vai acontecer assim que perceberem que *estou* indo para terras fora de seu domínio. É então que vou precisar das habilidades de seu amigo Thom Merrilin, Mestre Cauthon. No caminho até lá, precisarei sumir da vista dos Inquiridores. Posso ainda não ter o ouro de Cantorin, mas tenho o suficiente para recompensá-lo muito bem pela ajuda. Pode ter certeza disso.

— Pode me chamar de Mat — disse ele, abrindo seu melhor sorriso.

Nem as mulheres mais turronas resistiam àquele sorriso. Bom, Egeanin não demonstrou muito encanto — na verdade, enrugou um pouco a testa —, mas ele sabia muito bem o efeito que seus sorrisos tinham sobre as mulheres.

— Sei como fazê-la desaparecer imediatamente. Não há por que esperar. Os Inquiridores podem decidir prendê-la amanhã. — Isso acertou o alvo. A mulher não se retraiu, e Mat imaginava que poucas coisas teriam tal efeito nela, mas quase assentiu. — Só tem um detalhe, Egeanin. — Aquilo tudo ainda podia ir pelos ares, feito os fogos de artifício de Aludra, mas ele não hesitou. Às vezes era preciso jogar os dados. — Não preciso de ouro, mas preciso de três *sul'dam* que saibam manter a boca fechada. Acha que consegue arrumar?

Depois de um momento que pareceu se alongar por horas, ela assentiu, e Mat conteve um sorriso. Seu cavalo tinha vencido a corrida.

— Domon — falou Thom, impassível, o cachimbo preso entre os dentes. Estava deitado com a cabeça sobre um travesseiro fino dobrado ao meio e parecia analisar a leve fumaça azulada que pairava no quartinho sem janelas. O lampião solitário mal iluminava o ambiente. — E Egeanin.

— Ela é do Sangue, agora. — Sentado na beirada da cama, Juilin espiou o fornilho do cachimbo. — Não sei se gosto disso.

— Está dizendo que não podemos confiar neles? — questionou Mat, amassando o tabaco em seu cachimbo com o polegar, mas logo em seguida praguejou e levou o dedo à boca, para amenizar a queimadura.

Novamente lhe sobrara o banquinho, mas dessa vez nem se importou. Passara quase a tarde toda negociando com Egeanin, enquanto Thom estivera fora do palácio até o cair da noite e Juilin demorara ainda mais para aparecer. Nenhum dos dois recebeu as notícias tão bem quanto Mat esperara. Thom apenas comentou, suspirando, que enfim conseguira dar uma boa olhada em um dos selos aceitos nos portões, mas Juilin não parava de olhar de cara feia para o saco de pano que ele mesmo tinha deixado no canto do quarto. Não havia a menor necessidade de ficar daquele jeito só porque não iam mais precisar dos vestidos.

— Vou dizer uma coisa, os dois estão morrendo de medo dos Inquiridores — continuou Mat, depois que o dedo parou de arder. Talvez não morrendo, exatamente, mas bastante assustados. — Egeanin pode ser do Sangue, mas nem sequer pestanejou quando contei para que precisava das *sul'dam*. Só respondeu que conhecia três que aceitariam a tarefa e que estariam prontas amanhã.

— Egeanin é uma mulher honrada — ponderou Thom, vez ou outra parando para soprar um anel de fumaça. — É verdade que é peculiar, mas também pudera, sendo Seanchan. Acho que até Nynaeve se afeiçoou a ela, e Elayne, tenho certeza. E Egeanin gostava das duas, mesmo acreditando que elas fossem Aes Sedai. Ela foi muito útil em Tanchico, muito mesmo, mais do que apenas competente. Adoraria saber como ela acabou elevada ao Sangue, mas sim, acho que podemos confiar em Egeanin. E em Domon. Homem interessante, aquele.

— Um contrabandista — resmungou Juilin com desdém. — E agora ele *pertence* a ela. Os *so'jhin* são mais do que mera propriedade, sabia? Há alguns que mandam no Sangue. — Thom apenas arqueou a sobrancelha desgrenhada, mas após um momento Juilin deu de ombros. — Acho Domon confiável — admitiu, relutante. — Para um contrabandista.

Mat bufou. Talvez os dois estivessem com inveja. Bom, ele era *ta'veren*, e os homens que lidassem com isso.

— Então vamos partir amanhã à noite. A única mudança nos planos é que teremos três *sul'dam* de verdade e uma pessoa do Sangue para nos ajudar a passar pelos portões.

— E essas *sul'dam* vão tirar três Aes Sedai da cidade, libertá-las e nem considerar avisar ninguém? — murmurou Juilin. — Certa vez, quando Rand al'Thor estava em Tear, eu vi uma moeda ser jogada e pousar na vertical cinco vezes seguidas. Por fim, desistimos e largamos a moeda na mesa. Imagino que tudo seja possível.

— Ou você confia neles ou não confia, Juilin — resmungou Mat. O caçador de ladrões lançou um olhar raivoso ao saco no canto do quarto, e Mat balançou a cabeça. — Que ajuda eles deram em Tanchico, Thom? Sangue e cinzas, vocês dois não me façam essa cara de novo! Vocês sabem, eles sabem, é melhor eu saber também.

— Nynaeve nos disse para não contar a *ninguém* — respondeu Juilin, como se isso fizesse diferença. — Elayne também. Nós prometemos. Pode-se dizer até que fizemos um juramento.

Thom balançou a cabeça sem levantá-la do travesseiro.

— As circunstâncias mudaram, Juilin. E não foi juramento nenhum, não. — Ele soprou três perfeitos anéis de fumaça concêntricos. — Eles nos ajudaram a conseguir e depois a nos livrarmos de um tipo de *a'dam* masculino, Mat. Parece que a Ajah Negra queria usá-lo em Rand. Você pode imaginar por que Elayne e Nynaeve queriam manter segredo. Se a notícia de que um negócio desses existe se espalha, só a Luz sabe que tipo de histórias vão começar a surgir.

— Quem se importa com as histórias? — Um *a'dam* masculino? Pela Luz, se a Ajah Negra, ou os Seanchan, tivesse conseguido botá-lo no pescoço de Rand... As cores voltaram a girar em sua cabeça, e Mat se obrigou a parar de pensar em Rand. — Umas fofocas não vão fazer mal a... ninguém. — Sem cores dessa vez. Conseguia evitá-las, desde que não pensasse em... As cores rodopiaram outra vez e ele mordeu a piteira do cachimbo.

— Não é verdade, Mat. Histórias têm poder. Os contos dos menestréis, os épicos dos bardos e os rumores nas ruas. Eles agitam o humor, mudam como os homens veem o mundo. Hoje, ouvi um homem dizer que Rand jurou lealdade a Elaida e que estava na Torre Branca. O sujeito acreditava nisso, Mat. Digamos que muitos tairenos passem a acreditar nessa história. Os tairenos odeiam Aes Sedai. Não é, Juilin?

— Alguns — admitiu Juilin, então acrescentou, como se Thom estivesse arrancando as palavras dele: — A maioria. Mas poucos de nós já conheceram uma Aes Sedai, pelo menos abertamente. A lei proibia canalização, então as poucas Aes Sedai que iam a Tear procuravam não revelar sua identidade.

— Isso não faz diferença, meu querido amigo taireno adorador de Aes Sedai. E, de todo modo, apenas reafirma meu argumento. Tear está do lado de Rand, ou pelo menos os nobres, porque têm medo de que ele retorne caso contrário, mas se acreditarem que Rand está sob o poder da Torre, talvez pensem que ele não pode mais retornar. E se pensarem que Rand é um fantoche da Torre, será mais uma razão para se voltarem contra ele. Se tairenos o bastante acreditarem nessas coisas, não vai ter adiantado de nada o tempo que ele passou em Tear depois de puxar *Callandor*. É apenas um rumor, e apenas Tear, mas poderia afetar do mesmo modo Cairhien, ou Illian ou qualquer outro lugar. Não sei que histórias um *a'dam* masculino pode gerar, em um mundo com o Dragão Renascido e Asha'man, mas estou velho demais para querer descobrir.

De certa forma, Mat entendia. Um homem no comando de uma tropa sempre queria ludibriar o homem no comando das tropas inimigas, convencê-lo de que estava indo para onde não tinha intenção de ir, enquanto o inimigo fazia o mesmo, se fosse bom de serviço. Às vezes os dois lados acabavam tão confusos que coisas muito estranhas aconteciam. Inclusive tragédias. Queimavam-se cidades que ninguém queria queimar, só porque os incendiários foram levados a acreditar no contrário, e então milhares de pessoas morriam. Assim também se destruíam plantações, e dezenas de milhares morriam de fome.

— Então não vou esquentar a cabeça com esse *a'dam* masculino. Imagino que alguém tenha pensado em contar a... ele?

As cores piscaram. Talvez fosse melhor ignorá-las, ou se acostumar. Apareciam e sumiam num piscar de olhos, e não machucavam. Mat só não gostava de coisas que não compreendia. Ainda mais quando podiam estar conectadas ao Poder. A cabeça de raposa prateada sob sua camisa podia protegê-lo contra o Poder, mas essa proteção era tão falha quanto suas memórias.

— Não tivemos muitas chances de conversar — respondeu Thom, seco, arqueando as sobrancelhas. — Imagino que Elayne e Nynaeve tenham dado um jeito de avisá-lo, se tiverem achado necessário.

— E por que achariam? — retrucou Juilin, grunhindo ao se inclinar para tirar uma das botas. — A coisa está no fundo do mar. — Ele franziu o cenho e jogou a bota junto dos vestidos. — Vai nos deixar dormir um pouco, Mat? Não acho que vamos conseguir dormir amanhã, e gostaria de dormir pelo menos noite sim, noite não.

Naquele dia, Mat decidiu dormir na cama de Tylin. Não em nome dos velhos tempos; a ideia o fez rir — embora tenha saído uma risada tão lamentável que matou qualquer humor. Ele simplesmente preferiu um bom colchão de penas de ganso a um palheiro; afinal, não sabia quando teria outra boa noite de sono.

O problema foi que não conseguia dormir. Ficou acordado no escuro, com um braço sob a cabeça e o cordão de couro do medalhão enrolado no pulso, a postos para o caso de o *gholam* surgir da fresta sob a porta, mesmo que não fosse o *gholam* o responsável por sua insônia. Não parava de repassar o plano na cabeça. Era um bom plano, e simples; tão simples quanto possível, naquelas circunstâncias. Só que nenhuma batalha jamais corria de acordo mesmo com os melhores planos. Grandes capitães ganhavam tal reputação não apenas por bolarem estratégias brilhantes, mas por ainda conseguirem assegurar a vitória quando seus planos começavam a desandar. Então, quando o sol iluminou as janelas, Mat ainda estava deitado, rolando o medalhão entre os nós dos dedos e tentando pensar no que daria errado.

Capítulo 30

Pesadas gotas de chuva

O dia amanheceu frio, com nuvens cinzentas obscurecendo o sol nascente e ventos soprados do Mar das Tempestades sacudindo as janelas de vidro. Numa história, aquele não seria o dia perfeito para tentar um grande resgate ou escapada. Era um dia para assassinatos. Um pensamento desagradável para quem esperava sobreviver até a manhã seguinte. Mas o plano *era* simples. Agora que tinha alguém do Sangue Seanchan, nada poderia dar errado. Mat tentou ao máximo se convencer disso.

Lopin lhe trouxe o café da manhã, pão, presunto e queijo amarelo, enquanto Mat se vestia. Nerim estava dobrando algumas últimas peças de roupa que seriam levadas para a estalagem, incluindo algumas das camisas que Tylin encomendara. Eram boas camisas, afinal, e Nerim afirmara que podia dar um jeito nas rendas, embora, como sempre, tivesse soado como alguém se oferecendo para costurar uma mortalha. O homenzinho grisalho e lúgubre era talentoso com uma agulha, isso Mat sabia bem; ele já tinha costurado muitas de suas feridas.

— Nerim e eu vamos levar Olver pelo portão dos fundos do palácio, por onde tiram o lixo — recitou Lopin, com paciência deliberada, as mãos na cintura. Era raro que criados do palácio pulassem alguma refeição, e seu casaco preto estava mais apertado na barriga. Na verdade, a bainha do casaco também parecia mais justa nos quadris. — Nunca tem ninguém lá além dos guardas, até o fim da tarde, quando vem a carroça do lixo, e eles estão acostumados a nos deixar passar por lá com os pertences de milorde, então não vão reparar em nós. Na Mulher Errante, vamos pegar o ouro e o resto das roupas de milorde, e Metwyn, Fergin e Gorderan vão nos encontrar com os cavalos. Nós e os Braços Vermelhos vamos então levar o jovem Olver pelo Portão Dal Eira, pelo meio da tarde. Já estou com os papéis de distribuição dos cavalos, incluindo os animais de carga, aqui no bolso, milorde. Tem um estábulo abandonado na Grande Estrada Norte, cerca de uma milha a norte do Circuito do Paraíso, onde vamos esperar por milorde. Acredito que peguei todas as instruções corretamente, não?

Mat engoliu o último pedaço de queijo e limpou as mãos.

— Acha que fiz você repetir demais? — disse ele, vestindo um casaco verde-escuro e simples. Era melhor estar discreto para o tipo de negócios que ia fazer naquele dia. — Quero ter certeza de que decorou tudo. Lembre, se eu não aparecer antes do nascer do sol de amanhã, siga em frente até encontrar Talmanes e o Bando.

Os alarmes soariam assim que houvesse a inspeção matinal dos canis, e se ele não tivesse saído da cidade àquela altura, imaginaria que acabaria descobrindo se sua sorte era capaz de parar o machado de um carrasco. Certa vez lhe disseram que estava destinado a morrer e reviver — uma profecia, ou coisa parecida —, mas Mat podia apostar que isso já tinha acontecido.

— Claro, milorde — respondeu Lopin, tranquilo. — Seguiremos suas ordens.

— Certamente, milorde — murmurou Nerim, no tom fúnebre de sempre. — Milorde manda e nós obedecemos.

Mat suspeitava que estivessem mentindo, mas dois ou três dias de espera não lhes faria mal, e então os homens se dariam conta de que ele não ia mais aparecer. Metwyn e os outros dois soldados os convenceriam, se necessário. Aqueles três podiam até seguir Mat Cauthon, mas não eram tolos o bastante para arriscar o pescoço se a cabeça dele já tivesse rolado. Por algum motivo, ele não tinha essa convicção a respeito de Lopin e Nerim.

Olver não ficou tão chateado com a perspectiva de deixar Riselle, ao contrário do que Mat achava. Dera a notícia ao menino enquanto o ajudava a guardar seus pertences para serem despachados para a estalagem; tudo estava organizado na cama estreita que ficava numa salinha de estar que antes, quando os aposentos pertenciam a Mat, era a sala de repouso.

— Ela vai se casar, Mat — disse Olver, paciente, como se explicasse alguma obviedade.

O menino abriu rapidamente uma caixinha entalhada que ela lhe dera, apenas para conferir que a pena de falcão-vermelho estava em segurança, então voltou a fechá-la e a enfiou na bolsa de couro que carregaria no ombro. Tomava conta daquela pena como tomara da bolsa com vinte coroas de ouro e um punhado de prata.

— Acho que o marido não vai querer que ela continue me dando lições. Eu não ia, se fosse ele.

— Ah — respondeu Mat.

Uma vez decidida, Riselle agira rápido. O casamento com o Estandarte-general Yamada tinha sido anunciado publicamente no dia anterior e aconteceria no dia seguinte, embora, por tradição, costumasse se esperar meses entre as duas coisas. Yamada podia ser um bom general, Mat não sabia, mas não tivera chance alguma contra Riselle e aquele busto maravilhoso. Naquele dia, os dois estavam visitando um vinhedo nas Colinas de Rhannon, que o noivo lhe daria como presente de casamento.

— Eu só pensei que você fosse querer... não sei... levá-la junto, ou algo assim.

— Não sou criança, Mat — respondeu Olver, sério. Ele embrulhou seu casco de tartaruga listrado em um pedaço de linho e o enfiou na bolsa também. — Você *vai* jogar Cobras e Raposas comigo, não vai? Riselle gosta de jogar, e você nunca mais teve tempo.

Apesar das roupas que Mat estava embrulhando em um manto e que iriam para um cesto de viagem, o menino enfiou uma calça, camisas e meias limpas na bolsa de ombro também. E o jogo de Cobras e Raposas que o falecido pai fizera para ele. Era mais improvável perder algo levado a tiracolo, e Olver já perdera mais em seus dez anos de idade do que a maioria perdia a vida toda. Mas ele também ainda acreditava que dava para vencer no Cobras e Raposas sem precisar quebrar as regras.

— Eu vou — prometeu Mat. Se conseguisse sair da cidade. Com certeza já estava quebrando regras o bastante para merecer ganhar. — Só tome conta do Ventania até eu chegar.

O menino abriu um grande sorriso, que no caso dele era mesmo enorme. Amava aquele capão cinzento e pernalta quase tanto quanto amava Cobras e Raposas. Infelizmente, Beslan também parecia acreditar que dava para vencer naquele jogo.

— Hoje à noite — grunhiu ele, andando para cima e para baixo diante da lareira dos aposentos de Tylin. O jovem esbelto tinha um olhar frio o bastante para abafar o calor do fogo, e suas mãos estavam nas costas, unidas como se evitando pegar no cabo da espada. O relógio ornamentado na cornija entalhada badalou quatro vezes para anunciar a segunda hora da manhã. — Com alguns dias de antecedência, eu poderia ter planejado algo incrível!

— Não quero nada incrível — respondeu Mat.

Não queria nada de Beslan, mas por acaso o rapaz vira Thom saindo de fininho do estábulo d'A Mulher Errante mais cedo. Thom fora até lá para distrair Joline até Egeanin aparecer com a *sul'dam* naquela noite, para acalmá-la e alegrá-la com seus maneirismos da corte, mas poderia ter ido visitar a estalagem por inúmeros outros motivos. Bom, talvez não inúmeros, já que o local estava cheio de Seanchan, mas alguns, com certeza. Só que Beslan, precipitado feito um pato caçando um besouro, foi logo tirando suas conclusões e se recusou a ficar de fora.

— Basta que alguns dos seus amigos incendeiem umas lojas que os Seanchan estão usando de armazém, na Estrada da Baía. Depois de meia-noite, veja bem, o mais pontualmente possível; mas melhor se atrasarem uma hora do que se adiantarem um minuto. — Com sorte, já estariam fora da cidade antes da meia-noite. — Isso atrairá a atenção deles para o sul, e você sabe que perder mantimentos vai abalá-los.

— Eu já disse que vou fazer isso — respondeu Beslan, amargurado. — Mas não se pode dizer que começar um incêndio seja um grande gesto.

Mat se sentou, com o corpo relaxado e o cenho franzido, as mãos descansando nos braços entalhados da cadeira. Ou melhor, tamborilando os dedos, o anel de sinete estalando na madeira banhada a ouro.

— Beslan, você vai ser visto em alguma estalagem quando esses incêndios começarem, certo?

O rapaz fez uma careta.

— Beslan? — insistiu Mat.

Beslan jogou as mãos para o alto com impaciência.

— Eu sei, eu sei. Não devo colocar minha mãe em perigo. Serei visto. À meia-noite, estarei bêbado feito o marido de uma estalajadeira! Pode apostar que serei visto! Só não é muito heroico, Mat. Estou em guerra com os Seanchan, mesmo que minha mãe não esteja.

Mat tentou não suspirar, e quase conseguiu.

Era obviamente impossível disfarçar três Braços Vermelhos tirando cavalos dos estábulos. Duas vezes naquela manhã ele reparou em criadas repassando moedas umas para as outras, e nas duas ocasiões a mulher que entregava o dinheiro lhe lançou um olhar fulminante ao avistá-lo. Mesmo com Vanin e Harnan aparentemente ainda muito bem abrigados nos barracões perto dos estábulos, o palácio todo sabia que Mat Cauthon estava de partida, e as apostas já estavam sendo pagas. Ele só precisava dar um jeito para que ninguém descobrisse exatamente quando seria essa partida antes da hora.

O vento aumentou ao longo da manhã, mas Mat selou Pips e deu suas infinitas voltinhas no pátio, encolhido na sela e bem enrolado no manto. Cavalgou mais devagar que de costume, as ferraduras de Pips estalando preguiçosamente nas pedras do calçamento. De vez em quando olhava com uma careta para as nuvens escuras e balançava a cabeça. Não, Mat Cauthon não gostava de sair naquele tempo. Mat Cauthon ia ficar em algum local quente e seco até o céu clarear, com certeza.

As *sul'dam* dando suas próprias voltinhas com as *damane* pelo pátio também sabiam que ele estava de partida. As criadas podiam até não conversar diretamente com as Seanchan, mas o que uma mulher sabia sempre logo se tornava de conhecimento de todas as outras no raio de uma milha. Nem fogo selvagem se espalhava em galhos secos com tanta velocidade. Uma *sul'dam* loira olhou de relance para ele e balançou a cabeça. Uma outra *sul'dam* roliça e baixa, de pele tão escura quanto a do Povo do Mar, gargalhou alto. Ele era apenas o Brinquedinho de Tylin.

Não estava preocupado com as *sul'dam*, e sim com Teslyn. Antes daquela manhã, fazia vários dias que não a via entre as *damane* se exercitando no pátio. Naquele dia, embora os mantos das *sul'dam* esvoaçassem livremente ao vento, todas as *damane* estavam bem enroladas nos delas; o manto cinza de Teslyn, porém, se sacudia, esquecido, enquanto ela tropeçava em cada pedra irregular do pavimento. Seus olhos estavam arregalados e apreensivos. Vez ou outra ela lançava um olhar de esguelha à *sul'dam* rechonchuda de cabelo preto que segurava a corrente de sua coleira. E, ao fazer isso, lambia os lábios, hesitante.

Mat sentiu um aperto na barriga. Onde fora parar a determinação da mulher? Se ela estivesse prestes a desabar…

— Tudo bem? — perguntou Vanin quando Mat desmontou e lhe entregou as rédeas de Pips.

A chuva começara a cair em gotas pesadas e as *sul'dam* estavam botando suas protegidas para dentro, rindo e correndo para não se molhar. Algumas das *damane* também riam, um som que deixou Mat enregelado. Vanin não deu margem para que alguém se perguntasse por que estavam conversando debaixo de chuva; o homem gordo se inclinou e ergueu uma das patas dianteiras do cavalo para examinar o casco.

— Você parece mais nervoso que o normal.

— Está tudo bem — respondeu Mat. A dor na perna e no quadril era um incômodo, mas mal prestou atenção nisso sob a chuva crescente. Pela Luz, se Teslyn estivesse se entregando… — Apenas lembre que, se ouvir gritaria no palácio hoje à noite, ou qualquer coisa que pareça confusão, você e Harnan não fiquem esperando. Saiam daqui e vão encontrar Olver. Ele vai estar...

— Eu sei onde aquele fedelho vai estar. — Vanin soltou a pata de Pips e cuspiu por entre a falha nos dentes. Gotas de chuva escorriam por seu rosto. — Harnan consegue se virar bem sozinho, e eu sei o que fazer. Você cuide da sua parte e coloque essa sua sorte para funcionar. Vamos lá, garoto — acrescentou ele para Pips, em um tom bem mais gentil. — Tenho aveia da boa para você. E um belo ensopado de peixe para mim.

Mat também deveria comer alguma coisa, mas sentia o estômago pesado e sem espaço para comida. Mancando de volta aos aposentos de Tylin, ele jogou o manto úmido sobre uma cadeira e, por um tempo, ficou encarando o canto onde sua lança de cabo negro estava recostada ao lado de seu arco desencordoado. Planejava pegar a *ashandarei* apenas no último instante. O Sangue deveria estar todo recolhido quando ele entrasse em ação, e a criadagem também, sobrando apenas os guardas acordados, mas não queria arriscar ser visto com a lança antes do necessário. Mesmo os Seanchan que o chamavam de Brinquedinho reparariam nele carregando uma arma pelos corredores no meio da noite. Planejara levar o arco também; era difícil encontrar teixo negro de qualidade fora de Dois Rios, e ainda costumavam fazer arcos pequenos demais — desencordoado, um arco devia ser uns dois palmos mais alto do que o arqueiro —, mas talvez devesse deixá-lo, afinal. As duas mãos estariam ocupadas com a *ashandarei*, se fosse preciso, e o instante que levaria para largar o arco poderia lhe custar a vida.

— Tudo vai seguir de acordo com o plano — disse em voz alta. Sangue e cinzas, soava tão tolo quanto Beslan! — Não vou precisar lutar para sair do maldito palácio! — Quase tão tolo quanto. Ter sorte nos dados era uma coisa, mas depender da sorte em qualquer outra questão era pedir para morrer.

Deitando-se na cama, ele apoiou uma bota em cima da outra e ficou analisando o arco e a lança. A porta para a sala de estar estava aberta, e ele via o relógio tiquetaqueando baixinho o passar das horas. Pela Luz, ia precisar da sorte naquela noite.

A luz na janela esmaeceu tão devagar que Mat quase se levantou para ir conferir se o sol tinha parado, mas enfim a luz cinzenta deu lugar ao roxo do crepúsculo e depois à escuridão total. O relógio soou duas vezes, e então os únicos sons eram o tamborilar da chuva e o sopro do vento. Trabalhadores que encaravam o temporal estariam recolhendo suas ferramentas para irem para casa. Ninguém veio acender os lampiões ou alimentar as lareiras, pois ninguém esperava que ele estivesse ali, já que dormira naquela cama na noite anterior. As chamas na lareira do quarto foram diminuindo até morrer. Àquela hora, tudo já estava em ação. Olver teria sido levado para o velho estábulo, que ainda tinha a maior parte do telhado. O relógio badalou a primeira hora da noite e, depois do que pareceu uma semana, badalou a segunda.

Levantando-se da cama, Mat tateou no escuro até a sala de estar e abriu uma das altas janelas. O vento forte soprou água pela grade de ferro trabalhado, encharcando de imediato seu manto. A lua estava escondida pelas nuvens e a cidade era um breu sob a mortalha da chuva, sem sequer um raio para quebrá-lo. Aparentemente todos os postes tinham sido apagados pelo vento e pelo temporal; a noite os esconderia quando saíssem do palácio. E qualquer patrulha que os visse naquela chuvarada ficaria alerta. Tremendo sob o casaco molhado, Mat voltou a fechar a janela.

Sentou-se em uma das cadeiras entalhadas, apoiou os cotovelos nos joelhos e ficou olhando o relógio sobre a cornija da lareira apagada. Não conseguia enxergá-lo no escuro, mas ouvia o tique-taque dali. Permaneceu imóvel, embora o badalar solitário da hora seguinte o tenha feito tremer. Não havia mais nada a fazer além de esperar. Logo Egeanin apresentaria Joline a sua *sul'dam*. Isso se tivesse mesmo conseguido achar as três mulheres que prometera. Isso se Joline não entrasse em pânico quando colocassem o *a'dam* nela. Thom, Joline e os outros da estalagem se encontrariam com ele um pouco antes do Dal Eira. E, se Mat não aparecesse, Thom já levara seu nabo entalhado; estava certo de que conseguiriam passar pelos portões com sua ordem falsificada. Pelo menos eles teriam alguma chance, se tudo desse errado. Se. Havia muitos "e se" na equação agora, mas era tarde para isso.

Um *ding* do relógio, feito o toque de uma colher em cristal. *Ding.* Àquela altura, Juilin devia estar indo buscar sua querida Thera, e com sorte Beslan estaria começando a encher a cara em alguma estalagem qualquer. Respirando fundo, ele se levantou na escuridão e tateou para conferir suas facas nas mangas, sob o casaco, dentro da bota, e uma na parte de trás da gola. Feito isso, deixou os aposentos. Era tarde demais para qualquer coisa além de começar.

Os corredores vazios pelos quais passou estavam na penumbra. Apenas um lampião de chão a cada três ou quatro ainda estava aceso sob as redomas em frente aos espelhos, pequenas poças de luz entre sombras esquálidas que não chegavam ao breu completo. Suas botas ecoavam alto no chão de ladrilhos, nas escadas de mármore. Era improvável que tivesse alguém acordado àquela hora, mas, se ele fosse avistado, não queria parecer estar se esgueirando. Enganchando os polegares no cinto, Mat se forçou a andar relaxado. Aquilo era quase como roubar uma torta da janela de alguma cozinha. Se bem que, pensando bem, as poucas lembranças que tinha da infância envolviam uma ou outra bela surra por ter feito isso.

Ao subir na varanda colunada que circundava o pátio, ele ergueu a gola do casaco para se proteger da chuva que entrava pelas pilastras caneladas. Maldita chuva! Já fazendo estrago, e ele mal tinha saído a céu aberto. Os lampiões na parede estavam apagados, a não ser por uns dois que ladeavam o portão aberto, os únicos pontos de luz no temporal. Mat não conseguia ver guardas no portão. O esquadrão Seanchan permaneceria impassível, como se fosse uma bela tarde. Os eboudarianos também, provavelmente; não gostavam de ficar para trás em nada. Um momento depois, Mat recuou para a antessala, já encharcado. Nada se movia no estábulo. Onde eles estavam? Sangue e malditas cinzas, onde...?

Cavaleiros surgiram nos portões, liderados por dois homens a pé carregando lampiões portáteis. Era impossível contá-los na chuva, mas havia muitos. Será que os mensageiros Seanchan andavam com carregadores de lampião? Talvez, naquele tempo. Mat recuou de volta à antessala, irritado. A parca luz daquele único lampião de pé atrás dele servia apenas para deixar a noite lá fora parecendo um cobertor de negrume, mas ele deu uma espiada. Em poucos minutos, quatro figuras sob mantos pesados apareceram rumando rápido em direção à porta. Se fossem mensageiros, passariam sem nem reparar nele.

— Aquele seu homem, Vanin, é um grosseirão — anunciou Egeanin, tirando o capuz depois de passar pelas pilastras.

No escuro, seu rosto era apenas uma sombra, mas a frieza em seu tom bastou para informá-lo do que veria antes mesmo que ela entrasse na antessala, forçando-o a recuar. Ela tinha o cenho franzido, os olhos azuis feito brocas de gelo. Domon, também de cara fechada, a seguiu, sacudindo a água do manto, e então duas *sul'dam*, uma branca e loira e a outra com um longo cabelo castanho. Não deu para ver muito mais que isso, já que ambas mantinham a cabeça baixa, encarando o chão de ladrilhos diante dos próprios pés.

— Você não me disse que ela estava acompanhada de dois homens — continuou Egeanin, tirando as luvas. Era engraçado como ela conseguia fazer aquele sotaque arrastado soar rápido. Quando ela começava a falar, não restava tempo de mais ninguém nem abrir a boca. — Ou que a Senhora Anan ia junto. Sorte sua que sei me adaptar. Planos sempre precisam de algum ajuste, depois que a âncora seca. Falando em seco, você andou passeando lá fora? Espero que não tenha sido avistado.

— Como assim você ajustou o plano? — questionou Mat, passando as mãos pelo cabelo. Pela Luz, estava todo molhado! — Eu tinha tudo arranjado! — Por que aquelas *sul'dam* estavam tão quietas? As duas eram praticamente estátuas personificando a relutância. — Quem são aquelas outras pessoas?

— O pessoal da estalagem — disse Egeanin, impaciente. — Para começar, eu preciso de uma comitiva adequada, para o caso de passarmos por alguma patrulha. Aqueles dois... Guardiões?... são sujeitos fortes, deram ótimos carregadores de lampião. E depois, eu não queria arriscar perdê-los de vista na confusão. É melhor ficar todo mundo junto desde o começo. — Ela virou a cabeça, seguindo o olhar dele até as *sul'dam*. — Essas são Setah Zarbey e Renna Emain. Imagino que elas desejem que você esqueça esses nomes depois de hoje.

A mulher de pele clara se retraiu ao ouvir o nome Setah, o que significava que a outra era Renna. Nenhuma das duas ergueu a cabeça. Por que será que estavam na mão de Egeanin? Não que isso importasse. A única coisa que importava era que estavam ali e prontas para fazer o que fosse necessário.

— Não temos por que ficar aqui parados — disse Mat. — Vamos logo com isso.

Não comentou mais nada a respeito das mudanças que Egeanin fizera no plano. Afinal, no tempo que passara deitado na cama de Tylin, ele próprio decidira fazer uma ou outra alteração também.

Capítulo 31

O que o Aelfinn falou

A nobre Seanchan demonstrou surpresa, e um bocado de irritação, quando Mat a acompanhou até os canis. Setah e Renna sabiam o caminho, claro, e ele deveria estar indo buscar seu manto e o que mais pretendesse levar. As duas *sul'dam* os seguiram pelos corredores mergulhados em penumbra, os mantos pendendo das costas e os olhos no chão. Domon vinha na retaguarda, como se as pastoreasse, a trança na lateral da cabeça balançando conforme ele olhava para os corredores a cada cruzamento, e às vezes ele tateava a cintura como se buscasse uma espada ou uma clava. Os corredores estavam vazios e silenciosos.

— Tenho uma pequena tarefa a cumprir — disse Mat a Egeanin, no tom mais casual possível, e sorriu. — Não precisa se preocupar, só vai levar um minuto.

O seu melhor sorriso pareceu causar tanto impacto quanto no dia anterior, no quarto dela.

— Se você estragar as coisas agora… — rosnou ela, a voz ameaçadora.

— Lembre que fui eu que planejei tudo isso — murmurou ele, e Egeanin grunhiu.

Pela Luz, mulheres sempre achavam que podia assumir o comando ao seu bel-prazer e fazer um trabalho melhor do que o homem responsável por ele!

Pelo menos não houve mais reclamações. A passos rápidos, foram até o último andar do palácio, depois subiram as escadas estreitas que levavam ao sótão. Havia apenas alguns lampiões acesos, menos do que nos corredores abaixo, e o labirinto de passagens estreitas entre os quartinhos de madeira estava ligeiramente escuro. Nada se movia, e Mat respirou mais tranquilo. Teria ficado ainda mais tranquilo se Renna não tivesse soltado um óbvio suspiro de alívio.

Ela e Setah sabiam onde estavam cada *damane*, e, embora não tenham chegado a correr, não se demoraram em adentrar o sótão, talvez porque Domon ainda estivesse em seu encalço, o que não inspirava muita segurança. Bom, de cavalo dado não se olhava os dentes. Ele ia aproveitar o que tinha em mãos. Ainda mais porque não havia opção.

Egeanin lhe lançou um último olhar severo e voltou a resmungar baixinho, depois partiu atrás dos outros, o manto esvoaçando. Mat fez uma careta para ela. Pelo modo como andava, ela poderia ser confundida com um homem, não fosse o vestido.

Ele tinha mesmo uma tarefa, e talvez não fosse tão pequena. Não era algo que quisesse fazer. Luz, tinha tentado se dissuadir da ideia! Mas não tinha alternativa, infelizmente. Logo que Egeanin virou em um corredor e sumiu de vista, seguindo Domon e as outras, ele partiu para o quarto mais próximo, que lembrava pertencer a uma mulher do Povo do Mar.

Abrindo a porta simples de madeira sem fazer barulho, adentrou o quarto escuro. A mulher dormindo ali roncava, e seu ronco chegava a ser gutural. Ele tateou o caminho devagar, até o joelho esbarrar na cama, então apalpou o volume sob as cobertas mais depressa e encontrou a cabeça bem a tempo de cobrir sua boca quando ela acordou assustada.

— Quero que você responda uma pergunta — sussurrou ele. Sangue e cinzas, e se tivesse confundido o quarto? E se aquela não fosse uma Chamadora de Ventos, mas uma maldita Seanchan? — O que você faria se eu tirasse esse colar do seu pescoço? — Ele afastou a mão, prendendo o fôlego.

— Eu libertaria minhas irmãs, se aprouver à Luz que isso aconteça. — O sotaque do Povo do Mar o fez voltar a respirar na escuridão. — Com a bênção da Luz, nós daríamos um jeito de cruzar o porto, até onde estão mantendo o resto do nosso povo, e libertaríamos tantos quanto possível. — A voz da mulher permaneceu baixa, mas se tornava mais forte a cada palavra. — Com a bênção da Luz, recuperaríamos nossos navios e lutaríamos para chegar ao mar. Agora! Se isso for um truque, pode me punir de uma vez, ou me matar. Eu estava à beira de ceder, de me entregar, e essa vergonha arderá para sempre em mim, mas você me lembrou de quem sou, e agora nunca vou ceder. Ouviu bem? Nunca!

— E se eu lhe pedisse para esperar três horas? — perguntou ele, ainda inclinado sobre ela. — Se bem me lembro, os Atha'an Miere podem calcular a passagem das horas em questão de minutos.

A lembrança não era dele, mas agora lhe pertencia, uma viagem em um navio dos Atha'an Miere, de Alloralen a Barashta, e de uma vivaz mulher do Povo do Mar que chorara ao se recusar a se juntar a ele em terra firme.

— Quem é você? — sussurrou ela.

— Meu nome é Mat Cauthon, se fizer diferença.

— Sou Nestelle din Sakura Estrela do Sul, Mat Cauthon. — Ele a ouviu cuspir e soube o que estava fazendo. Também cuspiu na própria palma, e suas mãos se encontraram no escuro; a dela era tão calejada quanto a dele, com um aperto forte. — Vou esperar. E vou me lembrar de você. Você é um grande homem, um homem bom.

— Sou apenas um jogador — respondeu ele.

A mão da mulher guiou a dele para o colar em seu pescoço, que se abriu para Mat com um estalido metálico. Ela respirou fundo.

Só precisou ensinar a ela a posicionar e mover os dedos uma única vez, mas não se deu por satisfeito até que ela abrisse mais três, para confirmar. Se era para fazer, teria que ser bem-feito.

— Três horas, com a maior pontualidade que puder — lembrou ele.

— Com a maior pontualidade — sussurrou Nestelle.

Ela poderia estragar tudo, mas se ele não pudesse arriscar, quem poderia? Era um homem de sorte, afinal. Talvez sua sorte não tivesse andado muito em alta nos últimos tempos, mas encontrara Egeanin quando mais precisava. Mat Cauthon ainda era sortudo.

Tão silenciosamente quanto havia entrado, ele saiu do quarto e fechou a porta. E quase mordeu a própria língua com o susto que levou ao dar de cara com as costas de uma mulher grandalhona e grisalha em um vestido vermelho. Diante dela estava Egeanin, toda empertigada, e Teslyn conectada a Renna pela corrente prateada de um *a'dam*. Não havia sinal de Domon ou de Setah ou da tal Edesina que ele ainda não conhecia. Egeanin parecia uma leoa feroz encarando a presa, mas Teslyn tinha os olhos arregalados e tremia, aterrorizada, enquanto a boca retorcida de Renna indicava que ela estava prestes a vomitar.

Sem ousar respirar, ele deu um passo muito cauteloso para perto da mulher grisalha com as mãos esticadas. Se conseguisse tapar sua boca antes que ela gritasse, poderia escondê-la... mas onde? Setah e Renna iam querer matá-la. Não importava qual fosse o controle de Egeanin sobre elas, a mulher sabia quem eram.

O olhar severo de Egeanin encontrou o dele por um breve instante antes de voltar-se para o rosto da *sul'dam* grisalha outra vez.

— Não! — disse ela, ríspida. — Não dá tempo de mudar meus planos agora. A Grã-lady Suroth disse que eu podia usar qualquer *damane* que quisesse, *der'sul'dam*.

— Claro, milady — respondeu a mulher, confusa. — Só informei que Tessi ainda não foi realmente treinada. Na verdade, vim até aqui para ver como ela estava. Ela *vem* se saindo muito bem, milady, mas...

Ainda prendendo a respiração, Mat recuou na ponta dos pés. Afastou-se pela escada estreita se escorando nas paredes para diminuir ao máximo o peso dos passos. Não se lembrava de nenhum degrau rangente, mas era melhor não correr certos riscos, a não ser que fosse extremamente necessário, sem jamais abusar da sorte. Essa era a receita para uma longa vida, algo a que aspirava bastante.

No pé da escada, ele parou para respirar até que seu coração se acalmasse. Ou pelo menos desacelerasse um pouco, o que talvez só acontecesse no dia seguinte. Achava que não tinha respirado desde que vira a mulher grisalha. Luz! Se Egeanin achava que tinha a situação sob controle, que ótimo, mas mesmo assim, pela Luz! Ela devia ter cordas apertadas ao redor do pescoço daquelas *sul'dam*! O plano *dela*? Bom, tinha razão sobre não haver tempo a perder. Mat correu.

Correu até sentir uma pontada forte no quadril e tropeçar em uma mesinha incrustrada com turquesas. Agarrou-se em uma tapeçaria para evitar cair e a seda amarela, florida e veranil, se soltou da moldura de mármore, rasgando-se ao meio. O grande vaso de porcelana branca na mesinha caiu, espatifando-se no piso azul e vermelho com um estalo que ecoou pelo corredor. Depois disso, ele mancou. Mas tão rápido quanto um homem jamais havia mancado. Se alguém fosse investigar o barulho, não ia encontrar Mat Cauthon no meio da bagunça, nem a dois corredores de distância.

Ele coxeou pelo resto do caminho até os aposentos de Tylin, e já tinha atravessado a sala e entrado no quarto antes de se dar conta de que os lampiões estavam todos acesos. O fogo na lareira do quarto fora reacendido com toras do baú dourado de lenha. Tylin, com os braços para trás, desabotoando o próprio vestido, ergueu os olhos e franziu o cenho quando ele entrou. Seus trajes verde-escuros estavam amarrotados. O fogo crepitou e cuspiu uma chuva de fagulhas chaminé acima.

— Não esperava que você já estivesse de volta — disse ele, tentando raciocinar.

Dentre tudo que imaginara dando errado naquela noite, não constava que Tylin voltasse mais cedo. Seu cérebro parecia congelado.

— Suroth ficou sabendo que um exército tinha desaparecido em Murandy — respondeu ela, devagar, se empertigando. Falou distraída, dando às próprias palavras apenas um pouco da atenção que dispensava a analisar Mat Cauthon. — Que exército, ou como pode ter sumido, eu não sei, mas ela achou que deveria voltar às pressas. Deixamos quase todo mundo para trás e viemos o mais rápido possível em uma daquelas criaturas, conduzida por uma outra mulher, e tomamos dois cavalos para virmos sozinhas das docas. Ela até foi para aquela estalagem do outro lado da praça, onde estão aqueles oficiais todos, em vez de vir para cá. Não acho que pretenda dormir esta noite, ou deixar que eles durmam…

Tylin deixou a frase morrer, cruzando o tapete até Mat, e dedilhou o discreto casaco verde dele.

— O problema de ter uma raposa de estimação é que, mais cedo ou mais tarde, ela se lembra de que é uma raposa — murmurou ela, seus grandes olhos escuros examinando Mat. De repente, agarrou seus cabelos com as duas mãos e o puxou para um beijo que fez retesar todos os músculos dele. — Isso foi para mostrar o quanto vou sentir sua falta — disse ela, sem fôlego, ao soltá-lo. Então, sem a menor mudança de expressão, estapeou-o tão forte que pontinhos prateados flutuaram diante de seus olhos. — E isso é por tentar fugir escondido enquanto eu estava fora. — Virando-se de costas, ela puxou o cabelo negro para a frente do ombro. — Abra os botões para mim, minha bela raposinha. Chegamos tão tarde que resolvi não acordar as criadas, mas é impossível vencer os botões com essas unhas. Uma última noite juntos, e amanhã boto você na estrada.

Mat esfregou a bochecha. A mulher podia ter lhe quebrado um dente! Pelo menos tinha descongelado seus pensamentos. Se Suroth estava n'A Mulher Errante, não estava no Palácio Tarasin para ver o que não deveria. A sorte dele ainda estava na jogada. Bastava cuidar da mulher diante dele. E o único caminho a seguir era em frente.

— Vou embora esta noite — disse Mat, pousando as mãos nos ombros de Tylin. — E vou levar junto algumas Aes Sedai lá do sótão. Venha comigo. Mando Thom e Juilin atrás de Beslan e…

— Ir *com* você? — rebateu ela, incrédula, se afastando e virando-se para encará-lo. Seu rosto orgulhoso estava cheio de desdém. — Pombinho, não pretendo virar *sua* amante, e tampouco quero me tornar uma refugiada. Ou deixar Altara para qualquer pessoa que os Seanchan escolham para me substituir. Eu sou a Rainha de Altara, que a Luz me proteja, e não vou abandonar meu país agora. Você realmente pretende tentar libertar as Aes Sedai? Desejo boa sorte, se for o caso… desejo sorte às irmãs… mas parece um bom jeito de acabar com a cabeça em um espeto, docinho. E é uma cabeça bonita demais para ser decepada e mergulhada em alcatrão.

Ele tentou voltar a segurá-la pelos ombros, mas Tylin recuou outra vez, lançando um olhar penetrante que o fez baixar as mãos. Mat procurou colocar o máximo de urgência possível em sua voz.

— Tylin, garanti que todos soubessem que eu estava partindo e que estava ansioso para ir embora antes que você voltasse, para os Seanchan não acharem que você teve algo a ver com isso, mas agora...

— Eu voltei e o peguei de surpresa — interrompeu ela, firme. — E você me amarrou e me enfiou debaixo da cama. Quando me encontrarem, de manhã, estarei furiosa com você. Irada! — Ela sorriu, mas seus olhos brilhavam, quase furiosos de verdade, a despeito do que dissera sobre raposas e sobre botá-lo na estrada. — Vou oferecer uma recompensa por você e dizer a Tuon que ela pode comprá-lo quando você for capturado, se ainda o quiser. Serei uma perfeita Sangue Nobre indignada. Eles vão acreditar em mim, patinho. Já disse a Suroth que pretendo raspar a cabeça.

Mat abriu um sorriso fraco. Decerto acreditava nela. A mulher o venderia, se ele fosse capturado. "Mulheres são um labirinto de espinhos no escuro", dizia o velho ditado, e nem elas sabiam o caminho.

Tylin insistiu em supervisionar a própria amarração; pareceu se orgulhar disso. Teve que ser amarrada com tiras rasgadas da própria saia, como se o tivesse surpreendido e sido subjugada. Os nós precisavam ser bem apertados, para que não conseguisse escapar, mesmo se tentasse muito, o que ela de fato fez assim que se viu presa, se contorcendo tanto que parecia até que realmente queria fugir. Talvez quisesse; sua boca se curvou em um rosnado quando não conseguiu. Seus pulsos e tornozelos foram presos na altura da lombar, e uma coleira foi amarrada do seu pescoço ao pé da cama, para que não pudesse se arrastar pelo chão até o corredor. E, claro, ela também tinha que ser impedida de gritar por socorro. Quando Mat enfiou gentilmente um dos lenços de seda dela em sua boca e amarrou outro ao redor da cabeça para prendê-lo lá dentro, ela sorriu, mas seus olhos estavam ferozes. Um labirinto de espinhos no escuro.

— Vou sentir sua falta — disse ele baixinho enquanto a empurrava para debaixo da cama.

Para sua surpresa, se deu conta de que era verdade. Luz! Depressa, pegou seu manto, as luvas e a lança, e apagou os lampiões ao sair. Mulheres eram capazes de emaranhar um homem desavisado naquele labirinto.

Os corredores permaneciam vazios e silenciosos, a não ser pelo som de seus próprios passos mancos, mas qualquer alívio teve fim quando ele chegou à antessala junto aos estábulos.

O único lampião de pé ainda lançava uma luz bruxuleante sobre as inescapáveis tapeçarias florais, mas Juilin e sua namorada não estavam lá, nem Egeanin e os outros. Com o tempo que gastou com Tylin, todos já deviam estar ali, esperando por ele. Para além da varanda colunada, a chuva caía feito uma cortina pesada que escondia tudo. Será que tinham ido para os estábulos? Aquela tal Egeanin parecia mudar os planos como bem entendesse.

Resmungando baixinho, ele vestiu o manto e se preparou para ir aos estábulos na chuva; já estava perdendo a paciência com as mulheres naquela noite.

— Então você pretende mesmo partir. Não posso permitir, Brinquedinho.

Praguejando, Mat se virou e deu de cara com Tuon, seu rosto escuro severo sob o comprido véu transparente, preso no alto da cabeça raspada pela delicada tiara de ouro incrustada com gotas-de-fogo e pérolas. Mais uma fortuna era ostentada no largo cinto cheio de gemas que marcava sua cintura e no comprido cordão no pescoço. Mas não era hora para ficar reparando em joias, não importava quão preciosas fossem. Pela Luz, o que ela estava fazendo acordada? Sangue e cinzas, se ela saísse correndo, gritando para os guardas o pegarem...!

Em desespero, ele avançou para a garota magricela, mas ela se esquivou e lançou longe sua *ashandarei* com um golpe que deixou o pulso de Mat dormente. Esperava que ela fugisse, mas em vez disso Tuon partiu para cima, desferindo socos e golpes com as mãos abertas feito a lâmina de um machado. Ele tinha mãos rápidas, as mais rápidas que Thom já vira, segundo o velho menestrel, mas mal conseguia se defender dela, muito menos segurá-la. Se não estivesse tão concentrado em impedi-la de quebrar seu nariz — ou talvez alguma outra parte; ela batia bem forte para quem tinha mãos tão pequenas —, poderia ter achado a situação toda engraçada. Era muito mais alto que ela, embora fosse de estatura mediana, porém Tuon o atingia com uma fúria implacável, como se fosse a mais alta e mais forte dos dois e esperasse dominá-lo. Por algum motivo, depois de alguns instantes, seus lábios cheios formaram um sorriso, e Mat chegou a pensar que aqueles grandes olhos úmidos brilhavam de deleite. Que a Luz o queimasse, ficar pensando na beleza de uma mulher num momento como aquele era tão idiota quanto ponderar o valor de suas joias!

De repente, ela recuou, usando as duas mãos para ajustar a tiara ornamentada que prendia seu véu. Agora já não havia nada de prazer em seu rosto, apenas concentração. Posicionando os pés com cuidado, sem tirar os olhos dele, ela começou a erguer as saias, dobrando-as até acima dos joelhos.

Mat não compreendia por que ela não estava gritando por ajuda, mas sabia que a mulher estava prestes a chutá-lo. Bom, não se ele pudesse evitar! Avançou para ela, então tudo aconteceu de uma só vez. Uma pontada de dor no quadril o fez cair apoiado em um joelho. Tuon levantou as saias quase até a cintura e sua perna magra de meia-calça branca desferiu um chute que passou por cima da cabeça dele quando ela foi subitamente erguida do chão.

Mat ficou quase tão surpreso quanto a garota ao ver Noal com os braços ao redor dela, porém reagiu mais rápido. Quando ela enfim abriu a boca para gritar, Mat já estava de pé e enfiou o véu entre os dentes dela, derrubando aquela rica tiara com um tapinha. Obviamente ela não foi tão cooperativa quanto Tylin; Mat precisou apertar seu maxilar com força para impedi-la de cravar os dentes nos dedos dele. Ela soltou rosnados irritados e tinha um olhar mais raivoso do que enquanto o atacava, contorcendo-se sob os braços de Noal, agitando as pernas, mas o velho calejado conseguia evitar todos os coices. Velho ou não, ele não parecia ter dificuldade em segurá-la.

— Você sempre se mete nesses problemas com mulheres? — perguntou ele, tranquilo, com o sorriso falhado. Usava seu manto e tinha seus pertences amarrados em uma trouxa às costas.

— Sempre — respondeu Mat, amargurado, e grunhiu quando uma joelhada acertou seu quadril dolorido.

Desenrolou o cachecol com uma das mãos e amarrou sobre o véu na boca de Tuon, o que lhe custou uma mordida no polegar. Pela Luz, *o que* ia fazer com ela?

— Não sabia que era isso que você estava planejando — disse Noal, nem sequer ofegante, apesar da mulherzinha se debatendo em seus braços —, mas, como pode ver, também estou de partida esta noite. Pensei que nos próximos dias este lugar se tornaria complicado para alguém que você trouxe para cá.

— Decisão inteligente — murmurou Mat. Devia ter pensado em avisar Noal.

Ficou de joelhos, desviando-se dos chutes de Tuon — ao menos da maioria — por tempo o bastante para lhe segurar as pernas. Usando uma faca tirada da manga, rasgou tiras do vestido dela para lhe amarrar os tornozelos. Que bom que praticara com Tylin, mais cedo. Não estava acostumado a amarrar mulheres. Rasgando outra tira da bainha da saia, pegou a tiara do chão, soltando um grunhido pelo esforço ao se levantar e outro, mais profundo, pelo chute duplo que lhe incendiou o quadril. Quando ele foi colocar a tiara de volta na cabeça dela, Tuon o encarou bem no fundo dos olhos. Ela parou de se debater inutilmente, mas não estava com medo. Pela Luz, no lugar dela, Mat estaria se mijando.

Foi então que Juilin finalmente chegou, de manto, espada curta e o quebra-espada no cinto, além do bastão de bambu na mão. Uma mulher esbelta e de cabelo escuro, usando a pesada túnica branca que os *da'covale* vestiam na rua, estava agarrada ao seu braço direito. Era bonita, de um jeito carrancudo, fazendo bico, mas tinha uns cinco ou seis anos a mais do que Mat esperava, e seus grandes olhos escuros observavam tudo com timidez. Ao notar Tuon, ela soltou um gritinho e largou Juilin como se ele fosse um fogão quente, encolhendo-se junto à porta com a cabeça nos joelhos.

— Precisei convencer Thera a fugir tudo de novo. — O caçador de ladrões suspirou, lançando um olhar preocupado à mulher. Foi a única explicação que deu para seu atraso antes de voltar a atenção para os braços de Noal. Afastando para trás o ridículo chapéu cônico vermelho que usava, coçou a cabeça. — E o que vamos fazer com ela? — perguntou simplesmente.

— Vamos deixá-la nos estábulos — respondeu Mat.

Deixariam, caso Vanin tivesse convencido os cavalariços a permitirem que ele e Harnan cuidassem do cavalo de qualquer mensageiro que chegasse. Até aquele momento, aquilo parecera apenas uma precaução extra, não uma necessidade. Até aquele momento.

— No palheiro. Só devem encontrá-la de manhã, quando forem limpar as baias.

— Pensei que você estivesse sequestrando ela. — Noal suspirou, deixando Tuon apoiar os pés amarrados de volta no chão e envolvendo também os braços dela.

A mulher, de cabeça erguida, nem se dignou a se debater. Mesmo com a mordaça, seu rosto era puro desdém. Ela se recusava a lutar, não porque estivesse impotente, mas porque lutar não era sua escolha.

Passos soaram no corredor que levava à antessala, cada vez mais altos. Podia ser Egeanin, finalmente. Ou, pelo desenrolar da noite, os Guardas da Morte. Do esquadrão dos Ogier.

Mat gesticulou, com pressa, para que os outros saíssem da linha de visão da porta, então foi mancando apanhar sua lança. Juilin pôs Thera de pé e a puxou para sua esquerda, onde ela se agachou em um canto enquanto ele se punha na frente dela com o bastão erguido nas duas mãos. Parecia uma arma frágil, mas o caçador de ladrões sabia usá-la muito bem. Noal arrastou Tuon para o canto oposto do cômodo, enfiando uma das mãos dela no próprio casaco, onde guardava suas longas facas. Mat se posicionou no meio da antessala, de costas para a noite chuvosa, a *ashandarei* em riste. Não importava quem entrasse, ele não conseguiria continuar se mexendo muito, com o quadril todo travado depois dos chutes de Tuon, mas, na pior das hipóteses, poderia ao menos causar uns estragos.

Quando Egeanin passou marchando pela entrada, ele se apoiou na lança de tanto alívio. Duas *sul'dam* entraram atrás, e Domon por último. E Mat enfim conheceu Edesina, embora se lembrasse de já tê-la visto um dia durante os passeios das *damane*, uma mulher bela e esguia em um daqueles vestidos cinza, o cabelo negro na cintura. Apesar do *a'dam* que a conectava ao pulso de Setah, Edesina olhou ao redor com toda a calma. Podia ser uma Aes Sedai encoleirada, mas era uma Aes Sedai confiante de que aquela coleira logo seria retirada. Teslyn, por outro lado, tremia de nervosismo, lambendo os lábios e olhando para a porta do estábulo. Renna e Setah puxaram as duas para seguirem Egeanin, embora também não tirassem os olhos da porta.

— Precisei acalmar a *der'sul'dam* — disse Egeanin assim que entrou. — Elas são muito apegadas a suas protegidas. — Ao notar Juilin e Thera, ela franziu o cenho; não parecera haver motivo para contar sobre Thera, uma vez que a mulher estivera disposta a ajudar *damane*, mas ficou claro que ela não gostou da surpresa envolta em lã. — Claro que o fato de ela ter visto Setah e Renna muda algumas coisas, mas...

Sua fala foi podada como uma árvore assim que ela avistou Tuon. Egeanin já era branca, mas ficou pálida. Tuon lançou a ela um olhar fulminante por cima da mordaça, com a ferocidade severa de um algoz.

— Ah, Luz! — exclamou a Seanchan, rouca, caindo de joelhos. — Seu louco! Botar as mãos na Filha das Nove Luas é digno de uma morte lenta e dolorosa!

As duas *sul'dam* arfaram, então se ajoelharam de imediato, não apenas levando as duas Aes Sedai junto, mas puxando as correntes do *a'dam* até que elas encostassem a cabeça no chão.

Mat grunhiu como se Tuon tivesse acabado de lhe dar um chute em cheio na barriga; foi a mesma sensação. A Filha das Nove Luas. O Aelfinn lhe dissera a verdade, por mais que ele odiasse saber. Ele morreria e voltaria à vida, se já não tivesse feito isso. Abriria mão de metade da luz do mundo para salvar o mundo, e não queria nem pensar no que isso significava. E se casaria...

— Ela é minha esposa — disse, baixinho.

Alguém fez um som estrangulado; talvez Domon.

— O quê? — guinchou Egeanin, virando a cabeça para ele tão rápido que seu cabelo preso lhe chicoteou o rosto. Mat não teria imaginado que ela *era capaz* de guinchar. — Você não pode dizer isso! Você não *deve* dizer isso!

— Por que não? — questionou ele. O Aelfinn sempre dizia a verdade. Sempre. — Ela é minha esposa. Sua maldita Filha das Nove Luas é minha esposa!

Todos o encaravam, exceto Juilin, que olhou para o próprio chapéu nas mãos. Domon balançou a cabeça e Noal riu baixinho. Egeanin ficou boquiaberta. As duas *sul'dam* estavam embasbacadas, como se ele fosse um maluco, aloprado e à solta. Tuon o observava, mas sua expressão era ilegível, escondendo qualquer pensamento por trás daqueles olhos escuros. Ah, Luz, *o que* ele ia fazer? Para começar, ir embora antes...

Selucia entrou correndo no cômodo e Mat gemeu. Seria possível que todo mundo no palácio tivesse resolvido aparecer ali? Domon tentou agarrá-la, mas ela desviou, movendo-se rápido. A roliça *so'jhin* loira não tinha a postura majestosa habitual, esfregando as mãos e olhando ao redor com uma expressão acuada.

— Perdoe-me por falar, mas o que você está fazendo ultrapassa os limites da sanidade — disse ela, soando amedrontada. Com um gemido, correu e se agachou junto às *sul'dam* ajoelhadas, segurando o ombro de ambas, como se buscasse a proteção delas. Seus olhos azuis não paravam de esquadrinhar o cômodo. — Independentemente dos presságios, a situação ainda pode ser retificada se você concordar em recuar.

— Fique calma, Selucia — disse Mat em um tom apaziguador. Ela não olhava para ele, mas Mat fez gestos tranquilizantes de todo modo. Não encontrou em nenhuma daquelas memórias um jeito de lidar com uma mulher histérica. Nenhum além de se esconder. — Ninguém vai se machucar. Ninguém! Eu prometo. Pode se acalmar.

Por algum motivo, uma pontada de consternação perpassou seu rosto, mas ela se pôs de joelhos, as mãos unidas no colo. De repente, todo o medo desapareceu, e ela voltou a ser tão majestosa quanto sempre.

— Obedecerei a você, contanto que não machuque minha senhora. Se machucá-la, vou matá-lo.

Se as palavras tivessem vindo de Egeanin, Mat teria ficado preocupado. Vindas daquela mulher rechonchuda, de bochechas macias, baixinha, mesmo sendo mais alta que sua senhora, ele não deu a menor atenção. Só a Luz sabia como as mulheres eram perigosas, mas ele podia dar conta da criada de uma lady. Pelo menos ela não estava mais histérica. Era engraçado como mulheres entravam e saíam rápido desse estado.

— Imagino que você pretenda deixar *as duas* no palheiro? — perguntou Noal.

— Não — respondeu Mat, olhando para Tuon.

Ela o encarou de volta, seu rosto ainda ilegível. Era uma mulher reta feito um rapaz, enquanto ele preferia as curvilíneas. Era herdeira do trono Seanchan, enquanto nobres lhe davam calafrios. Era uma mulher que quisera *comprá-lo* e que agora provavelmente queria enfiar uma faca entre suas costelas. E se tornaria sua esposa. O Aelfinn sempre falava a verdade.

— Vamos levá-las conosco — disse ele.

Por fim, Tuon demonstrou alguma emoção. Ela sorriu, como se de repente ficasse sabendo de um segredo. Ela sorriu, e ele sentiu um calafrio. Ah, Luz, que calafrio.

Capítulo 32

Uma parcela de sabedoria

A Roda Dourada era uma estalagem grande, bem perto do Mercado de Avharin, com um salão comum comprido de teto em treliça e cheio de mesinhas quadradas. No entanto, mesmo ao meio-dia, não mais que uma em cada cinco mesas tinha algum cliente, em geral um mercador forasteiro na companhia de uma mulher trajando cores sóbrias e com o cabelo preso no alto da cabeça ou na nuca. As mulheres também eram ou mercadoras ou banqueiras. Em Far Madding, a atividade bancária e o comércio eram proibidos aos homens. Todos os estrangeiros no salão comum eram homens, já que as mulheres presentes podiam ser levadas à Sala das Mulheres. O aroma de peixe e carne de carneiro sendo preparados nas cozinhas tomava conta do lugar, e, de tempos em tempos, um grito vindo de uma das mesas chamava um dos homens em serviço, que esperavam em fila na parte de trás do salão. De resto, os mercadores e as banqueiras só falavam em voz baixa. O barulho da chuva lá fora era mais alto.

— Você tem certeza? — perguntou Rand, apanhando os desenhos amassados de um atendente com queixo de lanterna que ele chamara para um canto do salão.

— Acho que é ele — confirmou o sujeito sem muita segurança, esfregando as mãos num avental comprido com uma roda de carroção amarela bordada. — É parecido. Ele deve voltar daqui a pouco. — Olhando para além de Rand, ele suspirou. — Melhor você comprar uma bebida ou ir embora. A Senhora Gallger não gosta de nos ver conversando na hora do trabalho. E não gostaria que eu falasse dos clientes dela em hora nenhuma.

Rand deu uma olhada para trás. Uma mulher esguia com um pente comprido de marfim enfiado em um coque escuro estava de pé junto ao arco pintado de amarelo que levava à Sala das Mulheres. A forma como observava o salão comum — em parte como uma rainha inspecionando seus domínios, em parte como uma fazendeira vistoriando seus campos, em ambos os casos descontente com a escassez de negócios que via — identificava-a como a estalajadeira. Quando seu olhar parou em Rand e no sujeito com queixo de lanterna, ela franziu o cenho.

— Vinho quente — pediu Rand, entregando ao homem algumas moedas, cobres para a bebida e um marco de prata pela informação, incerta quanto fosse. Mais de uma semana havia se passado desde que ele matara Rochaid e que Kisman escapara, e, em todos esses dias, essa era a primeira vez que ele obtinha mais do que um dar de ombros ou um meneio de cabeça ao mostrar os desenhos.

Havia uma dezena de mesas desocupadas bem ao lado, mas ele queria ficar num canto bem à frente do salão, de onde podia ver quem entrava sem ser visto, e, enquanto ia abrindo caminho por entre as mesas, entreouvia trechos das conversas.

Uma mulher clara alta trajando seda verde-escura balançou a cabeça para um sujeito atarracado com um casaco preto taireno bem justo. Vista de lado, o coque cinza cor de ferro deixava-a um pouco parecida com Cadsuane. Já ele dava a impressão de ser de pedra, mas seu rosto quadrado transparecia preocupação.

— Pode ficar tranquilo com relação a Andor, Mestre Admira — acalmou-o ela. — Confie em mim: os andorianos vão gritar e brandir suas espadas um para o outro, mas nunca deixarão chegar às vias de fato. O mais interessante para você é manter a rota atual para seus produtos. Cairhien o taxaria um quinto a mais do que Far Madding. Pense no custo adicional. — O taireno fez cara feia como se de fato estivesse pensando. Ou se perguntando se o mais interessante para ele também seria para ela.

— Ouvi falar que o corpo estava, sim, todo enegrecido e inchado — afirmou um illianense esguio de barba branca e casaco azul-marinho em outra mesa. — Ouvi falar que as Conselheiras mandaram queimar, no caso. — Ele ergueu consideravelmente as sobrancelhas e ficou dando tapinhas na lateral do nariz pontudo que lhe dava uma cara de fuinha.

— Se houvesse uma *praga* na cidade, Mestre Azereos, as Conselheiras teriam anunciado — opinou com toda a calma a mulher esbelta sentada à frente do sujeito. Com dois elaborados pentes de marfim no cabelo enrolado, ela era bonita, com o rosto vulpino e a frieza de uma Aes Sedai, ainda que com linhas discretas nos cantos dos olhos castanhos. — Eu realmente não recomendo passar *nenhum* dos seus negócios para Lugard. Murandy está *instabilíssima*. Os nobres *jamais* aceitarão que Roedran forme um exército. E há Aes Sedai envolvidas, como tenho certeza de que você já ouviu falar. Só a Luz sabe o que *elas* vão fazer. — Incomodado, o illianense deu de ombros.

Por esses tempos, ninguém tinha muita certeza do que uma Aes Sedai faria, talvez em outros tempos também.

Um kandoriano com fios grisalhos na barba bifurcada e uma pérola grande na orelha esquerda se debruçava na direção de uma mulher robusta vestindo seda cinza-escura e com o cabelo escuro preso num coque e apertado.

— Ouvi falar que o Dragão Renascido foi coroado Rei de Illian, Senhora Shimel. — Ao franzir a testa, enrugou-a ainda mais. — A se julgar pela proclamação da Torre Branca, estou cogitando mandar meus carroções da primavera viajarem até Tear ao longo do Erinin. A Estrada do Rio pode até ser uma rota mais difícil, mas Illian não é um mercado de peles tão grande que justifique eu querer correr muitos riscos.

A mulher robusta sorriu, um sorrisinho bem miúdo para um rosto tão redondo.

— Me disseram que mal se viu o homem em Illian desde que assumiu a coroa, Mestre Posavina. Em todo caso, a Torre dará conta dele, se é que já não deu, e, hoje pela manhã, recebi a notícia de que a Pedra de Tear está sofrendo um cerco. Não é bem uma situação em que você encontrará muito mercado para as peles, certo? Não, Tear não é um lugar para se evitar riscos. — As rugas na testa de Mestre Posavina se acentuaram.

Indo até uma mesinha num canto, Rand jogou o manto por sobre o espaldar da cadeira, se sentou recostado na parede e suspendeu a gola. O camarada com queixo de lanterna trouxe uma caneca de peltre fumegante com vinho condimentado, murmurou um agradecimento ligeiro pela moeda de prata e saiu apressado para atender um grito vindo de outra mesa. Duas grandes lareiras em cada extremidade do aposento aliviavam a frieza do ar, mas, se alguém notou que Rand permaneceu de luvas, não demonstrou interesse. Sua intenção era ficar observando a caneca de vinho entre suas mãos ali na mesa, mas permanecer atento à porta do lugar.

A maior parte do que entreouvira não lhe interessava tanto. Já tinha escutado vários daqueles assuntos antes e, às vezes, sabia mais do que as pessoas falando. Elayne concordava com a mulher clara, por exemplo, e seria difícil alguma mercadora de Far Madding conhecer Andor melhor do que ela. O cerco à Pedra, no entanto, era uma novidade. Só que ele ainda não precisava se preocupar com isso. A Pedra nunca havia sucumbido, exceto a ele, e Rand sabia que Alanna estava em algum ponto de Tear. Ele sentira o salto da mulher de pouco ao norte de

Far Madding até um ponto bem mais ao norte, e então, um dia depois, a algum ponto bem ao sudeste. Ela estava longe o bastante para que Rand não conseguisse apontar se a localização dela era Haddon Mirk ou a própria cidade de Tear, mas estava certo de que ela se encontrava numa ou noutra, e com mais quatro irmãs em quem ele podia confiar. Se Merana e Rafela conseguiram obter o que ele queria com o Povo do Mar, podiam repetir o feito com os tairenos. Rafela era tairena, e isso deveria ajudar. Não, o mundo tinha como seguir em frente sem ele um pouco mais. Precisava seguir.

Um homem alto enrolado num manto comprido e úmido com o capuz a lhe esconder o rosto entrou na estalagem, e os olhos de Rand o seguiram até a escada nos fundos do aposento. Quando começava a subir, o sujeito jogou o capelo para trás, revelando uma franja grisalha e uma face pálida esquelética. Não tinha como ser o homem mencionado pelo atendente. Ninguém que tivesse um par de olhos o confundiria com Peral Torval.

Rand voltou a examinar a superfície do vinho, os pensamentos se tornando amargos. Min e Nynaeve tinham se recusado a passar mais uma hora vagabundando pela rua, nas palavras de Min, e ele suspeitava que Alivia não fazia mais do que só mostrar os desenhos. Isso quando mostrava. As três passavam o dia fora da cidade, nas colinas, pelo que ele julgava do que o elo lhe dizia sobre Min. E ela estava empolgadíssima com alguma coisa. Todas elas acreditavam que Kisman havia fugido depois de não ter conseguido matar Rand, e os outros renegados ou tinham ido com ele ou nem sequer tinham aparecido. Já fazia dias que todos vinham tentando convencê-lo a ir embora. Lan, pelo menos, não havia desistido.

Por que as mulheres não podem estar certas?, cochichava Lews Therin vorazmente em sua cabeça. *Esta cidade é pior que qualquer prisão. Aqui não tem* Fonte*! Por que eles ficariam? Por que* qualquer *pessoa em sã consciência ficaria? Podíamos sair a cavalo para além da barreira só por um dia, por algumas horas. Luz, só por algumas horas!* A voz deu uma gargalhada descontrolada, selvagem. *Ai, Luz, por que eu tenho um louco dentro da minha cabeça? Por quê? Por quê?*

Irritado, Rand diminuiu Lews Therin a um zumbido emudecido, como uma picadinha zunindo ali perto. Ele havia pensado em acompanhar as mulheres em sua cavalgada apenas para voltar a sentir a Fonte, embora só Min tivesse demonstrado certo entusiasmo. Nynaeve e Alivia não admitiram por que queriam ir, visto que o céu da manhã já anunciara a chuva que, a esta altura, desabava lá fora. Não era a primeira vez que elas tinham ido. Para sentir a Fonte, ele suspeitava. Para voltar a sorver o Poder Único, mesmo que só por um tempinho. Bem, ele podia aguentar a impossibilidade de canalizar. Podia aguentar a ausência da

Fonte. Podia! Ele tinha de aguentar para que pudesse matar os homens que haviam tentado matá-lo.

Não é por causa disso!, berrou Lews Therin, fazendo força para sobrepujar os esforços de Rand de calá-lo. *Você está com medo! Se der enjoo em você quando estiver tentando usar o* ter'angreal *de acesso, ele poderia matar você, ou coisa pior! Poderia matar nós dois!*, lamuriou-se.

Um pouco de vinho caiu no punho de Rand e ensopou a manga do casaco. Na mesma hora, ele relaxou a mão na caneca. Para começar, o objeto nem era redondo, e ele duvidava que tivesse inclinado a mão tanto assim, a ponto de fazer derramar. *Não* estava com medo! Recusava-se a deixar o medo tocá-lo. Luz, no fim das contas, ele teria de morrer. Já havia aceitado isso.

Tentaram me matar, e quero que eles morram por conta disso, pensou. *Se demorar um pouco, bem, pode ser que até lá o enjoo passe. Que o queime, eu preciso viver até a Última Batalha.* Em sua mente, Lews Therin soltou uma gargalhada ainda mais enlouquecida.

Um outro homem alto entrou cambaleando pela porta do pátio do estábulo, quase ao pé da escada nos fundos do aposento. Tirando a água da chuva do manto, ele puxou o capuz para trás e se dirigiu até a porta da Sala das Mulheres. Com um sorrisinho debochado, nariz pronunciado e um olhar que percorreu com desdém as pessoas nas mesas, o sujeito tinha um certo quê de Torval, mas com um rosto vinte anos mais desgastado e trinta libras a mais em sua estrutura. Espiando pelo arco amarelo, ele chamou com uma voz bem aguda e afetada, com um sotaque illianense carregado.

— Senhora Gallger, vou partir pela manhã, sim. E cedo, no caso, então espero que você nem me cobre a diária de amanhã, ouviu? — Torval era taraboniano.

Recolhendo o manto, Rand deixou a caneca na mesa e não olhou mais para trás.

O céu do meio-dia estava cinzento e frio, e, se a chuva dera uma amenizada, não havia sido grande coisa, sem falar que, impulsionada pelos ventos tempestuosos que sopravam do lago, era o suficiente para afugentar quase toda a população das ruas. Ele usou só uma das mãos para se agasalhar no manto, tanto para proteger os desenhos no bolso do casaco quanto para manter o restante do corpo seco, segurando com a outra o capuz para se defender das rajadas. Os pingos de chuva levados pelo vento golpeavam seu rosto feito pedacinhos de gelo. Uma única liteira passou por ele, o cabelo dos carregadores ensopado às costas e as botas espirrando a água das poças nos paralelepípedos. Algumas pessoas se arrastavam pelas ruas todas enroladas em seus mantos. Mesmo com aquele tempo, ainda restavam algumas horas de luz, mas ele passou por uma estalagem chamada O Coração da Planície e preferiu não entrar, e depois pela As Três Damas de Maredo. Justificou para si mesmo que era por conta da chuva. Aquele não era um clima apropriado para ficar saltando de estalagem em estalagem. Só que sabia que estava mentindo.

Uma baixinha corpulenta que vinha descendo a rua toda empacotada em um manto escuro deu uma guinada súbita na direção de Rand. Quando parou bem à sua frente e levantou a cabeça, ele viu que era Verin.

— Quer dizer, então, que você está aqui — disse ela. Os pingos caíam em sua face, mas a mulher não parecia nem se dar conta. — Sua estalajadeira achava que você pretendia ir andando até Avharin, mas não tinha certeza. A Senhora Keene não presta tanta atenção ao vaivém dos homens, infelizmente, e aqui estou eu com os sapatos ensopados, as meias-calças também. Quando eu era nova, gostava de andar na chuva, mas parece que esse charme se perdeu em algum momento.

— Foi Cadsuane que mandou você? — perguntou ele, tentando evitar que seu tom de voz soasse esperançoso. Ele mantivera seu quarto n'A Cabeça da Conselheira após a partida de Alanna para que Cadsuane pudesse encontrá-lo. Seria difícil aguçar o interesse da mulher se ela tivesse de caçá-lo de estalagem em estalagem, sobretudo sem ela ter dado nenhum sinal de que o caçaria.

— Ah, não, ela jamais faria isso. — Verin se mostrou surpresa com a pergunta. — Só achei que você quisesse saber da novidade. Cadsuane está cavalgando com as garotas. — Ela franziu o cenho, pensativa, inclinando a cabeça. — Embora eu suponha que não devesse chamar Alivia de garota. Uma mulher intrigante. Velha demais para se tornar uma noviça, infelizmente. Ah, sim, é uma infelicidade imensa. Ela absorve tudo que ensinam. Acredito que talvez conheça quase todas as formas possíveis de se destruir algo com o Poder Único, mas não sabe quase nada além disso.

Ele a puxou para a lateral da rua, onde o beiral profundo que se projetava de uma casa de pedra de um único pavimento oferecia uma pequena proteção contra a chuva, ainda que não protegesse tanto assim do vento. Cadsuane estava com Min e as outras? Poderia não significar nada. Ele já tinha visto Aes Sedai fascinadas por Nynaeve, e, pelo que Min dizia, Alivia era mais forte ainda.

— Que novidade, Verin? — indagou ele, tranquilo.

A Aes Sedai pequenina e gorducha pestanejou como se tivesse esquecido que tinha novidades e então, de repente, abriu um sorriso.

— Ah, sim. São os Seanchan. Eles estão em Illian. Não na cidade, por enquanto. Não precisa ficar pálido. Mas já cruzaram a fronteira. Estão construindo acampamentos fortificados ao longo do litoral e pelo interior. Sei pouco sobre questões militares. Quando leio uma história, sempre pulo as partes das batalhas, mas me parece que, já estando na cidade ou não, é nela que estão de olho. Suas batalhas não parecem ter surtido muito efeito em contê-los. Por isso que não leio sobre batalhas. A impressão que tenho é que elas raramente alteram algo no longo prazo, só no curto. Você está bem?

Ele se forçou a não fechar os olhos. Verin ficou com o rosto erguido olhando para ele feito um pardal gorducho. Todos aqueles confrontos, todos aqueles homens mortos, homens que ele mesmo matara, e nada havia mudado. Nada!

Ela está errada, murmurou Lews Therin em sua mente. *Batalhas podem mudar o rumo da história.* Ele não parecia nem um pouco contente. *O problema é que, às vezes, só é possível dizer como a história mudará quando já é tarde demais.*

— Verin, se eu fosse conversar com Cadsuane, ela falaria comigo? A respeito de algo que não seja como os meus modos não a agradam? Parece ser a única coisa que importa para ela.

— Ah, nossa... Receio que Cadsuane seja mesmo uma tradicionalista em vários aspectos, Rand. Nunca a ouvi se referir a um homem como arrogante, mas... — Pensativa, ela pousou a ponta dos dedos nos lábios por alguns instantes e então assentiu, os pingos de chuva lhe escorrendo pela face. — Acredito que ela vai ouvir o que tem a dizer caso você consiga apagar a má impressão que causou nela. Ou pelo menos atenuá-la da melhor maneira possível. Poucas irmãs se deixam impressionar por títulos e coroas, Rand, e Cadsuane menos ainda do que qualquer uma que eu conheça. Ela se importa muito mais se as pessoas são tolas ou não. Se você conseguir mostrar para ela que não é um tolo, ela vai ouvir.

— Então diga para ela... — Ele respirou fundo. Luz, sua vontade era de estrangular Kisman, Dashiva e todos os demais com suas próprias mãos! — Diga para ela que vou embora de Far Madding amanhã e que espero que ela venha comigo como minha conselheira. — Lews Therin suspirou aliviado ao ouvir a primeira parte. Se não passasse de uma voz, Rand teria dito que ele se enrijeceu todo ao ouvir a segunda. — Diga que aceito os termos dela, que peço desculpas pelo meu comportamento em Cairhien e que vou fazer de tudo para controlar meus modos daqui para a frente. — Dizer tudo aquilo não o incomodou nada. Bem, um pouco, mas, a menos que Min estivesse errada, ele precisava de Cadsuane, e Min nunca se enganava quanto às suas visões.

— Quer dizer que você encontrou o que veio procurar aqui? — Rand franziu o cenho para a mulher, e ela sorriu de volta e lhe deu um tapinha no braço.

— Se você tivesse vindo a Far Madding achando que poderia conquistar a cidade anunciando quem você é, teria ido embora tão logo percebesse que não tem como canalizar aqui. Sendo assim, só sobra querer encontrar algo ou alguém.

— Talvez eu tenha encontrado o que preciso — respondeu ele, sem rodeios. Só não o que queria.

— Então venha ao Palácio Barsalla, nos Elevados, hoje à noite, Rand. Qualquer um pode lhe indicar o caminho. Tenho certeza absoluta de que ela estará disposta a ouvi-lo. — Mexendo no manto, ela pareceu notar pela primeira vez a umidade da lã. — Nossa, preciso me secar. Sugiro que faça o mesmo. — Dando meia-volta para se retirar, ela fez uma pausa e olhou para ele por cima do ombro. Seus olhos escuros não piscavam. De uma hora para a outra, já não soava nem um pouco confusa. — Você poderia estar bem pior do que com Cadsuane como conselheira, Rand, mas duvido que pudesse estar melhor. Se ela aceitar, e você não for nada tolo, trate de ouvir os conselhos dela. — A mulher saiu deslizando pela chuva quase como se fosse um cisne rechonchudo.

Às vezes essa mulher me assusta, murmurou Lews Therin, e Rand assentiu. Cadsuane não o assustava, mas o deixava cauteloso. Qualquer Aes Sedai que não tivesse jurado lealdade a ele o deixava assim, exceto Nynaeve. E nem sempre ela lhe passava essa certeza.

A chuva passou enquanto ele caminhava as duas milhas de volta até A Cabeça da Conselheira, mas o vento apertou, e o letreiro acima da porta, pintado com o semblante severo de uma mulher com o diadema cravejado de joias da Primeira Conselheira, sacolejava de fazer as dobradiças rangerem. O salão comum era menor que o d'A Roda Dourada, mas os painéis na parede eram entalhados e polidos, e as mesas sob as vigas do teto vermelho, não tão atulhadas. A porta para a Sala das Mulheres também era vermelha e com entalhes parecidos com uma renda intrincada, assim como os lintéis das lareiras de mármore claro. N'A Cabeça da Conselheira, os atendentes prendiam os cabelos compridos com grampos de prata polidos. Só se via dois deles de pé junto à porta da cozinha, mas havia apenas três clientes nas mesas, mercadores estrangeiros sentados bem longe um do outro, cada qual absorto em seu vinho. Concorrentes, talvez, já que, de vez em quando, um ou outro se mexia na cadeira e franzia o cenho para os outros dois. Um deles, um homem agrisalhado, vestia um casaco de seda cinza-escuro, e um camarada magro de semblante duro tinha na orelha uma pedra vermelha do tamanho de um ovo de pombo. A Cabeça da Conselheira atendia os mercadores estrangeiros mais abastados, e, neste momento, não havia muitos do tipo em Far Madding.

O relógio sobre uma cornija na Sala das Mulheres — um relógio que tem um estojo de prata, como Min dizia — anunciou as horas com um suave tilintar quando ele adentrava o salão comum, e, antes que ele tivesse terminado de sacudir o manto, Lan entrou. Assim que o Guardião cruzou olhares com Rand, balançou a cabeça. Bem, Rand de fato não esperara encontrá-los a esta altura. Até para um *ta'veren*, seria algo à beira do impossível.

Tão logo ambos estavam com canecas fumegantes de vinho e já tinham se acomodado num banco vermelho comprido diante de uma das lareiras, ele comunicou a Lan o que havia decidido, e o porquê. Em parte. A parte importante.

— Se eu estivesse com as mãos neles neste minuto, mataria e me arriscaria numa fuga, mas matá-los não muda nada. Aliás, não muda muito — corrigiu-se ele, franzindo o cenho para as chamas. — Posso esperar mais um dia, na expectativa de encontrá-los amanhã, ou semanas. Meses. Só que o mundo não vai esperar por mim. Pensei que já teria me livrado deles a esta altura, mas os fatos têm corrido mais do que eu esperava. E isso só dos que eu sei. Luz, o que será que anda acontecendo e eu nem sei só porque não escutei nenhum mercador tagarelando a respeito enquanto tomava seu vinho?

— Não se pode saber tudo — rebateu Lan, calmo —, e parte do que se sabe sempre está errada. Talvez até a parte mais importante. Uma parcela da sabedoria reside em estar ciente disso. Uma parcela da coragem reside em seguir em frente mesmo assim.

Rand esticou as botas na direção do fogo.

— Nynaeve contou para você que ela e as outras têm tido a companhia de Cadsuane? Estão fazendo uma cavalgada com ela neste exato momento.

Já voltando, seria melhor dizer. Ele podia sentir Min se aproximando. Ela não demoraria muito mais e continuava empolgada com alguma coisa, um sentimento que se avolumava e arrefecia como se ela estivesse tentando controlá-lo.

Lan sorriu, um gesto raro quando Nynaeve não estava presente, mas o sorriso não alcançou seus olhos gélidos.

— Ela me proibiu de revelar isso, mas, como você já sabe... Ela e Min convenceram Alivia de que, se conseguissem despertar o interesse de Cadsuane por elas, talvez pudessem atraí-la para mais perto de você. Elas descobriram onde a mulher está e pediram a ela para ensiná-las. — O sorriso se esmaeceu, deixando apenas um rosto esculpido em pedra. — Minha esposa fez um sacrifício por você, pastor de ovelhas — comentou ele, tranquilo. — Espero que se lembre disso. Ela não vai falar muito, mas creio que Cadsuane a trate como se ela ainda fosse uma das Aceitas ou, quem sabe, uma noviça. Você sabe como seria difícil para Nynaeve aguentar isso.

— Cadsuane trata todas elas como se ainda fossem noviças — resmungou Rand. Arrogante? Luz, como ele lidaria com essa mulher? Mas era preciso encontrar um jeito. Os dois ficaram sentados em silêncio olhando atentos para o fogo, até que o vapor começou a subir dos solados das botas projetadas à frente.

O elo lhe deu o alerta, e Rand desviou o olhar no exato instante em que Nynaeve surgiu pela porta do pátio do estábulo, e em seguida Min e Alivia, todas sacudindo os mantos molhados, arrumando as saias divididas e lançando olhares carrancudos para as manchas úmidas como se tivessem imaginado que sairiam para cavalgar naquele clima e voltariam sem se molhar. Como de costume, Nynaeve estava com seu *ter'angreal* com joias, cinto e colar, braceletes e anéis, além do estranho *angreal* do bracelete com argolas.

Ainda se arrumando, Min olhou para Rand e sorriu, nem um pouco surpresa por vê-lo ali, claro. Sua calidez fluía pelo elo como um carinho, embora ela ainda tentasse conter a empolgação. As outras duas demoraram um pouco mais para notar Lan e ele, mas, quando o fizeram, entregaram seus mantos para que um dos atendentes levasse até os quartos no andar de cima e se juntaram aos dois perto da lareira, estendendo as mãos para o calor.

— Gostaram de cavalgar na chuva com Cadsuane? — quis saber Rand, erguendo a caneca para dar uma golada no vinho doce. Min virou a cabeça para ele, no que uma pontada de culpa se fez notar no elo, apesar da expressão em seu rosto denotar a mais pura indignação. Ele quase se engasgou ao engolir. Como o encontro dela com Cadsuane sem que Rand soubesse poderia ser culpa *dele*? — Pare de olhar assim para Lan, Nynaeve — disse ele quando conseguiu falar. — Foi Verin quem me contou. — Nynaeve transferiu seu olhar furioso para ele, que balançou a cabeça. Ele já tinha escutado as mulheres dizerem que era sempre culpa dos homens, e esse sempre servia mesmo para qualquer ocasião, mas, às vezes, elas realmente pareciam acreditar nisso! — Peço desculpas por qualquer coisa que você tenha passado com ela por minha causa — prosseguiu ele —, mas não vai mais ser necessário. Pedi que ela fosse minha conselheira. Ou melhor, disse para Verin contar a ela que quero pedir. Hoje à noite. Com sorte, ela partirá conosco amanhã. — Rand esperava exclamações de alívio e surpresa, mas não foi o que obteve.

— Uma mulher notável, Cadsuane — opinou Alivia, arrumando o cabelo dourado com mechas brancas. Sua fala rouca arrastada parecia impressionada. — Uma chefe rigorosa, que pode ensinar.

— Às vezes você até consegue ver a floresta, seu cabeça-de-lã, depois de alguém levá-lo até lá puxando pelo nariz — retrucou Min, cruzando os braços. O elo transmitia aprovação, mas ele achava que não era por conta da sua decisão de desistir de encontrar os renegados. — Lembre-se de que ela quer um pedido de desculpas por Cairhien. Encare-a como sua tia, daquelas que não admitem nenhuma bobagem, e você vai se dar bem com ela.

— Cadsuane não é tão ruim quanto parece — ponderou Nynaeve, franzindo o cenho para as outras duas e sentindo uma comichão para levar a mão à trança no ombro, embora Alivia e Min não tivessem feito mais do que olhar para ela. — Não é mesmo, ora! Vamos dar um jeito nas nossas... diferenças... com o passar do tempo. É a única coisa de que precisamos: um pouco de tempo.

Rand trocou olhares com Lan, que deu levemente de ombros e pegou outra bebida. Rand exalou devagar. Nynaeve tinha desavenças com Cadsuane que poderia resolver com o tempo, Min via na mulher uma tia rígida, e Alivia, uma professora rigorosa. Se ele conhecia Nynaeve, essas diferenças gerariam faíscas até serem solucionadas, e as outras duas, ele não queria imaginar. Só que estava preso a elas. Tomou mais um gole de vinho.

Os homens sentados às mesas não estavam suficientemente perto para conseguir ouvir, a menos que Nynaeve falasse alto, mas ela fez o contrário e se inclinou na direção dele.

— Cadsuane me mostrou o que dois dos meus *ter'angreal* fazem — cochichou com um brilho de empolgação nos olhos. — Aposto que aqueles enfeites que ela usa também são *ter'angreal*. Ela reconheceu o meu assim que tocou. — Sorrindo, Nynaeve correu o polegar por um dos três anéis em sua mão direita, o que tinha uma pedra verde-clara. — Eu sabia que este aqui detectaria alguém canalizando *saidar* a até três milhas de distância, se eu quisesse, mas, segundo ela, ele também detecta *saidin*. Ela me deu a impressão de achar que ele também deveria sinalizar a direção, mas não conseguimos identificar como.

Afastando-se da lareira, Alivia fungou alto, mas, da mesma forma, baixou a voz na hora de falar.

— E você ficou satisfeita quando ela não conseguiu. Deu para ver estampado no seu rosto. Como pode se contentar em não saber, com a ignorância?

— Apenas com o fato de *ela* não saber tudo — resmungou Nynaeve, virando-se emburrada para a mulher mais alta, mas, logo depois, voltou a sorrir. — A coisa mais importante, Rand, é isto aqui. — Suas mãos pousaram no cinto fininho cravejado de joias. — Ela chamou de "Poço". — Ele se assustou como se algo tivesse roçado em seu rosto, fazendo-a dar uma risadinha. Nynaeve dando risadinhas! — E *é* um poço. — Ela gargalhou por trás dos dedos pressionados na boca. — Ou um barril, enfim. E cheio de *saidar*. Não muito, mas a única coisa que preciso fazer para reabastecê-lo é abraçar *saidar* por meio dele como se fosse um *angreal*. Não é maravilhoso?

— Maravilhoso — concordou ele sem muito entusiasmo. Quer dizer então que Cadsuane estava andando por aí com um *ter'angreal* no cabelo, não era mesmo? E, muito provavelmente, com um desses "poços" entre eles, senão ela não o teria reconhecido. Luz, e ele achando que *jamais* haviam encontrado dois *ter'angreal* que faziam a mesma coisa. Ir encontrar a mulher à noite já teria sido ruim o bastante sem saber que, mesmo ali, ela seria capaz de canalizar.

Rand estava quase pedindo para Min ir com ele quando a Senhora Keene entrou apressada, o coque branco alto tão repuxado que parecia que ela estava tentando arrancar a pele do rosto. A mulher lançou um olhar suspeito de desaprovação para Rand e Lan, depois franziu os lábios como quem se perguntava o que eles haviam feito de errado. Ele já a tinha visto disparar o mesmo olhar para os mercadores que se hospedavam na estalagem. Para os homens, pelo menos. Se as acomodações não fossem tão confortáveis e a comida, tão boa, talvez ela não tivesse nenhum cliente.

— Isto foi deixado para o seu marido hoje pela manhã, Senhora Farshaw — avisou ela, entregando a Min uma carta selada com uma gota grosseira de cera vermelha, e ergueu o queixo proeminente. — E uma mulher veio perguntar por ele.

— Verin — interveio Rand depressa para evitar quaisquer perguntas e se livrar da mulher. Quem saberia que poderia lhe mandar uma carta ali? Cadsuane? Um dos Asha'man que a acompanhava? Talvez uma das outras irmãs? Ele franziu o cenho para o papel quadrado dobrado na mão de Min, impaciente para que a estalajadeira se retirasse.

Min retorceu os lábios, fazendo tanto esforço para não olhar para ele que Rand sabia que a deixara com vontade de sorrir. O divertimento de Min escoava pelo elo.

— Obrigada, Senhora Keene. Verin é uma amiga.

Aquele queixo pontudo se ergueu ainda mais.

— Se quer saber minha opinião, Senhora Farshaw, quando se tem um marido bonito, é preciso vigiar as amigas também.

Observando a mulher marchar de volta até o arco vermelho, os olhos de Min cintilavam com o riso que fluía pelo elo, sua boca lutando para não rir. Em vez de entregar a mensagem para Rand, ela rompeu o selo com o polegar e desdobrou sozinha a carta, exatamente como se fosse uma nativa daquela cidade maluca.

Min fez uma cara meio feia enquanto lia, mas uma breve centelha no elo foi o único aviso que ele teve. Amassando a carta, ela se virou para a lareira, e ele deu um pinote do banco para arrancar o papel de sua mão antes que ela pudesse jogá-lo nas chamas.

— Não seja tolo — contestou ela, segurando-lhe o pulso. E ficou encarando-o de cabeça erguida, seus olhões escuros mortalmente sérios. Tudo o que chegava até ele pelo elo era uma intensidade sombria. — Por favor, não seja tolo.

— Prometi a Verin que tentaria não ser — rebateu ele, mas Min não sorriu.

Rand desamassou a página no peito. A caligrafia era um garrancho embolado que ele não reconheceu, e não havia nenhuma assinatura.

> *Sei quem você é e lhe quero bem, mas também quero que vá embora de Far Madding. O Dragão Renascido só deixa morte e destruição por onde passa. E também sei por que você está aqui. Você matou Rochaid, e agora Kisman também está morto. Torval e Gedwyn estão no andar superior de um fabricante de botas chamado Zeram na Rua da Carpa Azul, pouco acima do Portão de Illian. Mate-os e vá embora, deixe Far Madding em paz.*

O relógio da Sala de Mulheres anunciou mais uma hora. Restavam algumas horas de luz até o encontro com Cadsuane.

Capítulo 33

Rua da carpa azul

Min estava sentada de pernas cruzadas na cama, uma posição não tão confortável num vestido de cavalgada quanto usando calças, e girava uma de suas facas sobre os dedos. Era uma habilidade absolutamente inútil, como Thom dissera, mas que, às vezes, atraía os olhares das pessoas e as fazia prestar atenção sem que ela precisasse fazer mais nada. No centro do quarto deles, Rand erguia sua espada embainhada para examinar os cortes que havia feito no apaziguamento sem dar nenhuma atenção a ela. As cabeças de Dragão nos dorsos das mãos reluziam em dourado e vermelho metálico.

— Admita que isso só pode ser uma armadilha — rosnou Min para ele. — Lan admite. Até uma cabra quase cega de Seleisin tem inteligência suficiente para não cair numa armadilha! "Só os tolos beijam vespeiros ou mordem fogo!" — citou.

— Uma armadilha não chega a ser uma armadilha quando se sabe que ela está lá — retrucou ele, distraído, entortando um pouco a ponta de um dos arames cortados para alinhá-lo melhor com seu par. — Se você souber dela, pode ser que consiga dar um jeito de atravessá-la, o que é o sentido oposto de uma armadilha.

Ela arremessou a faca o mais forte que pôde. A arma passou voando diante do rosto de Rand e se cravou tremendo na porta. Min deu um saltinho ao se lembrar da última vez que fizera aquilo. Bem, não estava deitada por cima dele dessa vez, e Cadsuane não entraria no cômodo, para piorar. Que o homem queimasse, porque aquele nó congelado de emoções que ela tinha na mente nem sequer estremecera quando a faca rasgou o ar, não houvera um lampejo de surpresa sequer!

— Mesmo que só veja Gedwyn e Torval, você sabe que os outros estarão lá escondidos. Luz, eles poderiam ter cinquenta vende-espada esperando!

— Em Far Madding? — Rand desviou o olhar da faca fincada na porta, mas apenas para balançar a cabeça e voltar a analisar o apaziguamento. — Duvido que haja dois mercenários na cidade inteira, Min. Acredite, eu não pretendo ser morto aqui. Sem ter como ver uma forma de acionar a armadilha sem ser pego, não vou nem chegar perto! — Ele não demonstrava mais medo que uma pedra! E tinha quase o mesmo juízo! Dizia que não pretendia que o matassem como se alguém pudesse pretender algo assim!

Saltando da cama com dificuldade, Min abriu a parte da frente da mesa de cabeceira só o suficiente para tirar a correia que a Senhora Keene se certificava de deixar em todos os cômodos, mesmo que hospedasse forasteiros. O objeto era do tamanho do seu braço e tinha a largura da sua mão, com um cabo de madeira numa ponta e a outra dividida em três rabichos.

— Se eu usasse isto em você, talvez desentupisse seu nariz a ponto de você conseguir farejar o que está bem à sua frente! — gritou.

Foi quando Nynaeve, Lan e Alivia entraram. Nynaeve e Lan trajavam mantos, e ele trazia a espada na cintura. Nynaeve tirara todas as suas joias, exceto um único bracelete com gemas e o cinto cravejado de pedras preciosas, o Poço. Lan fechou a porta sem fazer barulho. As duas mulheres ficaram olhando para Min com aquela correia erguida acima da cabeça.

Ela rapidamente deixou o troço cair no tapete florido e chutou-o para baixo da cama.

— Não entendo por que você está permitindo que Lan faça isso, Nynaeve — disse ela com o máximo de firmeza possível, o que, naquele momento, não era muito.

Por que as pessoas *sempre* davam as caras nos piores momentos?

— Às vezes uma irmã precisa confiar no julgamento do seu Guardião — argumentou Nynaeve com tranquilidade, calçando suas luvas.

Pela emoção que externava, seu rosto bem que podia ser de uma boneca de porcelana. Ah, estava sendo uma Aes Sedai até o último fio de cabelo.

Ele não é seu Guardião, é seu marido, Min quis corrigir, *e ao menos você pode aceitar cuidar dele. Não sei se meu Guardião* algum dia *se casará comigo, sendo que já ameaçou me amarrar se* eu *tentasse ir com ele!* Não que ela tivesse protestado muito com relação àquilo. Se era para ele ser um perfeito idiota, havia maneiras melhores de salvá-lo do que tentar enfiar uma faca em alguém.

— Se vamos mesmo fazer isso, pastor de ovelhas — observou Lan num tom soturno —, melhor tratarmos de ir enquanto ainda há claridade para enxergar. — Seus olhos azuis pareciam mais frios do que nunca, e duros feito pedras polidas.

Nynaeve lhe lançou um olhar preocupado que quase deixou Min com pena dela. Quase.

Rand prendeu a espada no cinto por cima do casaco, aprumou o manto com o capuz caído às costas e se virou para ela. Seu semblante era tão firme quanto o de Lan, os olhos azul-acinzentados quase tão frios, mas, na cabeça dela, aquela rocha congelada ardia em chamas com veios dourados incandescentes. A vontade de Min era de enroscar as mãos naquele cabelo tingido de preto que quase lhe roçava os ombros e beijá-lo, não importava quantas pessoas estivessem olhando. Em vez disso, cruzou os braços e levantou o queixo, deixando clara sua desaprovação. Também não queria deixar que ele morresse ali e não queria dar brecha para ele achar que ela cederia à sua teimosia.

Rand não tentou tomá-la em seus braços. Meneando como se compreendesse, ele pegou as luvas na mesinha junto à porta.

— Volto assim que puder, Min. Aí vamos falar com Cadsuane. — Os veios dourados continuaram reluzindo mesmo após ele deixar o cômodo, seguido por Lan.

Nynaeve fez uma pausa enquanto segurava a porta.

— Vou cuidar dos dois, Min. Alivia, por favor, fique com ela e não a deixe fazer nenhuma bobagem. — Nynaeve era a pura compostura e dignidade de uma Aes Sedai. Até dar uma espiadela no corredor. — Que os queimem! — ganiu. — Estão indo embora! — E saiu correndo, deixando a porta entreaberta.

Alivia tratou de fechá-la.

— Vamos jogar algum jogo para passar o tempo, Min? — Ela atravessou o tapete, se sentou no banco em frente à lareira e tirou um pedaço de barbante da bolsinha da cinta. — Cama de gato?

— Não, obrigada, Alivia — respondeu Min, quase sacudindo a cabeça em função da ansiedade na voz da outra mulher.

Rand podia até ser complacente com o que Alivia faria, mas Min decidira que iria conhecê-la, e o que descobrira era alarmante. Na aparência, a antiga *damane* era uma mulher madura que parecia já estar bem na meia-idade, severa, intensa e até intimidadora. Por certo, conseguia intimidar Nynaeve, que raramente dizia "por favor" a alguém que não fosse Alivia. Só que ela tinha virado *damane* aos catorze anos, e seu amor por jogos infantis não era sua única peculiaridade.

Min gostaria de que houvesse um relógio no quarto, embora, a seu ver, a única estalagem passível de ter relógios em todos os cômodos seria alguma destinada a abrigar reis e rainhas. Andando para lá e para cá sob o olhar atento de Alivia, ela contava os segundos mentalmente, tentando calcular quanto tempo levaria para que Rand e os demais perdessem a estalagem de vista. Quando decidiu que já havia passado tempo suficiente, tirou o manto do armário.

Alivia saiu correndo para barrar a porta, as mãos na cintura, e já não havia nenhuma infantilidade em sua expressão.

— Você não vai atrás deles — disse ela com uma fala arrastada, mas a voz firme. — Só geraria problemas, e isso eu não posso permitir. — Com aqueles olhos azuis e o cabelo dourado, era a coloração errada, mas a mulher lembrava Min de sua tia Rana, que sempre parecia saber quando alguém havia feito algo errado e sempre cuidava para que não se quisesse repetir o erro.

— Lembra aquelas conversas que tivemos sobre homens, Alivia? — A mulher ficou toda corada, e Min acrescentou, depressa: — Aquela sobre como eles nem sempre usam o cérebro para pensar? — Ela estava sempre ouvindo mulheres debocharem de outras mulheres que não sabiam nada de homens, mas nunca chegara a conhecer nenhuma dessas até se deparar com Alivia, que, de fato, não sabia nada! — Rand vai se meter em problemas demais sem mim. *Eu* vou lá encontrar Cadsuane, e, se você tentar me deter... — Ela ergueu o punho cerrado.

Por um longo momento, Alivia lhe franziu o cenho, até que, por fim, disse:

— Deixe-me pegar meu manto. Vou com você.

Não havia liteiras nem serviçais uniformizados à vista na Rua da Carpa Azul, e jamais teriam cabido carruagens naquela passagem estreita e sinuosa. A via era cheia de casas e oficinas de pedra com telhados de ardósia, a maior parte de dois pavimentos, às vezes amontoadas uma junto da outra, às vezes separadas por uma pequena viela. O calçamento ainda estava escorregadio por conta da chuva, e o vento frio tentava levar o manto de Rand, mas o povo voltara a zanzar pela cidade. Três Guardas Civis, um deles com um cambão apoiado no ombro, fizeram uma pausa para dar uma olhada na espada de Rand e então seguiram caminho. Não muito longe, no outro lado da rua, a edificação que abrigava a oficina do fabricante de botas Zeram erguia-se em três andares, sem contar o sótão sob o telhado pontudo.

Um homem esquelético quase sem queixo pôs a moeda de Rand na bolsa e usou um gravetinho fino para levantar uma torta de carne com crosta marrom da grelha de carvão em seu carrinho de mão. Seu rosto era engelhado, o casaco escuro, maltrapilho, e o cabelo comprido grisalho encontrava-se amarrado com uma tira de couro. Seu olhar tremeluziu na direção da espada de Rand e logo se desviou.

— Por que pergunta sobre o fabricante de botas? Esta aqui é a melhor carne de cordeiro. — Um sorrisão dentuço fez seu queixo quase sumir e, de repente, seu olhar pareceu bastante matreiro. — Nem a Primeira Conselheira come tão bem.

Havia tortas de carne chamadas pastelões quando eu era garoto, murmurou Lews Therin. *Íamos comprá-las no campo e...*

Passando a torta de uma mão para a outra, o calor atravessando as luvas, Rand suprimiu a voz.

— Gosto de saber que tipo de homem fabrica minhas botas. Ele desconfia de estranhos, por exemplo? Ninguém realiza seu melhor trabalho estando cismado.

— Sim, Senhora — disse o sujeito sem queixo, curvando a cabeça e olhando de esguelha para uma mulher grisalha corpulenta. Embrulhando quatro tortas de carne num papel áspero, ele entregou-lhe o pacote antes de pegar as moedas. — Foi um prazer, Senhora. Que a Luz a ilumine. — Ela saiu cambaleante sem dizer uma única palavra, agarrando o embrulho com as tortas por baixo do manto, o camarada lhe fazendo uma careta amarga pelas costas antes de voltar sua atenção a Rand. — Zeram nunca teve um pingo de desconfiança, e, mesmo que tivesse, Milsa não o deixaria fomentá-la. É a esposa dele. Desde que o último filho casou, ela vem alugando o andar de cima. Enfim, sempre que encontra alguém que não se importa em passar a noite trancado. — Gargalhou. — Milsa mandou pôr uma escada até o terceiro andar, o que significa que ele é privado, mas não pagaria para abrirem também uma porta nova, então a escada dá na oficina, que ela não tem segurança suficiente para deixar destrancada a noite toda. Vai comer essa torta ou vai ficar só olhando?

Dando uma mordida ligeira, Rand esfregou o queixo para limpar o caldo quente e deu alguns passos para se abrigar sob o beiral da pequena oficina de um cuteleiro. Ao longo da rua, havia mais gente providenciando uma refeição rápida com os vendedores de comida, tortas de carne, peixe frito ou cones de papel enrolados cheios de ervilhas assadas. Três ou quatro homens da altura dele e duas ou três mulheres tão altas quanto a maior parte dos demais homens na rua. Podiam ser Aiel. Talvez o camarada sem queixo não fosse tão matreiro quanto parecera, ou talvez fosse apenas Rand que não tinha comido nada desde o café da manhã, mas ele se viu com vontade de devorar logo a torta e comprar outra. Ainda assim, obrigou-se a comer devagar. Zeram parecia estar trabalhando bem. Um fluxo constante, ainda que não ininterrupto, de homens passava por sua oficina, a maioria trazendo botas para serem remendadas. Mesmo o sujeito deixando visitantes subirem sem avisar, ele conseguiria identificá-los depois, e podia ser que outros dois ou três também conseguissem.

Se os renegados estivessem alugando o andar superior da esposa do fabricante de botas, passar a noite trancados não seria tão inconveniente assim. Ao sul, uma viela separava a casa de Zeram de outra moradia de um único pavimento, uma descida perigosa, mas, no outro lado, uma edificação de dois andares em que uma costureira ocupava o térreo ficava parede com parede com a residência do fabricante de botas. Zeram só tinha janelas na parte da frente — nos fundos, uma outra viela, essa para recolher o lixo, como Rand já verificara —, mas devia haver um acesso ao telhado para que as telhas fossem reparadas quando necessário. De lá, seria uma descidinha curta até o telhado da costureira, com só mais três para atravessar até uma outra edificação baixa, a loja de um fabricante de velas, e em seguida um pulo fácil para a rua ou para a viela atrás dos prédios. Não haveria tanto risco assim à noite, nem mesmo de dia, se a pessoa se mantivesse longe da rua e tomasse cuidado com as patrulhas da Guarda Civil na hora de descer. Com o traçado sinuoso da Rua da Carpa Azul, as guaritas mais próximas estavam fora do campo de visão.

Dois homens que se aproximavam da oficina do fabricante de botas o fizeram se virar e fingir que estava olhando pela vidraça cheia de bolhas da pequena vitrine do cuteleiro com tesouras e uma tábua cheia de facas expostas. Um deles era alto, ainda que não tanto quanto os possíveis Aiel. Seus capuzes profundos lhes escondiam o rosto, mas nenhum deles trazia um par de botas, e, apesar de segurarem os mantos com as duas mãos, o vento sacudia tanto a parte de trás que deixava à mostra a ponta das espadas embainhadas. Uma rajada arrancou o capuz do homem mais baixo, e embora ele tenha corrido para se cobrir de novo, não deu tempo de evitar o estrago. Charl Gedwyn passara a usar o cabelo preso na nuca com um grampo prateado incrustado com uma pedra grande vermelha, mas continuava sendo um homem de semblante duro e aparência desafiadora. E a presença de Gedwyn fazia com que o outro fosse Torval. Rand era capaz de apostar. Nenhum dos demais era tão alto.

Aguardando a dupla entrar na oficina, Rand lambeu algumas migalhas engorduradas das luvas e foi atrás de Nynaeve e Lan, encontrando-os antes de perder de vista o local de trabalho de Zeram. A oficina do fabricante de velas que ele havia demarcado como ponto de descida dos telhados ficava um pouco atrás, com uma viela em uma das laterais. À frente, a ruela estreita tornava a se curvar na outra direção. A não mais do que cinquenta passadas havia uma guarita com um Guarda Civil lá no alto, mas outra edificação de três andares, a oficina de um marceneiro que compartilhava a viela com o fabricante de velas, bloqueava os telhados além daquele ponto.

— Meia dúzia de pessoas reconheceu Torval e Gedwyn — avisou Lan —, mas nenhum dos outros.

Continuava falando baixo, mesmo que nenhum transeunte ousasse prestar muita atenção nos três. Ao menor vislumbre de dois homens com espadas sob os mantos, qualquer um apertava o passo.

— Um açougueiro mais adiante disse que esses dois compram com ele — acrescentou Nynaeve —, mas nunca mais do que o bastante para duas pessoas. — Ela olhou de esguelha para Lan como se a informação dela fosse a verdadeira prova.

— Eu vi os dois — confirmou Rand. — Estão lá dentro. Nynaeve, consegue me pôr junto com Lan em cima daquele telhado a partir da viela atrás da construção?

Esfregando o cinto com uma das mãos, Nynaeve franziu o cenho para o estabelecimento de Zeram.

— Um de cada vez, consigo — confirmou, por fim —, mas gastaria mais da metade do que tem no Poço. Eu não teria como trazer vocês dois para baixo.

— Para cima já basta — explicou Rand. — Vamos seguir pelos telhados e descer bem ao lado do fabricante de velas.

Claro que ela reclamou enquanto os dois seguiam rua abaixo em direção à oficina do fabricante de botas. Nynaeve sempre contestava tudo em que ela mesma não havia pensado.

— Quer dizer então que eu só coloco vocês no telhado e fico esperando? — reclamou, fazendo uma cara tão emburrada que as pessoas se esquivavam dela tanto quanto dos dois homens que a flanqueavam, com ou sem espadas. Ela tirou a mão de baixo do manto para mostrar o bracelete com suas pedras vermelho-claras. — Isto aqui consegue me dar uma armadura melhor do que qualquer aço. Mal sentiria uma espada sequer encostando em mim. Eu *achava* que iria entrar lá com vocês.

— Para fazer o quê? — questionou Rand com delicadeza. — Segurá-los com o Poder para nós os matarmos? Matá-los você mesma? — Nynaeve franziu o cenho para os paralelepípedos diante de seus pés.

Quando passaram pela oficina de Zeram, Rand parou em frente à casa baixa e olhou em volta da forma mais casual que pôde. Não se via nenhum Guarda Civil, mas, na hora de cutucar Nynaeve para entrarem na viela, ele tratou de agir rápido. Também não tinha visto nenhum Guarda antes de seguir Rochaid.

— Você está muito quieta — disse Lan, acompanhando-os de perto.

Ela deu mais três passinhos ligeiros antes de responder, mas sem diminuir o ritmo nem olhar para trás.

— Eu não imaginava — respondeu ela num tom de voz calmo. — Na minha cabeça, seria uma aventura, enfrentar Amigos das Trevas, Asha'man renegados, mas vocês estão indo lá para executá-los. Se puderem, vão matar os dois antes que eles saibam que vocês estão lá, não vão?

Rand virou-se para Lan, mas o homem mais velho só fez balançar a cabeça, tão confuso quanto ele. Claro que, se pudessem, eles os matariam sem aviso. Não era um duelo, era uma execução, como Nynaeve bem definira. Ao menos essa era a esperança de Rand.

A viela que corria por trás das edificações era um pouco mais larga do que a dava na rua, o solo pedregoso repleto de sulcos dos rastros dos carrinhos de mão que passavam por ali todas as manhãs levando o lixo. Paredes de pedra lisas erguiam-se em torno deles. Ninguém queria janelas para ficar vendo carroças de lixo.

Nynaeve parou, olhou para cima para observar atentamente os fundos do prédio de Zeram e, de repente, suspirou.

— Se possível, matem esses homens quando eles estiverem dormindo — recomendou, tranquila demais para palavras tão violentas.

Algo imperceptível envolveu com firmeza o tórax de Rand por baixo dos braços e, bem devagar, ele foi levitando, flutuando cada vez mais alto até passar por cima do beiral que pairava acima deles. O arreio invisível se dissipou, e suas botas bateram no telhado em declive, escorregando um pouco nas telhas cinza úmidas. Agachando-se, ele recuou de quatro. Logo depois, Lan também saiu flutuando e pousou no telhado. Da mesma forma, o Guardião se agachou e ficou espiando a viela lá embaixo.

— Ela já foi — disse ele, por fim, e, virando-se para Rand, apontou. — Está ali a nossa entrada.

Tratava-se de um alçapão entre as telhas lá em cima, já quase no ponto mais alto, com um revestimento metálico para impedir que a água entrasse no sótão. Eles abriram, e Rand entrou no espaço empoeirado parcamente iluminado. Por um momento, ficou pendurado pelas mãos, mas então se soltou, caindo alguns metros. Com exceção de uma cadeira com três pernas e um baú com a tampa escancarada, o comprido aposento encontrava-se tão vazio quanto o baú em si. A impressão que dava era que Zeram deixara de usar o sótão como depósito quando sua esposa começou a aceitar inquilinos.

Pisando com cuidado, os dois investigaram as tábuas corridas, até que encontraram outro alçapão ainda maior no assoalho. Lan tateou as dobradiças de latão e cochichou que estavam secas, mas sem ferrugem. Rand sacou a espada e assentiu. Lan abriu o alçapão.

Apoiando-se na cimalha para controlar a descida, Rand não tinha certeza do que encontraria ao passar pela abertura. Ele pousou com o antepé sem fazer barulho em um aposento que parecia ter ocupado o lugar do sótão, tantos eram os guarda-roupas e armários apoiados nas paredes, os baús de madeira empilhados uns sobre os outros e as mesas com cadeiras por cima deles. A última coisa que ele esperava ver, no entanto, era um par de homens mortos esparramados no chão como se tivessem sido arrastados para o depósito e jogados ali de qualquer jeito. Os rostos inchados enegrecidos estavam irreconhecíveis, mas o mais baixo dos dois estava com um grampo prateado incrustado com uma grande pedra vermelha.

Descendo em silêncio do sótão, Lan olhou para os cadáveres e ergueu a sobrancelha. Apenas isso. Nada jamais o surpreendia.

— Fain está aqui — sussurrou Rand. Como se pronunciar aquele nome fosse um gatilho, as duas feridas idênticas nas laterais do seu corpo começaram a latejar, a mais antiga tal qual um disco de gelo, a mais nova, como se uma barra de fogo a perpassasse. — Foi ele quem mandou a carta.

Lan gesticulou com a espada na direção do alçapão, mas Rand fez que não. Quisera matar os renegados com suas próprias mãos, mas, com Torval e Gedwyn já mortos — e, quase com certeza, Kisman também, já que ainda havia aquele cadáver inchado citado pelo mercador n'A Roda Dourada —, ele se deu conta de que não dava a mínima para quem os matara, contanto que estivessem mortos. Se um estranho ceifasse Dashiva, pouco importava. Fain eram outros quinhentos. Fain assolara Dois Rios com Trollocs e lhe impingira uma segunda ferida que não sarava. Se o sujeito estivesse ao seu alcance, Rand não permitiria que escapasse. Ele gesticulou para que Lan repetisse o que eles tinham feito no sótão e se posicionou diante da porta empunhando a espada com as duas mãos. Quando o Guardião a abriu, Rand entrou depressa num grande aposento iluminado por lamparinas, com uma cama com dossel encostada na parede oposta e uma fogueira crepitando numa pequena lareira.

Foi só a velocidade do seu deslocamento que o salvou. Um lampejo de movimento lhe chamou a atenção num canto, algo batendo no manto que ondulava atrás dele. Rand girou, meio sem jeito, para se defender dos golpes de uma adaga curva. Cada movimento lhe exigiu força de vontade. As feridas nas costelas não latejavam mais; dilaceravam-no com garras, ferro derretido e o próprio espírito do gelo duelando para rasgá-lo. Lews Therin uivava. Tamanha era a agonia que a única coisa que restava a Rand era pensar.

— Eu avisei que ele é meu! — gritou o homem ossudo, bailando para escapar da investida de Rand. Com seu rosto se contorcendo em fúria, o narigão e as orelhas que saltavam do rosto lhe davam uma expressão exagerada, um monstro que assustava criancinhas, mas o olhar era assassino. Rangendo os dentes, ele parecia uma doninha tomada por uma fúria mortífera. Uma doninha ensandecida, pronta para atacar até um leopardo. Com aquela adaga, poderia matar quantos leopardos quisesse. — É meu! — Padan Fain soltou um grito agudo, tornando a dar um pinote para trás quando Lan entrou correndo no aposento. — Mate o feioso!

Foi só quando Lan se desviou de Fain que Rand percebeu que havia outra pessoa no cômodo, um homem alto e pálido que parecia quase ansioso para ficar lâmina a lâmina com o Guardião. Toram Riatin tinha o rosto magrelo, mas se lançou na dança das espadas com a graciosidade do mestre espadachim que era. Lan se defendeu com a mesma graciosidade em uma dança de aço e morte.

Assustado como estava por ver o homem que tentara tomar o trono de Cairhien trajando um casaco surrado em Far Madding, Rand não tirou os olhos de Fain e não desviou sua espada da direção do antigo mascate. Amigo das Trevas e coisa pior, como Moiraine o definira muito tempo antes. A dor excruciante na costela o fez tropeçar ao investir contra Fain, ignorando as pancadas das botas e o retinir do aço se chocando atrás dele enquanto também ignorava os gemidos de Lews Therin em sua mente. Fain fintava e vinha para cima, tentando se aproximar o suficiente para usar a adaga que abrira o corte incurável no corpo de Rand e resmungando palavrões sempre que a lâmina do seu oponente o forçava a recuar. Com um movimento brusco, ele deu meia-volta e saiu correndo para os fundos da edificação.

O tormento que dilacerava Rand foi se esvaindo até virar um mero latejar à medida que Fain ia desaparecendo do aposento, mas, mesmo assim, ele o acompanhou com toda a cautela. Junto à porta, porém, notou que Fain não estava tentando se esconder. O sujeito esperava por ele à beira da escada que levava ao andar de baixo, a adaga curva em uma das mãos. O imenso rubi que arrematava o cabo cintilava, refletindo a luz das lamparinas dispostas em mesas por todo o aposento sem janelas. Assim que Rand adentrou o cômodo, o fogo e o gelo irromperam em fúria na lateral do seu corpo até um ponto em que ele pôde sentir o coração palpitando. Manter-se de pé lhe demandou um esforço forjado em ferro. Dar um passo à frente fez esse mesmo esforço esmorecer, mas ele avançou, depois mais um pouco.

— Quero que ele saiba quem está causando sua morte — ganiu um petulante Fain. Não tirava os olhos de Rand, mas parecia estar falando sozinho. — Quero que ele saiba! Mas, se morrer, ele vai parar de assombrar meus sonhos. É, então ele vai parar. — Abrindo um sorriso, Fain levantou a mão.

Torval e Gedwyn subiram a escada com os mantos por sobre os braços.

— Acho melhor só chegarmos perto dele quando eu souber onde estão os outros — rosnou Gedwyn. — O M'Hael vai nos matar se...

Sem pensar, Rand girou os pulsos para realizar um Cortando o Vento e, imediatamente, emendou um Abrindo o Leque.

A ilusão dos homens mortos voltando a viver se dissipou, e Fain pulou para trás soltando um guincho, o sangue lhe escorrendo pela lateral da face. De repente, inclinou a cabeça como se escutasse algo e, no momento seguinte, com um berro furioso ininteligível para Rand, fugiu escada abaixo.

Ponderando, Rand fez menção de seguir os baques das botas de Fain pelos degraus, mas Lan segurou-o pelo braço.

— A rua lá fora está ficando cheia de Guardas, pastor de ovelhas. — Uma umidade escura manchava o lado esquerdo do casaco de Lan, mas a espada estava embainhada, prova de quem havia dançado melhor aquela dança. — Se vamos embora, já deveríamos estar no telhado.

— Um homem não pode nem caminhar por uma viela com uma espada nesta cidade — reclamou Rand, embainhando a sua.

Lan não riu, mas era raro que o fizesse, exceto com Nynaeve. Ouviram-se gritos e berros vindos lá de baixo pela escadaria. Podia ser que os Guardas Civis capturassem Fain. Podia ser que ele fosse enforcado por conta dos corpos no andar de cima. Não bastava, mas ele teria de se conformar. Rand estava cansado de ter de se conformar.

No sótão, Lan saltou para se pendurar na cimalha do alçapão do telhado e içar o corpo até lá fora. Rand não sabia se conseguiria dar aquele pulo. A agonia fora embora com Fain, mas o corpo doía como se tivesse sido golpeado com o cabo de um machado. Enquanto reunia forças para tentar, o outro enfiou a cabeça de volta pelo alçapão e estendeu a mão.

— Pode até ser que não subam logo, pastor de ovelhas, mas há algum motivo para pagar para ver?

Rand agarrou a mão de Lan e se deixou ser erguido até um ponto onde conseguiria se segurar na cimalha e sair para o telhado. Bem agachados, os dois se deslocaram pelas telhas úmidas até a parte de trás da edificação e então deram início à curta subida até o ponto mais alto. Mesmo que houvesse Guardas na rua, ainda restava uma chance de fugir sem serem vistos, em especial se conseguissem sinalizar para que Nynaeve providenciasse alguma distração.

Rand se esticou para alcançar o topo do telhado, e, por trás dele, a bota de Lan escorregou nas telhas com um guincho. Rand se virou e agarrou o pulso do

Guardião, mas acabou escorregando com o peso. Em vão, os dois tentaram se segurar em qualquer saliência do telhado inclinado, na ponta de uma telha, o que fosse. Nenhum deles pronunciou uma única palavra. As pernas de Lan passaram do beiral, e logo todo o restante do corpo. Os dedos enluvados de Rand apanharam alguma coisa. Ele não sabia o que e nem se importava. Olhou para baixo do telhado, e Lan, ainda segurando a mão de Rand, se balançava a dez passadas de altura da viela ao lado da casa baixa.

— Solte — disse Lan, tranquilo, os olhos frios e duros para Rand, nenhuma expressão em seu semblante. — Solte.

— Só quando o sol ficar verde — retrucou Rand.

Se conseguisse puxar o Guardião só um pouco, só o bastante para ele se segurar no beiral...

Com um estalo abrupto, o que quer que seus dedos tivessem agarrado se quebrou e a viela veio depressa encontrá-los.

Capítulo 34

O segredo do beija-flor

Tentando não deixar óbvio demais que estava de olho na viela ao lado da oficina do fabricante de velas, Nynaeve devolveu o galão verde liso dobrado para a bandeja do mascate e enfiou a mão dentro do manto, fechando-o bem para se proteger do vento. Era um manto mais fino que o das pessoas que transitavam por ali, mas simples o bastante para não de destacar. Já seu cinto, porém, atrairia olhares se ficasse à mostra. Mulheres que usavam joias não frequentavam a Rua da Carpa Azul nem compravam de vendedores ambulantes. Depois de esperar que ela corresse os dedos por todos os pedaços de galão da bandeja, a mulher esguia fez uma careta, mas Nynaeve já havia comprado três tiras de galão, duas fitas e um pacote de alfinetes dos mascates só para fazer hora. Alfinetes sempre eram úteis, mas ela não sabia o que ia fazer com o resto.

De repente, percebeu uma comoção rua abaixo, na direção da guarita, a barulheira dos chocalhos dos Guardas Civis intensificando-se cada vez mais. O Guarda desceu aos trancos e barrancos do seu ponto de observação. Transeuntes próximos à guarita ficaram olhando para o cruzamento com a transversal seguinte e para um ponto mais acima da Rua da Carpa Azul e depois se espremeram nas laterais da via quando Guardas apareceram correndo, sacudindo os chocalhos de madeira no alto. Não uma patrulha de dois ou três, mas uma enxurrada de homens de armadura descendo a toda a Rua da Carpa Azul, alguns mais vindos da outra rua para se juntar à torrente. Aqueles que demoravam a sair do caminho eram empurrados, e um homem chegou até a cair aos pés dos vigilantes, que o pisotearam sem diminuir o passo.

A vendedora de galões derrubou metade da bandeja ao correr toda afobada para a lateral da rua, e Nynaeve com a mesma rapidez se espremeu na fachada de pedra da casa junto da mulher boquiaberta. Tomando conta da via, cambões e bordões projetando-se feito piques, a massa humana de Guardas esbarrava os ombros nela e a imprensava na parede. A vendedora soltou um berro quando sua bandeja foi arrancada e desapareceu, mas os Guardas nem desviaram o olhar.

Quando o último homem passou correndo, Nynaeve tinha sido levada para umas boas dez passadas adiante. A vendedora de galões gritava com irritação e brandia os punhos cerrados para os homens. Indignada, Nynaeve ajeitou o manto torcido, com vontade de fazer mais do que gritar. Talvez sua vontade fosse...

De repente, sua respiração ficou entalada na garganta. Todos os Guardas Civis haviam parado ao mesmo tempo, possivelmente uma centena de homens gritando uns com os outros como se, de uma hora para a outra, não tivessem mais certeza do que fazer. Estavam na frente da oficina do fabricante de botas. Oh, Luz, Lan... E Rand também, claro, mas, antes de qualquer coisa, sempre, o coração do seu coração: Lan.

Nynaeve se forçou a respirar. Cem homens. Ela tocou no cinto com joias, o Poço. Restava menos da metade da quantidade de *saidar* que ela armazenara, mas talvez bastasse. Teria de bastar, embora ela ainda não soubesse exatamente para quê. Puxando o capuz do manto para cima, ela partiu em direção aos homens à frente da oficina do fabricante de botas. Nenhum deles estava olhando para ela. Nynaeve podia...

Mãos agarraram-na e a arrastaram para trás, fazendo-a dar meia-volta.

Cadsuane segurava um dos seus braços, Nynaeve se deu conta, e Alivia, o outro, as duas conduzindo-a depressa pela rua. Para longe da oficina do fabricante de botas. Andando ao lado de Alivia, Min continuava olhando para trás, preocupada. De repente, vacilou.

— Ele... Acho que ele caiu — sussurrou. — Acho que está inconsciente, mas está ferido, só não sei a gravidade.

— Aqui, não vamos ajudá-lo em nada, nem a nós — pontuou Cadsuane com um tom de voz calmo. Os ornamentos dourados que balançavam na frente do coque rodopiaram para dentro do capuz do manto quando ela virou o rosto, os olhos inspecionando as pessoas diante delas. Segurou o capelo profundo para se proteger do vento, deixando o manto se agitar às costas. — Quero ir para longe daqui antes que um desses rapazes pense em mandar as mulheres mostrarem o rosto. Qualquer Aes Sedai encontrada nas imediações da Rua da Carpa Azul hoje à tarde precisará responder algumas perguntas por causa desta criança.

— Me solte! — irrompeu Nynaeve, tentando se desvencilhar delas. Lan… Se haviam deixado Rand inconsciente, imagine Lan. — Preciso voltar lá e ajudá-los!

As duas continuaram arrastando-a com mãos de ferro. Todas as pessoas por quem elas passavam só tinham olhos para a oficina do fabricante de botas.

— Você já fez demais, sua tola. — A voz de Cadsuane soava como um ferro frio. — Eu *alertei* você sobre os cães de guarda de Far Madding. Pfff! Você instilou o pânico nas Conselheiras com sua canalização num lugar onde *ninguém* pode canalizar. Se os Guardas os pegaram, a culpa é sua.

— Achei que *saidar* não teria problema — retrucou Nynaeve com uma vozinha fraca. — Foi só um pouquinho, e bem rápido. Eu… Eu pensei que talvez nem fossem perceber.

Cadsuane lhe lançou uma olhadela desgostosa.

— Por aqui, Alivia — disse, puxando Nynaeve e virando a esquina junto da guarita abandonada.

Grupinhos em polvorosa pontilhavam as ruas, todos a tagarelar. Um homem gesticulava vigorosamente, como se brandisse um cambão. Uma mulher apontava para a guarita vazia e, assombrada, balançava a cabeça.

— Fale alguma coisa, Min — suplicou Nynaeve. — Não podemos simplesmente abandoná-los.

Ela nem cogitou se dirigir a Alivia, cujo semblante fazia o de Cadsuane parecer suave.

— Não espere compaixão da minha parte. — A vozinha baixa de Min soava quase tão gélida quanto a de Cadsuane. Quando ela olhou para Nynaeve, não passou de olhar torto, de poucos amigos, antes de virar para a rua à frente. — Implorei que você me ajudasse a detê-los, mas você tinha que ser tão cabeça-de-lã quanto eles. Agora, vamos ter que ficar à mercê de Cadsuane.

Nynaeve fungou.

— O que ela pode fazer? Será que preciso lembrar que Lan e Rand estão bem ali atrás de nós, e ficando a cada minuto mais longe?

— O garoto não é o único que precisa aprender lições de boas maneiras — resmungou Cadsuane. — Ele ainda não pediu desculpas para mim, mas falou para Verin que pediria, e imagino que eu possa aceitar só isso por ora. Pfff! Aquele garoto me arruma mais problemas do que quaisquer outros dez que eu tenha conhecido antes dele. Vou fazer o possível, garota, que é um pouco mais do que você poderia fazer se tentasse forçar passagem pelo meio dos Guardas Civis. De agora em diante, ou você faz exatamente o que eu disser, ou vou mandar Alivia sentar em cima de você!

Alivia assentiu. E Min também!

Nynaeve fez cara feia. Era aquela mulher que *deveria* se submeter a ela! Ainda assim, uma hóspede da Primeira Conselheira *poderia* fazer mais do que Nynaeve sem adornos, mesmo que estivesse com seu anel da Grande Serpente. Por Lan, ela era capaz de suportar Cadsuane.

No entanto, quando perguntou o que Cadsuane planejava fazer para libertar os dois, a única coisa que a mulher disse foi:

— Muito mais do que eu gostaria, garota, se é que posso fazer alguma coisa. Só que fiz promessas ao garoto, e cumpro o que prometo. Espero que ele se lembre disso. — Proferida num tom de voz que remetia ao gelo, não era uma resposta que inspirava confiança.

* * *

Deitado de barriga para cima e sentindo dor, Rand acordou no escuro. Suas luvas haviam sumido, e ele sentia um estrado áspero sob seu corpo. Também tinham levado suas botas. Sabiam quem ele era. Com cuidado, sentou-se. Sentia o rosto machucado, e todos os músculos doíam como se ele tivesse levado uma surra, mas não parecia haver nenhuma fratura.

Pondo-se de pé devagar, foi tateando a parede de pedra ao lado do estrado e, quase de imediato, chegou a um canto e em seguida a uma porta coberta com tiras grosseiras de ferro. Naquela escuridão, seus dedos identificaram uma pequena aba, mas ele não conseguiu abri-la. Nenhuma nesga de luz penetrava por quaisquer frestas nas extremidades. Em sua mente, Lews Therin começou a ofegar. Rand seguiu em frente, tateando, as pedras do piso frias sob seus pés. O canto seguinte surgiu quase imediatamente, e então um terceiro, onde seus dedos do pé toparam em algo que retiniu no chão. Mantendo uma das mãos na parede, ele se curvou e encontrou um balde de madeira. Deixou-o no lugar e se forçou a completar o circuito todo até retornar à porta de ferro. Todinho. Rand estava dentro de um receptáculo escuro de três passadas de comprimento e pouco mais de duas de largura. Erguendo a mão, descobriu que o teto de pedra estava menos de um pé acima da sua cabeça.

Enclausurado, resfolegou Lews Therin com a voz rouca. *É aquela caixa de novo. Quando aquelas mulheres nos colocaram na caixa. Temos que sair!*, berrou. *Temos que sair!*

Ignorando os gritos em sua cabeça, Rand se afastou da porta até chegar ao que, supôs, fosse o centro da cela e então se sentou no chão de pernas cruzadas. Estava o mais longe possível das paredes, e, na escuridão, tentou imaginá-las ainda mais distantes, apesar da sensação de que era capaz de tocar a pedra sem nem precisar esticar muito os braços. Sentia seu corpo tremendo descontroladamente como se fosse o de outra pessoa. As paredes pareciam estar bem rente a ele, o teto, logo acima de sua cabeça. Precisava combater esses pensamentos, ou o encontrariam tão louco quanto Lews Therin quando conseguissem tirá-lo dali. Uma hora, teriam de deixá-lo sair, nem que fosse só para entregá-lo a quem quer que Elaida tivesse mandado. Quantos meses para uma mensagem chegar a Tar Valon e para os emissários de Elaida retornarem? Se houvesse irmãs leais a ela mais perto do que Tar Valon, poderia acontecer até antes. O horror se somou aos tremores quando ele se deu conta de que estava torcendo para que tais irmãs estivessem mais perto, que já estivessem na cidade, para que pudessem tirá-lo daquela caixa.

— Eu não vou me render! — gritou. — Vou ser tão firme quanto tiver que ser! — Naquele espaço confinado, sua voz retumbava como um trovão.

Moiraine morrera porque ele não havia sido firme o bastante para fazer o que precisava ser feito. O nome dela sempre encabeçava a lista que ele trazia gravada no cérebro, todas as mulheres que tinham morrido por sua causa. Moiraine Damodred. Cada nome naquela lista despertava uma angústia que o fazia se esquecer das dores pelo corpo, se esquecer das paredes de pedra um pouco além da ponta dos seus dedos. Colavaere Saighan, que morreu porque ele lhe tirara tudo o que ela prezava. Liah, Donzela da Lança dos Cosaida Chareen, que morreu nas mãos dele por tê-lo seguido até Shadar Logoth. Jendhilin, Donzela dos Miagoma do Pico Frio, que morreu porque queria ter a honra de vigiar sua porta. Ele precisava ser firme! Um a um, Rand foi evocando os nomes da longa lista, forjando pacientemente sua alma nas chamas da dor.

As preparações levaram mais tempo do que Cadsuane esperara, em grande parte porque ela precisou convencer diversas pessoas de que um grande resgate, ao estilo das belas tradições dos contos dos menestréis, estava fora de questão, então já era noite quando se pegou caminhando pelos corredores iluminados do Salão das Conselheiras. Andando devagar, sem correr. Quando se corria, as pessoas presumiam nervosismo, e se consideravam na vantagem. Se alguma vez na vida ela precisara manter sua vantagem desde o começo, era naquela situação.

Os corredores deveriam estar vazios àquela hora, mas os acontecimentos daquele dia tinham mudado a rotina. Empregados de casacos azuis se apressavam para todo canto, às vezes parando para olhar embasbacados suas acompanhantes. Era provável que nunca tivessem visto quatro Aes Sedai juntas — ela não estava disposta a dar esse título a Nynaeve até que a garota fizesse os Três Juramentos —, e a comoção daquele dia devia ter aumentado a confusão deles diante daquela visão. Os três homens vindo atrás, no entanto, atraíam quase a mesma quantidade de olhares. Os empregados podiam não saber o significado de seus casacos pretos ou dos broches de espada em suas golas altas, mas era improvável que já tivessem visto três homens portando espadas naqueles corredores. De todo modo, com um pouco de sorte, nenhum deles correria para contar a Aleis quem estava a caminho de interromper sua reunião a portas fechadas com as Conselheiras. Era uma pena que não pudesse levar os homens sozinhos, mas até mesmo Daigian fora irredutível à sugestão. E era uma grande pena que nem todas as suas acompanhantes estivessem demonstrando a compostura de Merise e das outras duas irmãs.

— Isso nunca vai funcionar — resmungou Nynaeve, talvez pela décima vez desde que tinham deixado os Elevados. — Devemos atacar com força desde o início!

— Devíamos ter agido mais rápido — murmurou Min, seu tom sombrio. — Posso senti-lo se transformando. Antes, ele era uma pedra, agora é aço! Pela Luz, o que estão fazendo com ele?

Min os acompanhava apenas porque era uma conexão com o garoto, e seus relatos a respeito dele eram incessantes, cada um mais desolador do que o outro. Cadsuane não lhe contara nada a respeito das celas, não quando a garota ficara arrasada só de lhe relatar o que as irmãs que sequestraram o garoto tinham feito com ele.

Cadsuane suspirou. Tinha reunido um exército caótico, mas mesmo um exército improvisado precisava de disciplina. Ainda mais com a batalha logo à frente. Teria sido pior se não houvesse obrigado as mulheres do Povo do Mar a ficarem para trás.

— Se preciso, eu dou conta de tudo sem qualquer de vocês duas — disse ela com firmeza. — Não, não diga nada, Nynaeve. Merise ou Corele podem usar esse cinto tão bem quanto você. Então, crianças, se não pararem de resmungar, vou mandar Alivia levá-las de volta aos Elevados e lhe dar motivos para choramingar.

Aquela era a única razão para ter levado junto a estranha bravia. Alivia tendia a ser muito mansa diante de seus superiores, mas lançava olhares muito desafiadores para aquelas duas gralhas tagarelas.

As duas se viraram ao mesmo tempo para a mulher loira, e as gralhas enfim se calaram. Calaram-se, mas não se convenceram. Min podia ranger os dentes o quanto quisesse, mas o olhar carrancudo de Nynaeve irritava Cadsuane. A garota tinha muito potencial, mas seu treinamento fora curto demais. Sua habilidade com a Cura era quase milagrosa, porém com todo o resto era mínima. E ela não passara pelas lições de que tudo que precisava ser suportado podia ser suportado. No fundo, Cadsuane se compadecia. De certa forma. Era uma lição que nem todo mundo podia aprender na Torre. Ela mesma, toda orgulhosa do novo xale e de sua força, tinha aprendido com uma bravia desdentada em uma fazenda no interior das Colinas Negras. Ah, era mesmo um exército muito caótico o que tinha reunido para tentar encarar Far Madding.

Empregados e mensageiros enchiam as antessalas colunadas que levavam à Câmara das Conselheiras, mas, afinal, eram apenas empregados e mensageiros. Os primeiros, em uma confusão inoportuna, hesitaram, um esperando que o outro falasse primeiro, mas os mensageiros de casaco vermelho, que sabiam que não estavam em posição de dizer nada, recuaram para os cantos dos aposentos de ladrilho azul, e os empregados abriram caminho para ela, nenhum deles ousando quebrar o silêncio. Mesmo assim, ela ouviu um arfar coletivo ao escancarar uma das altas portas entalhadas com a Mão e a Espada.

A Câmara das Conselheiras não era grande. Quatro espelhados lampiões de pé bastavam para iluminá-la, e um largo tapete taireno azul, vermelho e dourado cobria quase todo o chão de ladrilhos. Uma grande lareira de mármore de um lado era muito eficiente, embora as portas de vidro que davam para a colunata lá fora tremessem com o vento noturno, alto o suficiente para abafar o tiquetaquear do grande e dourado relógio illianense na cornija. Treze cadeiras entalhadas e douradas, similares a tronos, formavam um arco de frente para a porta, todas ocupadas por mulheres de expressão aflita.

Aleis, encabeçando o arco, franziu o cenho ao ver Cadsuane liderar seu pequeno desfile câmara adentro.

— Esta sessão é fechada, Aes Sedai — disse ela, formal e fria. — Podemos pedir para falar com você depois, mas...

— Vocês sabem quem têm nas celas — interrompeu Cadsuane.

Não foi uma pergunta, mas Aleis tentou se desvencilhar com um blefe.

— Acredito que muitos homens. Bêbados, vários estrangeiros presos por briga ou roubo, um sujeito das Terras da Fronteira capturado hoje que pode ter assassinado três homens. Não mantenho um registro das prisões, Cadsuane Sedai.

Nynaeve ofegou à menção de um homem capturado por assassinato, seus olhos brilhando ameaçadoramente, mas ao menos a criança teve o bom senso de manter a boca fechada.

— Então vai tentar esconder o fato de que está com o Dragão Renascido — disse Cadsuane baixinho. Tinha torcido, ardentemente, para que o trabalho preliminar de Verin as dissuadisse disso. Talvez, no entanto, ainda pudesse resolver tudo de modo simples. — Posso tirá-lo de suas mãos. Já encarei mais de vinte homens capazes de canalizar ao longo dos anos. Não tenho qualquer temor em relação a ele.

— Agradecemos sua oferta — respondeu Aleis, sem se alterar —, mas preferimos falar com Tar Valon primeiro. — Para negociar o preço dele, era o que ela queria dizer. Bom, o que precisava ser feito precisava ser feito. — Você se importa de nos dizer como ficou sabendo...

Cadsuane voltou a interrompê-la:

— Talvez eu devesse ter mencionado antes que esses homens atrás de mim são Asha'man.

Os três deram um passo à frente, como tinham sido instruídos a fazer, e ela precisou admitir que tinham uma aparência ameaçadora. O grisalho Damer parecia um urso com dor de dente; o belo Jahar, um lustroso leopardo negro; e o olhar fixo de Eben ficava ainda mais sinistro vindo de um rosto tão jovem. Eles decerto abalaram as Conselheiras. Algumas apenas se ajeitaram nos assentos, como se quisessem recuar, mas Cyprien deixou o queixo cair, infelizmente exibindo como era dentuça. Sybaine, que tinha o cabelo tão grisalho quanto o de Cadsuane, se recostou na cadeira e começou a se abanar com a mão fina, enquanto Cumere crispou a boca como se fosse vomitar.

Aleis não era tão frágil, embora tenha apertado as mãos na barriga.

— Já lhe disse uma vez que Asha'man podem nos visitar, contanto que obedeçam à lei. Não tememos os Asha'man, Cadsuane, embora eu deva dizer que estou surpresa de vê-la na companhia deles. Ainda mais considerando a oferta que acabou de fazer.

Então ela passara a ser apenas Cadsuane, era isso? Ainda assim, lamentava a necessidade de arrasar com Aleis. Ela era uma boa líder para Far Madding, mas talvez jamais se recuperasse daquela noite.

— Está se esquecendo do que mais aconteceu hoje, Aleis? Alguém canalizou dentro da cidade.

Mais uma vez as Conselheiras mudaram de posição, e mais de uma franziu a testa de preocupação.

— Uma aberração. — A voz de Aleis perdera a frieza, substituída pela raiva, e talvez por uma pontada de medo. Seus olhos tinham um brilho sombrio. — Talvez as guardiãs tenham se enganado. Ninguém que foi interrogado viu nada que sugira...

— Mesmo algo que julgamos perfeito pode ter brechas, Aleis. — Cadsuane sorveu de seu próprio Poço, tomando uma quantidade limitada de *saidar*. Tinha experiência; o pequeno beija-flor dourado não conseguia conter nem perto da quantidade do cinto de Nynaeve. — Brechas podem passar despercebidas por séculos antes de serem descobertas. — O fluxo de Ar que teceu foi o bastante apenas para erguer o diadema incrustado de gemas da cabeça de Aleis e depositá-lo no tapete diante dos pés da mulher. — Uma vez que são descobertas, porém, parece que qualquer pessoa que olhar bem pode enxergá-las.

Treze pares de olhos chocados se voltaram para o diadema. Todas as Conselheiras pareceram congelar, mal respirando.

— Para mim, parece mais uma porta de celeiro do que uma brecha — comentou Damer. — E acho que ele fica mais bonito na sua cabeça.

O brilho do Poder envolveu Nynaeve de repente e o diadema voou de volta a Aleis, diminuindo de velocidade no último instante, acomodando-se acima de seu rosto pálido em vez de partir sua cara. A luz de *saidar*, no entanto, não se esvaiu da garota. Bom, que ela esgotasse seu Poço.

— Será... — Aleis engoliu em seco, mas continuou, a voz embargada: — Será suficiente que eu o entregue a você?

Não ficou claro se ela estava se referindo a Cadsuane ou ao Asha'man; talvez nem Aleis soubesse.

— Acredito que sim — respondeu Cadsuane com toda a tranquilidade, e Aleis vergou feito uma marionete sem cordas.

Mesmo atônitas com a demonstração da canalização, as outras Conselheiras se entreolharam em dúvida. Olhos se voltaram para Aleis, rostos sérios, e acenos de cabeça foram trocados. Cadsuane respirou fundo. Tinha prometido ao garoto que tudo que fizesse seria pelo bem dele, não pelo bem da Torre ou de mais ninguém, e tinha acabado com uma boa mulher pelo bem dele.

— Sinto muito mesmo, Aleis.

Sua conta já está ficando alta, garoto, pensou ela.

Capítulo 35

Com os Choedan Kal

Sem olhar para trás, Rand atravessou cavalgando a ponte larga de pedra que saía do Portão Caemlyn para o norte. O sol era uma bola dourada que acabara de surgir no horizonte de um céu límpido, mas o ar estava suficientemente frio para que sua respiração produzisse vapor, e os ventos do lago faziam seu manto esvoaçar. Rand, no entanto, não sentia frio algum, apenas uma sensação distante e não conectada de fato a ele. Estava mais frio do que qualquer inverno poderia ser. Os guardas que vieram retirá-lo da cela na noite anterior tinham se surpreendido ao encontrá-lo com um sorrisinho no rosto. E que permanecia ali, uma curva discreta na boca. Nynaeve Curara suas feridas usando a última nesga de *saidar* que lhe restava no cinto, mas o oficial de elmo que apareceu na estrada no pé da ponte, um homem troncudo de feições arredondadas, tomou um susto ao vê-lo, como se seu rosto ainda estivesse inchado e roxo.

Cadsuane se debruçou da sela para falar algumas palavras murmuradas e entregar ao sujeito um papel dobrado. De cenho franzido, ele começou a ler e logo ergueu a cabeça com um olhar atônito para os homens e as mulheres que esperavam com toda a paciência em suas montarias atrás dela. Reiniciou a leitura no alto da página, foi movendo os lábios em silêncio, como se quisesse se certificar de cada palavra, o que não chegava a surpreender. Assinada e selada por todas as treze Conselheiras, a ordem era que não houvesse nenhuma vistoria de apaziguamentos e nenhuma busca em animais de carga. Os nomes daquele grupo deveriam ser completamente apagados nos livros de registro, e a ordem, incinerada. Ninguém ali jamais havia pisado em Far Madding. Nenhuma Aes Sedai, nenhum Atha'an Miere, ninguém.

— Acabou, Rand — disse Min em tom gentil, trazendo sua égua castanha robusta até junto do capão cinzento dele, apesar de já ficar tão perto de Rand quanto Nynaeve ficava de Lan. As escoriações do Guardião, bem como um braço fraturado, haviam sido Curadas antes das feridas de Rand. A expressão de Min refletia a preocupação que fluía pelo elo. Deixando seu manto ao sabor do vento, ela deu um tapinha no braço dele. — Não precisa mais ficar pensando nisso.

— Sou grato a Far Madding, Min. — Sua voz estava distante, desprovida de emoção, como soara quando ele abraçava *saidin* nos primórdios. Teria a tornado mais afável para ela, mas isso parecia além das suas capacidades. — Eu realmente encontrei o que precisava aqui.

Se uma espada tivesse memória, poderia até ser grata ao fogo da forja, mas jamais sentiria carinho por ele. Quando lhes acenaram permitindo passagem, ele conduziu o cavalo cinzento a meio-galope, pegando a estrada de terra batida para subir as colinas, e o fez sem sequer dar uma olhadela para trás até que as árvores tivessem escondido qualquer vestígio da cidade.

A estrada ascendia e serpenteava por colinas invernais arborizadas onde apenas pinheiros e folhas-de-couro demonstravam algum verde, e a maioria dos galhos se encontrava árida e cinza, mas, de uma hora para a outra, a Fonte podia ser sentida de novo, como se estivesse logo ali, num canto à vista de todos. Ela pulsava, chamava e o preenchia com uma fome que sugeria inanição. Sem pensar, ele abriu os braços e preencheu com *saidin* o vazio que sentia, uma avalanche de fogo, uma tempestade de gelo, tudo entremeado com a mácula imunda que fazia pulsar a ferida maior na costela. Rand bambeou na sela, a cabeça girando e seu estômago embrulhando mesmo enquanto ele tentava a todo custo enfrentar a avalanche que ameaçava lhe causticar a mente, tentou planar em meio à tempestade que queria lhe revirar a alma. Não havia perdão nem piedade na metade masculina do Poder. Ou o homem a enfrentava ou morria. Ele era capaz de sentir os três Asha'man atrás também se preenchendo, sorvendo *saidin* como homens que tinham encontrado água ao sair do Deserto. Em sua mente, Lews Therin suspirou aliviado.

Min levou sua montaria para tão perto que a perna tocou a dele.

— Está tudo bem? — indagou, preocupada. — Você parece enjoado.

— Estou tão bem quanto um peixe na água — respondeu ele, e a mentira não dizia respeito apenas à sua barriga.

Ele era puro aço e, para sua surpresa, ainda não se sentia firme o suficiente. Pretendera mandá-la a Caemlyn, com Alivia junto para protegê-la. Se a mulher de cabelos dourados iria ajudá-lo a morrer, ele precisava confiar nela. Havia planejado as palavras que diria, mas, olhando nos olhos escuros de Min, não foi forte o bastante para fazer sua língua expulsá-las. Virando o capão cinzento por entre as árvores secas, olhou para trás e falou com Cadsuane:

— É aqui.

Ela o seguiu, claro. Todos o seguiram. Harine por pouco não permitira que ele tirasse algumas horas de sono na noite anterior para não o perder de vista. Rand a teria deixado para trás, mas, nessa questão, Cadsuane havia lhe dado seu primeiro conselho. *Você fez um acordo com elas, garoto, é o mesmo que assinar um tratado. Ou dar sua palavra. Ou você cumpre ou diz que está desfeito. Caso contrário, estará sendo nada menos que um ladrão.* Direta, cirúrgica, e num tom que não deixava dúvidas de sua opinião sobre ladrões. Ele nunca prometera que seguiria seu conselho, mas ela se mostrara relutante demais quanto a ser conselheira dele para que ele corresse o risco de perdê-la tão rápido. Então a Mestra das Ondas e as outras duas mulheres do Povo do Mar cavalgavam ao lado de Alivia, à frente de Verin e das outras cinco Aes Sedai que haviam jurado lealdade a ele, além das quatro que eram acompanhantes de Cadsuane. Seria mais fácil ela abandoná-lo do que elas, disso Rand tinha certeza, talvez muito mais fácil.

Aos olhos de qualquer outra pessoa, nada distinguia o local que ele havia escavado antes de ir a Far Madding. Aos olhos dele, um cabo fino que reluzia feito uma lanterna se projetava do solo úmido e fértil da floresta. Até outro homem capaz de canalizar poderia ter passado por aquele objeto sem se dar conta de que ele estava ali. Rand não se deu ao trabalho de desmontar. Usando fluxos de Ar, arrancou a espessa camada de folhas secas e gravetos, cavando a terra molhada até desenterrar um pacote comprido e estreito amarrado com tiras de couro. Torrões de terra ficaram dependurados no pano ao redor de *Callandor*, que foi flutuando até sua mão. Ele não se atrevera a levá-la a Far Madding. Sem uma bainha, teria sido obrigado a deixá-la no fortim da ponte, uma perigosa bandeira só esperando para anunciar sua presença. Era improvável que outra espada de cristal pudesse ser encontrada em qualquer lugar do mundo, e gente demais sabia que o Dragão Renascido tinha uma. Mesmo abandonando-a ali, ele acabou indo parar num buraco de pedra escuro e apertado debaixo... Não, aquilo era passado, já tinha acabado. Acabado. Nos confins da sua mente, Lews Therin resfolegava.

Rand acomodou *Callandor* sob o ajuste da sela e puxou as rédeas do cinzento para girá-lo e encarar os outros. Os cavalos mantinham as caudas junto às ancas para se protegerem do frio, mas, de vez em quando, um deles batia um casco ou agitava a cabeça, impaciente para voltar a se mover depois de tanto tempo no estábulo. A bolsa de couro que pendia do ombro de Nynaeve parecia incongruente com todos os *ter'angreal* com pedras preciosas que ela trazia. Com o momento se aproximando, ela corria a mão pela bolsa protuberante, embora não parecesse perceber o que estava fazendo. Tentava disfarçar o medo, mas seu queixo tremia. Cadsuane olhava para ele com impaciência. Seu capuz havia caído nas costas, e, vez ou outra, uma rajada de vento mais forte que as demais sacudia as estrelas e luas, os pássaros e peixes dourados que balançavam presos ao coque.

— Vou remover a mácula da metade masculina da Fonte — anunciou ele.

Os três Asha'man, agora trajando casacos e mantos escuros simples à maneira dos outros Guardiões, trocaram olhadelas empolgadas, mas uma onda perpassou as Aes Sedai. Nesune deixou escapar um arquejo que pareceu longo demais para a irmã magrinha, que lembrava um passarinho.

A expressão de Cadsuane não se alterou.

— Com o quê? — questionou, erguendo a sobrancelha e olhando com ceticismo para o pacote que ele trazia debaixo da perna.

— Com os Choedan Kal — respondeu ele. O nome era mais um presente de Lews Therin que repousava na mente de Rand como se sempre tivesse estado ali. — Você os conhece como estátuas imensas, *sa'angreal*, um enterrado em Cairhien, o outro em Tremalking. — Harine mexeu a cabeça, fazendo os medalhões dourados da correntinha do nariz clicarem juntos à menção da ilha do Povo do Mar. — São grandes demais para serem movidos com facilidade, mas tenho um par de *ter'angreal* conhecido como chaves de acesso. Usando-os, os Choedan Kal podem ser acionados de qualquer lugar do mundo.

Perigoso, reclamou Lews Therin. *Loucura*. Rand o ignorou. Por ora, só Cadsuane importava.

O baio da mulher balançou a orelha negra, o que o fazia parecer mais disposto do que quem o montava.

— Um desses *sa'angreal* é destinado a uma mulher — lembrou ela com frieza. — Quem você sugere que o utilize? Ou essas chaves permitem que você acione os dois sozinho?

— Nynaeve vai se unir a mim. — Ele confiava nela para uma união, mas em mais ninguém. Era uma Aes Sedai, mas tinha sido a Sabedoria de Campo de Emond. Ele tinha de confiar nela. Nynaeve lhe sorriu e anuiu firmemente, o queixo já sem tremer. — Não tente me impedir, Cadsuane.

Ela não falou nada, apenas o analisou, seus olhos escuros ponderando e calculando.

— Me perdoe, Cadsuane — intrometeu-se Kumira, quebrando o silêncio e esporando para adiantar seu sarapintado. — Jovem, você já cogitou a possibilidade de falhar? Já considerou as *consequências* de uma falha?

— Preciso fazer a mesma pergunta — emendou Nesune, contundente. Sentava-se bastante ereta em sua sela, e seus olhos escuros encaravam impassíveis os de Rand. — Com base em tudo o que já li, a tentativa de usar esses *sa'angreal* pode resultar num desastre. Juntos, eles podem ter força suficiente para rachar o mundo feito um ovo.

Feito um ovo!, concordou Lews Therin. *Eles nunca foram testados, nunca foram experimentados. Isso é uma insanidade!*, gritou, esganiçado. *Você está louco! Louco!*

— Até onde ouvi falar — retrucou ele para as irmãs —, um Asha'man a cada cinquenta havia enlouquecido e teve que ser sacrificado feito um cão raivoso. A esta altura, outros mais. Fazer isso é arriscado, mas tudo são especulações. Se eu não tentar, a certeza que temos é de que cada vez mais homens vão enlouquecer, talvez muitos, talvez todos nós, e, mais cedo ou mais tarde, serão homens demais para serem mortos tão facilmente. Vocês vão gostar de esperar pela Última Batalha com cem Asha'man raivosos perambulando por aí, ou duzentos, ou quinhentos? E talvez eu sendo um deles? Por quanto tempo o mundo sobreviveria a isso? — Rand dirigia-se às duas Marrons, mas era Cadsuane que ele observava.

Os olhos quase negros da mulher não se desviaram dele. Rand precisava mantê-la ao seu lado, mas, se ela tentasse dissuadi-lo, ele rejeitaria seu conselho independentemente das consequências. E se tentasse impedi-lo...? *Saidin* irrompeu em fúria dentro dele.

— Vai ser aqui que você vai fazer? — quis saber ela.

— Em Shadar Logoth — respondeu ele.

Ela aquiesceu, ponderando:

— Um lugar bem apropriado, se é para corrermos o risco de destruir o mundo.

Lews Therin soltou um berro, um grito minguante que ecoou no crânio de Rand enquanto a voz escapava para as profundezas escuras. Só que não havia onde se esconder. Nenhum lugar era seguro.

O portão que ele teceu não se abriu na cidade arruinada de Shadar Logoth em si, mas no alto de uma colina irregular pouco arborizada algumas milhas ao norte, onde os cascos dos cavalos ressoavam num solo pedregoso que havia atrofiado as árvores desfolhadas e tinha esparsos tapetes de neve. Enquanto Rand desmontava, seu olhar foi atraído por vislumbres distantes do local outrora chamado de Aridhol despontando acima das árvores, torres que terminavam de maneira abrupta em pedras recortadas e cúpulas brancas em forma de cebola que poderiam abrigar um vilarejo caso estivessem inteiras. Ele não passou muito tempo olhando. Apesar do céu límpido da manhã, aqueles domos claros não refletiam o brilho, como se algo projetasse uma sombra por sobre a ruína dispersa. Mesmo a tamanha distância da cidade, a segunda ferida que nunca sarava na costela de Rand começara a latejar de leve. O corte aberto pela adaga de Padan Fain, a adaga proveniente de Shadar Logoth, não palpitava na mesma pulsação da ferida maior que este atravessara, mas numa batida contrária, alternada.

Cadsuane assumiu o comando e começou a dar ordens bruscas, como seria de se esperar. De um jeito ou de outro, as Aes Sedai sempre faziam isso, em qualquer brecha, e Rand não tentou impedir. Lan, Nethan e Bassane desceram mata adentro para averiguar, e os outros Guardiões se apressaram para tirar os cavalos do meio do caminho e amarrá-los a galhos baixos. Min ficou de pé nos estribos e puxou a cabeça de Rand até um ponto onde podia lhe dar um beijo nos olhos. Sem dizer uma única palavra, seguiu para se juntar aos homens com os cavalos. O elo explodia com seu amor por ele, uma segurança e uma confiança tão plenas que ele a ficou olhando atônito.

Eben veio até a montaria de Rand com um sorriso de orelha a orelha. Somadas ao nariz, aquelas orelhas continuavam dando a impressão de que ocupavam metade do seu rosto, mas, àquela altura, ele deixara de ser um destrambelhado para se tornar um jovem esbelto.

— Será maravilhoso canalizar sem a mácula, Milorde Dragão! — exclamou, empolgado. Rand achava que Eben talvez não tivesse mais do que dezessete anos, mas soava mais novo. — Quando fico pensando nisso, sempre me dá vontade de esvaziar a barriga. — Ainda sorrindo, saiu trotando com seu cinzento.

O Poder urrava em Rand, e a imundície que embaciava a vida pura de *saidin* se infiltrava por ele, afluentes fétidos que trariam loucura e morte.

Cadsuane reuniu as Aes Sedai ao seu redor, bem como Alivia e a Chamadora de Ventos do Povo do Mar. Harine reclamou alto por ter sido excluída, até que um apontar de dedo de Cadsuane a fez sair caminhando pelo alto da colina. Vestindo seu estranho casaco azul acolchoado, Moad mandou Harine se sentar em um afloramento e conversou para acalmá-la, embora, vez ou outra, seus olhos percorressem as árvores do entorno e ele deslizasse a mão pelo comprido cabo de marfim de sua espada. Jahar apareceu vindo da direção dos cavalos e arrancando os trapos que envolviam *Callandor*. A espada de cristal, com seu longo cabo liso e a lâmina levemente curva, cintilava sob a luminosidade do sol. Após um gesto imperioso de Merise, ele apertou o passo para se juntar a ela. Damer também estava no grupo, assim como Eben. Cadsuane não pedira para usar *Callandor*. Aquilo poderia passar. Por ora, poderia.

— Aquela mulher testaria a paciência até de uma pedra! — rezingou Nynaeve, dirigindo-se a passos largos até Rand. Com uma das mãos, segurava firme na tira da bolsa em seu ombro, enquanto a outra agarrava com a mesma firmeza a trança grossa que pendia de dentro do capuz. — Ela que vá ao Poço da Perdição, é só o que eu digo! Você tem certeza de que Min não poderia estar errada só essa vez? Bem, acho que não. Mas mesmo assim...! Quer tirar esse sorriso do rosto? Você deixaria até um gato nervoso!

— Melhor começarmos — disse ele, e ela estranhou.

— Não é melhor esperar Cadsuane? — Ninguém suspeitaria que, momentos antes, estivera reclamando da Aes Sedai. Muito pelo contrário, parecia até ansiosa para não a chatear.

— Ela vai fazer o que for fazer, Nynaeve. Com a sua ajuda, eu vou fazer o que tenho que fazer.

Ainda assim, ela hesitou, agarrando a bolsa junto ao peito e disparando olhares preocupados para as mulheres reunidas em torno de Cadsuane. Alivia deixou o grupo em questão e veio apressada até eles, vencendo o solo irregular e segurando o manto fechado com as duas mãos.

— Cadsuane está dizendo que eu preciso ficar com os *ter'angreal*, Nynaeve — avisou ela com aquela fala mansa arrastada de Seanchan. — E não discuta, porque não temos tempo. Além do quê, com você se unindo a ele, eles não têm nenhuma serventia para você.

Dessa vez, o olhar que Nynaeve lançou para onde estavam as mulheres em volta de Cadsuane foi quase assassino, mas, mussitando, ela tirou os anéis e braceletes e também entregou para Alivia o cinto com pedras preciosas e o colar. Depois de alguns instantes, suspirou e desafivelou o bracelete pitoresco que se conectava aos anéis por meio de correntes achatadas.

— Melhor você também levar isto. Se vou usar o *sa'angreal* mais poderoso já feito, imagino que não precise de um *angreal*. Mas fique sabendo que quero todos eles de volta — concluiu, impetuosa.

— Eu não sou ladra — rebateu, toda empertigada, a mulher com olhos de gavião, enfiando os quatro anéis nos dedos da mão esquerda.

Estranhamente, o *angreal* que se encaixava tão bem em Nynaeve coube com a mesma facilidade na mão dela, mais comprida. As duas ficaram olhando, atônitas.

Foi quando ocorreu a Rand que nem uma nem outra sequer considerava a possibilidade de que ele pudesse fracassar. Ele gostaria de ter a mesma certeza. O que precisava ser feito, porém, precisava ser feito.

— Vai esperar o dia inteiro, Rand? — pressionou Nynaeve quando Alivia voltou ao encontro de Cadsuane, ainda mais rápido do que viera.

Arrumando o manto debaixo do corpo, Nynaeve se sentou numa pedra cinza protuberante do tamanho de um banquinho, pôs a bolsa no colo e jogou para trás a aba de couro.

Rand se acomodou no chão de pernas cruzadas diante dela enquanto Nynaeve tirava as duas chaves de acesso, estátuas brancas lisas de um pé de altura, cada qual com uma das mãos erguida segurando uma esfera transparente. A imagem de um homem barbudo de robe, ela entregou para ele. A da mulher de robe, depositou no chão junto aos seus pés. Os rostos das duas figuras denotavam a serenidade, a força e a sabedoria da idade.

— Você precisa se colocar à beira de abraçar a Fonte — instruiu ela, alisando saias que não necessitavam ser arrumadas. — Aí vou poder me unir a você.

Com um suspiro, Rand pôs o homem de barba no chão e soltou *saidin*. O frio e o fogo em fúria se dissiparam, assim como a vilania pegajosa da mácula, e, com elas, a vida também pareceu definhar, tornando o mundo pálido e descorado. Ele botou as duas mãos no solo, uma de cada lado do corpo, para se precaver contra a náusea que o acometeria quando ele voltasse a agarrar a Fonte, mas, de repente, uma tontura distinta fez sua cabeça girar. Em um piscar de olhos, um rosto vago lhe preencheu a visão, obscurecendo Nynaeve, um rosto masculino quase reconhecível. Luz, se algum dia acontecesse isso enquanto ele estivesse agarrando *saidin*... Nynaeve se inclinou na direção dele, a preocupação em seu semblante.

— Agora — disse ele, e buscou a Fonte por meio do homem barbudo.

Buscou, mas não a abraçou. Manteve-se no limiar, desejando berrar de agonia quando chamas tremeluzentes deram a impressão de fervê-lo mesmo enquanto ventos uivantes sopraram partículas de areia congelada pela sua pele. Ao ver Nynaeve inspirando depressa, ele sabia que só haviam se passado alguns instantes, mas parecia que tinha aguentado horas antes de...

Saidin fluiu por ele, toda a fúria derretida e a cascata gélida, toda a maldade, e ele não conseguia controlar nem um fio de cabelo. Podia ver o fluxo indo dele a Nynaeve. Senti-lo em ebulição ao perpassá-lo, sentir as ondas traiçoeiras e o solo movediço que poderia destruí-lo em instantes, e sentir tudo isso sem ser capaz de lutar ou ter controle era, em si, uma agonia. Ele estava ciente dela, como se deu conta de súbito, quase como estava ciente de Min, mas a única coisa em que conseguia pensar era *saidin*, inundando-o sem nenhum controle.

Estremecendo, Nynaeve respirou.

— Como você consegue suportar... *isso*? — perguntou, a voz rouca. — Todo esse caos, fúria e morte. Luz! Agora você precisa tentar controlar os fluxos o máximo possível enquanto eu... — Desesperado para recuperar seu equilíbrio naquela guerra interminável contra *saidin*, ele seguiu a instrução, e ela pulou com um ganido. — Era para você esperar até eu... — começou ela com um tom a princípio raivoso, depois apenas irritado. — Bem, pelo menos me livrei daquilo. Por que você está com esses olhos arregalados? Foi de mim que arrancaram a pele!

— *Saidar* — murmurou ele, maravilhado. Foi tão... diferente.

Comparado com o turbilhão de *saidin*, *saidar* era um rio de águas tranquilas fluindo com placidez. Ele mergulhou nesse rio e, de repente, se viu lutando contra correntes que tentavam puxá-lo mais para dentro, redemoinhos que serpenteavam com o intuito de levá-lo para o fundo. Quanto mais resistia, mais intensa a fluência se tornava. Só fazia um instante que tentara controlar *saidar*, e ele já se sentia como se estivesse se afogando, sendo arrastado para a eternidade. Nynaeve o alertara a respeito do que ele precisava fazer, mas parecia algo tão exótico que ele não acreditara de fato até esse momento. Com esforço, ele se obrigou a parar de resistir às correntes, e, tão rápido quanto, o rio voltou a ter águas calmas.

Essa era a primeira dificuldade, enfrentar *saidin* enquanto se rendia a *saidar*. A primeira dificuldade e a primeira chave para o que ele precisava fazer. As metades masculina e feminina da Fonte Verdadeira eram parecidas e diferentes, atraíam e repeliam, lutavam uma contra a outra mesmo enquanto trabalhavam juntas para impulsionar a Roda do Tempo. A mácula da metade masculina também tinha sua gêmea oposta. A ferida que lhe fora impingida por Ishamael pulsava no mesmo ritmo da mácula, enquanto a outra, causada pela lâmina de Fain, batia em contratempo com o mal que ceifara Aridhol.

Desajeitado, obrigando-se a agir com delicadeza, a usar a imensa e nada familiar força de *saidar* para guiá-la como ele desejava, Rand teceu um conduto que tocava na metade masculina da Fonte numa ponta e na cidade vista ao longe na outra. Era necessário que o conduto fosse de *saidar* imaculado. Se funcionasse da maneira que esperava, um tubo de *saidin* poderia se estraçalhar quando a mácula começasse a ser sugada para fora. Ele a imaginava, pelo menos, como um tubo, embora não fosse. A tessitura se formou bem diferente de como ele esperava. Como se *saidar* tivesse sua própria consciência, a tessitura assumiu circunvoluções e espirais que o fizeram pensar numa flor. Não havia nada o que ver, nada de tessituras grandiosas descendo do céu. A Fonte encontrava-se no cerne da criação. A Fonte estava em toda parte, até em Shadar Logoth. O conduto percorria distâncias além da sua imaginação, e ao mesmo tempo não tinha extensão alguma. Tinha de ser um conduto, independentemente da aparência. Se não fosse...

Atraindo *saidin*, lutando contra, conduzindo a dança mortal que ele conhecia tão bem, Rand introduziu a metade masculina à força na tessitura florida de *saidar*. E *saidin* fluiu por ela. *Saidin* e *saidar*, similares e distintos, não podiam se misturar. O fluxo de *saidin* se espremia, fugia de *saidar* a circundá-lo, e *saidar* o pressionava por todos os lados, comprimindo ainda mais, fazendo-o fluir mais depressa. *Saidin* puro, a não ser pela mácula, tocou em Shadar Logoth.

Rand franziu o cenho. Será que ele estivera enganado? Não estava acontecendo nada, exceto... As feridas pareciam latejar mais rápido. No meio da tempestade de fogo e da fúria gélida de *saidin*, parecia que a maldade se agitava e se movia. Apenas um movimento tênue, que poderia ter passado despercebido caso ele não estivesse se esforçando para encontrar algo. Uma agitação sutil em meio ao caos, mas tudo na mesma direção.

— Continue — encorajou Nynaeve.

Seus olhos estavam radiantes, como se o simples fato de ter *saidar* fluindo por ela fosse o suficiente para lhe dar alegria.

Ele tragou com ainda mais intensidade as duas metades da Fonte, fortalecendo o conduto ao forçar a passagem de mais *saidin*, sorvendo o Poder até que nada que ele fizesse pudesse atrair mais. Sentia vontade de gritar, tamanho o volume que fluía por ele, a ponto de dar a impressão de que ele próprio já nem existia mais, apenas o Poder Único. Ouvia os gemidos de Nynaeve, mas o enfrentamento mortal com *saidin* o consumia.

Correndo os dedos pelo anel da Grande Serpente em seu indicador esquerdo, Elza não tirava os olhos do homem a quem havia jurado servir. Ele estava sentado no chão, a expressão severa, olhando fixamente para a frente como se não conseguisse enxergar a bravia Nynaeve sentada bem diante dele, fulgurante como o sol. Talvez não conseguisse. Ela podia sentir *saidar* varrendo Nynaeve em torrentes jamais sonhadas. Todas as irmãs da Torre somadas só poderiam ter manejado uma fração daquele oceano. Invejava a bravia por conta disso e, ao mesmo tempo, achava que poderia ter enlouquecido com o mero regozijo de tudo aquilo. Apesar do frio, havia gotículas de suor na face de Nynaeve. Seus lábios estavam abertos e seus olhos arregalados encaravam de forma vigorosa algum ponto além do Dragão Renascido.

— Temo que vá começar em breve — anunciou Cadsuane. Desviando o olhar da dupla sentada, a irmã de cabelo grisalho plantou as mãos na cintura e percorreu o alto da colina com um olhar penetrante. — Vão sentir até em Tar Valon e talvez no outro lado do mundo. Todos em seus lugares.

— Venha, Elza — chamou Merise, a luz de *saidar* circundando-a de repente.

Elza se permitiu ser trazida para uma união com a irmã de semblante austero, mas vacilou quando Merise acrescentou seu Asha'man ao círculo. O homem tinha uma beleza sombria, mas a espada de cristal em suas mãos brilhava com uma luminosidade tênue, e ela podia sentir a aflição do tumulto incrível que devia ser *saidin*. Ainda que fosse Merise quem estivesse controlando os fluxos, a vilania de *saidin* fez o estômago de Elza revirar. Era como um monte de dejetos apodrecendo num verão escorchante. A outra Verde era uma mulher amável, apesar da severidade, mas cuja boca igualmente se estreitou, como se ela também estivesse se esforçando para não vomitar.

Círculos iam se formando por todo o alto da colina, Sarene e Corele unidas com o velho Flinn, e Nesune, Beldeine e Daigian, com o garoto Hopwil. Verin e Kumira fizeram um círculo até com a bravia do Povo do Mar, que, na realidade, era bastante forte, e todos precisavam ser utilizados. Assim que cada um desses círculos se formou, foi deixando o alto da colina, desaparecendo um a um em diferentes direções em meio às árvores. Alivia, a peculiaríssima bravia que parecia não ter nenhum outro nome, saiu no sentido norte, o manto esvoaçando, circundada pelo brilho do Poder. Uma mulher assaz *inquietante* com aquelas linhas bem discretas em torno dos olhos, além de ser dona de uma força incrível. Elza teria topado muita coisa para pôr as mãos naqueles *ter'angreal* que a dita cuja usava.

Alivia e os três círculos proporcionariam uma defesa circundante, caso fosse preciso, mas a maior necessidade estava ali mesmo, no alto da colina: o Dragão Renascido precisava ser protegido a qualquer custo. Uma missão que Cadsuane assumira para si, claro, mas o círculo de Merise também permaneceria por perto. Cadsuane devia ter seu próprio *angreal*, dado o volume de *saidar* que estava abraçando, mais do que Elza e Merise somadas, mas até essa quantidade empalidecia se comparada ao Poder que fluía por *Callandor*.

Elza deu uma espiadela na direção do Dragão Renascido e respirou fundo.

— Merise, eu sei que não deveria perguntar, mas posso combinar os fluxos?

Ela esperava ter de implorar, mas a mulher mais alta só hesitou por um momento antes de menear a cabeça e lhe repassar o controle. Quase de imediato, a expressão nos lábios de Merise se suavizou, embora jamais fosse possível defini-la como suave. Fogo, gelo e imundície tomaram Elza de assalto, e ela estremeceu. Custasse o que custasse, o Dragão Renascido precisava chegar à Última Batalha. Custasse o que custasse.

Conduzindo sua carroça pela estrada coberta de neve que levava a Tremonsien, Barmellin se perguntava se a velha Maglin d'Os Nove Anéis pagaria o que ele queria pelo brande de ameixa que trazia na carroceria. Não estava animado. Ela era sovina com a prata, a tal Maglin, o brande não era dos melhores, e, com o inverno já avançado, a mulher talvez preferisse esperar até a primavera para que a bebida melhorasse. De repente, ele se deu conta de que o dia estava bastante claro, mais para meio-dia de verão do que uma manhã de inverno. Mais estranho ainda, o brilho parecia vir do imenso buraco ao lado da estrada que os trabalhadores da Cidade vinham escavando um ano antes. Devia haver uma estátua monstruosa lá embaixo, mas ele nunca se interessara o suficiente para ver com seus próprios olhos.

Naquele dia, quase a contragosto, Barmellin puxou as rédeas de sua égua robusta, desceu pela neve e se arrastou penosamente até a beira do buraco. Tinha cem passadas de profundidade e dez vezes mais de largura, e ele precisou tapar o rosto com as mãos para se proteger da luminosidade ofuscante que vinha lá do fundo. Estreitando os olhos por entre os dedos, conseguiu identificar uma bola reluzente, como um segundo sol. De estalo, ocorreu-lhe que aquilo devia ser o Poder Único.

Com um berro horrorizado, voltou se atropelando pela neve até a carroça e subiu desesperado, incitando Nisa com as rédeas mesmo enquanto ainda tentava fazê-la virar a cabeça para trás para retornar à sua fazenda. Iria ficar em casa mesmo e tomar aquele brande sozinho. A garrafa inteira.

Caminhando absorta em pensamentos, Timna mal notava os pousios que cobriam todas as encostas das colinas à sua volta, menos uma. Tremalking era uma ilha extensa, e, tão longe do mar, o vento soprava sem o menor vestígio de sal, mas, mesmo assim, eram os Atha'an Miere que a preocupavam. Eles rejeitavam o Caminho da Água, mas Timna havia sido uma das Guias escolhidas para protegê-los de si mesmos, se conseguisse. A esta altura, era dificílimo, com todos eles em alvoroço por conta do tal Coramoor. Pouquíssimos ainda permaneciam na ilha. Até os Governadores, sempre aflitos por ficarem longe do mar como os Atha'an Miere ficavam, haviam içado as velas de qualquer embarcação que puderam encontrar para procurá-lo.

De repente, a única colina não lavrada lhe chamou a atenção. Uma grande mão de pedra se projetava do solo segurando uma esfera transparente do tamanho de uma casa. E essa esfera brilhava feito um glorioso sol de verão.

Com todos os pensamentos nos Atha'an Miere dissipados, Timna recolheu o manto e se sentou no chão, sorrindo ao pensar que poderia presenciar a realização de uma profecia e o fim da Ilusão.

— Se você for mesmo uma Escolhida, vou servir a você — disse com ar de dúvida o homem de barba diante de Cyndane, mas ela não ouviu mais nenhuma palavra do que ele ainda teria a dizer.

Podia sentir. Tanto volume de *saidar* sendo tragado num único ponto era um farol que qualquer mulher capaz de canalizar do mundo sentiria e localizaria. Quer dizer então que ele havia encontrado uma mulher para usar a outra chave de acesso... Essa mulher teria ficado frente a frente com o Grande Senhor — com o Criador! — junto com ele. Ela teria compartilhado o poder com ele, permitido que ele governasse o mundo ao lado dela. E ele dispensara seu amor, rejeitara-a!

Dada a atual circunstância, o tolo que tagarelava com ela era um homem importante, mas ela não tinha tempo de verificar a confiabilidade do sujeito, e, sem isso, não podia deixá-lo ali matraqueando, não quando era capaz de sentir a mão de Moridin acariciando a *cour'souvra* que encarcerava sua alma. Um fluxo de Ar fino como uma lâmina dividiu a barba do sujeito ao meio ao lhe decepar a cabeça. Um segundo fluxo empurrou-lhe o corpo para trás para que o chafariz de sangue que jorrava do toco do pescoço não sujasse o vestido dela. Antes que corpo ou cabeça tombassem no piso de pedra, ela já havia aberto seu portão. Um farol que sabia onde estava, chamando por ela.

Ao adentrar nas colinas de florestas onde tapetes esparsos de neve se espalhavam pelo solo sob galhos desnudos desolados, salvo pelos cipós espessos de vinhas marrons que pendiam deles, ela ficou se perguntando para onde o farol a levara. Não importava. Ao sul, aquele farol cintilava com *saidar* suficiente para devastar um continente inteiro de uma só vez. Ele estaria ali, ele e quem quer que fosse a mulher com quem a traíra. Com todo o cuidado, ela sorveu Poder para tecer uma teia para a morte dele.

Raios como Cadsuane jamais tinha visto desciam do céu sem nuvens, não em linhas angulosas, mas como lanças azul-prateadas que atingiam o alto da colina onde ela estava mas acertavam a blindagem invertida que tinha tecido, explodindo com um rugido ensurdecedor a cinquenta pés acima. Mesmo com o escudo, o ar crepitava, deixando-a toda arrepiada. Sem a ajuda do *angreal* parecido com um picanço que pendia de seu coque, ela não teria conseguido manter o escudo intacto.

Um segundo passarinho dourado, uma andorinha, pendia de sua mão por uma corrente delicada.

— Ali — disse ela, apontando na direção em que a andorinha parecia estar voando.

Era uma pena que não conseguisse discernir a distância em que o Poder tinha sido canalizado, ou se por um homem ou uma mulher, mas a direção teria que bastar. Ela esperava que não houvesse nenhum... contratempo. Seu pessoal estava por lá também. Se o que gerava o aviso fosse um ataque, contudo, não poderia haver muita dúvida.

Assim que pronunciou aquela única palavra, um jorro de chamas explodiu na floresta a norte, então outro e mais outro, uma trilha instável avançando para aquela direção. *Callandor* brilhava como fogo nas mãos do jovem Jahar. Surpreendentemente, pela expressão séria de Elza e pelas mãos agarrando a própria saia, era ela direcionando aqueles fluxos.

Merise agarrou o cabelo negro do garoto com uma das mãos e lhe balançou suavemente a cabeça.

— Calma, meu bem — murmurou ela. — Ah, calma, meu querido menino forte.

Ele sorriu para ela, um sorriso arrebatador.

Cadsuane balançou a cabeça de leve. Era difícil entender a relação de qualquer irmã com seu Guardião, ainda mais entre as Verdes, mas não sabia nem por onde começar a decifrar o que se passava entre Merise e seus garotos.

Sua atenção, porém, estava mesmo em outro garoto. Nynaeve cambaleava, gemendo com o êxtase de ter uma quantidade tão inacreditável de *saidar* a percorrendo, mas Rand estava sentado feito uma pedra, suor lhe escorrendo pelo rosto. Seus olhos estavam vazios, feito safiras polidas. Será que sequer tinha consciência do que acontecia ao redor?

A andorinha se virou na corrente sob sua mão.

— Ali — disse ela, apontando na direção das ruínas de Shadar Logoth.

Rand já não conseguia mais ver Nynaeve. Não conseguia ver nada, sentir nada. Nadava em mares de chamas se avolumando, engatinhava por avalanches de gelo. A mácula fluía feito uma maré oceânica tentando arrastá-lo consigo. Se ele perdesse o controle por um único instante, ela varreria tudo o que ele era e também o levaria pelo conduto. Tão ruim quanto, ou talvez pior, era que, apesar da torrente de imundície que transbordava por aquela flor estranha, a mácula na metade masculina da Fonte não parecia menor. Era como um óleo flutuando na água em uma camada tão fina que só se notaria sua existência quando se tocasse na superfície, mas que, cobrindo a vastidão da metade masculina, era como um oceano em si mesma. Ele precisava aguentar. Precisava. Mas por quanto tempo? Quanto ele aguentaria?

* * *

Se pudesse desfazer o que al'Thor fizera com a Fonte, pensou Demandred ao atravessar seu portão e entrar em Shadar Logoth, desfazer de repente e com contundência, podia ser que aquilo matasse o sujeito, ou no mínimo lhe causticasse a capacidade de canalizar. Ele havia decifrado qual devia ser o plano de al'Thor assim que se deu conta de onde estava a chave de acesso. Não podia ser outro. Um estratagema brilhante, ele não via problema em admitir, apesar de insanamente perigoso. Lews Therin também sempre fora um planejador brilhante, ainda que não tanto quanto todos imaginavam. Nem de longe tivera o brilhantismo do próprio Demandred.

Um mero olhar na rua repleta de escombros, no entanto, o fez mudar de ideia quanto a alterar algo. Ao seu lado, erguia-se um domo claro, seu topo destroçado a duzentos pés ou mais rua acima, e, lá no alto, o céu e sua luz do meio da manhã. Da borda avariada da ruína até a rua, contudo, o ar estava escurecido por sombras, como se a noite já estivesse caindo. A cidade... tremia. Ele podia sentir através das botas.

O fogo irrompia na floresta, grandes explosões urdidas por *saidin* que lançavam pelos ares árvores engolfadas por chamas que vinham à toda em sua direção. Mas ele já tecia um portão. Saltou para atravessá-lo, deixou que o portão sumisse e saiu correndo o mais rápido que podia por entre as árvores tomadas por vinhas, abrindo caminho pelos trechos cobertos de neve e tropeçando em rochas escondidas na cobertura vegetal, mas sem diminuir o ritmo, isso jamais. Por precaução, a teia fora revertida, mas a primeira também tinha sido, e ele havia sido um soldado. Ainda correndo, escutou as explosões que esperava e sabia que estavam vindo com tudo até o ponto onde seu portão estivera, da mesma forma que tinham ido atrás dele ele em meio às ruínas. A esta altura, porém, estavam longe o bastante dele, inofensivas. Sem desacelerar, ele se virou em direção à chave de acesso. Com o volume de *saidin* que jorrava por ela, era como se houvesse uma seta incandescente no céu apontando para al'Thor.

Era isso. A menos que alguém nesta Era amaldiçoada tivesse descoberto mais uma habilidade desconhecida, al'Thor devia ter obtido algum dispositivo, um *ter'angreal*, que podia detectar um homem canalizando. Pelo que ele sabia a respeito do que as pessoas passaram a chamar de Ruptura, depois que ele próprio havia sido aprisionado em Shayol Ghul, qualquer mulher que soubesse confeccionar *ter'angreal* estaria tentando criar algum que fizesse aquilo. Na guerra, o outro lado sempre lançava mão de algo inesperado, e era preciso contra-atacar. Ele sempre fora bom em guerras. Primeiro, tinha de chegar mais perto.

De repente, avistou pessoas em meio às árvores no lado direito mais à frente e se abrigou atrás de um tronco rugoso cinza. Um idoso calvo com uma franja branca caminhava mancando entre duas mulheres, uma delas, dona de uma beleza selvagem, a outra, deslumbrante. O que estariam fazendo naquela mata? Quem eram? Amigos de al'Thor ou só pessoas no lugar errado, na hora errada? Ele hesitou em matá-las, quem quer que fossem. Qualquer uso do Poder alertaria al'Thor. Seria preciso esperar até que passassem. O velho virava a cabeça de um lado a outro como se estivesse procurando algo entre as árvores, mas Demandred duvidava que um sujeito tão decrépito conseguisse enxergar muito longe.

Num gesto abrupto, o idoso parou e esticou a cabeça bem na direção de Demandred, que se viu se defendendo freneticamente de uma rede de *saidin* que golpeou sua proteção com muito mais intensidade do que deveria, tão forte quanto sua própria fiada o faria. Aquele velho manquitola era um Asha'man! E pelo menos uma das mulheres devia ser o que admitiam nesta época como uma Aes Sedai que se juntou ao sujeito num círculo.

Ele tentou lançar sua própria investida e esmagá-los, mas o idoso atirava uma teia atrás da outra sem descanso, só restando a ele se esquivar. As que acertavam as árvores engolfavam-nas numa labareda ou estraçalhavam os troncos em lascas. Ele era um general, e dos grandes, mas generais não tinham de lutar ao lado dos homens que comandavam! Soltando um rosnado, ele começou a recuar em meio ao crepitar de árvores em chamas e ao estrondo de explosões. Afastando-se da chave. Mais cedo ou mais tarde, o velho teria de se cansar, e então ele poderia se ocupar em matar al'Thor. Isso se um dos outros não chegasse lá primeiro. Ele torcia fervorosamente para que não fosse o caso.

Com as saias erguidas até os joelhos e soltando impropérios, Cyndane saiu correndo assim que atravessou seu terceiro portão. Conseguia ouvir as explosões se sucedendo e se aproximando cada vez mais, mas, dessa vez, já entendera por que tinham vindo com tudo atrás dela. Tropeçando em vinhas escondidas na neve e esbarrando em troncos de árvores, ela correu. Como detestava florestas! Ao menos alguns dos outros estavam ali — tinha visto aquelas chamas jorrando depressa em direção a outros pontos, e não para ela, e podia sentir *saidar* sendo urdido em mais de um local, e urdido com fúria —, mas ela rezava para o Grande Senhor para ser a primeira a alcançar Lews Therin. Queria vê-lo morrer, percebeu, e, para isso, precisava chegar mais perto.

Agachado atrás de uma tora caída, Osan'gar estava arfante de todo o esforço da corrida. Aqueles meses disfarçando-se de Corlan Dashiva não o tornaram mais afeito a exercícios. As explosões que quase o haviam matado tinham cessado e depois reiniciado em algum lugar ao longe. Ele se levantou com toda a cautela, só o suficiente para espiar por cima do tronco. Não que imaginasse que um pedaço de madeira proporcionasse tanta proteção assim. Ele nunca tinha sido um soldado, não para valer. Seus talentos, seu gênio, estavam em outra frente. Os Trollocs eram criação sua e, por consequência, os Myrddraal que se originaram deles, além de muitas outras criaturas que haviam abalado o mundo e tornado seu nome famoso. A chave de acesso ardia com *saidin*, mas ele também podia sentir volumes menores sendo brandidos em várias direções.

Esperara que outros Escolhidos fossem estar ali primeiro, que pudessem ter concluído a missão antes que ele chegasse, mas estava bem claro que não. Estava bem claro que al'Thor havia trazido alguns daqueles Asha'man, e, pelo volume de *saidin* despejado nas erupções que o tinham feito de alvo, *Callandor* também. E talvez algumas de suas ditas Aes Sedai amestradas.

Tornando a se agachar, ele mordeu o lábio. Esta floresta era um lugar perigosíssimo, mais do que ele imaginara, e não era local para gênios. Mas a realidade não tinha mudado: Moridin o aterrorizava. O homem sempre o aterrorizara, desde o princípio. O Poder já o enlouquecera antes de eles serem vedados na Fenda e, desde que tinham sido libertados, o sujeito parecia achar que *ele próprio* era o Grande Senhor. Se ele fugisse, Moridin acabaria dando um jeito de descobrir e o mataria. Pior, se al'Thor fosse bem-sucedido, o Grande Senhor poderia decidir matá-los, e Osan'gar também. Ele não se importava se eles morressem, mas se importava muitíssimo consigo mesmo.

Adivinhar o horário pelo sol não era um dos seus fortes, mas claramente ainda não passava de meio-dia. Erguendo-se do solo na marra, ele limpou a terra das roupas e em seguida, desgostoso, se deu por vencido e foi se esgueirando de árvore em árvore no que pensava ser um deslocamento furtivo. Era em direção à chave que se esgueirava. Podia ser que um dos outros acabasse com o homem antes que ele se aproximasse, mas, se ninguém o fizesse, talvez ele tivesse a chance de virar herói. Sem abrir mão do cuidado, claro.

Verin franziu o cenho para a aparição que ia avançando por entre as árvores à sua esquerda. Não conseguia pensar em outra definição para uma mulher perambulando pela floresta com pedras preciosas e um vestido que se alternava de cor em cor, do preto ao branco e, às vezes, ficando até transparente! Ela não estava com pressa, mas ia em direção à colina onde Rand se encontrava. E, ao menos que Verin estivesse muitíssimo enganada, o que via ali era uma Abandonada.

— Vamos ficar só olhando? — cochichou Shalon, furiosa.

Ela já havia ficado irritada por não ter sido a responsável por combinar os fluxos, como se a força de uma bravia valesse algo para uma Aes Sedai, e horas e mais horas caminhando pela mata não tinham melhorado seu humor.

— Precisamos fazer *alguma coisa* — disse Kumira com delicadeza, e Verin assentiu.

— Eu só estava decidindo o quê. — Uma blindagem, ela decidiu. Uma Abandonada prisioneira poderia se provar bastante útil.

Usando toda a força do seu círculo, ela teceu a blindagem e ficou olhando horrorizada quando a tessitura ricocheteou. A mulher já estava abraçando *saidar*, embora nenhuma luz brilhasse ao seu redor, e era imensamente forte!

Foi quando não teve tempo para pensar em mais nada, já que a mulher de cabelos dourados girou e começou a canalizar. Verin não conseguia enxergar as tessituras, mas sabia quando estava se defendendo de um ataque contra a sua vida, e tinha vindo longe demais para morrer ali.

Eben puxou o manto para bem junto ao corpo e desejou ter mais capacidade de ignorar o frio. Um frio simples, ele até conseguia, mas não com o vento que começara a soprar desde que o sol passara pelo zênite. As três irmãs unidas a ele simplesmente deixavam seus mantos ao sabor do vento enquanto tentavam vigiar todas as direções ao mesmo tempo. Daigian era quem liderava o círculo — por causa dele, Eben achava —, mas absorvendo tão pouco que ele mal sentia um sopro de *saidin* lhe perpassando. Ela só iria querer encarar aquilo quando fosse obrigada. Ele levantou-lhe o capuz e o acomodou de novo na cabeça da mulher, que sorriu para ele desde os confins em que se encontrava. O elo transmitia sua afeição por ele, bem como a dele por ela, Eben supunha. Com o tempo, ele achava que pudesse vir a amar essa pequena Aes Sedai.

A torrente de *saidin* bem distante às suas costas tinha uma tendência de desbotar sua consciência quanto a outras canalizações, mas ele sentia outras pessoas manejando o Poder. Haviam entrado na batalha em outras localidades, e, até o momento, tudo o que eles quatro tinham feito era andar, o que não chegava de fato a incomodá-lo. Ele estivera nos Poços de Dumai, enfrentara os Seanchan e aprendera que as batalhas eram mais divertidas nos livros do que em carne e osso. O que o aborrecia mesmo era não terem lhe entregado o controle do círculo. Claro que Jahar não faria isso, mas ele imaginava que Merise se divertia ao obrigar Jahar a equilibrar um biscoito na ponta do nariz como um cachorro fazendo um truque. Só que o controle havia sido dado a Damer. O simples fato de o sujeito ter alguns anos a mais que ele — bem, mais do que alguns, já que ele era mais velho que o pai de Eben — não era motivo para Cadsuane vê-lo como se ele fosse um...

— Vocês podem me ajudar? Acho que estou perdida e perdi meu cavalo também.

A mulher que surgiu de trás de uma árvore à frente deles não vestia nem sequer um manto. Trajava um vestido de seda verde-escura com um decote tão profundo que exibia metade do seu busto exuberante. O cabelo preto circundava o belo rosto em ondas, e olhos verdes cintilavam quando ela sorria.

— Lugar estranho para estar cavalgando — disse Beldeine, desconfiada.

A bela Verde não ficara satisfeita quando Cadsuane pusera Daigian no comando e aproveitara cada oportunidade para manifestar sua opinião sobre as decisões que Daigian tomava.

— Eu não pretendia vir tão longe — explicou a mulher, aproximando-se. — Vejo que todas vocês são Aes Sedai. Com um... cavalariço? Sabem o motivo de todo esse alvoroço?

De repente, Eben sentiu o sangue se esvair do seu rosto. O que estava sentindo era impossível! A mulher de olhos verdes franziu o cenho, surpresa, e ele fez a única coisa que pôde.

— Ela está abraçando *saidin*! — gritou, tratando de se atirar nela enquanto Daigian tragava ainda mais Poder.

Cyndane diminuiu o passo ao avistar uma mulher de pé em meio às árvores cem passadas à frente, uma loira alta que ficou só a observando se aproximar. A sensação de batalhas sendo travadas com o Poder em outros lugares a deixava cautelosa e, ao mesmo tempo, dava esperança. A mulher estava vestida com uma roupa simples de lã, mas enfeitada com pedras preciosas, como se fosse uma grande lady, o que não fazia sentido. Tomada por *saidar*, Cyndane conseguia perceber as linhas sutis nos cantos dos olhos da outra. Não se tratava de uma daquelas que se intitulavam Aes Sedai, então. Mas quem seria? E por que ficava ali parada como se fosse barrar a passagem de Cyndane? Não tinha a menor importância. Canalizar àquela altura a revelaria, mas ela tinha tempo. A chave ainda reluzia como um farol do Poder. Lews Therin ainda estava vivo. Apesar da ferocidade do olhar da mulher, uma faca bastaria caso a outra realmente achasse que poderia impedir sua passagem. E, só para o caso de ela provar ser o que chamavam de bravia, Cyndane preparou um presentinho, uma teia reversa que ela só notaria tarde demais.

De repente, o brilho de *saidar* surgiu em torno da mulher, mas a bola de fogo que já estava pronta na mão de Cyndane disparou, pequena o bastante para que não fosse detectada, ela esperava, mas o suficiente para abrir um buraco naquela mulher que...

No instante em que a chama a alcançaria, quase tão próximo que já lhe chamuscaria as vestimentas, a teia de Fogo se desembaraçou. A mulher não fez nada. A rede simplesmente se partiu! Cyndane nunca tinha ouvido falar de um *ter'angreal* que rompesse uma teia, mas devia ser isso.

Foi quando a mulher partiu para o contra-ataque, impondo-lhe um segundo choque: ela era mais forte do que Cyndane havia sido antes de ser pega pelos Aelfinn e pelos Eelfinn! Não era possível. Nenhuma mulher *poderia* ser mais forte. Ela também devia ter um *angreal*. O choque só durou o tempo que ela levou para cortar os fluxos da outra. Não sabia como revertê-los. Talvez fosse uma vantagem suficiente. Ela *ia* ver Lews Therin morrer! A mulher mais alta levou um solavanco quando seus fluxos partidos estalaram e voltaram, mas, mesmo a pancada obrigando-a a mudar de posição, ela tornou a canalizar. Soltando um rosnado, Cyndane contra-atacou, e a terra se agitou sob os pés das duas. Ela *ia* vê-lo morrer! *Ia*, sim!

O topo elevado da colina não ficava muito perto da chave de acesso, mas, mesmo assim, o objeto reluzia com tanta intensidade na mente de Moghedien que ela estava ávida por uma provinha que fosse daquele imenso fluxo de *saidar*. Sorver tudo aquilo, até a milésima parte daquele volume todo, seria um êxtase. Ela estava ávida, mas aquele ponto de observação no meio da mata era o mais perto que pretendia chegar. Só a ameaça das mãos de Moridin acariciando sua *cour'souvra* a fizera Viajar até ali, e ela havia protelado, rezado para que tudo estivesse acabado antes que ela fosse obrigada a tal. Sempre trabalhara em segredo, mas precisara escapar de um ataque tão logo chegou, e, em locais extremamente afastados uns dos outros na floresta que se esparramava diante dela, relâmpagos e chamas tecidos com *saidar* e outros que deviam ser *saidin* lampejavam e estouravam sob o sol do meio da tarde. Uma fumaça escura se erguia em colunas vindas de amontoados de árvores pegando fogo, e explosões estrondosas viajavam pelo ar.

Quem lutava, quem vivia e quem morria eram questões indiferentes a ela, não fosse pelo fato de que seria agradável que Cyndane ou Graendal perecessem. Ou ambas. Moghedien não sucumbiria, não dando um passeio no meio de uma batalha. E, se só isso já não fosse ruim o bastante, ainda havia o que se avistava além da chave brilhante, uma imensa cúpula negra achatada na mata, como se a noite tivesse se transformado em pedra. Ela se encolheu toda quando uma onda atravessou a superfície escura, e a cúpula, nitidamente, se ergueu um pouco mais. Seria loucura chegar mais perto daquilo, fosse o que fosse. Moridin não saberia o que ela fizesse ali, ou não fizesse.

Recuando do topo da colina, para longe da chave reluzente e da cúpula esquisita, ela se sentou para fazer o que havia feito com tanta frequência no passado: observar das sombras e sobreviver.

Em sua mente, Rand se via gritando. Tinha certeza de que estava gritando, de que Lews Therin estava gritando, mas, naquela barulheira, não conseguia ouvir nem uma voz nem outra. O oceano fétido da mácula fluía pelo seu corpo, uivando de velocidade. Ondas gigantescas de vilania arrebentavam em cima dele. Vendavais violentos de imundície o golpeavam. A única razão que ele conhecia para ainda permanecer abraçado ao Poder era a mácula. *Saidin* podia estar se mexendo, irrompendo, prestes a matá-lo, e ele jamais saberia. A inundação pútrida sobrepujava qualquer outra coisa, e ele se agarrava pela ponta dos dedos para evitar que ela o arrastasse. A mácula estava se movendo. Era a única coisa que importava neste momento. Ele precisava aguentar!

— O que você pode me dizer, Min? — Cadsuane mantinha-se de pé, apesar da exaustão.

Segurar aquele escudo por quase um dia inteiro era o bastante para cansar qualquer pessoa.

Fazia algum tempo que não havia qualquer ataque ao topo da colina e, na verdade, parecia que a única canalização que pressentia era a que Nynaeve e o garoto estavam fazendo. Elza caminhava em um círculo infinito ao redor do cume, ainda conectada a Merise e Jahar, mas não havia nada que pudesse fazer no momento a não ser vigiar os arredores. Jahar estava sentado em uma pedra, com *Callandor* brilhando vagamente apoiada na dobra de seu braço. Merise estava sentada no chão ao lado dele, com a cabeça apoiada em sua perna, enquanto ele lhe acariciava o cabelo.

— E então, Min? — insistiu Cadsuane.

Raivosa, a garota ergueu os olhos da depressão no chão de pedra onde Tomas e Moad a haviam acomodado junto com Harine. Ao menos os homens tiveram o bom senso de aceitar que elas não podiam participar daquela luta. Harine tinha uma expressão carrancuda, e mais de uma vez um dos homens tivera que segurar Min para impedi-la de correr para o jovem al'Thor. Haviam chegado a precisar tomar as facas dela, depois que Min tentara usá-las neles.

— Eu sei que ele está vivo — resmungou a garota. — E acho que está sofrendo. Só que, se eu consigo sentir o bastante para achar que ele está sofrendo, ele deve estar agonizando. Me deixe ir até ele.

— Você só atrapalharia, a essa altura.

Ignorando o grunhido frustrado da garota, Cadsuane cruzou o chão irregular até onde estavam Rand e Nynaeve, mas por um momento não olhou para eles. Mesmo a milhas de distância, o domo negro parecia imenso, elevando-se a uns mil pés de altura. E estava crescendo. A superfície parecia ferro preto, embora não cintilasse ao sol da tarde. Na verdade, a luz parecia mais fraca ao redor dele.

Rand estava sentado como estivera desde o início, uma estátua imóvel e cega, com suor escorrendo pelo rosto. Se ele estava agonizando, como dizia Min, não dava sinais. E, se fosse o caso, Cadsuane não tinha ideia do que podia fazer, do que ousava fazer. Perturbá-lo naquele momento podia ter graves consequências. Olhando de relance para aquele domo preto feito o breu que se elevava, Cadsuane grunhiu. Talvez só tê-lo deixado dar início àquilo tudo já causasse graves consequências.

Com um gemido, Nynaeve escorregou de seu assento rochoso para o chão. Seu vestido estava ensopado de suor e mechas de cabelo grudavam-se em seu rosto úmido. Suas pálpebras tremulavam suavemente, e seu peito arfava conforme ela tentava, desesperada, respirar.

— Já chega — choramingou ela. — Não aguento mais.

Cadsuane hesitou, uma coisa que não estava acostumada a fazer. A garota não podia deixar o círculo até que o jovem al'Thor a libertasse, mas a menos que aqueles Choedan Kal tivessem a mesma falha que *Callandor*, ela estaria protegida de tomar Poder suficiente para se machucar. Por outro lado, ela estava servindo de conduíte para muito mais *saidar* do que a Torre Branca inteira seria capaz de manejar usando todos os *angreal* e *sa'angreal* em sua posse. Depois de ter esse nível de fluxo percorrendo-a por horas, uma mera exaustão física seria capaz de matá-la.

Ajoelhando-se junto de Nynaeve, Cadsuane pousou a andorinha no chão ao seu lado, segurou a cabeça dela e diminuiu a quantidade de *saidar* que estava direcionando ao escudo. Suas habilidades com a Cura não eram mais que medianas, mas podia amenizar um pouco da exaustão da garota sem acabar se exaurindo também. Estava muito consciente do escudo enfraquecido acima deles, no entanto, e não perdeu tempo em fazer as tessituras.

Subindo aos trancos e barrancos até o topo da colina, Osan'gar se atirou de barriga no chão e sorriu enquanto ia se arrastando de lado para se abrigar atrás de uma árvore. Dali, tomado por *saidin*, conseguia enxergar com nitidez o cume seguinte e as pessoas que estavam lá. Não tantas quanto ele esperara. Uma mulher dava voltas no local a passos lentos, espiando por entre as árvores, mas todos os demais estavam imóveis, Narishma sentado com *Callandor* reluzindo em suas mãos e a cabeça de uma mulher apoiada no joelho. Via duas outras mulheres, uma ajoelhada sobre a outra, mas ambas obscurecidas pelas costas de um homem. Ele não precisava ver o rosto para saber que era al'Thor. A chave repousando no chão ao lado dele o denunciava. Aos olhos de Osan'gar, ela brilhava intensamente. Em sua mente, ofuscava o sol, mil sóis. Do que ele seria capaz com aquilo! Pena que ela tivesse de ser destruída junto com al'Thor. Mas, ainda assim, ele poderia ficar com *Callandor* depois que al'Thor estivesse morto. Nenhum outro Escolhido possuía sequer um *angreal*. Até Moridin tremeria diante dele quando estivesse de posse daquela espada de cristal. Nae'blis? Osan'gar seria nomeado Nae'blis depois que destruísse al'Thor e desfizesse tudo o que ele havia feito ali. Com uma risadinha marota, teceu fogo devastador. Quem poderia ter imaginado que o herói do dia acabaria sendo ele?

Caminhando devagar, examinando as colinas arborizadas que os cercavam, Elza parou de repente quando captou de canto de olho uma centelha de movimento. Virou a cabeça devagar e seu olhar não chegou nem tão longe quanto a colina onde tinha avistado aquele lampejo. O dia tinha sido bem difícil para ela. Em seu cativeiro em meio às tendas Aiel em Cairhien, lhe ocorrera que era imprescindível que o Dragão Renascido chegasse à Última Batalha. De uma hora para a outra, aquilo se tornara de uma obviedade tão ululante que ela ficava estarrecida por não ter percebido antes.

A esta altura, já estava claro para ela, tão claro quanto *saidar* denunciava o rosto do homem que tentava se esconder naquela colina enquanto espiava por trás de um tronco de árvore. Nesse dia, ela havia sido obrigada a enfrentar os Escolhidos. Claro que o Grande Senhor compreenderia se ela tivesse chegado a matar algum deles, mas Corlan Dashiva era apenas um daqueles Asha'man. Dashiva ergueu a mão na direção da colina onde ela estava, e Elza absorveu o máximo que pôde com *Callandor* nas mãos de Jahar. Para ela, *saidin* parecia bem apropriado para a destruição. Uma bola de fogo enorme e fulgurante envolveu o topo da outra colina em vermelho, dourado e azul. Quando desapareceu, o morro em questão terminava numa superfície lisa cinquenta pés mais baixa que o antigo cume.

Moghedien não tinha certeza de por que demorara tanto. Era impossível que ainda restassem mais de duas horas de claridade, e a floresta estava calma. Com exceção da chave, ela não conseguia sentir *saidar* sendo canalizado em lugar algum, o que não queria dizer que não houvesse ninguém usando volumes pequenos em algum lugar, mas nada como a fúria que irrompera mais cedo. A batalha havia chegado ao fim, os outros Escolhidos, todos mortos ou fugindo derrotados. Uma derrota fragorosa, já que a chave ainda ardia em chamas em sua mente. Era incrível que os Choedan Kal tivessem sobrevivido ao uso contínuo por tanto tempo, nesse nível.

Deitada de bruços no alto do seu ponto de observação com o queixo apoiado nas mãos, ela observava a grande cúpula. Negro não parecia mais dar conta de descrevê-la. Já não havia definição para aquilo, mas o preto, em comparação, era uma cor clara. E já não passava de meia esfera, elevando-se em direção ao céu feito uma montanha por duas milhas ou mais. Uma camada espessa de sombras jazia em volta, como se sugasse do ar a última luminosidade. Ela não conseguia entender por que não estava com medo. Aquele troço poderia crescer até engolfar o mundo inteiro, ou talvez destroçar o mundo, como Aran'gar tinha previsto. Mas, se isso acontecesse, não haveria lugar seguro, nenhuma sombra onde a Aranha pudesse se esconder.

De repente, algo brotou daquela superfície lisa, se contorcendo como uma chama, caso as chamas fossem mais negras que o próprio negro, depois outra, e mais outra, até a cúpula ferver num fogo infernal. O rugido de dez mil trovões a fez tapar os ouvidos e soltar um grito agudo, inaudível em meio a todo aquele estrondo, e a cúpula desabou num piscar de olhos, reduzindo-se à ponta de alfinete, um nada. Em seguida, foi o vento que passou a uivar, soprando forte na direção de onde estivera o domo, arrastando-a pelo solo pedregoso a despeito de quão desesperadamente ela tentasse se agarrar, fazendo-a trombar nas árvores e tirando seu corpo do chão. Por mais estranho que fosse, ela continuava sem sentir medo. Sua impressão era de que, se sobrevivesse àquilo, nada nunca mais a assustaria.

Cadsuane deixou cair no chão aquele objeto que outrora tinha sido um *ter'angreal*. Não podia mais ser chamado de estátua de uma mulher. O rosto continuava sábio e sereno como sempre, mas a figura fora partida ao meio e um dos lados estava derretido e cheio de bolhas, feito cera queimada, incluindo o braço que segurara a esfera de cristal, que agora jazia despedaçada ao redor do objeto arruinado. A figura masculina estava intacta, e já guardada em um dos alforjes. *Callandor* também estava em segurança. Era melhor não deixar a tentação à solta ali naquela colina. Havia agora uma enorme clareira na floresta, onde antes ficava Shadar Logoth, perfeitamente redonda e tão larga que, mesmo com o sol bem baixo no horizonte, era possível enxergar o lado mais distante avançando terra adentro.

Lan, conduzindo seu cavalo de guerra manco pela encosta acima, largou as rédeas do garanhão ao ver Nynaeve estirada no chão e coberta até o queixo com seu manto. O jovem al'Thor estava ao lado dela, também envolto no próprio manto, com Min aninhada ao seu lado, a cabeça deitada em seu peito. Os olhos dela estavam fechados, mas, por seu sorrisinho, não estava adormecida. Lan mal prestou atenção neles, apenas correu e se ajoelhou ao lado de Nynaeve, erguendo delicadamente a cabeça dela, que não se mexeu muito mais do que o garoto.

— Eles estão apenas inconscientes — explicou Cadsuane. — Corele diz que é melhor que se recuperem por conta própria.

Mas Corele não soubera dizer quanto tempo isso poderia levar. Damer também não. As feridas na costela do garoto não tinham mudado, ao contrário do que Damer esperava. Era tudo muito perturbador.

Um pouco mais acima na colina, o Asha'man calvo estava inclinado sobre Beldeine, que gemia, os dedos dele pairando sobre ela, se remexendo, conforme ele tecia sua estranha Cura. Andara ocupado na última hora. Alivia não parava de olhar, maravilhada, e de mexer o braço que fora quebrado e queimado até o osso. Sarene andava meio cambaleante, mas era apenas cansaço. Ela quase morrera no meio da floresta, e seus olhos ainda estavam arregalados devido à experiência. As Brancas não estavam acostumadas àquele tipo de coisa.

Nem todos haviam tido a mesma sorte. Verin e a mulher do Povo do Mar estavam sentadas ao lado do corpo de Kumira, coberto pelo manto, seus lábios se movendo em preces silenciosas pela alma dela, e Nesune tentava desajeitadamente reconfortar Daigian, que chorava agarrada ao cadáver de Eben, ninando-o feito um bebê. As Verdes estavam acostumadas àquele tipo de coisa, mas Cadsuane não gostou de perder duas pessoas em troca de chamuscar uns dois Abandonados e matar um renegado.

— Está limpo — repetia Jahar, baixinho. Agora era Merise quem estava sentada, com a cabeça dele em seu colo. Os olhos azuis da mulher estavam severos como sempre, mas ela acariciava o cabelo dele com dedos delicados. — Está limpo.

Cadsuane e Merise se entreolharam por cima da cabeça do garoto. Damer e Jahar diziam a mesma coisa, que a mácula se fora, mas como eles podiam ter certeza de que não havia algum vestígio? Merise lhe permitira formar um elo com o menino, e Cadsuane não sentira nada parecido com o que a outra Verde descrevera, mas como podiam garantir? *Saidin* era tão diferente que qualquer coisa podia se ocultar naquele caos insano.

— Quero partir assim que os outros Guardiões retornarem — anunciou ela. Havia muitas perguntas para as quais não tinha respostas que lhe agradassem, mas estava com o jovem al'Thor agora, e não pretendia perdê-lo.

A noite caiu. No alto da colina, o vento soprava a terra sobre os fragmentos do que um dia havia sido um *ter'angreal*. Lá embaixo, jazia a tumba de Shadar Logoth, aberta para trazer esperança ao mundo. E, na distante Tremalking, começou a se espalhar o boato de que o Tempo das Ilusões estava chegando ao fim.

Fim
do Nono Livro
de *A Roda do Tempo*

Glossário

Uma nota sobre datas neste glossário. O Calendário Tomano (elaborado por Toma dur Ahmid) foi adotado aproximadamente dois séculos depois da morte do último homem Aes Sedai e registrava os anos Depois da Ruptura do Mundo (DR). Muitos registros foram destruídos nas Guerras dos Trollocs, tanto que, ao fim das Guerras, havia controvérsia sobre o ano exato conforme o antigo sistema. Um novo calendário foi proposto por Tiam de Gazar, comemorando a libertação da ameaça dos Trollocs e registrando cada ano como um Ano Livre (AL). O Calendário Gazarano ganhou ampla aceitação nos vinte anos seguintes ao fim das Guerras. Artur Asa-de--gavião tentou estabelecer um novo calendário com base na fundação de seu império (DF, Desde a Fundação), mas apenas historiadores o conhecem. Após a destruição e as mortes provocadas pela Guerra dos Cem Anos, um terceiro calendário foi desenvolvido por Uren din Jubai Gaivota-Voadora, acadêmico do Povo do Mar, e promulgado pela Panarca Farede de Tarabon. O Calendário de Farede, que data do fim arbitrariamente decidido da Guerra dos Cem Anos e registra os anos da Nova Era (NE), encontra-se atualmente em uso.

Abandonados, os: Nome dado a treze poderosos Aes Sedai, tanto homens quanto mulheres, que passaram para o lado da Sombra durante a Era das Lendas e que acabaram aprisionados na prisão do Tenebroso quando da selagem do Bore. Ainda que se acredite há muito tempo que só eles abandonaram a Luz durante a Guerra da Sombra, a verdade é que outros também o fizeram, e esses treze são apenas os de nível mais alto entre eles. Os Abandonados (que se intitulam "os Escolhidos") foram, de certa forma, reduzidos em número desde seu despertar nos dias atuais. Os sobreviventes conhecidos são Demandred, Semirhage, Graendal, Mesaana, Moghedien, além de dois que reencarnaram em outros corpos e receberam novos nomes:

Osan'gar e Aran'gar. Há pouco tempo, um homem que se intitulava Moridin apareceu, podendo ser mais um dos Abandonados mortos trazidos de volta do túmulo pelo Tenebroso. A mesma possibilidade pode se aplicar a uma mulher que se intitula Cyndane, mas, como Aran'gar era um homem que voltou como mulher, a especulação quanto às identidades de Moridin e Cyndane pode se provar inútil até que se saiba mais.

Asha'man: (1) Na Língua Antiga, "Guardião" ou "Guardiões", mas sempre um defensor da justiça e da verdade. (2) Nome dado, tanto coletivamente quanto como classe, aos homens que foram à Torre Negra, perto de Caemlyn, em Andor, para aprender a canalizar. Seu treinamento se concentra nas formas com que o Poder Único pode ser usado como arma, e, em outra diferença em relação aos usos da Torre Branca, uma vez que aprendam a abraçar saidin, a metade masculina do Poder, exige-se que eles desempenhem todas as tarefas e labutas com o Poder. Quando recém-alistado, um homem é chamado de Soldado e usa um casaco preto simples de colarinho alto, à moda andoriana. Ser elevado a Destinado dá o direito de usar um broche de prata, chamado de Espada, no colarinho do casaco. A promoção para Asha'man dá o direito de usar um broche de Dragão de ouro e esmalte vermelho no colarinho oposto ao da Espada. Ainda que muitas mulheres, inclusive esposas, fujam ao descobrirem que seus homens são capazes de canalizar, um número razoável de membros da Torre Negra é casado e usa uma versão do elo de Guardião para criar uma união com a esposa. Esse mesmo elo, alterado para forçar a obediência, também tem sido usado com Aes Sedai capturadas.

Balwer, Sebban: Antigo secretário de Pedron Niall, em público, e mestre-espião de Niall, em segredo. Por suas próprias razões, auxiliou na fuga de Morgase dos Seanchan em Amador e hoje tem a função de secretário de Perrin t'Bashere Aybara e Faile ni Bashere t'Aybara.

Capitão-Espadachim: *Ver* Capitão-lanceiro.

Capitão-lanceiro: Na maior parte das nações, mulheres da nobreza, sob circunstâncias normais, não podem liderar seus homens de armas pessoalmente no campo de batalha. Em vez disso, contratam um soldado profissional, quase sempre um plebeu, que fica responsável por treinar e liderar esses soldados. Dependendo da nação, esse homem pode ser chamado de Capitão-lanceiro, Capitão-espadachim, Mestre dos Cavalos ou Mestre das Lanças. Boatos de relações mais próximas do que lady e serviçal costumam surgir, e talvez seja inevitável. Às vezes, são verdadeiros.

Cha Faile: (1) Na Língua Antiga, "a Garra do Falcão". (2) Nome recebido pelos jovens cairhienos e tairenos que tentaram seguir o *ji'e'toh* e que juraram fidelidade a Faile ni Bashere t'Aybara. Em segredo, atuam como seus olheiros e espiões.

Círculo do Tricô, o: As líderes da Confraria. Como nenhuma integrante da Confraria já chegou a saber como as Aes Sedai organizam sua hierarquia — conhecimento repassado apenas quando uma Aceita passa no teste para o xale —, elas não dão muita importância à força com o Poder, mas dão muito peso à idade, a mulher mais velha estando sempre acima da mais nova. Assim, o Círculo do Tricô (nome escolhido, assim como Confraria, por ser inócuo) é composto pelas treze Comadres mais velhas residentes em Ebou Dar, a mais idosa recebendo o título de Primogênita. De acordo com as regras, todas terão de se afastar quando a hora chegar, mas, contanto que sejam residentes de Ebou Dar, essas mulheres têm autoridade total sobre a Confraria, em um nível que daria inveja a qualquer Trono de Amyrlin. Ver também Confraria, a.

Companheiros, os: Formação militar de elite de Illian, atualmente comandada pelo Primeiro Capitão Demetre Marcolin. Os Companheiros atuam como guarda-costas do Rei de Illian e protegem lugares importantes em toda a nação. Além disso, os Companheiros têm sido tradicionalmente utilizados em batalhas para atacar as posições mais fortes do inimigo, para explorar fraquezas e, se necessário, para dar cobertura para a retirada do Rei. Ao contrário da maior parte das formações de elite, estrangeiros (exceto tairenos, altaranos e murandianos) são não apenas bem-vindos, como podem ir subindo até a patente mais alta, assim como os plebeus, o que também é incomum. O uniforme dos Companheiros consiste de um casaco verde, uma placa peitoral estampando as Nove Abelhas de Illian e um elmo cônico com barras de aço no gradil. O Primeiro Capitão ostenta quatro círculos de galões dourados no punho da manga do casaco e três plumas douradas com pontas verdes. O Segundo Capitão ostenta três círculos de galões dourados em cada punho e três plumas douradas com a ponta verde. Tenentes ostentam dois círculos amarelos no punho da manga e duas plumas verdes fininhas, e subtenentes ostentam um círculo amarelo e uma única pluma verde. Porta-estandartes são designados por dois círculos amarelos incompletos nos punhos e uma única pluma amarela, e membros do esquadrão, por um único círculo amarelo incompleto.

Confraria, a: Mesmo durante as Guerras dos Trollocs, há mais de dois mil anos (*circa* 1000-1350 DR), a Torre Branca continuou mantendo seu padrão, expulsando mulheres que não conseguiam mantê-lo. Algumas dessas mulheres, temendo voltar para casa em meio às guerras, fugiu para Barashta (perto de onde se localiza Ebou Dar atualmente), o mais longe dos conflitos quanto era possível à época. Denominando-se Confraria, e Comadres, elas se mantiveram às escondidas e proporcionavam um porto seguro para outras mulheres que haviam sido expulsas. Com o tempo, suas aproximações de mulheres obrigadas a deixar a Torre levaram a contatos com fugitivas, e, embora as verdadeiras razões talvez nunca sejam descobertas, a Confraria começou a aceitá-las também. Fazia-se um grande esforço para evitar que essas garotas soubessem de algo a respeito da Confraria até que se tivesse certeza de que as Aes Sedai não viriam recapturá-las. Afinal de contas, todo mundo sabia que, cedo ou tarde, fugitivas sempre acabavam sendo pegas, e a Confraria tinha noção de que, a menos que se mantivesse em segredo, até as Comadres seriam severamente punidas.

O que a Confraria não sabia era que as Aes Sedai na Torre Branca estavam cientes de sua existência quase que desde sempre, mas o prosseguimento das guerras não permitia nenhum tempo para tratar delas. Ao fim dos conflitos, a Torre se deu conta de que acabar com a Confraria talvez não fosse do seu interesse. Antes disso, a maioria das fugitivas havia realmente conseguido escapar, a despeito da propaganda da Torre, mas, a partir do momento em que as Comadres começaram a ajudá-las, a Torre sabia exatamente para onde todas as fugitivas estavam indo e começou a recapturar noventa por cento delas

Como as Comadres iam e vinham de Barashta (e depois de Ebou Dar) em seu esforço para escamotear sua existência e seus números, nunca ficando mais do que dez anos por conta do medo de que alguém percebesse que elas não tinham envelhecido no ritmo normal, a Torre acreditava que não eram muitas e que certamente vinham se mantendo discretas. A fim de usar a Confraria como armadilha para as fugitivas, a Torre decidiu deixá-las em paz, ao contrário do que fez com qualquer outro grupo similar ao longo da história, e manter a própria existência da Confraria como um segredo que só as Aes Sedai conheciam.

As Comadres não têm leis, apenas regras parcialmente baseadas nas das noviças e Aceitas da Torre Branca, em parte por sua necessidade de se manter em sigilo. Como as origens da Confraria poderiam sugerir, essas regras são aplicadas com muita firmeza a todas as suas integrantes.

Contatos explícitos recentes entre Aes Sedai e Comadres, ainda que de conhecimento apenas de poucas irmãs, geraram um sem-número de surpresas, incluindo o fato de que há duas vezes mais Comadres que Aes Sedai e de que algumas delas viveram cem anos mais do que qualquer Aes Sedai desde antes das Guerras dos Trollocs. O efeito de tais revelações, tanto entre as Aes Sedai quanto entre as Comadres, ainda está no campo das especulações. *Ver também* Filhas do Silêncio, as; Círculo do Tricô, o.

Consolidação, a: Quando os exércitos destacados por Artur Asa-de-gavião sob o comando de seu filho Luthair chegaram a Seanchan, descobriram uma colcha de retalhos cambiante de nações que estavam sempre em guerra umas com as outras, onde as Aes Sedai costumavam reinar. Sem nada parecido na Torre Branca, as Aes Sedai, usando o Poder, trabalhavam pelo seu poder individual. Formando pequenos grupos, elas viviam tramando contra as demais. Em grande parte, foi esse conchavo permanente visando a vantagens pessoais e as consequentes guerras entre a miríade de nações que permitiram que os exércitos do leste do Oceano de Aryth dessem início à conquista de todo um continente, o que ficou para seus descendentes concluírem. Essa conquista, durante a qual os descendentes dos exércitos originais se tornaram os Seanchan, tanto quanto os conquistaram, durou mais de novecentos anos e é chamada de Consolidação.

Corenne: Na Língua Antiga, "o Retorno". Nome dado pelos Seanchan tanto para a esquadra de milhares de navios quanto para as centenas de milhares de soldados, artesãos e tantos outros transportados por esses navios, que virão na esteira dos Predecessores para retomar as terras roubadas dos descendentes de Artur Asa-de--gavião. *Ver também* Predecessores.

da'covale: (1) Na Língua Antiga, "que tem dono" ou "pessoa que é propriedade". (2) Entre os Seanchan, termo que costuma ser aplicado, junto com "propriedade", para escravos. A escravidão tem uma história longa e peculiar entre os Seanchan, com escravos tendo a capacidade de ascender a posições de grande poder e ampla autoridade, até sobre pessoas que são livres. *Ver também* so'jhin.

Defensores da Pedra, os: Formação militar de elite de Tear. O atual Capitão da Pedra (comandante dos Defensores) é Rodrivar Tihera. Só tairenos são aceitos entre os Defensores, e oficiais costumam ter sangue nobre, embora não raro venham de Casas menores ou de braços menores de Casas fortes. Os Defensores têm a missão de proteger a grande fortaleza conhecida como Pedra de Tear, na cidade de Tear, de proteger a cidade e de realizar funções policiais no lugar de Guardas da Cidade ou afins. Excetuando-se os períodos de guerra, seus deveres raramente os levam muito longe da cidade. Por isso, assim como acontece com outras formações de elite, eles são o núcleo em torno do qual o exército é formado. O uniforme dos Defensores consiste de um casaco preto com mangas acolchoadas listradas em peto e dourado e punhos pretos, uma placa peitoral polida e um elmo com aba e barras de aço no gradil. O Capitão da Pedra ostenta três pequenas plumas brancas no elmo e, nos punhos do casaco, três galões dourados entrelaçados em uma faixa branca. Capitães ostentam duas plumas brancas e uma única fita de galão dourado nos punhos brancos, tenentes ostentam uma única pluma branca e uma única fita de galão preto nos punhos brancos, e subtenentes ostentam uma pequena pluma preta e punhos brancos lisos. Porta-estandartes usam casacos com punhos dourados, e membros do esquadrão ostentam listras pretas e douradas nos punhos.

der'morat-: (1) Na Língua Antiga, "treinador-mestre". (2) Entre os Seanchan, sufixo aplicado para indicar uma pessoa experiente e altamente capacitada para treinar um dos exóticos e alguém que treina outros, como no caso de *der'morat'raken*. Os *der'morat* podem ter um status social relativamente alto, o mais alto entre todos eles cabendo aos *der'sul'dam*, os treinadores das *sul'dam*, que se equiparam a oficiais militares relativamente altos. *Ver também* morat-.

Detecção: (1) Habilidade de usar o Poder Único para diagnosticar condição física e doenças. (2) Habilidade de encontrar reservas de minérios usando o Poder Único. O fato de essa ser uma habilidade perdida há muito tempo entre as Aes Sedai pode ser a explicação para o termo ter se associado a uma outra habilidade.

Fain, Padan: Ex-Amigo das Trevas, hoje mais que isso e ainda pior que um Amigo das Trevas, e inimigo tanto dos Abandonados quanto de Rand al'Thor, a quem odeia com fervor. Visto pela última vez sob a alcunha de Jeraal Mordeth, conselheiro do Lorde Toram Riatin em sua rebelião contra o Dragão Renascido em Cairhien.

Filhas do Silêncio, as: Durante a história da Torre Branca (mais de três mil anos), várias mulheres que dela foram expulsas têm se mostrado avessas a aceitar seu destino e tentado se unir em grupos. Esses grupos — pelo menos a esmagadora maioria deles — foram dispersados pela Torre Branca logo que encontrados e receberam punição severa publicamente para assegurar que a lição fosse aprendida por todas. O último grupo a ser dispersado se intitulava as Filhas do Silêncio (794-798 NE). As Filhas consistiam de duas Aceitas que haviam sido expulsas da Torre e vinte e três mulheres reunidas e treinadas por elas. Todas foram levadas de volta a Tar Valon e castigadas, e as vinte e três foram alistadas no livro das noviças. Só uma delas conseguiu chegar ao xale. *Ver também* Confraria, a.

Guardas da Morte, os: Formação militar de elite do Império Seanchan que inclui tanto humanos quanto Ogier. Os membros humanos dos Guardas da Morte são todos *da'covale*, nascidos como propriedade e selecionados ainda jovens para servir à Imperatriz, de quem são propriedade particular. Dotados de uma lealdade fanática e de um orgulho ferrenho, costumam ostentar corvos tatuados nos ombros, a marca de um *da'covale* da Imperatriz. Seus elmos e armaduras são laqueados em verde-escuro e vermelho-sangue, seus escudos são laqueados em preto, e suas lanças e espadas ostentam borlas pretas. *Ver também* da'covale.

Hailene: Na Língua Antiga, "Predecessores" ou "Os que Vieram Antes", termo aplicado pelos Seanchan à gigantesca força expedicionária enviada ao outro lado do Oceano de Aryth para explorar as terras que Artur Asa-de-gavião governou. Agora sob o comando da Grã-lady Suroth, e com seus efetivos inchados pelos recrutas das terras conquistadas, os Hailene chegaram muito além de seus objetivos iniciais.

Hanlon, Daved: Amigo das Trevas e ex-comandante dos Leões Brancos à serviço do Abandonado Rahvin enquanto ele comandou Caemlyn sob o nome de Lorde Gaebril. De lá, Hanlon levou os Leões Brancos a Cairhien com a ordem de intensificar a rebelião contra o Dragão Renascido. Os Leões Brancos foram destruídos por uma "bolha de maldade", e Hanlon recebeu ordens para voltar a Caemlyn para propósitos ainda desconhecidos.

hierarquia do Povo do Mar: Os Atha'an Miere, o Povo do Mar, são governados pela Senhora dos Navios dos Atha'an Miere, que é assistida pela Chamadora de Ventos da Senhora dos Navios e pelo Mestre das Lâminas. Abaixo deles vêm as Mestras das Ondas dos clãs, cada qual assistida por sua Chamadora de Ventos e seu Mestre da Espada. Abaixo dela estão as Mestras das Velas (capitãs de navio) do seu clã, cada qual assistida por sua Chamadora de Ventos e seu Mestre de Cargas. A Chamadora de Ventos da Senhora dos Navios tem autoridade sobre todas as Chamadoras de Ventos de Mestras das Ondas, que, por sua vez, têm autoridade sobre todas as Chamadoras de Ventos do seu clã. Da mesma forma, o Mestre das Lâminas tem autoridade sobre todos os Mestres da Espada, que, por sua vez, têm autoridade dos Mestres das Cargas dos seus clãs. A patente não é hereditária entre o Povo do Mar. A Senhora dos Navios é escolhida, por toda a vida, pelas Doze Primeiras dos Atha'an Miere, as doze Senhoras das Ondas de clãs mais veteranas. Uma Senhora das Ondas de clã é eleita pelas doze Mestras das Velas de seu clã, chamadas simplesmente de Doze Primeiras, termo que também é usado para designar as Mestras das Velas veteranas presentes em qualquer lugar. Ela também pode ser destituída pelo voto dessas mesmas Doze Primeiras. Na verdade, qualquer pessoa, exceção feita à Senhora dos Navios, pode ser rebaixada até mesmo a ajudante de convés por conta de malfeitoria, covardia ou outros crimes. Além disso, a Chamadora de Ventos cuja Senhora das Ondas ou Senhora dos Navios morrer será obrigada a servir a uma mulher de patente mais baixa, diminuindo assim sua própria patente.

homens de armas: Soldados que devem lealdade ou fidelidade a um lorde ou lady em particular.

Ishara: Primeira Rainha de Andor (circa 994-1020 AL). Com a morte de Artur Asa-de-gavião, Ishara convenceu seu marido, um dos generais mais proeminentes de Asa-de-gavião, a levantar o cerco a Tar Valon e acompanhá-la até Caemlyn com o máximo de soldados que ele conseguisse extrair do exército. Enquanto outros tentaram tomar todo o império de Asa-de-gavião, não logrando êxito, Ishara passou a controlar com firmeza uma pequena área e foi bem-sucedida. Hoje, quase todas as Casas nobres de Andor contém parte do sangue de Ishara, e o direito de reivindicar o Trono do Leão depende tanto da descendência direta dela quanto do número de linhas de conexão a ela que puderem ser estabelecidas.

Legião do Dragão, a: Grande formação militar, totalmente de infantaria, que jura lealdade ao Dragão Renascido e é treinada por Davram Bashere com base em preceitos definidos por ele e por Mat Cauthon, preceitos esses que partem firmemente do emprego habitual dos pés. Enquanto muitos homens simplesmente chegam e se voluntariam, muitos soldados da Legião são amealhados por grupos de recrutamento da Torre Negra, que primeiro reúnem todos os homens de uma determinada região que estiverem dispostos a seguir o Dragão Renascido e, só depois de levá-los até perto de Caemlyn por meio de portões, peneiram aqueles que podem aprender a canalizar. O restante, a esmagadora maioria, é mandado aos campos de treinamento de Bashere.

marath'damane: Na Língua Antiga, "aquelas que devem ser encoleiradas" e também "a que deve ser encoleirada", termo aplicado pelos Seanchan a qualquer mulher capaz de canalizar que não tenha sido encoleirada como *damane*.

Mera'din: Na Língua Antiga, "os Sem Irmãos". Nome adotado, enquanto sociedade, pelos Aiel que abandonaram seu clã e seu ramo e passaram a ser Shaido por não conseguirem aceitar Rand al'Thor, um aguacento, como o *Car'a'carn*, ou por se recusarem a aceitar as revelações feitas por ele quanto à história e às origens dos Aiel. Desertar de clã e ramo por qualquer motivo é um anátema entre os Aiel, daí as próprias sociedades guerreiras entre os Shaido se mostrarem relutantes em aceitá-los, levando-os a formar a sociedade dos Sem Irmãos.

Mestre das Lanças: *Ver* Capitão-lanceiro.

Mestre dos Cavalos: *Ver* Capitão-lanceiro.

morat-: Na Língua Antiga, "treinador". Entre os Seanchan, é o termo usado para quem treina os exóticos, tais como os *morat'raken*, treinador ou montador de um *raken*, também chamado informalmente de voador. *Ver também* der'morat-.

Predecessores, os: *Ver* Hailene.

Profeta, o: Mais formalmente, o Profeta do Lorde Dragão. Conhecido no passado como Masema Dagar, um soldado shienarano, teve uma revelação e decidiu que havia sido designado para espalhar a notícia do Renascimento do Dragão. Acredita que nada — nada! — é mais importante do que reconhecer o Dragão Renascido como a Luz encarnada e estar pronto quando o Dragão Renascido chamar, e tanto ele quanto seus seguidores usarão quaisquer meios para obrigar os outros a cantar as glórias do Dragão Renascido. Recusando-se a ser chamado de qualquer nome que não seja "o Profeta", levou o caos a grandes extensões de Ghealdan e Amadicia, boa parte das quais detém o controle.

Punhos do Paraíso: Infantaria Seanchan levemente armada e levemente encouraçada levada às batalhas no dorso das criaturas aladas conhecidas como *to'raken*. Todos são homens ou mulheres franzinos, em grande parte por conta do limite de peso que *to'raken* são capazes de transportar em qualquer voo. Tidos e havidos entre os soldados mais valentes, são usados primordialmente em incursões, ataques-surpresa em posições da retaguarda do inimigo, e em situações em que é essencial transportar depressa soldados de um lado a outro.

Retorno, o: *Ver Corenne.*

Sangue, o: Termo usado pelos Seanchan para designar nobreza. É possível ser promovido ao Sangue ou já nascer fazendo parte dele.

Sapiência: Honorífico utilizado em Ebou Dar para mulheres famosas por sua incrível capacidade de curar quase todas as lesões. Uma Sapiência é tradicionalmente identificada por um cinto vermelho. Embora alguns tenham se dado conta de que muitas, ou a maior parte das Sapiências eboudarianas, não eram nem sequer de Altara, muito menos de Ebou Dar, o que não se sabia até pouco tempo atrás, e ainda só é de conhecimento de uns poucos, é que todas as Sapiências são, na verdade, Comadres que usam várias versões da Cura, entregando ervas e compressas só para disfarçar. Com a Confraria fugindo de Ebou Dar depois que os Seanchan tomaram a cidade, nenhuma Sapiência permaneceu por lá. *Ver também* Confraria, a.

sei'mosiev: Na Língua Antiga, "olhos baixos" ou "olhos abatidos". Entre os Seanchan, dizer que alguém "se tornou *sei'mosiev*" significa que essa pessoa "perdeu a cara". *Ver também* sei'taer.

***sei'taer*:** Na Língua Antiga, "olhos retos" ou "olhos nivelados". Entre os Seanchan, refere-se à honra ou à cara, à capacidade de olhar nos olhos de alguém. É possível ser ou ter *sei'taer*, ou seja, alguém que tem honra e cara, e também ganhar ou perder *sei'taer*. *Ver também sei'mosiev.*

Shen na Calhar: Na Língua Antiga, "o Bando da Mão Vermelha". (1) Lendário grupo de heróis que protagonizou muitas façanhas e que acabou por morrer defendendo Manetheren quando aquela terra foi destruída durante as Guerras dos Trollocs. (2) Formação militar reunida quase por ação por Mat Cauthon e organizada com base nos preceitos das forças militares do período considerado como o auge das artes militares, a época de Artur Asa-de-gavião e os séculos imediatamente anteriores.

so'jhin: A tradução mais próxima da Língua Antiga seria "altura em meio à baixeza", ainda que alguns traduzam como "céu e vale juntos", entre várias outras possibilidades. *So'jhin* é o termo aplicado pelos Seanchan para serviçais superiores hereditários. Eles são *da'covale*, propriedade, mas ocupam posições de autoridade considerável e, não raro, de poder. Até o Sangue pisa em ovos perto dos *so'jhin* da família imperial e trata os *so'jhin* da Imperatriz como iguais. *Ver também* Sangue, o; *da'covale*.

1ª edição DEZEMBRO DE 2025
impressão LIS GRÁFICA
papel de miolo HYLTE 60 G/M²
papel de capa CARTÃO SUPREMO ALTA ALVURA 250 G/M²
tipografia PERPETUA